L’âme des horloges

Du même auteur

Écrits fantômes
Éditions de l'Olivier, 2004
Points n° P1315

Cartographie des nuages
Éditions de l'Olivier, 2007
Points n° P2759

Le Fond des forêts
Éditions de l'Olivier, 2009

Les Mille Automnes de Jacob de Zoet
Éditions de l'Olivier, 2012
Points n° P2948

DAVID MITCHELL

L'âme des horloges

traduit de l'anglais
par Manuel Berri

ÉDITIONS DE L'OLIVIER

L'édition originale de cet ouvrage
a paru chez Sceptre en 2014,
sous le titre : *The Bone Clocks*.

ISBN 978.2.8236.0829.8

À Noah

VAGUE DE CHALEUR

1984

30 JUIN

Je tire d'un coup les rideaux, et malgré le ciel assoiffé et la Tamise gavée sur toute sa largeur de navires, de barques et de tout un tas de choses, je repense aux yeux chocolat de Vinny, à son dos ruisselant de mousse de shampooing, à ses épaules perlées de sueur et à son rire malin, alors mon cœur s'emballe et je me dis *La vache, qu'est-ce que j'aurais aimé me réveiller chez Vinny à Peacock Street, et pas dans ma chambre à la con.* Hier soir, les mots sont sortis tout seuls : « Ah, tu sais, je t'aime vraiment, Vin. » Et Vinny, recrachant sa fumée, a pris la voix du prince Charles et répondu : « Figurez-vous que, moi-même, j'adore passer du temps à vos côtés, Holly Sykes. » J'ai failli me pisser dessus tellement je riais, même si j'avoue que j'étais un peu vexée qu'il ne m'ait pas dit : « Moi aussi, je t'aime » en retour. Mais bon, tous les magazines vous le diront : les garçons font toujours les clowns quand ils cherchent à cacher leurs sentiments. J'aimerais tellement pouvoir lui téléphoner, là, maintenant. Si on pouvait inventer des téléphones qui nous permettraient d'appeler n'importe qui, n'importe quand, et depuis n'importe où. Blouson en cuir avec LED ZEP clouté sur le dos, il doit être sur sa Norton, en route pour son travail à Rochester. En septembre, dès que j'aurai seize ans, il m'emmènera faire une virée sur sa moto.

En bas, quelqu'un claque la porte d'un placard.

Maman. Personne d'autre ne se permettrait de claquer une porte aussi fort.

Imagine si elle a découvert, me nargue une petite voix.

Impossible. On a fait ultragaffe, moi et Vinny.

C'est, sa ménopause, à Maman. Ça doit être ça.

Fear of Music des Talking Heads est sur ma platine ; je dépose le saphir sur le disque. Vinny me l'a acheté à notre deuxième rendez-vous du samedi, au Magic Bus, le disquaire. Il est incroyable, cet album. J'adore « Heaven » et « Memories Can't Wait », mais le reste aussi tient carrément la route. Vinny a été à New York et les a vus sur scène. Son pote Dan, qui assurait la sécurité, l'a fait rentrer en coulisse après le concert, et Vinny est resté avec David Byrne et le reste du groupe. S'il y retourne l'année prochaine, il m'emmènera avec lui. En m'habillant, je découvre tous les suçons sur mon corps, et je meurs d'envie de rejoindre Vinny ce soir, mais il doit déjà voir ses potes à Douvres. Les hommes n'aiment pas quand les femmes se montrent jalouses ; alors je fais semblant de ne pas l'être. Ma meilleure amie Stella est partie à Londres : elle espère dénicher des fringues aux puces de Camden. Comme Maman a dit que j'étais encore trop jeune pour aller toute seule à Londres, Stella y est allée avec Ali Jessop. Ce que je vais faire de plus excitant aujourd'hui, c'est de passer l'aspirateur dans le pub, en échange de quoi j'aurai droit à mes trois livres d'argent de poche. Super. Puis il faudra que je révise pour les contrôles de la semaine prochaine. Je ne sais pas ce qui me retiendra de rendre copie blanche et de leur dire, au bahut, où ils peuvent se carrer le théorème de Pythagore, *Sa Majesté des mouches* et le cycle de vie des vers. J'en serais capable, de ça aussi.

Ouais. Je ne sais pas ce qui me retient.

En bas, dans la cuisine, niveau ambiance, c'est l'Antarctique. « Bonjour », je leur dis, mais seul Jacko, assis dans le renfoncement de la fenêtre, lève les yeux de son dessin. Sharon est de l'autre côté, dans la partie salon, où elle regarde un dessin animé. Papa est au rez-de-chaussée, dans l'entrée, où il cause avec le livreur – dehors, le camion de la brasserie bougonne devant le pub. Maman coupe des pommes à cuire en petits cubes ; elle me fait la tronche. Je suis censée lui dire : « Qu'est-ce qu'il y a, Maman, qu'est-ce que j'ai fait ? »… plutôt mourir. Elle s'est sans doute aperçue que j'ai dépassé ma permission, hier soir, mais ce n'est pas moi qui vais aborder la question. Je verse du lait sur mes Weetabix et porte mon bol jusqu'à la table. Maman claque le couvercle sur la casserole et me rejoint. « Alors ? Quelle est ton excuse ?

– Et bonjour à toi, Maman. Il va encore faire chaud, aujourd'hui.

– Qu'as-tu à dire pour ta défense, jeune fille ? »

Dans le doute, feindre l'innocence. « De quoi tu parles, exactement ? »

Elle me lance son regard de serpent. « À quelle heure tu es rentrée ?

– C'est bon, d'accord, j'étais légèrement à la bourre, *pardon*.

– Deux heures de retard, je ne dirais pas "légèrement à la bourre". Tu étais où ? »

Je prends le temps de mâcher mes Weetabix. « Chez Stella. Pas vu l'heure filer.

– Tiens donc, comme c'est bizarre ! À dix heures, j'ai appelé la mère de Stella pour essayer de savoir où tu étais, et devine : elle m'a dit que tu étais partie avant huit heures. Laquelle de vous deux je devrais croire, à ton avis, Holly : toi ou elle ? »

Et merde. « Après chez Stella, je suis allée marcher.

– Ah oui, de quel côté ? »

J'affûte chacun de mes mots. « Au bord de la Tamise. Là, contente ?

– Tu la remontais, ou tu la redescendais ? »

Je laisse un moment passer. « Qu'est-ce que ça peut faire ? »

Dans le dessin animé, il y a une explosion. Maman s'adresse à ma sœur : « Éteins-moi ça et ferme la porte derrière toi, Sharon.

– C'est pas juste ! C'est Holly qui se fait gronder, pas moi !

– Allez, file, Sharon. Et toi aussi, Jacko, tu pr… »

Mais Jacko a déjà disparu. Une fois Sharon partie, Maman

reprend les hostilités : « Et donc tu étais toute seule, pendant cette soi-disant promenade ? »

Pourquoi j'ai cette impression qu'elle cherche à me piéger ? « C'est ça.

– Et quelle distance t'a fait parcourir cette petite balade en solitaire, dis-moi ?

– Quoi… en miles, en kilomètres ?

– Je ne sais pas, moi, peut-être que ta promenade t'a poussée jusqu'à Peacock Street, chez un certain Vincent Costello ? »

Tout se met à tournoyer dans la cuisine ; par la fenêtre, sur la rive du côté de l'Essex, un minuscule bonhomme soulève son vélo et descend du ferry.

« Alors, tu as perdu ta langue ? Attends, je vais te rafraîchir la mémoire : hier soir à dix heures, tu fermais les volets de la fenêtre de devant, et à part un t-shirt, tu n'avais pas grand-chose sur le dos. »

Oui, j'étais descendue chercher une bière pour Vinny. Oui, j'avais fermé les volets du salon. Et, oui, quelqu'un était passé juste à ce moment-là. *Du calme*, m'étais-je alors rassurée, *quelles sont les chances qu'un inconnu me reconnaisse ?* Si Maman s'imagine que je vais m'effondrer, elle peut toujours courir. « Tu gâches ton talent dans ce pub, Maman. Tu devrais bosser aux services secrets comme chef des indics. »

Mme Kath Sykes me lance son regard de tueuse. « Quel âge il a ? »

Je croise les bras. « C'est pas tes oignons. »

Maman plisse les yeux. « Vingt-quatre, on m'a dit.

– Si tu sais, pourquoi tu me demandes ?

– Parce qu'un type de vingt-quatre ans n'a pas le droit de fricoter avec une collégienne de quinze ans. Il pourrait se retrouver en prison.

– J'aurai seize ans en septembre. Et puis la police a d'autres chats à fouetter, si tu veux mon avis. Je suis assez grande pour fréquenter qui je veux. »

Maman allume une de ses Marlboro rouge. Je meurs d'envie de lui en piquer une. « Quand je vais raconter ça à ton père, il va lui flanquer une dérouillée, à ton Costello. »

D'accord, Papa sait mettre à la porte les types bourrés quand c'est nécessaire, comme tous les patrons de pub, mais il n'est pas du genre à flanquer des dérouillées à tour de bras. « Brendan avait quinze ans quand il sortait avec Mandy Fry, et si tu crois qu'ils ne faisaient que se tenir la main, tu te trompes. Pour autant que je me souvienne, il n'y a pas eu droit, lui, au coup de la prison. »

Elle articule exagérément, comme si j'étais débile. « C'est un *garçon*, ça n'a rien à voir. »

Je riposte par un ricanement, genre : C'est quoi, cet argument pourri ?

« Je te préviens, Holly, si tu veux revoir ce… vendeur de voitures, il faudra me passer sur le corps.

– Tu sais quoi, Maman ? Je vais avec qui je veux !

– Bon, voilà comment ça va se passer. » Maman écrase sa clope. « Je te déposerai le matin au lycée avec la camionnette et je te ramènerai le soir. Plus question que tu sortes, sauf si tu es accompagnée par moi, ton père, Brendan ou Ruth. Si jamais je vois ce salopard dans les parages, j'appellerai les flics et je porterai plainte – compte sur moi. Et je téléphonerai – écoute-moi bien – je téléphonerai à son patron pour qu'à son boulot, tout le monde sache qu'il cavale après les mineures. »

De grosses secondes s'écoulent, le temps que j'accuse le coup.

Mes glandes lacrymales me chatouillent, mais pas question que Mme Hitler ait ce plaisir. « On n'est pas en Arabie Saoudite ! Tu n'as pas le droit de m'enfermer !

– Tu vis sous notre toit, alors tu obéis. Quand moi, j'avais ton âge…

– Oui, oui, je sais. Tu avais une vingtaine de frères, une trentaine de sœurs, quarante grands-parents, et vingt hectares de champs de patates à cultiver, parce que, oui m'dame, la vie était dure dans c'te bonne vieille Irlande. Mais figure-toi qu'ici, c'est l'Angleterre, Maman, l'Angleterre ! Et on est dans les années quatre-vingt, alors si c'était tellement le pied, West Cork et ton trou paumé, on se demande bien ce que tu es venue foutre… »

Vlan ! Gifle sur la joue gauche.

On se regarde : moi qui tremble, sous le choc, et elle, plus furax que jamais, et qui, je crois bien, comprend qu'un truc est cassé pour de bon. Je quitte la pièce sans un mot, comme si je sortais victorieuse d'une dispute.

Je pleure, mais rien qu'un peu : c'est dû au choc, rien à voir avec du chagrin ; quand c'est terminé, je me plante devant le miroir. Mes yeux sont légèrement bouffis, mais un peu de mascara, et c'est réglé... Une touche de rouge à lèvres, un coup de blush... et voilà. La fille du miroir, c'est une femme aux cheveux courts qui porte un t-shirt *Quadrophenia* et un jean noir. « Devine quoi, m'annonce-t-elle. Tu emménages chez Vinny aujourd'hui. » Je dresse la liste des raisons qui me font dire que c'est impossible, et je m'arrête. « D'accord », je réponds, à la fois excitée et calme. Et du même coup, j'abandonne l'école. Dès maintenant. Le temps que le conseiller d'éducation se bouge le cul, ce sera déjà les vacances, puis quand viendra septembre, j'aurai seize ans, et là, tout le bahut de Windmill Hill pourra bien aller se faire voir. Alors, chiche ?

Chiche. J'ai mes affaires à préparer. Ce que j'emporte ? Ce qui tiendra dans mon grand sac de sport. Des culottes, des soutifs, mon bomber, ma trousse de maquillage et la boîte Maggi dans laquelle je range mes bracelets et colliers. Du dentifrice et une poignée de tampons – mes règles sont un poil en retard : elles peuvent arriver n'importe quand. De l'argent. En comptant les billets et les pièces, j'arrive à treize livres quatre-vingt-cinq. Plus les quatre-vingts de mon compte TSB. Vinny ne me demandera pas de loyer, non plus, et de toute façon, dès la semaine prochaine, je chercherai du boulot. Du baby-sitting, travailler sur les marchés ou comme serveuse : il y a plein de façons de gagner un peu de sous. Et mes albums ? Pas possible de ramener toute ma collec' à Peacock Street, mais comme j'imagine bien Maman se venger en l'offrant à la première association caritative venue, j'emporte *Fear of Music*, que j'enveloppe soigneusement dans mon bomber et range dans mon sac en veillant à ce qu'il ne se torde pas. Je cache les autres disques sous le plancher (il y a une latte qui ne tient pas) en attendant ; mais au moment où je remets la moquette en place, j'ai la peur de ma vie : dans le couloir, Jacko me regarde. Il est encore dans son pyjama et ses chaussons *Les Sentinelles de l'air*.

« Dis donc, petit monsieur, tu sais que j'ai failli avoir une crise cardiaque ?

– Tu pars. » Il a la voix de quand il n'est pas tout à fait avec nous.

« Exact, mais chut ! C'est un secret, hein. Je ne vais pas loin, ne t'en fais pas.

– Je t'ai fabriqué un souvenir, pour que tu ne m'oublies pas. » Jacko me tend un disque de carton, une boîte de Vache qui rit aplatie sur laquelle il a dessiné un labyrinthe. Il est fana de labyrinthes, Jacko : ça doit être à cause de tous ces bouquins de *Donjons et Dragons* que lui et Sharon lisent. Celui-ci, composé de huit ou neuf cercles concentriques, est plutôt simple par rapport à ceux qu'il fait d'habitude. « Prends-le, il me demande. Celui-ci est méphistophélique.

– Il ne m'a pas l'air si terrible.

– "Méphistophélique" signifie "diabolique", grande sœur.

– Qu'est-ce qu'il a de si diabolique, ton labyrinthe ?

– Le Vêpre te suivra quand tu le parcourras. Si jamais le Vêpre te touche, tu cesseras d'exister. Un seul faux pas, et c'en sera fini de toi. Voilà pourquoi tu devras connaître le labyrinthe par cœur. »

Purée, il est sacrément flippant, mon petit frère. « D'accord. Euh, merci Jacko. Bon, j'ai quelques trucs à… »

Jacko m'attrape le poignet. « Mémorise bien le trajet par cœur, Holly. Fais plaisir à ton petit frère flippant. Je t'en prie. »

Sa réplique me perturbe. « Tu te comportes un peu bizarrement, mon bonhomme.

– Promets-moi que tu apprendras à t'y orienter, de sorte que si jamais tu devais arpenter les allées dans le noir, tu retrouverais la sortie. S'il te plaît ! »

Les petits frères de mes amis sont plutôt du genre circuits de voitures électriques, vélocross ou cartes magiques. Pourquoi le mien fait des trucs bizarres et utilise des mots comme « arpenter » et « méphistophélique » ? Dieu sait comment il survivra à Gravesend s'il est pédé. Je lui ébouriffe les cheveux. « D'accord. Je l'apprendrai par cœur, ton labyrinthe, je te le promets. » Alors Jacko me serre dans ses bras, chose étrange, car Jacko n'est pas très câlin. « Hé, je ne pars pas très loin, tu sais… Tu comprendras quand tu seras plus grand, et puis…

– Tu emménages chez ton petit ami. »

De sa part, ça ne devrait plus me surprendre. « Ouais.

– Prends soin de toi, Holly.

– Il est sympa, Vinny. Quand Maman aura accusé le coup, on se retrouvera. Brendan s'est bien marié avec Ruth, mais ça ne nous a pas empêchés de le revoir, pas vrai ? »

Sur ce, Jacko fourre le couvercle en carton sur lequel il a dessiné son labyrinthe au fond de mon sac de sport, me lance un dernier regard, et disparaît.

Un panier de serviettes de bar dans les bras, Maman surgit sur le palier du premier, comme si elle ne m'avait pas guettée. « Je ne plaisante pas. Je t'ai interdit de sortir. Retourne là-haut. Tu as des contrôles la semaine prochaine. Il est plus que temps que tu te mettes à tes révisions. »

J'attrape la rampe. « “Tu vis sous notre toit, alors tu obéis”, tu disais. D'accord. Eh bien je n'en veux plus de tout ça, vivre sous ton toit, t'obéir ou me ramasser des coups dès que tu pètes les plombs. Toi-même, à ma place, tu n'accepterais pas tout ça. Je me trompe ? »

Le visage de Maman frémit ; si elle prononce les bonnes paroles maintenant, alors on pourra discuter. Mais non : elle remarque mon sac de sport et ricane, genre elle n'en revient pas à quel point je suis bête. « Tu avais un peu plus de jugeote, avant. »

Je continue de descendre jusqu'au rez-de-chaussée.

Derrière moi, sa voix se crispe. « Et le lycée, alors ?

– Vas-y, toi, si c'est si important !

– Je n'ai jamais eu cette chance, moi, Holly. Il fallait que je fasse tourner le pub, que je vous nourrisse, toi, Brendan, Sharon, Jacko, que je vous habille et vous envoie à l'école pour que vous n'ayez pas à passer votre vie à nettoyer des W-C, à vider des cendriers, à vous esquinter le dos sans jamais avoir une soirée de libre. »

Ça rentre par une oreille et ça sort par l'autre. Je poursuis ma descente.

« Mais va. Va, fais-toi ta propre expérience. Je ne te donne pas trois jours avant que ton Roméo te fiche à la porte. Ce n'est pas pour leur incroyable personnalité que les hommes s'intéressent aux filles, Holly. Ce n'est jamais pour ça. »

Je fais mine de l'ignorer. Depuis l'entrée, je vois Sharon derrière le bar, près de l'étagère des jus de fruits. Elle aide Papa à réapprovisionner le stock, mais elle a tout entendu, je le devine. Je lui adresse un signe de la main, qu'elle me renvoie, inquiète. La voix de Papa, qui chantonne « Ferry Cross the Mersey », jaillit par la trappe de la cave. Mieux vaut le laisser en dehors de tout ça. Quand Maman est là, il se range toujours de son côté. Mais devant ses clients habituels, il prétend ne pas être « assez couillon pour m'interposer quand les poules se volent dans les plumes », ce sur quoi, ils hochent tous la tête d'approbation en marmonnant : « Bah tiens, t'as bien raison, Dave. » Et puis, je n'aimerais pas trop être présente quand il va apprendre pour Vinny. Ce n'est pas que j'aie honte, mais je préfère ne pas être là, c'est tout. Dans son panier, Newky ronfle. « Question mauvaise odeur, c'est toi le champion du Kent, espèce de vieux sac à puces », je lui lance, pour ne pas pleurer. Je lui tapote la nuque, déverrouille la porte et sors dans Marlow Alley. *Clac*, fait la porte derrière moi.

West Street est à la fois trop lumineuse et trop sombre, comme une télé dont on aurait poussé le contraste à fond ; je décide de mettre mes lunettes de soleil : le monde devient plus flou, plus net et plus réel à la fois. J'ai la gorge serrée et je tremble. Personne ne sort du pub pour courir après moi. Tant mieux. Un camion toupie se traîne dans la rue ; dans la fumée de son sillage, le marronnier bouge un peu et frémit. Ça sent le goudron chaud, les patates frites et les ordures de toute la semaine qui débordent des poubelles – les éboueurs sont encore en grève.

Fonçant comme des fléchettes, plein de moineaux virevoltent et piaillent comme les petits sifflets en fer-blanc qu'on offrait aux enfants à leur anniversaire – enfin, avant ; une bande de garçons jouent à la déli-délo dans le parc derrière l'église de Crooked Lane. « Attrape-le ! Derrière l'arbre ! – Moi, délivre-moi ! » Les gamins. D'après Stella, les hommes plus âgés sont meilleurs au lit. Elle me dit qu'avec les garçons de notre âge, pas le temps de prendre le cône en main, que déjà la glace a fondu. Stella est la seule à savoir pour Vinny et moi – elle était avec moi, le premier samedi où on s'est rencontrés au Magic Bus –, mais elle sait tenir sa langue. Quand elle m'a appris à fumer et que j'ai gerbé, elle ne s'est pas moquée, et elle n'a rien raconté à personne ; et puis c'est elle qui m'a expliqué tout ce qu'il y a à savoir sur les garçons. Au lycée, Stella, c'est de loin la plus cool des filles de mon âge.

À l'endroit où Crooked Lane se détourne brusquement du fleuve, j'emprunte Queen Street, où je manque de rentrer dans Julie Walcott et son landau. Le bébé hurle comme un dingue ; elle, elle a l'air épuisée. Elle a arrêté l'école après être tombée enceinte. Moi et Vinny, on fait super-gaffe, et il n'y a qu'une fois où on n'a pas mis de capote : la première. Mais bon, quand on est vierge, on ne peut pas tomber enceinte, c'est scientifiquement prouvé. Stella me l'a dit.

Ils ont accroché des banderoles sur Queen Street, comme si on commémorait la prise d'indépendance de Holly Sykes. L'Écossaise qui tient le magasin de laine arrose ses jardinières ; M. Gilbert, le joaillier, dépose des présentoirs à bagues dans les vitrines côté rue ; Mike et Todd, les bouchers, déchargent un porc sans tête de l'arrière d'une camionnette où une douzaine de carcasses sont suspendues à des crochets. Devant la bibliothèque, des syndicalistes collectent de l'argent destiné aux mineurs en grève. À côté d'eux, des communistes portent des pancartes où on peut lire *LE CHARBON, PAS LE CHÔMEDU!* ainsi que *THATCHER DÉCLARE LA GUERRE AUX TRAVAILLEURS*. Sur son vélo, Ed Brubeck trace sa route en roue libre. Je rentre dans le marché couvert pour qu'il ne me voie pas. Il est arrivé à Gravesend l'année dernière, après avoir quitté Manchester, où son père est tombé pour cambriolage et coups et blessures. Il n'a pas d'amis et n'a manifestement pas envie d'en avoir. Le genre de truc qui, normalement, vous vaudrait la potence à l'école, mais une fois, un élève de terminale l'a cherché, et Brubeck lui a pété le nez, alors, depuis, tout le monde lui fiche la paix. Il passe devant moi sans me voir, une canne à pêche ficelée au cadre; je poursuis mon chemin. Au niveau de la salle de jeux vidéo, un musicien de rue joue un air d'enterrement à la clarinette. Puis quelqu'un jette une pièce dans son étui, et le voilà qui se lance dans le générique de *Dallas*. J'arrive au niveau du Magic Bus et j'en profite pour jeter un œil à l'intérieur. Je parcours la lettre R, je cherche les Ramones. Vinny raconte qu'il en était à H, comme « Hot » et « Holly ». Il y a aussi quelques guitares d'occasion sur le mur du fond du magasin. Vin sait jouer le début de « Stairway To Heaven », mais pas la suite. Je vais apprendre toute seule à en jouer, pendant que lui sera au boulot. Vin et moi, on pourrait monter un groupe. Pourquoi pas, tiens? Tina Weymouth a beau être une fille, c'est elle, la bassiste des Talking Heads. Imaginez la tête de Maman si elle crie sur tous les toits que je ne suis plus sa fille puis qu'elle me voit à la télé dans *Top of the Pops*. Maman, son problème, c'est qu'elle n'a jamais aimé quelqu'un aussi fort que moi et Vin on s'aime. D'accord, avec Papa, ça va bien, même si, à Cork, sa famille n'a jamais vraiment digéré le fait qu'il ne soit ni irlandais ni catholique. Mes cousins plus âgés aimaient bien me raconter que Maman est tombée enceinte de Brendan avant d'épouser Papa, et ça fait vingt-cinq ans, maintenant: bon, c'est pas mal, mais n'empêche, entre Maman et Papa, il n'y a pas ce truc incroyable qui nous unit, Vin et moi. Stella dit qu'on est des âmes sœurs, tous les deux. Que c'est évident, qu'on est faits l'un pour l'autre.

Devant la banque NatWest de Milton Road, je tombe sur Brendan. Cheveux coiffés en arrière et fixés au gel, cravate à motif cachemire autour du cou, veston jeté sur l'épaule, on croirait qu'il se dirige vers l'école des beaux gosses, et non les bureaux de Stott and Conway. Mon grand frère est une sorte d'idole, chez les grandes sœurs de mes copines – j'arrête, je vais gerber. Il a épousé Ruth, la fille de M. Conway, son patron ; ils se sont mariés à la mairie, puis il y a eu une grosse réception au Chaucer Country Club. Je n'ai pas voulu être demoiselle d'honneur parce que je ne mets pas de robes – surtout si c'est pour ressembler à une réplique d'un personnage d'*Autant en emporte le vent* –, et donc ce sont Sharon et les nièces de Ruth qui s'y sont collées, et presque toute notre famille de Cork est venue. Pour Maman, Brendan est le fils prodigue, et pour Brendan, elle, c'est sa petite maman chérie. Tout à l'heure, ils décortiqueront chaque détail de ce que je m'apprête à lui raconter.

« Salut, je lui dis. Comment ça va ?

– Pas trop mal. Tout roule au Captain ?

– Ouais, ouais. Joyeuse comme tout, Maman, aujourd'hui.

– Tiens donc ? » Brendan sourit, intrigué. « Pourquoi ça ? »

Je hausse les épaules. « Elle a dû se lever du bon pied.

– Tant mieux. » Il regarde mon sac de sport. « Tu pars en vadrouille ?

– Pas vraiment. Je vais réviser mon français chez Stella Yearwood. Et je dormirai chez elle. La semaine prochaine, on a nos exams. »

Ça a l'air d'impressionner mon frère. « C'est bien, bravo, petite sœur.

– Et Ruth, ça va mieux ?

– Pas trop, non. Dieu sait pourquoi on appelle ça les nausées du matin, alors que c'est au beau milieu de la nuit que c'est le pire.

– C'est peut-être une façon pour dame Nature de te préparer à affronter l'arrivée du bébé, je lui propose. Les nuits blanches, les disputes, le vomi… ça demande de l'endurance.

– Peut-être. » Ça n'a pas l'air de le convaincre. C'est difficile d'imaginer Brendan dans ce rôle, et pourtant, à Noël prochain, il sera papa.

Derrière nous, la NatWest ouvre ses portes et les employés commencent à entrer les uns derrière les autres. « Bon, je me doute que M. Conway ne va pas virer son gendre pour si peu, mais tu ne commences pas à neuf heures ?

– Si, tout à fait. À demain, si tu reviens après ton bachotage. Maman nous a invités à déjeuner. Bonne journée.

– C'est déjà le plus beau jour de ma vie », je lui réponds, à lui et, de manière détournée, à Maman.

Un bref sourire de champion, et Brendan part rejoindre le flot des gens en costume et en uniforme sur le chemin du bureau, du magasin ou de l'usine.

Lundi, je ferai faire un double de la clé de l'entrée côté rue chez Vinny, mais aujourd'hui, je vais devoir prendre le passage secret. Au début d'une rue baptisée « le Bosquet », juste avant le bureau des impôts, il y a une ruelle à moitié cachée derrière une benne débordante de sacs-poubelles qui puent les couches-culottes prêtes à éclater. Un rat noir m'observe d'un air hautain de prince du dépotoir. J'emprunte la ruelle, tourne à droite et me retrouve entre les clôtures délimitant les jardins à l'arrière des maisons de Peacock Street et le mur du bureau des impôts. Tout au bout, la dernière maison avant la tranchée de la voie ferrée, c'est chez Vinny. Je me glisse entre deux traverses qui branlent et me fraie un chemin dans le jardin. Les herbes m'arrivent à la taille, et les pruniers, eux, sont déjà chargés de fruits, mais Vinny a décrété que la plupart des prunes seront pour les guêpes et les vers, car il ne veut pas se faire chier à les ramasser. C'est comme la forêt qui étouffe le château où tout le monde est plongé dans un sommeil de cent ans, dans *La Belle au bois dormant*. Vinny est censé prendre bien soin du jardin pour sa tante, qui vit à King's Lynn et qui ne passe jamais. Et puis Vinny, son truc, c'est la moto, pas le jardinage. Une fois installée, je dompterai cette jungle. Elle a besoin d'une petite touche féminine, c'est tout. Je vais peut-être m'y mettre aujourd'hui, après une séance de guitare en autodidacte. À moitié cachée dans un coin sous les ronces, il y a une cabane de jardinier où sont rangés des outils et une tondeuse. Des tournesols, des roses, des pensées, des œillets, de la lavande et des herbes aromatiques dans de petits pots de terre cuite, voilà ce que je planterai. Je préparerai des scones, des tartes aux prunes, des gâteaux danois, et alors Vinny dira : « La vache, Holly, comment je faisais sans toi ? » Les magazines sont catégoriques : pour gagner le cœur d'un homme, il faut d'abord conquérir son estomac. Près du tonneau destiné à récupérer la pluie, les branches en forme de doigt d'un buisson violet grouillent de papillons blancs : des confettis et de la dentelle. On croirait que c'est vivant.

La porte de derrière n'est jamais fermée ; Vinny a perdu la clé. Si nos boîtes de pizza et nos verres à vin de la veille sont toujours dans l'évier, il n'y a aucune trace de petit-déjeuner : Vinny a dû se réveiller en retard et foncer directement au boulot, comme d'habitude. Un grand rangement, un bon nettoyage et un coup d'aspirateur ne seraient pas du luxe. Mais, d'abord, un café et une clope : je n'avais pas fini mes Weetabix que Maman jouait déjà les Mohamed Ali avec moi. Je devais acheter des cigarettes en chemin – après avoir croisé Brendan, ça m'est complètement sorti de la tête – mais comme Vinny en a dans le tiroir de sa table de chevet, je monte dans sa chambre. Notre chambre, je devrais dire. Les rideaux ne sont pas ouverts et ça sent la vieille chaussette. Je laisse entrer la lumière, ouvre la fenêtre, me retourne et fais un bond de deux mètres : Vinny est toujours au lit ; il a l'air de s'être chié dessus. « C'est moi, c'est moi, ça va, je réussis à bredouiller. Désolée, je... je... je... je croyais que tu étais au boulot. »

Il plaque la main sur son cœur et pousse une espèce de ricanement, comme s'il venait de se prendre une balle. « Putain, Hol ! Je t'ai prise pour un voleur. »

À mon tour, je ricane. « Tu… Tu n'es pas allé bosser ?

– Ils ont merdé, pour le planning. La nouvelle secrétaire est nulle. Kev m'a appelé pour m'annoncer que, finalement, j'avais ma journée.

– Chouette. C'est super, parce que… j'ai une surprise pour toi.

– Génial, j'adore les surprises. Mais tu veux bien mettre la bouilloire à chauffer, d'abord ? Je te rejoins en bas. Merde, qu'est-ce que je raconte ? Il n'y a plus de café. Sois mignonne, tu veux bien faire un saut chez Staffa et rapporter un pot de Nescafé ? Je te rembourserai, euh… à ton retour. »

Il faut d'abord que je le lui dise : « Maman sait pour nous, Vin.

– Ah oui ? Ah. » Il est pensif. « Bon. Et comment est-ce qu'elle le… euh… »

Soudain, j'ai peur qu'il ne veuille plus de moi. « Pas super-bien. Pour tout t'avouer, elle a un peu pété les plombs. Elle m'a interdit de te revoir, genre elle menace de m'enfermer dans la cave. Alors, je me suis barrée. Et donc… »

Vinny me regarde d'un air crispé, sans comprendre le sous-entendu.

« Et donc, est-ce que… je pourrais… je sais pas… rester chez toi ? Provisoirement, au moins. »

Vinny avale sa salive. « Bon… OK. Je vois. Eh ben… oui. D'accord. »

Il n'a pas l'air super-convaincu. « Alors, c'est oui ?

– Ou-oui. Bien sûr. Oui. Mais, là, il va vraiment me falloir un café.

– C'est vrai ? Oh, Vin ! » Le soulagement ! C'est comme si j'entrais dans un bain chaud. Je serre Vinny dans mes bras. Il transpire. « Je t'adore, Vin. J'avais peur que tu ne veuilles p…

– Bah, on ne peut pas laisser une jolie minette sans défense coucher sous les ponts. Bon, mais je te promets, Hol, il me faut du café. Je suis comme un vampire en manque de sang : si j'en… » Il ne termine pas sa phrase, parce que je l'embrasse, lui, mon Vinny, mon petit copain qui a été à New York et a serré la main de David Byrne, et l'amour que je ressens pour lui fait *wouch*, comme une chaudière à gaz qui se met en route, alors je le pousse en arrière, et on roule sur une colline de couette un peu dure en dessous, mais la colline gigote, alors ma main soulève la couette et ma meilleure amie Stella Yearwood apparaît. Nue comme un ver. Comme dans un rêve érotique qui vire au cauchemar, sauf que ce n'est pas un rêve.

Je… J'ai les yeux rivés sur son entrejambe, et puis elle finit par dire : « Oh, ça va : toi et moi, on a la même. »

Puis je regarde Vinny, qui a l'air de s'être pissé dessus, mais finit par ricaner comme un mongol : « Ce n'est pas ce que tu crois. »

Stella, tranquille comme tout, remonte la couette sur elle et lance à Vinny : « Ne sois pas débile. C'est exactement ce que tu crois, Holly. On allait te le dire, mais, comme tu peux le constater, on s'est tous laissé dépasser par les événements. Tu t'es fait larguer, voilà. Pas très agréable, mais ça arrive aux meilleures d'entre nous – la plupart, en tout cas. *C'est la vie** [1]. Ne t'en fais pas, tu en trouveras d'autres, des Vinny. Alors si tu veux bien, jette l'éponge et barre-toi. Ne perds pas en plus ta dignité. »

Quand j'ai enfin cessé de pleurer, je me retrouve assise sur le seuil froid d'une courette délimitée de chaque côté par des bâtiments de cinq ou six étages en brique rouge avec d'étroites fenêtres condamnées. Les mauvaises herbes percent entre les pavés et des graines de pissenlit flottent dans l'air comme la neige dans un globe souvenir. C'est ici que mes pas m'ont conduite, après que j'ai claqué la porte de chez Vinny : l'arrière de l'hôpital de Gravesend, où le Dr Marinus m'a aidée à me débarrasser de Mlle Constantin

1. Toutes les expressions en italique suivies d'un astérisque sont en français dans le texte. (*Toutes les notes sont du traducteur.*)

quand j'avais sept ans. Je lui ai filé un coup de poing, à Vinny? C'était comme si j'étais plongée dans de la mélasse. Je n'arrivais plus à respirer. Il m'a attrapé le poignet et m'a fait mal – j'ai encore mal, d'ailleurs. Stella, elle, s'est mise à aboyer : « Casse-toi, grandis un peu, Holly ! On n'est pas dans un épisode de *Dynasty* ! » Alors je suis sortie en courant, j'ai claqué la porte d'entrée, et filé aussi vite que possible n'importe où, nulle part, quelque part… Je savais que, dès que je m'arrêterais, je fondrais en larmes et me changerais en bloc de gelée morveuse, et là, un des espions de Maman m'apercevrait et irait tout lui raconter, et, ça, ce serait la cerise sur le gâteau. Elle avait raison, Maman. J'ai aimé Vinny comme s'il était un bout de moi, et lui m'a aimée comme on aime un chewing-gum. Une fois le goût disparu, il m'a recrachée pour s'en fourrer une autre dans la bouche, mais pas n'importe qui : Stella Yearwood. Ma meilleure copine. Comment est-ce qu'il a pu ? Comment est-ce qu'elle a pu ?

Arrête de chialer ! Pense à autre chose…

« Holly Sykes et le truc flippant », première partie. J'avais sept ans en 1976. Il n'avait pas plu de tout l'été, les jardins étaient tout secs, et je me souviens d'avoir fait régulièrement la queue au bout de Queen Street, munie de seaux et accompagnée de Brendan et Maman : on devait aller chercher de l'eau à une bouche d'incendie, tellement la sécheresse était violente. C'est à cette époque-là que mes hallucinations ont commencé. J'entendais des voix. Pas des voix de fous ou qui répétaient la même chose ; elles ne faisaient même pas peur, enfin, pas au début… Les gens-de-la-radio, je les appelais, parce que j'ai d'abord cru qu'il y avait une radio allumée dans la pièce d'à côté. Sauf qu'il n'y a jamais eu de radio allumée dans la pièce d'à côté. C'était la nuit que je les entendais le mieux, mais ça m'arrivait aussi de les entendre à l'école, quand tout était calme, comme pendant un contrôle, par exemple. Trois ou quatre voix se mettaient à bougonner en même temps, et je ne comprenais jamais vraiment ce qu'elles disaient. Comme une fois, Brendan avait parlé d'asile psychiatrique et d'hommes en blanc, je n'avais osé en parler à personne. Maman était enceinte de Jacko, Papa bossait comme un dingue au pub, Sharon n'avait que trois ans et Brendan était déjà un couillon, à l'époque. Je savais que ce n'était pas normal, d'entendre des voix, mais celles-ci ne me faisaient pas de mal, alors je me disais que c'était peut-être un de ces secrets avec lesquels certaines personnes doivent vivre.

Une nuit, j'avais fait un cauchemar – des abeilles tueuses avaient envahi le Captain Marlow –, et je m'étais réveillée en sueur. Une dame assise au bout de mon lit m'a dit : « Ne t'inquiète pas, Holly, tout va bien. » Moi, je lui ai répondu : « Merci, Maman. » Car qui ç'aurait pu être d'autre ? Et puis j'ai entendu Maman rire dans la cuisine, au bout du couloir – c'était avant que je déménage ma chambre au grenier. C'est comme ça que je me suis aperçue que cette dame, c'était juste dans mon rêve, et j'ai allumé la lumière pour me le prouver.

Et bien sûr, il n'y avait personne.

« N'aie pas peur, a dit la dame, je suis aussi réelle que toi. »

Je n'ai ni crié ni complètement paniqué. D'accord, je tremblais, mais même si je flippais, j'avais l'impression d'avoir une énigme à résoudre ou une épreuve à traverser. Il n'y avait personne dans ma chambre, mais quelqu'un me parlait. Alors, aussi calmement que possible, j'ai demandé à la dame si elle était un fantôme. « Non, pas un fantôme, a répondu la dame qui n'était plus là. Une invitée de ton esprit. Voilà pourquoi tu ne me vois pas. » Je lui ai demandé comment elle s'appelait. Mlle Constantin, elle m'a répondu. Elle m'a expliqué avoir chassé ces gens-de-la-radio qui me dérangeaient, et espérait que je ne lui en voulais pas. Je lui ai répondu que non. Mlle Constantin m'a dit qu'elle devait partir, mais qu'elle aimerait bien repasser, car j'étais « une singulière demoiselle ».

Puis elle a disparu. J'ai mis un temps fou à retrouver le sommeil, mais quand je me suis endormie, j'avais l'impression de m'être fait une amie.

Bon, et maintenant ? Je rentre à la maison ? Plutôt me planter des épingles dans les gencives ! Maman me préparera un bon gros gâteau de merde, arrosé de chiasse, puis s'assiéra devant moi, contente d'elle, et se fera un plaisir de me voir l'avaler jusqu'à la dernière cuillerée ; à partir de maintenant et jusqu'à la fin des temps, chaque fois que je moufterai, elle ne manquera pas de remettre l'épisode Vincent Costello sur le tapis. C'est vrai, je n'habite pas non plus à Peacock Street, mais rien ne me force à rentrer, ou, en tout cas, pas tout de suite : Maman verra bien que je suis assez grande pour me débrouiller toute seule, et elle arrêtera de me traiter comme si j'avais sept ans. J'ai un peu d'argent, je pourrai me nourrir pendant quelque temps, et comme cette vague de chaleur semble partie pour durer, on va dire que, pour moi, les vacances d'été commencent avec un peu d'avance. Aux chiottes, les exams et l'école. Je peux compter sur Stella pour déformer la réalité des faits : j'aurai le rôle de la pitoyable hystérique qui s'accroche à son petit ami, incapable d'accepter qu'il en avait tout simplement marre d'elle. Lundi matin, à neuf heures, Holly Sykes sera officiellement devenue la tête de turc de Windmill Hill. Ça ne va pas rater.

La sirène d'une ambulance se rapproche, de plus en plus pressante, son écho rebondit dans la cour puis s'interrompt, comme au beau milieu d'une phrase… Je redonne forme à mon sac de sport et me lève. Bon, et je vais où, alors ? Les ados fugueurs d'Angleterre filent tous directement à Londres, s'imaginant qu'un mécène ou une bonne fée les prendront sous leur aile ; moi, j'irai dans le sens inverse et je suivrai la Tamise, direction les marécages du Kent : quand on grandit dans un pub, on entend toutes sortes d'histoires sur le genre de mécènes et de bonnes fées qui vous prennent sous leur aile, à Londres. Peut-être que je trouverai une grange ou un chalet de vacances inoccupé où crécher quelque temps. Ça devrait aller. Je me mets en route et passe devant la façade de l'hôpital. Le parking est blindé de pare-brise qui brillent sous un soleil vif. À l'ombre et au frais, devant l'accueil, des files de gens fument en attendant des nouvelles.

Drôles d'endroits, les hôpitaux…

« Holly Sykes et le truc flippant », deuxième partie. Quelques semaines étaient passées, et j'ai commencé à me dire que Mlle Constantin n'était que le personnage d'un rêve, parce qu'elle n'était jamais revenue. Sauf que je connaissais maintenant un mot qu'elle avait utilisé pour parler de moi : « singulière »... J'ai cherché ce mot dans le dictionnaire et me suis demandé comment il avait pu atterrir dans mon esprit si ce n'était pas grâce à Mlle Constantin. À ce jour, je n'ai toujours pas la réponse à cette question. Et puis, un soir de septembre, après la rentrée des classes et mon huitième anniversaire, je me suis réveillée en sachant qu'elle était là ; j'étais plus contente qu'effrayée. J'aimais bien ça, être singulière. J'ai demandé à Mlle Constantin si elle était un ange, ce à quoi elle a ri un peu, et m'a répondu que non, qu'elle était humaine, comme moi, mais qu'elle avait appris à s'extirper de son corps pour rendre visite à ses amis. Je lui ai demandé si j'étais devenue une de ses amies et elle m'a demandé : « Est-ce que ça te plairait ? » alors je lui ai répondu : « Oui, s'il vous plaît, plus que tout au monde », et elle, de répliquer : « Eh bien, mon amie tu seras. » Puis j'ai demandé à Mlle Constantin d'où elle venait, et elle a dit : « De Suisse. » Pour crâner, je lui ai demandé si la Suisse était le pays où on avait inventé le chocolat, alors elle m'a confié n'avoir jamais rencontré de jeune fille aussi futée que moi. Dès lors, elle m'a rendu visite quelques minutes tous les soirs ; je lui racontais un peu ma journée, et elle m'écoutait, compatissait ou bien me réconfortait. Elle était toujours de mon côté, contrairement à Maman ou Brendan. Je lui posais des questions, aussi. Parfois, elle me répondait franchement, comme quand je lui avais demandé sa couleur de cheveux et qu'elle m'avait répondu : « Blond platine » ; mais la plupart du temps, elle les éludait : « Laissons encore un peu planer le mystère, d'accord, Holly ? »

Puis, un jour, la reine des caïds de l'école, Susan Hillage, m'a attrapée alors que je rentrais chez moi. Son père était un militaire en poste à Belfast et, comme ma mère est irlandaise, Susan s'est agenouillée sur ma tête et avait décidé de ne pas me laisser repartir tant que je n'avouais pas qu'on stockait du charbon dans notre baignoire et qu'on soutenait l'IRA. Comme je refusais, elle a lancé mon cartable dans un arbre et m'a juré que j'allais payer pour les camarades de son père tués à Belfast, et que si j'ouvrais la bouche, les gars de la section de son père mettraient le feu au pub, que toute ma famille brûlerait et que ce serait ma faute. Je n'étais pas du genre à me laisser faire, mais j'étais encore petite, et Susan Hillage avait su trouver les mots. Je n'ai rien dit, ni à Maman, ni à Papa, mais ça m'a rendue malade de devoir aller à l'école le lendemain en sachant ce qui risquait d'arriver. Mais cette nuit-là, quand je me suis réveillée blottie dans mon lit et que Mlle Constantin est arrivée, je n'ai pas simplement entendu sa voix dans ma tête : elle était là, en chair et en os, assise dans le fauteuil au bout de mon lit, elle m'a dit : « Réveille-toi, petite dormeuse. » Elle était jeune, avait des cheveux or blanc, des lèvres sans doute rose-rouge mais violet-noir sous le clair de lune, et elle portait une sorte de grande robe. Elle était belle, comme dans un tableau. Au bout d'un moment, j'ai réussi à lui demander si je rêvais, et elle a répondu : « Je suis venue, car mon épatante et singulière jeune amie me paraît bien malheureuse ce soir : je voudrais savoir pourquoi. » Alors je lui ai parlé de Susan Hillage. Mlle Constantin s'est tue jusqu'à la fin, puis elle a déclaré mépriser les caïds de tout poil et m'a demandé si je voulais qu'elle règle le problème à ma place. Je lui ai répondu : « Oh oui, s'il vous plaît », mais avant que je puisse demander quoi que ce soit d'autre, j'ai entendu les pas de Papa s'approcher dans le couloir, puis il a ouvert la porte et la lumière du palier m'a éblouie. Comment j'allais lui expliquer la présence de Mlle Constantin dans ma chambre à, je ne sais plus trop, une heure du matin ? Mais Papa a fait comme si elle n'était pas là. Il m'a demandé si j'allais bien, a dit qu'il avait entendu une voix ; évidemment Mlle Constantin avait disparu. J'ai répondu à Papa que j'avais dû rêver et parler dans mon sommeil.

Ce que j'ai fini par croire. Une voix, c'est une chose, mais une femme en robe, assise ici ? Le lendemain matin, je suis allée à l'école, comme d'habitude, mais je n'ai pas vu Susan Hillage. Personne d'autre ne l'avait vue, d'ailleurs. Le directeur a débarqué en trombe et en retard à l'assemblée des élèves pour annoncer que Susan Hillage avait été renversée par une camionnette alors qu'elle se rendait à l'école à vélo, qu'elle était dans un état très grave et que nous devions tous prier pour sa guérison. Quand j'ai entendu ça, je me suis sentie tout engourdie, toute froide, et mon sang a quitté si vite ma tête que le préau s'est comme replié sur moi ; après, je ne me rappelle même pas avoir percuté le sol.

La Tamise est ridée et d'un bleu boueux aujourd'hui, tandis que je marche, marche et marche encore, fuyant Gravesend, direction les marécages du Kent, et sans que je m'en rende compte, il est déjà onze heures trente ; loin derrière moi, la ville n'est plus qu'une maquette d'elle-même. Le vent dévide les nuages qui jaillissent des cheminées de l'usine Blue Circle telle une ribambelle de foulards sortant de la poche d'un magicien. À ma droite, l'A2 rugit au-dessus des marécages. M. Sharkey prétend qu'elle a été construite par-dessus une route bâtie par les Romains, et que l'A2, c'est toujours l'itinéraire qu'on suit pour aller prendre, à Douvres, un bateau à destination de l'Europe continentale, exactement comme les Romains le faisaient. Les pylônes, qui forment une double colonne, s'éloignent. Au pub, Papa doit être en train de passer l'aspirateur dans la salle, à moins que Sharon s'en charge et récupère mes trois livres. Il fait plus lourd, et la matinée semble s'étirer comme quand on a trois heures de maths d'affilée ; le soleil me fait mal aux yeux. J'ai oublié mes lunettes dans la cuisine de Vinny, sur l'égouttoir. Quatorze livres quatre-vingt-dix-neuf, elles m'ont coûté. Je les ai achetées avec Stella, qui m'avait juré avoir vu les mêmes à Carnaby Street, mais trois fois plus chères ; c'était une affaire, je m'étais dit. D'un coup, je m'imagine en train d'étrangler Stella : mes bras et mes mains se crispent, comme si je le faisais pour de vrai.

J'ai soif. À l'heure qu'il est, Maman doit avoir raconté à Papa pourquoi Holly est partie bouder comme une ado, mais je parie un million qu'elle a tout déformé. Papa plaisantera à propos de « cette dispute de nénettes », et PJ, Moutard et Gros Dex hocheront la tête et glousseront comme les gros débiles qu'ils sont. PJ fera semblant de lire le *Sun*. « Tiens, c'est écrit là : "Les astronomes de l'université de Connerie-en-Barre ont découvert une nouvelle preuve que les adolescents sont bel et bien le centre de l'univers." » Ils se mettront tous à ricaner, et ce bon vieux Dave Sykes, leur taulier préféré, se joindra à eux en poussant son fameux rire, genre « arrête je vais me pisser dessus ». On verra bien s'ils se poileront autant mercredi, quand je n'aurai toujours pas refait surface.

« Holly Sykes et le truc flippant », dernière partie. Tandis qu'on me portait jusqu'à l'infirmerie, j'entendais de nouveau les gens-de-la-radio. Ils étaient des centaines à chuchoter tous en même temps. Ça me terrorisait, mais pas autant que l'idée d'avoir tué Susan Hillage. Alors, j'ai parlé à l'infirmière des gens-de-la-radio et de Mlle Constantin. Cette pauvre vieille a dû penser que, dans le meilleur des cas, c'était à cause de la chute, mais que, dans le pire, j'étais fêlée : elle a donc appelé Maman, qui a passé un coup de fil à notre médecin de famille, et plus tard dans la journée, j'ai été examinée par un ORL de l'hôpital de Gravesend. Il n'a rien trouvé de louche, mais nous a suggéré d'aller voir un confrère psychiatre pour enfants à l'hôpital de Great Ormond Street, un spécialiste des cas comme le mien. Maman était dans tous ses états, genre « ma fille n'est pas folle ! », mais le docteur a lâché le mot « tumeur » et ça l'a effrayée. Après ce qui a été la pire nuit de ma vie – j'ai imploré Dieu de ne pas laisser revenir Mlle Constantin et j'avais glissé une bible sous mon oreiller, mais, à cause des gens-de-la-radio, c'est à peine si j'ai pu dormir quelques secondes –, l'ORL a appelé pour annoncer que son ami spécialiste arriverait à Gravesend une heure plus tard, et demander à Maman si elle pouvait m'amener immédiatement.

Le Dr Marinus est le premier Chinois que j'ai rencontré de ma vie, si je ne compte pas ceux des Mille Automnes, le restaurant où moi et Brendan, on nous envoyait parfois chercher des plats à emporter quand Maman était trop fatiguée pour faire la cuisine. Le Dr Marinus s'exprimait dans un anglais impeccable et sophistiqué ; sa voix était plutôt douce : il fallait tendre l'oreille pour tout entendre. Il était petit et maigrichon, et pourtant, il semblait remplir toute la pièce. Il a commencé par des questions sur l'école, ma famille, des trucs comme ça. Puis il en est venu aux voix. Maman a tout de suite lancé : « Ma fille n'est pas folle, si c'est ce que vous insinuez, c'est juste une commotion cérébrale. » Le docteur a acquiescé : je n'étais pas folle, mais le cerveau se trouvait être un endroit où les choses n'étaient parfois pas logiques. Afin de l'aider à écarter la possibilité d'une tumeur, il fallait que Maman me laisse répondre seule aux questions du médecin. Je lui ai alors parlé des gens-de-la-radio, de Susan Hillage, de Mlle Constantin. Maman s'est de nouveau excitée, mais le docteur lui a assuré que les hallucinations auditives – ces « mauvais rêves éveillés » – n'étaient pas rares chez les filles de mon âge. Au sujet de l'accident de Susan Hillage, il m'a dit qu'il s'agissait d'une grosse coïncidence, et que toutes sortes de coïncidences, même des grosses comme celle-ci, arrivaient partout, à tout le monde, en ce moment même : ç'avait été mon tour, voilà tout. Maman a demandé s'il existait un remède contre mes hallucinations, et je me rappelle que le Dr Marinus a dit qu'avant d'avoir recours aux médicaments, il aimerait essayer une technique plus simple de « chez lui ». C'était un peu comme de l'acupuncture, mais sans aiguilles. Il a demandé à Maman d'appuyer à un endroit précis – un point indiqué au stylo à bille sur mon majeur – puis, avec son pouce, il a touché le milieu de mon front. Comme un artiste qui dépose une touche de peinture. Mes yeux se sont fermés…

… et les gens-de-la-radio ont disparu. Ils ne se sont pas simplement tus : ils ont bel et bien disparu. Lisant sur mon visage, Maman a compris ce qui venait de se passer : elle était aussi stupéfaite et soulagée que moi. Elle a dit : « C'est tout ? Pas de fils électriques, pas de pilules ? » Le Dr Marinus a répondu que oui, cela devrait suffire.

Je lui ai demandé si Mlle Constantin était elle aussi partie pour toujours.

Le docteur a répondu que, dans la limite de ce que l'on peut prévoir, oui.

Fin. Nous sommes reparties, j'ai grandi, et ni les gens-de-la-radio ni Mlle Constantin ne sont jamais revenus. J'ai vu quelques documentaires sur les tours que notre cerveau peut nous jouer, et, aujourd'hui, je sais que Mlle Constantin était une sorte d'amie imaginaire (comme Sharon et son Lapin-lapinou-pinou) hors de contrôle. L'accident de Susan Hillage n'a été qu'une énorme coïncidence, comme le Dr Marinus me l'avait expliqué. Elle n'est pas morte, mais elle a déménagé à Ramsgate – certains disent que c'est du pareil au même. Le Dr Marinus m'a fait faire de l'hypnose, un peu comme ces cassettes qu'on achète quand on veut arrêter de fumer. Maman a arrêté de dire « Chinetoque » depuis ce jour-là, et encore aujourd'hui, elle tombe à bras raccourcis sur tous ceux qui utilisent ce mot. « On dit "Chinois", pas "Chinetoque", et ce sont les meilleurs docteurs des services de santé publique. »

Une heure de l'après-midi, indique ma montre. Loin derrière moi, de tout petits bonshommes pêchent devant le fort de Shornemead, là où on a pied. Devant, au loin, il y a une carrière, une grosse montagne de pierres et un tapis roulant qui alimente une péniche en gravier. Je vois aussi le fort Cliffe, avec ses fenêtres qui ressemblent à des orbites sans yeux. Ce bon vieux M. Sharkey raconte qu'il y avait des batteries antiaériennes à l'intérieur pendant la guerre, et que, lorsque les gens de Gravesend entendaient les canons, ils savaient qu'ils avaient une minute – grand maximum – pour aller se planquer dans un abri aménagé sous des escaliers ou creusé au fond d'un jardin. Là, maintenant, j'aimerais bien qu'une bombe tombe sur Peacock Street, sur une maison en particulier. Je parie qu'ils s'enfilent des pizzas en guise de déjeuner – des pizzas, Vinny ne mange que ça parce qu'il a trop la flemme de cuisiner. Ils doivent bien se payer ma tête. Je me demande si Stella a passé la nuit là-bas. Moi je pensais que les gens tombaient amoureux et que, voilà, c'était tout. Non mais quelle conne je suis ! Je shoote dans un caillou, mais ça n'en est pas un : c'est un bout de rocher qui dépasse du sol et sur lequel je me défonce l'orteil. La douleur trace un éclair jusqu'à mon cerveau, et voilà que j'ai les yeux qui chauffent et pleurent – d'où est-ce que toute cette flotte peut bien sortir ? À part l'eau de mon brossage de dents et le lait de mes Weetabix, je n'ai rien bu. J'ai la langue comme ces cubes de mousse qui servent aux compositions florales. La sangle de mon sac de sport m'irrite l'épaule. Mon cœur est un bébé phoque qu'on matraque. J'ai sans doute l'estomac vide, mais je suis encore trop triste pour le sentir. Pour autant, pas question de tourner les talons et de rentrer à la maison. Ça, jamais.

À trois heures, ce n'est plus simplement ma langue qui est pâteuse, mais toute ma tête. Je crois bien que je n'ai jamais autant marché de ma vie. Pas le moindre magasin ni même une maison où je pourrais demander un verre d'eau. Puis je distingue une petite bonne femme qui pêche au bout d'une sorte de ponton, comme si on l'avait dessinée là pour qu'elle échappe aux regards. Elle est à un long jet de pierre de moi, mais je la vois prendre une thermos et se remplir une tasse. D'habitude, je ne fais jamais ce genre de chose mais j'ai tellement soif que je descends sur la berge et vais au bout du ponton jusqu'à elle en faisant résonner les lattes pour ne pas lui faire peur. « Excusez-moi, est-ce que vous voudriez bien me donner un peu d'eau ? S'il vous plaît… »

Elle ne tourne même pas la tête. « Du thé froid, ça te va ? » On dirait que sa voix rocailleuse vient d'un endroit où il fait chaud.

« C'est très bien, merci. Je ne suis pas difficile.

– Alors, sers-toi, si tu n'es pas difficile. »

Je me verse une tasse, sans m'inquiéter des microbes ou d'autre chose. Ce n'est pas du thé normal, mais c'est le truc le plus rafraîchissant que j'aie jamais bu ; je laisse le liquide tournoyer dans ma bouche. Là, pour la première fois, je la regarde vraiment. Des yeux d'éléphant sur un vieux visage fripé, des cheveux courts et gris, une chemise d'explorateur un peu crade et un chapeau à larges bords qui semble dater du siècle dernier. Elle me demande : « C'est bon ?

– Ouais, je réponds. Ça a un goût d'herbe.

– C'est du thé vert. Heureusement que tu n'es pas difficile. »

Je lui demande : « Depuis quand le thé est vert ?

– Depuis que les feuilles des arbustes sont de cette couleur. »

Splatch : un poisson. Je repère où il était, mais pas où il est maintenant. « Vous en avez attrapé beaucoup, aujourd'hui ? »

Silence. « Cinq perches. Une truite. C'est calme, cet après-midi. »

Je ne vois ni seau ni rien d'autre. « Elles sont où ? »

Une abeille se pose sur le bord de son chapeau. « Je les relâche.

– Si vous les relâchez, pourquoi vous pêchez ? »

Quelques secondes s'écoulent. « Pour la conversation. »

Je regarde autour de moi : le sentier, un champ envahi par les ronces, un bois déplumé, et une piste étouffée par la végétation. Elle se fout de moi. « Il n'y a personne, ici. »

L'abeille se plaît là où elle est et ne bouge pas, même quand la femme s'agite pour rembobiner sa ligne. Je m'écarte pendant qu'elle vérifie que son appât est toujours bien accroché. Des gouttes d'eau éclaboussent les lattes assoiffées du ponton. Le fleuve lape le rivage et léchouille les rondins en bois qui servent de piliers. Toujours assise, d'un geste expert du poignet, la vieille dame lance sa ligne ; la bobine grince comme une cithare, et le plomb, qui tournicotait dans l'air, plonge à l'endroit où il était un peu plus tôt. Des cercles concentriques partent à la dérive. Un silence de mort…

Puis, elle fait quelque chose de super-bizarre. Elle sort un bâton de craie et écrit MON sur une latte, à côté de son pied. Sur la suivante, elle écrit NOM. Sur celle d'après, COMPLET. Puis elle range sa craie et continue à pêcher.

J'attends qu'elle m'explique, mais rien ne vient. « Qu'est-ce que c'est ?

– Qu'est-ce que c'est, quoi ?

– Ce que vous venez d'écrire.

– Des instructions.

– Des instructions pour qui ?

– Pour quelqu'un qui se trouve à de nombreuses années de maintenant.

– Mais c'est de la craie. Ça va s'effacer.

– Du ponton, oui. De ta mémoire, non. »

D'accord, elle est complètement frappée. Mais bon, je ne le lui dis pas parce que je voudrais bien encore de son thé vert.

« Termine le thé, si tu veux, dit-elle. Toi et le garçon, vous ne croiserez pas de magasin avant d'arriver à Allhallows-on-Sea…

– Merci. » Je remplis la tasse. « Vous êtes sûre, hein ? Il n'y en a plus, après.

– Une bonne action en appelle une autre. » Elle tourne la tête et me lance un regard rusé de tireur d'élite. « Tu vas peut-être devoir m'offrir l'asile. »

L'asile ? Elle veut aller dans un asile de fous ? « Vous voulez dire quoi ?

– Une retraite. Un refuge. Si la Première Opération échoue, comme je le redoute. »

Avec les fous, c'est pas de la tarte. « J'ai quinze ans. Je n'ai pas d'asile ni de… de retraite. Désolée.

– Tu es la personne idéale. Tu es inattendue. Mon thé en échange de l'asile. Alors ? »

Papa prétend que le mieux avec les poivrots, c'est de se prêter à leur jeu, puis de les laisser en plan. Peut-être que les dingues, c'est un peu comme des ivrognes qui ne dessoûleraient jamais. « Marché conclu. »

Elle acquiesce d'un hochement de tête ; je bois jusqu'à ce que le soleil ne soit plus qu'une faible lueur à travers le fond de la fine tasse en plastique.

La vieille cinglée regarde de nouveau ailleurs. « Merci, Holly. »

Je la remercie en retour et repars sur la terre ferme. Puis je fais demi-tour et reviens vers elle. « Comment vous connaissez mon nom ? »

Elle ne se retourne pas. « Quel est le nom qu'on m'a donné ? »
Tu parles d'un petit jeu à la con. « Esther Little.
– Et comment connais-tu mon nom, toi ?
– Bah… parce que vous venez de me le dire. »
Elle me l'a dit, non ? Mais oui, forcément.
« Tu as ton explication. »
Et voilà les dernières paroles d'Esther Little.

Aux alentours de quatre heures, je me retrouve sur une petite plage de galets accumulés sur le côté d'une sorte de digue en bois qui plonge en pente douce dans le fleuve. Je retire mes Doc. J'ai une ampoule bizarroïde sur le gros orteil, on dirait une mûre écrasée. Dégueu. Je sors *Fear of Music* de mon sac de sport, retrousse mon jean et avance jusqu'à ce que l'eau m'arrive aux genoux. Dans ce lacet, la Tamise est froide comme l'eau du robinet, et le soleil cogne, mais plus aussi fort que quand j'ai quitté la vieille folle qui pêchait. Puis je lance l'album comme un frisbee, aussi fort et loin que possible. Comme il n'est pas vraiment aérodynamique, il monte dans les airs jusqu'à ce que le disque et son enveloppe s'échappent et plongent, plouf. La pochette noire retombe comme un oiseau blessé et flotte sur l'eau pendant un moment. Des larmes – encore des larmes – coulent de mes yeux qui me brûlent et je m'imagine avancer jusqu'à l'endroit où le disque a coulé sur les pentes du lit de la Tamise, naviguer entre les truites et les perches, les vélos rouillés, les os de pirates noyés, les carcasses des avions allemands, les bagues de fiançailles jetées et Dieu sait quoi d'autre.

Mais je retourne sur le rivage et m'allonge sur les galets chauds, juste à côté de mes Doc. Papa doit être à l'étage, les jambes étendues sur le canapé : « Je pense bien aller lui toucher un ou deux mots, à ce Costello, Kath », il dira. Maman jettera son mégot dans le café froid au fond de sa tasse. « Non, Dave. C'est ce que mademoiselle cherche à obtenir. Ne prête pas attention à sa sortie fracassante, et tu vas voir qu'elle commencera à se rendre compte de tout ce qu'on fait pour elle… »

Sauf que, d'ici demain soir, Maman se tracassera au sujet de l'école lundi, parce que, lorsqu'ils lui demanderont où je suis et pourquoi j'étais absente aux exams, elle fera moins sa maligne. Furibarde, elle se précipitera chez Vinny. Elle le mettra en pièces – bien fait pour lui ! –, mais elle ne saura pas plus où je suis. C'est décidé. Je passe deux nuits dehors, et puis après, je verrai bien. Tant que je n'achète pas de clopes, avec mes treize livres quatre-vingt-cinq en petites pièces, j'ai de quoi tenir deux jours avec des sandwiches aux frites, des pommes et des gâteaux secs. Si je pousse jusqu'à Rochester, je pourrai même retirer de l'argent au guichet de la TSB et prolonger mon escapade.

Un immense cargo fait gronder sa corne de brume. *Étoile de Riga* est inscrit en blanc sur sa coque orange. Je me demande ce que c'est, Riga : un endroit ou autre chose ? Sharon et Jacko doivent savoir. Je pousse un énorme bâillement, me rallonge sur les cailloux qui craquent et observe comment les remous provoqués par l'énorme bateau viennent lécher les galets du rivage.

La vache, ce que j'ai sommeil tout d'un coup…

« Sykes, tu es vivante ?… Hé… Sykes. » L'après-midi fait irruption, suivie d'une salve de questions : *Où je suis ? Pourquoi est-ce que je suis pieds nus ? Qu'est-ce que la paluche d'Ed Brubeck fout sur mon bras ?* D'une secousse, je vire sa main, me lève et recule d'un ou deux mètres, mais *ouille, ouille, ouille*, les cailloux brûlants me crament la plante des pieds et je finis par me cogner la tête contre la digue en bois.

Ed Brubeck, lui, n'a pas bougé. « Ça doit faire mal.

– Bah oui, ça fait mal. C'est ma tête, bordel.

– Je voulais juste vérifier que tu n'étais pas morte. »

Je me frotte le crâne. « J'ai l'air d'être morte, peut-être ?

– Bah, il y a quelques secondes, oui, un peu.

– Eh ben, non, figure-toi. » Le vélo de Brubeck est posé à terre ; la roue tourne encore. Sa canne à pêche est toujours attachée au cadre. « Je… Je faisais un somme, c'est tout.

– Quoi, ne me dis pas que tu es venue jusqu'ici à pied?

– Non, en ballon sauteur, mais cette saloperie m'a échappé des mains.

– Je n'aurais jamais cru que tu étais du genre à faire de grandes balades, dis donc.

– Ni moi, que tu étais du genre bon Samaritain.

– On en apprend tous les jours.»

À plus d'un kilomètre de là, un oiseau se met à chanter. Un gazouillis foutraque. Ed Brubeck ramène en arrière ses cheveux noirs qui lui tombent sur les yeux. Sa peau est si foncée qu'on le croirait turc ou de ces pays-là.

«Alors, où tu allais?

– Aussi loin que possible de ce trou, si mes pieds veulent bien.

– Eh ben. Et on peut savoir ce que cette vilaine ville de Gravesend t'a fait?»

Je lace mes Doc. Mon ampoule me fait un mal de chien. «Et toi, tu vas où?

– Mon oncle habite par là-bas.» Ed Brubeck tend un bras en direction des terres. «Il a un peu de mal à se déplacer, ces derniers temps, et il est presque aveugle, alors je vais lui tenir compagnie. J'étais parti pour aller pêcher à Allhallows, et puis je t'ai vue et…

– Et tu as cru que j'étais morte: je sais. Ben tu vois, ce n'est pas le cas. Je ne voudrais pas te retenir, surtout.»

Il fait une tête, genre: *Si c'est ce que tu veux*, puis remonte la berge.

Je lui lance: «Hé, Brubeck, c'est à combien de kilomètres d'ici, Allhallows?»

Il ramasse son vélo. «Sept ou huit. Je t'emmène?»

Je pense à Vinny et sa Norton; je secoue la tête. Il enfourche son vélo comme un frimeur et file. Je ramasse une poignée de cailloux et les jette rageusement dans l'eau.

Un minuscule Ed Brubeck disparaît derrière un massif d'arbres pointus, loin devant. Il ne s'est pas retourné. J'aurais dû accepter. J'ai les genoux tout raides, les pieds en compote et l'impression que de minuscules perceuses me perforent les chevilles. À cette allure, sept kilomètres, ça va me prendre un temps fou. De toute façon, Ed Brubeck est un mec, comme Vinny, et les mecs ne sont que des pistolets à sperme. Mon estomac crie famine. Le thé vert, c'est bon, mais ça fait pisser comme un cheval de course, et j'ai une haleine de rat crevé. Oui, Ed Brubeck est un mec, mais ce n'est pas non plus un sale connard. La semaine dernière, il s'est engueulé avec Mme Binkirk, notre prof d'éducation religieuse, et il a été convoqué dans le bureau de M. Nixon pour l'avoir traitée de « reine des fanatiques ». Une insulte d'adulte. Les gens sont des icebergs : on n'en voit qu'une toute petite partie, le reste est caché. J'essaie de ne pas penser à Vinny, et pourtant, je pense à lui, et je me souviens que, ce matin, je rêvais de monter un groupe avec lui. Au loin, de derrière le massif d'arbres pointus, un minuscule Ed Brubeck jaillit et pédale dans ma direction. Il est peut-être trop tard pour la pêche ; il retourne sans doute à Gravesend. Il grandit, grandit, jusqu'à atteindre sa taille normale, puis, pour se la jouer, fait un dérapage : c'est un mec, d'accord, mais c'est encore un gamin. Ses yeux paraissent blancs sur son visage foncé. « Allez, monte, Sykes. » Il tape sur la selle. « Allhallows est à des kilomètres. D'ici à ce que tu y arrives, il fera nuit. »

Dans un équilibre précaire, nous avançons à une vitesse raisonnable. Quand on roule sur une bosse, Brubeck me demande si ça va, et je lui réponds que oui. La brise marine mêlée à l'air que le vélo traverse s'engouffre dans mes manches et me caresse tout le devant, un peu comme si M. Chatouille me tripotait. Brubeck a son t-shirt trempé de sueur qui lui colle au dos. En parlant de sueur, pas question que je pense à celle de Vinny ou de Stella… Mon cœur s'est rouvert, du pus s'en échappe ; ça pique comme de l'alcool sur une égratignure. Je m'agrippe au porte-bagages des deux mains, mais le chemin devient plus cahoteux, alors je glisse un pouce dans le passant de ceinture du jean de Brubeck. Ça va lui filer la gaule, c'est sûr, mais ça, ce n'est pas mon problème.

De petits agneaux cotonneux paissent tranquillement. La brebis nous observe d'un œil mauvais, comme si on comptait manger ses petits avec une garniture de choux de Bruxelles et de purée.

À notre passage, des échassiers au bec en forme de spatule prennent peur : ils s'enfuient, volant au ras de l'eau. Le bout de leurs ailes touche la surface et dessine des cercles.

C'est à cet endroit que la Tamise devient la mer, et que l'Essex se change en or. Cette petite crotte, c'est Canvey Island ; là-bas, c'est celle de Southend.

Côté Angleterre, la Manche est bleu stylo à bille ; le ciel a la couleur des cubes de craie dont on se sert au billard. On zigzague sur une passerelle qui surplombe une crique couleur rouille faite de marécages et de dunes avant de s'enfoncer dans les terres : BIENVENUE SUR L'ÎLE DE GRAIN.

Non pas que ce soit vraiment une île. Dans le temps, oui, peut-être.

On entend l'oiseau au gazouillis foutraque. Il a dû nous suivre.

Allhallows-on-Sea n'est rien de moins qu'un grand camp de vacances qui jaillit d'un village riquiqui en retrait et se déverse sur la côte. Il n'y a que des rangées de caravanes et de baraques sur pilotis qu'on appelle mobile-homes dans les films américains. Des gamins torse nu et des bambins cul nu dégainent leurs pistolets à eau ou jouent au Jokari en courant dans tous les sens. Des mères de famille à moitié bourrées lèvent les yeux au ciel devant des pères rosis par le soleil qui font griller de grosses saucisses au barbecue. J'essaie de manger la fumée. « Je ne sais pas toi, déclare Brubeck, mais moi, je crève la dalle. »

Trop enthousiaste, je réponds : « Moi aussi, un peu. » Il se gare devant le resto de fish-and-chips, juste à côté du Golf Maboul de Rolph le Cool. Brubeck commande un filet de cabillaud frites à deux livres ; moi, je prends juste des frites, c'est seulement cinquante pence. Mais Brubeck lance au type derrière le comptoir : « Deux filets, ce sera, s'il vous plaît » et lui tend un billet de cinq ; alors le type me mate rapidement et adresse à Brubeck le genre de regard que les hommes s'échangent – *Jolie prise, fiston* –, ce qui me fout en rogne, parce que Brubeck et moi, on n'est pas ensemble, et il pourra me payer tous les filets de cabillaud frites qu'il voudra, on ne le sera jamais. Brubeck nous prend en plus deux canettes de Coca, puis voit la tronche que je tire. « Un fish-and-chips, ça n'engage à rien.

– Encore heureux, que ça n'engage à rien. » Ma réplique est plus cassante que je ne le voulais. « Mais merci. »

Nous passons devant le dernier cabanon et une partie d'un abri en béton construit au bord des dunes. Une odeur de pisse remonte des meurtrières ; ça n'empêche pas Brubeck de grimper sur le toit plat et peu élevé. « C'est un bunker, déclare-t-il. On y postait des mitrailleuses, pendant la guerre, au cas où les Allemands débarqueraient. Si tu ouvres les yeux, tu en verras des centaines. Quand on y réfléchit, c'est ça, la paix : c'est quand les postes de mitrailleuses servent de tables de pique-nique. » Je le regarde : personne n'oserait dire un truc aussi intelligent au lycée. Je monte toute seule sur le toit pour admirer la vue. Southend est de l'autre côté de l'embouchure, qui doit mesurer pas loin de deux kilomètres de large ; dans la direction opposée, j'aperçois les docks de l'île de Sheppey. Puis nous ouvrons nos Coca ; je fais attention à garder l'opercule pour le jeter dans la canette après. Les chiens se blessent le dessous des pattes, à cause de ça. Brubeck me tend sa canette ; je trinque avec lui, comme avec du vin, mais je ne le regarde pas dans les yeux, ça lui évitera de se faire des idées, et nous buvons. La première gorgée me fait l'effet d'un long gargouillis glacé. Les frites sont chaudes et vinaigrées, et en épluchant la panure pour atteindre les morceaux de cabillaud les plus gras, nous nous brûlons les doigts. « C'est super-bon, je lui dis. Merci.

– Pas aussi bon qu'à Manchester », répond Brubeck.

La traîne rose d'un cerf-volant écrit sur le bleu.

La fumée d'une Dunhill de Brubeck remplit mes poumons. Ça fait du bien. Et puis je songe à Stella Yearwood et à Vinny qui fument ses Marlboro au lit : je fais semblant d'avoir un truc dans l'œil. Histoire de penser à autre chose, je demande à Brubeck : « C'est qui, au fait, cet oncle ? Celui à qui tu as rendu visite tout à l'heure.

– Mon oncle Norm. Le frère de ma mère. Il était grutier chez Blue Circle Cement, mais il ne travaille plus. Il est en train de perdre la vue. »

Je tire une autre grosse bouffée. « C'est horrible. Le pauvre.

– Oncle Norm dit que, la pitié, c'est une forme d'injure.

– Il est totalement aveugle, ou juste un peu, ou alors…

– Il a perdu à peu près les trois quarts de sa vision à chaque œil. Et ce qui lui reste, il est en train de le perdre aussi. Ce qui le déprime surtout, c'est de ne plus pouvoir lire le journal. Il dit que c'est comme s'il cherchait ses clés dans la neige quand c'est devenu de la gadoue. Alors presque tous les samedis, je prends mon vélo pour aller à son bungalow lui lire des articles du *Guardian*. Et puis il me parle de la bataille entre Thatcher et les syndicats, m'explique pourquoi les Russes sont en Afghanistan, pourquoi la CIA renverse les gouvernements démocratiquement élus en Amérique latine.

– Il te donne des cours d'histoire-géo, ou quoi ? »

Brubeck secoue la tête. « Tout ce qui intéresse nos profs, c'est de pouvoir rentrer chez eux à quatre heures et d'avoir la retraite à soixante ans. Mon oncle, lui, ce qu'il adore, c'est parler et réfléchir, et il a envie de te faire aimer ça. Il est super-intelligent. Après, en début d'après-midi, ma tante nous sert un déjeuner copieux, et puis mon oncle s'endort sur sa chaise pendant que moi, je pars pêcher, s'il fait beau. Sauf quand je trouve quelqu'un de ma classe inanimé au bord de l'eau. » Il écrase sa cigarette. « Et toi, qu'est-ce que tu as à me raconter, Sykes ?

– Comment ça, ce que j'ai à te raconter ?

– À neuf heures moins le quart, je t'ai vue remonter Queen Street, puis entrer…

– Tu m'as vue ?

– Oui, oui. Tu entrais dans le marché couvert. Mais sept heures plus tard, la suspecte a été aperçue à quinze kilomètres à l'est de Gravesend, sur les bords de la Tamise.

– À quoi tu joues ? Tu te prends pour un détective privé, ou quoi ? »

Un petit chien à la queue coupée qui frétille du derrière s'approche de nous. Brubeck lui lance une frite.

« Si j'étais détective privé, je me dirais qu'il y a du grabuge entre toi et ton mec. »

Ma voix est cassante. « Ça ne te regarde pas.

– C'est juste. Je ne sais pas qui c'est, mais ce con n'en vaut pas la peine. »

D'un geste hargneux, je lâche une frite au chien. Il l'avale en un éclair ; il a dû s'échapper de chez lui. Comme moi.

Brubeck roule sa feuille de journal en entonnoir et fait tomber les petits morceaux de pomme de terre grillés dans sa bouche. « Tu comptes retourner à Gravesend, ce soir ? »

Je me retiens de grogner. Cette ville, c'est un nuage noir. Vinny, Stella, et ma mère y sont. Gravesend, c'est eux. Ma montre affiche 18:19. Avec l'arrivée des habitués du soir, il doit y avoir de l'ambiance au Captain Marlow. Au premier, Jacko et Sharon se sont sûrement installés sur le canapé pour regarder *L'Agence tous risques* en grignotant des biscuits apéro au fromage et du gâteau au chocolat. J'aimerais être avec eux, mais Maman m'a collé une gifle. « Non, je réponds à Brubeck. Pas question.

– Dans trois heures, il fera nuit. Ça ne te laisse pas beaucoup de temps pour trouver une troupe de saltimbanques prête à t'accueillir. »

Les herbes des dunes se mettent à bouger. La France déroule un tapis de nuages. J'enfile ma veste. « Je réussirai peut-être à trouver un petit bunker confortable. Un dans lequel les gens ne vont pas pisser. Ou une grange. »

Des mouettes montées sur élastique débarquent et braillent pour avoir des frites, elles aussi. Pour les faire déguerpir, Brubeck se lève et agite les bras, genre le prince fou de Allhallows-on-Sea.

Il me lance : « J'ai peut-être une meilleure idée. »

Nous revoici à vélo sur une vraie route. De grands champs plats au beau milieu de nulle part sur lesquels s'étirent de grandes ombres noires. Brubeck fait du mystère autour de l'endroit où nous nous dirigeons : « Quoi, tu me fais pas confiance, Sykes ? » Il m'assure que là, je n'aurai pas froid, je serai au sec et en sécurité, et que lui-même y est resté cinq ou six fois après des parties de pêche nocturnes. Pour cette nuit, ça ira. Brubeck dit qu'il retournera chez lui, derrière Gravesend. Le problème, avec les garçons, c'est qu'ils vous aident juste parce que vous leur plaisez, mais chaque fois qu'on découvre leur réelle motivation, c'est super-gênant et il est déjà trop tard. Ed Brubeck a l'air réglo – il passe ses samedis après-midi à lire le journal à son oncle aveugle –, mais après cette histoire avec Vinny et Stella, je ne sais plus si je dois me fier à mon intuition. Enfin, étant donné que la nuit va bientôt tomber, je n'ai plus trop le choix. Nous passons devant une usine gigantesque. Je m'apprête à demander à Brubeck ce qui s'y fabrique, quand il m'annonce qu'il s'agit de la centrale électrique de Grain : elle fournit Gravesend et la moitié du Sud-Est londonien en électricité.

« Ouais, je sais », je lui mens.

L'église courtaude est surmontée d'un clocher doté de meurtrières ; avec les dernières lueurs du soleil, on croirait qu'elle est dorée. Dans le bois, on entend une sorte de bruit continuel de vagues, et des corbeaux voltigent comme des chaussettes noires dans un sèche-linge. « ÉGLISE PAROISSIALE DE ST MARY HOO », précise un panneau au-dessous duquel est inscrit le numéro de téléphone du pasteur. Le village de St Mary Hoo se trouve un peu plus loin, mais il n'y a que quelques vieilles baraques et un pub au croisement de deux chemins. « Le couchage est rudimentaire, me prévient Brubeck pendant que nous descendons du vélo, mais le Père, le Fils et le Saint-Esprit veillent à la sécurité de l'endroit, et à zéro livre la nuit, le rapport qualité-prix est imbatable. »

Il parle de l'église ? « Non, tu plaisantes, c'est ça ?

– Il faut libérer la chambre à sept heures, si tu ne veux pas que la direction se foute en rogne. »

C'est bien de l'église qu'il parle. Je le regarde d'un air dubitatif. Il fait une tête pour dire : *C'est à prendre ou à laisser*.

Il faut bien que j'accepte. Dans les marécages du Kent, les jolies granges à la paille douillette du style *La Petite Maison dans la prairie* ne courent pas les rues. La seule que j'ai vue se trouve à quelques kilomètres derrière nous ; elle est en tôle ondulée et deux dobermans enragés montent la garde.

« Mais les églises, elles sont fermées à clé, non ? »

Brubeck me répond : « Ouais » sur le même ton que moi, quand je dis : « Et alors ? » Après avoir vérifié qu'il n'y a personne dans le coin, il gare son vélo dans le cimetière. Il le planque entre des arbres broussailleux et le mur, puis il m'accompagne jusqu'au porche. De petites congères de confettis sales s'y sont formées. « Surveille le portail », me demande-t-il. De sa poche, il sort une espèce de porte-monnaie en cuir contenant un jeu de clés ainsi qu'une fine tige de métal en forme de L. Il jette un dernier regard en direction du chemin, puis il enfonce une clé dans la serrure et la remue légèrement.

J'ai un peu peur qu'on se fasse pincer. « Où est-ce que tu as appris à forcer les serrures ?

– Mon père n'était pas du genre à apprendre à son fils à jouer au foot ou à réparer une chambre à air crevée.

– On pourrait finir au poste ! Ça s'appelle… Ça s'appelle…

– … une effraction. C'est bien pour ça que je te demande de surveiller le portail.

– Mais si quelqu'un arrive, qu'est-ce que je fais ?

– Fais semblant d'être gênée, genre on se roulait des palots et on nous a surpris.

– Pff. Dans tes rêves, Ed Brubeck. »

Il émet un petit rire persifleur. « Fais semblant, je t'ai dit. Et détends-toi, les flics ne nous coffreront que s'ils ont la preuve que c'est bien nous qui avons crocheté la serrure. Tant que tu ne passes pas aux aveux et que tu fais gaffe à ne pas bousiller le mécanisme… » Il insère un passe-partout dans le trou. « … qui pourra dire qu'on n'était pas juste en train de se promener, qu'on a trouvé la porte ouverte et qu'on est entrés parce qu'on a un faible pour l'architecture des églises saxonnes ? D'ailleurs, au cas où, c'est ça notre scénario. » Brubeck a l'oreille collée à la serrure qu'il titille. « Mais bon, depuis Pâques, j'ai dormi ici trois samedis soir, et il s'est passé que dalle. En plus, c'est pas comme si on venait faucher quelque chose. Et puis toi, tu es une fille, alors si tu chiales et que tu racontes un bobard du style : "Pitié, monsieur le pasteur, j'ai fugué parce que mon beau-père me frappe", tu auras de bonnes chances de t'en sortir avec une tasse de thé et un biscuit au chocolat. » Brubeck lève une main pour avoir le silence : un cliquetis. « Ça y est. » La porte de l'église s'ouvre en grinçant dans la pure tradition transylvanienne.

À l'intérieur de l'église de St Mary Hoo, ça sent les œuvres de bienfaisance et les vitraux laissent passer une lugubre lueur tutti frutti. Les murs sont épais comme un abri antiatomique et le *vlam* qui se fait entendre lorsque Brubeck nous enferme résonne dans tous les sens, comme dans un donjon. Le toit n'est qu'une multitude de poutre en bois. Nous remontons la petite allée centrale et dépassons les dix ou douze bancs. La chaire est en bois, les fonts baptismaux en pierre, l'orgue me fait penser à un piano bizarroïde à multiples pots d'échappement. L'espèce de pupitre n'est sans doute pas en or, sinon un voleur – le père de Brubeck, tiens – aurait déjà mis le grappin dessus depuis belle lurette. Nous arrivons devant l'autel et levons les yeux sur le vitrail montrant la Crucifixion. Les rayons d'une roue de vélo semblent jaillir d'une colombe dessinée dans le ciel de verre teinté. Les deux Marie, les deux disciples et le Romain au pied de la croix ont l'air de parler de la pluie et du beau temps. Brubeck me demande : « Tu es catholique, toi, non ? »

Ça me surprend qu'il y ait pensé. « Ma mère est irlandaise.

– Alors le Ciel, Dieu, ces choses-là, tu y crois ? »

J'ai arrêté d'aller à l'église l'année dernière. C'était le plus gros sujet de dispute entre Maman et moi, jusqu'à ce matin. « Je suis comme qui dirait devenue allergique.

– Mon oncle Norm dit que la religion, c'est du "paracétamol spirituel", et, d'une certaine façon, j'espère qu'il a raison. À moins que Dieu propose des greffes de personnalité aux gens à leur arrivée, le Ciel, c'est la promesse d'une interminable réunion de famille avec des parents de l'acabit de mon oncle Trev. Pour moi, l'Enfer ne serait pas pire.

– Si je comprends bien, ton oncle Trev, c'est tout le contraire de ton oncle Norm ?

– C'est le jour et la nuit. Oncle Trev est le frère aîné de mon père. Le "cerveau du gang", comme il dit lui-même, ce qui le définit assez bien : il a assez de jugeote pour laisser les ratés comme mon père se charger du sale boulot. Si l'opération réussit, oncle Trev recèle le matos, et quand ça foire, il joue le mec au courant de rien. Il a même essayé de se faire ma mère quand mon père est allé en taule, et c'est en partie pour ça qu'on a déménagé dans le Sud.

– Une vraie raclure, à t'entendre.

– Oui, ça résume bien le tonton Trev. » La lumière psychédélique disparaît du visage de Brubeck à mesure que le soleil se couche. « N'empêche, si j'étais en train de mourir dans un hospice, je crois que je me jetterais sur tout le paracétamol spirituel que je pourrais dénicher. »

Je pose la main sur la clôture d'autel. « Et si… Et si le Ciel, ça existait, mais que à certains moments ? Comme un verre d'eau un jour où il fait très chaud et que tu meurs de soif, ou bien quand quelqu'un te fait une gentillesse sans raison particulière, ou… » Les pancakes de Maman au Toblerone fondu ; Papa qui abandonne le bar et monte juste pour me dire : « Bonnet d'nuit, fais de beaux rêves. » Ou bien Jacko et Sharon qui chantent : « *Car c'est un bon Carambar* » au lieu de : « *Car c'est un bon camarade* » à chaque anniversaire jusqu'à se pisser dessus alors que ce n'est même pas drôle ; et Brendan qui me donne son vieux tourne-disque au lieu de le filer à un de ses potes. « Imagine que le Ciel, ce n'est pas un tableau accroché dans les airs pour l'éternité, mais plutôt… je ne sais pas, moi… la meilleure chanson jamais écrite… mais une chanson qu'on entendrait par bribes tout au long de notre vie, qui s'échapperait des voitures sur la route ou… des fenêtres aux étages des maisons quand on s'est perdu… »

Brubeck me regarde avec l'air de vraiment m'écouter.

Et putain, je le crois pas : je rougis ! « Tu regardes quoi, là ? »

Il n'a pas le temps de répondre car quelqu'un enfonce une clé dans la porte.

Les secondes défilent devant moi au ralenti tels des ivrognes qui feraient une chenille ; Brubeck et moi sommes un peu comme Laurel et Hardy, Starsky et Hutch ou les deux moitiés qui s'agitent dans un costume de cheval, et il me pousse à travers une porte en bois que je n'avais pas vue, dissimulée par l'orgue, et nous voilà dans une pièce haute de plafond bizarrement fichue où une échelle conduit à une trappe. Je crois que c'est ça qu'on appelle une sacristie, et l'échelle doit mener au clocher. Brubeck tend l'oreille par l'embrasure de la porte : il n'y a pas d'autre sortie, seulement cette espèce de placard dans le coin. Les voix d'au moins deux hommes se rapprochent de nous, et je me demande si je n'en entends pas une troisième, celle d'une femme. Et merde ! Brubeck et moi, on se regarde. Trois choix s'offrent à nous : on peut soit rester plantés là et tenter de les convaincre de nous laisser partir, soit nous cacher dans le placard, ou bien grimper à l'échelle en priant pour que la trappe s'ouvre et que ceux qui arrivent n'aient pas la même idée. Il est sans doute trop tard pour grimper à l'échelle, à présent. Soudain, Brubeck me fait rentrer dans le placard avant de s'y glisser à son tour et de refermer la porte le mieux possible. Ce placard est plus petit qu'il ne paraissait de l'extérieur. C'est comme si vous deviez vous cacher dans une moitié de cercueil posé à la verticale… avec un garçon qui ne vous intéresse pas mais contre lequel vous devez vous presser. Brubeck referme la porte…

« Mais ce type se prend pour la parousie de ce salopard de Fidel Castro ! » Les voix pénètrent dans la sacristie. « Qu'on l'aime ou qu'on la déteste – et pour beaucoup, c'est les deux en même temps –, Maggie Thatcher a été élue, elle. Arthur Scargill ne peut pas en dire autant. Il n'a même pas été fichu d'organiser des élections dans son propre syndicat.

– Ce n'est pas le propos, répond un type à l'accent londonien. L'enjeu de cette grève, c'est l'avenir. Voilà pourquoi le gouvernement ne recule devant aucun coup fourré : espions du MI5, mensonges relayés dans les médias, suspension des allocations aux familles de grévistes… Moi, je vous le dis : si les mineurs perdent la bataille, vos enfants feront autant d'heures qu'au temps de la reine Victoria, et aux salaires de l'époque. »

À cause du genou que Brubeck me plante dans la cuisse, ma jambe s'engourdit.

Je pivote légèrement sur moi-même : le *aïe aïe aïe!* qui sort de sa bouche est à peine audible.

« Il faudra bien se mettre dans le crâne qu'on ne pourra pas éternellement garder sous perfusion les secteurs moribonds de l'industrie, rétorque le péquenaud. Il faut comprendre ça. Sinon, on continuerait à raquer pour la construction des châteaux ou celle des canaux, ou pour les druides. Scargill défend le modèle économique de l'île Fantastique ; sa ligne politique, c'est de la connerie à l'état pur. »

Je sens contre mon dos le torse de Brubeck qui se soulève et redescend.

« Tu es déjà allé dans une ville minière ? lui demande le Londonien. Bon, en ce moment, c'est impossible, les flics ne te laisseront pas approcher. Mais n'empêche, quand une mine ferme, c'est toute une ville qui meurt. Le pays de Galles et le Nord, ce n'est pas le Sud. Le Yorkshire, ce n'est pas le Kent, et l'énergie, ce n'est pas un secteur industriel comme un autre. L'énergie, c'est la sécurité. Du pétrole en mer du Nord, on n'en aura pas toujours. Et qu'est-ce qu'on fera, après ?

– Passionnant débat, messieurs, intervient la femme. Mais les cloches ne vont pas sonner toutes seules. »

Des bruits de pas résonnent sourdement sur l'échelle :

heureusement qu'on n'avait pas choisi de se réfugier dans le clocher. Une minute passe. Dans la sacristie, toujours pas un son. Je crois qu'ils sont montés tous les trois. Je bouge à peine, et Brubeck s'étrangle de douleur. Je me risque à lui souffler : « Ça va ?

– Non. Tu m'écrases les couilles, si tu veux savoir.

– Tu pourras toujours adopter. »

J'essaie de lui faire un peu plus de place, mais c'est impossible.

« Tu crois pas qu'on devrait en profiter pour se tailler ?

– À ce moment-là, mieux vaudrait le faire discrètement quand les… »

Dans cette obscurité étouffante éclate un tonnerre de cloches. Brubeck ouvre la porte – l'air frais s'engouffre –, il sort en titubant à moitié, puis m'aide à m'extirper. Bien au-dessus de nos têtes, à travers la trappe, deux grosses chevilles pendouillent. Sur la pointe des pieds, nous filons comme deux andouilles dans un épisode de *Scooby-Doo*…

Brubeck et moi détalons dans l'allée, comme si c'était la guerre nucléaire. Dans la nuit bleutée, les cloches paraissent déverser un son luisant. Comme j'ai un point de côté, on s'arrête devant un banc près du panneau de l'entrée du village. « Ben voyons, dit Brubeck. Moi je veux te montrer mes talents en matière de survie en milieu hostile, et voilà qu'on a le bal musette qui débarque. Il me faut une clope. T'en veux une ?

– Je veux bien. Ils vont rester longtemps à faire sonner leurs cloches, tu crois ?

– J'imagine. » Brubeck me passe une cigarette puis me tend son briquet. Je plonge le bout dans la flamme. « Je te ferai re-rentrer quand ils auront déguerpi. Les serrures Yale sont fastoches à ouvrir, même dans le noir.

– Mais toi, tu ne devais pas retourner chez toi ?

– J'appellerai ma mère depuis la cabine devant le pub et je lui dirai que, finalement, je reste pêcher cette nuit. Un pieux mensonge. »

J'ai besoin de son aide, mais je m'inquiète de ce qu'il va me demander en échange.

« T'inquiète pas, Sykes. Ce sera en tout bien, tout honneur. »

Je pense à Vinny Costello et frémis. « Tant mieux.

– Les mecs ne pensent pas qu'à sauter tout ce qui bouge, tu sais. »

Je lui souffle ma fumée dans la figure ; Brubeck plisse les yeux et tourne la tête. « J'ai un grand frère », je l'informe. Comme nous sommes juste à côté d'un verger, une fois nos cigarettes écrasées, nous escaladons le mur et fauchons quelques pommes encore vertes. Nous remontons sur le mur de brique. Ces fruits sont aussi acides que des citrons, mais après notre dîner super-gras, ça fait du bien. Les lumières de la centrale électrique croisée plus tôt clignotent.

« Par là-bas » – Brubeck lance son trognon dans une direction –, « derrière le halo lumineux de l'île de Sheppey, il y a l'exploitation fruitière de Gabriel Harty. J'ai fait la récolte des fraises l'année dernière, je gagnais vingt-cinq livres par jour. Il y a des dortoirs pour les cueilleurs ; je retournerai là-bas après les exams. J'économise pour me payer un billet InterRail en août.

– C'est quoi, ça, un billet InterRail ?

– Quoi, tu ne sais pas ?

– Bah non.

– C'est un billet de train. Tu le paies cent trente livres et après, tu peux voyager dans toute l'Europe pendant un mois, gratos. En deuxième classe, d'accord, mais quand même. Libre à toi d'aller de la pointe du Portugal jusqu'en Norvège. Dans les pays d'Europe de l'Est aussi, la Yougoslavie, tous ces endroits. Le mur de Berlin. Istanbul. À Istanbul, il y a un pont : d'un côté c'est l'Europe, et de l'autre, c'est l'Asie. Je le traverserai à pied. »

Au loin, un chien errant aboie. À moins que ce soit un renard.

« Qu'est-ce que tu vas fabriquer dans tous ces pays ? je lui demande.

– Visiter. Marcher. Trouver un endroit où dormir. Manger ce que les gens mangent. Trouver où boire une bière pour pas cher. Essayer de ne pas me faire avoir. Discuter. Apprendre quelques mots étrangers. Aller là-bas, quoi. Il y a des moments… » – Brubeck mord dans une autre pomme – « Il y a des moments où j'ai envie d'être partout, partout à la fois. J'en ai tellement envie que j'ai l'impression que je pourrais… » Brubeck mime l'explosion de son thorax. « Ça ne te fait jamais ça, à toi ? »

Une chauve-souris passe. On dirait qu'elle tient par une ficelle, comme dans un vieux film de vampire.

« Pour être honnête, pas vraiment. Le plus loin que je suis allée, c'était en Irlande, chez la famille de ma mère, à Cork.

– C'est comment, là-bas ?

– C'est différent. Il n'y a pas que des barrages routiers et des bombes comme dans le nord du pays, même si on sent bien que les Troubles ne sont pas si loin que ça, et qu'il vaut mieux ne pas parler politique. Là-bas, à cause de ce qui est arrivé à Bobby Sands et des grèves de la faim, les gens détestent Thatcher. J'ai une grand-tante, Eilísh, la tante de ma mère : elle est super. Elle a des poules et cache un flingue là où elle stocke son charbon, et quand elle était plus jeune, elle est allée jusqu'à Katmandou à vélo. Si, si, vraiment. Ton envie explosive d'être partout, elle devait sûrement la ressentir. Elle m'a montré des photos, des coupures de journaux et d'autres trucs. Elle vit près de Bantry sur une longue presqu'île, la péninsule de Sheep's Head. Là-bas, on se croirait au bout du monde. Il n'y a rien, pas de magasin, que dalle, mais moi » – ils ne sont pas nombreux, ceux à qui je pourrais confier ceci –, « j'ai vraiment bien aimé. »

Le contour de la lune est si net qu'on pourrait s'y couper les doigts.

Pendant un moment, on ne dit plus rien, mais ce rien n'est pas gênant. Puis, Brubeck me demande : « Tu as entendu parler du deuxième cordon ombilical, Sykes ? »

Je n'arrive plus à voir son visage, dans le noir. « Hein ?

– Quand on est encore dans le ventre de notre mère, le cordon, c'est ce truc qui…

– Merci, je sais ce que c'est qu'un cordon ombilical. Mais c'est quoi cette histoire de deuxième cordon ?

– Eh bien, certains psychologues prétendent qu'on a un deuxième cordon ombilical invisible, un cordon émotionnel qui nous lie à nos parents pendant toute notre enfance. Et puis, un jour, on se dispute – avec sa mère quand on est une fille, et avec son père quand on est un garçon – et on coupe le cordon. C'est seulement après qu'on peut partir dans le vaste monde, devenir adulte et prendre seul ses propres décisions. Cette dispute-là, c'est une sorte de rite de passage.

– Moi, c'est tous les jours que je me dispute avec ma mère. Elle me traite comme si j'avais encore dix ans. »

Brubeck allume une autre cigarette, tire une taffe et me la passe. « Je te parle d'une grosse, d'une sale dispute. Quand elle a eu lieu, tu le sais. Après, tu n'es plus le même gamin.

– Bon, et je peux savoir pourquoi tu me fais la leçon ? »

Brubeck choisit scrupuleusement ses mots. « Si tu te barres de chez toi parce que ton père est un truand de bas étage qui bat ta mère et t'envoie valdinguer dans les escaliers si tu tentes de l'en empêcher, alors partir est ce qu'il y a de mieux à faire. Dans ce cas, je t'approuve. Je te donne même ce que j'ai économisé pour mon billet InterRail. Mais si, ce soir, tu es assise sur ce mur juste parce que tu as coupé le cordon, alors dis-toi que oui, ça fait mal, mais il fallait bien que ça arrive. Laisse-la un peu respirer, ta mère. Tu grandis, c'est comme ça. Tu n'as pas à le lui reprocher.

– Mais elle m'a giflée, bordel.

– Je suis sûr qu'elle se sent toute péteuse, maintenant.

– Qu'est-ce que tu en sais ? Tu ne la connais même pas !

– Et toi, tu es sûre de la connaître, Sykes ?

– Ça veut dire quoi, ça, putain ? »

Brubeck jette l'éponge. Du coup, moi aussi.

Dans l'église, il règne un silence de mort. Brubeck dort dans un nid de coussins poussiéreux. Nous sommes perchés sur l'espèce de balcon collé au mur du fond, comme ça, si jamais des adorateurs de Satan viennent pour célébrer une messe noire, on ne nous verra pas. J'ai mal aux chevilles, mon ampoule me lance et je me repasse en boucle la scène de ce matin, avec Vinny et Stella. Je n'étais pas assez bonne au lit ? C'est ma façon de m'habiller qui ne va pas ? Ma façon de parler ? La musique que j'écoute ?

22:58, affiche ma Timex dans le noir. Au Captain Marlow, les minutes les plus folles de la semaine s'écoulent en ce moment même : ce sont les dernières commandes du samedi soir. Maman, Papa et Glenda, qui ne vient travailler que le week-end, doivent être au taquet : face à eux, un mur de buveurs qui rugissent et agitent des billets de cinq et de dix à travers le brouillard des cigarettes et le brouhaha des discussions, des cris, des rires, des jurons, des numéros de drague… Tout le monde se fiche bien de savoir où se trouve Holly ce soir. Le jukebox doit tourner : « Daydream Believer », « Rockin' All Over The World » ou « American Pie » résonnent sans doute à travers toute la maison. Sharon s'est endormie, sa lampe torche encore allumée sous sa couverture. Jacko dort aussi, tandis que, dans sa radio, des gens murmurent dans une langue étrangère. Dans ma chambre, mon lit est défait et mon sac d'école est suspendu au dossier de la chaise. Un panier de linge propre est déposé juste devant la porte, à l'endroit où Maman le laisse quand elle est furieuse contre moi. Ce qui est le cas presque tous les jours, en ce moment. Le grand halo qui brille au-dessus de l'Essex à la nuit tombée teinte d'orange la Tamise, mes rideaux restés écartés, et mes posters de *Zenyattà Mondatta* et de *The Queen Is Dead* récupérés au Magic Bus. Mais non, ce n'est pas maintenant que ma chambre va commencer à me manquer.

Certainement pas.

1er JUILLET

Des bruits de petits sifflets en fer-blanc, des craquements, des gazouillis d'oiseaux et un ange en vitrail. La petite église sur l'île de Grain, ça y est, je me souviens, éclairée par les premiers rayons de soleil. Maman. La dispute. Stella et Vinny qui se réveillent dans les bras l'un de l'autre. Ma gorge se serre. Je crois bien que, quand un type s'est retrouvé suffisamment souvent à l'intérieur de vous, vous mettez du temps à vous défaire de lui. L'amour, c'est le bonheur absolu quand ça marche, mais quand les choses tournent au vinaigre, tout le bon temps passé se paie au prix fort. 06:03, dit ma Timex. Dimanche. Ed Brubeck : ah, il est là, endormi sur ses espèces de coussins, la bouche ouverte, les cheveux dans tous les sens. Sa casquette de base-ball est posée sur sa chemise de bûcheron, qu'il a soigneusement pliée. Je me frotte les yeux pour chasser le sommeil. J'ai rêvé de Jacko et de Mlle Constantin qui ouvrait un rideau d'air et que des marches de pierre montaient comme dans *Indiana Jones*…

Qu'est-ce que ça peut faire ? J'ai perdu Vinny. Stella me l'a volé.

Ed Brubeck ronfle comme un sonneur. Il ne m'a pas l'air du genre à tromper sa copine, lui. S'il en a une. La plupart des garçons de ma classe se vantent de ne plus être puceaux depuis une fête chez un copain. Surtout ceux qui le sont encore et qui caressent leur moustache de duvet… Tout le contraire d'Ed Brubeck. Ça doit vouloir dire que, lui, l'a fait. Si c'était avec une fille de notre lycée, j'en aurais entendu parler. Difficile de savoir. C'est un taiseux.

N'empêche qu'il a pas mal causé, hier.

Son père, sa famille, tout ça. Pourquoi moi ?

Je regarde ce visage endormi aux traits saillants, mi-homme, mi-garçon.

La réponse me paraît évidente : *Parce que tu lui plais, bourrique !*

Si je lui plais, pourquoi est-ce qu'il n'a pas tenté sa chance ?

Il est futé. Il veut d'abord que je lui sois reconnaissante.

Mais bien sûr. C'est évident. Je crois que c'est le moment de partir.

Les pissenlits et les chardons poussent le long de ce chemin craquelé, et les haies sont plus hautes que moi. Le soleil du matin lance des rayons laser. Je ne sais pas pourquoi j'ai piqué sa casquette à Brubeck quand je me suis éclipsée, mais je suis bien contente de l'avoir fait. Ça ne l'embêtera pas, enfin, pas beaucoup. Normalement, je devrais pouvoir rejoindre la route de Rochester en coupant à travers champs. La ville doit se trouver à dix ou douze kilomètres. Mes ampoules tiendront le coup. Il faudra bien, de toute façon. Il n'y a pas de trousse de secours dans mon sac. Je sens la faim me chatouiller, mais mon estomac va devoir prendre son mal en patience – je trouverai bien quelque chose à Rochester. J'aurais peut-être dû dire au revoir et merci à Brubeck, mais s'il m'avait répondu : « Pas de souci, Sykes, mais tu ne veux pas que je te ramène à vélo jusqu'à Gravesend ? » d'un air enjoué, j'aurais eu trop de mal à refuser.

Au loin, le chemin débouche sur une ferme.

J'escalade un portail et contourne un champ de choux.

Un autre portail. Une petite tache dans le ciel : une buse ou un oiseau de ce genre.

Six jours, ce sera bien. La police commence à s'intéresser aux disparitions quand elles dépassent une semaine. Six jours, ça prouvera à Maman que je suis tout à fait capable de m'en sortir, dans la vie. Je serai – comment est-ce qu'on dit ? – en position de force pour négocier. Et ce coup-ci, je me débrouillerai seule, sans qu'il y ait de Brubeck pour jouer les chevaliers servants. Il faut que je fasse durer mes sous le plus longtemps possible. Je me souviens encore de la fois où je me suis risquée à faucher dans un magasin.

Un samedi l'année dernière, on était plusieurs à être allées au roller-disco de Chatham pour l'anniversaire d'Ali Jessop, mais c'était tellement nul que moi, Stella et Amanda Kidd, on est parties rejoindre en douce la grand-rue. Amanda Kidd a proposé : « Et si on allait faucher des trucs ? » Moi, je n'en avais pas envie, mais comme Stella était d'accord, j'ai fait comme si ça ne me posait pas de problème, et on est toutes entrées au Debenhams. Je n'avais jamais rien piqué de ma vie, et j'ai bien cru que j'allais me faire dessus, mais j'ai observé comment Stella s'y prenait. Elle a demandé un truc sans intérêt à un employé du magasin, puis, un petit peu plus tard, soi-disant sans le faire exprès, elle a fait tomber deux tubes de rouge à lèvres du présentoir. Quand elle s'est baissée pour les ramasser, elle en a fourré un dans sa bottine. Je l'ai imitée avec une paire de boucles d'oreilles qui me plaisait, et, avant de sortir du magasin, j'ai même demandé à l'employé jusqu'à quelle heure ils étaient ouverts. Une fois en sécurité à l'extérieur, le monde me paraissait différent : c'était comme si les règles avaient changé. Si on garde son sang-froid, on obtient ce qu'on veut. Amanda Kidd avait volé une paire de lunettes qui valait une dizaine de livres, Stella du rouge à lèvres Estée Lauder, et moi, j'avais l'impression que les strass de mes boucles d'oreilles scintillaient comme de vrais diamants. Après, on est allées au magasin de bonbons ; moi et Amanda Kidd on en a fourré plein nos vêtements pendant que Stella baratinait le garçon de garde le samedi, genre, ça faisait des lustres qu'elle le remarquait chaque fois qu'elle passait, elle avait même rêvé de lui, et est-ce qu'il voudrait bien faire une petite promenade dans un coin plus tranquille après son travail ? Puis on est allées à Woolworth. Stella et moi sommes parties de notre côté pour regarder d'un air innocent le Top 40 des 45 tours, mais, l'instant d'après, le gérant et un employé nous ont barré le chemin, pendant qu'un type de la sécurité arrivait, tenant Amanda Kidd par le bras – elle était toute pâle et tremblait – tout en affirmant qu'elle était « entrée avec ces deux-là ». Le gérant nous a ordonné de monter dans son bureau. J'avais perdu toute mon assurance, mais alors Stella s'est écriée : « Puis-je savoir à qui j'ai l'honneur ? » sur un ton snob et cassant.

Le gérant lui a juste répondu : « Allez, ne fais pas d'histoires, ma belle », avant d'essayer de lui mettre la main sur l'épaule.

Stella l'a repoussé d'un geste brusque en aboyant : « Bas les pattes, vilain bonhomme ! Et j'ignore pourquoi vous nous associez, moi et ma sœur, à cette… voleuse à l'étalage » – elle a alors adressé un sourire méprisant à Amanda Kidd, qui était à présent secouée de sanglots –, « mais dites-nous exactement pourquoi nous serions tentées de déposséder votre horrible petite boutique de sa camelote » – sur ces paroles, elle a vidé son sac à main sur le comptoir de caisse – « et je vous conseille de ne pas vous tromper, monsieur le gérant, sans quoi mon père vous fera parvenir une assignation lundi matin à la première heure. Ne vous méprenez pas, je connais mes droits. »

De nombreux curieux approchaient et, miracle, le gérant a battu en retraite en marmonnant que l'agent de sécurité s'était peut-être trompé et que nous étions libres de repartir. Dans un jappement, Stella lui a rétorqué : « Oh, mais je sais bien que je suis libre de repartir ! » avant de ranger ses affaires dans son sac à main. Puis nous sommes ressorties en maugréant.

Nous sommes retournées discrètement au roller-disco sans raconter à personne ce qui s'était passé. La mère d'Amanda Kidd a dû aller la chercher au magasin. J'avais très peur qu'elle cafte, mais elle n'a pas osé. La semaine suivante, Amanda Kidd a mangé avec d'autres filles le midi, et, après, on ne s'est plus jamais vraiment reparlé.

Elle est dans la deuxième meilleure classe du lycée aujourd'hui, alors je me dis que, quelque part, l'expérience lui a été bénéfique. Le truc, c'est que, moi, comparée à Stella, je ne sais pas voler, ni mentir d'ailleurs. Ce jour-là au Woolworth, Stella avait même réussi à me convaincre qu'on était innocentes. J'ai vraiment l'air d'une conne, maintenant que c'est à mon tour d'être son Amanda Kidd. Ça ne lui manque pas, les amis, à Stella ? À moins que, pour elle, ils ne soient qu'un moyen d'obtenir ce qu'on veut…

Sur ma gauche, il y a un talus escarpé au sommet duquel court une deux fois deux-voies, et, sur ma droite, un champ a été rasé en vue d'y construire un immense complexe résidentiel, si on en croit les apparences. Il y a des pelleteuses, des bulldozers, des préfabriqués, de grandes palissades grillagées, plusieurs panneaux « PORT DU CASQUE OBLIGATOIRE », et, par-dessus, un autre annonçant « ENTRÉE INTERDITE À TOUTE PERSONNE NON AUTORISÉE », quelqu'un a écrit « Y A PAS DE NOIR SUR LE DRAPEAU BRITANNIQUE » et ajouté plusieurs croix gammées, histoire d'enfoncer le clou. Il est encore tôt : sept heures quarante. Sur son vélo, Brubeck doit être en train de rentrer chez lui, alors que, au pub, Maman et Papa sont sans doute encore au lit. Loin devant moi, il y a l'entrée d'un passage souterrain qui permet de franchir la voie rapide. Quand j'arrive à environ cent mètres, j'y aperçois un petit garçon et je m'arrête : c'est super-bizarre, mais je pourrais jurer que…

C'est Jacko. Il se tient là et me regarde. Je sais pourtant que le vrai Jacko est à une bonne trentaine de kilomètres d'ici, sans doute occupé à dessiner un labyrinthe ou à lire un livre sur les échecs, bref, en train de faire son Jacko, mais ce gamin que je regarde a les mêmes cheveux bruns qui lui tombent sur le front, la même silhouette, la même façon de se tenir, et aussi le même maillot rouge du Liverpool FC. Je sais reconnaître mon petit frère : si ce n'est pas lui, c'est son jumeau caché. Je continue à marcher, sans oser cligner des yeux, de peur qu'il ne disparaisse. À cinquante mètres, je lui fais signe de la main ; cet enfant qui ne peut pas être mon petit frère me fait signe, lui aussi. Alors, je crie son nom. Il ne répond pas, mais se tourne et descend dans le passage souterrain. Ne sachant pas quoi faire, je me mets à trottiner, inquiète, me demandant si Jacko n'aurait pas fugué pour partir à ma recherche, même si j'ai la certitude que ça ne peut pas être lui – comment Jacko aurait pu savoir où me trouver ?

Je cours aussi vite que possible, avec l'intuition que quelque chose d'étrange se produit, mais quoi ? Le passage souterrain est réservé aux piétons et aux cyclistes, il est plutôt étroit et sa longueur équivaut à la largeur de la deux fois deux-voies et du terre-plein gazonné au milieu. Devant, une fois qu'on est descendu et qu'on remonte un peu, la sortie laisse apparaître un carré de champs, de ciel et de toitures. Après quelques pas, je m'en rends compte : au lieu de s'assombrir, le centre du souterrain s'éclaircit, et, au lieu de résonner davantage, le son est étouffé. C'est juste une illusion, ne t'en fais pas, je me dis, mais, après quelques pas de plus, j'en suis maintenant sûre : le passage change de forme. Il est plus large et haut de plafond, et il comporte quatre coins, c'est une pièce en forme de losange… Ça devient un autre endroit. C'est incroyable et terrifiant. Je sais que je suis réveillée, mais je sais aussi que tout ça ne peut pas être réel. Je cesse de marcher. J'ai peur de faire un malaise. Où est-ce que je suis ? Je ne me suis jamais trouvée dans un lieu pareil. C'est une hallucination ? C'est ce truc que j'avais qui revient ? À une dizaine de pas, sur ma gauche et ma droite, il y a d'étroites fenêtres. Je ne veux pas aller regarder – les fenêtres sont largement au-delà des limites du souterrain –, mais, à travers celle de gauche, je vois des dunes, des dunes grises qui s'élèvent vers une haute crête, alors que, à travers celle de droite, il fait plus sombre : les dunes dévalent jusqu'à la mer, mais c'est une mer noire, complètement noire ; noire comme le noir au fond d'une boîte à l'intérieur d'une caverne à un kilomètre sous terre. Une longue table est apparue au milieu de cette salle située je ne sais où, et j'avance sur le côté gauche, et, tiens, voilà que, sur la droite, une femme marche au même rythme que moi. Elle est jeune et belle, mais d'une beauté froide, comme une actrice qu'on n'a pas le droit de toucher ; elle a des cheveux blond platine, une peau laiteuse, des lèvres pleines et rose-rouge, et elle porte une robe de bal bleu nuit, comme dans un conte…

Mlle Constantin, telle que dans mon fauteuil, quand j'avais huit ans. Pourquoi est-ce que mon esprit décide de me jouer ce tour, là, maintenant ? Nous nous approchons d'un portrait placé dans un coin étroit du losange ; c'est un homme, genre un saint de l'époque de la Bible, mais il n'a pas d'yeux. Je ne suis plus qu'à quelques centimètres, à présent. Il y a un point noir sur le front du saint, légèrement au-dessus de l'endroit où les sourcils se rejoignent. Le point devient une tache. La tache devient un œil. Et puis, je sens que j'ai la même chose sur mon propre front, au même endroit, mais je ne suis plus trop sûre d'être Holly Sykes, pas vraiment en tout cas, mais si je ne suis pas moi, alors qui suis-je ? De ce point sur mon front, quelque chose jaillit et reste à flotter dans l'air. Si je la regarde bien en face, la chose disparaît, mais si je regarde un peu à côté, ça ressemble à une petite planète qui brille. Puis une autre apparaît, puis une autre, et encore une autre. Quatre boules brillantes. J'ai le goût du thé vert dans la bouche. Et, soudain, on croirait qu'il y a une explosion ; Mlle Constantin pousse un hurlement et ses mains se sont changées en serres, mais alors un éclair bleuté l'envoie valdinguer comme une quille au pied de la table. La bouche du vieux saint s'ouvre, pleine de crocs, et il s'en échappe des cris métalliques et des grondements de pierre. Des silhouettes et des ombres surgissent comme des ombres chinoises dans le cerveau de quelqu'un qui devient fou. Un type plus âgé saute sur la table. Il a des yeux de piranha, des mèches de cheveux noires et bouclées, un nez cassé, un costume noir, et il y a une drôle de lumière violette qui émane de lui, comme s'il était radioactif. Il aide Mlle Constantin à se relever, et celle-ci pointe la phalange argentée de son doigt vers moi. Des flammes noires et un rugissement aussi puissant que celui d'un réacteur emplissent la salle, et je n'arrive ni à m'enfuir ni à me débattre, et je ne vois plus rien d'ailleurs. Tout ce que je peux faire, c'est rester plantée là, à écouter ces voix semblables aux cris de gens dans un immeuble en train de s'effondrer ; parmi elles, j'en entends une distincte qui dit : *Je serai là*. Puis une nouvelle secousse se fait ressentir et une lumière plus forte que tous les soleils grandit, grandit, et grandit encore, jusqu'à ce que mes yeux fondent dans leurs orbites...

... et du gris apparaît par les fentes, des chants d'oiseaux aussi, et le bruit d'un camion qui passe au-dessus de ma tête, et la douleur vive d'une cheville foulée, et me voilà agenouillée sur le sol en béton d'un souterrain, à quelques mètres de la sortie. Une brise qui sent les gaz d'échappement me fouette le visage ; c'est fini, ce cauchemar, cette vision, ce truc qui s'est produit est terminé. Je n'ai personne à qui demander : *Tu as vu ça, toi aussi ?* Il ne me reste plus que ces trois mots : *Je serai là*. D'un pas chancelant, je regagne la lumière, cette matinée bleue et sèche, puis, encore toute tremblante et sous le coup de ce qui s'est passé, je m'assieds sur le gazon de la bordure. Peut-être que ces mauvais rêves éveillés sont comme le cancer : ils disparaissent mais reviennent un jour, alors qu'on s'en croyait débarrassé à jamais. Peut-être que le « traitement » du Dr Marinus ne fait plus effet. Peut-être que le stress de la veille, Maman, Vinny, bref, que tout ça m'a fait rechuter. J'en sais rien. Aucun signe de Jacko : j'ai dû le rêver, lui aussi. Tant mieux. Je suis contente de savoir qu'il est en sécurité au Captain Marlow, à une trentaine de kilomètres d'ici, même si j'aimerais bien le voir et m'assurer qu'il va bien, même si je sais que c'est le cas et que je n'ai pas à m'inquiéter.

La première fois que j'ai vu Jacko, il était dans une couveuse parce qu'il est né trop tôt. Là encore, c'était à l'hôpital général de Gravesend, même si la maternité se trouve dans un autre bâtiment. Maman, qui avait eu droit à une césarienne, paraissait plus fatiguée et plus heureuse que jamais ; elle nous avait demandé de dire bonjour à notre petit frère, Jack. Papa était resté toute la veille avec elle : il avait la tête et l'odeur d'un type qui aurait dormi une semaine dans un parking. Je me souviens que Sharon était dégoûtée de perdre son titre de Petite Merveille du Captain Marlow, surtout pour cette espèce de singe-crevette en couche-culotte relié à tout un tas de tuyaux. Brendan avait quinze ans et ce service de l'hôpital, avec tous ces cris de nourrissons, les femmes qui allaitent, les régurgitations et les couches crades, ça le terrorisait. J'ai tapoté à la vitre et dit : « Bonjour, Jacko, je suis ta grande sœur », et il avait bougé les doigts un tout petit peu, comme s'il me faisait signe. Ça, je jure que c'est la vérité : personne d'autre ne l'avait remarqué, mais moi, mon cœur s'était serré, et j'aurais été prête à tuer pour le protéger. Cette sensation, je l'ai encore quand des connards l'appellent le « zinzin », le « zarbi » ou encore l'« avorton ». Les gens sont dégueulasses, des fois. Pourquoi, quand on a sept ans, dessiner des vaisseaux spatiaux, c'est bien, mais dessiner des labyrinthes méphistophéliques, ça ne l'est pas ? Qui décide que dépenser son argent pour jouer à *Space Invaders*, ça va, mais si on préfère s'acheter une calculatrice couverte de symboles bizarroïdes, c'est qu'on a envie de se faire charrier ? Pourquoi écouter le Top 40 sur BBC Radio 1, on considère que c'est bien, mais qu'écouter des stations étrangères, ça ne l'est pas ? Maman et Papa pensent que Jacko devrait passer moins de temps à lire, et jouer un peu plus au foot, alors, pendant un moment, il se comporte comme un enfant normal de sept ans, mais nous, on sait très bien qu'il joue la comédie. De temps en temps, caché derrière le noir des yeux de Jacko, celui qu'il est réellement me sourit : un peu comme quelqu'un dans un train qui passe vous regarde. Quand ça arrive, j'ai presque envie de lui faire signe de la main, même s'il se trouve juste en face de moi à table, ou bien quand on se croise dans les escaliers.

Hallucinations ou pas, il va bien falloir que je me bouge le cul. Il faut que je trouve de quoi manger et un plan pour la suite. Me voilà repartie ; après un rond-point, c'en est fini des champs et je suis de retour dans le monde des clôtures de jardin, des panneaux publicitaires et des passages cloutés. Le ciel se couvre d'une légère brume et j'ai de nouveau soif. La dernière fois que j'ai bu, c'était avec Brubeck, à un robinet de l'église ; mais, en ville, on ne peut pas aller frapper à n'importe quelle porte pour demander un verre d'eau comme on pourrait le faire quand on se retrouve au beau milieu de nulle part. Un parc avec une fontaine d'eau potable, ce serait parfait, ou même des toilettes publiques, ça irait, mais il n'y a rien de ce genre à l'horizon. J'aimerais bien me brosser les dents, aussi : elles sont toutes encroûtées, comme l'intérieur d'une bouilloire. Une odeur de bacon s'échappe d'une fenêtre et mes crampes d'estomac se réveillent. Un bus sur lequel est inscrit GRAVESEND arrive. Si je monte dedans, je serai chez moi dans quarante-cinq minutes…

OK, mais imagine la tête de Maman quand elle t'ouvrira la porte côté ruelle. Léger comme un courant d'air, le bus file devant moi et, d'un pas traînant, je passe sous un pont ferroviaire. Plus loin, il y a une rangée de magasins et un marchand de journaux où je pourrais acheter une canette et un paquet de gâteaux. Une librairie chrétienne, une mercerie, un bookmaker, un magasin qui vend des maquettes en plastique et tous ces trucs, et une animalerie dont les cages contiennent des hamsters galeux. Presque tout est fermé et la rue est triste à mourir. C'est sûr, je suis bien à Rochester. Et qu'est-ce que je fais, maintenant ?

Tiens, une cabine téléphonique couleur fraise.

Les fraises. Ça, c'est une idée.

La dame des renseignements trouve facilement les coordonnées de Gabriel Harty et de son exploitation sur l'île de Sheppey, L'Orme noir, puis me demande si je veux être mise en relation. Je lui réponds oui, et, un instant plus tard, j'entends que ça sonne. 08:57, indique ma montre. Ce n'est sans doute pas trop tôt pour appeler une ferme, même un dimanche. Personne ne répond. Je ne sais pas pourquoi, mais le fait est que je suis super-tendue. Si, à la dixième sonnerie, ça ne répond toujours pas, je raccroche : ça voudra dire que la ferme n'est pas censée faire partie de mon destin.

À la neuvième sonnerie, quelqu'un décroche. « Moui ? »

J'insère vigoureusement ma pièce de dix pence. « Bonjour, je suis bien à L'Orme noir ?

– Sauf erreur, l'exploitation porte toujours ce nom, me répond une voix traînante, rouillée.

– Vous êtes monsieur Harty ?

– Moui, sauf erreur.

– Je vous appelle pour savoir si vous embauchez des cueilleurs.

– Si nous embauchons des cueilleurs ? » En fond sonore, j'entends un chien aboyer comme un fou et une femme gueule : *Boris, ferme ton claque-merde !* « Moui.

– J'ai un ami qui a travaillé chez vous, l'été dernier, et, si vous embauchez, j'aimerais bien participer à la cueillette des fruits pendant quelque temps. S'il vous plaît.

– Vous avez déjà fait ça, j'imagine ?

– Dans une exploitation, non, mais j'ai l'habitude de travailler dur, et » – je pense à ma grand-tante d'Irlande, Eilísh – « j'ai souvent aidé ma tante dans son potager qui est immense, donc je sais ce que c'est de se salir les mains.

– Parce que nous autres agriculteurs avons les mains sales, c'est ça ?

– Ce que je voulais dire, c'est que le travail ne me fait pas peur, et puis je peux commencer aujourd'hui, s'il le faut. »

Silence. Ça dure longtemps. Très longtemps. Je m'inquiète d'avoir à remettre une pièce. « Monsieur Harty ? Allô ?

– Moui. Pas de cueillette le dimanche. Pas de ça à L'Orme noir. Le dimanche, nous laissons les fruits grossir tranquillement. Nous commencerons demain à six heures précises. Il y a des dortoirs pour les cueilleurs, mais ce n'est pas le Ritz. Pas de room service. »

Super. « Ça me va… Donc ça veut dire que je suis prise ?

– Trente-cinq pence le plateau. Les barquettes doivent être remplies, aucun fruit pourri, sinon, vous refaites tout un plateau. Pas de caillou, sinon, du balai.

– Ça me va. Je peux me présenter chez vous cet après-midi ?

– Moui. Votre nom ? »

Je suis si soulagée que, dans un souffle, je lâche « Holly » et instantanément, je me rends compte qu'il serait plus malin de donner une fausse identité. Il y a une affiche de pub pour les cigarettes Rothmans près du pont ferroviaire, alors je lui annonce « Holly Rothmans » et regrette tout de suite : j'aurais dû choisir un nom qu'on oublie plus facilement, comme Tracy Smith. Mais bon, je ne peux plus changer maintenant.

« Holly Bossman, vous dites ?

– Holly *Rothmans*. Comme les cigarettes.

– Des cigarettes, vous dites ? Moi, je fume plutôt la pipe.

– Comment on fait pour se rendre à votre exploitation ?

– Ici, les cueilleurs viennent par leurs propres moyens. Nous ne faisons pas le taxi.

– Je m'en doute. C'est pour ça que je vous demande des indications.

– C'est très facile. » J'espère bien parce qu'à ce train-là, toutes mes pièces vont y passer. « Donc, vous commencez par prendre le pont qui amène sur l'île de Sheppey, puis vous demandez L'Orme noir. »

Sur ce, Gabriel Harty raccroche.

Le château de Rochester ressemble à une maquette géante posée près de la rivière Medway, et devant le pont en fer, un grand lion noir monte la garde. Au passage, je lui tapote la patte pour me porter chance. Les poutres grondent sous les roues des poids lourds, j'ai mal aux pieds, mais je suis contente : vingt-quatre heures plus tôt, je n'étais qu'une pleurnicharde, et là, je viens de réussir mon tout premier entretien d'embauche, et je n'ai plus de questions à me poser pour la semaine prochaine. Grâce à L'Orme noir, je vais pouvoir rester tranquille et gagner de l'argent. J'imagine des petites bombes exploser les unes après les autres à Gravesend. Papa va sûrement aller chez Vinny un peu plus tard dans la journée : « Tiens, bonjour, je crois que c'est vous qui couchez avec ma fille encore mineure : je ne pars pas avant de lui avoir parlé. » *Boum !* Vinny et sa tête de furet. *Boum !* Papa rentrera à toute vitesse et dira à Maman que je ne suis pas là-bas non plus. *Bouuum !* Maman se rejouera la scène de la gifle en boucle. Puis elle se précipitera chez Vinny. Autant dire que ça va chier. Maman repartira en laissant Vinny éparpillé dans le hall d'entrée avant de foncer chez Brendan et Ruth pour vérifier que je ne suis pas chez eux. Brendan lui annoncera qu'hier matin, j'allais chez Stella Yearwood. Ils fileront tous les deux chez elle. Stella racontera un truc du genre : *Non, madame Sykes, elle n'est jamais venue ici ; d'ailleurs, j'étais sortie, je n'ai aucune idée d'où elle est…* Mais elle sentira bien qu'elle est dans la ligne de mire d'un missile à tête chercheuse. Lundi passera, puis mardi passera, et, mercredi, le lycée appellera parce que je serai en train de rater les examens. M. Nixon lui dira : « Donc, si je comprends bien, madame Sykes, votre fille a disparu depuis samedi matin ? » En bredouillant, Maman invoquera une petite dispute. Papa commencera à vouloir en savoir plus, comme ce qu'elle m'a dit exactement et ce qu'elle entend par « une petite gifle ». Petite comment ? *Boum ! Boum ! Boum !* Maman pétera un plomb et se mettra à crier : « Je t'ai déjà expliqué, Dave, merde ! » avant de foncer à l'étage dans la cuisine, et tandis qu'elle regardera la Tamise par la fenêtre, elle se dira : *Elle n'a que quinze ans, il a pu lui arriver n'importe quoi…* Bien fait pour elle.

Tout à coup, en contrebas, les mouettes font du raffut.

Un bateau de la police passe sous le pont en vrombissant. Je poursuis ma route.

Plus loin devant apparaît une station-service Texaco. Elle est ouverte.

« Quel serait, d'après vous, le meilleur coin pour être prise en auto-stop et se rendre à Sheppey ? » je demande au type derrière la caisse, après qu'il m'a rendu la monnaie sur deux canettes de Tizer, une barre au chocolat Double Decker et un paquet de Ritz. De mes treize livres quatre-vingt-cinq, il me reste douze livres dix-sept.

« Je ne fais jamais de stop, répond-il, mais si ça devait m'arriver, j'essaierais au rond-point de l'A2, en haut de Chatham Hill.

– Comment est-ce qu'on y va, en haut de Chatham Hill ? »

Mais avant qu'il me réponde, une femme aux cheveux framboise entre ; le type du Texaco la dévore des yeux.

À tel point que je dois lui rappeler que je suis là : « Excusez-moi ? Comment est-ce que je fais pour aller en haut de Chatham Hill ?

– Prenez à gauche sur le parvis, vous dépasserez un feu rouge, puis un hôtel Star Inn et remonterez la colline jusqu'à la tour-horloge. Prenez à gauche en direction de Chatham et suivez votre nez encore un peu plus loin, vous passerez devant l'hôpital St Bart. Continuez jusqu'à ce que vous voyiez un concessionnaire Austin Rover et le rond-point de Chatham Hill. Quand vous y serez, tendez le pouce, et attendez qu'un chevalier en Jaguar s'arrête. » Il dit tout ça très vite, exprès pour que je n'aie pas le temps d'enregistrer. « Peut-être que vous aurez de la chance, mais, sinon, vous attendrez plusieurs heures. C'est comme ça, avec l'auto-stop. Demandez bien à ce qu'on vous dépose à la sortie pour Sheerness. Si vous vous retrouvez à Faversham, c'est que vous êtes allée trop loin. » Il se remonte les couilles et se tourne vers la femme. « Alors, qu'est-ce que je peux faire pour vous, ma belle ?

– Déjà, si vous pouviez éviter de m'appeler ma belle, ce serait pas mal. »

Je ne me cache pas pour rire. Le type me fusille du regard.

Je n'ai pas marché cent mètres qu'une fourgonnette Ford esquintée de partout s'arrête à mon niveau. Il est possible qu'elle ait été orange, autrefois, à moins que ce soit juste la rouille. Côté passager, la fenêtre se baisse. « Bonjour. » J'ai la bouche pleine de Ritz, je dois avoir l'air d'une débile, mais je reconnais toute de suite qui j'ai en face de moi. « Ce n'est pas tout à fait une Jaguar, dit la femme aux cheveux framboise en tapant sur la portière avec entrain, et Ian, ici à côté de moi, n'est pas un chevalier » – le type au volant se penche et lève la main –, « mais si tu vas à Sheppey, on peut te déposer près du pont. Parole de scout, il n'y a pas de hache ou de tronçonneuse cachées à l'arrière, et franchement, mieux vaut monter avec nous que devoir attendre devant une bretelle d'autoroute pendant six heures pour qu'un type dans son genre » – d'un mouvement de tête, elle désigne le Texaco – « s'arrête et te serve du "Qu'est-ce que je peux pour toi, ma belle ?" »

Mes pieds me font archimal, et puis elle a raison : c'est plus rassurant d'être prise en stop par un couple que par un type seul. « Ce serait super, merci. »

Elle ouvre l'arrière et bouge des cartons pour m'y faire de la place. Je réussis à me caser tant bien que mal à l'intérieur, mais comme il y a des vitres des deux côtés, je vois plutôt bien le dehors. Ian, qui doit avoir environ vingt-cinq ans, est un peu dégarni et possède un nez crochu aussi long que le Concorde, me demande : « Ça va ? Pas trop serrée à l'arrière ?

– Pas du tout, je lui réponds. C'est vachement confortable.

– Il n'y en a que pour vingt-cinq minutes de trajet, m'indique Ian avant de démarrer.

– Je disais à Ian que si on ne t'avait pas prise en stop, je me serais fait du mouron toute la journée, me confie la femme. Je m'appelle Heidi, au fait. Et toi ?

– Tracy. Tracy Corcoran.

– Tu vois, moi, je n'ai jamais croisé de Tracy qui était antipathique.

– J'en connais une ou deux, je te les présente si tu veux », je lui dis. Alors Ian et Heidi se mettent à rire comme si ce que j'avais dit était super drôle ; peut-être que ça l'était, en fin de compte. « Heidi, c'est un joli prénom, ça aussi. »

Ian pousse un « mmm » dubitatif et Heidi lui donne un coup dans les côtes. « Il est interdit de distraire le chauffeur », il lui répond.

Nous passons devant une école tout droit sortie du même moule que la mienne, Windmill Hill : grandes fenêtres, toit plat, terrain de foot boueux. Je commence à comprendre que j'ai laissé tomber l'école pour de bon : comme dit ce bon vieux M. Sharkey : « Qui ne tente rien n'a rien. »

Heidi me demande : « Tu habites à Sheppey, Tracy ?

– Non, j'y vais pour travailler dans une exploitation fruiticole.

– Ce ne serait pas chez Gabriel Harty, par hasard ? intervient Ian.

– Oui, c'est ça. Tu le connais ?

– Pas personnellement, mais il est réputé pour avoir sa propre conception des mathématiques quand il s'agit de calculer la paie de ses employés. Méfie-toi. Les erreurs seront toujours en sa faveur.

– Je ferai gaffe, merci. Mais ça devrait aller. J'ai un copain au lycée qui travaillait là-bas l'été dernier. » Je me mets à les baratiner pour me donner plus de crédibilité. « J'ai terminé mes examens de fin de seconde, parce que j'ai seize ans, et je veux économiser pour m'acheter un billet InterRail en août. »

Je dois donner l'impression de lire une fiche.

« Ça a l'air vachement chouette, les voyages en InterRail, commente Heidi. L'Europe t'appartient. Et tu habites où, Tracy ? »

Où est-ce que j'aimerais habiter ? « À Londres. »

Le feu est rouge. Un aveugle et son chien traversent.

« Une grande ville, Londres, dit Ian. Où ça, exactement ? »

Là, je flippe un peu. « Hyde Park.

– Comment, dans Hyde Park même ? Dans un arbre, avec les écureuils ?

– Non, notre maison se trouve du côté de… de Camden Town. »

D'abord, Heidi et Ian restent muets – ai-je dit quelque chose de débile ? –, et puis Ian finit par répondre : « Ah oui, je vois. » Ce qui veut dire que je ne me suis pas plantée. L'aveugle atteint l'autre trottoir ; Ian se bat contre la boîte de vitesses, puis nous redémarrons. « J'ai dormi à Camden Town la première fois que je suis allé à Londres. Sur le canapé d'un copain. À Rowntree Square, près du terrain de cricket situé à côté de la station de métro. Tu vois où c'est ?

– Carrément. » Encore un mensonge. « Je passe devant sans arrêt. »

Heidi me demande : « Tu es partie de Camden ce matin et tu as fait du stop tout du long ?

– Oui. Un routier m'a amenée jusqu'à Gravesend, puis un touriste allemand m'a avancée jusqu'au pont de Rochester, et puis vous êtes arrivés. Si c'est pas de la veine, ça. » Je cherche à changer de sujet. « Il y a quoi, dans tous ces cartons ? Vous déménagez ?

– Non, c'est le numéro de cette semaine du *Socialist Worker*, dit Heidi.

– On le trouve à Queen Street, fais-je. À Camden.

– On travaille pour l'antenne de Londres, précise Ian. Heidi et moi préparons une thèse à la London School of Economics, mais comme on passe nos week-ends du côté de Faversham, on fait office de plateforme de distribution. D'où tous ces cartons. »

Je prends un exemplaire du *Socialist Worker*. « C'est bien, comme lecture ?

– Tous les autres journaux britanniques ne sont que des instruments de propagande, me répond Ian. Même le *Guardian*. Prends-en un. »

Comme ça me paraît malpoli de refuser, je le remercie et lis sur la une : « Travailleurs, unissez-vous ! » Sous le titre, une photo de mineurs en grève. « Du coup vous… Vous êtes du côté de la Russie ?

– Non, pas du tout, dit Ian. Staline a massacré l'idée même du communisme, Khrouchtchev était un révisionniste éhonté et Brejnev s'est contenté de construire des magasins de luxe pour les sycophantes du Parti pendant que les travailleurs faisaient la queue pour obtenir du pain rassis. L'impérialisme soviétique ne vaut pas mieux que le capitalisme américain. »

Les maisons défilent comme le décor d'un mauvais dessin animé.

Heidi me demande : « Dans quoi travaillent tes parents, Tracy ?

– Ils tiennent un pub. The King's Head. Près de Camden.

– Les patrons de pub sont saignés à blanc par les grandes brasseries, commente Ian. Une histoire vieille comme le monde, ça. Les travailleurs font fructifier l'affaire, et les patrons récoltent les bénéfices. Ho là, qu'est-ce qui se passe, là ? »

Devant, à mi-chemin de la montée, un bouchon s'est formé.

« C'est une guerre invisible qui se déroule en ce moment même. » Cette remarque de Heidi me laisse perplexe, jusqu'à ce que je comprenne qu'elle ne parle pas du ralentissement. « Une guerre qui se répète à travers l'histoire : la lutte des classes qui oppose les esclaves à leurs propriétaires, les nobles aux serfs, les patrons ventripotents aux ouvriers, les riches aux pauvres. Les travailleurs sont constamment opprimés par un mélange de brutalité et de mensonges.

– Des mensonges de quel genre ? je demande.

– Du genre, le bonheur, c'est d'emprunter de l'argent qu'on n'a pas pour acheter de la camelote dont on n'a pas besoin, me répond Ian. Ou qu'on vit en démocratie. Et le mensonge le plus perfide de tous, c'est celui qui dit que la lutte des classes n'existe pas. C'est pour ça que l'Establishment garde la mainmise sur tout ce qu'on peut enseigner à l'école, l'histoire en particulier. Parce que le jour où les travailleurs ouvriront les yeux, ce sera la révolution. Et comme le dit si bien Gil Scott-Heron, la révolution ne passera pas à la télé[1]. »

Je ne sais pas qui est ce « héron », mais j'ai du mal à voir en M. Simms, notre prof d'histoire, l'instrument d'un grand complot

1. « Revolution will not be televised », célèbre poème de Gil Scott-Heron, mis en chanson par lui-même.

visant à opprimer les ouvriers. Et je me demande si on peut considérer que Papa s'engraisse sur le dos de Glenda, son employée. C'est pourquoi je les questionne : « Mais après les révolutions, les choses sont toujours pires qu'avant, non ?

– C'est juste. Les révolutions attirent effectivement tous les Napoléon, les Mao et les Pol Pot du monde. Mais c'est là que le Parti intervient. Quand la révolution britannique éclatera, on sera là, avec notre structure solide, et on la protégera des fascistes et des récupérateurs. »

La circulation reprend. La fourgonnette d'Ian se remet en branle. Je leur demande : « Vous pensez que ce sera bientôt la révolution, alors ?

– Il est bien possible que la grève des mineurs mette le feu aux poudres, juge Ian. Quand les travailleurs verront les syndicats se faire achever – d'abord à coups de lois, puis à coups de crosse –, tout le monde se rendra compte que la révolution ouvrière n'est pas un rêve farfelu de gauchiste et qu'il s'agit plutôt d'une question de survie.

– Karl Marx, continue Heidi, a mis en lumière la mécanique autophage du capitalisme. Quand ce système ne pourra plus nourrir les millions de gens qu'il laisse sur le carreau, les mensonges et la violence ne lui seront plus d'aucun secours. Bien entendu, les Américains chercheront à nous asséner le coup de grâce – ils voudront conserver leur influence sur leur cinquante et unième État – et Moscou à prendre les rênes du pouvoir, mais quand les soldats nous rejoindront comme ç'a été le cas en Russie en 1917, alors on ne pourra plus nous arrêter. » Elle et Ian ont l'air tellement convaincus ; on dirait des Témoins de Jéhovah. Heidi baisse la vitre et sort la tête pour mieux regarder devant. « La police. »

Ian marmonne quelque chose à propos de flics et de chiens enragés à la solde de Thatcher. Sur le rond-point où nous arrivons, un camion est renversé. Des morceaux de pare-brise sont éparpillés sur la chaussée et une policière s'efforce de rassembler les trois files de véhicules en une seule. Elle est calme et maîtresse de la situation ;

pour moi, elle n'a rien d'une flic enragée, et n'a pas non plus l'air de rechercher une adolescente fugueuse.

« Même si Thatcher ne déclenche pas une révolution cette année » – mèches de cheveux framboise flottant au vent, Heidi se tourne pour me parler –, « ce temps viendra. On la verra de notre vivant. Bob Dylan a raison : "Pas besoin d'être météorologue pour savoir de quel côté le vent souffle." "De chacun selon ses facultés, à chacun selon ses besoins", dit aussi l'adage, et c'est comme ça que la société fonctionnera d'ici notre vieillesse. Bien entendu, les patrons, les libéraux et les fascistes pousseront des cris d'orfraie, mais on ne fait pas d'omelette sans casser d'œufs. Tiens, en parlant d'œufs » – elle regarde Ian, qui acquiesce –, « ça te dirait de faire une halte chez nous ? Ian est le roi du petit-déjeuner à l'anglaise. »

Le bungalow de Heidi est entouré de champs, mais avec ses voilages en dentelle, ses taies de coussin, ses bibelots en porcelaine et figurines de fées, ce n'est pas comme ça que je voyais le QG de la révolution socialiste du Kent. Il y a même de la moquette dans la salle de bains. Heidi m'a expliqué que c'était là que sa grand-mère habitait avant de mourir, mais comme sa mère et son beau-père vivent quelque part en France, elle et Ian viennent presque tous les week-ends s'assurer que la maison n'est pas squattée et distribuer le journal. Heidi me montre comment on verrouille la porte de la salle de bains de l'intérieur et plaisante à propos du motel de Norman Bates ; je fais semblant de comprendre. C'est la première fois que j'utilise une douche – on n'a qu'une baignoire au Captain Marlow –, alors, avant de réussir à régler l'eau correctement, je me gèle puis m'ébouillante. Heidi a toute une étagère de shampooings, d'après-shampooings et de savons aux étiquettes exotiques, alors j'essaie un peu tout et finis par sentir comme le rez-de-chaussée d'un grand magasin. En sortant de la douche, je remarque le fantôme des lettres tracées dans la buée de la fois d'avant : « LE BEAU GARÇON TOUT PROPRE ! » Ça devait être un message de Heidi à Ian. Je regrette de lui avoir menti à propos de mon nom : j'aimerais qu'on devienne amies. J'étale un peu de crème hydratante Woods of Windsor sur ma peau bronzée, en me disant que Heidi aurait tout aussi bien pu naître dans un pub minable de Gravesend et moi, être une fille intelligente et sûre d'elle, qui étudie les sciences politiques à Londres, a des shampooings de marque française et un petit ami gentil, drôle, attentionné, qui ne la trompe pas et qui est le roi du petit-déjeuner à l'anglaise. Tu parles d'un tirage au sort, quand on naît.

« En Turquie, il y a un pont » – ma fourchette harponne une saucisse, le gras dégouline des trous : « d'un côté, c'est l'Europe et de l'autre, l'Asie. C'est sur ce pont que je veux aller. Et à la tour de Pise. Et puis j'adore la Suisse, aussi. Enfin, l'idée de la Suisse, parce que, pour l'instant, de la Suisse, je ne connais que le Toblerone…

– Tu vas adorer. » Heidi avale son toast et s'essuie délicatement les lèvres à l'aide d'un mouchoir. La Fontaine-Sainte-Agnès est un de mes endroits préférés sur terre. Une ville blottie contre le mont Blanc. Le second mari de ma mère y a un chalet, et on va skier là-bas presque tous les ans, à Noël. Mais le seul truc, c'est que la Suisse, c'est cher.

– Bah, je boirai de la neige et je mangerai des Ritz. Au fait, encore merci pour le petit-déjeuner, Ian. Vraiment extra, ces saucisses. »

Modeste, il hausse les épaules. « J'ai trois générations de bouchers du Lincolnshire derrière moi, alors ce serait grave, si je ne m'y connaissais pas un peu. Dis, Tracy, ta tournée des grands-ducs, tu comptes la faire toute seule, ou bien tu auras un compagnon de voyage ?

– Dis donc, espèce de fouineur, lui rétorque Heidi, la vie amoureuse de cette jeune fille ne te regarde pas. Tracy, ne lui réponds pas.

– Ce n'est pas grave, dis-je, une boule dans la gorge. En fait, je n'ai pas de petit ami en ce moment. J'en… J'en… J'en avais un, il n'y a pas longtemps, mais… » C'est comme si ma gorge se bloquait.

« Tu as des frères et sœurs ? » Heidi change de sujet, et je suis sûre qu'elle a donné à Ian un coup de pied sous la table.

« Une sœur, Sharon, et un frère, Jacko. » J'avale une gorgée de thé et ne parle pas de Brendan. « Mais ils sont tous les deux un peu plus jeunes que moi, alors ce sera une expédition en solo, oui. Et vous deux ? Vous avez prévu de partir en vacances ?

– Eh bien, explique Heidi, entre le congrès du Parti et le coup de main qu'on ira donner aux mineurs, on essaiera d'aller à Bordeaux en août. Chez ma mère.

– J'ai tellement hâte. » Ian fait semblant de se pendre. « Tu comprends, j'ai eu recours à d'ignobles stratagèmes pour convaincre Heidi de rejoindre une secte démoniaque de gauchos…

– Ce qui est drôle, c'est que les parents d'Ian sont persuadés que je lui ai fait la même chose. On devrait faire un anti-mariage et se séparer. » De nouveau, elle s'essuie délicatement les lèvres. « Corcoran, c'est irlandais, comme nom ? »

J'acquiesce d'un hochement de tête et plante ma fourchette dans une tomate. « Ma mère vient du sud-ouest de l'Irlande.

– On aura beau dire tout ce qu'on veut sur le conflit nord-irlandais » – Ian tend le bras et attrape la bouteille de ketchup –, « tous les mouvements révolutionnaires survenus après 1920 doivent une fière chandelle aux Irlandais. En ayant rétrocédé l'Irlande, les Anglais pensaient s'être montrés magnanimes, mais c'est faux. Ce sont les Irlandais qui ont inventé la guérilla moderne et qui ont repris leur pays.

– Comme dirait ma tante Roisín, je poursuis, les Anglais ne se souviennent de rien et les Irlandais n'oublient jamais. »

Ian persiste à taper le cul de la bouteille de ketchup, mais rien n'en sort. « L'humanité me désespère : on sait envoyer un type sur la lune, mais on n'arrive toujours pas à faire sortir la sauce tomate d'une bouteille sans en… »

Une énorme goutte glougloute et noie sa tranche de bacon.

Je fais la vaisselle. Ian et Heidi ont protesté : « Non, non, non : tu es notre invitée », mais j'ai insisté. J'espère juste en secret qu'ils proposeront de me déposer à L'Orme noir tout à l'heure ou qu'ils me réinviteront dimanche prochain, si je ne retourne pas à Gravesend. Peut-être que Heidi voudra bien me prêter sa teinture pour cheveux. Je rince les verres en premier et les essuie avec un torchon sec : c'est comme ça qu'on fait, au pub, pour éviter de laisser des traces blanches. L'eau savonneuse coule sur la planchette à découper en marbre ; je la laisse s'égoutter à côté d'un grand couteau menaçant. Le lecteur de cassette joue une chanson de Bob Dylan, « As I Went Out One Morning ». C'est Ian qui m'a dit de mettre ce que je voulais, alors j'ai choisi cet album, *John Wesley Harding*. D'habitude, l'harmonica, ça me rebute, mais ce morceau-là, il est terrible : sa voix, c'est comme le vent qui tourbillonne pendant une journée bizarre. « Super choix, me lance Heidi en traversant la cuisine pieds nus. Ça faisait des années que je ne l'avais pas écouté. » Intérieurement, je jubile. Elle va dehors avec un livre : *Dans le ventre de la baleine*, de George Orwell. En cours de littérature, on a étudié *La Ferme des animaux ;* peut-être que, tout à l'heure, ça l'impressionnera si je le lui dis. Heidi laisse la porte du patio ouverte pour que l'odeur du gazon entre avec le vent. Puis c'est au tour d'Ian de venir : il met une carafe en pyrex remplie de lait dans le four à micro-ondes. Je n'en avais jamais vu un en vrai. On tourne le bouton rotatif, on appuie sur un autre et, quarante secondes plus tard, *ding*, le lait ressort tout fumant. Je m'étonne devant Ian : « On se croirait dans *Star Trek*.

– Le futur, répond Ian en prenant une voix de bande-annonce. Bientôt disponible dans votre présent le plus proche. » Il dépose la carafe sur un plateau avec trois grandes tasses et une cafetière à piston chicos. « Quand tu auras fini, rejoins-nous dehors pour prendre un *café au lait**.

– D'accord. » Je me demande ce que ça peut bien être.

Ian emporte le plateau jusqu'au patio. Je regarde l'heure : dix heures et demie. Maman est sûrement en route vers l'église, peut-être accompagnée de Jacko, qui y va un peu pour lui tenir compagnie. Papa va courir avec Newky le long de la Tamise en direction d'Ebbsfleet, c'est-à-dire celle de Londres. À moins qu'ils soient tous en chemin pour Peacock Street. Moi, je suis là, et ça va : je termine la vaisselle, et Bob Dylan entame une chanson intitulée « I Dreamed I Saw St Augustine ». Celle-ci est plus traînante, ça fait un peu penser à un chien qui hurle, mais, au bout du compte, je comprends pourquoi tout le monde s'extasie devant Dylan. Par la fenêtre, dans ce jardin qui s'étire en long, les digitales et les tisons de Satan bougent un peu. Les bordées de gazon et les parterres de fleurs sont beaux comme les images des boîtes de galettes ; un peu plus tôt, j'ai demandé à Heidi si elle et Ian jardinaient en plus de préparer une thèse. Elle m'a répondu qu'un type de Faversham passait tous les quinze jours pour « remettre un peu d'ordre ». Ça ne m'a pas semblé très communiste, comme façon de faire, mais bon, je me la suis fermée : je ne voulais pas jouer à la plus maligne devant eux.

L'eau de vaisselle gargouille dans le siphon, une cuillère à café tombe avec fracas dans l'évier et Bob Dylan fait une crise cardiaque au beau milieu de « All Along The Watchtower ». Oh non ! Le lecteur est en train de bouffer la bande. J'appuie sur EJECT, et un méli-mélo de spaghettis marron se déverse. Mais ça va, je suis super-douée pour réparer les cassettes avec un petit bout de scotch. Ian et Heidi sont tous les deux allongés sur ces chaises longues en bois, derrière une rangée de pots sortis tout droit d'*Ali Baba et les quarante voleurs* dans lesquels poussent des plantes aromatiques. Le livre de Heidi est tombé au sol ; son pouce est resté pris dedans : elle n'est plus avec nous. Ian roupille, lui aussi : sa tête est penchée sur le côté et ses lunettes de soleil sont de traviole. Le plateau du café est posé sur un muret. Ils devaient être épuisés. Doucement, j'appelle Heidi, mais elle ne bouge pas. Les abeilles butinent dans les fines herbes, les moutons poussent des *bêêêêê*, et le vrombissement d'un tracteur s'éloigne. Cette petite bosse à un peu moins d'un kilomètre, c'est l'île de Sheppey. Et ce machin pointu, c'est le pont. Puis je remarque deux, trois, plusieurs petites taches noires qui remontent en zigzaguant sur le bras de Heidi.

Je regarde mieux : impossible, ce ne sont pas des fourmis...

Et si. « Heidi ! Tu as des fourmis sur le bras ! »

Mais elle ne bouge pas. Je les balaie de la main et j'en écrase deux sans le faire exprès. Qu'est-ce qu'elles trafiquent là ? « Heidi ! » Je lui secoue le bras un peu plus fort, et elle s'effondre par-dessus l'accoudoir de sa chaise longue, comme quand on fait semblant d'être soûl, sauf que là, ce n'est pas drôle. Sa tête bascule en arrière et ses lunettes lui glissent du visage. C'est là que je vois ses yeux : ce ne sont plus que deux iris, les pupilles ont disparu. Je recule vivement en poussant un *gaaa !* d'effroi, et manque de tomber à la renverse. Ian n'a pas bougé, alors, hystérique, je crie son nom... et découvre qu'une grosse mouche poilue est posée sur ses lèvres charnues. Ma main, qui lui retire sa casquette de base-ball, tremble un peu. La mouche s'envole en bourdonnant. Les yeux d'Ian sont comme ceux de Heidi – c'est comme si une sorte de maladie inconnue l'avait foudroyé. Je lâche la casquette et un cri similaire au premier m'échappe. Dans les rosiers roses, un oiseau décoche une série de notes aiguës et cristallines ; le sang me monte à la tête, ça tourne, et bien que je n'aie plus tous mes esprits, une explication s'impose à moi : Heidi et Ian ont fait une intoxication alimentaire. *C'est le petit-déjeuner.* Seulement vingt minutes après ? Pourquoi pas, mais moi, ça ne m'a rien fait. On a tous mangé la même chose, pourtant. Puis je pense à une crise cardiaque, mais ce n'est pas vraiment plausible. Une overdose ? Et puis je me dis : *Arrête de réfléchir, Sykes. Appelle tout de suite une ambulance...*

... le téléphone est posé sur un drôle de meuble dans le salon, auquel on accède par la cuisine. J'y fonce, compose le 999 et attends qu'un opérateur décroche. *Répondez, dépêchez-vous, allez !* La ligne semble coupée. Et puis je vois un type dans le reflet du miroir ;

il me regarde, assis dans le fauteuil dans le coin de la pièce. La mécanique de la réalité s'enraye. Je me retourne et je le vois, dans l'ouverture en ogive qui relie la cuisine au salon. Je le reconnais. Ses yeux de piranha, ses boucles noires, son nez cassé : c'est le type de mon hallucination dans le passage souterrain, celui qui était dans la pièce en losange. Il halète, comme s'il venait de remonter une pente en courant. Il aboie : « Lequel es-tu ?

– J… J… J… Je suis… Je suis une amie d'Ian et Heidi, j… je…

– Esther Little ou Yu Leon Marinus ? » Sa voix est pleine de haine et glaçante.

Il y a un petit truc qui palpite sur son front, ça ressemble à… je ne saurais pas dire à quoi. Vient-il de prononcer le nom de Marinus ? Peu importe, c'est le personnage d'un cauchemar. Sauf que, lorsqu'on a peur à ce point, en général, on se réveille. Je recule, bute sur le canapé, et tombe assise. « Mes amis. Il leur faut une ambulance.

– Donne-moi ton nom et je t'accorderai une mort rapide. »

Ce n'est pas une menace en l'air. Qui que ce soit, il a tué Heidi et Ian, et il te tuera aussi facilement qu'on casse une allumette. « J… J… Je ne comprends pas, monsieur. » Je me recroqueville, terrifiée. « Je… »

Il fait un pas de plus vers moi. « Ton nom !

– Je suis Holly Sykes, et je voudrais juste partir… s'il vous plaît, laissez-moi p…

– Holly Sykes… » Il penche la tête. « Oui, je connais ce nom. Celui d'un de ceux qui nous ont échappé… Se servir de son frère comme appât était bien joué, monsieur l'Horloger, mais regarde aujourd'hui à quoi tu en es réduit. Te cacher dans l'horloge d'os d'une petite putain ! Xi Lo en tremblerait de honte ! Holokai vomirait en l'apprenant ! Si, naturellement, ils étaient encore en vie, ce qui » – il ricane – « n'est plus le cas, maintenant que votre assaut nocturne a tourné au fiasco le plus total. Tu pensais que la Voie de l'Ombre n'avait jamais entendu parler des alarmes anti-cambriolage ? Tu ne sais donc pas que le Cathare est la Chapelle et que la Chapelle est le Cathare ? L'âme d'Holokai n'est plus que cendres. Celle de Xi Lo est réduite à néant. Quant à toi, qui que tu sois, tu as fui. Comme cela était prévu dans votre sacro-saint Script, j'imagine. Ah, ce que nous l'aimons, votre Script. Grâce à lui, l'Horlogerie est anéantie. C'est un grand jour pour les Carnivores de ce monde. Sans Xi Lo ni Holokai, que reste-t-il de vous ? Une troupe de magiciens, de télépathes, de tordeurs de cuillères. Avant que je te tue, réponds-moi : qui es-tu ? Marinus ou Esther Little ? »

Je tremble. « Je le jure devant Dieu, je… je ne suis pas celui ou celle que vous croyez que je suis. »

Il me dévisage, suspicieux. « Écoute-moi. Ces deux-là qui bronzent dehors, ils ne sont pas encore tout à fait morts. Utilise ta sorcellerie, ton Courant Profond, et tu pourras peut-être en sauver un. Allez. C'est votre travail à vous autres Horlogers, il me semble. »

Loin, très loin, un chien aboie et un tracteur ronchonne…

… le type est maintenant si près de moi que je sens son odeur. Le brûlé du four. C'est comme si ma voix était anorexique : « Alors, je peux appeler un docteur ?

– Tu ne peux pas les soigner toi-même ? »

Je parviens à faire non de la tête.

« Dans ce cas, c'est d'un cercueil dont ils vont avoir besoin, pas d'une ambulance. Mais moi, j'ai besoin que tu me prouves que tu ne fais pas partie des Horlogers. Marinus n'est qu'un lâche, mais il n'en est pas moins perfide. Cours, va-t'en. Allez. Cours. Voyons jusqu'où tu peux aller. »

Je ne fais confiance ni à lui ni à mes oreilles. « Quoi ?

– La porte est là. Allez. Va, petite souris. » Il fait un pas de côté pour me laisser un passage par lequel m'échapper. Je soupçonne que c'est un piège, qu'il a un couteau, je ne sais pas trop quoi, mais il s'approche si près de moi que je vois les égratignures et les minuscules coupures sur son visage, ainsi que ses grands yeux noirs au halo gris, et alors il se met à hurler de toutes ses forces : « VA-T'EN AVANT QUE JE CHANGE D'AVIS ! »

À travers les rosiers épineux, entre les buissons balancés par le vent, sur la pelouse poussiéreuse, je cours. Je cours comme jamais je n'ai couru. J'ai le soleil dans la figure et le mur d'enceinte n'est pas loin. À mi-chemin, alors que j'arrive au niveau du treillis, je regarde derrière moi : contrairement à ce que je craignais, il ne s'est pas lancé à ma poursuite et reste planté à un ou deux mètres d'Ian et Heidi, toujours morts. Il me laisse partir, pourquoi, on s'en fiche, c'est un taré, c'est tout, cours, cours, allez cours, je te dis, allez… allez ! Mais… je ralentis. Je ralentis ! Comment ? Pourquoi ? Qu'est-ce que… ? Mon cœur va éclater, mais c'est comme si quelqu'un appuyait à la fois sur l'accélérateur et le frein, et ce truc qui me freine, ce n'est pas de l'intérieur de moi que ça vient, ce n'est pas du poison, ça vient de l'extérieur, on dirait que le temps ralentit, ou que la gravité augmente, ou bien que l'air se change en eau, ou en sable, ou en mélasse… ça m'arrive de faire ce genre de rêve, mais là je suis éveillée, on est en plein jour, et je sais que je ne dors pas, bon sang… C'est impossible, et pourtant j'ai cessé de courir, je suis comme la statue d'un coureur, un pied en l'air, l'amorce d'une prochaine foulée qui ne viendra jamais. C'est complètement dingue, bordel. Je me rends compte que je devrais me mettre à hurler à l'aide, c'est ce qu'on fait dans ce genre de situation, mais tout ce qui sort de ma bouche, c'est une sorte de grognement spasmodique…

… et le monde rétrécit, aspiré par le bungalow qui m'attire avec le reste, sans que je puisse rien faire. Il y a du lierre sur l'espèce d'arcade ; je m'y accroche, mais mes pieds décollent du sol, comme si j'étais un personnage de dessin animé pris dans un tourbillon et qui s'accroche désespérément à la vie, mais à cause de la douleur dans mes poignets, je lâche prise et retombe violemment, bonjour les bleus. Traînée au sol, je m'écorche les coudes, me cogne le coccyx, je me retourne sur le dos en essayant de planter les talons dans la pelouse, mais le terrain est trop dur et n'offre aucune prise. Je parviens à basculer pour me mettre debout, et un couple de papillons volette devant moi, à contre-courant, comme si cette irrésistible force ne s'exerçait que sur moi. Me revoilà devant le parterre de roses, et le type au teint pâle n'a pas bougé de devant la porte ; ses mains et ses doigts tricotent dans l'air comme s'il parlait une langue des signes pour extraterrestres ; il a une sorte de rictus figé aux lèvres, et c'est lui qui fait ça, qui me ramène en me faisant passer au-dessus du patio, devant Ian et Heidi, immobiles comme des cadavres, des cadavres qui sont l'œuvre de ce type, ce type qui recule dans la cuisine pour me laisser le passage, mais si jamais j'entre dans ce bungalow, plus jamais je n'en ressortirai, alors je m'agrippe aussi fort que je peux à la poignée de porte, mais là, c'est comme si je recevais une décharge de vingt mille volts, et je vole à travers le salon comme une poupée qu'on lance, je rebondis sur le canapé, sur la moquette, et les ampoules des lampes clignotent dans mes yeux, *papoum papoum papoum*…

… mon hallucination prend fin quand ma joue s'enfonce dans cette moquette qui pique. C'est fini. C'était comme une crise d'épilepsie, un truc comme ça. À quelques centimètres de mon visage, une image émerge du flou : Heidi en uniforme d'écolière et une grand-mère aux cheveux blancs. La photo a dû tomber, c'est sans doute moi qui l'ai renversée de la coiffeuse quand j'ai trébuché. Je ferais mieux de rentrer et d'aller aux urgences. Il faut que je fasse un scanner. Heidi me ramènera à Gravesend. J'appellerai Maman depuis l'hôpital. On passera l'éponge sur toute cette histoire avec Vinny. Tout ça paraissait si réel. J'étais sur le point de réparer la cassette de Bob Dylan avec des ciseaux et du scotch, et tout à coup… Les fourmis sur le bras de Heidi, l'hallucination avec ce type au nez cassé, et cet air élastique qui me portait. Quelle est cette partie complètement tarée de mon cerveau qui invente des trucs aussi tordus, putain ? Je m'efforce de me relever, parce que si Heidi ou Ian me trouvent allongée là, ils vont croire que je suis morte dans leur salon.

« Je te crois, chère enfant. » Il est assis dans le fauteuil en cuir, un pied posé sur le genou. « Tu n'es qu'une insignifiante petite ingénue qui a le malheur de se trouver sur notre champ de bataille. Ceci étant, pourquoi deux incorporels en déroute et moribonds commettraient la bévue de s'en remettre à toi, Holly Sykes ? Je m'interroge. À quoi sers-tu ? »

Je suis pétrifiée. De quoi parle-t-il ? « À rien, je le jure, je veux juste… juste partir… m'en aller et…

– Tais-toi. Je réfléchis. » Il prend une granny smith dans le saladier posé sur la desserte, la croque et mâche. Dans ce silence lugubre, on n'entend que le bruit de sa mastication. « Quand as-tu vu Marinus pour la dernière fois ?

– Mon ancien docteur ? À… À… À l'hôpital général de Gravesend. Il y a longtemps, j'ai eu… »

Il lève la main pour réclamer le silence, comme si ma voix lui vrillait les tympans. « Et Xi Lo ne t'a jamais dit que Jacko n'était pas Jacko ? »

Jusqu'à présent, la petite musique de ce film d'horreur était aiguë, mais maintenant que le nom de Jacko a été prononcé, la terreur résonne de tous ses graves. « Qu'est-ce que Jacko a à voir dans toute cette histoire ? »

Il jette un regard plein de dégoût sur sa granny smith. « La plus acide et insipide de toutes les pommes. Les gens les achètent pour leur qualité ornementale. » Il la jette. « Il n'y a pas de Courant Profond ici, cet endroit n'est donc pas un refuge. Où sommes-nous ? »

Je n'ose pas répéter ma question sur Jacko, de peur que le Mal – il n'y a pas d'autre mot – ne s'abatte sur mon frère. « Dans le bungalow de la grand-mère de Heidi qui vit en France. Elle prête sa maison à Heidi et… » *Ils sont morts.*

« Je te demande le lieu, jeune fille ! La région, la ville, le village. Fais au moins semblant d'avoir quelque chose dans le crâne. Si tu es bien la Holly Sykes que Marinus a dénaturée, je suppose que nous sommes en Angleterre. »

Je ne pense pas qu'il plaisante. « Dans le Kent, près de l'île de Sheppey. Je… Je ne crois pas que cet endroit ait… ait un nom. »

Il tambourine sur le fauteuil en cuir. Ses ongles sont trop longs. « Et Esther Little, tu la connais ?

– Oui. Enfin, non. Pas vraiment. »

Il cesse de tambouriner. « Veux-tu que je te dise ce que je te ferai subir si je soupçonne que tu me mens, Holly Sykes ?

– J'ai vu Esther Little au bord de la Tamise, hier, mais je ne l'avais jamais rencontrée auparavant. Elle m'a proposé du thé. Du thé vert. Puis elle m'a demandé… »

De ses yeux, le type au teint pâle me perfore le front, comme si ma réponse y était inscrite. « Dis-moi ce qu'elle t'a demandé !

– L'asile. Au cas où… » – je lutte pour me remémorer ses paroles – « ses projets tomberaient à l'eau. »

Le regard du type au teint pâle s'illumine. « Bon… Esther Little voulait que tu lui serves d'*oubliettes**. De refuge mobile. Je comprends. Te choisir, toi, un insignifiant pion en pensant qu'on t'oublierait ! Bon. » Il se lève et me barre la sortie. « Si tu es ici, Esther, sache que nous t'avons trouvée !

– Écoutez, je réussis à lui dire tout en me recroquevillant, si les services secrets s'intéressent au fait qu'Ian et Heidi étaient communistes, moi, je veux vous dire que je n'ai rien à voir là-dedans. Ils m'ont juste prise en stop. Moi, je… je… »

Il s'avance brusquement pour me faire peur. Et ça fonctionne. « Continue.

– Ne vous approchez pas de moi. » C'est comme si ma voix se ratatinait. « Je… Je sais me défendre. Et la police…

– La police sera sidérée en entrant dans le bungalow de la grand-mère de Heidi. Deux amants sur des chaises longues, le corps d'une adolescente, Holly Sykes. Étant donné le temps qui s'écoulera d'ici à ce qu'on vous découvre, le médecin légiste aura un sacré casse-tête à résoudre. Surtout si le meurtrier laisse la porte ouverte et que les renards, corbeaux et chats sauvages vous rendent visite… un beau merdier ! Tu feras la une des journaux nationaux. La boucherie, le grand crime mystérieux non élucidé des années quatre-vingt. À toi la gloire !

– Laissez-moi partir ! J'irai à l'étranger, je… je partirai. Je vous en supplie.

– Morte, tu seras adorable ! » Le type au teint pâle sourit en regardant ses doigts, qu'il plie. « Si j'étais dénué de principes, je m'amuserais bien un peu avec toi, mais j'ai toujours été contre la cruauté envers les animaux sans défense. »

J'entends un râle. « Non, non, non, non, je vous en prie, je vous en supplie…

– Chut… » Ses doigts font mine de tourner une clé, et mes lèvres, ma langue et ma gorge s'éteignent. La force quitte mes jambes et mes bras, comme si j'étais une marionnette dont on aurait coupé les ficelles et qu'on aurait lancée dans un coin. Le type au teint pâle s'assied en tailleur sur le tapis où je suis, à la manière d'un conteur ; on dirait qu'il savoure l'instant, un peu comme Vinny, quand il sait qu'il va me prendre. « Qu'est-ce que ça fait, Holly Sykes, de savoir que, dans une minute, tu seras aussi raide qu'un putain de bout de bois ? Quelles sont les images que te renvoie ta cervelle de mouche, à l'instant ultime ? »

Ses yeux ne sont pas tout à fait ceux d'un humain. Je vois de plus en plus mal, un peu comme si la nuit tombait, mes poumons se noient, pas dans l'eau, mais dans le rien, et c'est alors que je me rends compte que je n'ai pas respiré depuis une éternité, mais j'ai beau essayer, je n'y arrive pas, et le tambourinement dans mes tympans a cessé, parce que mon cœur s'est arrêté. À la lisière de ces ténèbres qui bourdonnent, le type au teint pâle tend le bras, m'effleure le sein du revers de la main : « Bonne nuit, petit cœur », et là, ma dernière pensée est : *Qu'est-ce que c'est que cette silhouette qui titube loin là-bas, à un kilomètre, au fond du salon… ?*

Le type au teint pâle remarque la chose, regarde derrière lui et se lève d'un bond. Mon cœur redémarre et mes poumons s'emplissent d'oxygène si rapidement que je tousse et m'étrangle, tout en reconnaissant Heidi. « Heidi ! Appelle la police ! C'est un tueur ! Va-t'en ! » Mais Heidi est soit malade, soit droguée, soit blessée, soit soûle : sa tête bouge dans tous les sens, comme si elle avait cette maladie qu'on appelle la sclérose en plaques. Et sa voix a changé, aussi – on dirait celle de mon grand-père, après son AVC. Des mots tout abîmés jaillissent de sa bouche : « Ne vous inquiétez pas, Holly.

– Au contraire, Holly, dit en ricanant le type au teint pâle. Si cette chose est ton sauveur, tu as du souci à te faire. Marinus, je suppose ? Même caché derrière ce zombie parfumé, je sens toute ton onctuosité.

– Un hébergement temporaire, répond Heidi, dont la tête tombe en avant, en arrière, puis de nouveau en avant. Pourquoi avoir tué les deux jeunes gens qui bronzaient ? Pourquoi ? C'était totalement gratuit, Rhîmes.

– Et pourquoi pas ? Vous autres, vous vous demandez constamment pourquoi. Parce que j'étais remonté. Parce que Xi Lo a ouvert le feu dans la Chapelle. Parce que je le pouvais. Parce que toi et Esther Little m'avez conduit jusqu'ici. Elle est morte, n'est-ce pas, avant de pouvoir demander l'asile dans ce spécimen féminin venu du règne des mal-lavés ? Elle a reçu une sacrée correction en fuyant sur le Chemin-de-dalles. Je le sais, c'est moi qui la lui ai administrée. Et en parlant de correction, mes sincères condoléances pour Xi Lo et cette pauvre Holokai : votre petit club des bonnes fées est décimé. Mais enfin, Marinus, tu vas accepter de te battre, n'est-ce pas ? Tu es davantage un soigneur qu'un guerrier, je le sais bien, mais je t'en prie, oppose-moi un peu de résistance, ne serait-ce que pour la forme. » Rhîmes tricote encore dans le vide avec ses mains et – à moins que j'hallucine – la planche à découper en marbre de la cuisine décolle du plan de travail et vole jusqu'à nous, comme si l'homme invisible la portait. « Tu as perdu ta langue, Marinus ? » demande le type au teint pâle, ce dénommé Rhîmes.

« Laisse partir la fille », demande Heidi en dodelinant de la tête.

La planche à découper file à toute vitesse à travers la pièce et frappe Heidi à l'arrière de la tête. J'entends un bruit, comme une cuillère qui transperce la coquille d'un œuf. Le coup aurait dû renverser le corps de Heidi comme une quille, mais non, elle est retenue et soulevée par… par… par personne ; pendant ce temps, les mains de Rhîmes tournoient en faisant mine de briser quelque chose, et le corps de Heidi tourne simultanément, par à-coups. Cric, crac, croc, fait sa colonne vertébrale, et sa mâchoire inférieure est à moitié arrachée, et du sang s'échappe par un trou qui ressemble à la perforation d'une balle. Rhîmes gifle l'air du revers de la main, et, tête la première, le corps désarticulé de Heidi va s'écraser sur la photo d'une mésange perchée sur une pelle, avant de retomber en tas au sol.

C'est maintenant comme si j'avais un casque collé à la Super Glue sur les oreilles et que, dans un écouteur, on me jouait « Rien de tout cela n'est réel », et dans l'autre « Tout ceci est bien réel » en boucle et à plein volume. Rhîmes se met à parler tout bas, et pourtant je perçois chaque repli de chaque mot. « Ça ne t'arrive jamais d'être si heureuse d'être en vie que tu as envie de » – il se tourne vers moi – « hurler au soleil ? Bon, si je me souviens bien, j'étais en train de t'étrangler… » Il repousse l'air dans ma direction, la paume tendue, puis sa main s'élève : je suis plaquée contre le mur et soulevée par une force invisible, jusqu'à ce que ma tête heurte le plafond. Rhîmes grimpe sur l'accoudoir du canapé, comme s'il allait m'embrasser. J'essaie de le frapper, mais j'ai les deux mains clouées au mur, et mes poumons sont de nouveau verrouillés. Dans l'un des yeux de Rhîmes, le blanc s'assombrit et devient rouge, comme si une minuscule veine avait éclaté : « Xi Lo avait hérité de l'amour fraternel que Jacko te portait : cela me réjouit. Te tuer ne me rendra pas les Anachorètes que j'ai perdus, mais puisque désormais l'Horlogerie a une dette de sang envers nous, chaque piécette compte. Je tenais à ce que tu le saches. » Ma vue diminue et la douleur dans ma tête repeint tout en noir, je…

La pointe d'une langue acérée jaillit de sa bouche.

Toute rouge et métallique, elle s'arrête à quelques centimètres de mon visage. Un couteau ?

Rhîmes roule les yeux en arrière et, quand ses paupières se referment, je glisse jusqu'au sol, tandis que lui tombe de l'accoudoir.

Quand l'arrière de sa tête heurte le sol, la lame sort de cinq centimètres de plus, laissant apparaître des morceaux blancs et visqueux. C'est de loin le truc le plus dégueu que j'aie vu de ma vie, et je n'arrive même pas à crier.

« Un coup de chance. » Ian se traîne à l'intérieur de la pièce en s'appuyant où il peut.

C'est forcément à moi qu'il s'adresse. Il n'y a personne d'autre. Ian fronce les sourcils en voyant le corps désarticulé de Heidi. « À la prochaine, Marinus. Il devenait urgent pour toi de changer de véhicule, de toute façon. »

Comment, pas de « Oh, nom de Dieu ! » ni de « Heidi, oh non, Heidi, non, non ! » ? Ian examine le corps de Rhîmes. « Les mauvais jours, on se dit : "Et si je renonçais à cette guerre et que je menais une petite méta-existence tranquille ?" Et puis, on assiste à une scène de ce genre et on se souvient pourquoi on lutte. Enfin, Ian fait pivoter sa tête fracassée vers moi. « Je suis désolé que tu aies dû assister à toute cette scène. »

Je me force à respirer plus lentement, plus lentement encore : « Qui… » C'est tout ce qui parvient à sortir de ma bouche.

« Tu n'as pas fait la difficile avec mon thé. Tu te souviens ? »

La vieille dame au bord de la Tamise. Esther Little ? Comment est-ce qu'Ian peut savoir ça ? Je suis passée à travers un plancher et j'ai atterri au mauvais endroit.

Dans l'entrée du bungalow, une horloge à coucou sonne.

« Holly Sykes », dit Ian, ou Esther Little, si c'est bien elle – mais comment est-ce possible ? « Je demande l'asile. »

Deux morts sont étendus au sol. Le sang de Rhîmes imprègne la moquette.

« Holly, le corps que tu vois est en train de mourir. J'expurgerai tout ce que tu as vu récemment afin de préserver ta quiétude, et puis j'irai me cacher au plus profond de… » Ian-ou-Esther-Little s'effondre comme une pile de bouquins. Il n'a plus qu'un œil ouvert à présent, et la moitié de son visage est enfoncée dans les coussins déformés du canapé. Ses yeux me rappellent ceux de Davenport, le collie qu'on avait avant Newky, quand on l'a fait piquer par le véto. « S'il te plaît. »

Ce mot, c'est un sortilège : je m'agenouille brusquement auprès d'Esther-Little-cachée-dans-Ian, si j'ai bien compris. « Qu'est-ce que je peux faire ? »

L'œil s'agite derrière la paupière qui se referme. « L'asile. »

Je voulais juste du thé, moi, mais une promesse, c'est une promesse. Et puis, je ne sais pas ce qui s'est passé, mais si je suis en vie, c'est parce que Rhîmes est mort, et si Rhîmes est mort, c'est grâce à Ian ou Esther Little ou Dieu sait qui. Je lui en dois une. « Bien sûr… Esther. Qu'est-ce que je dois faire ?

– Majeur. » Un fantôme assoiffé dans une bouche morte. « Front. »

Alors je pose mon majeur sur le front d'Ian. Comme ça ?

La jambe d'Ian remue un peu puis cesse de bouger. « Plus bas. »

Alors je descends mon majeur de quelques centimètres. « Ici ? »

La moitié de la bouche d'Ian encore en état de marche se tord : « *Là…* »

Le soleil me chauffe la nuque et une brise au goût salé s'est levée. En contrebas, dans l'étroit détroit qui sépare le Kent de l'île de Sheppey, un remorqueur fait résonner ses cornes de brume. Je parviens à voir le capitaine qui se décrotte le nez et cherche un endroit où il pourrait se débarrasser de ce qu'il a pêché. Le pont pourrait figurer dans la série animée *Thomas le petit train* – la section du milieu remonte à l'horizontale entre deux tours trapues. Quand elle atteint le haut, un coup de klaxon retentit, et le remorqueur passe en dessous en soufflant. Jacko aurait adoré voir ça. Je plonge la main dans mon sac de sport, en quête de ma canette de Tango, mais tombe sur un journal : le *Socialist Worker*. Qu'est-ce que ça fait là ? C'est une blague d'Ed Brubeck ? Je le balancerais bien par-dessus la rambarde, mais comme un cycliste arrive, je me contente d'ouvrir mon Tango et de regarder le pont. Le type à vélo a à peu près l'âge de mon père, mais il est maigre comme un clou et presque chauve, alors que Papa est bien grassouillet, lui, et que ce n'est pas pour rien qu'on le surnomme le yéti. « B'jour », me lance le type en s'essuyant le visage avec un grand mouchoir en tissu replié.

Comme il n'a pas l'air d'un satyre, je lui réponds : « B'jour. »

Le type lève les yeux sur le pont et le regarde un peu comme si c'était lui qui l'avait construit. « Des ponts comme ça, on n'en fait plus.

– Non, sans doute pas.

– Le Kingsferry Bridge est l'un des trois ponts levants que comptent les îles Britanniques. Le plus ancien est une petite construction toute mignonne de l'époque victorienne, qui enjambe un canal à Huddersfield ; il est uniquement destiné aux piétons. Celui-ci date de 1960. Il n'y en a que deux autres comme ça dans le monde, pour le trafic routier et ferroviaire. » Il boit à sa bouteille d'eau.

« Vous êtes ingénieur, c'est ça ?

– Non, non, j'aime bien aller regarder les ponts hors du commun, c'est tout. Mon fils en était mordu, lui aussi. D'ailleurs… » – il sort un appareil photo de sa sacoche – « ça vous dérangerait de prendre une photo de moi avec le pont ? »

J'accepte volontiers, et me retrouve agenouillée afin de pouvoir cadrer à la fois le crâne chauve du type et la partie du pont qui est remontée. « Un, deux, trois… » L'appareil photo ronronne ; il me demande d'en prendre une seconde, alors j'en prends une seconde, puis je lui tends l'appareil. Il me remercie et tripatouille son pédalier. Je bois bruyamment mon Tango et me demande pourquoi je n'ai pas faim : il est pourtant presque midi et je n'ai rien mangé depuis le paquet de Ritz avalé quand j'ai laissé Ed Brubeck à son sommeil. En plus, je fais des rots aux arômes de saucisse, je ne comprends pas. Un combi Volkswagen blanc approche et s'arrête à la barrière. Deux filles et leurs petits copains fument en me regardant, genre : *Qu'est-ce qu'elle est venue foutre ici, celle-là ?* – ils sont gonflés, ce sont eux qui écoutent un morceau de REO Speedwagon, pas moi. Pour leur prouver que je ne suis pas une sans-ami paumée, je me tourne vers le cycliste. « Vous venez de loin, j'imagine ?

– Non, pas aujourd'hui, il me répond. Je suis parti de Brighton.

– Brighton, mais c'est à… quoi, cent cinquante kilomètres d'ici ? »

Il consulte un gadget accroché à son guidon. « Cent douze.

– Donc, si je comprends bien, un de vos loisirs, c'est de prendre des ponts en photo ? »

Le type réfléchit à ma question. « C'est plus un rituel qu'un loisir. » Il voit bien que je ne pige pas. « Les loisirs servent à se faire plaisir ; les rituels, ça vous aide à tenir le coup. En fait, mon fils est mort. Ces photos, je les prends pour lui.

– Oh, je… » J'essaie de ne pas avoir l'air choquée. « Désolée. »

Il hausse les épaules et détourne le regard. « C'était il y a cinq ans.

« C'était » – pourquoi est-ce que je ne la boucle pas ? – « un accident ?

– Une leucémie. Il aurait eu à peu près votre âge. »

Le klaxon retentit une nouvelle fois, et la section de route se met à redescendre.

« Ça a dû être horrible », je lui dis, bien consciente que ça sonne creux. Au-dessus de la silhouette bossue de l'île de Sheppey, un long nuage maigrichon, qui ressemble à la fois à un lévrier et à une sirène, s'arrête. Et moi, je ne sais pas trop quoi ajouter. La Volkswagen redémarre et s'éloigne à l'instant où la barrière se relève, laissant traîner du soft rock dans son sillage. Le cycliste se remet en selle. « Prenez soin de vous, jeune demoiselle, il me dit, et ne gâchez pas votre vie. »

Il fait demi-tour et repart vers l'A2.

Tout ce trajet, pour ne même pas franchir le pont.

Les voitures et les camions n'arrêtent pas de gifler les pissenlits et de faire voler leurs graines, mais il n'y a personne à qui demander la direction de L'Orme noir. Des fleurs en dentelle se balancent sur leurs longues tiges à chaque passage de poids lourd, chassant les papillons bleus qui y sont accrochés. Ceux aux ailes orange tigré restent bien agrippés. À l'heure qu'il est, Ed Brubeck travaille sans doute à la jardinerie, rêvant d'Italiennes tout en chargeant des bottes de tourbe dans les voitures des clients. Il doit trouver que j'ai vraiment un sale caractère. Ou peut-être pas. Le fait que Vinny m'ait larguée se réduit de plus en plus à ça : un simple fait. Hier, j'avais l'impression d'avoir reçu une décharge de chevrotine, mais aujourd'hui, la blessure n'est qu'un bleu laissé par un petit plomb de carabine. D'accord, j'avais confiance en Vinny et je l'aimais, mais ça ne fait pas de moi une idiote. Pour tous les Vinny Costello du monde, l'amour, ce sont ces conneries qu'ils doivent nous susurrer à l'oreille pour coucher avec nous. Pour les filles – pour moi, en tout cas –, coucher, c'est la première page du livre dans lequel, plus loin, il est question d'amour. « Je suis bien mieux sans ce connard », je confie à une vache qui me regarde de l'autre côté d'une clôture ; et bien que je n'en sois pas encore convaincue, je me dis qu'un jour, ce sera le cas. Peut-être que, d'une certaine façon, Stella m'a rendu service en arrachant à Vinny son masque de mec-tout-gentil seulement quelques semaines après notre rencontre. Vinny en aura vite marre d'elle, c'est sûr, et le jour où elle le surprendra au lit avec une autre, ce sera son tour de voir s'envoler ses rêves de virées à moto avec lui. Alors, elle reviendra vers moi en rampant, les yeux aussi rougis que les miens hier, et elle me demandera de lui pardonner. Peut-être que j'accepterai. Mais peut-être pas. Loin devant, il y a un rond-point et un café.

Et le café est ouvert. Les choses s'améliorent.

Dans ce café – le Smoky Joe's –, les propriétaires ont fait de leur mieux pour qu'on se croie dans un *diner* à l'américaine, comme dans *Happy Days*, avec les banquettes à dossiers hauts qui vous cachent, mais honnêtement, ça fait surtout boui-boui. Il n'y a pas beaucoup de clients ; la plupart regardent le match de foot diffusé sur la télé fatiguée montée au mur. Une dame assise près de la porte lit un numéro de *News of the World* en baignant dans le nuage de fumée qui émane de ses narines pincées. Des petits yeux en bouton, une couture en guise de lèvres, des cheveux frisés et un visage bourré de vieux regrets. Au-dessus de sa tête, se trouve un poster représentant le bocal d'un poisson rouge dont on ne voit que les deux yeux écarquillés à travers l'eau toute marron, avec comme légende : « LE POISSON DE JEFF A ENCORE EU LA DIARRHÉE. » La dame me toise et, d'un geste de la main, désigne les banquettes pour dire que je peux m'asseoir où je veux. « En fait, je lui annonce, je voulais juste savoir comment aller à L'Orme noir. »

Elle lève les yeux, hausse les épaules, me regarde et recrache sa fumée.

« C'est ici, à Sheppey. J'ai un travail qui m'attend là-bas. »

Elle replonge dans son journal et tapote sa cigarette.

Je décide de téléphoner à M. Harty : « Vous avez un téléphone public ? »

La vieille fait non de la tête, sans même lever les yeux.

« Ce serait possible de passer un appel local en me servant de votre… »

Elle me lance un regard furieux, comme si je venais de lui demander si elle vendait de la drogue.

« Bon… et il y aurait quelqu'un d'autre ici qui saurait où se trouve L'Orme noir ? » Je soutiens son regard longtemps, de sorte qu'elle comprenne bien que le moyen le plus rapide pour elle de retourner à sa lecture sera encore de m'aider.

Elle gueule en direction de la cuisine : « Peggy ! L'Orme noir, tu connais ? »

Une voix éraillée lui répond : « C'est chez Gabriel Harty. Pourquoi ? »

Les deux yeux en bouton se braquent sur moi. « Il y a quelqu'un qui demande… »

Peggy surgit : elle a le nez rouge, des joues de gerbille et les yeux d'un agent de la Gestapo. « Alors, ma petite, on va faire la cueillette des fruits pendant quelques jours ? À mon époque, c'était le houblon, mais maintenant, il y a des machines pour ça. Tu prends la route de Leysdown, par là » – elle montre la gauche de l'entrée – « tu traverses Eastchurch, puis tu tournes à droite dans Old Ferry Lane. Tu y vas à pied, ma petite, j'imagine ? »

J'acquiesce.

« C'est à huit, dix kilomètres, mais c'est une promenade de santé pour une… »

En cuisine, la chute de plateaux métalliques provoque un raffut de tous les diables ; Peggy s'y précipite. Maintenant que j'ai obtenu ce que je voulais, je mérite bien un paquet de Rothmans. Je me dirige vers le distributeur situé dans la salle principale du café : une livre quarante le paquet de vingt. L'arnaque totale, mais il y aura tout un tas de gens que je ne connaîtrai pas à L'Orme noir, et j'aurai besoin de me donner une contenance. Je n'ai pas le temps de me raviser : la machine avale les pièces, je tourne la poignée et le paquet tombe. C'est seulement au moment où je me redresse, Rothmans en main, que je vois qui est assis derrière la machine, pile en face, de l'autre côté du passage. Stella Yearwood et Vinny Costello.

Je me baisse et me mets à couvert, soudain prise d'une envie de dégueuler. Est-ce qu'ils m'ont vue ? Non. Stella ne se serait pas privée pour lâcher une petite remarque assassine d'un air innocent. Il y a un intervalle entre le distributeur et le paravent. Stella tend des cuillerées de glace à Vinny assis en face d'elle. Lui la dévore des yeux, comme un bon toutou. Elle promène sa cuillère sur les lèvres de Vinny, pleines de glace à la vanille. Il se les lèche. « Donne-moi la fraise.

– Je n'ai pas entendu le mot magique », lui répond Stella.

Vinny sourit. « Donne-moi la fraise, s'il te plaît. »

Stella plante la cuillère dans la fraise de la coupe de glace et la lui fourre dans la narine. Vinny saisit le poignet de Stella de sa main – de sa main si belle –, puis guide le fruit jusqu'à sa propre bouche. Ils se regardent, et moi, la jalousie me brûle le ventre comme un verre de Destop. Qui est cet ange gardien démoniaque et pervers qui les a amenés là, maintenant, au Smoky Joe's ? Regarde les casques. Vinny a emmené Stella sur son inestimable Norton à laquelle personne n'a le droit de toucher. Du petit doigt, elle hameçonne celui de Vinny et ramène sa prise – d'abord son bras puis tout son corps – et le voilà affalé sur la table, en train de l'embrasser. Vinny ferme les yeux, pas Stella. Il prononce silencieusement trois mots, ceux qu'il ne m'a jamais dits. Il les répète, les yeux grands ouverts ; Stella a l'air de déballer un cadeau coûteux qu'elle attendait.

Je pourrais surgir de ma cachette et leur lancer des assiettes, les traiter de tous les noms, puis rentrer à Gravesend en chialant comme une Madeleine, raccompagnée par les flics, mais je repars en titubant en direction de la lourde porte d'entrée, que je tire au lieu de pousser, et que je pousse au lieu de tirer – ma vision est trouble –, tout ça sous le regard de cette vieille bique, bah tiens, ouais, parce que je suis tout à coup plus intéressante que son *News of the World*, et ces petits boutons d'yeux qui n'en perdent pas une miette…

Dehors, dans le vent, mon visage se dissout en un mélange de larmes et de morve. Une Austin Maxi ralentit pour que le vieux connard au volant profite bien du spectacle, et moi je lui hurle : « Tu regardes quoi, bordel ? » Ah, ça fait mal, ça fait mal, ça fait mal, putain, et puis j'escalade un portail et avance dans un champ de blé où, depuis le rond-point, je suis sûre qu'on ne me verra pas et là, je chiale, je chiale, et je frappe le sol du poing, je frappe et je chiale encore, je n'arrête plus de chialer… et puis quand je me dis que ça y est, que je n'ai plus de larmes, Vinny murmure : « Je t'aime », et dans ses yeux se reflète Stella Yearwood, et nous voilà repartis pour un tour. C'est comme quand on gerbe après avoir mangé un œuf à l'écossaise périmé : à chaque fois, on croit que c'est fini, mais non. Quand j'arrive à me calmer suffisamment pour allumer une cigarette, je me rends compte que je les ai laissées tomber près du distributeur du Smoky Joe's. Super, putain. Je préfère encore bouffer des tartines de crotte de chat que retourner dans ce café. Et puis, bien évidemment, j'entends le ron-ron de la Norton de Vinny. Je rampe jusqu'au portail. Ils sont là, assis à l'arrière, en train de fumer – putain, je parie que ce sont mes clopes, pour lesquelles je viens tout juste de raquer une livre quarante. Stella a dû voir le paquet tout neuf au pied du distributeur, et le ramasser.

D'abord, elle me pique mon copain, et maintenant, mes cigarettes. Puis elle monte sur la Norton, passe les bras autour de la taille de Vinny, et blottit son visage contre sa veste en cuir. Les voilà sur la route qui les ramène au Kingsferry Bridge, ils s'enfoncent dans le lointain et ses zébrures bleutées, et je reste plantée là, crade, me cachant comme une clocharde, avec, en fond sonore, les corbeaux dans l'arbre : *quelle marrâââde… quelle marrâââde…*

Le vent caresse et agite le blé.

Les passereaux font *piou piaf piaf piou.*

Jamais je ne me remettrai de Vinny. Jamais. J'en suis certaine.

Deux heures après avoir quitté le rond-point, j'arrive dans un village du bout du monde appelé Eastchurch. Un panneau indique : « ROCHESTER 34 ». Trente-quatre kilomètres ? Pas étonnant que j'aie des ampoules grosses comme le rocher Uluru aux pieds. C'est bizarre, mais, entre mon départ du garage Texaco de Rochester et l'arrivée au Kingsferry Bridge, je ne me souviens plus de grand-chose. De rien, en fait. Comme une chanson dont on aurait effacé un bout de bande. Je suis entrée en transe pendant que je marchais, ou quoi ? La transe, à Eastchurch, on a l'air de connaître. Il n'y a qu'un petit supermarché Spar, et il est fermé parce qu'on est dimanche, et le marchand de journaux d'à côté est fermé lui aussi. Mais comme je vois son propriétaire en train de s'affairer à l'intérieur, je frappe jusqu'à ce qu'il m'ouvre et lui achète un paquet de sablés et un pot de beurre de cacahuète auxquels j'ajoute un nouveau paquet de Rothmans et une boîte d'allumettes. Il me demande si j'ai seize ans, du coup je le regarde bien droit dans les yeux et je lui réponds que, s'il veut tout savoir, j'en ai eu dix-sept en mars, ce qu'il gobe. Dehors, je m'en allume une au moment où un mod et sa nana passent devant moi en scooter en me dévisageant, mais je suis trop préoccupée par ma petite cagnotte qui fond comme neige au soleil. De l'argent, j'en toucherai demain, si M. Harty ne joue pas aux cons ; n'empêche, je ne sais pas combien de temps ce job d'été va durer. Si Vinny et Stella étaient sortis quand Maman ou

Papa sont allés me chercher chez lui, ils ne sauront pas que je ne suis pas avec lui, et donc, que j'ai quitté Gravesend.

Il y a une cabine téléphonique près de l'arrêt de bus. Si jamais j'appelle à la maison, j'aurai droit au numéro et aux sarcasmes de Maman, mais si j'appelle chez Brendan, avec un peu de chance, ce sera Ruth qui décrochera, et je lui dirai de passer le mot à Papa – pas à Maman, à Papa –, comme quoi je vais bien, mais que j'ai laissé tomber l'école et que je ne vais pas revenir avant un petit bout de temps. Comme ça, la prochaine fois que je la verrai, Maman n'aura pas l'occasion de me faire culpabiliser avec un discours du style : *Tu aurais pu te faire enlever.* Mais en tirant la porte de la cabine, je constate que le cordon du combiné a été arraché : le problème est résolu.

Peut-être qu'une fois à L'Orme noir, je demanderai à téléphoner. On verra.

Il est presque quatre heures quand je quitte Old Ferry Lane pour emprunter la piste crayeuse qui conduit à L'Orme noir. Dans les champs, les arroseurs automatiques vaporisent une brume fraîche et tout en regardant les petits arcs-en-ciel, je bois l'eau en suspension dans l'air comme si c'était de la barbe à papa super-légère. La bâtisse de l'exploitation est un vieux corps de ferme en brique flanqué d'une extension plus moderne, avec en plus une vaste grange en tôle, deux autres constructions en parpaing, le tout protégé par un brise-vent constitué de grands arbres maigrichons. Un chien noir qui ressemble à un gros phoque monté sur des pattes courtaudes arrive en aboyant comme un fou et en tortillant tout son corps : cinq secondes plus tard, nous sommes les meilleurs amis du monde. Newky me manque tout d'un coup, alors je caresse vigoureusement la tête de ce chien.

« Je vois que toi et Sheba avez fait connaissance. » Une fille en salopette sort de la partie la plus ancienne du bâtiment ; elle doit avoir dix-huit ans. « Tu viens pour la cueillette, c'est ça ? » Elle a un drôle d'accent – elle doit être galloise.

« Ouais. Euh, oui. Où est la… la réception ? »

La « réception ». Elle trouve ça marrant, ce qui me fout en rogne : comment voulez-vous que je sache ce qu'il faut dire ? D'un geste du pouce, elle désigne la porte – elle a des serre-poignets aux bras, comme une joueuse de tennis professionnelle, mais je trouve que ça fait con – puis elle repart vers le bâtiment en brique pour raconter aux autres cueilleurs que la nouvelle s'est crue dans un hôtel.

« Écoutez, d'ici demain quinze heures, il y en aura une vingtaine de palettes, résonne la voix d'un type dans le bureau au bout de l'entrée. Si votre camion n'est pas là à quinze heures une, alors ça partira aux entrepôts de La Belle Affaire, à Aylesford. » Il raccroche et ajoute : « Gros con de menteur. » J'ai reconnu la voix de M. Harty, que j'avais entendue ce matin au téléphone. Dans mon dos, la porte s'ouvre et une femme plus vieille en bleu de travail plein de taches, avec des bottes en caoutchouc vertes et une sorte de foulard à pois m'invite à avancer. « Par ici, jeune demoiselle, le docteur va vous recevoir. Allez, hop-hop. C'est la première fois que vous venez cueillir, non ? Mais oui, c'est évident. » Elle me pousse à avancer et à entrer dans un bureau exigu qui sent le sac de pommes de terre. J'y découvre un bureau, une machine à écrire, un téléphone, des armoires de classement, un poster sur lequel on peut lire MAGNIFIQUE RHODÉSIE au-dessus d'une série de photos de la vie sauvage, une vue sur la cour de ferme et un tracteur en décomposition. Gabriel Harty a la soixantaine, le visage comme qui dirait à marée basse, et des poils qui lui sortent du nez et des oreilles. Faisant mine de m'ignorer, il annonce à la dame : « J'étais avec Bill Dean au téléphone. Il voulait discuter avec moi d'une "tracasserie logistique".

– Attends que je devine. Ses chauffeurs ont tous attrapé la peste bubonique, et il voulait savoir si on aurait la gentillesse de faire expédier les fraises de demain à Canterbury.

– Moui. Tu sais ce qu'il a ajouté ? "J'aimerais bien que de temps en temps vous nous souteniez, vous autres propriétaires terriens."

Propriétaire terrien. C'est à la banque que la terre appartient, et nous, on appartient à la terre. Voilà ce que ça veut dire, ce terme. C'est lui qui va en vacances en famille aux Seychelles ou Dieu sait où. » M. Harty rallume sa pipe et regarde par la fenêtre. « Qui êtes-vous ? »

Je suis son regard, braqué sur la carcasse du tracteur, puis je comprends qu'il s'adresse à moi. « Je suis la nouvelle cueilleuse.

– Tiens donc, une nouvelle. Pas sûr qu'on ait besoin de cueilleurs supplémentaires.

– Nous nous sommes parlé au téléphone ce matin, monsieur Harty.

– Ce matin, c'est loin. C'est déjà de l'histoire ancienne.

– Mais… » Si je n'obtiens pas ce boulot, comment je vais faire ?

La dame lui lance un regard par-dessus l'armoire de classement. « Gabriel.

– Quoi ? Il y a déjà cette… comment déjà ? Cette Holly Benson-Hedges qui arrive. Elle a appelé ce matin.

– C'est moi, mais je m'appelle Holly Rothmans, et… » Attendez, est-ce qu'il se moque de moi ? Avec la tronche qu'il tire, on est sûr de rien. « C'est moi.

– Ah, c'était vous ? » La pipe de M. Harty râle comme un vieillard sur son lit de mort. « Quelle chance, ma foi. Dans ce cas, je vous verrai demain matin, à six heures pétantes. Pas six heures deux. Six heures. Personne ne fait la grasse matinée ici, ce n'est pas un camp de vacances. Bon. J'ai des coups de fil à passer. »

•

« L'endroit est assez désert, le dimanche », m'explique Mme Harty pendant qu'on retraverse la cour. Par rapport à son mari, elle est plutôt BCBG ; je me demande bien comment ils se sont rencontrés. « La plupart des habitants du Kent qui travaillent ici rentrent le dimanche et profitent du confort de chez eux. Quant aux étudiants, ils ont filé à la plage, à Leydown. Ils seront de retour d'ici ce soir, sauf si le chant des sirènes du pub les détourne du droit chemin. Bien : la douche est ici, les toilettes sont là, et là, c'est la buanderie. Vous disiez tout à l'heure que vous veniez… d'où déjà ?

– Oh, euh… » Sheba accourt et, toute joyeuse, tournicote autour de nous, ce qui me laisse le temps de trouver un scénario cohérent. « De Southend. J'ai passé mes examens de fin de seconde le mois dernier. Mes parents ont beaucoup de travail et je voulais mettre quelques sous de côté, et comme l'ami d'un ami est venu travailler ici il y a deux étés, alors mon père était d'accord. Et puis maintenant, j'ai seize ans, alors…

– Alors vous voilà. L'école, c'est fini pour vous ? »

Sheba a flairé une piste qui la mène derrière une pile de pneus.

« Vous allez poursuivre jusqu'au bac, Holly ?

– Oh, pardon. Ben, ça dépendra de mes résultats. »

Plus satisfaite qu'intéressée par le sujet, Mme Harty me conduit à l'intérieur de la grange en brique par la porte en bois, grande ouverte. « C'est ici que la plupart des garçons dorment. » Une vingtaine de lits métalliques sont répartis sur deux rangées, comme dans un hôpital aménagé dans les murs d'un bâtiment agricole dépourvu de fenêtres et au sol en pierre. Les pensées qui me viennent à l'idée de devoir dormir parmi un tas de garçons qui ronflent, pètent et se branlent doivent se voir sur mon visage, car Mme Harty me rassure : « Ne vous inquiétez pas, on a monté une cloison au printemps dernier » – elle désigne le fond de la pièce –, « afin que les filles jouissent d'un peu d'intimité. » Une séparation en contreplaqué à peu près haute comme deux hommes ferme le dernier tiers de la grange. Elle comporte une entrée fermée par un vieux drap. Au-dessus de cette porte, quelqu'un a écrit à la craie « LE HAREM » tandis que quelqu'un d'autre a tracé une flèche partant de cette inscription pour pointer sur une autre : « DANS TES RÊVES, GARY : LA TAILLE, ÇA COMPTE ». De l'autre côté du drap, il fait plus sombre et ça ressemble un peu à la partie essayage d'un magasin de vêtements, car, de chaque côté, il y a trois espèces de cabines avec chacune sa propre entrée, deux lits et une simple ampoule qui pendouille à un fil accroché à la poutre. Si Papa était là, il grimacerait et marmonnerait je ne sais pas quoi sur l'inspection du travail ; moi, ce que je vois, c'est qu'il y fait bon et que je m'y sens plutôt en sécurité. En plus, il y a dans le mur de la grange une deuxième porte fermée par un verrou, donc si jamais il y a le feu, on pourra toujours sortir par là. Le seul problème, c'est que tous les lits semblent pris : des sacs de couchage, des sacs à dos et des affaires sont posés dessus. Jusqu'à ce qu'on arrive devant la dernière cabine, la seule allumée. Mme Harty frappe sur le chambranle : « Toc, toc, toc, Gwyn. »

À l'intérieur, une voix lui répond : « Madame Harty ?

– Je vous ai trouvé une camarade. »

À l'intérieur, la Galloise à salopette et au sourire en coin est assise en tailleur sur son lit, en train d'écrire dans son journal ou un truc du genre. De la vapeur s'élève d'une gourde par terre, ainsi que la fumée d'une cigarette posée en équilibre sur une bouteille. Gwyn me regarde et désigne le lit, genre : *Fais comme chez toi*. « Bienvenue dans mon humble demeure. Qui est désormais aussi la tienne.

– Bien, je vous laisse faire connaissance, les filles », conclut Mme Harty avant de repartir, tandis que Gwyn se replonge dans son journal. Sympa, super-sympa, comme attitude. Putain, elle pourrait au moins me faire un semblant de conversation. *Gratte gratte gratte*, fait son stylo à bille. Je parie que, là, elle écrit des trucs sur moi, et sans doute en gallois pour que je ne puisse pas lire. Très bien, si elle ne me parle pas, pas de raison que je lui adresse la parole non plus. Je laisse tomber mon sac de sport sur le lit, tout en ignorant la voix de Stella Yearwood qui constate que la grande escapade de Holly Sykes se termine dans un trou à rat. Je m'allonge à côté de mon sac de sport car je n'ai rien d'autre à faire et n'ai plus d'énergie. J'ai vraiment l'impression que mes pieds ont été rabotés à coups de Black & Decker. En plus, je n'ai même pas de sac de couchage.

Tir impeccable de mon goal : la balle traverse tout le terrain et *clac !* atterrit dans le but de Gary l'étudiant, sous les acclamations du public ébahi. Brendan appelle ce coup le Peter Shilton ; il se plaignait toujours qu'avec mon gardien de but de gauchère, c'était déloyal. Cinq à zéro pour moi, ma cinquième victoire d'affilée : qui prend la gagnante ? « Elle m'a mis la pâtée, qu'est-ce que vous voulez que je vous dise, enrage Gary, le visage en feu et l'élocution entamée par quelques Heineken. Holly, tu es progidieuse, non, pro*digi*euse, là, prodigieuse, un putain de génie du baby-foot – alors non, il n'y a pas de déshonneur à perdre contre… contre des gens comme ça. » Gary fait le clown en tirant sa révérence, puis tend sa canette de Heineken au-dessus du baby-foot pour que je trinque avec lui. « Comment ça se fait que tu sois si forte ? » me demande une fille dont le nom est facile à retenir : Debby, de Derby. Moi, je me contente de hausser les épaules et de répondre que j'y jouais tout le temps, chez mon cousin. Et puis je me souviens de Brendan qui disait : « Je n'arrive pas à croire que j'ai été battu par une fille », juste pour que ma victoire soit encore plus savoureuse, je viens de m'en rendre compte.

Ayant eu ma dose de baby-foot, je sors fumer une clope. Le foyer a été aménagé dans les anciennes écuries et ça sent encore un peu le crottin de cheval, mais l'endroit est plus animé que le Captain Marlow un dimanche soir. Il doit y avoir au moins vingt-cinq cueilleurs et cueilleuses assis autour des tables qui blablatent, grignotent, fument, boivent, draguent et jouent aux cartes. Il manque une télé, mais heureusement, quelqu'un a ramené une radiocassette couverte d'éclaboussures de peinture et une cassette de Siouxsie and the Banshees. Dehors, les champs de L'Orme noir descendent jusqu'à la mer, et des lumières dessinent la côte en pointillé, laquelle se prolonge après Faversham, Whitstable et plus loin encore. On ne s'imagine pas que dans ce monde-là, les gens se font tuer, agresser ou jeter à la rue par leurs mères.

Il est neuf heures : Maman va sûrement lancer « Extinction des feux, Dieu vous bénisse » à Jacko et Sharon, puis se servir un verre de vin avant de regarder *Bergerac* à la télé. À moins que ce soir, elle descende pour dauber sur moi devant une de ses indics : « Bon Dieu, va savoir où j'ai bien pu me planter avec celle-là. » Papa dira à Moutard le plombard, à TJ le tout-fou et à ce vieux M. Sharkey :

« Ça va se tasser », ou ce genre de phrase qui sonne bien, mais qui ne veut rien dire.

Je sors mon paquet de Rothmans de la poche de ma chemise – huit de fumées, il en reste douze – mais avant que je puisse en allumer une, Gary et son t-shirt LA RÉALITÉ EST UNE ILLUSION PROVOQUÉE PAR LE MANQUE D'ALCOOL surgissent. Il me tend une de ses Silk Cut en m'annonçant : « Celle-là, je te l'offre, Holly. » Je le remercie, et il ajoute : « Elle est grandement méritée », puis ses yeux papillonnent sur ma poitrine, comme ceux de Vinny peuvent le faire. Pouvaient le faire. Gary s'apprête à dire autre chose, mais comme un de ses copains l'appelle, il me lance un : « On se voit plus tard » et disparaît. *Compte là-dessus et bois du lait*. Les garçons, j'en ai ma claque.

Les trois quarts des cueilleurs sont soit déjà à la fac, soit sur le point d'y entrer en septembre ; j'ai deux ans de moins que les plus jeunes, même en prétendant en avoir seize au lieu de quinze. J'essaie de ne pas avoir l'air timide, ça trahirait mon vrai âge, mais pas sûr que ça serve à quelque chose, car ce n'est pas comme s'ils allaient devenir plombiers, coiffeurs ou éboueurs – ils seront tous un jour programmeurs, profs ou avocats –, ça se voit. C'est dans leur façon de parler. Ils utilisent des mots si précis qu'on a l'impression qu'ils leur appartiennent. Jacko fait un peu pareil, en fait ; mais dans mon lycée, personne n'oserait. D'ici deux ans, Ed Brubeck leur ressemblera. J'observe Gary, et c'est comme s'il avait senti mon regard parce que, juste à ce moment-là, il tire une tronche, genre : *Comme on se retrouve*, mais moi, je détourne les yeux pour qu'il ne se fasse pas d'idées.

Les cueilleurs qui ne sont pas étudiants se remarquent facilement. Il y a Gwyn, déjà. Elle fait une partie de dames avec Marion et Linda, et, mis à part un « Salut » et un sourire quand je suis entrée, elle ne m'a pas plus prêté attention que ça. Merci, sympa, Gwyn. Marion est un peu bébête ; sa sœur Linda joue les mamans avec elle et finit ses phrases. Faire la cueillette à L'Orme noir, c'est un peu leurs vacances d'été. Il y a un couple, Stuart et Gina ; ils ont leur propre tente dans un coin à l'écart. Ils ne sont plus loin de la trentaine et ont un look de chanteurs de folk – boucles d'oreilles et queues-de-cheval – et d'ailleurs, ils chantent du folk en amateurs, dans les petits villages. Gina nous emmènera moi et Debby faire des courses au Spar d'Eastchurch, quand on aura touché notre paie. Ils servent d'intermédiaires entre les cueilleurs et M. Harty, m'a expliqué Debby. Et enfin, il y a un gars plus jeune qui s'appelle Alan Wall et qui dort dans une minuscule caravane garée sur le côté de la ferme. Je l'ai vu étendre son linge tout à l'heure, en faisant le tour. Il a au maximum un an ou deux de plus que moi, mais son corps décharné est tout nerveux et il a la peau tannée par le soleil, brune comme du thé. Debby m'a raconté que c'était un gitan, ou plutôt qu'il était « de la communauté des gens du voyage », puisque c'est comme ça qu'il faut dire, et elle a ajouté que M. Harty embauche quelqu'un de sa famille tous les ans, mais qu'elle ne sait pas si c'est une histoire de tradition, de dette ou de superstition.

En revenant des toilettes, je remarque qu'une étroite gorge s'est formée entre la ferme et l'abri. Quelqu'un attend. Une allumette est grattée. « Comme on se retrouve, dit Gary. Une autre cigarette ? »

OK, Gary est beau garçon, mais il est passablement soûl, et je ne le connais que depuis deux heures. « Non merci, je vais retourner au foyer.

– Nan nan, tu restes fumer une cigarette avec moi. Allez, Hol, faut bien mourir de quelque chose. » Il m'agite déjà son paquet de Silk Cut sous le nez, avec une cigarette qui en dépasse et qu'il me suffit de prendre du bout des lèvres. Si je refuse, ça va faire tout un foin, alors je la saisis entre mes doigts et le remercie.

« Tiens, du feu… Bon, dis-moi, tu dois sacrément lui manquer, à ton petit copain de Southend. »

Je pense à Vinny, vomis un « Putain, non », puis me dis : *T'es trop conne, Sykes*, avant de rectifier : « Bah, en fait, ouais, je crois bien.

– Voilà une question de réglée. » Dans la lueur de sa cigarette, Gary a un sourire lubrique. « Viens, on va marcher un peu et regarder les étoiles. Je veux tout savoir de ce monsieur "Putain-non-bah-en-fait-ouais". »

Je n'ai vraiment pas envie de me retrouver avec les doigts de Gary dans le soutien-gorge, ni ailleurs, mais comment le rembarrer sans que sa fierté en prenne un coup ?

« C'est mignon, la timidité, continue Gary, mais ça te gâche la vie. Allez, quoi ! J'ai de l'alcool, de la nicotine… et tout ce qu'il te faut. »

Putain, si les garçons pouvaient se retrouver dans la peau d'une fille en train de se faire draguer ne serait-ce qu'un soir, on n'entendrait plus ces répliques bidon. « Écoute, Gary, le moment est mal choisi. » J'essaie de me faufiler entre lui et le mur pour retourner dans la cour.

« Tu m'as dévoré du regard. » Son bras descend comme une barrière de parking et m'écrase le ventre. Je sens son eau de toilette, son odeur de bière et, quelque part, son excitation. « Toute la soirée. Saisis ta chance. »

Si je lui dis d'aller se faire foutre, je suis sûre qu'il fera en sorte que tous les cueilleurs se liguent contre moi. Si j'explose et que j'appelle à l'aide, ce sera sa version contre celle de « la nouvelle, l'hystérique, là ». Et puis après, ce sera : « Quel âge elle a, au fait ? Et ses parents, ils sont vraiment au courant qu'elle est ici ? »…

« Eh, le Poulpe, revois un peu ta parade nuptiale », fait une voix à l'accent gallois. Gary et moi faisons un bond de deux mètres. C'est Gwyn. « Ce n'est pas de la drague, ça, c'est carrément du harcèlement.

– Mais… Mais… on ne faisait que discuter. » Gary bat déjà en retraite, direction le foyer. « C'est tout.

– Pénible, mais inoffensif. » Gwyn le regarde s'en aller. « Comme un aphte. Il a fait des avances à toutes les filles de l'exploitation, sauf à Sheba. »

Être tirée d'affaire par quelqu'un, ça a quelque chose d'humiliant, et j'articule un « J'aurais réussi à me débarrasser de lui » ronchon.

Gwyn répond, un peu trop sincère : « Oh, mais je n'en doute pas. »

Elle se fout de moi ? « Je sais me débrouiller seule.

– Tu me rappelles moi à ton âge, Holly, et pas qu'un peu. »

Qu'est-ce qu'on peut répondre à ça ? La radiocassette fait résonner « Up the Junction » de Squeeze. Gwyn se penche en avant. « Regarde, le Poulpe a perdu ses clopes. » Elle me les lance, je les attrape. « Tu peux les lui rendre ou les garder en dédommagement. À toi de voir. »

J'imagine Gary raconter sa version des faits. « Il va me haïr.

– Il va surtout flipper que tu racontes à tout le monde qu'il s'est comporté comme un connard. Ce genre de types, quand ils ont peur qu'on les rejette, ils ont l'impression de mesurer un mètre vingt et d'en avoir une de cinq centimètres, et pas au repos. Bref, je venais te prévenir que j'ai demandé à Mme Harty de te prêter un sac de couchage. Dieu sait combien il a eu de propriétaires avant, mais il a été lavé et, au moins, les taches ne collent plus. Il peut faire froid dans la grange, la nuit. Moi, je vais me coucher, alors au cas où je m'endormirais avant toi, bonne nuit. Le clairon sonne à cinq heures trente. »

2 JUILLET

Je ne vois pas comment je pourrais être enceinte – j'ai à peine quelques jours de retard –, mais alors c'est quoi ce ventre et ce troisième nichon aux veines bleues qui me pousse entre les deux autres, baptisés Dolly et Parton par Vinny ? Maman ne prend pas la nouvelle super-bien et elle ne me croit pas quand je lui dis ne pas savoir qui est le père. « Ce qui est sûr, c'est que ce bébé, quelqu'un te l'a mis dans le ventre ! Entre nous, on sait bien que tu n'es pas la Vierge Marie ! » Mais je n'en ai aucune idée, moi. Vinny est le suspect numéro un, mais qui me dit qu'il ne s'est rien passé avec Ed Brubeck à l'église ? Ou bien avec Gary à L'Orme noir ? Ou même, avec Alan Wall, le gitan ? Quand vous savez que votre mémoire vous a joué plus d'un tour par le passé, comment vous fier à elle ? La vieille bique du Smoky Joe's me fusille du regard par-dessus son *Financial Times* : « Demande au bébé. Il doit bien savoir, lui. »

Tout le monde se met à scander : *Le bébé ! Le bébé !* Mais moi j'essaie de leur répondre que ce n'est pas possible, il n'est pas encore né, mais c'est comme si j'avais les lèvres cousues, et puis je regarde mon ventre qui a encore grossi. On dirait qu'on m'a greffé une grosse tente en peau dessus. Dedans, le bébé rougeoie comme quand on se colle une lampe torche devant la main, et il est aussi grand qu'un adulte nu. Il me fait peur.

« Allez, demande-le-lui », persifle Maman.

C'est donc ce que je fais : « Qui est ton papa ? »

Nous attendons. Il tourne la tête vers moi et se met à me parler en décalé d'une voix venue d'un endroit chaud. *Quand Sibelius éclatera en mille fragments, à trois heures, le jour de l'Étoile de Riga, tu sauras que je suis proche…*

… Puis le rêve s'effondre sur lui-même. Un soulagement, le sac de couchage, le bouillon de l'obscurité, moi qui ne suis pas enceinte, et une voix à l'accent gallois qui chuchote : « Tout va bien, Holly, tu rêvais, cocotte. »

Notre cloison en contreplaqué, dans une grange, sur une exploitation. Comment s'appelle-t-elle ? Gwyn. Je lui réponds tout bas : « Désolée si je t'ai réveillée.

– J'ai le sommeil léger. Ça avait l'air horrible, ton rêve.

– Ah ouais… Non, c'était juste débile. Quelle heure il est ? »

Sa montre diffuse une terne lumière dorée. « Cinq heures moins vingt-cinq. »

La nuit est presque terminée. Est-ce que ça vaut le coup d'essayer de se rendormir ?

Tout un zoo de ronfleurs est à l'œuvre ; chacun y va de sa petite musique.

La nostalgie me plante son couteau dans le ventre : ma chambre me manque. Mais je riposte : *Rappelle-toi la gifle.*

« Tu sais, Holly » – les chuchotements de Gwyn font bruisser les draps de l'obscurité –, « dehors, les choses sont plus difficiles qu'elles n'en ont l'air. »

En voilà, un truc bizarre à dire, qui plus est à cette heure-ci. « Si tout le monde y arrive » – je parle des étudiants –, « alors il n'y a pas de raison.

– Je ne te parle pas de cueillette. Je te parle de ta fugue. »

Vite, il faut nier. « Qu'est-ce qui te fait croire que j'ai fugué ? »

Gwyn ne cille pas, un peu comme un gardien de but devant un tir hyper-mal cadré. « À moins que tu sois sûre, sûre et certaine, que ce qui t'attend à ton retour va te… » – elle pousse une sorte de soupir – « … t'anéantir, je te conseille de rentrer chez toi. Quand l'été sera terminé, que tu n'auras plus d'argent, que Richard Gere ne se sera pas pointé avec sa Harley en te disant "Grimpe", et que tu devras te battre pour avoir une place à côté des poubelles derrière un McDonald's à l'heure de sa fermeture, tu te diras que L'Orme noir, c'était bien un cinq-étoiles, quoi qu'en pense Gabriel Harty. Regarde, écris une liste que tu intituleras : "Tout ce que jamais, au grand jamais, je ne ferai pour m'en sortir". Ce que tu auras noté dedans, ça ne bougera pas ; mais le titre de ta liste, lui, il aura changé. Ce sera "Tout ce que j'ai dû faire pour m'en sortir". »

Je maîtrise ma voix. « Je n'ai pas fugué.

– Alors, c'est quoi, ce faux nom que tu as pris ?

– C'est comme ça que je m'appelle : Holly Rothmans.

– C'est ça, et moi c'est Gwyn Aquafresh. Un peu de dentifrice ?

– "Aquafresh", ce n'est pas un nom. "Rothmans", si.

– Peut-être, mais je te parie un paquet de Benson & Hedges que ce n'est pas le tien. C'est malin de ta part d'avoir choisi un faux nom, je ne dis pas. Moi-même, les premiers mois qui ont suivi mon départ, j'en ai changé plusieurs fois. Mais bon, peu importe, si tu compares les problèmes que tu pourrais rencontrer en chemin à ceux que tu avais avant de t'enfuir, alors un conseil : multiplie ton estimation des ennuis à venir par vingt. »

Ça me tue qu'elle m'ait percée à jour aussi facilement. Je grogne : « Ouais, beh, c'est un peu tôt pour la pensée du jour. Bonne nuit. »

Le premier oiseau du matin se met à gazouiller.

Après avoir fait glisser, à l'aide d'un verre d'eau, les trois sandwichs que je me suis concoctés avec mes sablés et mon beurre de cacahuète, je me dirige avec les autres côté sud, vers le grand champ où Mme Harty et son mari montent une sorte de grande tente. On sent la fraîcheur de la rosée, mais je devine que la journée va être chaude. Je ne la déteste pas, Gwyn, ce n'est pas ça, mais c'est comme si elle m'avait vue à poil, et si je croise son regard, je ne saurai pas trop comment réagir ; c'est pour ça que je décide de me mettre avec Marion et Linda. Gwyn semble l'avoir compris : elle a rejoint Stuart, Gina et Alan Wall, dix rangées plus loin, alors, même si on voulait se parler, ce serait impossible. Gary, qui fait comme si j'étais invisible, s'est placé à l'autre bout du groupe des étudiants. Tant mieux.

Oui, ramasser les fraises, c'est barbant, mais comparé à ce qu'on fait dans un pub, ça a quelque chose d'apaisant. C'est agréable d'être en plein air. Il y a des oiseaux, des moutons, le son d'un tracteur, et le bavardage des étudiants, quoique la conversation finisse par se tarir au bout d'un moment. On nous a donné à chacun un plateau en carton qui comporte vingt-cinq barquettes, et notre travail consiste à remplir chaque barquette de fraises mûres, ou presque mûres. On coupe la tige avec l'ongle du pouce, on dépose la fraise dans la barquette, et on recommence. Au départ, j'étais accroupie, mais ça m'a bousillé les chevilles, alors j'ai fini par me mettre à genoux et j'avance dans cette position. J'aurais dû prendre un jean plus large, voire un short. Si une fraise est trop mûre, je lape la bouillie fruitée que j'ai sur les doigts, mais de là à engloutir les plus belles, non : ce serait bouffer sa propre paie. Quand toutes les barquettes sont pleines, on porte le plateau jusque dans la tente, où Mme Harty se charge de la pesée. Si on atteint ou qu'on dépasse le poids limite, elle nous remet un jeton en plastique, sinon, il faut retourner à son rang et rapporter la quantité de fraises manquante. Linda dit qu'à trois heures, on repart tous en file indienne jusqu'au bureau pour échanger nos jetons contre de l'argent donc mieux vaut les mettre en lieu sûr, car pas de jetons, pas d'argent.

Une fois que nous sommes tous lancés, on distingue assez facilement ceux qui ont l'habitude de travailler dans les champs. Stuart et Gina avancent dans leur rangée deux fois plus vite que les autres, et Alan Wall est plus rapide, encore. Parmi les étudiants, il y en a qui sont vraiment nazes : au moins, je ne suis pas la plus nulle. Le soleil grimpe dans le ciel et chauffe de plus en plus fort, je suis bien contente d'avoir la casquette d'Ed Brubeck pour me protéger la nuque. Une heure s'est écoulée et c'est comme si j'étais passée en pilote automatique. Les barquettes se remplissent, fraise après fraise, et ma cagnotte grossit : deux pence, cinq pence, dix pence. Je n'arrête pas de penser à ce que Gwyn m'a dit ce matin. À l'entendre, la vie lui a appris plein de trucs pas chouettes, et à ses dépens. Je pense à Jacko et Sharon, qui prennent leur petit-déjeuner en voyant ma chaise vide, comme si j'étais morte ou qu'il m'était arrivé un truc grave. Je parie que Maman prend ses grands airs, genre : *Je refuse de parler de cette demoiselle, ça non.* Son côté irlandais ressort quand elle est en colère ou remontée contre un truc. J'ai en tête l'image d'un flipper, et je me dis qu'être un enfant, c'est être catapulté à travers la rampe de lancement : on ne peut aller ni à gauche, ni à droite, on se laisse propulser. Mais une fois en haut du plateau, quand on a seize, dix-sept, dix-huit ans, il y a tout d'un coup un millier de chemins possibles : certains sont géniaux et d'autres pas. Les minuscules variations d'angle et de vitesse suffiront à changer radicalement le cours des événements à venir. Un tout petit peu plus à droite, et *bim*, en deux ricochets, la bille filera directement entre les flippers : dites adieu à vos dix pence. Mais un poil plus à gauche et, là, tout le plateau s'anime, c'est le ballet des bumpers et des cibles tombantes, des rampes et slingshots : à vous la gloire et le highscore. Moi, mon problème, c'est que je ne sais pas ce que je veux, à part un peu d'argent pour acheter à manger tout à l'heure. Jusqu'à avant-hier, tout ce que je désirais dans la vie, c'était Vinny, mais on ne m'y reprendra plus. Comme une bille chromée lancée sur la rampe, je n'ai pas la moindre idée de là où je vais ni de ce qui va se produire.

À huit heures trente, c'est la pause. Dans la tente, une dame du Kent avec un accent à couper à la tronçonneuse nous sert du thé au lait sucré. Chacun est censé avoir sa tasse à lui, mais moi, je me sers d'un vieux pot de confiture récupéré dans la poubelle de la cuisine, ce qui provoque des haussements de sourcils ; n'empêche, ça donne à mon thé un goût d'orange. Les Silk Cut de Gary-l'étudiant sont planquées dans mon paquet de Rothmans. J'en fume deux : elles ont un goût un peu plus corsé que les Rothmans. Linda partage avec moi ses biscuits fourrés à la vanille. Marion dit : « La cueillette, ça donne faim », de sa voix sourde et monocorde, et moi, je lui réponds : « Oui, c'est vrai, Marion », et elle, ça la rend vraiment heureuse ; j'aimerais que sa vie soit plus facile qu'elle ne va l'être. Puis je pars de l'autre côté voir Gwyn, assise en compagnie de Stuart et Gina, et lui propose une cigarette. Elle me répond : « Si ça ne te dérange pas, je veux bien, merci », et nous voilà réconciliées, c'est aussi simple que ça. Ciel bleu, air frais, j'ai le dos en compote, mais suis plus riche de trois livres que tout à l'heure, quand je cueillais ma première fraise. À huit heures cinquante, la cueillette reprend. Au lycée, à cette heure-ci, Mme Swann, notre prof principale, est en train de faire l'appel ; quand elle prononcera mon nom, elle n'aura pas de réponse. Quelqu'un finira par dire : « Elle n'est pas là, madame », et si Stella Yearwood a un peu de jugeote – ce qui est le cas –, elle devrait commencer à se faire du souci. Si elle s'est vantée de m'avoir piqué mon copain, les autres vont vite comprendre pourquoi je suis absente, et, tôt ou tard, les profs apprendront la nouvelle, alors elle sera convoquée chez M. Nixon. Il y aura peut-être même un flic avec eux dans le bureau. Si elle n'a pas ramené sa fraise à propos de Vinny, elle jouera la décontraction et prétendra ne rien savoir, mais, intérieurement, ce sera la panique. Pareil pour Vinny. J'imagine que, pour lui, se taper une petite minette, c'est sympa tant que tout va bien, mais ce ne sera plus la même histoire si je reste à L'Orme noir deux jours de plus. Je serai soudain la mineure que Vincent Costello a séduite, moyennant cadeaux et alcool pendant quatre semaines, avant que celle-ci ne disparaisse sans laisser de trace. Vincent Costello, vingt-quatre ans, vendeur de voitures du concessionnaire de Peacock Street à Gravesend, deviendra le principal suspect. Moi, je ne suis pas méchante, et je ne tiens pas à ce que Jacko, Papa ou Sharon passent des nuits blanches à cause de moi, surtout Jacko, mais je suis très, très tentée de faire morfler Vinny et Stella, rien qu'un petit peu…

En rapportant un plateau plein dans la tente de Mme Harty, je trouve tout le monde agglutiné autour de la radio, l'air super-sérieux – Mme Harty et la dame qui sert le thé ont une mine horrifiée –, et pendant un moment atroce, je crois que l'alerte liée à ma disparition a déjà été lancée. Du coup, je suis presque soulagée quand Debby-de-Derby me raconte que trois cadavres viennent d'être retrouvés. Bien sûr, un meurtre, c'est affreux, mais des cadavres qu'on découvre, il y en a tous les jours aux nouvelles, et ça ne nous touche pas vraiment. « Où ça ? je demande.

– À Iwade », répond Stuart, de Stuart et Gina.

Je n'ai jamais entendu parler de cet endroit. « C'est où ?

– À une quinzaine de kilomètres d'ici, précise Linda. Tu as dû passer devant hier, c'est sur la route du Kingsferry Bridge.

– Chut ! » fait quelqu'un, tandis que le volume de la radio monte : « *Un porte-parole a confirmé que la police du Kent considère que ces morts sont suspectes et incite quiconque disposant d'informations relatives à ces événements à prendre contact avec le commissariat de Faversham, où l'on met en place une cellule dédiée à la coordination de l'enquête. La population est invitée à…* »

« Mon Dieu, lâche Debby-de-Derby, on a un meurtrier dans le coin.

– Ne tirons pas de conclusions trop hâtives, intervient Mme Harty tout en baissant le volume. Ce n'est pas parce qu'ils en parlent à la radio que c'est vrai.

– Trois cadavres, c'est trois cadavres, lui rétorque Alan Wall, le gitan. « On ne les a pas inventés. » Jusqu'à présent, je n'avais pas entendu sa voix.

« Cela ne signifie pas pour autant que Jack-l'éventreur-deuxième-du-nom arpente l'île de Sheppey une feuille de boucher à la main. Je vais mener ma petite enquête depuis le bureau. Maggs ici présente » – d'un mouvement de tête, elle désigne la dame du thé – « va prendre le relais. » Puis elle s'éloigne à grands pas.

« Alors, si Sherlock Harty est sur le coup, commente Debby, tout va bien. N'empêche, je vous le dis : s'il n'y a pas un cadenas gros comme mon bras pour verrouiller la grange cette nuit, moi, je me tire, et ce sera à elle de me déposer à la gare. »

Quelqu'un demande si, à la radio, ils ont précisé la façon dont ces gens ont été tués, ce à quoi Stuart répond qu'ils ont parlé d'« agression violente et subite » ; des mots qui font plus penser à un truc tranchant qu'à un flingue, mais bon, pour l'instant, personne ne sait quoi que ce soit. Autant retourner bosser, car on est plus en sécurité à l'extérieur entourés de plein de gens.

« Moi, je dis qu'il y a une histoire de triangle amoureux là-dessous, déclare Gary-l'étudiant. Deux gars, une fille. Un crime passionnel classique, quoi.

– Moi, je pencherais plutôt pour une affaire de came, un deal qui aurait mal tourné, intervient un copain de Gary.

– Et moi, je dis que, vous deux, vous en savez que dalle », conclut Debby.

Ce qu'il y a, c'est qu'une fois qu'on a en tête qu'un malade est peut-être planqué là, dans le bosquet au bout du champ ou bien dans la haie là-bas, des silhouettes se mettent à apparaître aux extrémités de notre champ de vision. Un peu comme les gens-de-la-radio que je voyais presque après les avoir quasiment entendus. Je repense au moment où se sont déroulés ces meurtres : si ça se trouve, ça s'est passé quand j'étais à un ou deux champs d'écart du Kingsferry Bridge. Et si c'était le cycliste que j'ai croisé, devenu fou de rage à cause de la mort de son fils ? Il n'avait pas l'air d'un taré, mais bon, comment on peut voir ça, en vrai ? Et ces jeunes couples dans le combi Volkswagen ? Pendant le déjeuner – Gwyn, qui a compris que j'étais dans la dèche côté bouffe, m'a préparé un sandwich fromage-pickles et donné une banane –, on repère un hélicoptère qui reste en vol stationnaire au niveau du pont. Et puis, à une heure, le journal de Radio Kent annonce qu'une équipe de la police scientifique est arrivée au bungalow, qu'ils ont des limiers et tout ce qu'il faut. La police n'a toujours pas donné le nom des victimes, mais Mme Harty connaît la femme d'un agriculteur qui habite là-bas et, apparemment, quelqu'un venait au bungalow le week-end, une jeune femme nommée Heidi Cross. Elle étudie à Londres en semaine, et, selon toute vraisemblance, la femme retrouvée morte, c'est elle. On raconte qu'elle et son petit ami étaient des « militants radicaux », du coup, maintenant, Gary-l'étudiant prétend que ce doit être une affaire politique, un coup organisé par l'IRA ou la CIA s'ils étaient antiaméricains, ou alors par le MI5, s'ils soutenaient la grève des mineurs.

Moi, je croyais qu'on ne pouvait entrer à l'université que si on était super-intelligent, mais d'un autre côté, j'ai envie de croire Gary : au moins, ça voudrait dire qu'il n'y a pas de fou dangereux caché derrière les meules de foin – je n'arrive pas à me défaire de cette idée.

On travaille encore deux heures après le déjeuner et, après avoir terminé, on repart d'un pas traînant jusqu'au bureau, où Mme Harty échange nos jetons contre de l'argent. J'ai gagné plus de quinze livres aujourd'hui. De retour à la grange, je trouve Gabriel Harty en train de poser un verrou sur la porte, côté intérieur, comme l'a exigé Debby-de-Derby. C'est sûr, le patron ne peut pas laisser ses employés déserter l'exploitation et regarder ses fraises pourrir sur pied. Gwyn m'explique que, d'habitude, un bon groupe de cueilleurs va à pied à Leysdown acheter de la nourriture et quelques trucs à boire, mais, aujourd'hui, seuls ceux qui ont une voiture sont partis. Moi, je vais économiser : pour le repas du soir, je me contenterai d'un bol de muesli grappillé dans le placard des restes, et de mes derniers Ritz ; et puis Gwyn a promis de m'apporter un hot-dog. Elle et moi nous asseyons pour fumer dans l'ombre chaude d'un mur en ruine, sur un talus d'herbe verte près de l'entrée de la ferme. De là, on voit Alan Wall étendre son linge sur un fil. Il est torse nu et tout musclé, la peau cuivrée, blond ; je crois qu'il plaît à Gwyn. Il est flegmatique, n'ouvre sa bouche que quand ça vaut le coup, et lui n'a pas peur qu'un tueur soit caché dans les fourrés. Gwyn est plutôt relax, elle aussi : « Quand on vient de frapper trois personnes à mort, on ne va pas se planquer un kilomètre plus loin sur une île plate comme une crêpe où on repère les étrangers aussi facilement qu'un Adolf Hitler à trois têtes. Franchement… »

Elle n'a pas tort, je l'admets. Une taffe après l'autre, nous partageons la dernière Silk Cut. Je lui demande plus ou moins pardon de lui avoir battu froid ce matin.

« De quoi tu parles ? me taquine-t-elle. De mon petit sermon ? Laisse tomber, tu aurais dû me voir quand je suis partie de chez moi. » Pour se moquer, elle prend alors une voix de conne : « "J'ai pas besoin de ton aide, alors dégage." » Elle s'étire et s'allonge sur le dos. « Bon Dieu, j'étais paumée. Tu n'as pas idée. »

La camionnette du supermarché repart en emportant la récolte de fraises du jour.

Je crois que Gwyn hésite entre se taire, en dire un peu plus, ou tout déballer…

« Je suis née dans une vallée située au-dessus du village de Rhiwlas, près de Bangor, dans le quart nord-ouest du pays de Galles. Je suis fille unique, et mon père avait un élevage de poulets. Il l'a toujours, normalement. Plus de mille volailles, toutes dans des petites cages pas plus grandes que des boîtes à chaussures, celles dont parlent ceux qui militent pour les droits des animaux. De l'œuf au supermarché en soixante-six jours. On habitait dans une maison planquée derrière le grand hangar. Mon père avait hérité la maison et le terrain d'un oncle, et il a monté son affaire petit à petit. Il a toujours eu trois fois plus de chance que tout le monde. Il sponsorisait l'équipe de rugby de Rhiwlas, et, une fois par semaine, il chantait dans la chorale masculine de Bangor. Comme patron, il était strict, mais juste. Il faisait des dons au Plaid Cymru[1]. Il faut se lever tôt pour trouver un habitant du Gwynedd prêt à dire du mal de mon père. »

Les yeux de Gwyn sont fermés. Elle a une cicatrice presque invisible sur une paupière.

« Il faut savoir que mon père avait deux facettes. D'un côté, le personnage public, pilier de la communauté. Et, de l'autre, celui qui vivait chez nous, un type cruel, tordu, qui voulait tout maîtriser, pour dire les choses gentiment. Les règles. Il adorait les règles. Sur la tenue de la maison. Sur la façon dont la table devait être mise. Sur la façon dont les brosses à dents devaient être posées. Sur les livres qu'on avait le droit d'avoir. Les stations de radio qu'on avait le droit d'écouter – on n'avait pas la télé. Des règles qui changeaient tout le temps parce que, ce qu'il voulait, c'était que ma mère et moi, on les enfreigne, ce qui lui donnait une occasion de nous punir. La punition, c'était un tuyau en plomb, enveloppé dans du coton pour ne pas laisser de marques sur nos corps. Après la punition, on devait le remercier. Ma mère aussi. Si on le remerciait trop mollement, on avait droit à un deuxième tour.

– La vache, Gwyn. Même quand tu étais petite ?

– Il fallait toujours faire les choses à sa façon. Son père avait été pareil.

– Mais ta mère… elle ne disait rien ?

– Si tu n'as pas vécu ça, tu ne peux pas vraiment comprendre. Tant mieux pour toi. En fait, contrôler quelqu'un, ça passe par la peur. Quand on a peur des représailles, on ne refuse jamais rien, on ne se défend pas, on ne s'enfuit pas. On survit en acceptant tout. Ça devient normal. Horrible, mais normal. Et horrible parce que c'est normal. Bon, on pourrait très bien penser que "ne pas s'opposer à lui, c'est lui donner l'autorisation". Peut-être, mais quand on a eu droit à ce régime-là depuis la naissance, il n'est

1. Parti nationaliste gallois.

pas question de s'opposer à quoi que ce soit. Les victimes ne sont pas des lâches. Les gens qui ne connaissent pas ça ne s'imaginent pas le courage qu'il faut ne serait-ce que pour tenir le coup. Ma mère n'avait nulle part où aller, tu comprends. Pas de frères ni de sœurs, et ses parents étaient déjà morts quand elle s'est mariée. Les règles de mon père nous coupaient du monde. Se faire des amis au village, c'était négliger la maison, et ça signifiait donc le tuyau. Dans sa folie, ce type avait de la méthode. »

Alan Wall est rentré. Des gouttes d'eau tombent de sa chemise et de son jean accrochés au fil.

« Mais toi ou ta mère, vous ne pouviez pas porter plainte ?

– Auprès de qui ? Mon père chantait dans la chorale de Bangor avec un juge et un procureur. Mes profs l'adoraient. S'en remettre à une assistante sociale ? C'était notre parole contre la sienne, sans compter que mon père est un héros de guerre qui a reçu une médaille pour acte de bravoure pendant la guerre de Corée, rien que ça. Ma mère était une femme toute frêle qui prenait du Valium, et moi, j'étais une ado mal dans sa peau à peine capable de former une phrase qui tienne la route. Et lui, sa dernière menace en date » – Gwyn prend un ton faussement enjoué –, « la veille de mon départ de la maison, a été de me décrire comment il nous tuerait, moi et Maman, si je tentais de salir son nom. On aurait dit qu'il parlait de bricolage. Il m'a aussi expliqué comment il s'en tirerait, ensuite. Je ne vais pas te faire un dessin, mais pour qu'on en arrive là, tu dois t'imaginer un peu ce qui a dû se passer, et tu ne dois pas être loin de la réalité. J'avais quinze ans. » Gwyn reprend le contrôle de sa voix ; je regrette de l'avoir lancée là-dessus. « C'est ton âge, pas vrai ? » J'acquiesce d'un signe de tête et m'en rends compte après coup. « C'était il y a cinq ans. Maman savait ce qu'il m'avait fait – la maison était petite – mais elle n'a pas osé essayer de l'en empêcher. Le lendemain, je suis partie à l'école après avoir fourré des fringues dans mon sac de gym, et depuis, je n'ai plus remis les pieds au pays de Galles. Il te reste des clopes, au fait ?

– Celles de Gary sont terminées. Il reste les miennes.

– Honnêtement, je préfère de loin les Rothmans. »

Je lui passe mon paquet. « C'est Sykes, en fait, mon nom. »

Elle fait oui de la tête. « Holly Sykes. Moi, c'est Gwyn Bishop.

– Je croyais que c'était Lewis, ton nom de famille.

– Dans les deux, il y a un I et un S.

– Et après que tu as quitté le pays de Galles, il s'est passé quoi ?

– Manchester, Birmingham, à moitié clodo, puis carrément clodo. Je faisais la manche dans le centre commercial de Bullring. Je dormais dans des squats, chez des amis qui, finalement, n'étaient pas aussi sympas que ça. Je survivais. Tout juste. Que je sois ici pour te raconter tout ça, c'est un miracle auquel il faut en ajouter un autre : j'ai réussi à éviter qu'on me renvoie chez moi – tant que tu n'as pas dix-huit ans, tout ce que les services sociaux peuvent faire, c'est te renvoyer à la police de là d'où tu viens. Je fais encore des cauchemars où mon père accueille chez lui sa fille prodigue, sous le regard bienveillant de l'agent de liaison qui se dit que "tout est bien qui finit bien", et puis après, il y a mon père qui referme la porte. Bon, si je te raconte cette belle histoire, c'est pour que tu saches bien dans quelle mouise il faut te retrouver avant de considérer que fuguer est la meilleure option. Après l'évasion, plus question de montrer le bout de son nez. Il m'aura fallu cinq ans pour oser imaginer que le pire est derrière moi. Alors tu vois, quand je te regarde, je me… » Elle s'interrompt car un garçon à vélo fait un dérapage et s'arrête pile devant nous et me lance : « Sykes. »

Ed Brubeck ? Oui, Ed Brubeck. « Qu'est-ce que tu fais ici ? »

Ses cheveux sont hérissés de sueur. « Je te cherchais.

– Ne me dis pas que tu es venu à vélo ? Et le bahut ?

– Épreuve de maths, ce matin. Mais ça y est, je suis libre. J'ai mis mon vélo dans le train et suis descendu à Sheerness. Écoute…

– Tu y tiens à ta casquette, dis donc.

– Laisse tomber la casquette, Sykes, il faut qu'on…

– Attends deux secondes… Comment tu as su où me trouver ?

– Je ne savais rien du tout, mais comme je me souvenais qu'on avait parlé de l'exploitation de Gabriel Harty, je l'ai appelé tout à l'heure. Il m'a répondu qu'il n'y avait pas de Holly Sykes ici, juste une Holly Rothmans. J'ai pensé que ça pouvait être toi, et faut croire que j'avais raison.

– Moi, je ne dis rien », marmonne Gwyn.

Je fais les présentations : « Brubeck, Gwyn ; Gwyn, Brubeck. » Ils échangent un signe de tête, puis Brubeck se tourne de nouveau vers moi.

« Il s'est passé un truc. »

Gwyn se lève. « À toute, dans la suite princière. » Elle me décoche un regard genre : *Fonce, cocotte*, puis s'éclipse.

Je regarde Brubeck, un peu agacée. « Je suis au courant. »

Il a l'air perdu. « Qu'est-ce que tu fous ici, alors ?

– Ils en ont parlé sur Radio Kent. Les trois meurtres. À Iwade, là.

– Je ne te parle pas de ça. » Brubeck se mord la lèvre. « Ton frère est ici ?

– Jacko ? Bah non. Pourquoi veux-tu qu'il soit là ? »

Sheba accourt en aboyant vers Brubeck qui a l'air d'hésiter, comme quelqu'un qui aurait une terrible nouvelle à annoncer. « Jacko a disparu. »

Ma tête se met à tourner ; j'accuse le coup. Brubeck lance à Sheba : « Tais-toi ! », et la chienne obéit.

Je demande d'une petite voix : « Quand ça ?

– Entre samedi soir et dimanche matin.

– Jacko ? » J'ai dû mal entendre à cause du bruit. « Disparu ? Mais… Je ne comprends pas, ce n'est pas possible. Le pub est fermé à clé, la nuit.

– La police a débarqué au bahut tout à l'heure, et M. Nixon est entré dans la grande salle des examens en demandant si quelqu'un avait la moindre information à propos de l'endroit où tu étais. J'ai failli l'ouvrir mais au lieu de ça, je suis venu. Hé, Sykes, tu m'entends ? »

J'ai cette vilaine sensation de flottement qu'on a dans un ascenseur, quand on n'arrive pas à se dire que, sous nos pieds, c'est du solide. « Mais je n'ai pas vu Jacko depuis samedi matin…

– Je le sais bien, moi, mais pas les flics. Ils doivent se dire que toi et lui, vous avez mijoté quelque chose.

– Mais c'est des conneries, Brubeck, tu le sais, toi !

– Bien sûr, que je le sais. Mais ils doivent l'entendre de ta bouche, sans quoi ils ne se bougeront jamais pour retrouver Jacko ! »

Mon cerveau part dans tous les sens : les trains à destination de Londres, les hommes-grenouilles qui ratissent le lit de la Tamise, le meurtrier qui se cache dans les haies. « Mais Jacko ne sait même pas où je suis ! » Je tremble, le ciel a basculé et mon crâne est en train de se fendre. « Il n'est pas normal, comme gamin, il… il… il…

– Écoute-moi, écoute-moi. » Brubeck m'attrape et me tient la tête comme s'il allait m'embrasser, mais ce n'est pas ce qu'il fait. « Écoute-moi ! Va chercher tes affaires, on rentre à Gravesend. À vélo, puis en train. Je t'aiderai à traverser tout ça, Holly. Je te le promets. Il faut qu'on y aille. Maintenant. »

OR, MYRRHE ET ENCENS

1991

13 DÉCEMBRE

« Plus de puissance, les ténors, ordonne le chef de chœur. Allez, mes garçons, faites-moi trembler ces diaphragmes ! Que ça bloblotte ! Les sopranos, moins de *sss*-ifflement sur vos *sss*. Nous ne sommes pas une chorale de Gollum, que je sache ? Et *t*-apez bien sur vos *t*. Adrian B, vous réussissez à atteindre le contre-*ut* de “Weep You No More Sad Fountains”, il n'y a donc aucune raison que vous n'y parveniez pas sur ce morceau. Encore une fois, avec plus de peps ! Un, deux, trois, et… »

Les seize choristes aux oreilles en chou-fleur et à la coupe de cheveux inexistante du chœur de King's College, et les quatorze autres – des boursiers – chantent à l'unisson :

Of one that is so fair and bright,
Velut maris stella…

L'*Hymne à la Vierge* de Benjamin Britten décolle et, comme à la poursuite de l'écho de sa propre queue, fuse sur les somptueuses voûtes avant de piquer sur la poignée de touristes et d'étudiants que nous sommes, assis devant l'autel dans nos manteaux humides. Selon moi, Britten est un compositeur inégal : trop bavard par moments, certes, mais quand la vieille folle est inspirée, elle est bien capable de ligoter votre âme frissonnante à un mât et de la fouetter avec toute la véhémence du sublime…

Brighter than the day is light,
Parens et puella…

Quand je n'ai rien à faire, je me demande quelle sera la musique que j'entendrai sur mon lit de mort, entouré d'une volée d'infirmières sexy. Il n'y aurait rien de plus glorieux que l'*Hymne à la Vierge* ; mais je crains que, quand viendra le moment redouté, DJ Inconscient ne me propulse sur le dos de « Gimme ! Gimme ! Gimme ! (A Man After Midnight) », et que, pour une fois dans ma vie, je n'aie aucune voie de recours. Ô Monde, que ne la boucles-tu devant l'un des plus incroyables orgasmes musicaux du genre, que déclenche le « *cry* » :

I cry to thee, thou see to me,
Lady pray thy Son for me…

J'ai les poils de la nuque qui me chatouillent, comme si quelqu'un soufflait dessus. Elle, par exemple, assise de l'autre côté de l'allée. Elle n'était pas là tout à l'heure. Elle a les yeux fermés afin de mieux savourer la musique : j'en profite pour la savourer, elle. Entre trente-cinq et quarante ans… cheveux vanille, peau laiteuse, lèvres beaujolais, pommettes si saillantes qu'on s'y entaillerait le pouce. Un corps mince sous son manteau d'hiver bleu nuit. Une cantatrice russe déchue, qui attend son agent. Tout est possible, à Cambridge. Un dix : note exceptionnelle, mais méritée…

Tam Pia,
That I might
Come to thee…
Maria.

Qu'elle reste assise, quand les choristes repartiront au pas de charge. Qu'elle se tourne vers le jeune homme de l'autre côté de l'allée et murmure : « N'était-ce pas là le souffle même du Divin ? »

Discutons des interludes dans *Peter Grimes*, et de la *Neuvième* de Bruckner. Évitons de parler de sa vie de famille, lorsque nous prendrons un café au County Hotel. Que ce café se transforme en truite et en vin rouge, et au diable cette dernière pinte de fin de premier trimestre, que j'étais censé allé boire avec les autres au Buried Bishop. Grimpons les marches moquettées de la douillette suite où la mère de Fitzsimmons et moi avons batifolé pendant la première semaine de ma rentrée universitaire. Aïe. Le kraken tapi dans mon caleçon s'éveille. Rien d'étonnant : le jeune homme de vingt et un ans que je suis ne s'est pas envoyé en l'air depuis dix jours. Mais je ne peux décemment pas me la remettre en place sous les yeux de cette dame. Oh ? Tiens donc, ne serait-elle pas en train de me reluquer discrètement ? Je contemple *L'Adoration des Mages* de Rubens au-dessus de l'autel en attendant qu'elle fasse le premier pas.

Les choristes repartent au pas de charge, mais la femme reste assise. Un touriste braque son énorme appareil photo sur le Rubens sans laisser au gobelin qui monte la garde le temps d'aboyer « Le flash est interdit ! ». Le chœur de l'église se vide, le gobelin retourne à sa guérite près de l'orgue, et les minutes s'écoulent au compte-gouttes. Trois heures et demie, annonce ma Rolex. Je dois peaufiner ma dissertation sur la politique étrangère de Ronald Reagan, mais cette étrange déesse est assise à moins de deux mètres de moi, et elle attend que je fasse le premier pas. « Je me dis toujours, l'interpellé-je, que voir le sang, la sueur et les larmes des choristes en train de travailler une œuvre n'ôte en rien son mystère à la musique, bien au contraire. Ma réflexion a-t-elle du sens ? »

Elle me répond : « Si on se met dans la peau d'un étudiant de premier cycle, oui, j'imagine. »

Ouh, la sensuelle chipie. « Vous êtes doctorante ? Vous enseignez ? »

Le fantôme d'un sourire. « Suis-je vêtue comme une universitaire ? » Des inflexions francophones galbent sa douce voix.

« Absolument pas. Mais je vous imagine aussi cinglante qu'eux. »

Pas de réaction. « Je me sens chez moi, ici, c'est tout.

– C'est presque le cas, en ce qui me concerne : j'ai mes quartiers à Humber College, à quelques minutes d'ici. La plupart des troisième année vivent en dehors du campus, mais, moi, j'ai le privilège de pouvoir venir écouter le chœur presque tous les jours, quand mes permanences me le permettent.

Regard amusé signifiant : *Comme tu vas vite en besogne, toi.*

Tout mignon, je hausse les épaules : *Qui sait si, demain, je ne passerai pas sous un bus ?*

Elle me demande : « Est-ce que Cambridge est à la hauteur de vos attentes ?

– Si l'on ne sait pas tirer parti de Cambridge, on ne mérite pas d'être ici. Érasme, Pierre le Grand et lord Byron ont tous vécu là où je loge. Véridique. » Ce sont des conneries, mais j'adore jouer la comédie. « Allongé sur mon lit, je pense à eux et me dis que, chacun dans nos siècles respectifs, nous avons contemplé le même plafond. Pour moi, c'est cela, Cambridge. » Voilà un baratin de dragueur qui a fait ses preuves. « Je m'appelle Hugo, au fait. Hugo Lamb. »

Mon petit doigt me dit de ne pas tenter une poignée de main.

Ses lèvres répondent : « Immaculée Constantin. »

Ouh là ! Une grenade à sept syllabes. « Française ?

– Je suis née à Zurich, en réalité.

– J'adore la Suisse. Je vais skier à La Fontaine-Sainte-Agnès presque tous les ans : un de mes amis y a un chalet. Vous connaissez ?

– J'ai connu, jadis. » Elle pose sa main gantée de daim sur son genou. « Vous êtes en sciences politiques, Hugo Lamb. »

Impressionnant. « Comment avez-vous deviné ?

– Parlez-moi du pouvoir. Qu'est-ce que le pouvoir ? »

Ça m'apprendra à vouloir jouer au plus malin. « Vous voulez que je vous parle du pouvoir ? Là, tout de suite ? »

Sa jolie tête s'incline. « Seul le présent compte.

– D'accord. » *C'est bien parce que tu mérites un dix.* « Le pouvoir est la capacité à inciter quelqu'un à faire quelque chose qu'il ne ferait pas normalement, ou inversement, à l'empêcher de faire quelque chose qu'il aurait autrement fait. »

Impossible de savoir ce que pense Immaculée Constantin. « Par quel moyen ?

– Par la coercition ou la récompense. La carotte et le bâton. Quoique, vu sous un jour défavorable, les deux se confondent. Le concept de coercition repose sur la peur de la violence ou de la souffrance. "Obéis ou tu le regretteras." Les Vikings ont su tirer profit de ce principe au dixième siècle, la cohésion du pacte de Varsovie a reposé sur lui ; quant aux petits caïds des cours de récréation, ils le mettent en application pour régner. La loi et l'ordre s'appuient sur la coercition. Voilà pourquoi les criminels se font passer les menottes, mais aussi pourquoi les démocraties cherchent à conserver le monopole de la force. » Immaculée Constantin observe mon visage tandis que je parle, ce qui est à la fois excitant et perturbant. « La récompense est une promesse : "Obéissez, et vous en tirerez bénéfice." C'est la dynamique à l'œuvre dans, mettons, l'installation de bases de l'OTAN dans les pays qui n'en sont pas membres, le dressage d'un chien, et le fait d'accepter d'occuper un emploi minable jusqu'à notre retraite. Alors, je m'en sors bien ? »

L'éternuement du gobelin retentit dans toute la chapelle.

« Vous ne faites qu'effleurer le sujet », me répond Immaculée Constantin.

Elle respire la lubricité et l'agacement. « Eh bien, creusez, dis-je. »

Elle époussette une boulette duveteuse sur son gant et semble s'adresser à sa main : « Le pouvoir est conquis ou perdu, jamais créé ni détruit. Le pouvoir est un invité, on ne le "détient" pas. Les fous désirent y accéder, ainsi que de nombreuses personnes saines d'esprit, mais seul le sage se soucie de ses effets à long terme. Le pouvoir agit sur l'ego comme du crack, et comme de l'acide sulfurique sur votre âme. Les allées et venues de ce pouvoir qui transite d'hôte en hôte par les guerres, le mariage, les urnes, les diktats et le hasard de la naissance font les intrigues de l'Histoire. Les puissants peuvent bien rendre justice, changer le monde, réduire des pays prospères en champs de ruines et démolir des gratte-ciel, mais le pouvoir, lui, est intrinsèquement amoral. » Immaculée Constantin me regarde, à présent. « Le pouvoir vous remarquera. Le pouvoir vous regarde en ce moment même. Poursuivez sur votre lancée, et le pouvoir vous accordera ses faveurs. Mais d'ici une poignée de décennies, le pouvoir, impitoyable, se rira de vous quand vous mourrez dans un hôpital privé. Le pouvoir se moque de tous ses illustres favoris dès lors qu'ils sont sur leur lit de mort. "L'impérial César, une fois mort et changé en boue, pourrait boucher un trou et arrêter le vent du dehors[1]." Plus qu'aucune autre, cette pensée qui hantait Hamlet me rend malade, Hugo Lamb. Pas vous ? »

La voix d'Immaculée Constantin vous berce comme une averse de nuit.

Le silence qui règne dans la chapelle de King's College a ses propres desseins.

« Qu'imaginiez-vous ? finis-je par répondre. Nous devrons tous mourir un jour ou l'autre. Mais, d'ici là, il me paraît plus jouissif de faire subir à autrui plutôt que de subir ce qu'autrui nous fait.

– Ce qui naît doit un jour mourir. C'est ce que stipule le contrat de la vie, n'est-ce pas ? Je suis venue vous annoncer que, en de rares circonstances, cette clause d'airain peut être… réécrite. »

Je scrute son visage calme et très sérieux. « De quelle espèce de délire est-il question ? D'un programme de remise en forme ? D'un régime végétalien ? De transplantation d'organes ?

– Il existe une forme de pouvoir qui permet à quelqu'un d'ajourner perpétuellement la mort. »

D'accord, elle mérite un dix, mais si elle est branchée scientologie ou cryogénie, Mlle Constantin doit se mettre dans le crâne que je n'avale pas ce genre de conneries. « Je rêve ou bien vous venez de franchir la frontière du pays des fous ?

1. William Shakespeare, *Hamlet*. Traduction de François-Victor Hugo.

– Dans la réalité du terrain, les frontières n'entrent pas en compte.

– Mais vous parlez de l'immortalité comme si cela existait.

– Non. Je parle d'ajournement perpétuel de la mort.

– Attendez, c'est Fitzsimmons qui vous envoie ? Ou Richard Cheeseman ? C'est un canular ?

– Non. C'est une graine que je sème. »

Trop fantaisiste pour être un coup de Fitzsimmons. « Une graine qui germerait et donnerait quoi, exactement ?

– Le remède qu'il vous faut. »

Sa solennité est déconcertante. « Mais je ne suis pas malade.

– La mortalité est inscrite dans la structure même de vos cellules, et vous prétendez ne pas être malade ? Regardez ce tableau. Allons, regardez. » Elle désigne *L'Adoration des Mages* d'un coup de menton. J'obéis. Comme toujours à l'avenir. « Treize personnages, si vous comptez bien, comme dans *La Cène*. Des bergers, les mages, la Sainte Famille. Observez leur visage, un par un. Lequel pense que cette petite chose qui vient de naître domptera un jour la mort ? Lequel désire en avoir la preuve ? Lequel soupçonne le Messie d'être un faux prophète ? Lequel sait qu'il se trouve dans un tableau et qu'on le regarde ? Lequel vous regarde ? »

Le gobelin agite sa main devant mon visage. « Allez, on se réveille ! Désolé si je vous dérange, hein, mais vous voudriez pas reprendre votre discussion avec le Tout-Puissant demain ? »

La première pensée qui me traverse est : *Comment ose-t-il ?* Et il n'y en a pas de seconde, car son haleine de gorgonzola mêlé à du white spirit me soulève le cœur.

« On ferme, annonce-t-il.

– La chapelle est ouverte jusqu'à six heures, lui rétorqué-je, laconique.

– Euh… ouais. C'est ça. Et quelle heure il est, là ? »

Je remarque alors que les vitres obscurcies luisent.

17:58, insiste ma montre. Impossible. Il était à peine quatre heures il y a un instant. Je cherche Immaculée Constantin derrière le bide de mon tortionnaire, mais celle-ci a disparu. Et depuis longtemps, j'ai l'impression. Mais, non, non, non, non, non : elle m'a demandé de regarder le Rubens il y a quelques secondes. C'est ce que j'ai fait, et puis…

… Sourcils froncés, je lève les yeux sur le gobelin, qui a peut-être la réponse.

« À six heures, c'est tout le monde dehors, insiste-t-il. L'heure, c'est l'heure. »

Il tapote sa montre devant ma tête et, même à l'envers, ce vilain cadran à cristaux liquides bon marché est catégorique : 17:59. Je marmonne : « Mais… » Mais quoi ? Deux heures ne s'envolent pas comme cela en l'espace de deux minutes. « Y avait-il… » – ma voix est chétive – « … Y avait-il une femme ici ? Assise là ? »

Il regarde l'endroit que je désigne. « Tout à l'heure ? Cette année ? Une fois ?

– Vers trois heures et demie, je crois. En manteau bleu nuit. Une vraie beauté. »

Le gobelin croise ses bras courtauds. « Si tu veux bien mettre en branle ton cul d'amateur de fines herbes, il faut que je rentre, moi. »

Moi, Richard Cheeseman, Dominic Fitzsimmons, Olly Quinn et Jonny Penhaligon entrechoquons nos verres et bouteilles dans le brouhaha et le tumulte du Buried Bishop, situé de l'autre côté de la rue pavée qui jouxte l'entrée ouest de Humber College. Le pub est plein à craquer : demain commencera l'exode de Noël, et nous avons eu la chance de trouver une table dans un recoin au fin fond de la salle. Je vide d'un trait mon Kilmagoon Special Reserve : le scotch gras et cuisant se fraie un chemin entre mes amygdales et mon estomac, où il attaque la pelote intestinale d'inquiétude qui me travaille depuis cette absence que j'ai eue dans la chapelle tout à l'heure. J'ai bien tenté de rationaliser. Un mois épuisant jalonné de dissertations et d'échéances se termine ; Mariângela ne cesse de me laisser des messages taquins, et j'ai passé deux nuits blanches chez Toad la semaine dernière à travailler Jonny Penhaligon au corps. On peut avoir une absence sans forcément avoir une tumeur cérébrale : ce n'est pas comme si je m'étais évanoui ou retrouvé à déambuler nu sur les toits de l'université. Cette notion du temps, je l'ai perdue assis dans une des plus belles églises gothiques du pays, en méditant devant un chef-d'œuvre de Rubens – comment ne pas être transporté ? Olly Quinn repose sa pinte à moitié vidée et réprime un rot : « Alors, Lamb, cette disserte sur comment Ronald Reagan a accidentellement gagné la guerre froide ? Tu as résolu le mystère ? »

C'est à peine si j'arrive à l'entendre : les jeunes conservateurs de Humber College, dans la salle voisine, entonnent à pleins poumons « Mistletoe And Wine » de Cliff Richard, tube de Noël vraisemblablement éternel. « Torchée. Je l'ai glissée sous la porte du Pr Dewey.

– Je ne sais pas comment tu as réussi à tenir trois ans en sciences politiques. » Richard Cheeseman essuie la mousse de Guinness de sa barbe à la Hemingway jeune. « Je préfère encore m'autocirconcire à la râpe à fromage.

– Dommage que tu aies raté le dîner, me dit Fitzsimmons. Au dessert, on a terminé la Narnia skunk de Jonny. On ne pouvait décemment pas risquer que Mme Serpillière la découvre pendant son grand ménage de fin de trimestre et, croyant tomber sur un bout de crotte, la jette avec les magazines de scoutisme poisseux de Jonny. »

Jonny Penhaligon, qui n'a pas fini de boire, adresse à Fitzsimmons un doigt d'honneur ; sa pomme d'Adam saillante monte et descend. Rêvassant, je m'imagine la lui trancher au rasoir. Fitzsimmons émet un petit reniflement dédaigneux et demande à Cheeseman : « Où est passé ton ami aux futes en cuir venu de la mystérieuse Asie ? »

Cheeseman jette un œil à sa montre. « Il vole à trente mille pieds au-dessus de la Sibérie et redevient en ce moment même un fils aîné modèle selon la tradition confucéenne. Si Sek était encore en ville, je ne me risquerais pas à être vu parmi une bande d'hétérosexuels notoires. Je suis folle des Asiatiques, que voulez-vous ? Balance-nous un bâtonnet de cancer, Fitz. Je m'en fumerais bien une.

– Tu n'es pas obligé de l'allumer ici. » Olly Quinn ne fume pas, mais nous l'aimons bien quand même. « Respire un grand coup.

– Tu n'étais pas censé arrêter ? » Fitzsimmons passe son paquet de Dunhill à Cheeseman. Penhaligon et moi piochons également dedans.

– Oui, oui, demain, répond Cheeseman. Ton briquet Hermann Göring, Jonny, si tu veux bien ? Ce frisson maléfique qu'il procure, j'adore. »

Penhaligon sort son briquet du IIIe Reich. Un exemplaire original obtenu par son oncle à Dresde ; ces petits joujoux font monter les enchères jusqu'à trois mille livres sterling dans les salles de vente. « Que fait RCP ce soir ?

– Le futur lord Rufus Chetwynd-Pitt est en train de dealer, répond Fitzsimmons. Dommage pour lui que cette activité ne soit pas une discipline universitaire.

– Un secteur économique qui ne connaît jamais la crise, remarqué-je.

– Au même moment l'année prochaine » – Olly Quinn arrache des bouts de l'étiquette de sa bière sans alcool –, « nous serons tous lâchés dans le monde et gagnerons notre vie.

– J'ai hâte, putain, dit Fitzsimmons en caressant la fossette de son menton. Je ne supporte pas d'être pauvre.

– Tu me fends le cœur. » Richard Cheeseman tient sa cigarette au coin des lèvres à la manière de Serge Gainsbourg. « Les gens ont vite fait de te juger à tort quand ils voient les vingt pièces du manoir de tes parents dans les Cotswolds, ta Porsche et tes fringues griffées Versace.

– Tu parles du fric de mes parents, lui répond Fitzsimmons. Ça ne me paraît pas injuste d'espérer un jour pouvoir dilapider une indécente prime de bons résultats.

– Ton petit papa continue à te chercher du boulot à la City ? l'interroge Cheeseman avant de froncer les sourcils quand Fitzsimmons vient épousseter les épaules de sa veste en tweed. Qu'est-ce que tu fabriques ?

– J'enlève les copeaux de parmesan, mon petit Richard.

– Ils sont collés à la Super Glue, informé-je Fitzsimmons. Et toi, Cheeseman, ne crache pas sur le népotisme : c'est grâce à ce système que notre pays est devenu ce qu'il est aujourd'hui – j'ai des oncles qui ont le bras long, et ils en savent tous quelque chose. »

Cheeseman m'envoie sa fumée dans la figure. « Le jour où tu auras perdu ton boulot d'analyste financier suite à un burn-out, que ta Lamborghini aura été saisie, et que l'avocat de ta troisième femme te tiendra par les couilles, tu changeras de discours.

– C'est ça, et dans un an, Richard Cheeseman travaillera pour un organisme venant en aide aux enfants des rues de Bogotá. »

Cheeseman considère l'option, ronronne et abandonne cette idée. « La charité favorise l'assistanat. Non, moi, ce sera la voie du journaleux. Un papier par-ci, un roman par-là, un peu de radio ou de télé ici ou là. Tiens, d'ailleurs… » – il plonge la main dans la poche de sa veste et en sort un livre : *Embryons desséchés*, de Crispin Hershey, estampillé d'une mention en rouge « EXEMPLAIRE RÉSERVÉ À LA PRESSE » sur la couverture. « Ma première pige rémunérée, une critique pour Felix Finch, de la *Piccadilly Review*. Vingt-cinq pence le mot, mille deux cents mots en tout, soit trois cents livres pour deux heures de boulot.

– Prends garde à toi, ô Monde de la presse ! intervient Jonny Penhaligon. Qui est ce Crispin Hershey ? »

Cheeseman soupire. « Le fils d'Anthony Hershey, ça ne te dit rien ? »

Penhaligon bat des cils, pas plus avancé.

« Allez, quoi, Jonny ! Anthony Hershey ! Le réalisateur ! Un oscar pour *Box Hill* en 1964. C'est lui qui a fait *Ganymède 5* dans les années soixante-dix, le meilleur film de SF britannique à ce jour.

– Ce film m'a enlevé le goût de vivre, commente Fitzsimmons.

– Moi, en tout cas, ça m'impressionne, mon petit Richard, lui dis-je. Le dernier roman de Crispin Hershey était fabuleux. Je suis tombé dessus dans un hôtel à Ladakh pendant mon année sabbatique. Est-ce que le nouveau est aussi bon ?

– Presque. » *Monsieur le critique** joint les mains, doigts contre doigts. « Hershey deuxième du nom est un talentueux styliste, et Felix – Felix Finch, pour vous autres, béotiens –, Felix pense qu'il est fait de la même étoffe que McEwan, Rushdie, Ishiguro et compagnie. Des louanges un peu prématurées, mais d'ici quelques bouquins, Hershey se sera bonifié. »

Penhaligon demande : « Et ton roman à toi, Richard, ça avance ? » Fitzsimmons et moi nous regardons et feignons de nous pendre.

« Il a évolué. » Cheeseman contemple son glorieux avenir littéraire : manifestement, la vision lui plaît. « Le héros est Richard Cheeseman, un étudiant de Cambridge qui écrit un roman dont le héros est Richard Cheeseman, un étudiant de Cambridge qui écrit un roman dont le héros est Richard Cheeseman, un étudiant de Cambridge. Personne n'a jamais écrit un truc de ce genre.

– Cool, dit Jonny Penhaligon. Ça me fait penser à…

– Une pinte de pisse mousseuse », annoncé-je. Richard me fusille du regard, jusqu'à ce que j'ajoute : « Voilà ce que ma vessie contient. Ça a l'air génial, ton bouquin, Richard. Vous m'excuserez. »

Les toilettes des hommes cocottent et le seul urinoir encore libre est bouché, plein d'un liquide ambré prêt à déborder. Je dois donc faire la queue comme une fille. Enfin, un homme à la carrure de grizzly libère l'urinoir sans se presser ; je prends sa place. Au moment où j'écarte l'urètre, une voix en provenance de l'urinoir voisin m'interpelle : « Hugo Lamb, ça par exemple ! »

C'est celle d'un type trapu, basané, aux cheveux raides et noirs, qui porte un pull de pêcheur et prononce mon nom « Lèmb » – l'accent typique des Néo-Zélandais. Il est plus âgé que moi, la trentaine, et je n'arrive pas à le remettre. « On s'est rencontrés quand tu étais en première année. Aux Fins Tireurs de Cambridge. Désolé de te couper dans ta lancée, c'est un manquement grossier à l'étiquette des toilettes pour hommes. » Il pisse sans les mains dans l'urinoir glougloutant. « Elijah D'Arnoq, en thèse de biochimie à Corpus Christi. »

Une étincelle de souvenir : ce nom de famille singulier. « Le club de tir au fusil, ça y est. Tu viens de ces îles à l'ouest de la Nouvelle-Zélande, si ma mémoire est bonne.

– Des Chatham, exact. Moi, je me souviens de toi parce que tu étais un tireur hors pair. On a encore de la place pour les gens comme toi, tu sais. »

Maintenant que je sais qu'il n'y a rien de louche derrière tout ça, je peux pisser tranquille. « J'ai peur que tu surestimes mes capacités.

– Tu pourrais facilement participer à un tournoi, mon pote. Je ne blague pas.

– Je m'éparpillais un peu, c'était mauvais pour mes études. »

Il hoche la tête. « La vie est trop courte pour tout faire, pas vrai ?

– C'est un peu ça. Bon… ça t'aura plu, Cambridge ?

– J'adore, oui. Le labo est chouette, j'ai un super directeur de thèse. Tu es en sciences éco et politiques, c'est ça ? Tu dois être en dernière année.

– C'est ça. Le temps a filé. Tu pratiques toujours le tir ?

– Religieusement. Je suis un Anachorète, maintenant. »

Je me demande ce que ce mot signifie : un animateur ? Est-ce un néo-zélandisme ? Un terme du jargon des clubs de tir ? Il n'y a que ça, à Cambridge, des mots d'initiés pour tenir les intrus à l'écart. « Super, lui réponds-je. J'ai gardé un bon souvenir de mes quelques visites.

– Il n'est jamais trop tard pour t'y remettre. Tirer, c'est prier. Et quand le monde civilisé fermera boutique, une arme vaudra mille diplômes universitaires. Joyeux Noël. » Il remonte sa braguette. « À un de ces quatre. »

Penhaligon demande : « Alors, et cette mystérieuse femme dont tu parlais, Olly ? »

Olly Quinn fronce les sourcils. « Elle m'a dit qu'elle serait là vers sept heures et demie.

– Elle n'a qu'une heure et demie de retard, le rassure Cheeseman.

Ça ne veut pas dire qu'elle t'a plaqué pour un prof de gym qui a la tête de Keanu Reeves, les pectoraux de King Kong et le charisme de… *moi**. Pas nécessairement, en tout cas.

– Je suis censé la raccompagner en voiture chez elle à Londres ce soir, explique Olly. Elle habite du côté de Greenwich : elle va bien finir par arriver…

– Dis-nous la vérité, Olly, l'invite Cheeseman. On est tes amis. Elle existe, cette petite amie, ou tu… tu as… tout inventé ?

– Je me porte garant de son existence, déclare Fitzsimmons, énigmatique.

– Ah ? » Je lance un regard furieux à Olly. « Depuis quand ce vilain cocufieur passe-t-il avant ton voisin de palier ?

– Croisés par hasard. » Fitzsimmons prend son paquet de cacahuètes grillées et s'en verse les dernières miettes dans la bouche. « J'ai aperçu Olly et sa douce au rayon théâtre de la librairie Heffer's.

– Et en tant qu'homme moderne éclairé par le combat des féministes, demandé-je à Fitzsimmons, comment qualifierais-tu la reine Ness, eu égard au système de mesure en vigueur ?

– Un canon. Je soupçonne qu'une agence d'escort-girls est derrière tout ça. Olly ?

– Va te faire mettre. » Olly sourit ; il boit du petit-lait. « Ness ! » Il se lève d'un coup en voyant une fille se frayer un chemin, luttant contre l'étau des corps estudiantins. « Quand on parle du loup ! Content de te voir.

– Je suis en retard, désolée, Olly, s'excuse-t-elle en l'embrassant sur la bouche. Le bus a mis huit cents ans à venir. »

Je la connais, ou plutôt, je l'ai connue, mais seulement au sens biblique. Son nom de famille m'échappe, mais je me souviens très bien d'autres choses, en revanche. Après une fête, en première année – c'était encore « Vanessa » à l'époque. Si je me souviens bien, elle sortait d'un prestigieux internat, le Cheltenham Ladies' College, où les demoiselles jurent comme des charretiers ; une grande résidence communautaire au fin fond de Trumpington Road. Nous avions descendu une bouteille de château-latour 1976 qu'elle était allée piquer dans la cave du bâtiment dans lequel nous nous étions tous réunis avant la fête. Nous nous sommes recroisés en ville et salués d'un signe de tête : faire mine de s'ignorer aurait été vulgaire. Contrairement à Olly, elle sait bien mener sa barque, et alors que je me demande ce qu'elle peut lui trouver, une histoire de suspension de permis suite à une conduite en état d'ivresse ainsi que la douillette Opel Astra d'Olly me reviennent en mémoire. En amour comme à la guerre, tous les coups sont permis, et l'on peut dire beaucoup de choses à mon égard, mais pas que je suis un hypocrite. Ness m'a vu et, en une fraction de seconde, nous signons un pacte d'amnésie cordiale.

« Prends ma place, lui propose Olly, qui lui ôte son manteau comme un gentleplouc. Moi, je vais, euh… je resterai accroupi. Tu as déjà rencontré Fitz. Et voici Richard.

– C'est un plaisir. » Cheeseman lui tend un pouce et trois doigts. « Je suis la vilaine du groupe. Ness, comme le monstre du loch… ?

– Mais le plaisir est réciproque. » Je me souviens de sa voix, à présent. Celle d'une bourgeoise qui s'encanaille. « "Ness" ne choque pas mes amis, mais tu peux m'appeler Vanessa.

– Moi, c'est Jonny. Jonny Penhaligon. » Jonny se penche par-dessus la table afin de lui serrer la main. « Enchanté. Olly nous a beaucoup parlé de toi.

– Et uniquement en bien. » Je lève la paume en guise de salut. « Hugo. »

Ness ne rate pas le coche : « Hugo, Jonny, la vilaine et Fitz. C'est retenu. » Elle se tourne vers Olly. « Excuse-moi, toi c'est… ? »

Olly rit un chouïa trop fort. Ses pupilles se sont transformées en cœurs et pour la énième fois au carré, je me demande ce que cela fait d'aimer, parce que, de l'extérieur, on croirait voir le seigneur du royaume des Nichons.

« Richard allait payer sa tournée, lance Fitzsimmons. Pas vrai, Richard ? Tu ne veux pas faire un peu de place dans ton portefeuille ? »

Cheeseman feint la perplexité. « Ce n'est pas ton tour, Penhaligon ?

– Ah non. J'ai payé l'avant-dernière. Bien tenté.

– Allez, tu possèdes la moitié des Cornouailles, toi ! Si tu voyais la baraque de Jonny, Ness : des jardins, des paons, des cerfs, des étables et des portraits vieux de trois siècles du capitaine Penhaligon sur tout le mur du grand escalier. »

Penhaligon émet un petit ricanement nasal. « C'est justement à cause de la maison de Tredavoe qu'on n'a plus un radis. Un véritable gouffre, son entretien. Et les paons sont de sales bestioles.

– Oh, ne fais pas ton radin, Jonny. Avec la *poll tax* de Thatcher, vous devez économiser un sacré paquet de fric. Moi, il faudra que je me prostitue si je veux pouvoir acheter un ticket de car et retourner dans mon pigeonnier de Leeds. »

Cheeseman a le chic pour embrouiller les gens – il lui reste dix mille livres de l'héritage de son grand-père –, mais bon, je ne veux surtout pas d'esclandre ce soir. « Elle sera pour moi, celle-ci, lancé-je. Olly, il va falloir que tu restes sobre si tu conduis : que dis-tu d'un jus de tomate au Tabasco, pour te réchauffer le cœur et le corps ? Cheeseman est à la Guinness, Fitz à son pipi de chat australien, et toi, Ness… qu'est-ce que tu boiras ?

– Le vin rouge de la maison n'est pas mauvais. » Olly cherche à soûler sa petite amie.

« Alors un verre de rouge, ce sera très bien, Hugo », me répond-elle.

Cette drôle d'inflexion traînante dans sa voix me revient. « Je ne m'y risquerais pas, à moins que tu aies un œsophage de rechange dans ton sac à main. On est loin d'un château-latour.

– Un Archers avec des glaçons, dans ce cas, déclare Ness. Je préfère jouer la sécurité.

– Sage décision. Monsieur Penhaligon, voudriez-vous m'aider à rapporter saines et sauves les six boissons ? Ce doit être la guerre, au bar. »

Le Buried Bishop n'est plus qu'une grande mêlée cahotique ; un buffet pris d'assaut par la jeunesse. « Regarde Stephen Hawking et le dalaï-lama. Ces deux-là posent les principes d'une vérité unifiée. » Minijupes en jean, chemises Gap et Next, gilets à la Kurt Cobain, jeans Levi's noirs. « Tu as vu le gros dégueulasse près des chiottes, comment il me déshabillait du regard ? » Le morceau des Pogues avec Kirsty MacColl me fait trembler le diaphragme et les genoux. « En fait, tout ce que j'ai réussi à choper aux œuvres de charité, c'est des poux, la gale et des puces. » Effluve de laque ; sueur mêlée à du déo Axe ; Chanel n° 5 et fumée. Des dents bien alignées et exemptes de tout plombage se découvrent sous l'effet d'une blague pas vraiment drôle – « Vous avez entendu la nouvelle à propos du chat de Schrödinger ? Il est mort aujourd'hui… Attendez, ah mais non… Ah, si… Ah, non… Ah si… » De sonores exposés sur l'acteur qui incarne le mieux James Bond ; sur David Gilmour, Roger Waters et Syd Barrett ; sur l'hyperréalité ; sur la parité livre-dollar ; sur Sartre, Bart Simpson, les mythologies de Barthes. « Un double, pour moi. » Barbe de trois jours à la George Michael. « En fait, la musique est morte avec les Smiths. » Affables et nantis, la plupart de mes pairs. Leurs yeux, leurs espoirs et leur avenir sont remplis d'étoiles. Des experts en devenir ; des juges et des banquiers *in statu pupillari* ; toutes ces élites (ou futures élites, à n'en pas douter) sont sorties de la cuisse de Jupiter. Le pouvoir et l'argent – comme Winnie l'Ourson et le miel – ont toujours fait bon ménage. Je ne dénigre pas ce milieu, j'en fais partie. Et puisqu'il est question de cuisse : « On ne t'a jamais dit que tu ressemblais à Demi Moore dans *Ghost* ? » Les roses sont rouges et les violettes sont bleues ; j'ai du beurre à revendre et Ness est un toast chaud.

« Hugo ? Ça va ? » Le sourire de Penhaligon est hésitant.

Nous sommes toujours bloqués, séparés du bar par deux rangées de corps.

« Oui, oui. » Il me faut presque crier. « Excuse-moi, j'étais ailleurs. Pendant que je te tiens, Jonny, Toad m'a demandé de te convier à la dernière nuit poker qu'il organise avant qu'on retourne tous chez nous. Toi, moi, Eusebio, Bryce Clegg, Rinty, plus un ou deux autres. Que des mecs cools. »

Grimace dubitative de Penhaligon. « Ma mère s'attend à me voir rentrer demain soir à Tredavoe…

– Pas de souci. Je ne faisais que transmettre l'invitation. Toad dit que c'est plus classe quand tu es là. »

Penhaligon renifle l'appât. « Il a dit ça ?

– Oui, oui. Il a dit que tu avais de la prestance. Rinty t'a même rebaptisé "le pirate de Penzance" pour ta capacité à toujours repartir avec le butin. »

Jonny Penhaligon m'adresse un sourire en coin. « Tu y seras, toi ?

– Moi ? Bien sûr. Je ne voudrais rater ça pour rien au monde.

– Tu t'es méchamment fait plumer la semaine dernière.

– Je ne perds jamais plus que ce que je ne peux me permettre. Comme tu le disais l'autre jour : "Miser la peur au ventre, c'est perdre d'avance." Des paroles que devraient méditer les joueurs aussi bien que les économistes. »

Mon partenaire de jeu ne réfute pas la paternité de cette épigramme forgée à l'instant de toutes pièces. « Je pourrais aussi bien prendre la route dimanche…

– Je ne cherche pas à t'influencer d'une manière ou d'une autre, surtout ?

– Hmm… Je pourrais raconter à mes parents que j'ai une surveillance d'examen…

– Ce qui ne serait pas faux. Ce sera un peu comme surveiller des épreuves de probabilités, de psychologie et de mathématiques appliquées. Des compétences appréciées dans le monde des affaires : tes parents t'en sauront gré quand tu obtiendras le feu vert pour le chantier du terrain de golf de Tredavoe. Toad propose de monter la limite de relance à une centaine de livres par partie : un joli chiffre rond et un joli petit extra à dépenser pendant vos vacances, monsieur, si la chance continue à vous sourire. Non pas que le pirate de Penzance ait nécessairement besoin de chance.

– Il semble effectivement que j'aie un don », admet Jonny Penhaligon.

Je calque mon ricanement sur le sien. *Tu me diras qui est le dindon de la farce, alors.*

Quinze minutes plus tard, nous rapportons les boissons dans notre recoin de la salle et découvrons que les ennuis nous ont précédés. Richard Cheeseman, étoile montante de la *Piccadilly Review*, s'est fait mettre le grappin dessus par Come Up to the Lab, le premier trio de gothic metal que connaisse Cambridge et dont le concert à la halle de Cornmarket a été tourné en ridicule le mois dernier dans les pages de *Varsity*, le journal du campus… par Richard Cheeseman. Le bassiste est un clone de Frankenstein dépourvu de lèvres et pataud, mais la femelle gothique n° 1 à ses côtés a des yeux de chien enragé, un menton de requin et des bagues hérissées de pointes aux doigts. La femelle gothique n° 2 porte un chapeau melon comme dans *Orange mécanique*, a des cheveux rose fuchsia en pétard, une épingle à chapeau qui se termine par un strass, et les mêmes yeux que la gothique n° 1. Sous amphétamines, je dirais. « Toi, t'as jamais rien créé, hein ? » Sur le torse de Cheeseman, à coups d'ongle au vernis de jais, la n° 2 ajoute des italiques à ses paroles. « T'as jamais joué devant un vrai public, je parie.

– Ni jamais baisé un âne, renversé le gouvernement d'un pays d'Amérique centrale, ni joué à Donjons & Dragons, rétorque Cheeseman. Mais ça ne m'enlève pas le droit d'avoir un avis sur ceux qui l'ont fait. Votre spectacle m'a fait le même effet que quand, aux chiottes, on tombe sur la crotte d'un autre. Je persiste et signe. »

La n° 1 prend le relais : « Vas-y, grattouille dans ton cahier de pédé avec ton stylo de tantouze, flingue, égratigne et écorne les vrais artistes dans ta feuille de chou, connard.

– Ah oui, quelle finesse.

– T'façon, venant d'un fan… » – la gothique n° 1 attrape *Embryons desséchés* – « … de Crispin Hershey, on s'attendait à quoi ? C'est un connard, lui aussi.

– Pas la peine de faire semblant de t'intéresser aux livres. » Cheeseman tente en vain de saisir son bouquin ; j'entrevois l'enfant homosexuel martyrisé dont on vide le cartable par-dessus un pont noirci de pollution qui enjambe la voie ferrée reliant Leeds à Bradford. La gothique n° 2 déchire *Embryons desséchés* en deux par la reliure, et jette les deux moitiés. *Grho-rho-rho*, fait son acolyte masculin.

Olly récupère une moitié, Cheeseman l'autre. Ce dernier est à présent bien remonté. « Il y aura toujours plus de talent artistique dans la dernière merde de Crispin Hershey que dans tout ce que vous pourrez produire au cours de votre vie. Votre musique n'a aucune originalité, c'est de la branlette. Du son parasitaire. C'est un coup d'épingle dans le tympan, mais attention, chérie, n'y vois pas un compliment. »

Jusqu'à la dernière phrase, il s'en sortait bien. Mais quand on montre son cul à une licorne vengeresse, de tous les dénouements possibles, il n'en reste plus qu'un seul. Le temps que je pose les boissons sur une desserte, la gothique n° 2 a retiré l'épingle de son chapeau et se rue sur *monsieur le critique**, qui tombe spectaculairement à la renverse ; la table bascule et les verres glissent ; les spectatrices s'étranglent, crient, et s'exclament « Oh mon Dieu ! ». La n° 2 grimpe sur le gisant et le plante à l'aide de son arme ; je saisis l'épingle (luisante ?) et Penhaligon soulève par les cheveux la n° 2 affalée sur Cheeseman ; le poing du bassiste rate de peu le nez de Penhaligon. Penhaligon, déséquilibré, s'effondre sur Olly et Ness, et le hurlement suraigu de la gothique n° 1 devient audible aux humains : « Lâche-la ! » À genoux, Fitzsimmons a la tête de Cheeseman sur sa cuisse. Ce dernier ressemble au personnage d'une comédie qui voit trente-six chandelles, mais c'est surtout son oreille ensanglantée qui est inquiétante : je l'examine. Ouf, c'est seulement le lobe qui est déchiré, mais ses agresseurs n'ont pas besoin de le savoir. Je me lève et invective Come Up to the Lab en poussant un rugissement qui met un terme au pugilat : « Vous allez prendre une mousson de pisse et de merde sur la gueule pour ce que vous avez fait.

– Ce connard l'a bien cherché, déclare la gothique n° 2.

– C'est lui qui a commencé, ajoute son amie. Il nous a provoqués !

– Tous ces témoins » – je désigne les curieux avides de scandale – « savent très bien qui a été agressé, et par qui. Si vous croyez une seule seconde qu'une provocation verbale est un argument recevable pour justifier de coups et blessures, alors vous êtes encore plus bêtes que vous n'en avez l'air. Tu vois ton épingle à chapeau, là ? » La n° 2 aperçoit la goutte de sang au bout de l'aiguille et la laisse tomber. Deux secondes plus tard, l'objet est dans ma poche. « Arme mortelle par destination. Il y a ton ADN dessus. La peine correspondante est de quatre ans de prison. Eh oui, les filles, quatre ans. Si vous lui avez crevé l'oreille interne, ce sera sept. Attendez juste que je prenne mes fonctions, et je vous garantis que ces sept années, vous les ferez en intégralité. Là. Vous croyez que je bluffe ?

– Qui t'es toi, putain ? » L'agression du bassiste manque de mordant.

Je brandis le plus extravagant de mes rires à la L. Ron Hubbard. « Je suis en thèse de droit, crétin. Mais demande-toi plutôt qui tu es, toi, dans cette histoire : un complice. Tu connais ce terme ? Tu veux que je t'explique ? Ça veut dire que tu écoperas d'une peine, toi aussi. »

La n° 2 perd toute sa morgue. « Mais je… »

Le bassiste la tire par le bras. « Viens, Andrea.

– Cours, Andrea ! raillé-je. Cours te fondre dans la foule. Oh, mais attends une minute : vous n'avez pas déjà collé vos tronches un peu partout à Cambridge ? Il faut croire que vous l'avez dans le cul. Et bien profond. » Come Up to the Lab décide qu'il est temps de lever le camp. Je hurle dans leur dos : « On se verra au tribunal ! N'oubliez pas de prendre des cartes téléphoniques, vous en aurez besoin au centre de détention. » Penhaligon redresse la table et Olly ramasse les verres. Fitzsimmons soulève Cheeseman et le pose sur le banc tandis que je demande à celui-ci combien j'ai de doigts. Il grimace un peu puis s'essuie la bouche. « C'est mon oreille qu'elle a visée, pas mon œil, ducon. »

Le patron arrive, furieux comme tout. « Qu'est-ce qui se passe, ici ? »

Je me tourne vers lui. « Notre ami vient d'être agressé par trois lycéens ivres ; il a besoin d'un médecin. Nous venons ici régulièrement, et nous ne voudrions surtout pas que vous perdiez votre licence ; donc quand nous serons aux urgences, Richard et Olly ici présents laisseront entendre que l'agression a eu lieu à l'extérieur de votre établissement. À moins que je présume mal des choses et que vous préfériez qu'on appelle la police ? »

Le patron comprend la situation. « Pas la peine. Merci à vous.

– Je vous en prie. Olly, ton Astra magique est garée loin ?

– Non, sur le parking de la fac. Mais Ness…

– Euh, ma voiture est également disponible, informe Penhaligon qui veut se rendre utile.

– Jonny, tu as dépassé la limite d'alcool autorisé et ton oncle est magistrat.

– Les éthylomètres sont de sortie, ce soir, nous prévient le patron.

– Tu es le seul qui n'ait pas bu, Olly. Et si on demande à l'hôpital d'Addenbrooke de nous envoyer une ambulance, les flics suivront et…

– Interrogatoires, dépositions et toutes sortes de questions, ajoute le patron. Et ils contacteront aussi les gens de votre fac… »

Olly regarde Ness comme un petit garçon qui vient de perdre son bout de chocolat.

« Vas-y, l'incite Ness. Je t'accompagnerais bien, mais la vue du sang… » Elle fait une grimace de dégoût. « Va aider ton ami.

– J'étais censé te ramener à Greenwich ce soir.

– Ne t'inquiète pas. Je rentrerai chez moi en train. Je suis une grande fille, tu sais. Appelle-moi dimanche, on discutera de ce qu'on fait pour Noël, d'accord ? Allez, vas-y. »

L'affichage lumineux de mon radio-réveil indique 01:08 au moment où j'entends des pas dans les escaliers, suivis d'une pause, puis d'un timide *toc, toc, toc* sur la porte de palier. J'enfile mon peignoir, ferme la porte de ma chambre, traverse le salon et ouvre en laissant la chaînette. Je jette un œil par l'embrasure. « Olly ? Quelle heure il est ? »

Dans le clair-obscur, Olly ressemble à un Caravage. « Minuit et demi, quelque chose comme ça.

– Merde. Mon pauvre. Comment va le barbu ?

– S'il survit à l'autoapitoiement, il sera tiré d'affaire. Un rappel antitétanique et la bande Elastoplast des vainqueurs. C'était la nuit des morts vivants aux urgences. Je viens tout juste de déposer Cheeseman à son appartement. Ness est allée à la gare ?

– Oui, oui. Penhaligon et moi, on l'a emmenée jusqu'à la station de taxis de Drummer Street. Tu sais comment c'est, le vendredi soir. Fitz a croisé Chetwynd-Pitt et Yasmina après votre départ, et ils sont allés en boîte. Puis, une fois que Ness était en sécurité dans le taxi, Penhaligon les a rejoints. Je me suis dégonflé, j'ai préféré passer une heure en la charmante compagnie de I. F. R. Coates, l'auteur de *La Politique économique de Bush et le Nouveau Monétarisme*, puis j'ai mis la viande dans le torchon. Écoute, je… » – je bâille à m'en décrocher la mâchoire – « … je t'inviterais bien à entrer, mais je suis claqué.

– Elle n'est pas… » – Olly réfléchit, les jetons de Puissance 4 s'alignent dans sa tête – « … restée prendre un verre ou… ou pour autre chose ? Au Buried Bishop ?

– I. F. R. Coates est un homme, Olly. Il enseigne à Blithewood College dans le nord de l'État de New York.

– Je te parlais » – Olly brûle de me croire sur parole – « de Ness, en fait.

– Quoi, Ness ? Ness voulait juste rentrer à Greenwich. » Je suis un rien vexé : Olly devrait avoir suffisamment confiance en moi pour ne pas s'imaginer que je puisse tenter de séduire sa petite amie. « Elle a dû prendre le train de neuf heures cinquante-sept pour la gare de King's Cross, puis, de là, filer à Greenwich où, bordée dans son petit lit, elle rêve sûrement de M. Olly Quinn. Une jolie fille, au fait, pour le peu que j'ai vu d'elle. Elle est manifestement dingue de toi, d'ailleurs.

– Ah ? Tu crois ? Cette semaine, elle s'est montrée un peu… je ne sais pas, grincheuse. J'avais un peu peur qu'elle ne veuille… »

Je continue mon numéro d'idiot. Olly laisse pendouiller la fin de sa phrase dans le vide.

« Quoi ? Te larguer ? Ce n'est pas l'impression que j'ai eue. Quand ce genre de chasseresse tombe vraiment amoureuse d'un type, elle le cache sous des airs de maîtresse d'école. Mais bon, ne sous-estime pas non plus la cause la plus probable de mauvaise humeur chez une femme : tous les vingt-huit jours, Lucille se transformait en psychopathe cracheuse de bile. »

Cela semble réconforter Olly. « Bon. Ouais. Peut-être.

– Vous allez vous retrouver pour Noël, pas vrai ?

– En principe, on devait parler de ça ce soir.

– Pas de chance que notre petit Richard ait eu besoin d'un bon Samaritain. Remarque, la façon dont tu as pris les choses en main au pub l'a fait fondre. Elle a dit que c'était la preuve que tu savais rester maître de toi-même dans les situations de crise.

– Elle a dit ça ? Elle a vraiment dit ça ?

– Presque mot pour mot, oui. Devant la file de taxis. »

Olly est radieux. S'il mesurait une quinzaine de centimètres de haut et qu'il fût en peluche, Toys “R” Us en vendrait des milliers.

« Olly, mon pote, je te la souhaite bien douce.

– Oh, excuse-moi, Hugo, bien sûr. Merci. Bonne nuit. »

De retour dans mon lit aux chaudes senteurs de femme, la jambe de Ness me hameçonne les cuisses : « Comment ça, “des airs de maîtresse d'école” ? Tu mériterais que je te chasse du lit.

– Essaie donc. » Mes mains se promènent sur ses agréables courbes. « Tu aurais intérêt à partir dès l'aube. Je viens tout juste de t'envoyer à Greenwich.

– L'aube est encore loin. Tout peut arriver. »

Mon doigt tourbillonne autour de son nombril, mais, contre toute attente, je pense à Immaculée Constantin. Je n'en ai pas parlé aux autres, tout à l'heure : faire d'elle une anecdote ne me semblait pas judicieux. Non, plus que cela : c'est comme si la chose m'était prohibée. Quand j'ai eu cette absence devant elle, tout à l'heure, elle a dû croire… quoi, au juste ? Elle m'a probablement cru plongé dans une sorte de coma en station assise, et m'a laissé à mon sort. Dommage.

Ness rabat le couvre-lit pour respirer. « Le problème avec Olly et les types de son genre…

– Content de voir que j'occupe toutes tes pensées.

– … c'est leur gentillesse. Ça me rend folle.

– Un gentil garçon, ce n'est pas ce que les filles cherchent ?

– Pour le mariage, oui, bien sûr. Mais Olly me donne l'impression d'être prisonnière d'une pièce radiophonique sur… de jeunes hommes des années cinquante *affreusement* sérieux.

– Il a dit que tu étais de mauvaise humeur, ces derniers temps. "Grincheuse".

– Je suis peut-être grincheuse, mais lui est une vraie carpette, on dirait.

– Ah, comme l'écrivait Shakespeare, "Jamais le cours d'un amour sincère ne…"

– Oh, la ferme. Tu ne te rends pas compte à quel point il est gênant en public. De toute façon, j'avais déjà décidé de le larguer dimanche. La tournure de cette soirée me conforte dans mon choix.

– Si ce pauvre Olly est une pièce radiophonique, qu'est-ce que je suis, moi ?

– Toi, Hugo » – elle m'embrasse le lobe de l'oreille –, « tu es aussi sordide que ces films français à petit budget. Du genre de ceux sur lesquels on tombe en allumant la télé en pleine nuit. On a beau savoir qu'on le regrettera au petit matin, on s'obstine à les regarder jusqu'au bout. »

Dans la cour, quelqu'un sifflote une chanson tombée dans l'oubli.

20 DÉCEMBRE

« Un rouge-gorge. » Maman désigne l'oiseau à travers les vitres du patio, dans le jardin encroûté de neige à moitié fondue. « Là, sur la poignée de la pelle.

– Il a l'air tout droit sorti d'une carte de vœux », commente Nigel.

Papa mastique ses brocolis. « Que fait ma pelle dehors, et pas dans la remise ?

– C'est ma faute, réponds-je. Je remplissais le seau à charbon. Je la rangerai tout à l'heure. Mais d'abord, je vais mettre l'assiette d'Alex au chaud : derniers ragots et grand amour n'impliquent pas forcément de devoir manger froid. » J'emporte l'assiette de mon frère aîné, me dirige vers le piano de cuisson flambant neuf, et l'y enfourne après l'avoir coiffée d'un couvercle de casserole. « Fichtre, Maman. On pourrait brûler une sorcière, là-dedans.

– S'il avait des roues, ce serait une Austin Metro.

– Ah, *ça* » – les vieux tacots : une des grandes passions de Papa –, « c'était une voiture.

– C'est vraiment dommage, tu ne verras pas ta tante Helena au réveillon, me dit Maman.

– Oui, c'est bête. » Je me rassieds à la table du déjeuner. « Embrasse-la pour moi.

– Bah tiens, commente Nigel. Comme si tu préférais rester coincé à Richmond pour le Nouvel An plutôt qu'aller skier en Suisse. T'as vraiment du cul, Hugo.

– Combien de fois te l'ai-je répété ? intervient Papa. L'important, ce n'est pas…

– … ce qu'on connaît, mais qui on connaît, le coupe Nigel. Neuf mille six cent huit fois, si je compte celle-ci.

– D'où l'intérêt d'accéder à une université au nom prestigieux, poursuit Papa. Pour s'acoquiner avec les prochaines grosses légumes, et non pas le menu fretin de demain.

– J'ai oublié de te dire, se rappelle Maman. Julia s'est couverte de gloire – une fois de plus. Elle a obtenu une bourse pour étudier les droits de l'homme à Montréal. »

J'ai toujours eu un faible pour ma cousine Julia, et l'idée même de la couvrir de ce que vous voudrez est une pensée distrayante que l'incestueux lord Byron n'aurait pas reniée.

« Une chance pour elle qu'elle tienne de ta famille, Alice », commente Papa – une obscure allusion au divorce de mon ex-oncle

Michael il y a dix ans : une secrétaire, un enfant de l'amour, la totale. « Qu'est-ce que Jason étudie, déjà ?

– Quelque chose en rapport avec la psycho-linguistique à l'université de Lancaster », répond Maman.

Papa fronce les sourcils. « Pourquoi est-ce que je l'imagine faire un truc en rapport avec les forêts ?

– Il voulait devenir garde forestier quand il était petit, lui expliqué-je.

– Mais aujourd'hui, il est bien décidé à devenir orthophoniste, complète Maman.

– Un orth-orth-orthopho-pho-pho-ni-ni-ste qui b-b-b-bégaie », se moque Nigel.

Je mouds du poivre en grains au-dessus de ma purée de potiron. « Pas très adulte, ni très intelligent, Nigel. Bégayer, c'est un atout majeur pour un orthophoniste. Tu ne penses pas ? »

Sans doute, oui, me répond la moue de Nigel qui a du mal à admettre que j'ai raison.

Maman sirote son verre de blanc. « Ce vin est divin, Hugo.

– Un Montrachet de 1978 mérite bien ce qualificatif, estime Papa. Mais tu ne devrais pas dépenser ton argent pour nous, Hugo. Je t'assure.

– Je gère scrupuleusement mes comptes, Papa. Ce boulot de gratte-papier au cabinet d'avocat m'aide à arrondir les fins de mois. Et après tout ce que vous avez fait pour moi pendant toutes ces années, vous apporter une petite bouteille qui se laisse boire est la moindre des choses.

– Mais on ne voudrait pas que tu te ruines, dit Maman.

– Ni que tes études pâtissent de ce travail, ajoute Papa.

– Tu nous le diras, hein, si tu es ric-rac, d'accord ? ajoute Maman.

– Promis, si ça devait m'arriver, je viendrais vous demander l'aumône.

– Moi, je suis ric-rac ! intervient Nigel, qui tente sa chance.

– Tu n'as pas encore à te frotter à la cruauté de ce monde, toi. » La mine renfrognée, Papa regarde l'horloge. « D'ailleurs, j'espère que les parents de la Fräulein d'Alex sont au courant qu'elle appelle l'Angleterre. On est en pleine journée.

– Ils sont allemands, Papa, répond Nigel. Ils ont de bons gros Deutsche Marks.

– C'est ça, attends de voir ce que la réunification va coûter. Mes clients de Francfort sont très inquiets des retombées de cette affaire-là. »

Maman tranche une pomme de terre rôtie. « Qu'est-ce qu'Alex t'a raconté à propos de Suzanne, Hugo ?

– Il ne m'a rien dit. » À l'aide de ma fourchette et de mon couteau, je débarrasse un filet de truite de ses arêtes. « La rivalité fraternelle, ça te dit quelque chose ?

– Mais toi et Alex vous entendez très bien en ce moment.

– Oui, commente Nigel. Tant que personne ne prononce la phrase fatidique : "Qui veut faire une partie de Monopoly ?" »

Je joue le type vexé. « C'est ma faute si je gagne tout le temps ? »

Nigel pousse un petit ricanement nasal. « Ce n'est pas parce que personne ne sait comment tu triches…

– Maman, Papa, vous relèverez ces accusations blessantes et calomnieuses.

– … que tu ne triches pas. » Nigel agite son couteau. Mon petit frère a perdu son pucelage cet automne : adieu les magazines d'échecs et la console Atari ; bonjour l'acid house et les pièges à filles. « N'empêche, *moi* j'ai pu déduire trois choses à propos de Suzanne : si elle trouve qu'Alex est séduisant, alors a) elle est myope comme une taupe, b) elle a l'habitude de garder des mioches, et c) elle n'a pas d'odorat. »

Alex fait son apparition : « Qui est-ce qui n'a pas d'odorat ?

– Va chercher le déjeuner du premier-né dans le four, ordonné-je à Nigel, sinon je cafte, et tu l'auras bien mérité. » Nigel, somme toute assez docile, obéit.

« Alors, comment va Suzanne ? demande Maman. Tout va bien à Hambourg ?

– Ouais, ça va. » Alex s'assied. Ce frère-ci n'est pas du genre loquace.

« Elle est étudiante en pharmacologie, c'est ça ? »

Alex embroche un bout de chou-fleur en forme de cervelle directement dans le plat. « Mmh-mmh.

– Tu crois que tu nous la présenteras, un jour ?

– Difficile à dire », répond Alex, ce qui me renvoie à cette pauvre petite Mariângela et ses faux espoirs.

Nigel pose l'assiette de notre frère aîné devant lui.

« La chose à laquelle je n'arrive toujours pas à me faire, intervient Papa, c'est la façon dont les distances se sont réduites : des petites amies en Allemagne, des séjours de ski dans les Alpes, des cours à Montréal, tout ça est monnaie courante de nos jours. La première fois que j'ai quitté l'Angleterre, c'était pour aller à Rome. J'avais à peu près ton âge, Hugo. Pas un seul de mes camarades n'était allé aussi loin. Avec un copain, on a pris le ferry qui relie Douvres à Calais, fait du stop jusqu'à Marseille, puis Turin, et enfin Rome. Il nous a fallu six jours. On avait l'impression d'être aux confins du monde.

– Est-ce que les roues de la diligence ont tenu bon, Papa ? demande Nigel.

– Hilarant. J'y suis retourné pour la première fois il y a seulement deux ans, quand le siège de New York a décidé que notre assemblée générale européenne se tiendrait à Rome. On a tous pris l'avion pour un déjeuner tardif, faire un peu d'encadrement et soigner notre relationnel jusqu'à minuit, puis, le lendemain, on était de retour à Londres en temps et en heure pour… »

La sonnerie du téléphone retentit dans le salon. « C'est forcément pour l'un de vous, les garçons », dit Maman.

Nigel file dans le hall puis dans le salon : ma truite me lance un regard déçu. Après quelques instants, il est de retour. « Hugo, c'était une certaine Diana au téléphone – Diana Spencer, un truc comme ça. Elle m'a demandé de t'informer que tu peux passer à Buckingham pendant que son mari fait sa tournée de l'Empire… Elle a parlé de… tantrisme du plombier ? Elle m'a dit que tu comprendrais.

– Tu sais qu'il existe une opération chirurgicale pour ce que tu as, mon cher petit frère. Ça te soignerait de tes obsessions. Un vétérinaire pourrait se charger de toi à moindres frais.

– Avant que tu oublies, qui était-ce vraiment, Nigel ? lui demande Maman.

– Mme Purvis, de la résidence Riverside Villas. Elle a dit que le brigadier se sentait mieux aujourd'hui, et que si Hugo était toujours d'accord pour lui rendre visite cet après-midi, il pouvait passer entre trois et cinq heures.

– Très bien. Mais seulement si tu n'as pas besoin de moi, Papa…

– Mais oui, vas-y. Ta mère et moi sommes si fiers de savoir que tu continues à faire la lecture au brigadier. Pas vrai, Alice ?

– Et comment, répond Maman.

– Merci. » Je hausse les épaules d'un air gêné. « Mais le brigadier Philby a été tellement chouette quand je suis allé le voir pour mes cours d'éducation civique à Dulwich College, et il m'a raconté des tas d'anecdotes. C'est la moindre des choses.

– Oh non, râle Nigel. Je suis prisonnier d'un épisode de *La Petite Maison dans la prairie*.

– Je vais te libérer, tiens, intervient Papa. Puisque Hugo ne sera pas là, tu pourras m'aider à aller chercher l'arbre. »

Nigel semble effaré. « Mais Jasper Farley et moi on va à Tottenham Court Road cet après-midi !

– Pour quoi faire ? » Alex charge sa fourchette. « Tout ce que vous faites, c'est baver devant des trucs de hi-fi et des synthétiseurs que vous ne pouvez pas vous payer. »

Nous entendons un petit fracas dans le patio. Dans le coin de mon champ de vision, je vois une forme fugace et noire. Un pot de fleurs renversé roule sur le sol, la pelle bascule et la forme noire se change en un chat qui tient un rouge-gorge dans sa gueule. L'oiseau agite ses ailes. « Oh ! » Maman recule. « C'est horrible ! On ne peut pas intervenir ? Regardez comme ce chat a l'air content de lui.

– C'est ça, la loi du plus fort, commente Alex.

– Si vous voulez, je baisse les stores, propose Nigel.

– Laissons la Nature faire son œuvre, ma chérie », dit Papa.

Je me lève et sors par la porte de derrière. Pendant que j'adresse au chat un « Pschtt ! » l'air glacé me saisit la peau. Le chasseur félin saute sur le toit de l'abri de jardin. Il me regarde en remuant la queue. L'oiseau mutilé se débat faiblement dans la gueule du chat noir.

Le grondement d'un avion déchire le ciel.

Une brindille craque. Je suis on ne peut plus vivant.

« Selon mon mari, fulmine l'infirmière Purvis, qui foule d'un pas décidé le linoléum menant à la bibliothèque de la résidence Riverside Villas, les jeunes d'aujourd'hui sont soit des parasites qui vivent aux crochets de l'État, soit des pédés, soit des fumistes. » L'odeur de désinfectant senteur pinède me pique les narines. « Mais tant que la Grande-Bretagne continuera à engendrer de bons jeunes hommes de votre trempe, Hugo, eh bien, je vous le dis, nous ne sombrerons pas de sitôt dans la barbarie, mmmh ?

– Arrêtez, je vous en prie, madame Purvis. Ma tête ne va pas passer la porte de la bibliothèque. »

Au détour d'un couloir, nous tombons sur une pensionnaire, agrippée à la main courante. Tournée vers le jardin d'hiver, elle fronce les sourcils, comme si elle y avait oublié quelque chose. Un filet de bave relie sa lèvre inférieure à son gilet couleur menthe.

« Et les bonnes manières, madame Bolitho ? dit l'infirmière en sortant un mouchoir de sa manche. Alors, qu'est-ce qu'on regarde ? Et les bonnes manières, mmmh ? » Elle essuie la stalactite de salive et jette le mouchoir dans la poubelle. « Vous vous souvenez d'Hugo, n'est-ce pas, madame Bolitho ? Vous savez, le jeune ami du brigadier ? »

La tête de Mme Bolitho pivote : je repense à ma truite du déjeuner.

« Un plaisir de vous revoir, madame Bolitho, dis-je avec entrain.

– Dites bonjour à Hugo, madame Bolitho. Il vient nous rendre visite. »

Elle me regarde, puis regarde l'infirmière Purvis et gémit.

« Oh mais qu'est-ce que j'entends ? Il y a *Chitty Chitty Bang*

Bang à la télévision, dans le salon. La voiture volante. Et si on allait rejoindre les autres, mmmh ? »

Une tête de renard accrochée au mur nous regarde, un léger sourire aux babines.

« Restez ici le temps que je conduise Hugo à la bibliothèque, ordonne l'infirmière Purvis à Mme Bolitho. Ensuite nous irons ensemble jusqu'à la salle des pensionnaires. »

Je souhaite à Mme Bolitho de passer un joyeux Noël, même si la probabilité est faible.

« Elle a quatre fils, annonce l'infirmière Purvis en m'invitant à avancer. Tous ont une adresse londonienne, mais ils ne lui rendent jamais visite. À croire que le grand âge est un crime et non pas une destination vers laquelle nous nous dirigeons tous. »

J'hésite à lui exposer ma théorie selon laquelle notre culture s'applique à occulter la mort par le consumérisme et le samsara, que toutes les résidences Riverside Villas du monde nous servent d'œillères, et que les vieillards sont bel et bien coupables, eux qui nous démontrent que notre regard volontairement myope sur la mort est exactement ce qu'il est.

Mais non, n'allons pas brouiller le jugement que l'infirmière Purvis porte sur moi. Nous arrivons à la bibliothèque où mon guide me dit *sotto voce* : « Je sais que vous ne vous vexeriez pas, Hugo, si jamais le brigadier ne vous reconnaissait pas.

– Bien sûr que non. Souffre-t-il encore de cette hallucination… son histoire de timbres ?

– Elle refait surface de temps en temps, oui. Tiens, voilà Mariângela. Mariângela ! »

Mariângela s'approche, les bras chargés d'une pile de draps parfaitement pliés. « Yougo ! L'infirmière Purvis, elle m'a dit que vous rendez visite aujourd'hui. Alors, comment c'est, Norwich ?

– Hugo est à l'université de Cambridge, Mariângela. » L'infirmière Purvis est secouée d'un frisson. « Cambridge, pas Norwich. Ce n'est pas exactement la même chose.

– Pardon, Yougo. » Les yeux malicieux de la Brésilienne redonnent de la vigueur à mes espoirs, entre autres. « Ma géographie de l'Angleterre, c'est encore un peu mauvais.

– Mariângela, vous pourriez peut-être apporter du café à Hugo et au brigadier. Je dois retourner m'occuper de Mme Bolitho.

– Mais bien sûr. C'était un vrai plaisir de vous revoir, madame Purvis. »

– Revenez me dire au revoir avant de partir. » Puis elle s'éloigne à grands pas.

Je demande à Mariângela : « Comment est-ce, de travailler avec elle ?

– Nous avons l'habitude des dictateurs, sur mon continent.

– Elle dort la nuit, ou elle se branche sur le secteur ?

– Ce n'est pas une mauvaise patronne, si tu es d'accord toujours avec elle. Au moins, on peut se fier à elle. Au moins, elle dit quoi elle pense, elle est honnête. »

Je dirais que Mariângela est d'humeur boudeuse mais pas massacrante. « Écoute, mon ange, on avait besoin de prendre un peu de recul, toi et moi.

– Huit semaines, Yougo ! Deux lettres, deux coups de fil, deux messages sur mon répondeur. J'ai besoin de contact, pas de recul. » D'accord : on est entre la bouderie et un numéro de femme flouée. « Tu n'es pas expert pour savoir qu'est-ce que j'ai besoin. »

Annonce-lui que c'est fini, me conseille Hugo-le-sage ; hélas, Hugo-le-chaud-lapin a un faible pour les uniformes. « Je ne suis pas expert de ta personne, Mariângela. Ni des autres femmes. Ni de moi-même, figure-toi. J'ai eu deux ou trois petites amies avant toi, mais toi… c'est différent. À la fin de l'été dernier, l'intérieur de mes paupières s'était changé en une télévision qui diffusait un programme unique, quelle que soit l'heure du jour ou de la nuit : Mariângela Pinto-Pereira. J'ai paniqué. La seule façon pour moi d'affronter les choses a été de prendre du recul. J'ai été si souvent sur le point de te téléphoner… mais… mais… je suis un garçon inexpérimenté, mon ange, pas un goujat. » J'ouvre la porte de la bibliothèque. « Merci pour tous les moments mémorables ;

je suis désolé que mon insensibilité t'ait blessée. Sincèrement désolé. »

Son pied est en travers de la porte. Boudeuse et sensuelle. « Mme Purvis veut que j'apporte le café à toi et au brigadier. Toi, c'est encore noir avec un sucre ?

– Oui, s'il te plaît. Mais pas de sortilège vaudou d'Amazonie pour me ratatiner les testicules, si tu veux bien.

– Un couteau qui coupe beaucoup, c'est mieux que le vaudou. » Elle me jette un regard noir. « Du lait dans ton café, comme quand tu le bois à Cambe-ridge ?

– Le café au lait me donne de l'urticaire.

– Et si, c'est pas sûr, mais si je te trouve du vrai café du Brésil, tu le boiras ?

– Mariângela. Quand on a connu le *nec plus ultra*, tout le reste vous semble en être une pâle imitation. »

« Nous approchons de la fin, brigadier, annoncé-je au vieillard, avant de tourner la page. "Mais, pour moi, tout l'Orient tient dans cette vision de ma jeunesse. Il tient tout entier dans cet instant où j'ouvris sur lui mes jeunes yeux. Je l'avais abordé au sortir d'un combat avec la mer – et j'étais jeune – et je le vis qui me regardait. Et voilà tout ce qui en reste ! Rien qu'un moment : un moment de force, d'aventure, de splendeur – de jeunesse !... Un éclair de soleil sur un rivage étrange, le temps d'un souvenir, l'espace d'un soupir et puis, adieu ! La nuit – adieu[1] !..." »

Je bois un peu de café tiède : le brigadier Philby n'a pas touché à sa tasse. L'homme spirituel et dynamique que j'ai connu il y a cinq ans est bien ce légume coincé dans son fauteuil roulant. En 1986, il avait soixante-dix ans mais en paraissait cinquante et vivait dans une grande maison du côté de Kew en compagnie de sa sœur, Mme Hatter, une veuve dévouée. Le brigadier était un

1. Cette citation et les suivantes sont extraites de Joseph Conrad, *Jeunesse*, Paris, Gallimard, « Folio », 2002. Traduction de Gérard Jean-Aubry.

vieil ami de mon ancien principal. Moi, j'étais seulement censé tondre sa pelouse le temps que le brigadier se remette de sa jambe cassée, mais il a vu en moi un alter ego, et je me suis retrouvé à passer mes heures de service civique à jouer au poker, au crib et au blackjack. Même après son rétablissement complet, je passais le voir presque tous les jeudis soir. Mme Hatter « m'engraissait », puis nous passions à la table de jeu où il m'apprenait à « inciter dame Fortune à tomber ses jupons » – même Toad n'y voit que du feu. Un type d'une grande élégance et un homme à femmes, en son temps ; un philatéliste obsessionnel, un linguiste, et quelqu'un qui avait toujours des tas d'histoires à raconter. Après un verre de porto, il me parlait de ses années au sein des SBS de la Royal Navy, pendant la Seconde Guerre mondiale en Norvège, puis plus tard, pendant la guerre de Corée. Il avait insisté pour que je lise du Conrad et du Tchekhov, et m'avait appris à obtenir un faux passeport en cherchant un nom dans un cimetière puis en écrivant au bureau de l'état civil pour demander un acte de naissance. Je connaissais déjà l'astuce, mais j'avais prétendu le contraire.

Aujourd'hui, c'est à peine si le brigadier Philby remue. De temps en temps, il dodeline de la tête, un peu comme Stevie Wonder devant son piano, et les pellicules s'accumulent dans les plis de sa veste. Il a été rasé par un infirmier qui avait l'esprit ailleurs, et, désormais, ce pauvre vieillard porte une couche. Parfois, quelques mots escamotés sortent de la bouche du brigadier, mais sinon, il ne dit rien. Je ne sais absolument pas si la lecture de *Jeunesse* de Conrad lui procure le même plaisir qu'autrefois, ou bien si se voir rappeler de meilleurs jours est une torture pour lui. Mais peut-être qu'il ne comprend rien à ce que je raconte et qu'il ne me reconnaît pas du tout.

N'empêche. Mariângela dit que la meilleure manière de traiter la démence est de faire comme si la personne d'avant se trouvait toujours sous les décombres de celle du présent. Si vous vous trompez et que la personne que vous connaissiez est vraiment partie, personne ne s'en plaindra, mais, de ce fait, le niveau de qualité des soins restera élevé. Et si vous avez raison de croire que la personne est emmurée vive à l'intérieur d'elle-même, alors vous devenez un fil d'Ariane pour elle. « Nous arrivons à la dernière page, brigadier : "Entre toutes les merveilles du monde, il y a la mer, je crois, la mer elle-même – ou bien est-ce seulement la jeunesse ? Qui peut le dire ? Mais vous autres – vous avez tous eu quelque chose de la vie : de l'argent, de l'amour – tout ce que l'on trouve à terre – eh bien ! dites-moi, n'était-ce pas le meilleur temps, ce temps où nous étions jeunes à la mer : jeunes et sans rien à nous, sur la mer qui ne vous donne rien, que de rudes coups – et parfois l'occasion d'éprouver votre force – rien que cela – ce que vous regrettez tous ?" »

Quelque chose palpite dans la gorge du brigadier.

Un soupir ? Ou est-ce seulement de l'air qui fait vibrer ses cordes vocales ?

Au fond du jardin, entre deux arbres, j'aperçois la Tamise, d'argent et d'acier. Un chasse-marée file de gauche à droite. Si on cligne des yeux, on le perd de vue.

Le jardinier coiffé d'un béret fait un tas de feuilles à l'aide de son râteau.

Dernier paragraphe, dans la lumière déclinante. « "Et tous, nous l'approuvions : l'homme de finance, l'homme de chiffres, l'homme de loi, tous nous l'approuvions, par-dessus la table polie qui, comme une immobile nappe d'eau brune, réfléchissait nos visages sillonnés et ridés : nos visages marqués par le travail, par les déceptions, par le succès, par l'amour : et nos yeux las cherchant encore, cherchant toujours, cherchant avidement, à arracher à la vie ce quelque chose qui, alors qu'on l'attend encore, s'est déjà dissipé – a passé à notre insu dans un soupir, dans un éclair – avec la jeunesse, avec la force, avec la séduction romanesque des illusions." »

Je referme le livre et allume la lampe. 16:15, indique ma montre. Je me lève et ferme les rideaux. « Et voilà, monsieur. » J'ai l'impression de parler dans une pièce vide. « Il ne faut pas que je vous fatigue trop, surtout. »

Contre toute attente, le visage du brigadier, soudain alerte, se crispe ; sa bouche s'ouvre, et bien qu'il s'agisse d'une fantomatique voix marquée des traces d'un AVC, je parviens à distinguer les paroles qui en sortent : « *Mes… fichus… timbres…*

– Brigadier Philby… C'est Hugo, monsieur. Hugo Lamb. »

Sa main toute tremblante tente d'agripper ma manche. « *Police…*

– Quels timbres, brigadier ? Desquels parlez-vous ?

– *Une… petite… fortune…* » Une lueur d'intelligence illumine son regard, et, l'espace d'un instant, j'ai l'impression qu'il s'apprête à lancer une accusation, mais le moment passe. À l'extérieur, dans le couloir, un chariot roule en grinçant. Le brigadier que je connaissais a déserté son visage soufflé par l'AVC, me laissant seul avec l'horloge, des étagères garnies de beaux livres que personne ne lit jamais, et une certitude : quoi que je fasse de ma vie, quels que soient le pouvoir, les richesses, les expériences, le savoir ou la beauté dont je jouirai, je deviendrai moi aussi ce vieillard vulnérable. Regarder le brigadier Reginald Philby, c'est me regarder moi-même à travers le télescope du temps.

L'attrape-rêves de Mariângela se balance au rythme des petits coups que je lui donne ; je retrouve le crucifix de mon amante entre ses boucles en forme de ressort. J'ai le Fils de Dieu dans la bouche, je l'imagine se dissoudre sur ma langue. Le sexe est peut-être le remède à la mort, mais il ne fait don de la vie éternelle qu'aux espèces, pas aux individus. Sur le lecteur de CD, Ella Fitzgerald oublie les paroles de « Mac The Knife » lors d'une nuit de canicule à Berlin il y a plus de quarante étés. En bas, un train de la District Line passe en grondant. Mariângela m'embrasse le dessous charnu de l'avant-bras, puis le mord, fort. « Aïe, me plains-je, savourant la douleur. C'est comme ça qu'on dit : "J'ai senti la terre trembler, ô mon seigneur et maître ; et vous ?"

– Non, c'est du portugais pour dire : "Je te déteste, menteur, tricheur, monstre, malade, pervers, va pourrir dans l'Enfer, enfant de pute." »

Mon *buried bishop*[1] à moi s'exhume de lui-même : cet événement auquel nous nous attendions nous fait rire, et précipite mon éviction. Je rattrape le préservatif avant que ses viscères gluants ne viennent tacher les draps violets de Mariângela, puis l'enveloppe dans un linceul de mouchoir. L'accouplement est un acte frénétique, le désaccouplement, une farce. Mariângela gigote et se retourne afin de me faire face, je me demande alors pourquoi les femmes sont plus laides une fois qu'on les a épluchées, gratinées et mangées. Elle s'assied et boit un peu de l'eau du verre devant lequel Jésus du Corcovado monte la garde. « Tu veux ? » Elle porte le verre à mes lèvres. Mariângela guide ma main jusqu'à son cœur : *a-mour, a-mour, a-mour, a-mour, a-mour, a-mour, a-mour*, palpite-t-il.

Ah, que n'ai-je écouté Hugo-le-sage…

« Yougo, quand je peux rencontrer ta famille ? »

J'enfile mon caleçon. J'aimerais prendre une douche, mais le concessionnaire Aston Martin va bientôt fermer et je dois me dépêcher. « Pourquoi tiens-tu à faire leur connaissance ?

– C'est normal, que je veux. Depuis six mois, on se voit. C'était le vingt et un juin, quand tu es venu ici la première fois. Demain, c'est le vingt et un décembre. »

Mon Dieu, une obsédée des dates anniversaires. « Fêtons ça autour d'un déjeuner, mon ange, mais n'y mêlons pas ma famille, tu veux bien ?

– Mais moi, je veux rencontrer tes parents, tes frères… »

Mais bien sûr : *Maman, Papa, Nigel, Alex, je vous présente Mariângela. Elle vient d'une banlieue quelconque de Rio, est aide-soignante en gériatrie à la résidence Riverside Villas, et après chaque visite que je rends au brigadier Philby, je la baise comme un malade. Alors qu'est-ce qu'on mange, ce soir ?* Je retrouve mon t-shirt au pied de son côté du lit. « Je n'ai pas l'habitude de ramener mes petites amies à la maison, pour être honnête.

1. Littéralement : « évêque inhumé ».

– Alors moi, je serais la première. C'est très gentil.

– C'est un autre compartiment de ma vie. » Jean, braguette, ceinture. « Je ne mélange pas les choses.

– Je suis ta petite amie, pas un "compartiment". Tu as la honte de moi ? »

Charmante tentative de chantage affectif. « Tu sais bien que non. »

Le cerveau de Mariângela sait qu'elle devrait jeter l'éponge, mais c'est son cœur qui est aux manettes. « Alors, tu as la honte de ta famille ?

– Pas plus que n'importe quel cadet d'une fratrie de trois.

– Alors… tu as la honte que je suis cinq ans plus vieille que toi ?

– Tu as vingt-six ans, mon ange. On ne peut pas dire que tu sois vieille.

– Alors… je ne suis pas assez blanche pour tes parents ? »

Je reboutonne ma chemise Paul Smith. « Ce n'est pas ça.

– Alors pourquoi est-ce que je ne peux pas rencontrer la famille de mon petit ami ? »

Première chaussette. Seconde chaussette. « Eh bien… nous n'en sommes pas encore là.

– C'est des *cou*nneries, Yougo. Dans les relations humaines, on partage plus que son corps, non ? Quand tu es à Cambridge et que tu bois du café dégueulasse avec les Blanches qui font des thèses, moi, je ne reste pas assise à prier pour que tu m'appelles, à attendre tes lettres. Non. Il y a un type, il est consultant pour une clinique privée, il veut m'inviter au restaurant japonais, à Mayfair. Mes amies, elles font : "Tu es folle de dire non !" mais moi, j'ai dit non. Pour toi. »

L'amatrice… J'essaie de ne pas sourire.

« À quoi je sers, moi ? À baiser pendant tes vacances ? »

Très bien. Mon manteau est près de la porte, *idem* pour mes bottes de cow-boy. Elle est toujours nue comme un ver et il n'y a pas d'arme à sa portée. « Tu es une amie, Mariângela. Aujourd'hui, tu es une amie intime. Mais ai-je envie de te présenter à mes parents ? Non. D'emménager avec toi ? Non. De penser à l'avenir ? Qu'on plie le linge ensemble ? Qu'on ait un chat ? Non. »

Un autre métro passe sous la fenêtre ; début des pleurs : une scène aussi ancienne que les hominidés et les glandes lacrymales. Une scène qui se produit en ce moment même partout sur terre, dans toutes les langues possibles. Devant Mariângela essuyant ses larmes et détournant le visage, tous les Olly Quinn du monde se mettraient à genoux et promettraient de se racheter une conduite. Moi j'enfile mon manteau et mes bottes. Elle le remarque et les larmes cessent. « Tu pars ? Maintenant ?

– Ce sont nos adieux, mon ange. Pourquoi prolonger nos souffrances ? »

Elle passe en cinq secondes de l'affliction à la haine. « *Sai da minha frente ! Vai pra puta que pariu !* »

Très bien. Si elle me déteste, la rupture sera nette et sans bavure. Alors que j'ai déjà un pied dehors, je lui lance : « Si ton consultant souhaite que je lui donne des cours de Mariângela Pinto-Pereira, je peux lui filer deux ou trois tuyaux. »

Un regard assassin, la contraction des muscles d'un bras, la vision fugace d'une poitrine brésilienne de première qualité, puis Jésus du Corcovado fonce sur moi à la vitesse d'une météorite. N'ayant pas un dixième de seconde à perdre, je réagis : Jésus se fracasse contre la porte et explose en mille grêlons de plâtre.

La lumière lugubre de six heures promet de la neige. Je me coiffe de ma chapka en poil d'opossum. Tout est paisible dans les prospères ruelles de Richmond. Les propriétaires tirent les rideaux sur des salons petits-bourgeois encombrés de livres, d'objets d'art et de sapins de Noël illuminés. Je fais un bref détour par Red Lion Street. La fille à l'accueil du concessionnaire Aston Martin possède des courbes aussi galbées que celles des voitures exposées, mais côté visage, c'est le sosie d'E.T. Elle jacasse au téléphone tandis que je passe devant elle. Je lui adresse un bref salut de la tête – *J'ai rendez-vous avec votre patron* –, traverse le show-room et franchis la porte ouverte de VINCENT COSTELLO, RESPONSABLE COMMERCIAL. La personne qui occupe le bureau est un jeune trentenaire aux cheveux gominés, courts sur le dessus, long sur la nuque, qui porte un costume trouvé dans un magasin de prêt-à-porter lambda des grandes rues commerçantes, aux prises avec l'emballage d'une grande boîte de circuit de voitures Scalextric. « Bonjour, me dit-il. Je peux vous aider ? » Accent cockney ; une photo de lui et d'un petit garçon posée sur le bureau, mais pas de maman ni d'alliance.

« Vincent Costello, je suppose ?

– Oui. Comme c'est écrit sur la porte.

– Je voulais connaître le prix de revente d'une Aston Martin Coda d'occasion. Mais d'abord » – j'indique d'un regard la boîte à moitié emballée –, « je crois que vous avez besoin d'un petit coup de main.

– Non, vraiment, c'est gentil.

– Je sais que c'est gentil, mais laissez-moi vous aider.

– D'accord, merci. C'est pour mon fils de cinq ans.

– Un fan de formule un, j'imagine ?

– Il est dingue de voitures, de motos... de tout ce qui possède un moteur. D'habitude, c'est sa mère qui se charge des paquets cadeaux mais... » Une chute de Scotch arrache une bande de papier. « Oh, mer... Oh flûte, se rattrape Vincent Costello.

– Il vaut mieux emballer les boîtes en diagonale. » Sans lui laisser le temps de protester, je le pousse gentiment. « Préparez les morceaux de Scotch à l'avance, forcez le papier à bien se plier, et... » Quelques secondes plus tard, un cadeau emballé à la perfection est posé sur le bureau. « Bon pour le service. »

Vincent Costello est véritablement impressionné. « Où est-ce que vous avez appris ça ?

– Ma tante possède une petite chaîne de boutiques de cadeaux de luxe. Tout le monde se souvient de l'imprévisible neveu de la propriétaire, qui venait prêter main-forte.

– La veinarde. Alors, une Aston Martin Coda, vous disiez ?

– De 1969. Cent soixante-dix-sept mille kilomètres au compteur. Un propriétaire soigneux.

– Un très petit kilométrage pour un modèle aussi ancien. » D'un tiroir, il sort une feuille A4 remplie de chiffres. « Je peux vous demander qui est ce propriétaire soigneux ? Je doute que vous ayez votre permis depuis 1969.

– Effectivement. C'est un ami ; il l'a héritée de son père. Au fait, je m'appelle Hugo. Hugo Lamb, et cet ami est un des Penhaligon de Penzance. » Nous nous serrons la main. « Le défunt père de mon ami a légué à sa famille des finances désastreuses et d'énormes frais de succession. »

Vincent Costello esquisse une grimace d'empathie. « Je vois.

– La mère de mon ami est une femme adorable, mais totalement incapable de gérer des affaires. Pour couronner le tout, l'avocat et conseiller financier de la famille vient de se faire épingler pour fraude fiscale.

– Bah dites donc, le sort s'acharne sur eux, on dirait !

– N'est-ce pas ? La dernière fois que j'ai discuté avec Jonny, je lui ai proposé d'aller parler de son Aston Martin au concessionnaire du coin – c'est-à-dire vous. Mes parents habitent à Chislehurst Road. Des requins, il y en a sur le marché des voitures de collection, alors je me suis dit qu'un revendeur londonien comme vous m'offrirait un gage de discrétion que ne pourrait obtenir mon ami s'il s'en remettait à un concessionnaire du Devon ou de Cornouailles.

– Vous avez vu juste, Hugo. Donnez-moi quelques secondes, le temps que je consulte une grille tarifaire à jour… » Costello ouvre un classeur. « Votre père est client chez nous ?

– Papa est plutôt versé dans les BMW en ce moment, mais peut-être sera-t-il un jour en quête d'un véhicule plus chic. La BM, c'est le cliché du yuppie. Je lui dirai que vous vous êtes montré d'une aide précieuse.

– Vraiment aimable à vous. Voilà, Hugo : vous pourrez annoncer à votre ami qu'une Aston Martin Coda de 1969 avec un peu moins de deux cent mille kilomètres au compteur vaut, toutes choses égales par ailleurs… » – Vincent Costello parcourt une colonne du bout du doigt – « … aux alentours de vingt-deux mille livres.

Cela étant, le cadre londonien joue en votre faveur – j'ai en tête un client des Émirats, un collectionneur prêt à payer un supplément s'il sait que le véhicule que nous lui vendons est en parfait état : je pense pouvoir faire monter le prix à vingt-cinq mille livres. Mais il faudrait que notre mécanicien examine la voiture, et que M. Penhaligon en personne nous en apporte les papiers.

– Bien entendu. Nous tenons à ce que tout soit fait dans les règles.

– Tenez, voici ma carte. J'attends son appel.

– Parfait. » Je la glisse dans mon portefeuille en peau de serpent, et lui serre la main avant de repartir. « Joyeux Noël, monsieur Costello. »

23 DÉCEMBRE

Au moment où j'entre en faisant résonner la clochette de la boutique de Bernard Kriebel, philatéliste à Cecil Court, non loin de Charing Cross Road, une forte odeur de tabac de pipe m'enveloppe. C'est un magasin étroit et tout en longueur comportant un présentoir central où des séries de timbres de prix moyen sont disposées un peu comme chez un disquaire. Les articles plus coûteux se trouvent dans des vitrines sous clé alignées le long des murs. Je dénoue mon écharpe mais garde ma vieille sacoche en bandoulière. La radio sifflote le deuxième acte de *Don Giovanni*. Bernard Kriebel, vêtu de tweed vert et d'une cravate bleu marine, regarde derrière le client posté au comptoir afin de s'assurer que je suis venu en paix. *Prenez votre temps*, lui signifie ma moue, tandis que je me tiens poliment à distance et passe en revue les Penny Black parfaitement préservés qui sont exposés dans les vitrines à contrôle hygrométrique. Il devient cependant vite évident que le client devant moi n'est pas satisfait : « Comment cela, faux ?

– Le spécimen que vous m'apportez semble davantage avoir cent jours d'existence » – le propriétaire du magasin retire sa fine paire de lunettes afin de frotter son œil qui pleure – « que cent ans. »

Le client joint son pouce et son index, tel un acteur de comedia dell'arte : « Et la couleur ternie, alors ? Et le papier jauni ? Vous n'allez pas me dire que c'est du papier d'aujourd'hui !

– Il n'est pas difficile de se procurer du papier d'époque. Cela étant, la disposition en croix des fibres laisse à penser que celui-ci date plus des années 1920 que de 1890. » L'anglais mesuré que parle Bernard Kriebel a des intonations slaves : j'ai appris qu'il était yougoslave. « Tremper du papier dans du thé faiblement infusé est un vieux subterfuge. Les plaques ont dû demander bien des nuits de travail, je n'en doute pas – ceci étant, à une cote de vingt-cinq mille livres, le jeu en vaut la chandelle. L'encre utilisée, elle, est contemporaine… du terre de Sienne brûlée de Winsor & Newton ? Elle est légèrement diluée. Non pas que ce faux soit grossier. »

Gémissement en voix de fausset. « Vous me traitez de faussaire ?

– Je n'ai pas dit que c'était vous, si vous avez remarqué.

– C'est une tentative pour faire baisser le prix. Avouez-le. »

Kriebel grimace de dégoût. « Au marché de Portobello ou aux foires de philatélie et numismatique, un amateur s'y laissera peut-être prendre. Bien, si vous voulez m'excuser, monsieur Budd, un authentique client m'attend. »

M. Budd pousse un petit grognement étranglé et sort en fulminant. Il essaie de claquer la porte – ce qui est impossible – puis disparaît. Kriebel adresse un hochement de tête dépité au monde et à ses mœurs.

Je lui demande : « Y a-t-il beaucoup de faussaires qui vous apportent leurs œuvres ? »

Kriebel rentre les joues afin de montrer qu'il éludera ma question. « Votre visage m'est familier… » – il parcourt son carnet d'adresses mental – « … monsieur Anyder. Vous m'avez vendu un lot de huit timbres des îles Pitcairn en août dernier. Une série en bel état.

– J'espère que vous allez bien, monsieur Kriebel.

– Je n'ai pas à me plaindre. Et vos études ? Du droit à l'University College de Londres, c'est bien cela ? »

Je pense qu'il essaie de me coincer. « L'astrophysique à l'Imperial College.

– Oui, ça y est. Et alors, avez-vous trouvé dans les étoiles les traces d'une forme de vie consciente ?

– Pas plus qu'ici-bas, monsieur Kriebel. »

Il sourit de cette plaisanterie éculée et lorgne ma sacoche. « Alors, venez-vous acheter ou bien vendre, cet après-midi ? »

Je sors le dossier noir et en tire une bande de quatre timbres.

Tap-tap-tap, fait le stylo à bille de M. Kriebel sur le dessus du comptoir.

Le philatéliste et sa lampe d'architecte se penchent pour mieux voir.

Le stylo à bille se tait. Les yeux fatigués de Bernard Kriebel me scrutent, inquisiteurs. Je récite donc mon couplet : « Quatre timbres des Indes coloniales, des demi-Anna bleu océan. Ils datent de 1854 ou 1855. La bande est issue de la partie droite de la planche, qui comporte des inscriptions en marge. Bon état. Non oblitérés. Est-ce que je m'en sors bien, jusqu'ici ?

– Assez bien, oui. » Il recommence son examen à l'aide d'une loupe digne de Sherlock Holmes. « Je ne vais pas vous raconter que j'en vois passer beaucoup des comme ça. Vous aviez… un prix en tête ?

– Un seul exemplaire affranchi a atteint deux mille cent livres chez Sotheby's en juin dernier. Multiplié par quatre, cela donne huit mille quatre cents. Si l'on majore de cinquante pour cent puisqu'ils sont intacts, on arrive aux alentours de treize mille livres. Ceci étant, ici à Londres, les charges des commerçants sont élevées, vous payez rubis sur l'ongle, et je caresse l'espoir d'établir avec vous un partenariat sur le long terme, monsieur Kriebel.

– Oh, je pense que, dorénavant, vous pouvez m'appeler Bernard.

– Dans ce cas, appelez-moi Marcus, et mon prix sera de dix mille livres. »

Kriebel a déjà décidé d'accepter, mais, par politesse, il feint d'hésiter : « Les timbres de l'empire colonial ne se revendent pas très bien en ce moment. » Il allume sa pipe tandis que l'aria se termine. « Hélas, je crains de ne pouvoir aller au-delà de huit mille cinq cents.

– Il fait trop froid pour me poursuivre jusqu'à Trafalgar Square, Bernard. »

Il soupire par ses narines poilues. « Ma femme m'étrillera pour mon manque de fermeté, mais il faut bien encourager les jeunes philatélistes. Coupons la poire en deux, si vous le voulez bien : neuf mille deux cent cinquante ?

– Dix mille est un chiffre rond, c'est plus simple ainsi. » Je remets mon écharpe.

Un ultime soupir : « Dix mille, entendu. » Nous topons. « Vous prenez les chèques ?

– Oui, mais, Bernard… » – Il se retourne, déjà sur le seuil de son cagibi – « … à ma place, vous accepteriez qu'on emporte votre précieuse marchandise avant que le paiement vous ait été remis ? »

Bernard Kriebel incline la tête devant tant de professionnalisme. Il me rend les timbres et s'en va remplir mon chèque. Un bus en fin de vie se traîne sur Charing Cross Road. Les démons de l'Enfer repartent avec Don Giovanni : c'est le destin de tous les amateurs qui bâclent leurs devoirs.

Je sillonne un quartier de Soho aux couleurs de Noël, braillard, plein de vapeur et jonché de dangereuses plaques de neige gelée ; je traverse le torrent glacial des voitures sur Regent Street, et arrive devant les discrets bureaux londoniens de la banque Intégrité Suisse, nichée dans une rue derrière Berkeley Square. Le gorille me tient la porte d'entrée à l'épreuve des balles et m'adresse un bref hochement de tête : il sait que j'ai rendez-vous. Une fois dans les spacieux locaux acajou et blanc cassé, je fais encaisser mon chèque par la petite assistante assise derrière le bureau lustré, qui se cantonne à me demander : « Comment allez-vous, monsieur Anyder ? » Un petit drapeau suisse flotte à côté de son terminal informatique, et, tandis qu'elle remplit le bordereau de dépôt, je songe à Mme Constantin et me demande si cette dernière, en tant qu'expatriée suisse argentée mais discrète, s'assied dans cette somptueuse chaise, elle aussi. Notre étrange rencontre dans la chapelle de King's College me revient sans cesse, bien que je n'aie pas connu d'autre moment d'absence depuis. « À la prochaine fois, monsieur Anyder », me salue l'assistante, ce à quoi j'acquiesce : oui, à la prochaine fois. L'argent n'est que le sous-produit de mon art, mais j'ai tout de même l'impression de repartir armé et équipé d'un gilet pare-balles : une fois le chèque de Kriebel vérifié, mon compte franchira le seuil des cinquante mille. C'est bien évidemment une goutte d'eau dans les écritures de l'Intégrité, mais c'est une jolie petite réserve pour un étudiant de premier cycle qui s'acquittera de lui-même de son droit d'entrée dans le monde. Et cet argent fera des petits. La moitié de mes camarades de Humber College – à moins que leurs parents soient de dociles vaches à lait – sont à tel point empêtrés dans les dettes et le déni que, pendant leurs cinq premières années de leur vie active, ils devront accepter le premier travail merdique qu'on voudra bien leur proposer et faire comme si c'était la panacée. Pas moi. Les propositions de ce genre, je les retournerai à leurs envoyeurs. Deux fois plus fort.

Dans un passage couvert près de Piccadilly Circus, deux hommes en costume et imperméable barrent une entrée et invectivent une personne qu'il m'est impossible de voir. Les vitrines lumineuses du disquaire Tower Records brillent à travers le léger grésil qui tombe, et les premiers employés à retourner chez eux s'engouffrent dans la station de métro ; malgré tout, ma curiosité est piquée. Entre les dos des deux types, j'aperçois un yéti rabougri, recroquevillé sur lui-même. « Pas mal, le modèle économique que t'as trouvé, dit le premier. Tu repères ceux qui achètent des fleurs là-bas et tu les alpagues ici en leur demandant de l'argent, comme ça, ils ne peuvent pas passer leur chemin sans se sentir merdeux. » Le tortionnaire a la voix d'un type qui a bu. « On est dans le marketing, nous aussi, tu sais. C'est quoi, ton taux de réussite ? Combien tu en saignes par heure ?

– J… Je. » Le yéti cligne rapidement des yeux, intimidé. « Je saigne personne, moi. »

Les deux tortionnaires se gaussent grassement : ce n'est pas joli à entendre.

« M… Moi, je demande juste un peu de monnaie. La chambre est à treize livres la nuit.

– Alors rase-toi et dégote-toi un boulot de manut' !

– Personne me filera de boulot si j'ai pas d'adresse fisse.

– Eh bien, trouve-t'en une, d'adresse *fixe*. Crétin.

– Personne ne voudra me louer une chambre si j'ai pas de boulot.

– Il trouve une excuse à tout, celui-là, tu as vu, Gaz ?

– Allons, allons. Tu veux du boulot ? Je t'en donne un, moi. Tu le veux ? »

Le plus costaud des deux se baisse : « Mon collègue te demande très gentiment si tu veux du boulot. »

Le yéti avale sa salive et hoche la tête. « C'est quoi ?

– T'entends ça, Gaz ? Tu vois, finalement, les mendiants peuvent faire la fine bouche.

– Collecteur de fonds, dit Gaz. Dix livres la minute. Paiement garanti. »

Le yéti a un tic facial. « Faut que je fasse quoi ?

– La réponse est dans l'intitulé du poste. » Le type se retourne et lance une poignée de pièces en visant un espace dans le flot des voitures qui vrombissent et s'engagent sur le rond-point. « Ramasse le fric, Einstein ! » Les pièces roulent entre les pneus et sous les voitures, puis s'éparpillent dans les ornières formées par la neige fondue et sale. « Tu as vu ? C'est vrai ce qu'on dit : les rues de Londres sont pavées d'or. » Les deux tortionnaires déguerpissent, contents d'eux, et laissent seul le yéti rabougri, qui calcule ses chances de réussir à récupérer les pièces sans se faire écraser par un bus. « N'y allez pas », préviens-je le sans-abri.

Il me lance un regard furieux. « Essaie de dormir dans une benne, toi. »

Je sors mon porte-monnaie et lui tends deux billets de vingt.

Il regarde l'argent, puis me regarde, moi.

Je lui dis : « Ça vous fera trois nuits au motel, non ? »

Il prend les billets et les glisse dans sa veste crasseuse. « 'erci. »

Mon sacrifice aux dieux dûment effectué, je me laisse aspirer par la station de métro, qui m'entraîne dans un tourbillon d'odeurs corporelles et de mauvaises haleines.

Ce sont des phrases assez simples : « Bien des gens ont imaginé des républiques et des principautés telles qu'on n'en a jamais vu ni connu. Il y a si loin de la matière dont on vit à celle dont on devrait vivre, qu'en n'étudiant que cette dernière on apprend plutôt à se ruiner qu'à se conserver ; et celui qui veut en tout et partout se montrer homme de bien ne peut manquer de périr au milieu de tant de méchants[1]. » Pour ce point de vue limpide et pragmatique, le cardinal Pole a fustigé Machiavel, en qui il voyait l'apôtre du Mal. Après la station Earl's Court, mon wagon se met à vaciller dans la lumière du crépuscule. Des usines à gaz, des toitures édouardiennes, des cheminées, des antennes, le parking d'un supermarché, des bureaux à louer. Les voyageurs se balancent telles des demi-carcasses de bœuf et s'avachissent comme des cadavres : des tâcherons en col blanc branchés à leurs Discman ; leurs homologues quadragénaires et rondouillards, plongés dans la lecture de l'*Evening Standard* ; et une version d'eux-mêmes à l'approche de la retraite, le regard perdu dans l'Ouest londonien, se demandant où a bien pu filer leur vie. *Je suis le système que tu dois battre*, claque le wagon. *Je suis le système que tu dois battre.* Mais qu'est-ce que cela signifie, « battre le système » ? Devenir suffisamment riche pour s'affranchir de l'humiliation quotidienne de la vie active ? Un autre métro,

1. Nicolas Machiavel, *Le Prince*, Nathan, 1998. Traduction de Patrick Dupouey.

sur la voie parallèle à la nôtre, nous dépasse lentement, ce qui me laisse le temps d'apercevoir le jeune employé de la City que je serai devenu d'ici un an, et qui se trouve écrasé contre la vitre, à seulement un mètre de moi. Une belle peau, de beaux vêtements, un regard exténué. *Comment devenir très riche avant trente ans*, titre la couverture de son magazine. Le type lève le nez et me remarque. Il plisse les yeux pour tenter de déchiffrer le titre du classique édité par Penguin que je lis, mais son train bifurque sur une autre voie et s'éloigne en cahotant.

Si je doute qu'on puisse battre le système en montant en grade, je sais que ce n'est pas en en sortant qu'on y parviendra. Rappelle-toi Rivendell. L'été d'avant mon installation à Cambridge, nous sommes plusieurs à être allés au Floating World, la boîte de nuit de Camden Town. J'ai pris de l'ecstasy et me suis envoyé en l'air avec une fille maigrichonne au rouge à lèvres couleur de sang coagulé qui portait des vêtements en maille de type toile d'araignée noirs. La fille araignée et moi avons pris un taxi pour rentrer chez elle : une communauté baptisée Rivendell, qui se trouvait être un squat tout au bout d'une zone résidentielle située juste à côté d'une usine de recyclage de papier. La fille araignée et moi avons batifolé au son d'un vieil album de Joni Mitchell – il y avait le mot « mouettes » dans le titre – et avons somnolé jusqu'à midi, heure à laquelle on m'a conduit dans la Chambre d'Elrond, où j'ai mangé un curry de lentilles et où les « pionniers » du squat m'ont expliqué que leur communauté était un avant-poste de l'ère qui succéderait à celle du capitalisme, du pétrole et de la finance. Pour eux, tout était soit « dans le système » – pas bien –, soit « en dehors du système » – bien. Lorsque l'un d'eux m'a demandé comment je souhaitais passer mon séjour sur Terre et que j'ai dit vouloir travailler dans les médias, ma réponse a essuyé la mitraille d'une diatribe collective : les médias du système divisent les gens, alors qu'ils devraient les unir. La fille araignée m'a expliqué qu'« ici, à Rivendell, nous nous parlons vraiment et nous partageons des contes issus de cultures détentrices d'une plus grande sagesse, comme celle des Inuits. La sagesse est notre plus précieuse monnaie d'échange». Au moment de mon départ, elle m'a demandé de lui «prêter» vingt livres afin d'acheter deux ou trois choses au supermarché. Je lui ai suggéré de réciter une fable inuit à la caisse, puisque la sagesse était une monnaie si précieuse. Si sa réaction a été en partie celle d'une féministe radicale, elle est néanmoins restée dans un registre typiquement anglo-saxon. Abstraction faite des morpions et d'une allergie à Joni Mitchell que je traîne encore à ce jour, je retiendrai de mon expérience à Rivendell que l'expression «en dehors du système» est synonyme de «pauvreté».

Demandez donc au yéti s'il se sent libre.

Tandis que je retire mes bottes et ma chapka sous le porche, j'entends Maman dans le salon de devant: «Attendez… C'est peut-être lui qui arrive.» Elle sort, le téléphone en main, fil tendu au maximum. «Oui, c'est bien lui! À point nommé. Je vous le passe. Ravie d'avoir pu mettre une voix sur votre nom, Jonny. Bonnes fêtes, et tout et tout.» Je la suis à l'intérieur et articule silencieusement: *Jonny Penhaligon?* Maman acquiesce d'un signe de tête et repart en fermant la porte derrière elle. Plongée dans le noir, la pièce n'est éclairée que par les guirlandes électriques du sapin, qui s'allument et s'éteignent par intermittence. Le combiné est posé sur le fauteuil en osier: je porte l'écouteur à mon oreille et goûte le souffle nerveux de Penhaligon ainsi que le thème hallucinogène de *Twin Peaks*, diffusé dans une autre pièce de Tredavoe House. Partant de dix, j'entame un lent compte à rebours… «Jonny! Une sacrée surprise! Excuse-moi pour l'attente.

– Oui, Hugo, c'est Jonny. Salut. Comment ça va?

– Très bien. Fin prêt pour Noël. Et toi?

– Pas terrible, pour dire les choses de façon un peu brutale, Hugo.

– Ah, désolé de l'apprendre. Est-ce que je peux t'aider?

– Euh… Je ne sais pas. C'est un peu… C'est un peu délicat.

– Allons donc. Vas-y, je t'écoute.

– Tu sais, l'autre soir, chez Toad. J'en étais à quatre mille de gains quand tu as jeté l'éponge, tu te souviens?

– Oh que oui. Éjecté dès la première heure. Pas le genre du pirate de Penzance, hein ?

– Oui… parfois les coups de chance s'enchaînent.

– Des "coups de chance", tu dis ? Quatre mille livres, c'est déjà plus que le prix d'une année d'étude.

– Oui, c'est vrai. Ça m'est un peu monté à la tête… un peu beaucoup. Ça, et le vin chaud. Et puis je me disais que ce serait tellement génial de ne plus avoir à ramper devant ma mère chaque fois que mes comptes sont à sec… Enfin, bref : tu étais parti, c'est Eusebio qui donnait, et j'avais une couleur au valet à pique. Je l'ai jouée sans flancher – j'ai fait comme si je bluffais sur une main merdique – jusqu'à ce que le pot atteigne deux mille livres.

– Putain, Jonny. Ça fait une sacrée somme.

– Je sais. On s'était mis d'accord pour faire sauter la limite de relance, et on était trois à relancer sans arrêt, et personne ne voulait se coucher. Rinty n'avait que deux paires, et Bryce Clegg a regardé ma couleur et dit : "Encore baisé par le pirate." Mais, alors que je ramassais le pactole, il a ajouté : "À moins que j'aie… Oh mon Dieu, mais qu'est-ce ? Un full." Et c'était vrai : trois reines, deux as. J'aurais dû quitter la table, si tu savais comme je regrette. J'avais encore deux mille de gains. Mais j'en avais perdu autant, et je me suis dit que c'était juste une mauvaise passe, que si je gardais mon sang-froid, je me referais. "La chance sourit aux audacieux", je me répétais. Encore une main, et le vent soufflerait en ma faveur… Toad m'a demandé deux fois si je voulais me retirer du jeu, mais… à ce moment-là, j'étais déjà… j'étais déjà… » – la voix de Penhaligon chevrote – « … à dix mille de pertes.

– Ouh là, Jonny. Ce sont des chiffres de grands, ça.

– Ouais, et donc on a poursuivi. Je cumulais les pertes, et je n'ai pas compris quand les cloches de King's College se sont mises à sonner au beau milieu de la nuit, mais quand Toad a tiré les rideaux, il faisait jour. Il a déclaré que son cercle de jeu fermait pendant les vacances. Il nous a proposé des œufs brouillés, mais je n'avais pas faim…

– Un jour tu gagnes, un jour tu perds, le consolé-je. C'est ça le poker.

– Non, Hugo, tu n'as pas compris. Eusebio s'est fait plumer, mais moi… je me suis fait pulvériser, et quand Toad a écrit la somme que je devais, on en était à… » – murmure étranglé – « quinze mille deux cents. Toad m'a dit qu'il arrondirait à quinze mille parce qu'un chiffre rond, c'est plus simple pour tout le monde, n'empêche que…

– Toad connaît ton sens de l'honneur, il sera dans les meilleures dispositions », le rassuré-je en jetant un œil derrière le rideau de velours bleu. La nuit est froide, d'un bleu indigo sombre teinté de l'ambre des lumières de la ville. « Il sait qu'il ne s'adresse pas à un zonard, un plouc qui lui fera une scène du genre "Qu'est-ce que tu veux que je paie ? Tes sous, je les ai pas". »

Penhaligon soupire. « Justement, c'est le problème, tu vois. »

Je la joue perplexe. « Pour être honnête, non, je ne vois pas vraiment.

– Quinze mille livres, c'est… c'est une grosse somme. Une putain de grosse somme.

– Pour un simple mortel comme moi, d'accord… Mais pas quand on est issu de la vieille aristocratie de Cornouailles, quand même.

– Je n'ai pas ce montant… sur mon compte courant.

– Ah, d'accord. D'accord ! Écoute-moi, je connais Toad depuis que je suis entré à Cambridge : je te promets qu'il n'y a rien à craindre. »

La voix de Penhaligon grince, torturée par l'espoir. : « C'est vrai ?

– Toad est réglo. Dis-lui qu'avec la fermeture des banques pendant les fêtes, tu ne seras pas en mesure de lui virer ce que tu lui dois avant le Nouvel An. Il sait ce que vaut la parole d'un Penhaligon. »

Là, il crache le morceau : « Mais je ne les ai pas, ces quinze mille livres. »

Un silence dramatique, un soupçon de confusion et une pincée d'incrédulité. « Tu veux dire que… tu n'as l'argent… *nulle part* ?

– Eh bien… Non. Pas en ce moment. Si j'en avais les moyens, je paierais, mais là…

– Jonny, arrête. Ce sont tes dettes. Je me suis porté garant pour toi. Devant Toad. Je lui ai dit : "C'est un Penhaligon", et ça a suffi. Fin de la discussion.

– Ce n'est pas parce qu'on a des ancêtres amiraux et qu'on vit dans une maison classée qu'on est milliardaire ! Le propriétaire de Tredavoe House, c'est la Courtard's Bank, pas nous !

– D'accord, du calme. Demande à ta mère de te signer un chèque, dans ce cas.

– Pour une dette de poker ? Tu es malade ? Elle refuserait tout net. Écoute, qu'est-ce que Toad pourrait faire, après tout, si ses quinze mille livres…

– Non, non, non, non, non. Toad est un type sympa, mais c'est un homme d'affaires, et les affaires prennent toujours le dessus sur la gentillesse. Je t'en prie. Donne-lui ce que tu lui dois.

– Mais c'était juste une partie de poker. Ce n'est pas comme si… j'avais signé un contrat.

– Une dette, c'est une dette, Jonny. Toad pense que tu lui dois cet argent, et c'est aussi mon point de vue : si tu refuses d'honorer ta dette, il ne fera pas dans la dentelle. Je ne dis pas que tu retrouveras une tête de cheval dans ton lit, mais il est capable de mêler à cette histoire ta famille et Humber College, où, soit dit en passant, les gens n'apprécieraient pas trop de voir apparaître dans la presse à scandale le nom de leur respectable institution. »

Penhaligon entend le bruit de son avenir : c'est celui d'un conteneur à verre poussé du toit d'un parking à plusieurs niveaux. « Oh, merde. Merde. Meeeerdeeuuh.

– Il reste peut-être une solution… mais non, laisse tomber.

– Au point où j'en suis, je serais prêt à tout envisager. Tout.

– Non, oublie ce que je t'ai dit. Je connais déjà ta réponse, de toute façon.

– Crache le morceau, Hugo. »

Pour persuader quelqu'un, il ne s'agit pas de le « contraindre », mais simplement de lui montrer une porte et de faire en sorte qu'il ait une irrépressible envie d'en tourner la poignée. « Cette vieille voiture de sport que tu as, Jonny. Une Alfa Romeo, c'est ça ?

– Une Aston Martin Coda de 1969, mais… Quoi, la revendre ?

– Je sais, c'est inconcevable. Mieux vaut encore aller ramper devant ta mère.

– Mais… c'était la voiture de mon père. Il me l'a léguée. Je l'adore, cette voiture. Si elle disparaissait, comment voudrais-tu que je le justifie ?

– Tu es plein de ressources, Jonny. Raconte à ta famille que tu as préféré liquider tes biens saisissables et placer l'argent dans des émissions obligataires stables proposées par les paradis fiscaux, plutôt que sillonner le Devon et les Cornouailles dans un bolide, fût-ce celui de ton père. Tiens, j'y pense : il y a un vendeur de voitures de collection près de chez moi, à Richmond. Un type très discret. Je pourrais peut-être lui rendre une petite visite avant la fermeture de Noël et lui demander ce que ta voiture vaut. »

Soupir spasmodique en provenance de l'orteil gelé de l'Angleterre.

« C'est non, si je comprends bien, reprends-je. Je suis désolé, Jonny, j'aurais aimé…

– Non, attends. D'accord. Va le voir. S'il te plaît.

– Et est-ce que tu préfères expliquer la situation toi-même à Toad ou… ?

– Tu peux l'appeler, toi ? Moi, je… je crois pas que… que je…

– Laisse, je m'en charge. “C'est dans le besoin qu'on reconnaît ses amis”, non ? »

Je compose le numéro de Toad de mémoire. Son répondeur s'enclenche après la première sonnerie. « Le pirate vend. Je pars dans les Alpes après le vingt-six, mais on se reverra à Cambridge en janvier. Joyeux Noël. » Je raccroche et promène mon regard sur la bibliothèque faite sur mesure, la télévision, le bar de Papa, les appliques murales en verre soufflé de Maman, le plan de ville ancien de Richmond-upon-Thames, les photographies de Brian, Alice, Alex, Hugo et Nigel Lamb à différents âges et périodes de leur vie. Leurs bavardages me parviennent comme des voix émanant de tuyaux acoustiques reliés à un autre monde.

« Tout va bien, Hugo ? » Papa surgit dans l'embrasure de la porte. « Content de te retrouver.

– Coucou, Papa. C'était Jonny, un ami de Humber College. Il voulait connaître la liste des bouquins d'économie à lire pour le prochain trimestre.

– Bien organisé, celui-là. J'ai oublié une bouteille de cognac dans le coffre de la voiture, je ressors…

– Ah non, Papa : dehors, il gèle, et tu es encore un peu enrhumé. Mon manteau est juste là, sur la patère ; je te rapporte la bouteille. »

« Comme on se retrouve, m'interpelle un type qui surgit alors que je referme le coffre de la BMW de Papa, au moment le plus lugubre de l'hiver. » Je manque de laisser échapper la bouteille de cognac. Le type est emmitouflé dans un anorak, et l'ombre de sa capuche que projette le réverbère dissimule son visage. Il n'est qu'à quelques pas du trottoir, mais se tient bel et bien sur notre allée.

« Je peux vous aider ? » J'avais escompté lui répondre sur un ton plus ferme.

« C'est ce que nous nous demandons. » Il baisse sa capuche et je reconnais alors le yéti qui faisait la manche à Piccadilly Circus. La bouteille de cognac me glisse des doigts et s'écrase sur mon pied. Je ne parviens qu'à émettre un : « Vous ? Je… » Mon haleine flotte dans l'air, un nuage blanc.

En retour de quoi, il se contente d'un : « Eh oui, on dirait bien. »

Ma voix est un coassement : « Pourquoi… Pourquoi m'avez-vous suivi ? »

Il lève la tête et observe la maison de mes parents, comme le ferait un potentiel acquéreur. Le yéti a les mains plongées dans les poches. Il y a de la place pour un couteau.

« Je n'ai plus d'argent à vous donner, si c'est ce que vous êtes…

– Je n'ai pas fait tout ce chemin pour des billets, Hugo. »

Je réfléchis : je suis pourtant sûr de ne pas lui avoir donné mon nom. Pourquoi l'aurais-je fait ? « Comment connaissez-vous mon nom ?

– Nous le connaissons depuis deux ans, à présent. » Je remarque que son accent de type des bas-fonds a complètement disparu, et que sa diction est excellente.

Je scrute son visage. Un ancien camarade de classe ? « Qui êtes-vous ? »

Le yéti gratte sa tête aux cheveux gras : il a des mitaines. « Si vous voulez dire : “Qui est le propriétaire de ce corps”, je vous répondrai que cela n'intéresse franchement personne. Il a grandi à Gloucester, il a des poux, est héroïnomane et porteur d'une maladie auto-immune dont on parle beaucoup. Si votre question est : “À qui est-ce que je m'adresse ?” alors ma réponse est Immaculée Constantin, avec qui vous avez récemment discuté de la nature du pouvoir. Je sais que vous vous souvenez de moi. »

Je recule d'un pas. Le pot d'échappement de la BMW de Papa me rentre dans le mollet. Le yéti de Piccadilly Circus n'aurait même pas été capable de prononcer le nom d'Immaculée Constantin. « C'est un coup monté. Elle vous a tout raconté, mais comment… ?

– Comment a-t-elle pu savoir à quel SDF vous alliez faire l'aumône aujourd'hui ? C'est impossible. Et comment est-elle au courant de l'existence de Marcus Anyder ? Élargissez votre vision des choses. Redéfinissez le champ des possibles. »

Dans la rue voisine, l'alarme d'une voiture se déclenche. « Les services secrets. Vous faites… Vous faites tous deux partie de… de…

– D'une cabale orchestrée par le gouvernement ? D'accord, vous faites un effort pour voir plus large, mais doucement avec la paranoïa, on ne sait jamais où cela s'arrête. Et si Brian et Alice Lamb étaient des agents secrets ? Et si Mariângela et l'infirmière Purvis étaient également de mèche ? Et le brigadier Philby : il n'est peut-être pas aussi gâteux qu'il en a l'air. La paranoïa fait feu de tout bois, c'est fou. »

Ce qui se passe est réel. Les traces du yéti dans la croûte de neige. L'odeur putride de vomi et d'alcool. Le froid qui me mord les lèvres. Ces choses-là, on ne peut pas les halluciner. « Que voulez-vous ?

– Que la graine qui a été semée germe. »

Nous nous regardons. Il sent le biscuit gras. « Écoutez, je ne comprends pas ce qui se passe, ni pourquoi elle vous a envoyé, ou bien pourquoi vous vous faites passer pour elle… Mais Mlle Constantin doit savoir qu'elle se trompe.

– Ah oui ? Quel genre d'erreur ai-je commise ? me demande le yéti.

– Je ne veux pas de ceci. Je ne suis pas ce que vous croyez que je suis. Je voudrais juste passer Noël et le reste de ma vie tranquillement avec…

– Nous vous connaissons mieux que vous ne le croyez, Hugo Lamb. Nous vous connaissons mieux que vous-même. » Le yéti pousse un grognement conclusif et amusé, se tourne puis repart en suivant l'allée. Il me jette un « Joyeux Noël » par-dessus l'épaule et disparaît.

29 DÉCEMBRE

Ici, une alpe. Là, une autre alpe. Des alpes, des vraies, en veux-tu en voilà. Crêtes déchirées, en créneaux, blanc-bleu, blanc lilas, blanc-blanc, incrustées de visages rocailleux, duveteuses, de neige… Je suis venu au chalet des Chetwynd-Pitt suffisamment souvent pour connaître le nom des différents sommets : la Grande Dent de Veisivi ; à l'autre bout de la vallée, Sasseneire, la pointe du Tsaté, la pointe de Bricola et, derrière moi, la Palanche de la Cretta qui occulte à elle seule la moitié du ciel. J'avale deux goulées d'air glacé et supprime à l'aérographe toute trace visible de modernité. L'avion dans le soleil couchant : disparu. Les lumières de La Fontaine-Sainte-Agnès, six cents mètres plus bas : éteintes. Les chalets, le clocher, les habitations aux toitures pentues, qui ne sont pas sans me rappeler un petit village en bois que j'avais enfant : effacés. L'imposante station de ski de Chemeuille – gigantesque crotte de béton des années soixante-dix –, son exorbitant restaurant d'altitude et sa plate-forme ronde sur laquelle se tiennent les quatre membres de Humber College que nous sommes : rayée de la carte. Les télécabines qui nous hissent sur les hauteurs et les télésièges qui les relaient pour nous acheminer jusqu'au sommet de la Palanche de la Cretta : *pfffuit*, envolés ! Les quarante, cinquante, soixante skieurs qui descendent les méandres de la piste bleue ou bien les pentes plus raides de la piste noire : des skieurs ? Quels skieurs ? Enchanté de vous avoir connus, Rufus Chetwynd-Pitt, Olly Quinn et Dominic Fitzsimmons. D'une certaine façon. Voilà. À présent on peut dire que l'ambiance est médiévale. La Fontaine-Sainte-Agnès existait-elle au Moyen Âge alors ? Cette fille maigrichonne en combinaison de ski vert menthe qui prend appui sur la rambarde et qui fume à la manière des Françaises (c'est au programme dans les écoles ?) : qu'elle reste. Un Adam aura toujours besoin de son Ève.

« Et si on pimentait un peu cette descente ? » Rufus Chetwynd-Pitt relève son masque de ski Sno-Fox à cent quatre-vingts livres. « Les trois derniers paieront des coups au vainqueur, du crépuscule jusqu'à l'aube. Qui est partant ?

– Ce sera sans moi, déclare Olly Quinn. Je prends la bleue. Je ne veux pas terminer à l'hôpital dès le premier jour.

– Pas vraiment équitable, comme défi, juge Dominic Fitzsimmons. Tu es venu skier plus souvent ici que tu n'as coulé un bronze.

– Mamie Quinn et Mamie Fitz ont chacune trouvé une excuse. » Chetwynd-Pitt se tourne vers moi. « Et monsieur Lamb ? Que répond-il ? »

Que ce soit ici ou n'importe où, Chetwynd-Pitt skie mieux que nous : étant donné les tarifs prohibitifs de la vie nocturne de Sainte-Agnès, pimenter cette descente va me coûter les yeux de la tête. Malgré tout, je fais semblant de me cracher dans les mains. « Que le meilleur gagne, Rufus. » Question de logique : s'il l'emporte, il sera plus enclin à miser de façon inconsidérée au billard, tout à l'heure. Mais s'il trébuche et perd, alors il aura à cœur de recouvrer son statut de mâle dominant et se montrera encore plus intrépide dans sa façon de parier.

Chetwynd-Pitt décoche un rictus et rabaisse ses Sno-Fox. « Pas mécontent de voir qu'il en reste au moins un dont les couilles sont encore bien accrochées. Fitz, tu donneras le départ. » Nous avançons jusqu'au début de la piste où, à l'aide de son bâton, Chetwynd-Pitt trace une ligne symbolique dans la neige grisâtre. « Le premier arrivé au bonhomme de neige géant en bas de la piste noire a gagné. Il n'y aura ni pleurnicherie ni contestation possibles – droit au but, comme dirait un élève d'Eton à un autre... Quant à vous deux, mes petits lapins en sucre » – il adresse un regard à Fitzsimmons et Quinn –, « on se retrouvera *chez moi**.

– Dans ce cas, à mon top départ... », déclare Fitzsimmons.

Chetwynd-Pitt et moi fléchissons les genoux, tels des athlètes aux jeux Olympiques d'hiver.

« À vos marques. Prêts ?... *Partez !* »

Au moment où je passe en position de schuss, Chetwynd-Pitt n'est qu'à un jet de boule de neige de moi. Nous fonçons sur la première section de la piste et dépassons une ribambelle de mômes espagnols qui ont choisi le milieu de la piste pour leur photo de groupe. La piste se divise en deux : la bleue continue à droite et la noire commence au bout d'un virage serré par la gauche. Chetwynd-Pitt opte pour cette dernière ; je le suis et grogne, maudissant mon piètre atterrissage quelques mètres plus loin, mais, au moins, je ne suis pas tombé. La neige est ancienne et gelée mais rapide : on dirait que quelqu'un m'affûte les skis. J'accélère, mais le cul recouvert de Lycra noir et orange de mon adversaire, qui franchit le pylône de la télécabine, en fait de même. La piste s'engouffre dans la forêt d'altitude et la pente se raidit. À trente, trente-cinq, quarante kilomètres à l'heure, l'air me bat les joues. Ce matin, nous slalomions tous les quatre sur cette partie de la piste, mais, cette fois-ci, Chetwynd-Pitt fuse comme un javelot... Quarante-cinq, cinquante kilomètres à l'heure... Je ne suis jamais allé aussi vite à ski, mes chevilles et mes cuisses me font mal, et l'air me hurle dans le pavillon de l'oreille. Une vilaine petite bosse que je n'avais pas vue me propulse sur trois, cinq, huit mètres… Je manque de rater mon atterrissage, mais réussis *in extremis* à garder l'équilibre. Si on tombe à cette vitesse et qu'on s'en sort sans fractures multiples, c'est un miracle. Chetwynd-Pitt disparaît au détour d'un long virage loin devant, quinze secondes avant que je ne m'y attaque ; mais en ayant mal estimé la courbure, je me fais fouetter par les griffes qui pendent des branches des sapins avant de revenir sur la piste par une contorsion. Le serpentin de virages serrés est en vue : j'y aperçois Chetwynd-Pitt par intermittence, tente de reproduire ses angles d'incidence, me baisse par réflexe au passage des corbeaux qui remontent le tunnel de branches en rase-mottes. Quittant soudainement la forêt, je file sur une portion de piste plus lente qui sépare un net flanc rocheux d'un précipice. Des panneaux jaunes en forme de losange affichant des têtes de mort dissuadent les skieurs d'approcher du bord. Mon adversaire ralentit un peu et regarde derrière lui… Rendu minuscule par la distance, il dépasse le pin esseulé juché sur un rocher qui forme un doigt – la moitié du parcours. Le chrono doit en être à quatre ou cinq minutes, à présent. Je me redresse afin de me détendre les abdominaux et en profite pour admirer la ville, lovée dans le creux tout en bas – tiens, là : les guirlandes lumineuses du sapin, sur la place. Cette saleté de masque de ski commence à s'embuer, alors que la vendeuse m'avait juré que ça n'arriverait pas. Chetwynd-Pitt pénètre déjà dans la deuxième forêt, en aval ; qu'à cela ne tienne : mes bâtons vont chercher aussi loin que le pin esseulé, je pousse sur mes bras et me mets en position de schuss. Rapidement, j'atteins de nouveau les quarante-cinq, cinquante kilomètres à l'heure ; je devrais certes lever le pied, mais le vent va se mettre à parler si j'ai le cran d'accélérer encore. Puis ça y est, la forêt située en contrebas m'avale, le tunnel d'arbres devient flou, j'atteins les cinquante-cinq, soixante kilomètres à l'heure, et voilà que je survole une crête qui cachait une vilaine déclivité : le sol a disparu… Je m'élève tel un archange, un peu stone… Cette liberté, tant qu'elle dure, est éternelle… Pourquoi mes pieds sont-ils au même niveau que mon menton ?

Mon pied droit touche le sol en premier mais le gauche s'est fait la malle ; je fais des tonneaux et des explosions localisées de douleur – cheville, genou, coude – établissent une cartographie de mon corps… Putain, j'ai perdu mon ski gauche : volatilisé, disparu ; sol-arbres-ciel, sol-arbres-ciel, sol-arbres-ciel, de la neige grumeleuse en pleine face ; des dés dans un gobelet ; des pommes dans un sèche-linge ; une plainte, un grognement, une supplique, un *meeeeerde*… La gravité, la vélocité et le sol : ça va me coûter très cher de m'arrêter, et la seule devise acceptée est la douleur…

Ouille. Poignet, tibia, côtes, cul, cheville, oreille… Je douille, je jongle, certes… mais à moins que je sois trop défoncé aux endorphines pour le remarquer, je n'ai rien de cassé. Je suis étendu sur le dos, sur un matelas fait de neige, d'aiguilles et d'un paillis de mousse et de brins d'herbe. Je m'assieds. Ma colonne vertébrale fonctionne. Ça peut toujours servir. Ma montre est intacte, et il est seize heures dix, jusqu'ici tout va bien. Le chant des oiseaux est semblable à de petites aiguilles d'argent. Est-ce que je tiens debout ? Ma fesse gauche n'est que douleur, et j'ai l'impression qu'un géologue m'a planté son piolet dans le coccyx… Mais, hourra, je tiens debout : mon plus gros coup de bol à ce jour. Je soulève mon masque de ski, époussette la neige collée à mon blouson, détache le ski qu'il me reste et m'en fais une canne pour remonter la pente et rechercher son comparse. Une minute passe, puis deux : rien. En ce moment même au village, Chetwynd-Pitt doit asséner au gros bonhomme de neige un coup de poing victorieux. Je rebrousse chemin et fouille les fourrés qui bordent la piste. Il n'y a pas de honte à chuter sur une noire : je ne suis ni skieur professionnel, ni moniteur de ski. Mais il faut avouer qu'arriver chez Chetwynd-Pitt trois quarts d'heure après Fitzsimmons et Quinn avec un ski en moins serait vraiment le scénario le plus merdique.

Un *wouchhh* précède le skieur qui arrive ; par prudence, je m'écarte. C'est la Française qui était sur la plate-forme d'observation – qui d'autre porte du vert menthe cette année ? Elle s'élance dans l'air aussi gracieuse que j'étais balourd, atterrit comme une pro, me voit, comprend ce qui s'est passé, se redresse et s'arrête quelques mètres plus loin, de l'autre côté de la piste. Elle se penche, ramasse ce qui s'avère être mon ski et me le rapporte. Je mobilise mon français, au demeurant médiocre. « *Merci… Je ne cherchais pas du bon côté*[1].

– *Rien de cassé ?*

– *Non. À part ma fierté, mais bon, ça ne se soigne pas.* »

Comme elle n'a pas retiré son masque de ski, excepté quelques mèches de cheveux ondulés et une bouche qui ne sourit pas, le visage de ma bonne Samaritaine reste invisible. « *Tu en as eu, de la veine.* »

J'aimerais savoir dire « Tu m'étonnes » en français. Je me contente d'un « *C'est vrai.*

– *Ça ne rate jamais : chaque année, il y a toujours un couillon qu'on vient ramasser à la petite cuillère sur cette piste. Il restera toute sa vie en fauteuil roulant, tout ça parce qu'il s'est pris pour un champion olympique. La prochaine fois, reste sur la piste bleue.* »

Nom de Dieu, j'ai vraiment perdu, en français. Je pense avoir à peu près compris, mais elle s'élance sans même un au revoir et coupe à travers les lacets.

De retour au chalet de Chetwynd-Pitt, barbotant dans la baignoire avec, en fond sonore, les basses de *Nevermind* de Nirvana qui font vibrer les murs, je fume un joint au beau milieu des serpentins de vapeur tout en ressassant pour la millième fois le dossier de l'esprit-qui-sautait-de-corps-en-corps. Les faits sont d'une simplicité désolante : il y a six jours, devant la maison de mes parents, j'ai rencontré un esprit qui avait pris possession du corps d'un autre. Pour expliquer des événements bizarres, il faut des théories, et j'en ai trois.

Théorie n° 1 : j'ai halluciné la deuxième apparition du yéti et les

1. Tout le dialogue est en français dans le texte.

preuves secondaires de cette apparition telles que ses traces de pas et les faits qu'il énonçait, informations dont seuls Mlle Constantin ou moi-même avions connaissance.

Théorie n° 2 : je suis victime d'un canular étonnamment sophistiqué orchestré par Mlle Constantin et un complice qui se fait passer pour un SDF.

Théorie n° 3 : les apparences ne sont pas trompeuses, et la « possession » – quel autre nom donner au phénomène ? – est une réalité.

Théorie de l'hallucination : l'argument du type « Je ne suis pas fou » est faible, mais j'insiste : je ne suis pas fou. Si j'ai pu halluciner un personnage de façon si précise, je devrais être sujet à d'autres hallucinations, non ? Du style, entendre Sting chanter « An Englishman in New York » à l'intérieur des ampoules des lampes, par exemple.

La théorie du canular sophistiqué : « Pourquoi moi ? » Des personnes pourraient en vouloir à Marcus Anyder, si certaines de ses affabulations leur étaient révélées. Mais pourquoi se venger en inventant un complot farfelu juste pour que je perde les pédales, alors qu'il serait tellement plus simple de me battre à mort ?

La théorie de la possession : plausible, dans la littérature fantastique. Mais ici, dans le monde réel, les âmes restent sagement dans leurs corps. Le paranormal est toujours, je dis bien *toujours*, une imposture.

Plic, plic, plic, goutte le robinet. J'ai les paumes et les doigts tout roses et fripés. Quelqu'un monte l'escalier d'un pas lourd.

Bien : Immaculée Constantin, le yéti, les événements bizarres, que faire de tout cela ? La seule réponse qui vaille est : « Pour l'instant, rien. » Qui sait, je vais peut-être avoir droit à un autre épisode de ce genre ce soir, ou une fois de retour à Londres ou Cambridge... à moins que cette intrigue ne reste en suspens et que je n'y repense plus ; c'est ce qui arrive parfois, dans la vie.

« Hugo ? » C'est ce brave Olly Quinn qui frappe à la porte. « Tu es toujours vivant ?

– Aux dernières nouvelles, oui », crié-je par-dessus Kurt Cobain.

« Rufus dit qu'on ferait mieux de se magner avant que Le Croc ne soit blindé de monde.

– Partez devant tous les trois et prenez une table. Je me dépêche de vous rejoindre. »

Le Croc – que nous autres, clients britanniques réguliers avons rebaptisé le *Croc of Shit*[1] – est un trou à rat pour soiffards situé dans une ruelle qui part de la place triangulaire de Sainte-Agnès. Günter, le propriétaire, m'adresse un semblant de salut militaire et désigne le nid d'aigle – une alcôve de la mezzanine que mes camarades de Richmond occupent. Il est dix heures passées, le bar est plein à craquer, et les deux *saisonnières** employées par Günter – une maigrichonne tout en noir, et l'autre, plus grassouillette et plus blonde – croulent sous les commandes. Dans les années soixante-dix, Günter était classé deux cent quatre-vingt-dix-huitième joueur de tennis mondial (pendant une semaine) : une coupure de journal mise sous verre est là pour le prouver. Aujourd'hui, il fournit en coke les jeunes Européens frivoles, dont le rejeton aîné de lord Chetwynd-Pitt. Sa touffe de cheveux peroxydés warholienne tient du suicide capillaire, mais un dealer quinquagénaire suisse-allemand n'acceptera pas qu'un Anglais lui donne des conseils de mode. Je commande un vin chaud, contourne un massif de Néerlandais dépassant les deux mètres et grimpe jusqu'au nid d'aigle. Chetwynd-Pitt, Quinn et Fitzsimmons, qui ont mangé – Günter leur a servi sa *daube** puis une part de tarte aux pommes accompagnée d'une sauce à la cannelle –, ont commencé à boire des cocktails, et, grâce à mon pari perdu, j'aurai l'honneur de payer ceux de Chetwynd-Pitt. Avachi, Olly Quinn a l'œil vitreux. « Je n'arrive pas à m'y faire », se lamente-t-il. Piètre ivrogne, le garçon.

« À te faire à quoi ? » Je retire mon écharpe.

« *Ness* », articule silencieusement Fitzsimmons.

1. Un Britannique aurait tendance à lire « Croc » comme *croak* ; *croak of shit* signifie « ramassis de conneries ».

Je fais mine de me pendre avec mon écharpe, mais Quinn ne relève pas. « On avait tout prévu. J'étais censé la raccompagner à Greenwich, elle m'aurait présenté à Papa-Maman. Je serais allé la voir pendant les vacances. On serait allés faire les soldes chez Harrods, puis du patin à glace à Hyde Park Corner… Tout était planifié. Et puis, samedi dernier, après que nous avons emmené Cheeseman à l'hôpital pour qu'on le raccommode, elle me téléphone et me sort : "On est arrivés au bout du chemin, Olly." » Quinn déglutit. « Moi, je suis là, genre : *Hein ?* Et elle, elle me balance un truc du style : "C'est pas toi, c'est moi." Elle dit qu'elle est tiraillée, qu'elle a l'impression d'être pieds et poings liés, et…

– Si c'est ça qui te fait bander, je connais une pouffe portugaise qui aime bien qu'on l'attache, plaisante Chetwynd-Pitt.

– Misogyne et pas drôle, en plus, intervient Fitzsimmons qui inhale les vapeurs de son vin chaud. Une rupture, c'est toujours la misère. »

Chetwynd-Pitt suçotte une cerise. « Surtout quand on a acheté un collier d'opales pour Noël et qu'on se fait larguer sans avoir pu conclure grâce au cadeau. Tu l'as trouvé dans une bijouterie bon marché du genre Ratners, Olly ? Ils te feront un bon d'achat, mais ne te rembourseront pas. Notre jardinier a dû annuler son mariage, c'est comme ça que je le sais.

– Non, ce n'est pas chez Ratners que je l'ai acheté, putain », râle Quinn.

Chetwynd-Pitt laisse son noyau de cerise tomber dans le cendrier. « Allez, arrête de faire la gueule, putain. Sainte-Agnès plus Saint-Sylvestre égalent plus de chattes européennes que la Société de protection des félins de la région du Schleswig-Holstein ne pourrait en accueillir. Et je te parie mille livres que son histoire de tiraillement, ça veut dire qu'elle a un autre mec.

– Non, pas Ness, c'est impossible, rassuré-je ce pauvre Quinn. Elle a trop de respect et pour toi, et pour elle-même. Fais-moi confiance. Et toi » – je m'adresse à Chetwynd-Pitt –, « quand Lou t'a largué, tu as mis des mois à t'en remettre.

– Lou et moi, c'était sérieux. Olly et Ness, ça a duré, quoi, cinq semaines tout au plus ? Et Lou ne m'a pas largué. On s'est séparés d'un commun accord.

– Six semaines et quatre jours. » Quinn a l'air de vivre un calvaire. « Mais ce n'est pas le temps qui compte. Elle et moi, c'était comme si… comme si on était les seuls à connaître un endroit secret. » Il boit son intrigante bière maltaise. « Elle était faite pour moi, cette fille. Je ne sais pas ce qu'est l'amour, si c'est un truc mystique, chimique, ou quoi. Mais quand on l'a connu et qu'on ne l'a plus, c'est comme un… comme si… comme…

– Être en manque, intervient Rufus Chetwynd-Pitt. Les gars de Roxy Music ont vu juste : la drogue ultime, c'est l'amour, et quand on en est à court, il n'y a pas un dealer sur Terre vers qui on puisse se tourner. Enfin, si, il y en a un, ou plutôt une ; mais elle n'est plus là pour te fournir ce dont tu as besoin. Là, tu vois ? Je sais très bien ce que ce pauvre Olly peut ressentir. Moi, ce que je peux te prescrire, c'est » – il agite son verre à cocktail vide – « un *angel's tit*[1]. Crème de cacao et marasquin, me dit-il. *Pile au bon moment, Monique, tu as des pouvoirs télépathiques**. » La serveuse grassouillette arrive avec mon vin chaud, et Chetwynd-Pitt fait le malin en s'adressant à elle en français. « *Je prendrai une* alien urine[2], *et ce sera mon ami ici présent qui réglera l'ardoise**.

– *Bien*, répond Monique en prenant un air enjoué. *J'aimerais bien moi aussi avoir des amis comme lui. Et pour ces messieurs ? Ils m'ont l'air d'avoir encore soif**. » Fitzsimmons commande un kir et Olly lance : « Une autre bière. » Monique débarrasse la table, récupère les verres vides et repart.

« Eh bien, j'y mettrais bien un coup de mon fusil à canon non scié, moi, confie Chetwynd-Pitt. Un mignon petit six et demi sur dix. Plus appétissante que le sosie de Mercredi Addams, pour qui Günter a aussi un faible. Elle est flippante, vous ne trouvez pas ? » Je suis son regard qui se pose en contrebas sur la maigrichonne

1. Littéralement : nibard d'ange.
2. Urine d'extraterrestre.

derrière le bar. Elle sert un cognac dans un verre à pied. Je demande si elle est française, mais Chetwynd-Pitt interroge Fitzsimmons : « Tu sembles avoir réponse à tout, ce soir, Fitz. Alors, dis-moi : l'amour, c'est quoi ces sornettes ? »

Fitzsimmons allume une cigarette et nous passe son paquet. « L'amour, c'est l'anesthésiant que nous injecte la nature pour nous extraire des bébés du corps. »

Celle-là, je l'ai déjà entendue ailleurs. Chetwynd-Pitt fait tomber sa cendre dans le cendrier. « Tu as mieux à proposer, Lamb ? »

Je regarde la maigrichonne derrière le bar, en train de préparer ce qui est sûrement l'*alien urine* de Chetwynd-Pitt. « Ce n'est pas à moi qu'il faut demander. Je n'ai jamais été amoureux.

– Oh, écoutez-le, ce pauvre petit chou, se moque Chetwynd-Pitt.

– N'importe quoi, commente Quinn. Des filles, tu en as eu des tas. »

Ma mémoire me tend une photo : miam-miam, la maman de Fitzsimmons. « D'un point de vue anatomique, j'ai quelques connaissances, c'est vrai, mais sur le plan émotionnel, les femmes sont mon triangle des Bermudes. L'amour, cette drogue à laquelle Rufus faisait référence, cet état de grâce dont Olly se languit, ce sujet majeur… J'y suis insensible. Pas une fois je ne suis tombé amoureux d'une fille. Ni d'un garçon, d'ailleurs.

– Mon cul, je ne te crois pas une seconde, déclare Chetwynd-Pitt.

– C'est la vérité. Je n'ai jamais été amoureux. Mais ce n'est pas grave. Les daltoniens ont beau ne pas distinguer le bleu du violet, ça ne les empêche pas de vivre.

– Tu n'as peut-être pas rencontré la bonne fille, juge cet imbécile d'Olly.

– Ou plutôt, tu en as trop rencontré, me suggère Fitzsimmons.

– Les humains » – je respire les vapeurs de noix muscade de mon vin chaud – « sont des paquets de besoins ambulants. Besoin de nourriture, d'eau, d'un endroit où s'abriter ; besoin de chaleur, de sexe et de compagnie ; besoin d'un statut social, d'une tribu d'appartenance ; besoin d'ivresse, de contrôle, d'un but à poursuivre. Et ainsi de suite, jusqu'au besoin d'avoir un carrelage chocolat dans sa salle de bains. L'amour est une manière de satisfaire quelques-uns de ces besoins. Mais l'amour n'est pas uniquement une drogue : c'est aussi le dealer. L'amour veut de l'amour en retour – pas vrai, Olly ? Comme pour les autres drogues, la montée procure des sensations divines, et j'envie les toxicomanes. Mais quand je pense aux effets secondaires – la jalousie, les crises de nerfs, la douleur –, je me dis : "Non, merci, ça ira." Dans l'Angleterre élisabéthaine, l'amour romantique était synonyme de folie. Pour les bouddhistes, l'amour est un marmot qui se met à faire un caprice pendant que pique-nique l'esprit tranquille. Je suis…

– *Alien urine* en vue. » Chetwynd-Pitt décoche un rictus à la fille maigrichonne du bar et au grand verre rempli d'un visqueux liquide vert fluo sur son plateau. « *J'espère que ce sera aussi bon que vos** angel's tits…

– *Les boissons de ces messieurs.* » Lèvres minces et dépourvues de rouge, son « *messieurs** » teinté d'une ironie contenue. Elle est déjà repartie.

Chetwynd-Pitt renifle. « Adieu, Miss Atout-charme 1991. »

Les autres trinquent pendant que je cache un de mes gants derrière un pot de fleurs. « Peut-être qu'à ses yeux, tu n'es pas aussi spirituel que tu ne l'imagines, dis-je à Chetwynd-Pitt. Alors, cette urine d'extraterrestre, c'est comment ? »

Il sirote un peu du visqueux liquide. « Exactement comme son nom l'indique. »

Les boutiques destinées aux touristes de la grande esplanade de Sainte-Agnès – matériel de ski, galeries d'art, joailliers, chocolatiers – sont encore ouvertes à onze heures ; le sapin de Noël géant est toujours illuminé et un *crêpier** déguisé en gorille fait tourner son affaire à plein régime. Malgré le sachet de cocaïne que Chetwynd-Pitt vient d'obtenir de Günter, nous décidons de remettre au lendemain soir notre visite au Walpurgis, une boîte de nuit. Il se met à neiger. « Mince, m'exclamé-je en me retournant. J'ai oublié un gant au Croc. Ramenez Quinn à la maison, les gars : je vous rejoins… »

Je rebrousse hâtivement chemin dans la ruelle et arrive devant le bar au moment où un grand groupe de Scandinaves mâles et femelles en ressort. Il y a une fenêtre hublot par laquelle je peux épier incognito la maigrichonne, qui prépare un pichet de sangria. Elle n'est pas désagréable à regarder ; c'est un peu comme contempler le bassiste immobile d'un groupe de rock survolté. Son attitude punk du type *Je t'emmerde* contraste avec une extrême précision dans le moindre de ses gestes. Mon intuition me dit qu'elle n'est pas malléable pour deux sous. Au moment où Günter emporte le pichet dans la salle, elle se tourne et lève les yeux vers moi : j'en profite pour faire mon entrée dans le brouhaha enfumé et me frayer un chemin entre les grappes de buveurs jusqu'au bar. Je la laisse scalper la mousse d'une bière avec le plat d'un couteau et tendre le verre à un client, puis je tente une ouverture : le coup du gant oublié. « *Désolé de vous embêter, mais j'étais installé là-haut* » – je désigne le nid d'aigle, mais impossible de savoir si elle me reconnaît ou pas – « *il y a dix minutes et j'ai oublié mon gant. Est-ce que vous l'auriez trouvé* ?* »

Aussi tranquillement qu'Ivan Lendl loberait un hobbit furieux, elle se baisse pour prendre quelque chose et se relève avec mon gant. « *Bizarre, cette manie que les gens comme vous ont d'oublier leurs gants dans les bars**. »

Très bien, elle a compris mon petit manège. « *C'est surtout ce gant ; ça lui arrive souvent.* » Je le prends et le tiens comme si c'était une marionnette, le réprimandant : « *Qu'est-ce qu'on dit à la dame ?** » D'un regard, elle fait capoter ma plaisanterie. « *En tout cas, merci. Je m'appelle Hugo. Hugo Lamb. Et si pour vous ça fait…** » – Merde, comment dit-on « huppé » en français ? – « … *chic, eh bien le type qui ne prend que des cocktails s'appelle Rufus Chetwynd-Pitt. Je ne plaisante pas.** » Raté, elle ne cille pas.

Günter revient avec un plateau chargé de verres vides. « Pourquoi tu parles en français à Holly, Hugo ? »

Je montre ma perplexité. « En quelle langue voudrais-tu que je lui parle ?

– Il m'avait l'air d'avoir envie de pratiquer son français, intervient la fille dans un anglais aux accents londoniens. Et puis, le client a toujours raison, Günter.

– Hé, Günter ! » Un Australien près du baby-foot interpelle le patron. « Cette saloperie de machine se fout de ma gueule ! J'y ai mis mes francs, mais elle refuse de cracher la marchandise. » Günter va le voir, Holly charge le lave-vaisselle, et moi, je démêle ce qui s'est passé. Quand, tout à l'heure, sur la piste noire, elle m'a rendu mon ski, elle s'est exprimée en français, mais a fait comme si de rien n'était en entendant mon accent : une fille qui travaille dans une station de ski doit se faire draguer cinq fois par jour, et parler en français avec des anglophones doit augmenter son champ de force. « C'est toi que j'ai vue tout à l'heure, non ? Le bout de piste difficile qui traverse les bois... Tu portais une combinaison de ski vert menthe. Bref, je voulais juste te remercier de m'avoir ramené mon ski.

– Tu l'as déjà fait. » Classe ouvrière, pas impressionnée par les gosses de riches, excellent français.

« C'est vrai, mais je serais en train de mourir d'hypothermie dans une forêt perdue au fin fond de la Suisse si tu ne m'étais pas venue en aide. Puis-je t'inviter à dîner ?

– À l'heure où les touristes dînent, je travaille dans un bar.

– Pour un petit-déjeuner alors ?

– À l'heure où tu prendras ton petit-déjeuner, j'aurai passé deux heures à nettoyer le bar et j'aurai encore deux heures à tirer. » Holly claque la porte du lave-vaisselle. « Après, j'irai skier. Mon agenda est rempli. Désolée. »

La chasse est une affaire de patience. « Bien compris. Et puis, je ne voudrais pas que ton petit ami se méprenne sur mes motivations. »

Elle fait mine de trifouiller quelque chose sous le bar. « Tes amis doivent t'attendre, non ? »

Elle n'a pas de petit ami, à quatre contre un. « Je suis ici pour à peu près dix jours. À bientôt, Holly. Bonne soirée.

– 'soirée. » *C'est ça, dégage*, ajoutent ses terrifiants yeux bleus.

30 DÉCEMBRE

Les aboiements de la populace parisienne se fondent dans le bourdonnement d'une dameuse, et ma quête d'enfants à œil de cyclope dans les orphelinats de France se termine entre les murs de la mansarde que j'occupe au chalet familial des Chetwynd-Pitt, en compagnie d'Immaculée Constantin qui m'annonce d'un air grave : *Tant que tu n'as pas goûté au Vin noir, tu n'as pas vécu, Hugo*. Puis je me réveille dans la même mansarde que dans mon rêve, une époustouflante gaule du matin grosse comme un missile intercontinental qu'on m'aurait greffé à l'entrejambe. Une petite bibliothèque, un globe mappemonde, une robe de chambre turque accrochée à la porte, un épais rideau. « C'est l'endroit où nous logeons les boursiers », avait à moitié plaisanté Chetwynd-Pitt lors de mon premier séjour dans cette chambre. L'antique tuyauterie claque et résonne. Drogue + altitude = rêves bizarres. Je suis étendu dans ce ventre chaud et pense à Holly la barmaid. Je m'aperçois que j'ai oublié le visage de Mariângela (pas les autres parties de son anatomie), mais pas celui de Holly, dont je me souviens dans les moindres détails. J'aurais dû demander à Günter le nom de famille de son employée. Quelques moments plus tard, les cloches de l'église Sainte-Agnès marquent les coups de huit heures. Il y avait des cloches, dans mon rêve. Ma bouche est aussi sèche que la poussière lunaire ; je bois le verre d'eau posé sur ma table de chevet, ravi de contempler la liasse de francs posée à côté de la lampe – mes gains des parties de billard gagnées contre Chetwynd-Pitt la veille. Ha ha ! Il va vouloir absolument combler ses pertes, et tant mieux : un joueur avide bâcle ses coups.

Je vais pisser dans la minuscule salle de bains attenante à ma mansarde, plonge mon visage pendant dix secondes dans un lavabo rempli d'eau glacée, ouvre rideaux et persiennes et laisse la lumière blanche me perforer les rétines, je dissimule mes gains de la veille sous les lattes du plancher, libérées lors de mon avant-dernière visite, effectue une centaine de pompes, enfile la robe de chambre turque et, en tenant la rampe, m'aventure à descendre l'escalier raide afin de gagner le palier du premier. Dans sa chambre, Chetwynd-Pitt ronfle. La dernière volée de marches me mène jusqu'au salon en contrebas, où je trouve Fitzsimmons et Quinn sur les canapés en cuir, ensevelis sous un tumulus de couvertures. Le magnétoscope a recraché la cassette du *Magicien d'Oz*, mais *The Dark Side of the Moon* de Pink Floyd tourne en boucle sur la platine CD. La pièce embaume le haschisch et les braises de la nuit dernière rougeoient dans la cheminée. Sur la pointe des pieds, je me faufile entre deux équipes de joueurs de football miniature Subbuteo, écrasant des chips qui vont s'incruster dans le tapis, puis dépose une grosse bûche dans le feu et ajoute quelques miettes d'allume-feu. Des flammèches la lapent et la lèchent. Un fusil datant de la guerre des Boers est accroché au-dessus du manteau de la cheminée, sur lequel trône une photographie de Chetwynd-Pitt père serrant la main d'Henry Kissinger à Washington, peut-être en 1984. Je suis en train de me servir un jus de pamplemousse dans la cuisine lorsque le téléphone qui y est installé émet de discrets trilles. « Allô, dis-je d'une voix de miel. Résidence de lord Chetwynd-Pitt, fils, j'écoute.

– Hugo Lamb, déclare une voix d'homme. Forcément toi. »

Je la connais. « Vous êtes ?

– Richard Cheeseman, de Humber, crétin.

– Merde, pardon. Ça va mieux, ton oreille ?

– Oui, oui, ça va. Écoute, j'ai des nouvelles importantes. J'ai croisé…

– Attends, tu es où ? Pas en Suisse ?

– Non, à Sheffield, chez ma sœur. Boucle-la et écoute-moi : ce coup de fil me coûte une blinde. Je discutais avec Dale Gow hier soir, et il m'a appris que Jonny Penhaligon était mort. »

J'ai bien entendu. « Quoi, notre Jonny Penhaligon ? Pas possible, putain.

– Dale Gow le tient de Cottia Benboe, qui l'a lu dans le canard du coin, le *News South-West*. Un suicide. Il s'est jeté en voiture d'une falaise, près de Truro. Il a quitté la route, roulé cinquante mètres, traversé une barrière, puis a fait une chute de cent mètres avant de s'écraser sur les rochers. Il n'a pas pu souffrir, je me dis. Enfin, je ne parle pas de ce qui l'a poussé à faire ça, bien sûr… ni de la chute finale. »

J'en pleurerais presque. Tout ce fric. Je regarde la dameuse qui se traîne devant la fenêtre de la cuisine. Suit un jeune prêtre soufflant de la buée, les joues rosies : il tombe à point nommé. « C'est… Je ne sais pas quoi dire, Cheeseman. C'est tragique. Je n'arrive pas à y croire. Jonny, bon sang ! Pourquoi lui ?…

– Pareil. C'est vrai. C'est bien le dernier que j'imaginais…

– Est-ce qu'il a… Il était au volant de son Aston Martin ? »

Silence. « Oui. Comment tu le sais ? »

Sois plus prudent. « Je ne le savais pas. Mais le dernier soir à Cambridge, au Buried Bishop, il me répétait qu'il l'adorait, cette voiture. Quand sont prévues ses obsèques ?

– Cet après-midi. Je ne peux pas y aller : Felix Finch m'a obtenu des places pour un opéra et je ne pourrais jamais arriver en Cornouailles à temps pour la cérémonie. Mais peut-être que c'est mieux comme ça. Sa famille se passera bien de voir débarquer une flopée d'inconnus à… à… je ne sais plus où.

– Tredavoe. Tu sais si Penhaligon a laissé un mot ?

– Dale Gow ne m'a rien dit à ce sujet. Pourquoi ?

– Non, je me disais que ça nous aurait peut-être éclairés.

– On aura plus de détails au fur et à mesure de l'enquête, j'imagine. »

Une enquête ? Des détails ? Putain. « Espérons que oui.

– Tu l'annonces à Fitz et aux autres, d'accord ?

– Évidemment, oui. Et merci d'avoir téléphoné, Cheeseman.

– Désolé de plomber vos vacances, mais je me suis dit que vous voudriez savoir. Et bonne année en avance. »

Deux heures. Les passagers du téléphérique traversent le hall du poste d'arrivée de Chemeuille, bavardant pour la plupart dans les principales langues européennes ; comme elle n'est pas parmi eux, je tâche de me reconcentrer sur *L'Art de la guerre*. Cependant, mon esprit n'en fait qu'à sa tête et repart vers un cimetière en Cornouailles dans lequel l'enveloppe charnelle remplie de déchets toxiques connue encore récemment sous le nom de Jonny Penhaligon rejoint ses ancêtres dans la terre boueuse. Il pleut sans doute à verse ; un vent d'est arrache certainement aux proches du défunt leurs parapluies et dissout les paroles de l'hymne de la Royal Navy, photocopiées la veille sur du A4. Rien ne met davantage en évidence ce gouffre qui me sépare des gens normaux que la douleur et le deuil. Déjà à l'âge de sept ans, à la mort de notre chien Twix, j'avais été gêné par – et pour – ma famille. Nigel pleurait à chaudes larmes, Alex était encore plus retourné que le jour où son Sinclair ZX Spectrum lui avait été livré sans son adaptateur secteur, et mes parents étaient restés d'une humeur morose pendant des jours et des jours. Pourquoi ? Twix ne souffrait plus. Nous n'aurions plus à supporter les pets d'un chien touché par un cancer du côlon. Rebelote avec la mort de mon grand-père. Arrachages de cheveux, grincements de dents et révisionnisme – voilà que, tout à coup, ce vieux snob était devenu le Messie. Tout le monde disait que j'avais été très digne pendant ses obsèques, mais s'ils avaient pu lire dans mes pensées, ils m'auraient qualifié de sociopathe.

La vérité, c'est que, lorsque l'amour vous épargne, la douleur en fait autant.

Trois heures passées. Holly la barmaid m'aperçoit, fronce les sourcils et ralentit le pas : ça promet. Je referme *L'Art de la guerre*. « Comme on se retrouve. »

Les skieurs défilent entre, devant et derrière nous. Elle regarde autour d'elle. « Où sont tes amis les comiques ?

– Chetwynd-Pitt… tiens, j'ai remarqué que ça rimait avec *angel's tit*…

– Et moi, j'ai remarqué que ça rimait avec "petite bite".

– Je la garde pour plus tard, celle-là. Chetwynd-Pitt est en train de cuver et les deux autres ont sombré il y a à peu près une heure, mais j'ai enfilé mon anneau d'invisibilité, parce que je savais que je n'aurais aucune chance de faire le trajet avec toi jusqu'au sommet » – mon doigt tournicote en direction de la Palanche de la Cretta – « si j'étais resté avec eux. Hier soir, l'attitude de Chetwynd-Pitt m'a gêné. Il a été grossier. Je ne le suis pas. »

Holly pèse le pour et le contre, puis hausse les épaules. « Je m'en fiche.

– Pas moi. J'espérais pouvoir skier avec toi.

– Et c'est pour ça que tu es assis là depuis…

– Onze heures trente. Trois heures et demie d'attente. Mais ne te sens pas forcée.

– Ne t'inquiète pas pour ça. Je pense juste que tu es un peu con, Hugo Lamb. »

Ah, elle a retenu mon nom, en fin de compte. « Nous sommes tous différents en fonction des moments. Un con maintenant, mais qui, dans un autre contexte, se révélera doté de plus nobles attributs. Tu n'es pas d'accord ?

– Pour le moment, je dirais surtout que tu es limite collant.

– Dis-moi d'aller me faire foutre, et foutre, j'irai me faire.

– Comment résister ? Va te faire foutre. »

Comme il vous plaira, lui signifié-je d'une courbette avant de me lever et de glisser *L'Art de la guerre* dans la poche de mon blouson de ski. « Pardonne-moi de t'avoir mise mal à l'aise. » Je me dirige vers la sortie.

« Hé ! » Elle se déride mais ne s'adoucit pas pour autant. « Parce que tu te crois capable de me mettre mal à l'aise ? »

Je me frappe la tête, *toc, toc*. « "Désolé de t'avoir trouvée intéressante", tu préfères ?

– Les filles qui courent après les amours de vacances tomberaient dans le panneau. Mais celles qui bossent ici sont un peu blasées. »

La machine se met en branle et un gros moteur pousse une plainte tandis que le téléphérique commence à redescendre. « Toi qui travailles dans un bar qui est le terrain de jeu de tous les

Chetwynd-Pitt d'Europe, il faut bien que tu te blindes, je peux le comprendre. Mais cette lassitude désabusée, c'est chez toi une réaction épidermique, Holly. »

Petit rire incrédule. « Tu ne me connais pas.

– Tu vois, c'est ça le plus bizarre : je sais bien que je ne te connais pas. Mais pourquoi ai-je l'impression du contraire ? »

Elle pousse un grognement exaspéré. « Il y a des façons de faire ! Tu ne parles pas à une personne que tu connais depuis cinq minutes comme si tu la connaissais depuis des années. Arrête ton numéro, putain. »

Je lève les mains en l'air. « Holly, je suis peut-être un petit con arrogant, certes, mais un petit con arrogant inoffensif. » Je pense à Penhaligon. « Quasi inoffensif. Écoute, laisse-moi t'accompagner sur le télésiège jusqu'aux prochaines pistes. Le trajet dure quoi, sept, huit minutes ? Si le rencard s'avère catastrophique, ton calvaire sera vite terminé – non, non, je sais : ce n'est pas un rencard, on partagera juste le même télésiège, c'est tout. Puis, une fois arrivés, il te suffira de pousser sur tes bâtons pour que j'appartienne au passé. Je t'en prie. Dis oui. »

Au moment où le type du télésiège rabaisse notre garde-corps, je me retiens de faire une plaisanterie sur le fait que je suis en train de m'envoyer en l'air avec elle. Ce 30 décembre a perdu de sa clarté et le sommet de la Palanche de la Cretta est dissimulé par les nuages. Je suis du regard le câble qui remonte la pente de pylône en pylône. En dessous de nous s'ouvre le ravin, et, assailli par le vertige, je m'agrippe à la rambarde tandis que mes testicules filent se cacher derrière mon foie. Me forçant à fixer le sol au loin, je songe aux dernières secondes de Penhaligon. Qu'a-t-il éprouvé : des regrets ? Du soulagement ? Une terreur absolue ? À moins que sa tête se soit subitement remplie du « Babooshka » de Kate Bush… Deux corbeaux volent sous nos pieds. Le mâle et la femelle restent en couple toute leur vie, m'a raconté mon cousin Jason. Je demande à Holly : « T'arrive-t-il de rêver que tu voles ? »

Holly me paraît très loin devant. Son masque de ski lui cache les yeux. « Non. »

La traversée du ravin est terminée ; nous franchissons tranquillement une large portion de la pente que nous dévalerons plus tard. Les skieurs slaloment, accélèrent ou marquent le pas sur la piste qui les ramène à Chemeuille.

« Le temps a l'air de s'améliorer depuis qu'il a neigé hier soir, commenté-je.

– Ouais. Mais le brouillard s'épaissit à vue d'œil. »

C'est juste : le sommet est désormais flou et gris. « Tu travailles à Sainte-Agnès tous les hivers ?

– C'est quoi, là ? Un entretien pour un job ?

– Non, mais tu sais, question télépathie, je manque de pratique. »

Holly m'explique : « Je travaillais à Méribel, du côté français des Alpes, pour un type qui connaissait Günter du temps où il jouait au tennis. Günter cherchait une employée discrète, du coup on m'a proposé une mutation avec augmentation et forfait de ski gratuit en prime.

– Pourquoi Günter a-t-il besoin d'une employée discrète ?

– Qu'est-ce que j'en sais, moi – et non, je ne touche pas à la came. Le monde est déjà assez instable comme ça, pas la peine en plus de se retourner le cerveau pour voir ce que ça fait. »

Je pense à Mlle Constantin. « Tu n'as pas tort. »

Des télésièges vides émergent du brouillard devant nous. Derrière, Chemeuille disparaît doucement ; personne ne nous suit. « Tu imagines l'angoisse, pensé-je à voix haute, si on voyait des morts sur les télésièges d'en face ? »

Holly me regarde bizarrement.

« Pas des morts qui perdent des morceaux comme dans *La Nuit des morts vivants*, m'entends-je lui dire. Des morts qui seraient nos défunts. Des gens qu'on aurait connus ou qui auraient compté pour nous. Et même des chiens. » Ou des Cornouaillais.

Les assises en tubes d'acier et en plastique grincent. La pince qui les relie au câble tremble. Holly décide d'ignorer sciemment ma question franchement bizarre. La montagne émet un grondement à peine audible. À ma grande surprise, Holly me demande : « Tu es d'une famille de militaires ?

– Moi ? Bon Dieu, non. Mon père est comptable et ma mère travaille au théâtre de Richmond. Pourquoi cette question ?

– Parce que tu lis un livre qui s'appelle *L'Art de la guerre*.

– Ah, ça ? Je lis Sun Tzu parce qu'il a écrit ce livre il y a trois mille ans et que, depuis la guerre du Vietnam, tous les agents de la CIA l'ont lu. Tu lis, toi ?

– C'est plutôt ma sœur, la férue de bouquins. Elle m'en envoie.

– Tu retournes souvent en Angleterre ?

– Pas trop, non. » Elle tripote le scratch de son gant. « Bon, écoute, je ne suis pas du genre à déballer ma vie au bout de cinq minutes, d'accord ?

– D'accord. Ne t'inquiète pas, ça veut juste dire que tu es saine d'esprit.

– Je sais bien que je suis saine d'esprit. Et je ne m'inquiétais pas. »

Silence gênant. Quelque chose me pousse à regarder derrière moi. Cinq télésièges plus loin, j'aperçois un skieur en anorak argenté à capuche noire. Assis tout seul les bras croisés, il laisse nonchalamment ses skis se croiser. Je regarde à nouveau devant moi et je cherche quelque chose d'intelligent à raconter, mais il semblerait que j'aie laissé tout mon esprit et toute ma perspicacité en bas des remontées mécaniques.

Une fois au point d'arrivée sur la Palanche de la Cretta, Holly s'éjecte du télésiège avec l'agilité d'une gymnaste là où je m'en extirpe comme une patate. L'employé posté là salue Holly en français tandis que je m'éloigne en glissant jusqu'à une distance respectueuse. Je me surprends à attendre que le skieur en anorak argenté surgisse de la brume qui défile à vive allure : entre chaque télésiège, il s'écoule une vingtaine de secondes, ce qui signifie qu'il apparaîtra d'ici deux minutes maximum. Chose étrange, il ne semble pas vouloir arriver. Pris d'un sentiment d'inquiétude grandissant, j'observe l'apparition des cinquième, sixième puis septième télésièges, tous vides… Après le dixième, la peur me gagne ; ce n'est pas que je redoute que ce type ait chuté dans le vide, mais plutôt qu'il n'existe pas. À cause du yéti et de Mlle Constantin, je ne peux plus me fier à mes propres sens, et je n'aime pas cela. Deux joviaux Américains taillés comme des ours finissent par surgir et tombent lourdement à terre en éclatant de rire : une chute qui nécessite l'intervention de l'employé. Je me convaincs que le skieur qui était derrière nous est un faux souvenir. Ou bien une hallucination. Holly me rejoint au sommet de la piste balisée par des drapeaux qui disparaissent dans le brouillard. Dans un monde idéal, elle me proposerait : « Et si on faisait la descente ensemble ? » Mais voici ce qu'elle dit : « Bon, c'est là que nos chemins se séparent. Bonne journée, reste bien sur la piste et ne joue pas les héros.

– Promis. Merci de m'avoir laissé t'accompagner. »

Elle hausse les épaules. « Tu dois être déçu. »

Je soulève mon masque pour qu'elle voie mes yeux, même si elle refuse de me montrer les siens. « Non. Pas le moins du monde. Merci. » Me répondra-t-elle, si je lui demande son nom de famille ? Même de cela, je n'ai aucune certitude.

Elle regarde en aval. « Je ne dois pas avoir l'air très aimable.

– Juste sur tes gardes. Et c'est légitime.

– Sykes, annonce-t-elle.

– Pardon ?

– Je m'appelle Holly Sykes, au cas où tu te le demanderais.

– Ça… Ça te va bien. »

Son masque de ski lui cache tout le visage, mais je devine que ma remarque la laisse perplexe.

« Je ne sais pas trop ce que j'ai voulu dire », admets-je.

Elle pousse sur ses bâtons et la blancheur l'engloutit.

La piste du flanc médian de la Palanche de la Cretta n'est pas réputée dangereuse, mais si on s'écarte de plus d'une centaine de mètres à droite du balisage, mieux vaut savoir skier sur des parois quasi verticales ou bien avoir un parachute. Le brouillard est si dense que je suis forcé de prendre mon temps et de m'arrêter toutes les deux minutes pour ôter la buée de mon masque. Après quinze minutes de descente, au bord de la piste, un gros rocher qui ressemble à un gnome à moitié fondu surgit du brouillard glacial. Je me blottis contre le côté abrité du vent pour fumer une cigarette. C'est calme. Très calme. Je médite sur le fait que l'attirance ne se contrôle pas, on ne peut qu'y réfléchir, mais *a posteriori*. J'ai toujours pu constater l'effet aphrodisiaque induit par une différence de couleur de peau ; en revanche, une différence de classe sociale, c'est le mur de Berlin de la sexualité. Évidemment, je ne peux pas aussi bien cerner Holly que les filles dont la famille se trouve dans la même tranche d'imposition que la mienne, mais sait-on jamais. Dieu a créé le monde en six jours, et moi, il m'en reste huit ou neuf en Suisse.

Un groupe de skieurs passe en zigzaguant devant le gnome de granit, tel un banc de poissons fluorescents. Aucun d'eux ne remarque ma présence. Je jette mon mégot et leur emboîte le pas. Soit les Texans joviaux ont revu leurs ambitions à la baisse et sont redescendus en télésiège, soit ils m'ont suivi mais progressent à une vitesse encore plus prudente que la mienne. Toujours pas de skieur en anorak argenté, non plus. Rapidement, le brouillard se disperse : de nouveau, les rochers escarpés, les crêtes et les contours se dessinent et s'ombrent, et, lorsque j'atteins Chemeuille, me voici repassé sous la chappe de nuages. Je me tapisse les intestins de chocolat chaud avant de repartir sur la piste bleue, plus tranquille, qui me ramène à La Fontaine-Sainte-Agnès.

« Tiens donc, mais qui va là ? Serait-ce le talentueux monsieur Lamb ? » À la cuisine, Chetwynd-Pitt prépare du pain à l'ail, ou du moins, tente d'en préparer. À cinq heures passées, il est toujours en robe de chambre. Un cigare est posé en équilibre sur un verre à vin, et l'album *Listen Without Prejudice* de George Michael joue sur la platine CD. « Olly et Fitz sont partis à ta recherche il y a deux ou trois heures.

– C'est un vieil et immense *massif**, ici. Aiguille, botte de foin, tu connais le proverbe.

– Et peut-on savoir où tes escapades alpines t'ont mené, *aujourd'hui** ?

– En haut de la Palanche de la Cretta, puis dans la vallée pour une balade. Terminé, pour moi, les pistes noires. Pas trop la gueule de bois ?

– Tu vois Stalingrad en 43 ? Ben on n'est pas loin. Je soigne le mal par le mal : avec de l'ouzo et des glaçons. » Il remue un petit verre rempli d'un liquide laiteux et en descend la moitié.

« Chaque fois que je vois de l'ouzo, je pense à du sperme. » J'aurais aimé avoir un appareil photo pour immortaliser la tête de Chetwynd-Pitt au moment où il a avalé. « J'aurais mieux fait de me taire. Pardon. »

Il me lance un regard furieux, tire sur son cigare et continue à hacher son ail. Je fouille dans le tiroir. « Je te recommande cet ustensile révolutionnaire : on appelle ça un "presse-ail". »

La fureur de son regard se reporte sur l'objet. « C'est la femme de ménage qui a dû l'acheter avant notre arrivée. »

Je m'en suis servi l'année dernière, mais peu importe. Je me lave les mains et allume le four – étape omise par Chetwynd-Pitt. « Allez, laisse-moi la place. » J'incorpore l'ail écrasé au beurre.

Satisfait malgré son air renfrogné, Chetwynd-Pitt pose son séant sur le comptoir. « Tu fais ça pour te faire pardonner de m'avoir plumé au billard.

– Tu auras ta revanche. » Ajouter du poivre et du persil, puis mélanger à la fourchette.

« J'ai réfléchi aux raisons qui l'ont poussé à faire ça.

– J'imagine que tu parles de Jonny Penhaligon ?

– Les apparences sont parfois trompeuses, Lamb. »

Ma fourchette cesse de remuer. Y aurait-il une lueur… d'accusation dans son regard ? Il y a bien un code de conduite à tenir, une *omertà* qui règne chez Toad, mais aucun code n'est fiable à cent pour cent. « Vas-y, continue. » C'est absurde, mais je me surprends à rechercher dans la cuisine de quoi commettre un meurtre. « Je suis tout ouïe.

– Jonny Penhaligon a été victime des privilèges.

– D'accord. » Ma fourchette se remet en branle. « Tu peux développer ?

– Un prolo est un type qui s'imagine que les privilèges permettent à quelqu'un de vivre du travail des autres et de se faire pomper par les soubrettes. Mais en réalité, avoir du sang bleu est à notre époque une véritable malédiction. Premièrement, les petites gens se moquent des trop nombreuses syllabes qui composent ton nom et te jugent personnellement responsable des inégalités entre les classes, de la déforestation de l'Amazonie et de la flambée du prix de la bière. Deuxièmement, il y a la question du mariage : comment savoir si c'est moi ou les quatre cent cinquante hectares du Buckinghamshire et le titre de lady Chetwynd-Pitt que ma future épouse aimera ? Troisièmement, mon avenir se cantonne à la gestion d'un patrimoine. Toi, que tu veuilles devenir trader pour gagner des millions, archéologue en Antarctique ou jouer du vibraphone en apesanteur, on te dira : "Si tu es heureux comme ça, alors nous aussi, Hugo." Moi, j'aurai des métayers à nourrir, des actions caritatives à soutenir, et, un jour, un siège à occuper à la Chambre des lords. »

À la fourchette, je remplis de beurre à l'ail les entailles pratiquées sur le pain. « Tu me fends le cœur. Tu es… quoi, soixante-troisième sur la liste de prétendants à la couronne ?

– Soixante-quatrième, maintenant que l'autre est né. Mais je ne plaisante pas Hugo, et je n'ai pas fini : quatrièmement, la chasse à courre. Je *déteste* les beagles ; quant aux chevaux, ce sont juste des quads caractériels qui te pissent sur les bottes et te coûtent des milliers de livres en frais vétérinaires. Cinquièmement, et c'est vraiment là que le bât blesse, la peur de devenir celui qui perdra tout. Ne le prends pas mal, mais quand n'importe quel péquin comme toi ou Olly démarre dans la vie, il ne peut que grimper les échelons. Si, comme moi ou Jonny, tu es né avec un nom qui figure dans le *Livre du jugement dernier*[1], c'est une longue et inéluctable descente dans les égouts qui t'attend. Un peu comme si on se repassait la patate chaude de la banqueroute de génération en génération : celui qui sera en vie au moment où il ne restera plus un radis sera le premier Chetwynd-Pitt à devoir apprendre à monter des meubles en kit. »

J'emballe le pain à l'ail dans une feuille d'aluminium. « Alors, selon toi, c'est ce petit chapelet de malédictions qui a poussé Jonny à se jeter en voiture du haut d'une falaise ?

– Oui, me répond Rufus Chetwynd-Pitt. Ça, et le fait de n'avoir personne à qui parler alors qu'il touchait le fond. Personne à qui se fier. »

Je pose le plateau dans le four et monte le thermostat.

31 DÉCEMBRE

Les stalactites gouttent partout dans la ruelle, accrochant la lumière rasante du soleil. Un tabouret de bar maintient la porte d'entrée du Croc ouverte, et, à l'intérieur, Holly, vêtue d'un pantalon militaire large, d'un t-shirt blanc et d'une casquette de base-ball kaki dont la languette de réglage fait office d'élastique pour sa queue-de-cheval, passe l'aspirateur. Une gouttelette tombée d'une stalactite se glisse entre mon manteau et mon cou, et grésille entre mes omoplates. Holly détecte ma présence et se retourne. Par-dessus le râle de l'aspirateur qui vient d'être éteint, je dis : « Toc, toc, toc. »

Elle me reconnaît. « C'est fermé. Reviens dans neuf heures.

– Tu es censée dire : "Qui est là ?" C'est une devinette.

– Eh bien, je refuse d'ouvrir la porte, Hugo Lamb.

– Mais elle est déjà un peu ouverte. Et puis, regarde. » Je brandis

1. Inventaire quasi millénaire dressé à des fins fiscales où sont recensés les barons et fiefs d'Angleterre.

les sachets en papier de la boulangerie. « J'ai le petit-déjeuner. Il faut bien que Günter te laisse manger quelque chose.

– Pour certains, le petit-déjeuner, c'était il y a deux heures, gosse de riche.

– Sais-tu qu'à Richmond College, on se moque de toi si tu n'es pas assez riche ? Un petit en-cas de milieu de matinée, alors ?

– Le Croc ne se nettoie pas tout seul.

– Dis-moi, ils ne te donnent jamais un coup de main, Günter et ta collègue ?

– Günter est le proprio ; Monique, elle est employée comme serveuse, c'est tout. Les deux sont partis jouer au docteur jusqu'en début d'après-midi, si tu vois ce que je veux dire. Günter a quitté sa troisième épouse il y a quelques semaines. C'est donc à la gérante que revient le privilège de nettoyer la porcherie. »

Je cherche autour de moi. « Quelle gérante ?

– Tu l'as en face de toi, 'spèce d'imbécile. C'est moi.

– Oh. Et si le gosse de riche se chargeait des toilettes des hommes, tu accepterais de prendre vingt minutes de pause ? »

Holly hésite. Elle a à moitié envie d'accepter. « Tu vois ce long machin ? Ça s'appelle un balai à franges. Ça se tient par le bâton. »

« Je t'avais bien dit que c'était une porcherie. » Telle une voyageuse actionnant sa machine à remonter le temps, Holly tire sur les poignées et tourne les robinets de la machine à café chromée, qui siffle, éructe et glougloute. Je me lave les mains et prends deux tabourets posés à l'envers sur une table. « C'est l'une des choses les plus répugnantes que j'aie faites de ma vie. Les mecs sont des porcs : ils se torchent, et quand ils ratent la cuvette, ils ne ramassent pas leur bout de papier plein de merde. Et les giclures de gerbe partout dans le W-C du fond… j'ai adoré. Je ne savais pas que le vomi durcissait si on ne le nettoyait pas. C'est un peu comme de l'enduit de rebouchage.

– Il faut oublier que tu as un nez et respirer par la bouche. » Elle apporte un cappuccino. « Et dis-toi que chaque fois que tu as utilisé des toilettes, quelqu'un a nettoyé derrière. Si ton père avait, comme le mien, tenu un pub et pas une banque, ç'aurait été à toi de le faire. C'était la pensée du jour. »

Je prends un croissant aux amandes et passe les sachets à Holly. « Pourquoi est-ce que tu ne fais pas le ménage le soir même ? »

Holly dépiaute un bout de chausson à l'abricot. « Les clients habituels de Günter giclent vers trois heures du mat'… si j'ai de la chance. Essaie, toi, d'affronter l'épreuve du nettoyage après neuf heures de service. »

Je le lui concède. « En tout cas, le bar semble maintenant paré pour la bataille.

– À peu près. Après, il faudra que j'astique les robinets et que je réapprovisionne le stock.

– Et moi qui pensais qu'un bar, ça tournait tout seul. »

Elle allume une cigarette. « Si c'était le cas, je serai au chômedu.

– Mais tu te vois travailler longtemps dans euh… cette branche ? »

Le froncement de sourcils de Holly est une mise en garde. « Qu'est-ce que ça peut te foutre ?

– Je… Je ne sais pas. J'ai l'impression que tu pourrais tout faire. »

Ses sourcils froncés expriment à la fois sa prudence et sa lassitude. Elle tapote sur sa cigarette pour en faire tomber la cendre. « Les écoles que fréquentent les gens moins bien lotis ne t'incitent pas vraiment à le croire. Nous, c'était plutôt les cours de coiffure ou bien les stages d'apprentissage dans un garage.

– D'accord, mais tu ne peux pas tout mettre sur le dos d'une école merdique. »

Elle tapote sa cigarette. « Tu es intelligent, ça se voit. Mais dans certains domaines, tu es carrément à côté de la plaque, monsieur Lamb. »

J'acquiesce et sirote mon café. « Ton prof de français était bon.

– Je n'ai pas eu de prof. J'ai appris en travaillant ici. Question de survie. Pour rembarrer les Français. »

Je déniche un morceau d'amande logé dans mes dents. « Il est où, ce pub ?

– Quel pub ?

– Celui dans lequel ton père travaille.

– C'est le sien. Et celui de ma mère aussi, d'ailleurs. Le Captain Marlow, sur les bords de la Tamise, à Gravesend.

– Ça m'a l'air pittoresque. C'est là-bas que tu as grandi ?

– "Gravesend" et "pittoresque" dans la même phrase, ça ne peut pas coller. Il y a beaucoup d'usines fermées, de fabriques de papier, de cimenteries Blue Circle, de cités HLM, de monts-de-piété et de bookmakers.

– Il doit bien y avoir autre chose que la misère et la décrépitude postindustrielle. »

Elle cherche la réponse au fond de sa tasse. « Les rues les plus anciennes sont sans doute chouettes. La Tamise, ça reste la Tamise, et le Captain Marlow existe depuis trois siècles – il y existe soi-disant une lettre de Charles Dickens qui prouve qu'il venait y boire des verres. Dis donc, gosse de riche, tu as vu ça ? Une référence littéraire. »

Mon sang pétille de caféine. « Ta mère est irlandaise ?

– Qu'est-ce qui t'a mené à cette déduction, Sherlock ?

– Ta façon de dire "ma mère". »

Holly fait un gros rond de fumée. « Ouais. Elle vient de Cork. Ils supportent ça, tes amis ?

– Supporter quoi ?

– Quand tu cherches des indices dans ce qu'ils te racontent au lieu de les écouter.

– Je suis un peu obsédé par les détails, c'est tout. Au fait, tu as lancé le chrono pour mes vingt minutes ?

– Il t'en reste… » – elle vérifie le décompte – « … seize.

– Dans ce cas, j'aimerais bien passer le restant à jouer au baby-foot. »

Tout le visage de Holly se fronce. « Mauvaise idée. »

Je n'arrive jamais à savoir si elle est sérieuse ou pas. « Comment ça ?

– Parce que je vais te foutre la pâtée, gosse de riche. »

Des plaques éparses de neige fondue couvrent la grande esplanade de la ville, peuplée de gens qui font leurs emplettes et d'une fanfare dont les membres aux joues rosies jouent des chants de Noël. J'achète un calendrier vendu par un groupe d'écoliers accompagnés de leur maître, qui ont installé un étal près de la statue de sainte Agnès pour promouvoir leur action caritative ; un concert de : « *Merci, monsieur* ! » salue mon geste, suivi de plusieurs : « Happy New Year », qui montrent que mon accent a trahi ma nationalité. Holly m'a véritablement mis la pâtée au baby-foot : elle a fait des bandes, elle arrive à lober et dispose d'une arme létale : son gardien de gauchère. Elle n'a pas lâché un sourire, mais je pense qu'elle a savouré sa victoire. Nous n'avons rien prévu pour la suite, mais je lui ai annoncé que je passerais au bar ce soir, et au lieu de me répondre sur un ton défaitiste ou bien par un sarcasme, elle m'a dit que je saurai où la trouver. Méditant sur ces étonnants progrès, j'ai failli ne pas reconnaître Olly Quinn dans la cabine téléphonique située à côté de la banque. Il m'a l'air fébrile. S'il téléphone d'une cabine au lieu d'utiliser la ligne de Chetwynd-Pitt, c'est qu'il ne veut pas qu'on écoute sa conversation. Serais-je tout à fait humain si, parfois, la curiosité ne l'emportait pas sur ma raison ? Je me cache derrière la cabine, où Olly ne peut pas me voir. Du fait de la mauvaise qualité de la ligne et de l'état d'agitation d'Olly, sa voix est sonore, et ses phrases, débitées avec vigueur, me parviennent assez distinctement. « Si, Ness, si ! Tu as dit que tu m'aimais, toi aussi ! Tu as dit… »

Pauvre garçon. Le désespoir est aussi séduisant qu'un bouton de fièvre.

« Sept fois. La première fois, c'était au lit. Je me souviens que… Peut-être six, peut-être huit : on s'en fiche, Ness. Moi, ce que… Tu veux dire quoi, là ? Tu m'as menti, alors ?… Tu as fait ça pourquoi ? Pour que je perde les pédales ? »

Il est désormais trop tard pour piler : la voiture est dans le vide.

« Non, je ne suis pas hystérique, non, c'est juste que… Non, je te dis, je voudrais comprendre, c'est tout… Quoi ? Répète la fin de ta phrase ? Putain, c'est vraiment de la merde… Non pas ce que tu as dit, je parle de la ligne… Comment ? Tu "croyais" que c'était ce que tu ressentais ? »

Olly frappe violemment du poing sur la paroi vitrée. « Comment est-ce qu'on peut "croire" aimer quelqu'un ?… Non, non, Ness, non : ne raccroche pas. Écoute-moi. C'est juste que… je veux que les choses redeviennent comme avant entre nous, Ness !… Oui, mais si tu voulais bien m'expliquer, me parler, me… Mais je suis calme ! Je suis calme, là. Non, Ness ! Attends, attends, attends… »

Sérénité feinte, suivie d'un « Putain ! » explosif.

Quinn martèle à plusieurs reprises la vitre du poing. La scène attire les regards ; je regagne la foule et rebrousse chemin, me retournant au passage pour apercevoir mon camarade enamouré recroquevillé sur lui-même, le visage dans les mains. Il pleure… et en public ! Ce spectacle dégradant me fait un tantinet dégriser de l'ivresse que me procure Holly. N'oublie pas : ce que Cupidon donne, Cupidon le reprendra.

Le DJ austro-éthiopien muet et encapuchonné ne joue pas de disques à la demande, et, dans la dernière heure de son set en solo, il s'est lancé dans une série de remix de « 3 A. M. Eternal » de KLF, « Your Only Friend » de Phuture et « Ping Pong Apocalypse » des Norfolklorists. Le Walpurgis est une boîte de nuit aménagée au sous-sol de l'hôtel Le Sud, vaste bâtiment vieillot de six étages et tortueux labyrinthe composé d'une centaine de chambres qui, avant sa reconversion dans les années cinquante, était un sanatorium destiné à des tuberculeux fortunés. Suite à de récents travaux, ce lieu, avec ses murs piochés jusqu'aux briques, évoque les années berlinoises de Bowie, et, désormais, le club dispose d'une piste de danse aussi grande qu'un terrain de tennis. Il y a des lumières stroboscopiques sous-marines, et une portion honorable des deux à trois cents squelettes qui dansent dans leur juvénile enveloppe de chair et de textiles luxueux sont des jeunes femmes. Un ou deux rails de poudreuse ont remis sur pied le même Quinn qui geignait quelques heures plus tôt ; nous sommes donc tous les quatre de sortie. Chose inhabituelle, je suis le seul à ne pas emballer : mes trois camarades de Humber sont assis sur un canapé en forme de fer à cheval, chacun avec une jeune et séduisante Noire dans les bras. Chetwynd-Pitt joue certainement la carte du dix-neuvième prétendant au trône ; Fitzsimmons a dû sortir ses francs suisses ; quant à la prise de Quinn, celle-ci le trouve probablement mignon et doux comme une grosse peluche. Tant mieux pour eux. Si nous étions n'importe quel autre soir, j'irais moi aussi à la pêche, et je ne nie pas que mon hâle alpin, mon sex-appeal à la Rupert Everett, la chemise gris anthracite Harry Enna et le jean Makoto Grelsch qui recouvrent mon corps musclé de rameur n'attirent pas les regards aux longs cils ce soir, mais en cette Saint-Sylvestre, c'est surtout le dance-floor que j'ai envie d'attaquer. Serais-je en train de passer une sorte d'accord du type « tentation du Christ » dans lequel je monnaierais ma chasteté au Walpurgis en échange d'un crédit à la Banque du Karma qu'une fille originaire de Gravesend voudra bien accepter ? Seul le Dr Coke a la réponse : après ce remix archangélique de « Walking On Thin Ice », de je ne sais plus qui, j'irai consulter le grand chaman…

Les cabines des toilettes des hommes sont aussi spacieuses que celles du Croc sont exiguës : elles semblent avoir été conçues pour sniffer de la coke. Régulièrement nettoyées, vastes et dépourvues de cet espacement entre porte et plafond typique des boîtes britanniques. Je m'assieds sur le trône et sors le miroir d'un poudrier – emprunté à une Philippine elfique qui cherchait à obtenir un visa d'épouse –, ainsi que la poudre de perlimpinpin de Chetwynd-Pitt, que j'ai gagnée à la partie de blackjack de ce soir et mise dans un petit emballage de film plastique lui-même placé dans un sachet de Fisherman's Friend, histoire d'embrouiller les chiens policiers si d'aventure… Ma paille a été confectionnée à l'aide de carton et de scotch. Déposant sur le miroir le restant de ma cocaïne avec une précision incroyable, je dessine une spirale que j'aspire – les enfants, n'essayez pas cela chez vous ni ailleurs : la drogue, c'est mal – d'un coup par la narine gauche. Pendant cinq secondes, j'ai l'impression qu'on me rentre une ortie par le nez jusque dans le fond de la gorge, et…

Décollage réussi.

Les basses se répercutent dans mon ossature, et *nomdeDieucequec'estbon*. Je jette ma paille dans la cuvette, tire la chasse, et profite de la cascade pour humecter un morceau de papier-toilette afin de nettoyer mon miroir. De toutes petites lumières que je n'arrive pas vraiment à voir perforent le pourtour de mon champ de vision. Je ressors de la cabine tel le Fils de Dieu faisant rouler la pierre de son tombeau, puis me regarde dans la glace : parfait, quoique mes pupilles soient davantage celles d'un *Varanus komodoensis* que celles d'un *Homo sapiens*. Ressortant des chiottes, je croise un type défoncé en Armani, un certain Dominic Fitzsimmons. Il a fumé un joint un peu plus tôt et son habituelle vivacité d'esprit, qui ce soir fait du saut à l'élastique, n'est pas encore remontée. « Hugo, qu'est-ce qu'une merde comme toi fabrique dans un endroit aussi chic ?

– Je me repoudrais le nez, mon cher Fitz. »

Il regarde le fond de mes narines. « On dirait qu'il y a eu une tempête de neige là-dedans. » Son visage se fend d'un rictus dégoulinant, et je ne peux pas m'empêcher de penser à sa mère, qui avait le même sourire aux lèvres et rien sur le dos. « On a rencontré des filles, Hugo ! Il y en a une pour CP, une pour Olly et une pour *moi**. Viens leur dire bonjour.

– Tu sais bien que je suis timide devant les femmes. »

Il trouve ma réplique trop drôle pour en rire. « Mon œil !

– Non, mais tu sais bien, Fitz, c'est toujours pénible pour tout le monde quand il y en a un qui tient la chandelle. Qui sont ces filles ?

– C'est ça le truc le plus dingue. Écoute bien. Tu te rappelles ce morceau africain, « Yéké Yéké » ? C'était pendant l'été… quatre-vingt-huit, si je me souviens bien. Un succès énorme.

– Euh… pas très bien, mais OK. Comment il s'appelait… Mory Kanté ?

– Eh bien, figure-toi que nous sommes en train de courtiser ses choristes.

– Mais bien sûr… Et Mory Kanté n'a pas besoin d'elles ce soir ?

– Ils ont fait un gros concert la nuit dernière à Genève, mais ce soir, elles sont libres, et comme aucune d'elles ne sait skier – j'imagine qu'ils n'ont pas trop de neige en Guinée –, elles vont toutes rester deux ou trois jours à Sainte-Agnès pour apprendre. »

Je trouve l'histoire assez peu plausible, voire carrément improbable. Mais avant que je ne donne voix à mon scepticisme, Chetwynd-Pitt pointe le bout de son nez. « C'est la saison de l'am*ûûû*r *chez** CP ce soir. Il te reste un morceau de gruyère dans lequel tu pourras déposer ta semence, Lamb, comme ça tu ne te sentiras pas exclu. »

La bouteille de Southern Comfort, la cocaïne et l'envie de baiser transforment ce bon vieux Chetwynd-Pitt en connard en puissance : je suis obligé de riposter. « Je ne voudrais pas casser l'ambiance, Rufus, mais t'es-tu rendu compte que vous avez mis le grappin sur une brochette de tapineuses ? Elles sentent le sexe tarifé à plein nez. Je pose la question, hein, c'est tout.

– Tu es peut-être plus doué que nous pour tricher aux cartes mais, ce soir, c'est toi le seul à ne pas emballer. » Chetwynd-Pitt me plante son doigt sur le torse ; je m'imagine trancher cet horripilant index. « Tout ça parce que, nous, on a réussi à dénicher trois jouvencelles basanées et chaudes comme la braise en moins d'une heure, M. Lamb croit qu'on les paie. Eh bien, non, figure-toi, ce sont des femmes de goût, et tu ferais mieux de mettre tes boules Quies, cette nuit : Shandy est du genre à gueuler au lit, je sens ces choses-là, moi. »

Je ne peux pas laisser passer ça. « Je ne triche pas aux cartes.

– Oh mais bien sûr que si tu triches, petit boursier.

– Ôte ton doigt de mon torse, Chetwynd-*Pute*, et avance tes preuves.

– Des preuves, tu es bien trop malin pour en laisser derrière toi ; n'empêche que, au fil des ans, tu as extorqué plusieurs milliers à tes amis. Un parasite intestinal, voilà ce que tu es.

– Si tu es si sûr que je triche, *Rufus*, pourquoi continuer à parier dans ce cas ?

– On ne m'y reprendra plus, et d'ailleurs, Lamb, espèce d'enf...

– Les gars, les gars, intervient Fitz le pacifiste défoncé, vous n'êtes pas vous-mêmes, c'est cette coke de Colombie que Günter vous a refourguée. Allez, quoi ! On est en Suisse ! C'est le trente et un ! Ce qui intéresse Shandy, c'est l'amour, pas la bagarre. Embrassez-vous et faites la paix.

– Je le baise, moi, cet enfoiré de tricheur, marmonne Chetwynd-Pitt, qui passe devant moi en me bousculant. Va chercher nos manteaux, Fitz. Dis aux filles qu'on continue la fête ailleurs. »

Derrière nous, les portes des toilettes des hommes battent. « Il ne le pensait pas vraiment », s'excuse Fitzsimmons.

J'espère bien que non. Et à plusieurs titres.

Je reste sur la piste pour le remix de DJ Aslanski de « Exocets For Breakfast », le tube du milieu des années quatre-vingt de Damon MacNish, mais Chetwynd-Pitt et sa flèche du Parthe, en ébranlant ma foi dans le projet Marcus Anyder, ont assombri ma soirée. Je n'ai pas simplement inventé Anyder pour disposer d'un prête-nom qui recèlerait et brouillerait l'origine de mes gains : je voyais en ce personnage une version améliorée, plus intelligente, plus authentique d'Hugo Lamb. Mais si un imbécile de nanti comme Chetwynd-Pitt peut lire en moi si facilement, ni moi-même ni Anyder ne sommes respectivement aussi malins et discrets que je l'imaginais jusqu'à présent. Et quand bien même je serais devenu maître dans l'art des faux-semblants ? Quand bien même, dans huit mois, j'intégrerais une entreprise de la City puis dans les deux ans qui suivraient, j'accéderais – moyennant coups de poignard et de bluff – à un revenu long comme un numéro de téléphone ? Quand bien même, à l'aube du nouveau millénaire, je posséderais une Maserati décapotable, une villa dans les Cyclades et un yacht à Poole ? Quand bien même Marcus Anyder disposerait d'un empire fait de titres, de propriétés et de portefeuilles d'actions ? Les empires meurent, tout comme nous qui dansons dans l'obscurité qu'illuminent les stroboscopes. *Vois comme la lumière a besoin de l'ombre.* Regarde : les rides se répandent comme du mildiou sur nos belles peaux veloutées ; à chaque noire-noire-noire-noire de chaque mesure qui défile, les varices creusent des galeries dans ces mollets épilés ; les torses et poitrines engraissent puis s'affaissent ; admire le spectacle du brigadier Philby embrassant goulûment Mme Bolitho ; pendant que les tubes de l'année dernière se télescopent avec ceux de l'année suivante et de celle d'après, les cheveux de ces danseurs se pétrifient, se ratatinent et tombent, telle la pilosité des irradiés ; le cancer éclabousse ce poumon plein de goudron, ce pancréas vieillissant, cette couille douloureuse ; l'ADN s'effiloche, et patatras : une chute dans l'escalier, une crise cardiaque, un AVC ; nous ne dansons pas : nous sommes secoués de spasmes. C'est cela, le Walpurgis. Ils le savaient bien, au Moyen Âge : la vie est une maladie mortelle.

Dépassant les gens qui font la queue devant la crêperie du type déguisé en gorille installée sur la grande esplanade, sous des guirlandes lumineuses accrochées entre les sapins hérissés d'aiguilles, à travers un air charriant le son des cloches et aussi froid que les torrents de montagne, mes pieds trouvent leur chemin, et ce n'est pas celui du chalet suisse de la famille Chetwynd-Pitt. Je retire mes gants pour allumer une cigarette. 23:58, indique ma montre. Béni soit le Seigneur-de-l'impeccable-timing. Après avoir cédé le passage à un 4×4 de la police – ses chaînes cliquettent, telle la cloche d'un traîneau –, je descends la ruelle étroite qui mène au Croc et jette un œil par le hublot sur la mêlée d'autochtones, de touristes et de clients de provenance indéterminée : Monique prépare les boissons, mais Holly est introuvable. J'entre malgré tout, et me faufile entre les chairs, les vestes, la fumée, les bavardages, le raffut et les phrases du chorus de « Maiden Voyage », de Herbie Hancock. À l'instant où j'arrive devant le comptoir, Günter baisse le volume, monte sur un tabouret et fait tourner une crécelle pour obtenir l'attention de tous. Notre hôte désigne la grande horloge à l'aide d'un manche de raquette de tennis qu'il tient par la tête : il reste moins de vingt secondes de cette année. « *Mesdames et messieurs**, *Damen und Herren, ladies and gentlemen, signore e signori*, parés pour le décompte, *s'il vous plaît** … » Allergique aux bêlements de la foule, je me garde de participer. Mais à l'instant où la clientèle réunifiée en arrive à « cinq », je sens son regard rediriger le mien de la pendule vers ses yeux et voilà que nous nous regardons comme deux gamins qui jouent à la barbichette. Une acclamation démente éclate, et je perds la partie. Holly verse une dose de Kilmagoon sur un simple cube de glace et me le glisse. « Alors, quel est le mystérieux objet que tu as oublié, ce soir ? »

Je lui réponds : « Bonne année. »

JOUR DE L'AN, 1992

Ce matin, je me réveille dans ma mansarde chez Chetwynd-Pitt en sachant que le téléphone du salon, deux étages plus bas, sonnera dans une minute, et que la personne au bout du fil sera mon père, qui aura de mauvaises nouvelles à m'annoncer. De toute évidence, les choses ne se passeront pas ainsi. De toute évidence, il s'agit des traces laissées par un rêve, sinon, cela signifierait que j'ai des pouvoirs de prémonition, ce qui n'est pas le cas. *De toute évidence.* Et si mon père appellait au sujet de Penhaligon ? Et si Penhaligon avait tout déballé dans un message écrit avant son suicide et qu'un agent de police de Truro en avait parlé à Papa ? De toute évidence, je subis la paranoïa caractéristique des descentes de coke, mais bon, comme on ne sait jamais, je me lève, enfile la robe de chambre turque et descends dans le salon, où le téléphone se tient tranquille et restera, de toute évidence, tranquille. L'album *In a Silent Way* de Miles Davis se déverse de la chambre de Chetwynd-Pitt, une façon à lui d'affirmer sa négrophilie. Le salon est exempt de corps humains mais jonché de débris : verres de vin, cendriers, emballages de nourriture et caleçon de soie accroché au fusil remontant à la guerre des Boers. Quand je suis rentré hier soir, les trois mousquetaires et leurs choristes étaient d'humeur badine et bien perchés : je suis donc directement allé me coucher.

Juché sur le dossier du canapé, je surveille le téléphone.

Neuf heures trente-six, indique l'horloge. Il est donc huit heures trente-six en Angleterre.

Papa lit par-dessus les verres de ses lunettes le numéro que je lui ai laissé.

0041, l'indicatif de la Suisse, puis le code de la région, le numéro du chalet…

C'est vrai, lui dirai-je, *Jonny jouait aux cartes de temps en temps.*

Avec quelques amis, c'est tout. Pour souffler après une longue semaine.

On ne mettait jamais plus de cinquante livres en jeu dans une seule soirée. De l'argent de poche.

Combien ? Plusieurs milliers ? Je pousserai un seul rire en signe d'incrédulité.

Ce n'est plus pour souffler, là, Papa. C'est de la folie. Tu te rends compte…

Il a dû fréquenter un tout autre cercle de joueurs quand il a plongé.

Neuf heures trente-sept. Le téléphone en plastique thermoformé demeure inoffensif.

S'il ne sonne pas d'ici neuf heures quarante, ça signifiera que j'ai simplement joué à me faire peur…

Il est neuf heures quarante-cinq et tout va bien. Merci, Seigneur. Je pense que je vais rester quelque temps à bonne distance de la coke. Peut-être plus longtemps, même. Le yéti ne m'avait-il pas mis en garde contre la paranoïa ? Un verre de jus d'orange en guise de petit-déjeuner et une vigoureuse séance de ski chasseront les toxines de la nuit dernière, c'est donc…

Le téléphone sonne. Je décroche. « Papa ?

– Bonjour… Hugo, c'est toi ? »

Putain, c'est vraiment mon père. « Papa ! Comment ça va ?

– Un peu surpris. Comment diantre as-tu su que c'était moi ? »

Bonne question. « Le téléphone de Rufus affiche les numéros, mens-je. Bonne année, au fait. Est-ce que tout va bien ?

– Bonne année à toi, Hugo. Est-ce qu'on peut discuter ? »

Je remarque que mon père baisse le ton. Il y a quelque chose. « Je t'écoute.

– Bon. Figure-toi qu'il s'est passé quelque chose de fou, hier. Je regardais les actualités économiques quand j'ai reçu le coup de fil d'un inspecteur de Scotland Yard – une dame, figure-toi.

– Bon Dieu. » *Réfléchis, réfléchis, réfléchis*, mais rien ne vient.

« L'inspecteur divisionnaire Sheila Young, du département de recherche des œuvres d'art et des antiquités. Je ne savais pas qu'ils avaient un service de ce genre, mais, apparemment, si quelqu'un vole *Les Nénuphars* de Monet, c'est à eux de retrouver le tableau. »

Soit Bernard Kriebel m'a balancé, soit quelqu'un a balancé Bernard Kriebel. « Ça doit être un boulot passionnant. Mais pourquoi t'a-t-elle téléphoné ?

– Eh bien, en fait, Hugo, c'est à toi qu'elle voulait parler.

– À quel sujet ? À ma connaissance, je n'ai pas volé de Monet. »

Petit rire inquiet. « Elle n'a pas voulu me le dire. Je lui ai expliqué que tu étais en Suisse, et elle m'a répondu qu'elle aimerait que tu l'appelles à ton retour. Pour que tu lui apportes ton aide "dans le cadre d'une enquête en cours".

– Et tu es sûr que ce n'est pas une crétine qui s'imagine nous faire une bonne farce ?

– L'appel m'a semblé crédible. On entendait l'agitation d'un bureau en fond sonore.

– Alors, dans ce cas, je rappellerai l'inspecteur Sheila Young dès que je serai rentré. Je me demande bien ce que ça peut être. Quelqu'un qui aurait volé des manuscrits à la bibliothèque de Humber ? Je sais qu'ils en ont quelques-uns. Ou alors… non, pas la moindre idée, mais je brûle de curiosité.

– Très bien. Je… Je t'avoue que je n'en ai pas parlé à ta mère.

– C'est délicat de ta part, mais parle-lui-en, si tu en as envie. Comme ça, si jamais je finis en prison, elle pourra orchestrer une campagne médiatique : "Libérez Hugo Lamb". »

Le rire de mon père est plus franc. « J'y participerai, j'apporterai ma banderole.

– Génialissime. Bon, et à part Interpol qui t'instrumentalise pour pister ton fils à la tête d'un trafic international d'œuvres d'art, tout va bien ?

– Plutôt, oui. Je retourne travailler le 3, et ta mère ne sait plus où donner de la tête au théâtre en ce moment – que veux-tu, c'est ça, les spectacles familiaux de fin d'année. Tu es sûr que tu ne voudras pas qu'on vienne te chercher à l'aéroport ?

– C'est gentil, Papa, mais le chauffeur des Fitzsimmons me déposera. On se voit dans à peu près huit jours ; d'ici là, le mystère sera résolu. »

Je vais à l'étage, le crâne bourré de scénarios qui défilent en vingt-quatre images par seconde : le brigadier est mort et l'exécuteur testamentaire demande : « Des timbres de valeur ? De quoi parlez-vous ? » On interroge l'infirmière Purvis au sujet des visites reçues par le brigadier. Kriebel dénonce Marcus Anyder ; les enregistrements de vidéosurveillance sont analysés. On m'identifie. Sheila Young procède à mon interrogatoire, qui est enregistré. Je récuse ses allégations mais, tapi derrière le miroir sans tain, Kriebel surgit en s'écriant : « C'est bien lui ! » Inculpation et incarcération provisoire, refus de libération sous caution, expulsion de Cambridge, peine de quatre ans pour vol et escroquerie dont deux avec sursis. Si les médias sont à court d'actualités, je fais l'objet d'articles dans la presse nationale : *Un jeune habitant de Richmond arnaque un vieillard victime d'un AVC.* Sortie de prison au bout de dix-huit mois pour bonne conduite, mais reste un casier judiciaire. Poser des sabots sur les véhicules en stationnement illicite est la seule profession qui me reste ouverte.

Au fond de ma mansarde, je fais un trou dans la buée sur la vitre.

Toitures enneigées, l'hôtel Le Sud, sommets abrupts. La neige ne tombe pas encore, mais le ciel de granit est plein de promesses. 1er janvier.

L'aiguille d'une boussole tourne. Je le sens.

Pointe-t-elle vers la case prison ? Vers ailleurs ?

Mlle Constantin ne choisit pas les gens au hasard.

Je l'espère. Au-dessous, un lapin s'agite avec frénésie : c'est Quinn.

Il jouit rapidement, tel un brontosaure désabusé.

L'inspecteur Sheila Young n'est pas un piège qui m'est tendu. C'est un catalyseur d'événements.

Prépare tes affaires, me conseille mon sixième sens. *Tiens-toi prêt. Guette le moment.*

J'obtempère, puis me fais une place sur *La Montagne magique*.

Il y a de l'agitation dans le chalet du vice. J'entends Fitzsimmons sur le palier du premier : « Je vais prendre une douche vite fait… » Le chauffe-eau se met en branle, les tuyaux grondent et la douche crachote : les femmes parlent dans une langue africaine. Rires truculents. Chetwynd-Pitt beugle : « Bien le bonjour, Oliver Quinn ! Tu vois, c'est bien de ce remède-là que tu avais besoin ! » Une des femmes – Shandy ? – demande : « Rufus chéri, j'appelle notre agent, comme ça il sait qu'on va bien, non ? » Des bruits de pas de quelqu'un qui descend dans le salon. Dans la cuisine, la radio susurre « One Night in Bangkok ». Fitzsimmons sort de la douche. Murmures masculins sur le palier : « Le petit boursier ne sort pas de son trou… Au téléphone tout à l'heure… S'il tient à bouder, grand bien lui fasse… » Je suis à moitié tenté de leur crier : « Je ne boude pas, bordel, je suis ravi que vous ayez pu vous faire éponger ! », mais à quoi bon gaspiller mon énergie à rectifier leurs supputations. Quelqu'un siffle. La bouilloire bout. Puis j'entends un cri, mi-*falsetto*, mi-croassement, mi-hurlement : « Tu te fous de moi ? »

Je tends l'oreille. Plusieurs secondes silencieuses s'écoulent… Pour la deuxième fois de cette matinée des plus étranges, j'ai l'inexplicable pressentiment que quelque chose va se produire. Comme si cela figurait dans un scénario. Pour la deuxième fois, je suis les injonctions de mon sixième sens, referme *La Montagne magique* et range le livre dans mon sac à dos. L'une des chanteuses parle à toute vitesse et à voix basse : je n'arrive pas à savoir ce qu'elle raconte, mais cela déclenche un *plon, plon, plon* qui remonte les escaliers jusqu'au palier du premier, où Chetwynd-Pitt s'exclame en bredouillant : « Mille dollars ! Elles veulent mille dollars, bordel ! *Chacune* ! »

Cliqueti-clac, tout se met en place : comme dans les meilleures chansons, on n'a aucune idée de la rime suivante, mais, une fois qu'on l'a entendue, on se dit que c'était évident.

Fitzsimmons : « Merde, elles plaisantent ou quoi ? »

Chetwynd-Pitt : « Elles ne plaisantent pas, mais alors vraiment pas du tout. »

Quinn : « Mais… Mais elles ne nous ont pas dit qu'elles étaient des putes ! »

Chetwynd-Pitt : « Et puis ça ne se voyait même pas. »

Fitzsimmons : « Je ne les ai pas, les mille dollars. Pas sur moi ! »

Quinn : « Moi non plus, et même si je les avais, je ne vois pas pourquoi je les leur donnerais. »

Aussi suis-je tenté de sortir de ma chambre, de descendre l'escalier en trottinant et de leur demander sur un ton enjoué : « Alors, les dons juans, comment vous voudrez vos œufs ? Brouillés ou au plat ? » Le coup de fil que Shandy a passé à son soi-disant agent me semble puer le mac à plein nez. Certains qualifieraient de chance extraordinaire le fait que je dispose de ces Timberland toutes neuves encore dans leur boîte, mais ce n'est pas le bon terme.

Chetwynd-Pitt : « C'est du racket. Moi, je dis : qu'elles aillent se faire foutre. »

Fitzsimmons : « Je suis d'accord. Elles ont vu qu'on avait de l'argent, et elles se sont demandé : "Comment est-ce qu'on pourrait leur en gratter un peu ?" »

Quinn : « Oui, mais si on leur dit non… vous ne croyez pas qu'elles vont… ? »

Chetwynd-Pitt : « Nous défoncer le crâne à coups de tampon et de rouge à lèvres ? Non, on leur fait bien comprendre qu'elles doivent débarrasser le plancher, qu'on est en Europe, pas à Mombasa ou je ne sais quel putain de bled. De quel côté se rangera la police suisse ? Du nôtre, ou bien de celui d'un trio de fions subsahariens en location ? »

Je grimace. Je retire l'intégralité de mes actifs de la Banque du Plancher et effectue immédiatement un dépôt de la liasse de billets dans la pochette de mon passeport, que je glisse à l'intérieur de ma veste de ski en méditant sur ce fait : bien que les riches ne soient pas davantage susceptibles de naître idiots que les pauvres, une éducation bourgeoise aggrave une idiotie innée tandis qu'une enfance misérable la dilue, ne serait-ce que pour des raisons darwiniennes. C'est pourquoi, par précaution, les élites doivent ériger des barrières en la forme d'écoles publiques merdiques, de peur que les gosses intelligents aux codes postaux prolétariens ne les délogent de l'Enclave du Privilège. En bas, de furieuses voix aux accents britanniques et africains se livrent bataille. À l'extérieur, dans la rue, j'entends un klaxon. Je regarde par la fenêtre et aperçois une Hyundai grise recouverte d'une calotte de neige qui roule au pas d'une façon qui ne présage rien de bon. Bien entendu, elle s'arrête devant l'entrée du château Chetwynd-Pitt, bloquant ainsi l'allée. Sortent du véhicule deux types costauds qui portent des vestes en peau de mouton. Puis Candy, Shandy ou Mandy surgit et leur fait signe d'entrer…

Le tumulte qui régnait cesse. « Vous, là, qui que vous soyez, crie Rufus Chetwynd-Pitt, fichez le camp de chez moi immédiatement, ou j'appelle la police ! »

Psychopathe allemand efféminé à la voix nasillarde : « Vous avez mangé dans un*e* restaurant chic, les garçons. Maintenant, il faut payer l'addition. »

Chetwynd-Pitt : « À aucun moment elles ne nous ont dit qu'elles étaient des putes ! »

Psychopathe allemand efféminé : « Tu n'as pas dit que tu es une petite crotte, et tu es une petite crotte, cependant. Je devine que c'est toi, Rufus.

– Qu'est-ce que ça peut te foutre qui... ?

– La grossièreté n'est pas le langage des affaires, Rufus.

– Foutez le camp immédiatement !

– Malheureusement, vous devez trois mille dollars. »

Chetwynd-Pitt : « Ah oui ? Voyons un peu ce que la police... »

Le fracas métallique qui suit doit être la télévision qui vit ses derniers instants. Est-ce la bibliothèque qui se brise contre le mur ? *Bam, bling, crac* : adieu verrerie, vaisselle, photographies et miroirs – Henry Kissinger a dû y laisser quelques plumes. Voilà maintenant que Chetwynd-Pitt hurle : « *Ma main ! Ma main, bordel !* »

Une réponse inaudible à une question tout aussi inaudible.

Psychopathe allemand efféminé : « JE N'ENTENDS PAS, RUFUS !

– On va payer, gémit Chetwynd-Pitt. On va payer...

– Bien sûr, vous allez payer. Cependant, vous avez contraint Shandy à nous appeler, alors ce sera plus cher. Je crois que ce sont des "frais de déplacement" qu'on dit chez vous. En affaires, il faut toujours couvrir les dépenses. Toi. Oui, toi. Comment t'appelles-tu ?

– O-O-Olly, répond Olly Quinn.

– Ma deuxième épouse avait un chihuahua qui s'appelait Olly. Il m'a mordu. Je l'ai jeté dans un... *Scheiße*, là où l'ascenseur monte et descend, comment on dit ? Le grand trou. Olly, je te demande le mot en anglais.

– Une... Une cage d'ascenseur ?

– Exactement. J'ai jeté Olly dans la cage d'ascenseur. Bien, Olly, tu ne vas pas me mordre. N'est-ce pas ? Bien. Tu vas aller chercher les deniers. »

Quinn répond : « Les... les... les quoi ?

– Les deniers. Les fonds. Les actifs. Les tiens, ceux de Rufus, ceux de ton ami. S'il y a assez pour couvrir nos frais de déplacement, nous vous laissons profiter de la bonne année. Sinon, nous trouvons un moyen alternatif pour que vous payiez vos dettes. »

Une des femmes dit quelque chose ; puis de nouveau, on marmonne. Quelques secondes plus tard, le psychopathe allemand efféminé lance un appel dans l'escalier : « Le quatrième Beatle est prié de nous rejoindre ! Nous ne te ferons pas de mal, si tu ne tentes aucune geste héroïque. »

Silencieusement, j'ouvre la fenêtre – ce qu'il fait froid ! – et passe les jambes par-dessus le rebord. Un instant digne de *Sueurs froides* : c'est fou comme les toitures alpines sur lesquelles on escompte faire du toboggan semblent tout à coup bien plus raides que lorsqu'on les admire d'en bas. Bien que la pente du toit des Chetwynd-Pitt s'adoucisse au niveau de la cuisine, il subsiste un risque non négligeable que, d'ici quinze secondes, je devienne le bruyant propriétaire de deux jambes cassées.

« Lamb ? » C'est Fitzsimmons, qui monte l'escalier. « Cet argent que tu as gagné contre Rufus… Il en a besoin. Ils ont des couteaux, Hugo. Hugo ? »

Je m'avance sur les tuiles, les mains agrippées au rebord de la fenêtre.

Cinq, quatre, trois, deux, un…

Le Croc est fermé, éteint, et il n'y a aucun signe de la présence de Holly Sykes. Peut-être que le bar est fermé ce soir et que Holly a décidé d'attendre demain matin pour le nettoyer. Pourquoi ne lui ai-je pas demandé son numéro de téléphone ? Je claudique jusqu'à la grande esplanade, et pourtant, même dans le centre de La Fontaine-Sainte-Agnès, il règne une atmosphère de fin du monde : peu de touristes, encore moins de voitures, le crêpier-gorille a disparu et la plupart des boutiques affichent *FERMÉ**. Qu'est-ce qui se passe ? L'année dernière, au 1er janvier, c'était assez animé. Gris comme un matelas trempé, le ciel est descendu d'un cran. Je rentre dans *la pâtisserie** Palanche de la Cretta, commande un café et un carac, puis pars m'avachir dans un coin près de la vitrine, en faisant mine d'ignorer ma cheville douloureuse. Au moins, l'inspecteur Sheila Young ne pensera pas à moi, aujourd'hui. Et maintenant ? Et ensuite ? Je réveille Marcus Anyder ? Son passeport est dans une consigne de la gare d'Euston, à Londres. Un autocar pour Genève, un train pour Amsterdam ou Paris ; une traversée de la Manche en aéroglisseur ; un vol pour le Panama ; les Caraïbes… Un boulot sur un yacht.

Vraiment ? Je me débarrasse de mon ancienne vie, juste comme ça ?

Je ne revois plus jamais les membres de ma famille ? Ça me paraît tellement abrupt.

D'une certaine manière, ce n'est pas ce qui est écrit dans le scénario.

Olly Quinn passe devant la pâtisserie : un mètre et une vitre me séparent de lui – il est accompagné d'un bonhomme à l'air jovial qui porte une veste en peau de mouton. Le bras droit du psychopathe allemand efféminé, j'imagine. Quinn est tout pâle, il a l'air malade. Les deux passent devant la cabine téléphonique où, la veille, Olly tapait sa crise de Ness, puis entrent dans le vestibule automatisé de la Swissbank, biotope caractéristique des distributeurs de billets. Quinn y effectue trois retraits à l'aide de trois cartes différentes, avant d'être ramené de force au bercail. Je me cache derrière un journal opportunément à portée de main. Devant cette scène, un être normal se sentirait coupable ou bien conforté dans son choix : moi, j'ai juste l'impression de tomber sur un épisode plutôt moyen d'*Inspecteur Morse*.

« Salut, gosse de riche », me lance Holly, un chocolat chaud entre les mains. Elle est sublime. Elle est tout à fait elle-même. Elle porte un béret rouge. Rien ne lui échappe. « Alors, dans quel genre de pétrin tu t'es fourré ? »

Je ne sais pas pourquoi je nie la chose. « Non, tout va bien.

– Je peux m'asseoir ou bien tu attends du monde ?

– Oui. Non. Je t'en prie. Assieds-toi. Je n'attends personne. »

Elle retire son blouson de ski, celui couleur menthe, s'assied en face de moi, pose son béret rouge sur la table, dénoue l'écharpe crème autour de son cou, la roule en boule et la met sur son couvre-chef.

« Je reviens tout juste du bar, avoué-je, mais je me suis dit que tu étais allée skier.

– Les pistes sont fermées. À cause de la tempête de neige. »

Je jette un coup d'œil au-dehors. « Quelle tempête de neige ?

– Tu ferais bien d'écouter la radio locale.

– Je suis tombé sur "One Night in Bangkok" : il y a des limites à ce qu'on peut supporter. »

Elle remue son chocolat chaud. « Je te conseille de rentrer. D'ici une heure, la visibilité sera nulle, d'après la météo. Et quand c'est comme ça, on ne voit rien au-delà de trois mètres. C'est comme être aveugle. » Elle avale une cuillerée de mousse et attend que je lui confie le genre de pétrin dans lequel je me suis fourré.

« Je viens tout juste de quitter l'hôtel Chetwynd-Pitt.

– Si j'étais toi, j'y retournerais. Je ne plaisante pas. »

J'émets un soupir de type avion abattu qui plonge. « Ce n'est pas si simple.

– Des malheurs chez Rufus-la-petite-bite ? »

Je me penche en avant. « Les minettes qu'ils ont levées au Walpurgis se révèlent être des prostituées. En ce moment même, leurs maquereaux sont en train de les saigner à blanc. Je me suis éclipsé par une porte dérobée. »

Holly n'est pas le moins du monde surprise d'entendre ce qui constitue une banale anecdote de station de ski. « Et donc, tu comptes faire quoi ? »

Je me plonge dans son regard sérieux. Une balle dum-dum de joie me déchire les entrailles. « Je ne sais pas. »

Elle sirote son chocolat – comme j'aimerais être dans sa tasse. « Tu ne me parais pas très soucieux. Je le serais, moi, si j'étais à ta place. »

Je bois un peu de café. Côté cuisine, quelque chose chuinte dans une poêle. « Je ne peux pas l'expliquer. C'est comme… une métamorphose en instance. » Je vois qu'elle ne comprend pas, mais je ne peux pas lui en vouloir. « Est-ce qu'il t'arrive de… savoir des choses, Holly ? Des choses que tu ne peux pas savoir ?… Ou… Ou de perdre le fil du temps ? Pas comme quand on s'exclame : "Mon Dieu, comme le temps a filé." Plutôt quelque chose de ce genre » – je claque des doigts : « Là, une heure est passée. Littéralement, en un battement de cils. Bon, peut-être que ces sauts temporels sont une fausse impression, mais je suis sûr et certain que ma vie est en train de changer. C'est une métamorphose. Je n'ai pas d'autres mots… Je ne sais pas comment tu fais pour ne pas flipper, mais je dois avoir l'air complètement cinglé.

– Oh, j'en ai vu d'autres. Je travaille dans un bar, je te rappelle. »

Je réprime un besoin soudain de m'avancer pour l'embrasser. Elle me repousserait d'une gifle. J'ajoute un morceau de sucre à mon café. Puis elle me demande : « Où est-ce que tu comptes crécher pendant ta "métamorphose" ? »

Je hausse les épaules. « C'est quelque chose qui me tombe dessus. Je n'ai rien prévu.

– Tant mieux pour toi, mais ça ne répond pas à ma question. Les bus ne roulent pas aujourd'hui, et les hôtels sont complets.

– Comme je disais, cette tempête tombe mal.

– Il y a autre chose que tu ne me dis pas, c'est ça ?

– Oh oui, plein. Des choses que je ne raconterai probablement jamais à personne. »

Holly regarde au loin ; elle prend une décision…

Quand nous avons quitté l'esplanade centrale, seuls quelques flocons rêches voltigeaient à la hauteur des toits, mais, une centaine de mètres et deux intersections plus loin, c'est comme si le tuyau géant d'une pompe de la taille d'un sommet alpin crachait de gigantesques volutes de neige dans la vallée. J'ai des flocons dans le nez, dans les yeux, sous les aisselles ; la neige nous poursuit en hurlant sous la voûte de pierre d'un porche menant dans une cour intérieure sordide remplie de poubelles déjà à moitié recouvertes de cette même neige qui tombe à profusion. Holly se bat avec les clés, et puis nous voici à l'intérieur, la neige s'engouffrant dans l'embrasure, suivie des hululements du vent, jusqu'à ce que Holly claque la porte : soudain, tout est calme. Un petit couloir, un VTT, des marches qui montent. Les joues de Holly sont teintées d'un rose sombre. Elle est trop maigre : si j'étais sa mère, je la forcerais à avaler quelques desserts bien nourrissants. Nous retirons notre manteau et nos bottes, et elle me fait signe de grimper l'escalier moquetté en premier. À l'étage, je découvre un appartement léger, clair et spacieux, avec ses abat-jour en papier et ses lattes de plancher vitrifié qui grincent. L'antre de Holly, plus modeste que mes quartiers à Humber, date des années soixante-dix et non pas quinze cent soixante-dix, mais je le lui envie. Il est bien rangé et très dépouillé. Dans le salon, on trouve une vieille télévision et un magnétoscope, un canapé visiblement récupéré, un pouf poire, une table basse et une pile bien droite de livres dans un coin – l'inventaire est quasi exhaustif. La kitchenette est elle aussi minimaliste. Il y a sur l'égouttoir une seule assiette, un seul plat, une seule tasse, un seul couteau, une seule fourchette et une seule cuillère. Du romarin et de la sauge en pot sont posés sur une étagère. Les trois odeurs dominantes sont celles du pain grillé, du tabac et du café. Le seul signe visible de décoration est une petite peinture à l'huile représentant une maisonnette bleu clair sur un flanc de montagne verte qui domine un océan argent. Depuis la grande fenêtre de Holly, la vue est sans doute incroyable, mais, aujourd'hui, celle-ci est masquée par le blizzard, qui rappelle la neige sur un écran de télé dont l'antenne est débranchée. « C'est fou toute cette neige, commenté-je.

– C'est ça, les tempêtes. » Elle remplit la bouilloire. « Il y en a de temps en temps. Qu'est-ce que tu t'es fait à la cheville ? Tu boites.

– Je suis parti de mon ancien logement façon Spiderman.

– Et tu as atterri façon sac de patates.

– À mon camp de scouts, j'ai été absent la semaine où on apprenait à sauter du toit d'un bâtiment pour échapper à de dangereux macs. Je n'ai pas eu ma médaille, du coup.

– Je peux te prêter des bandes Velpeau. Mais d'abord… » Elle ouvre la porte d'un cagibi dont la fenêtre est aussi grande que le couvercle d'une boîte à chaussures. « En prenant les coussins du canapé et des couvertures, ma sœur y a plutôt bien dormi, quand elle est venue le mois dernier.

– On y est au chaud et au sec. » Je dépose mon sac à l'intérieur. « C'est parfait.

– Très bien. Je dormirai dans ma chambre et toi, tu dormiras ici. Pigé ?

– Bien compris. » Si une femme s'intéresse à vous, elle vous le fera savoir : si ce n'est pas le cas, il n'existe aucun après-rasage, cadeau ou réplique miracle susceptible de l'inciter à changer d'avis. « Je te remercie, vraiment. J'ignore comment je me serais débrouillé si tu n'avais pas eu pitié de moi.

– Tu t'en serais tiré. Les gars dans ton genre s'en sortent toujours. »

Je la regarde. « Comment ça, "les gars dans mon genre" ? »

Bouche fermée, elle soupire.

« 'tain, Lamb, tu es censé poser un bandage, pas un garrot. » Holly n'est pas vraiment impressionnée par mes talents de secouriste. « Il faut croire que tu as aussi raté la médaille de "médecin en herbe". D'ailleurs, est-ce que tu as déjà gagné la moindre médaille ? Non, t'embête pas à me répondre. Bon, laisse tomber… » Elle pose sa cigarette. « Je vais te le faire. Mais à la moindre blague à la con sur les infirmières, je te pète l'autre cheville avec la planche à pain.

– Promis, pas de blague sur les infirmières.

– Ton pied : sur le tabouret. Pas question que je me prosterne. »

Elle défait ma tentative foireuse de bandage, sanctionnant mon incompétence d'une moue désapprobatrice. Privé de sa chaussette, mon pied gonflé, comparé aux doigts de Holly, me semble étranger, obscène et repoussant. « Là, mets-toi d'abord de la crème à l'arnica. Ça fait des miracles sur les bleus et les foulures. » Elle me passe le tube. J'obéis, puis, une fois ma cheville bien luisante, elle l'enveloppe avec juste ce qu'il faut de pression et de maintien. J'observe ses doigts, ses cheveux bouclés, la façon dont son visage cache et révèle son climat intérieur. Ce n'est pas du désir sexuel. Le désir sexuel convoite, fait ce qu'il a à faire, puis retourne dans la forêt à pas de velours. L'amour a un appétit plus grand. L'amour vise à obtenir une attention de tous les instants ; une protection ; des alliances, des serments, un compte joint ; des bougies parfumées aux anniversaires ; une assurance vie. Des bébés. L'amour est un dictateur. Tout cela, je le sais, et pourtant, le haut-fourneau dans ma cage thoracique ne cesse de rugir *Toi Toi Toi Toi Toi Toi*, et je n'y peux fichtrement rien. Le vent s'en prend à la fenêtre. « Pas trop serré ? me demande Holly.

– C'est parfait », lui réponds-je.

« On se croirait dans une boule à neige géante », commente Holly en regardant la tempête. Elle me parle des chasseurs d'OVNI qui viennent à Sainte-Agnès, sujet qui, bizarrement, la mène à son expérience de cueilleuse de fraises dans le Kent et de vendangeuse à Bordeaux ; à la question des Troubles en Irlande du Nord et la raison pour laquelle ils ne cesseront pas tant que la ségrégation n'aura pas pris fin dans les écoles ; au jour où elle a traversé à ski un versant trois minutes avant une avalanche. J'allume une cigarette et lui raconte que, dans le Cachemire, un bus à destination du Ladakh que j'avais manqué a fait une sortie de route et atterri cent cinquante mètres plus bas ; pourquoi les habitants de Cambridge détestent les étudiants ; pourquoi il y a un zéro à la roulette ; le plaisir qu'il y a à faire de l'aviron sur la Tamise en été à six heures du matin. Nous parlons des premiers 45 tours que nous avons achetés, comparons *L'Exorciste* à *Shining*, différents planétariums et musées de cire. Nous débitons beaucoup de conneries, mais c'est si bon de regarder Holly Sykes parler. Je vide de nouveau le cendrier. Elle m'interroge sur mon programme d'échange de trois mois avec le Blithewood College, dans l'État de New York. Je lui en donne les grandes lignes en censurant certains épisodes, mais pas celui du chasseur qui, m'ayant pris pour un cerf, m'a tiré dessus. Elle évoque son amie Gwyn, qui a travaillé l'année dernière dans une colonie de vacances dans le Colorado. Je lui raconte la scène dans laquelle Bart Simpson téléphone à Marge depuis sa colo et lui annonce: «Je n'ai plus peur de la mort», mais Holly me demande qui est Bart Simpson, et je me retrouve à devoir le lui expliquer. Elle me parle des Talking Heads, et je croirais entendre une catholique qui énumère ses saints préférés. Nous nous rendons compte que nous ne sommes plus le matin. À l'aide d'un demi-paquet de farine et de ce qui traîne dans son frigo, je nous concocte une pizza, ce qui l'impressionne davantage qu'elle ne le montre. Aubergine, tomate, fromage, pesto et moutarde de Dijon. Il y a aussi une bouteille de vin au frais, mais je nous sers de l'eau pour qu'elle n'aille pas s'imaginer que je cherche à la soûler. Je lui demande si elle est végétarienne, car j'ai remarqué que même ses cubes de bouillon sont sans viande. Elle me le confirme et me raconte que, à seize ans, elle est allée chez sa grand-tante Eilísh, en Irlande, « et une brebis est passée devant moi en bêlant et je me suis dit: "Bordel de merde, ce sont ses enfants que je mange!" » Je constate tout haut que les gens ont le chic pour esquiver les vérités qui dérangent. Après avoir lavé la vaisselle – « pour payer mon loyer » –, je découvre qu'elle n'a jamais joué au backgammon, alors je nous bricole un plateau de jeu à l'aide de la boîte en carton de ses Weetabix et d'un feutre. Elle déniche deux dés dans un pot au fond d'un tiroir, et, comme jetons, nous utilisons des centimes. À la troisième partie, elle joue suffisamment bien pour que je puisse la laisser gagner de façon crédible.

« Bravo, la félicité-je. Tu apprends vite.

– Tu crois que je devrais te remercier de m'avoir laissée te battre ?

– Ah non, pas du tout ! Je t'assure, tu m'as battu en bonne et…

– Tu es un virtuose du mensonge, gosse de riche. »

Plus tard, nous allumons la télévision, mais la réception est mauvaise avec la tempête, et sur l'écran souffle le même blizzard qu'à travers la fenêtre. Holly sort une cassette vidéo héritée du locataire précédent : un film en noir et blanc. Elle s'allonge sur le canapé, je suis affalé dans le pouf poire et le cendrier est posé en équilibre sur l'accoudoir qui nous sépare. J'essaie de me concentrer sur le film et de ne pas penser à son corps. C'est un film britannique tourné dans les années quarante, je dirais. Il manque les premières minutes et nous ne connaissons pas le titre, mais il est assez captivant malgré la diction surannée des acteurs. Les personnages sont embarqués sur un navire traversant de grandes étendues brumeuses : il se passe un certain temps avant que les passagers, Holly et moi comprenions qu'ils sont tous morts. Des antécédents viennent donner de la consistance à chaque personnage – une recette qu'utilisait déjà Chaucer au quatorzième siècle –, puis entre en scène la figure tutélaire d'un grand Examinateur qui détermine quel sera le sort de chaque passager dans l'au-delà. Ann, l'héroïne sainte-nitouche, obtient un laissez-passer pour le paradis, mais Henry, son héros de mari – un pianiste autrichien et résistant qui s'est suicidé en se mettant la tête dans le four –, devra travailler à bord d'un navire similaire effectuant des traversées entre les deux mondes. L'épouse annonce au grand Examinateur qu'elle préfère renoncer au paradis pour rester avec son mari. Holly pousse un petit ricanement nasal. « Oh non, pitié ! » Ann et Henry entendent soudain un bris de glace et se réveillent chez eux, sauvés de l'asphyxie au gaz grâce au vent qui pénètre par les carreaux cassés. Envolée de violons, le mari et sa femme se serrent dans les bras, une vie nouvelle s'offre à eux. Fin.

« Quelle daube, juge Holly.

– Qui nous a tout de même tenus en haleine. »

Derrière la fenêtre, tout est éclairé d'une douce lueur mauve, à l'exception des flocons qui dégringolent à proximité de la vitre. Holly se lève pour tirer les rideaux mais reste plantée devant, comme hypnotisée par la neige. « C'est quoi, la chose la plus stupide que tu aies jamais faite, gosse de riche ? »

Je remue sur mon pouf, qui bruisse. « Pourquoi ?

– Tu es si sûr de toi. » Elle tire les rideaux et se retourne en me fixant d'un regard presque accusateur. « Un peu comme tous les riches, j'imagine, mais toi, tu atteins des sommets. Ça t'arrive de faire des trucs si débiles qu'ils te font frissonner d'embarras – ou de honte – quand tu y repenses ?

– S'il faut que je passe en revue les centaines d'actes débiles que j'ai commis, on sera encore là l'année prochaine.

– Je te demande juste un exemple.

– Bon, d'accord… » Je suppose qu'elle veut que je me montre vulnérable – c'est un peu comme cette question idiote qu'on pose dans les entretiens d'embauche : « Quel est votre pire défaut ? » Qu'ai-je fait de suffisamment stupide pour constituer une réponse valide mais qui ne soit pas moralement ignoble (*cf.* l'ultime-plongeon-de-Penhaligon) au point de faire fuir un être normal ? « D'accord. J'ai un cousin, Jason, qui a grandi à Black Swan Green, dans un village du Worcestershire. Un jour, je devais avoir à peu près quinze ans, pendant une réunion de famille, la mère de Jason nous a envoyés tous les deux acheter quelque chose à l'épicerie du village. Il était plus jeune que moi et facilement influençable. Et à quoi me suis-je amusé, moi, son vénérable cousin de Londres ? J'ai volé un paquet de cigarettes à l'épicerie, embobiné Jason pour qu'il me suive dans les bois, et l'ai convaincu que sa petite vie merdique de souffre-douleur prendrait un tout autre tour s'il se mettait à fumer. Non, ce n'est pas une blague. Genre, le personnage du méchant dans une campagne anti-tabac. Docile, mon cousin a répondu : “D'accord”, et quinze minutes plus tard, il était à quatre pattes devant moi, en train de vomir ses tripes. Voilà. C'était stupide et cruel. Chaque fois que j'y songe, ma conscience me traite de salopard » – je grimace pour camoufler ce mensonge – « et, intérieurement, je demande pardon à Jason. »

Holly s'interroge : « Est-ce qu'il fume, aujourd'hui ?

– Non, je crois qu'il n'a plus jamais fumé.

– Peut-être que tu l'en as dissuadé à vie, ce jour-là.

– Peut-être bien. Et toi, qui t'a appris à fumer ? »

« Et je suis partie, direction les marécages du Kent. Je n'avais rien planifié, je voulais juste… » La main de Holly gesticule, désignant le lointain. « Le premier soir, j'ai dormi dans une église au beau milieu de nulle part, et… c'est à ce moment-là que ça s'est passé. C'est le soir où Jacko a disparu. Chez nous, au Captain Marlow, il avait pris son bain, Sharon lui avait lu une histoire, Maman lui avait dit bonne nuit. Il n'y avait rien d'anormal – mis à part que j'avais fugué. Après avoir fermé le pub, comme d'habitude, Papa était allé dans la chambre de Jacko éteindre sa radio. Il s'endormait avec, en écoutant des programmes où les gens baragouinaient dans des langues étrangères. Mais le dimanche matin, Jacko avait disparu. Il n'était plus dans le pub. Comme dans un mauvais polar, les portes étaient verrouillées de l'intérieur. Au début, les flics – et même Maman et Papa – croyaient que j'avais manigancé quelque chose avec Jacko, et il a fallu attendre… » – Holly se tait quelques instants pour se reprendre – « … qu'on retrouve ma trace le lundi après-midi dans une exploitation fruitière sur l'île de Sheppey, où je m'étais dégoté un boulot de cueilleuse, pour que la police se lance réellement à la recherche de mon frère. Trente-six heures plus tard. Ça a commencé par des limiers et des annonces à la radio… » – Holly se passe la main sur le visage – « … puis des bénévoles de la région qui ratissaient les terrains vagues aux alentours de Gravesend, puis les plongeurs de la police qui fouillaient… là où c'était le plus évident, enfin tu vois, quoi. Ils n'ont rien trouvé. Pas de cadavre, pas de témoins. Les jours ont passé, aucune piste n'a donné quoi que ce soit. Mes parents ont fermé le pub pendant des semaines entières, je n'allais pas à l'école, Sharon pleurait tout le temps… » – Holly s'étrangle. « Tu pries pour que le téléphone sonne, et puis, quand c'est le cas, tu as trop peur que ce soit une mauvaise nouvelle, alors tu ne décroches pas. Maman était une loque, Papa… Il faisait tout le temps des blagues, avant. Après ça, il était… je ne sais pas… comme vidé. Je ne suis pas sortie de chez nous pendant de très longues semaines. En fait, j'avais abandonné le lycée. Si Ruth, ma belle-sœur, n'avait pas été là, pris un peu le relais, emmené ma mère en Irlande en automne, honnêtement, je ne sais pas si Maman serait encore vivante. Même aujourd'hui, sept ans après, ça reste… c'est horrible à dire, mais aujourd'hui, quand j'entends des histoires de meurtre d'enfant aux infos, je me dis : "C'est l'enfer, c'est le pire des cauchemars, mais au moins, ils savent, eux. Au moins, ils peuvent faire leur deuil." Pas nous. Bon, je sais bien que Jacko serait rentré s'il avait pu, mais tant qu'on n'en aura pas la preuve, tant qu'on ne retrouvera pas de… » – la voix de Holly se bloque – « … de cadavre, notre imagination ne la bouclera pas. Elle dit des trucs du genre : "Et s'il s'était passé ceci ? Et s'il était arrivé cela ? Et s'il était encore en vie, enfermé dans la cave d'un psychopathe, en train de prier pour qu'on vienne le délivrer aujourd'hui ?" Mais ce n'est même pas ça, le pire… » Elle détourne le regard afin que je ne puisse pas voir son visage. Inutile de lui dire de prendre son temps, même si son réveil portatif sur l'étagère indique vingt et une heures quarante-cinq. Je lui allume une cigarette et la lui glisse entre les doigts. Elle emplit ses poumons de fumée puis expire lentement. « Si je n'avais pas fugué ce week-end-là – à cause d'un connard de petit copain –, est-ce que Jacko se serait volatilisé du Captain Marlow ? » Elle ne me fait toujours pas face. « Non. La réponse est non. C'est donc ma faute. Dans ma famille, ils me disent que ce n'est pas vrai, le psychologue que je suis allée voir pense la même chose, et tout le monde, d'ailleurs. Mais eux, ils n'ont pas cette question – "Est-ce que c'est ma faute ?" – qui revient tambouriner dans leurs têtes toutes les heures, tous les jours. Et ils n'ont pas la réponse, non plus. »

Sur son clavier, le vent martèle les accords d'un organiste fou.

« Je ne sais pas quoi te dire, Holly… »

Elle termine son verre de vin blanc.

« … si ce n'est d'arrêter ce cirque. C'est insultant. »

Elle se tourne vers moi, les yeux rougis, la mine choquée.

« Oui, réitéré-je, c'est insultant. Pour Jacko. »

Manifestement, personne ne lui a jamais dit cela.

« Mets-toi à sa place. Imagine que Jacko parte subitement on ne sait où. Imagine que tu te lances à sa recherche, mais qu'un…

qu'un malheur s'abatte sur toi et t'empêche de rentrer. Tu penses que tu voudrais que Jacko passe le restant de sa vie à se laisser ronger par la culpabilité parce que, un jour, il a agi sans réfléchir et que ça t'a causé du souci ? »

Holly semble ne pas en croire ses oreilles. D'ailleurs, c'est vrai : moi-même je ne sais pas comment j'ose dire cela ? Elle est à deux doigts de me flanquer à la porte.

« Tu voudrais qu'il vive pleinement sa vie, poursuis-je. N'est-ce pas ? Qu'il la vive encore plus pleinement, et pas l'inverse. Tu aurais besoin qu'il vive ta vie à ta place. »

Le magnétoscope choisit cet instant pour éjecter la cassette. La voix de Holly chevrote. « Alors je suis censée faire comme s'il ne s'était jamais rien passé ?

– Ce n'est pas ce que je dis. Mais arrête de te flageller parce que tu n'as pas su anticiper la réaction d'un gosse de sept ans à un banal geste de révolte de l'adolescente que tu étais en 1984. Arrête de creuser ta tombe dans un endroit aussi merdique que Le Croc. Ta pénitence n'est d'aucune aide à Jacko. Bien sûr, sa disparition a changé ta vie – comment pourrait-il en être autrement ? – mais tu crois vraiment que tu vas arranger les choses en gâchant ton talent et ta jeunesse à servir des cocktails à des types comme Chetwynd-Pitt et moi, au bénéfice d'un patron comme Günter, qui baise ses employées et refourgue de la came à ses clients ?

– Et je suis censée faire quoi, alors ? riposte sèchement Holly.

– Comment veux-tu que je le sache ? Je n'ai pas eu à surmonter ce que, toi, tu as surmonté. Mais puisque tu me poses la question, il y a des milliers d'autres Jacko à Londres à qui tu pourrais venir en aide. Des ados fugueurs qui vivent dans la rue, victimes de Dieu sait quoi. Tu m'as appris beaucoup de choses aujourd'hui, Holly, et je t'en suis reconnaissant, même si tu penses que j'ai trahi ta confiance en te parlant de cette façon. Il n'en reste pas moins que je n'ai pas entendu un seul argument qui justifie que tu te prives de vivre une existence utile et, j'ose le dire, qui te rende heureuse. »

Holly se lève ; elle est en colère, blessée et a les yeux bouffis. « J'ai à moitié envie de te frapper avec un objet métallique. » Elle ne plaisante pas. « Pas qu'à moitié, en fait. Donc, je vais aller me coucher. Mieux vaudrait que tu aies déguerpi demain matin. Éteins la lumière quand tu iras au lit. »

Au moment où je suis réveillé par le faible rai de lumière, j'ai l'esprit embrumé et le corps coincé dans un sac de couchage emmêlé. Une toute petite pièce, presque un placard ; une silhouette de fille qui porte un maillot de rugbyman, de longs cheveux qui bouclent… Holly : ça s'annonce bien. Holly, à qui j'ai intimé l'ordre de mettre fin à sept années d'un deuil entamé à la disparition d'un petit frère – vraisemblablement mort et habilement enterré –, vient à présent me mettre à la porte le ventre vide, à la merci d'un avenir plus qu'incertain… Ça s'annonce plutôt mal, en fait. Mais la petite fenêtre est toujours aussi noire que la nuit. Et mes yeux, toujours aussi creusés de fatigue. De ma bouche sèche, tapissée de tabac et de pinot blanc, s'échappe un croassement : « On est déjà le matin ?

– Non », répond Holly.

La respiration de la fille devient plus profonde à mesure qu'elle s'assoupit. Son futon est notre radeau et le sommeil une rivière. Je passe au crible toutes les odeurs. « Je manque de pratique », m'a-t-elle dit, dans un méli-mélo de cheveux, de vêtements et de peau. J'ai répondu que moi aussi, ce à quoi elle a rétorqué : « Arrête tes conneries, gosse de riche. » Un violoniste mort depuis belle lurette joue une *partita* de Bach dans le radio-réveil. Le haut-parleur merdique vrombit sur les notes les plus aiguës, mais je n'échangerais pas cette heure contre un concert privé de Yehudi Menuhin sur son stradivarius. Pas plus que je ne voudrais revenir à ce discours d'un niveau digne d'étudiants de premier cycle que mes camarades de Humber et moi avons tenu sur la nature de l'amour, l'autre soir au Croc ; cependant, si l'occasion devait se représenter, je dirais à Fitzsimmons *et al.* que l'amour est la fusion nucléaire qui s'opère au cœur du soleil. Qu'avec l'amour, les pronoms se confondent. Que l'amour est à la fois sujet et objet. La différence qui oppose sa présence à son absence est la même qui oppose la vie à la mort. Pour l'expérience, j'articule un *je t'aime* silencieux à Holly, qui respire comme la mer. Puis je m'exécute une nouvelle fois, mais en chuchotant, à peu près au même niveau sonore que le violon : « Je t'aime. » Il n'y a personne pour le voir ni l'entendre, mais l'arbre dans la forêt n'en tombe pas moins[1].

Il fait toujours noir. Le silence alpin mesure plusieurs kilomètres d'épaisseur. La lucarne située au-dessus du lit de Holly est couverte de neige, mais, à présent que la tempête a cessé, j'imagine qu'on voit les étoiles. J'aimerais lui acheter un télescope. Pourrais-je lui en envoyer un ? D'où le lui expédierais-je ? Mon corps me fait mal et semble flotter, mais mon esprit passe en revue les événements de la nuit et de la journée d'hier, tel un collectionneur de vinyles égrenant des 33 tours. Dans le radio-réveil, un présentateur fantomatique nommé Antoine Tanguay est aux manettes de la nocturne, de trois à quatre heures du matin. Comme les meilleurs DJ, Antoine Tanguay ne dit presque rien. J'embrasse la chevelure de Holly, mais, à ma grande surprise, cette dernière est réveillée : « Quand est-ce que le vent s'est calmé ?

– Il y a une heure. C'est comme si quelqu'un l'avait débranché.

– Tu es réveillé depuis une heure ?

– Je n'ai plus de bras, mais je ne voulais pas te déranger.

– Imbécile. » Elle soulève son corps pour m'indiquer de le retirer.

J'enroule une longue mèche de ses cheveux autour de mon pouce et me la frotte sur les lèvres. « J'ai tenu des propos déplacés, hier soir. Au sujet de ton frère. Je suis désolé.

1. Allusion à une célèbre expérience de pensée du philosophe empiriste Berkeley : « Un arbre qui tombe dans la forêt, fait-il du bruit s'il n'y a personne pour l'entendre ? »

– Tu es pardonné. » Elle fait claquer l'élastique de mon caleçon. « 'faut croire, en tout cas. Peut-être que c'était ce que j'avais besoin d'entendre. »

J'embrasse la bobine de cheveux puis la dévide. « Si d'aventure, il te restait une cigarette… »

Dans la pénombre veloutée, j'aperçois son sourire : une lame de bonheur pénètre entre mes côtes. « Quoi ?

– Utilise une expression comme "Si d'aventure" à Gravesend, et tu seras crucifié sur le rond-point d'Ebbsfleet pour suspicion de vote conservateur. Eh non, plus de cigarettes. J'étais sortie pour ça hier, mais je suis tombée sur un type pas trop moche qui me colle aux basques et qui a eu la bonne idée de se retrouver à la rue trois quarts d'heure avant le début d'une tempête de neige, et, du coup, je suis rentrée sans en avoir acheté. »

Je passe mes doigts sur ses pommettes. « Comment ça, "pas trop moche" ? Mais quelle peau de vache. »

Elle bâille sur une octave. « J'espère qu'on pourra creuser un chemin pour sortir demain.

– Pas moi. J'adore ça, être enneigé avec toi.

– Ouais, d'accord, mais il y en a qui doivent bosser, tu sais ? Günter s'attend à ce que le bar soit blindé. Des touristes en manque de drague et de fête. »

J'enfonce la tête dans le creux de son épaule nue. « Non. »

Sa main explore mon omoplate. « Comment ça, "non" ?

– Non, tu n'iras pas au Croc demain. Désolé. Premièrement, parce que maintenant que je suis ton homme, je te l'interdis. »

Le *sss, sss* qu'elle pousse est une sorte de rire. « Deuxièmement ?

– Deuxièmement, si tu y vas, il faudra que je descende toutes les personnes de sexe masculin âgées de douze à quatre-vingt-dix ans qui oseraient t'adresser la parole, ainsi que les éventuelles lesbiennes. Soixante-quinze pour cent de la clientèle du Croc, en fait. On aura droit à des gros titres du genre "Bain de sang dans les Alpes" ou "Lamb le boucher", et étant du genre pacifico-végétarienne, tu n'aimerais pas voir ton nom associé à un massacre, n'est-ce pas ?

Donc tu ferais mieux de rester cloîtrée » – je lui embrasse le nez, le front et les tempes – « avec moi toute la journée. »

Elle pose l'oreille contre mes côtes. « Non, mais tu as entendu ton cœur ? Keith Moon est coincé dedans ou quoi ? Je savais pas que je m'étais envoyée en l'air avec un mutant. »

La couverture ayant glissé de son épaule, je la remonte. Nous ne disons rien pendant un moment. Antoine chuchote dans son studio radiophonique situé Dieu sait où, puis lance « In a Landscape » de John Cage. Le morceau déroule sa bobine de notes qui vagabondent. « S'il existait un bouton pause pour le temps, dis-je à Holly, j'appuierais dessus. J'appuierais… » – mon doigt se pose sur un point situé un peu au-dessus de l'espace entre ses deux sourcils – « … ici. Immédiatement.

– Mais si tu faisais ça, tout l'univers se figerait, y compris toi, et tu ne pourrais pas ré-appuyer sur "play" pour relancer le temps. On serait bloqués pour toujours. »

Je l'embrasse sur la bouche et le sang afflue partout dans mon corps.

Elle murmure : « Si on donne de la valeur aux choses, c'est parce qu'on sait qu'elles ne dureront pas. »

Lorsque je me réveille l'instant d'après, la chambre de Holly est grise, comme sous un trou percé dans la banquise. Antoine-le-chuchoteur s'est tu depuis longtemps : à la radio grésille du rap franco-algérien, et le réveil indique 08:15. Elle prend sa douche. Si je dois changer de vie, c'est aujourd'hui ou jamais. Je retrouve mes vêtements, étends sur le lit la couette tout entortillée et jette les mouchoirs dans une petite corbeille d'osier. Puis je remarque un gros pendentif rond en argent accroché à une carte postale collée au mur à la Patafix au-dessus de la boîte qui fait office de table de nuit. Le pendentif est un labyrinthe composé de lignes creuses et en relief. Il a été confectionné à la main avec beaucoup de soin, mais il semble trop lourd pour être porté longtemps, il est tellement gros qu'il accaparerait l'attention des gens en permanence. J'essaie de le résoudre en l'arpentant du regard, mais m'y perds une première, une deuxième, puis une troisième fois. C'est seulement en le tenant au creux de ma main et en me servant de l'ongle de mon auriculaire que je parviens à en atteindre le centre. Si ce labyrinthe existait et qu'on s'y retrouve coincé, il faudrait du temps et de la chance pour en sortir. Le moment venu, je demanderai à Holly ce que c'est.

Et la carte postale ? C'est un pont suspendu comme il y en a des centaines dans le monde. Holly est toujours sous la douche : j'arrache la carte du mur et la retourne…

19 août 1985
Aujourd'hui, j'ai traversé le pont du Bosphore ! Comme on n'a pas le droit d'y aller à pied, je suis passé d'un continent à l'autre dans un bus rempli d'écoliers et de mémés. Voilà, maintenant je peux dire que je suis allé en Asie. C'est génial, Istanbul ! Les mosquées et leurs tours-toupies, la circulation dingue, la chaleur de malade le midi, les gosses des rues qui te refourguent des cigarettes de contrebande (25 pence le paquet de Rothmans), les marchés où on vend des fruits que je n'avais jamais vus, les places ombragées et leurs pigeons, les verres de thé au citron, le zoo et ses animaux dépressifs (et même des terriers !), une fête foraine pleine de gens heureux, une auberge aux cloisons fines et dont les lits grincent, des ruelles qui te ramènent toujours à la mer, des centaines de petits bateaux (comme dans le temps sur la Tamise, j'imagine) et de cargos – si ça se trouve, il y en aura un qui passera devant le Captain Marlow en chemin vers les docks de Tilbury ! Prochaine étape, Athènes.
Salut et prends soin de toi.
Ed ×

Hugo Lamb, je te présente la jalousie sexuelle. Ouh là. Comment ce Ed ose-t-il envoyer une carte postale à Holly ? À moins qu'il ne s'agisse – ce serait pire – d'une série de cartes postales ? En a-t-il envoyé une d'Athènes ? C'est un petit ami ? Voici donc pourquoi les gens normaux commettent des crimes passionnels. Je voudrais qu'Ed soit cloué au pilori et lui jeter à la figure des statuettes de plâtre de deux kilos à l'effigie du Jésus du Corcovado jusqu'à ce qu'il ne reste plus rien de sa tête. C'est le sort que me réserverait Olly Quinn s'il découvrait que j'ai baisé Ness. Puis je relève la date : 1985 – quel soulagement, alléluia ! Attends un peu : pourquoi Holly a-t-elle trimbalé cette carte postale pendant six ans avec elle ? Ce crétin ne sait même pas que ses « tours-toupies » s'appellent des minarets. À moins que ce soit une *private joke*. Ce serait pire. Comment ose-t-il ! Est-ce également lui qui lui a donné le pendentif-labyrinthe ? Ce serait logique. Quand j'étais en elle, est-ce qu'elle pensait à lui ? Oui, bon, je sais, je sais : ce sont là de vilaines pensées ridicules et hypocrites, n'empêche que ça fait mal ! Je suis tenté de livrer la carte postale d'Ed à la flamme de mon briquet et de regarder brûler le pont du Bosphore, le ciel bleu et la rédaction de collégien, ha ha ! Puis, je tirerai la chasse sur les cendres qui finiraient dans les égouts, comme les Russes l'ont fait avec ce qui restait d'Adolf Hitler. Non. Respire un bon coup, calme-toi, laisse Hitler en dehors de tout ça, et regarde plutôt le « salut » détaché qui précède la signature. Si c'était vraiment son petit ami, il aurait écrit : « Je t'aime, Ed. » Soit, mais il y a la croix synonyme de bisou. Songe aussi que si Holly a reçu cette carte postale à Gravesend en 1985, il n'était pas en train de la brouter sur un lit européen grinçant. Ed devait appartenir à la catégorie « ni-ami-ni-amant ».

Selon toute vraisemblance.

« La douche est libre », annonce-t-elle en passant devant la porte, ce à quoi je réponds : « Merci », sur le même ton neutre. D'habitude, j'ai beaucoup de respect pour quelqu'un qui se montre d'un pragmatisme distant le lendemain matin, mais à présent que cet épieu de bois qu'on appelle Amour m'a été planté en plein cœur, je ne souhaite rien d'autre qu'obtenir le signe d'une intimité partagée et m'efforce d'ignorer un pressant besoin d'aller embrasser Holly. Imagine qu'elle refuse. Ne lui force pas la main. Je me douche à l'eau bouillante, passe des vêtements propres – comment font les fugitifs pour leur linge ? – et vais dans la kitchenette où un mot m'attend :

> Hugo,
> Pour ce qui est des au revoir, je suis assez lâche, alors j'ai préféré filer au Croc commencer le nettoyage. Si tu veux rester chez moi ce soir, apporte-moi le petit-déjeuner et je te dégoterai un plumeau et un tablier en dentelle. Si tu ne te pointes pas, eh bien c'est la vie, et bonne chance avec ta métamorfose (c'est bien comme ça que ça s'écrit ?).
> H.

Ce n'est pas une lettre d'amour, mais ce mot laissé par Holly est plus précieux que toutes les lettres qu'on m'a envoyées, sans exception. Et les trois traits zorroesques de ce H me paraissent à la fois intimes et runiques. Son écriture ne ressemble pas à celle d'une fille, et, d'un point de vue calligraphique, je dirais même que c'est une catastrophe, mais elle reste malgré tout lisible ; et puis, cette écriture, c'est la sienne. Que de découvertes. Je plie son mot et le glisse dans mon portefeuille, attrape mon manteau, dévale l'escalier et me voici à l'extérieur en train de marcher dans les traces laissées par Holly il y a dix minutes dans les cinquante centimètres de neige de la cour, où la froidure matinale vous fauche d'un tir plongeant, mais le bleu du ciel est bleu comme la Terre vue de l'espace, la chaleur du soleil semblable au souffle d'une amante, et des gouttes de lumière plic-ploquent des stalactites dans les rues escarpées tirées des livres de contes et dont les passants ont l'âme des montagnes ; les enfants sont heureux d'être en vie et les boules de neige volent d'un trottoir à l'autre. Je lève les mains et déclare : « *Je me rends** ! » mais une boule atteint sa cible : je me tourne afin de voir le petit merdeux qui m'a touché, m'aggripe le cœur et fais semblant de mourir : « *Il est mort ! Il est mort** ! » crie le sniper, mais, à ma résurrection, les gamins s'envolent comme des feuilles mortes. Au coin de la rue apparaît l'esplanade de la ville, mon esplanade préférée en Suisse, voire dans le monde entier. L'hôtel Le Sud, les maisons aux pignons surmontés d'avant-toits, fierté civique tout legolandienne, et l'horloge de l'église, qui frappe neuf coups d'or. Des sommets alpins se dressent de toute part. Le crêpier, qui installe son stand en face de la pâtisserie où tout a commencé hier. « I'm Not In Love » clame le groupe 10CC, mais, *au contraire**, je sais que je suis amoureux. Le crêpier, lui, a l'air de savoir que je vois le visage de Holly sur chaque surface, ainsi que sa nuque, ses lèvres, sa mâchoire, ses cheveux et ses vêtements. J'entends ses « Genre », « Arrête tes conneries », « C'est la vérité », je me souviens de ses oreilles légèrement elfiques, des parties tendres de son corps, de son nez un peu écrasé, de son regard d'un bleu stratosphérique et toujours sur le qui-vive, son shampooing Body Shop à l'huile essentielle d'arbre à thé. Chaque pas me rapproche d'elle. Je me demande à quoi elle pense… Si je vais vraiment me pointer ? La circulation est plutôt lente, mais je vais attendre que le petit bonhomme passe au vert…

Un Landcruiser couleur crème éclaboussé de neige à moitié fondue et grise s'arrête à mon niveau. Sans laisser le temps à l'agacement d'avoir à contourner le véhicule de me gagner, la vitre teintée côté conducteur se baisse : je m'attends à ce qu'un touriste me demande son chemin. Mais je me trompe. Je connais la personne au volant – un type costaud, au teint basané et qui porte un pull de pêcheur. « Bien le bonjour, Hugo. Tu m'as tout l'air d'un type qui a le cœur à la fête. »

Son accent néo-zélandais le trahit. « Elijah D'Arnoq, roi des Fins Tireurs de Cambridge. » Il y a quelqu'un d'autre à l'arrière, mais D'Arnoq ne fait pas les présentations.

« Tu n'as pas l'air surpris, constaté-je. Dois-je comprendre que ce n'est pas une rencontre fortuite ?

– Tout juste. Mlle Constantin te salue. »

Je comprends. J'aurai à choisir entre deux métamorphoses. La première est étiquetée « Holly Sykes », et la seconde… De quoi s'agit-il, au juste ?

Elijah D'Arnoq tape sur la portière du Landcruiser. « Monte. À toi de choisir, tu peux enfin découvrir à quoi rime cette histoire, ou passer ta vie à te le demander. C'est maintenant ou jamais. »

Après la pâtisserie, au fond de la ruelle, j'aperçois l'enseigne en forme de crocodile du bar de Günter. Il y a quoi, cinquante mètres de distance ? *La fille d'abord!* me conseille le Picsou repenti et ivre d'amour qui sommeille en moi. *Imagine la tête qu'elle fera quand elle te verra entrer!* L'autre moi, sobre, croise les bras et regarde D'Arnoq, perplexe : *Et ensuite?* Ensuite, nous prendrons le petit-déjeuner, j'aiderai Holly à nettoyer le bar, me planquerai chez elle en attendant que mes camarades de Humber soient rentrés chez eux, nous baiserons comme des lapins jusqu'à ne plus pouvoir marcher, et pendant que, à bout de souffle, nous jouirons vite et fort, un authentique « Je t'aime » m'échappera, et un « Moi aussi, je t'aime, Hugo » jaillira de sa bouche, tout aussi authentique, comme ça, sans crier gare. Et ensuite? Je téléphonerai au secrétariat de Humber College pour leur annoncer que j'ai traversé une petite période de dépression et souhaiterais mettre ma dernière année d'études en suspens. Je raconterai à ma famille... je ne sais pas très bien quoi, mais je trouverai quelque chose, et puis j'offrirai à Holly un télescope. Et ensuite? Je me surprendrai à ne plus penser à elle à chaque réveil. Sa façon de dire « genre » ou « C'est la vérité » commencera à m'agacer, puis viendra le jour où je découvrirai – comme tout le monde – que l'adage « All You Need Is Love » ne dit pas toute la vérité, loin s'en faut : non, l'amour ne suffit pas. Et ensuite ? L'inspecteur Sheila Young aura retrouvé ma trace et ses homologues suisses m'emmèneront au commissariat pour un interrogatoire et ne me permettront de regagner l'appartement de Holly que si je leur remets mon passeport. « *Hé, c'est quoi, cette histoire, gosse de riche ?* » Il faudra alors confesser à Holly soit que j'ai volé des timbres de collection à une personne victime d'un AVC, soit que j'ai tant et si bien poussé à s'endetter un camarade de Humber que celui-ci s'est suicidé en se jetant d'une falaise au volant de sa voiture. À moins que je lui avoue les deux, mais peu importe : Holly me rendra mon télescope et changera ses serrures. Et ensuite ? J'accepterai de retourner à Londres pour un interrogatoire, mais récupérerai le passeport de Marcus Anyder en chemin et prendrai un billet pour un charter à destination d'un pays d'Extrême-Orient ou d'Amérique Centrale ? Ce genre d'arc narratif fait de bons films mais des existences minables. Et ensuite ? Faire durer au maximum le pécule d'Anyder jusqu'à ce que je succombe à l'inévitable : j'ouvre un bar pour les gamins qui ont pris une année sabbatique et je me transforme en Günter. Je remarque l'anorak argenté posé sur le siège à côté de D'Arnoq. « Est-ce que je pourrais au moins savoir dans les grandes lignes…

– Ce n'est pas comme ça que ça fonctionne. Si tu veux dire adieu à ton ancienne vie, tu dois faire le saut de la foi. Une authentique métamorphose ne te sera jamais livrée avec des explications toutes prêtes. »

Tout autour de nous, la vie continue, indifférente à mon dilemme.

« Mais laisse-moi te dire une chose, reprend le Néo-Zélandais. Nous avons tous été recrutés, sauf notre fondateur. » D'Arnoq désigne d'un mouvement de la tête le passager invisible à l'arrière. « Alors je sais ce que tu peux ressentir, Hugo. Le fossé entre le trottoir et cette voiture, c'est un gouffre. Mais on t'a étudié sous toutes les coutures, et si tu décides de traverser ce gouffre, la prospérité t'attend. Tu auras du poids sur les choses. Tout ce que tu voudras, maintenant et à jamais, tu l'obtiendras. »

Je lui demande : « Referais-tu le même choix aujourd'hui ?

– Maintenant que je sais ce que je sais, je serais prêt à tuer pour entrer dans ce véhicule. À tuer. Ce que tu as vu Mlle Constantin faire – le temps mis sur pause à King's College, ou ce clochard contrôlé comme une marionnette – ne constitue que le préambule de la première leçon. Tu as encore tant à apprendre, Hugo. »

Je me rappelle avoir tenu Holly dans mes bras, plus tôt ce matin. Mais c'est l'amour, le sentiment, que l'on aime. Pas la personne. Voilà l'ivresse exaltante à laquelle je viens de goûter à l'instant. Le sentiment d'être élu, désiré, de compter.

Plutôt pathétique, quand on regarde les choses à tête reposée.

Bon. Voilà qu'on me propose de contracter un véritable pacte faustien.

J'en sourirais presque. Le conte de Faust ne se finit pas très bien, il me semble.

Mais qu'est-ce qui finit bien ? La vie du brigadier Philby ?

Il a expiré paisiblement, entouré des siens.

Putain, si c'est ça, finir bien… À d'autres !

Quand les choses tournent au vinaigre, que devient Faust sans son pacte ?

Rien. Personne. On n'aurait jamais entendu parler de lui. Quinn.

Fitzsimmons. Un brillant étudiant de troisième cycle de plus.

Encore un type en gris brinquebalé matin et soir sur la District Line du métro londonien.

La portière arrière du Landcruiser s'ouvre de quelques centimètres.

Le type à l'arrière du véhicule – le fondateur – fait comme si je n'étais pas là, et D'Arnoq nous éloigne de l'esplanade de la ville sans piper mot. Je reste donc tranquillement assis et observe le visage de mon voisin dans le reflet de la vitre : environ quarante-cinq ans, lunettes sans monture, chevelure épaisse – peut-être l'effet du givre –, fossette au menton, rasé de près, et, à la mâchoire, une cicatrice sans doute porteuse d'une histoire. Son corps est mince et nerveux. Un ancien militaire d'Europe centrale ? Ses vêtements ne révèlent rien : une solide paire de bottines, un pantalon foncé en moleskine, une veste en cuir élimée et grise mais jadis noire. Si on le voyait au milieu d'une foule, on se dirait qu'il est architecte ou maître de conférences en philosophie. Mais il est très probable qu'on ne le verrait même pas.

Deux routes seulement partent de La Fontaine-Sainte-Agnès : la première monte jusqu'au hameau de La Gouille, mais D'Arnoq emprunte la seconde, qui descend dans la vallée en direction d'Euseigne. Nous dépassons une bifurcation qui mène au chalet de Chetwynd-Pitt, et je me demande si les garçons s'inquiètent de mon sort ou s'ils sont juste furieux que je les aie abandonnés aux maquereaux de leurs putains. Je m'interroge, mais de là à m'en soucier… Une minute plus tard, nous voici en dehors de la ville. La route est enclavée par des congères qui s'élèvent puis s'affaissent ; D'Arnoq conduit prudemment : certes, la voiture est équipée de pneus neige et la route a été salée, mais nous sommes en Suisse et en plein mois de janvier. J'ouvre la glissière de mon blouson et songe à Holly qui regarde la pendule au-dessus du bar ; mais les regrets sont pour les gens normaux.

« Nous avions perdu votre trace hier soir, déclare mon voisin, qui a l'accent européen d'une personne cultivée. La tempête de neige vous a fait échapper à notre vigilance. »

Je l'observe directement, à présent. « Oui, j'ai eu un désaccord avec mon hôte. Je vous prie de m'excuser si je vous ai donné du fil à retordre… monsieur.

– Vous pouvez m'appeler M. Pfenninger, monsieur Anyder. "Anyder", un nom bien choisi. Comme le principal fleuve de l'île d'Utopie. » L'homme observe le monde monochrome des parois de la vallée, des champs et des fermes recouverts de neige. Une rivière court le long de la route, noire et très rapide.

L'entretien commence. « Puis-je vous demander comment vous êtes au courant de l'existence d'Anyder ?

– Nous avons mené une enquête sur vous. Nous nous devons de tout savoir.

– Vous travaillez pour les services secrets ? »

Pfenninger secoue la tête. « Nos chemins ne se croisent qu'en de très rares occasions.

– Vos motivations ne sont donc pas politiques ?

– Tant qu'on veut bien nous laisser tranquilles, non. »

D'Arnoq ralentit et rétrograde avant de prendre un virage dangereux.

C'est le moment de me montrer direct. « Qui êtes-vous, monsieur Pfenninger ?

– Nous sommes les Anachorètes de la Chapelle du Vêpre du Cathare Aveugle du monastère des thomasiens du col du Sidelhorn. C'est un peu longuet, vous en conviendrez, c'est pourquoi nous utilisons plutôt le terme d'Anachorètes pour nous désigner.

– Cela fait assez franc-maçon, en effet. En êtes-vous ? »

Une lueur amusée brille dans son regard. « Non.

– Alors, pourquoi votre groupe existe-t-il, monsieur Pfenninger ?

– Il a pour dessein de garantir indéfiniment la survie du groupe en initiant de nouveaux membres à la psychosotérique de la Voie de l'Ombre.

– Et vous êtes le… le fondateur de ce… groupe ? »

Pfenninger regarde au loin. Les lignes à haute tension s'élèvent et retombent de pylône en pylône. Je suis le Premier Anachorète, il est vrai. M. D'Arnoq est désormais le cinquième. Mlle Constantin, que vous avez rencontrée, est la deuxième. »

D'Arnoq double prudemment une saleuse.

« "Psychosotérique", répété-je, je ne connais pas ce mot. »

Pfenninger cite le poème de Wordsworth « "Le bonheur endormait mes sens / J'ignorais les terrestres craintes." » Il me regarde comme s'il venait d'énoncer la chute d'une blague subtile : je me rends alors compte qu'il a parlé sans avoir parlé. Sa bouche est restée fermée. Ce qui est impossible. Je me trompe certainement. « "Elle semblait hors des atteintes / Et du toucher mortel des ans." » *Bis repetita*. Sa voix résonnait dans ma tête d'un son plein, inaltéré, comme diffusé par des écouteurs haut de gamme. Son visage me défie de lui dire qu'il y a un subterfuge. « "Sans plus de mouvement qu'un marbre / Sans force, corps aveugle et sourd." » Sa voix n'est pas étouffée, sa gorge ne palpite pas, pas d'entrebâillement révélateur à la commissure des lèvres. Un enregistrement ? Pour le vérifier, je me bouche les oreilles, mais la voix de Pfenninger demeure tout aussi claire. « "La Terre en son diurne tour / La roule avec le roc et l'arbre[1]." »

Interloqué, je m'efforce de fermer la bouche. « Comment… ?

1. William Wordsworth, Les Belles Lettres, 1928. Traduction d'Émile Legouis.

– Un terme existe pour désigner cela, dit Pfenninger tout haut. Je vous écoute. »

Je parviens à articuler : « La télépathie. »

Pfenninger s'adresse à notre chauffeur. « Avez-vous entendu, monsieur D'Arnoq ? »

Elijah D'Arnoq nous regarde via le rétroviseur intérieur. « Oui, monsieur Pfenninger, j'ai entendu.

– M. D'Arnoq m'a traité de ventriloque, lors de son initiation. Comme si j'étais un artiste de music-hall. »

D'Arnoq se défend : « C'est que je n'avais pas l'éducation de M. Anyder, moi, et à supposer que le terme existât à l'époque, il n'avait pas atteint les îles Chatham. Et puis, le stress post-traumatique m'avait laissé sur le carreau. On était en 1922.

– Voyons, il y a bien des décennies que nous vous avons pardonné, monsieur D'Arnoq, ma petite marionnette de bois à la mâchoire articulée et moi. » Pfenninger me lance un regard amusé, mais leur joute ne fait qu'ajouter à la bizarrerie de la situation. 1922 ? Pourquoi D'Arnoq a-t-il dit « 1922 » ? Voulait-il parler de 1982 ? Peu importe : la télépathie est une réalité. Elle existe. À moins que j'aie halluciné tout ce qui s'est produit au cours de la dernière minute. Nous passons devant un garage où un mécanicien déblaie la neige. Nous roulons le long d'un champ où un renard blanc perché sur une souche hume l'air.

« Donc » – j'ai la bouche sèche –, « la psychosotérique est synonyme de télépathie ?

– La télépathie est l'une de ses disciplines secondaires, me rétorque Pfenninger.

– L'une de ses disciplines secondaires, dites-vous ? Que peut-elle faire d'autre ? »

Un nuage se déplace, et la lumière mitraille la rivière.

Pfenninger me demande : « Quel jour sommes-nous, monsieur Anyder ?

– Euh… » Je cherche la réponse. « Le 2 janvier.

– C'est exact. Le 2 janvier. Souvenez-vous-en. » M. Pfenninger me fixe du regard : ses pupilles rétrécissent et je ressens comme une piqûre sur mon front. Je…

… cligne des yeux, et le Lancruiser a disparu : je me retrouve sur un large et long promontoire rocheux sur un flanc de montagne escarpé, sous un soleil de haute altitude. La seule raison pour laquelle je ne tombe pas est que je suis déjà assis sur un bloc de roche froide. Je halète plusieurs fois, en proie à la panique : mon souffle reste suspendu dans l'air, comme un vague phylactère vide. Comment suis-je arrivé jusqu'ici ? D'ailleurs, ici, où est-ce ? Je découvre autour de moi les vestiges de ce qui fut sans doute une chapelle. Peut-être un monastère – d'autres murs se trouvent un peu plus loin. Une couche de cinquante centimètres de neige recouvre le sol. Le promontoire rocheux se termine par un muret situé à quelques pas. Derrière les ruines, s'élève une paroi abrupte. Je porte mon blouson de ski, et j'ai le visage et les oreilles en feu, comme si je venais de faire un effort intense. Tous ces détails ne représentent rien à côté de ce fait majeur : il y a quelques secondes, j'étais à l'arrière d'une voiture en compagnie de M. Pfenninger. D'Arnoq était au volant. Et maintenant… maintenant.

« Te voilà de retour », dit Elijah D'Arnoq, à ma droite.

Je m'étrangle. « Nom de Dieu ! » Je me lève d'un bond, glisse, me redresse et fléchis les genoux, prêt à me battre ou à déguerpir.

« Du calme, Lamb ! Ça fiche les jetons, je sais… » Il est assis et dévisse le capuchon d'une thermos. « Mais tu es en sécurité. » Son anorak argenté réfléchit la lumière. « Du moins, tant que tu ne vas pas te jeter dans le vide comme un poulet décapité.

– D'Arnoq, où… ? Qu'est-ce qui s'est passé ? Où est-ce qu'on est ?

– Là où tout a commencé », me répond Pfenninger. Je virevolte dans l'autre direction et manque une deuxième fois de faire une crise cardiaque. Il porte une chapka et des après-ski. « Le monastère des thomasiens du col du Sidelhorn. Du moins, ce qu'il en reste. Il foule la neige jusqu'au parapet et regarde au loin. Vous croiriez au divin si vous viviez ici… »

Ils m'ont drogué et traîné jusqu'ici. Mais pourquoi ?

Et comment ? Je n'ai ni bu ni mangé quoi que ce soit dans le Landcruiser.

Par hypnose ? Pfenninger me regardait droit dans les yeux quand j'ai perdu connaissance.

Non. L'hypnose est une grosse ficelle qu'on retrouve dans les nanars. Pas assez subtil.

Puis je me souviens de Mlle Constantin et de la chapelle de King's College. Et si c'était elle qui avait provoqué l'absence que j'ai eue… exactement comme Pfenninger à l'instant ?

« Nous vous avons pétrifié, monsieur Anyder, explique Pfenninger. Nous avons procédé à une fouille afin de vérifier que vous n'hébergiez pas de passagers clandestins. La méthode est intrusive, mais on n'est jamais assez prudent. »

Lui ou D'Arnoq y comprennent peut-être quelque chose, mais pas moi. « Ce que vous racontez m'échappe totalement.

– Je m'inquiéterais si, à ce stade, ce n'était pas le cas. »

Je me palpe le crâne, cherchant à y déceler d'éventuels dégâts. « Combien de temps suis-je resté inconscient ? »

Pfenninger sort un exemplaire de *Die Zeit* et me le tend. En première page, Helmut Kohl serre la main du roi d'Arabie Saoudite. Et donc ? Qu'on ne me dise pas que le chancelier allemand est impliqué dans cette histoire. « La date, monsieur Anyder. Regardez donc la date. »

Là, en dessous du nom du journal : *4 Januar 1992*.

Ce qui n'est pas possible : nous sommes le 2 janvier 1992.

Pfenninger m'avait demandé de me souvenir de la date d'aujourd'hui dans la voiture, il y a un instant à peine.

À peine un instant. Et pourtant, *Die Zeit* insiste : nous sommes le 4 janvier 1992.

J'ai l'impression de tomber. Inconscient pendant deux jours ? Non, il est sans doute plus plausible que ce journal soit un faux. J'en tourne les pages et recherche désespérément une preuve que les choses ne sont pas ce qu'elles semblent être.

« Cela pourrait en effet être un faux journal, concède Pfenninger, mais à quoi bon manigancer une supercherie qui pourrait être aisément mise à mal ? »

C'est comme si j'avais reçu un coup de massue en pleine tête ; de plus, je me rends compte que j'ai une faim de loup. Je passe la main sur ma barbe de trois jours. Je me suis rasé ce matin, chez Holly. Ma barbe a repoussé. Je recule en titubant, effrayé par Elijah D'Arnoq et M. Pfenninger, ces deux… ces types paranormaux… ces… j'ignore ce qu'ils sont, mais, putain, il faut que je reparte vers… vers…

… vers où ? Nos traces laissées dans la neige disparaissent au détour d'un virage. Il y a peut-être un parking, un office du tourisme et des téléphones, juste là, à quelques pas, mais hors de vue… à moins qu'il n'y ait que des glaciers et des crevasses à trente kilomètres à la ronde. Dans l'autre direction, le promontoire rocheux sur lequel nous nous tenons se rétrécit jusqu'à un petit amas de sapins obstinés, puis c'est une paroi de pierre et de glace quasi verticale. Pfenninger m'observe, tandis que D'Arnoq verse un liquide grumeleux dans la tasse de la thermos. J'ai envie de hurler : « Un pique-nique ? ! » Je me presse les tempes. *Ça suffit, calme-toi.* L'après-midi est bien avancé. Les nuages s'étalent dans le ciel et commencent à prendre une teinte métallique. Ma montre… Je l'ai oubliée dans la salle de bains de Holly. Je marche jusqu'au muret et me poste à quelques pas de Pfenninger ; au bout, c'est un à-pic de cinquante mètres jusqu'à la route. Je vois un horrible pont moderne qui enjambe une profonde crevasse, ainsi qu'un panneau de signalisation que je n'arrive pas à déchiffrer à cette distance. La route grimpe sur cinq cents mètres jusqu'au pont en zigzaguant sur des pentes plongées dans l'ombre. Au-delà du pont, la route disparaît derrière un épaulement de la montagne sur laquelle nous sommes, près d'une cascade gelée qui donne une texture au grand silence. Nous, le panneau, le pont et l'asphalte : voilà les seuls signes du vingtième siècle. « Pourquoi m'avez-vous amené ici ?

– Cela me paraissait approprié, répond-il. Nous sommes en

Suisse, après tout. Mais d'abord, mettez-vous quelque chose dans le ventre : vous n'avez rien mangé depuis jeudi. »

D'Arnoq est à côté de moi, une tasse fumante à la main. Détectant des arômes de poulet et de sauge, mon estomac gronde. « Ne te brûle pas. »

Je souffle sur le potage et, prudent, en prends une petite gorgée. C'est bon. « Merci.

– Je te donnerai la recette. »

« Déplacer quelqu'un pendant qu'il est hiatalisé a un effet doublement explosif sur son cerveau, j'en suis désolé, mais » – Pfenninger époussette la neige sur le muret et m'indique de m'asseoir à côté de lui – « une mise en quarantaine était nécessaire si l'on voulait vous laisser pénétrer dans notre royaume. Vous êtes resté non loin d'ici, dans un chalet près d'Oberwald, depuis l'après-midi du 2 janvier, et nous vous avons amené ici ce matin. Ceci est le sommet du Galmihorn ; là, celui du Leckihorn ; et nous avons là-bas le Sidelhorn. »

Je lui pose la question suivante : « Vous êtes d'ici, monsieur Pfenninger ? »

Pfenninger me regarde. « Du même canton, oui. Je suis né à Martigny, en 1758. Oui, oui : 1758. J'ai reçu une formation d'ingénieur et, au printemps 1799, mandaté par la République helvétique, je suis venu ici même afin de superviser des réparations effectuées sur un ancêtre du pont qui passe au-dessus du gouffre en contrebas. »

Bien : si Pfenninger croit à ce qu'il raconte, alors il est fou. Je me tourne vers D'Arnoq, cherchant quelqu'un de sensé à qui me fier.

« Moi, je suis né en 1897, dit-il, amusé. J'étais un très lointain sujet de la reine Victoria, et j'habitais dans une maison de pierre à la toiture recouverte d'herbe, sur l'île de Pitt, à trois cents kilomètres à l'est de la Nouvelle-Zélande. À l'âge de vingt ans, j'ai embarqué sur un bateau qui transportait des moutons jusqu'à Christchurch avec mon cousin. Première fois sur la grande île, première fois dans un bordel et première fois dans un bureau du recrutement de l'armée. J'ai intégré l'ANZAC : j'avais le choix entre des aventures à l'étranger au service de Sa Majesté et de l'Empire, et passer soixante ans sur mon île avec pour toute perspective les moutons, la pluie et l'inceste. Je suis arrivé à Gallipoli, et comme tu as bien appris tes leçons d'histoire, je n'ai pas besoin de te raconter ce qui m'attendait là-bas. M. Pfenninger m'a trouvé dans un hôpital à proximité de Lyme Regis, après la guerre. Je suis devenu Anachorète à vingt-huit ans, d'où mon éternelle bouille de jouvenceau. Mais j'aurai quatre-vingt-quatorze ans la semaine prochaine. Désolé, Lamb : tu es entouré de fous. »

Je regarde Pfenninger. Puis D'Arnoq. Puis Pfenninger. La télépathie, les moments où j'étais pétrifié, le yéti : on me demande tout bonnement de réviser mon jugement sur tout ce dont le cerveau est capable. Mais si je suis cette injonction, j'enfreins une loi élémentaire. « Vous êtes en train de me dire…

– Oui, m'encourage Pfenninger.

– Que les Anachorètes…

– Oui, m'encourage D'Arnoq.

– … ne meurent pas ?

– Non, répond Pfenninger en fronçant les sourcils. Bien entendu que nous pouvons mourir : il suffirait d'une agression ou d'un accident. Mais nous ne vieillissons pas. Du point de vue anatomique, en tout cas. »

Je détourne le regard vers la cascade. Soit ils sont fous, soit ils mentent ; à moins que – c'est la pensée qui me perturbe le plus – ce ne soit ni l'un ni l'autre. J'ai si chaud à la tête que je retire mon bonnet. Quelque chose m'entaille le poignet : c'est le fin bracelet de cheveux noirs de Holly Sykes. Je le retire. « Messieurs, déclaré-je en m'adressant au panorama, je ne sais quoi penser ni vous dire.

– Sage décision que de surseoir un jugement plutôt que de se hâter et se fourvoyer, dit Pfenninger. Nous allons vous montrer la Chapelle du Vêpre. »

Je cherche des yeux un autre bâtiment. « Où se trouve-t-elle ?
– Non loin d'ici. Vous voyez cette arcade ? Regardez bien. »

Elijah D'Arnoq remarque mon inquiétude. « Promis, nous n'allons pas t'endormir, cette fois. Parole de scout. »

L'arcade en ruine détoure un paysage composé d'un pin, d'un sol recouvert d'une neige immaculée, et d'un abrupt flanc rocheux. Quelques instants sautillent tels des oiseaux. Le ciel est bleu comme une note aiguë et les montagnes sont presque transparentes. En bas de la cascade, l'eau gronde et bouillonne. Je tourne la tête vers D'Arnoq, qui a les yeux rivés sur l'endroit que je suis censé fixer. « Regarde. » J'obtempère et remarque qu'une illusion d'optique se produit. Ce que l'on voit à travers l'arche se met à onduler, comme si la vue était imprimée sur un rideau qu'un vent léger faisait remuer et qui est à présent écarté par une élégante main blanche sortant d'une fine manche bleu de Prusse. Mlle Constantin, au teint d'albâtre irisé d'or, passe la tête à l'extérieur et frissonne, saisie par le froid. « Le Sas, murmure Elijah D'Arnoq. Notre Sas. »

Je rends les armes. Un portail surgi de nulle part. Un bouton pause pour figer les gens. La télépathie qui est aussi réelle que les téléphones.

L'impossible est négociable.

Le possible est malléable.

Mlle Constantin s'adresse à moi : « Vous joindrez-vous à nous, monsieur Anyder ? »

LA NOCE

2004

16 AVRIL

« Si tu me demandes si je suis accro à la guerre, réponds-je à Brendan, la réponse est non. » À m'entendre, on croirait que je suis en colère. C'est sans doute vrai.

« Je ne parlais pas de toi, Ed ! » Mon quasi-beau-frère camoufle son rétropédalage derrière une onctuosité tonyblairienne. Brendan ressemble – c'est d'ailleurs ce qu'il est – à un promoteur immobilier de quarante-cinq ans qui ne vit que pour son travail et a rarement un week-end à lui. « On se doute bien que tu ne l'es pas. Évidemment que non. La preuve : tu as fait des milliers de kilomètres en avion pour revenir en Angleterre et assister au mariage de Sharon. Non, je te demandais juste s'il arrivait qu'un reporter de guerre devienne accro aux décharges d'adrénaline que lui procurent ses séjours dans les zones de conflit. C'est tout.

– C'est le cas pour certains, oui, concédé-je en me frottant l'œil et en songeant à Big Mac. Mais pas de risque que cela m'arrive. Les symptômes sont assez clairs. » Je demande à une serveuse encore adolescente qui passe par là de me resservir un Glenfiddich. Elle me l'apporte de suite, me répond-elle.

« Et juste par curiosité » – Sharon a quatre ans de moins que Holly et un visage plus rond que sa sœur –, « quels sont les symptômes ? »

Je me sens comme pris au piège, mais la main de Holly vient trouver la mienne, posée sur le banc, et la serre. « Les symptômes de l'addiction aux zones de conflit. Eh bien, j'imagine que ce sont les mêmes lieux communs qu'on raconte au sujet des correspondants étrangers : vie de couple tourmentée, désengagement des responsabilités familiales, frustrations ressenties à l'égard de la vie civile. Une consommation excessive d'alcool.

– Le Glenfiddich, ça ne compte pas, j'imagine ? » Dave Sykes, l'affable père de Holly, détend un peu l'atmosphère.

« Espérons que non, Dave. » Et espérons qu'on change de sujet.

« Tu dois assister à des scènes plutôt dures, Ed », intervient Pete Webber, comptable, fana de vélo qui doit se marier demain. Il a les oreilles décollées et une calvitie précoce, mais Sharon l'épouse par amour, et non pour son potentiel capillaire. « Sharon disait que tu avais couvert les conflits en Bosnie, au Rwanda, en Sierra Leone et à Bagdad. Le genre de lieux que la plupart des gens tentent de fuir.

– Tu as des journaleux qui bâtissent leur carrière dans les pages économiques, d'autres sur les stars qui passent au bistouri. Moi, ce sont les guerres. »

Pete hésite. « Mais tu ne t'es jamais demandé pourquoi la guerre en particulier ?

– Il faut croire que je suis insensible aux charmes du silicone. »

La serveuse m'apporte mon Glenfiddich. Je regarde Pete, Sharon, Brendan et sa femme Ruth, Dave et Kath, la mère de Holly, cette Irlandaise toujours débordante d'énergie. Ils attendent que je dise quelque chose de profond sur ce qui me motive à exercer ma profession. Les Sykes ont, eux aussi, leurs blessures – Jacko, le frère cadet de Holly, a disparu en 1984, et on n'a jamais retrouvé son corps –, mais la mort que je vois et qui fait partie de mon travail se mesure à grande échelle. C'est ce qui me différencie d'eux. Je ne sais pas si ça s'explique. Moi-même, je ne suis pas sûr de bien comprendre.

« Est-ce que tu écris pour que le regard de la planète se tourne vers les plus vulnérables ? me demande Pete.

– Oh, non ! » Je pense à Paul White – que j'ai connu pendant ma première mission, à Sarajevo –, mort, gisant dans une flaque pour avoir voulu « changer les choses », comme on dit. « L'indifférence générale est le mode de fonctionnement du monde actuel. Il aimerait bien se soucier des autres, mais il a trop à faire en ce moment.

– Je me fais l'avocat du diable, continue Brendan, mais alors pourquoi risquer sa peau si c'est pour écrire des articles qui ne changeront rien ? »

Je façonne un sourire destiné à Brendan. « *Primo*, je ne risque pas vraiment ma peau : je prends mille précautions. Et *deuzio*, je…

– Comment veux-tu te prémunir contre une voiture bourrée d'explosifs qui saute devant ton hôtel ? » m'interrompt Brendan.

Je le regarde et cligne trois fois des yeux en espérant qu'il disparaisse. Mince. La prochaine fois, peut-être. « Je vais m'installer dans la zone verte, quand je retournerai à Bagdad. Deuzio, s'il n'y a personne pour écrire un article sur une atrocité commise, celle-ci cesse d'exister à la mort du dernier témoin. C'est cette idée qui m'est insupportable. Si quelqu'un décrit dans un papier une tuerie de masse, un attentat, n'importe quoi, au moins ça laisse une petite encoche dans la mémoire du monde. Quelqu'un, quelque part, à un moment, aura une chance de savoir ce qui s'est passé. Et peut-être, mais peut-être seulement, d'en tirer les conséquences. Ou pas. Mais au moins, l'info est là.

– Tu es une sorte d'archiviste de l'avenir, dit Ruth.

– Pas mal, Ruth. Cette idée me plaît assez. » Je me frotte l'œil.

« Ça ne va pas te manquer, une fois juillet passé ? me demande Brendan.

– Une fois juin passé », rectifie Holly sur un ton enjoué.

Personne ne me voit me tortiller sur ma chaise. Enfin, je l'espère.

« Quand on y sera, je te dirai ce que ça me fait.

– Tu as déjà prévu la suite, niveau boulot ? me questionne Dave.

– Ed a plusieurs cordes à son arc, Papa, lui répond Holly. Ce sera peut-être la presse, ou la BBC ; et puis, Internet est vraiment en train de changer la donne. Un des anciens rédacs chef d'Ed au *Financial Times* est devenu maître de conférences à l'University College de Londres.

– Eh bien moi, je dis que c'est une bonne chose, que tu reviennes pour de bon à Londres, Ed, déclare Kath. On se fait du mouron, quand tu n'es pas ici. J'ai vu ces images de Falloujah, là : tous ces cadavres suspendus au pont ! J'étais choquée. C'est à n'y rien comprendre. Moi, je croyais que les Américains avaient gagné il y a des mois de ça. Je pensais que les Irakiens détestaient Saddam. Que c'était un monstre.

– La situation en Irak est plus compliquée que les grands stratèges ne l'imaginaient, Kath. Ou qu'ils ne voulaient l'imaginer. »

Dave frappe dans ses mains. « Bon, trêve de bavardage, passons aux choses sérieuses : Ed, tu te joins à nous pour l'enterrement de vie de garçon de Pete ce soir ? Kath gardera Aoife[1] ; tu n'as donc pas d'excuse.

– Plusieurs de mes collègues vont nous rejoindre au Cricketers, un chouette pub à deux pas d'ici, m'explique Pete. Ensuite, on ira…

– Je préfère ne rien savoir de la suite, le coupe Sharon.

– Bah tiens, commente Brendan. Comme si les filles allaient faire du tricot toute la soirée. » Cabotin, il me chuchote : « Chippendales au Royal Pavilion, puis un petit tour au bout de la jetée : il y a un bousin où on peut fumer du crack. »

Ruth fait mine de lui donner un coup de poing. « Quelle mauvaise langue, Brendan Sykes !

– C'est vrai, intervient Holly. Nous sommes des dames respectables, nous : jamais on ne nous verra avec de la laine et des aiguilles.

– Redites voir votre programme, déjà ? leur demande Dave.

– Une séance de dégustation de vins, rien de fou, répond Sharon. Dans un bar à tapas qui appartient à l'un des plus anciens amis de Pete.

– Une "séance de dégustation", la charrie Brendan. À Gravesend, on appelle ça une biture. Alors, Ed, tu nous suis ? »

Holly tire une moue qui signifie *Vas-y*, mais je ferais mieux de profiter qu'elle m'adresse encore la parole pour commencer à lui

1. Prononcer « Ifa ».

prouver que je suis un père exemplaire. « J'espère ne pas te vexer, Pete, mais je vais vous abandonner lâchement. Le décalage horaire me rattrape, et puis j'ai bien envie de passer du temps avec Aoife, même si elle ne restera pas éveillée très longtemps. Et comme ça, Kath pourra participer à la séance de dégustation, elle aussi.

– Oh, mais ne t'en fais pas pour moi, mon poulet, me répond Kath. Il faut que je fasse attention à ma pression artérielle, de toute façon.

– Non, non, je vous assure Kath. » Je vide mon scotch, en en savourant la puissance de feu. « Profitez donc de la présence de votre famille de Cork ; moi, il faut que je me couche tôt, sinon je risque de dormir debout tout à l'heure à l'église… Euh, demain, pas tout à l'heure. Là, vous voyez ?

– Bon, capitule Kath. Eh bien, si tu es sûr…

– Sûr et certain, confirmé-je en me frottant l'œil.

– Arrête de te gratter l'œil, Ed, me dit Holly. Ça va empirer. »

Onze heures du soir : tout va bien, à peu près, pour l'instant. Olive Sun veut que je reprenne un avion d'ici jeudi au plus tard : il va vite falloir que j'annonce la nouvelle à Holly. Dès ce soir, en fait, histoire qu'elle ne prévoie rien pour nous trois la semaine prochaine. À Falloujah, il va y avoir le plus gros débarquement de marines jamais eu depuis celui de Hué, au Vietnam. Et moi qui suis coincé ici, sur la côte du Sussex. Holly va péter une durite, mais bon, ce sera fait, et elle devra de toute façon se calmer pour le mariage de Sharon demain. Aoife dort dans le lit simple installé dans un coin de notre chambre d'hôtel. Elle était déjà couchée quand je suis arrivé, je n'ai donc pas encore pu dire bonsoir à ma fille, mais la première règle du Code des parents stipule qu'on ne réveille jamais un enfant qui dort paisiblement. Je me demande si les filles de Nasser dorment bien cette nuit, avec les aboiements des chiens, les coups de feu, les marines qui défoncent les portes. La télé à écran plat est allumée sur CNN, le son baissé, et montre des images de marines essuyant des tirs sur les toits des maisons à

Falloujah. J'ai vu le reportage au moins cinq fois et même les experts ne trouveront rien à raconter de neuf tant que le nouveau cycle d'actualité ne sera pas lancé, d'ici à quelques heures, au moment où le jour se lèvera en Irak. Holly m'a envoyé un SMS il y a un quart d'heure pour me dire qu'elle et les autres filles vont bientôt rentrer à l'hôtel. « Bientôt », dans le contexte d'un bar à vin, cela veut tout et rien dire. J'éteins la télé, histoire de prouver que je ne suis pas accro à la guerre, puis je vais à la fenêtre. La jetée de Brighton est illuminée comme Fairyland un vendredi soir, et depuis la fête foraine installée tout au bout, on entend retentir la pop music. C'est une belle nuit de printemps – en tout cas, d'un point de vue britannique –, et pour les restaurants et bars qui jalonnent la promenade, c'est une soirée animée qui se termine. Les couples marchent main dans la main. Les bus de nuit sillonnent bruyamment les rues. Les véhicules respectent le Code de la route, pour la plupart. Je ne crache pas sur une société où la vie est tranquille et où tout fonctionne. Je m'y plais, du moins pendant quelques jours, voire quelques semaines. Mais je sais que, après deux mois, une vie bien réglée a pour moi autant de saveur qu'une bière sans alcool et sans bulles. Ce qui ne revient pas à dire que je suis accro aux zones de conflit, contrairement à ce que Brendan insinuait gentiment tout à l'heure. C'est aussi stupide que de prétendre que David Beckham est accro au football. Le football, c'est son métier, son art ; moi, mon art, c'est pratiquer le journalisme dans les zones de guerre. J'aurais aimé leur sortir ça, au clan Sykes.

Aoife ricane en dormant, puis pousse un vif grognement.

Je m'approche. « Tout va bien, Aoife. C'est juste un rêve. »

Toujours inconsciente, Aoife bougonne : « Non, imbécile ! Celui au citron. » Puis ses paupières s'ouvrent, comme celles d'une poupée dans un film d'horreur : « Tout à l'heure, on va dans un hôtel à Brighton, parce que tata Sharon se marie avec tonton Pete, et on te retrouvera là-bas, Papa. Je suis demoiselle d'honneur. » J'essaie de ne pas rire et, d'une caresse, je repousse les cheveux qui lui tombent sur le visage.

« Je sais, ma puce. On est tous arrivés, tu peux te rendormir. Je serai là demain matin et on va bien s'amuser.

– Super », dit Aoife, prête à retomber dans le sommeil…

… et la voilà qui sombre. Je remonte la couette sur son haut de pyjama Mon Petit Poney et l'embrasse sur le front, me rappelant cette semaine en 1997 pendant laquelle Holly et moi avons conçu cette précieuse petite forme de vie plus si petite que ça, d'ailleurs. La comète Hale-Bopp ornait le ciel nocturne, et trente-neuf membres de la secte de la Porte du Paradis s'étaient suicidés en groupe à San Diego pour qu'un OVNI tapi dans la queue de la comète recueille leurs âmes et leur permette d'accéder à un niveau de conscience supérieur. J'avais loué une maisonnette en Northumbrie : nous avions prévu de partir randonner le long du mur d'Hadrien, mais la rando n'avait pas été notre principale activité cette semaine-là. Et regardez-moi cette merveille. Je me demande comment elle, elle me voit. Comme un géant hirsute qui, par téléportation, resurgit dans sa vie avant de disparaître de nouveau pour d'obscures raisons ? Ce qui n'est pas très différent de la façon dont je voyais mon propre père – sauf que, moi, je pars pour des missions tandis que mon père, lui, partait faire de la prison. J'aimerais bien savoir comment Papa me voyait quand j'avais six ans. Il y a des tas de choses que j'aimerais savoir. Quand un proche meurt, c'est tout une armoire à classeurs de détails fascinants qui se volatilise. Jamais je n'aurais imaginé un jour avoir autant envie d'aller regarder son contenu.

Je me demande si Holly sera d'humeur à faire l'amour à son retour.

J'entends sa clé dans la serrure. J'éprouve un vague sentiment de culpabilité.

Mais ce n'est pas le quart de la culpabilité qu'elle me fera ressentir.

Holly se bat avec la serrure ; je me lève, pousse la chaînette et ouvre la porte de quelques centimètres. « Désolée, ma chère, dis-je en prenant la voix de Michael Caine. Je n'ai pas demandé de massage coquin. Essayez la porte à côté, peut-être.

– Laisse-moi entrer, dit Holly avec douceur, ou je t'envoie mon pied dans les couilles.

– Non, je n'ai pas commandé cela non plus. Voyez avec… »

Avec moins de douceur : « Brubeck, il faut que j'aille aux toilettes !

– Ah, dans ce cas, d'accord. » Je défais la chaînette et m'écarte du passage. « Même si tu rentres chez toi trop bourrée pour arriver à te servir d'une clé, espèce de traînée.

– Les serrures anti-cambriolage de cet hôtel sont trop sophistiquées. Il faut avoir une thèse pour les ouvrir. » Holly se précipite dans la salle de bains, jetant un coup d'œil à Aoife au passage. « Et puis, je n'ai bu que quelques verres. Je te rappelle que ma mère était là.

– Bah tiens, comme si Kath Sykes était du genre à plomber l'ambiance pendant une "séance de dégustation". »

Holly ferme la porte de la salle de bains. « Ç'a été, avec Aoife ?

– Elle s'est juste réveillée quelques secondes, mais sinon, elle n'a pas moufté.

– Tant mieux. Elle était tellement excitée dans le train, j'avais peur qu'elle ne s'endorme pas et fasse la nouba toute la nuit. » Holly tire la chasse pour couvrir les autres bruits. Je retourne à la fenêtre. Au bout de la jetée, la fête foraine semble sur le point de fermer boutique. Quelle belle nuit. Avec sa proposition de prolonger de six mois ma mission en Irak, le magazine *Spyglass* va tout gâcher, j'en suis sûr. Holly ouvre la porte de la salle de bains et me sourit en se séchant les mains. « Alors, qu'est-ce que tu as fait de ta soirée pépère ? Tu as roupillé ? Écrit ? »

Elle est coiffée, porte une petite robe noire moulante et un collier de pierres noires et bleues. Il est désormais devenu rare qu'elle s'apprête ainsi. « J'ai eu des pensées impures, je songeais à ma MILF préférée. Puis-je vous aider à ôter cette robe, mademoiselle Sykes ?

– Bas les pattes. » Elle se tracasse pour Aoife. « On dort dans la même chambre que notre fille, au cas où tu ne l'aurais pas remarqué. »

Je m'approche d'elle. « Je peux faire ça en mode silencieux.

– Pas ce soir, Roméo. J'ai mes règles. »

Le fait est que, ces six derniers mois, je ne suis pas rentré assez souvent pour savoir quand Holly est censée les avoir. « Bon, eh bien, il faudra que je me contente d'un long baiser langoureux.

– Eh oui, dommage, mon gars. » Nous nous embrassons, mais ce baiser n'est pas aussi long et langoureux qu'annoncé, et Holly n'est pas aussi soûle que je l'espérais – sans trop y croire non plus. Depuis quand n'ouvre-t-elle plus la bouche quand nous nous embrassons ? J'ai l'impression de m'accoler à une fermeture à glissière fermée. Je pense à l'aphorisme de Big Mac : pour faire l'amour, les femmes ont besoin de se sentir aimées ; pour se sentir aimés, les hommes ont besoin de faire l'amour. Je remplis ma part du contrat – c'est ce qui me semble, en tout cas –, mais, sexuellement parlant, on croirait que Holly a quarante-cinq ou cinquante-cinq ans, pas trente-cinq. Bien entendu, je n'ai pas le droit de me plaindre, car ce serait lui mettre la pression. Avant, Holly et moi pouvions parler de tout, absolument de tout, mais aujourd'hui les zones interdites ne cessent de gagner du terrain. Toutes ces choses me rendent… mais je n'ai pas le droit d'être triste non plus, parce que ça ferait de moi un petit garçon qui boude faute d'avoir eu le sac de bonbons qu'on lui avait promis. Je ne l'ai jamais trompée, jamais. Certes, Bagdad n'est pas le lieu de toutes les tentations, mais quand on est un homme de trente-cinq ans encore bon pour le service, et qu'on se retrouve souvent à devoir prendre soi-même le problème en main, il y a de quoi déprimer. L'année dernière au Tadjikistan, la photographe de presse danoise n'aurait pas repoussé mes avances, si je ne m'étais pas soucié de ce que j'aurais ressenti une fois descendu du taxi à Stoke Newington, en entendant Aoife s'écrier : « C'est Papaaaaa ! »

Holly retourne dans la salle de bains. Elle laisse la porte ouverte et commence à se démaquiller. « Alors, tu vas me le dire ou pas ? »

Je m'assieds sur le bord du lit double, sur mes gardes. « Te dire quoi ? »

Elle se tamponne sous les yeux avec un coton. « Ça, je ne sais pas encore.

– Qu'est-ce qui te fait penser que j'ai… quelque chose à t'annoncer ?

– Je ne sais pas, Brubeck. L'intuition féminine ? »

Je ne crois pas aux pouvoirs surnaturels, mais Holly joue très bien les voyantes. « Olive m'a demandé de rester encore à Bagdad jusqu'à décembre. »

Holly reste immobile pendant plusieurs secondes, laisse tomber son coton et se tourne vers moi. « Mais tu l'as déjà prévenue que tu arrêtais en juin.

– Oui, c'est vrai. C'est ce que j'ai fait. Mais elle me demande d'y réfléchir à nouveau.

– Mais à moi, tu as dit que tu arrêtais en juin. À moi et à Aoife.

– J'ai dit à Olive que je la rappellerais lundi. Après en avoir discuté avec toi. »

Holly donne l'impression d'avoir été trahie. Ou de m'avoir surpris en train de télécharger des films de cul. « On s'était pourtant mis d'accord, Brubeck. C'était censé être la toute dernière prolongation de ta mission.

– C'est seulement six mois de plus.

– Oh, putain. C'est ce que tu racontais déjà la dernière fois, nom de Dieu.

– Oui, d'accord mais, depuis que j'ai gagné le prix Sheehan-Dower, j'ai été…

– Et celle d'avant, aussi. "La moitié d'une année, et puis c'est fini", tu avais dit.

– Ça couvrira un an des frais de scolarité d'Aoife quand elle sera à l'université.

– Elle préférera avoir un père encore en vie plutôt qu'un plus petit prêt étudiant.

– Tu es… » On ne peut plus qualifier les femmes d'hystériques, de nos jours : c'est devenu sexiste. « Tu dramatises. Ne tire pas sur cette ficelle.

– "Tu dramatises". C'est ce qu'a dit Daniel Pearl à sa copine avant de s'envoler pour le Pakistan, tu crois ?

– Cette remarque n'est pas du meilleur goût. Ni la chose la plus avisée que tu aies dite. Et le Pakistan, ce n'est pas l'Irak. »

Elle descend l'abattant des toilettes et s'assied dessus ; nous sommes pour ainsi dire face à face. « J'en ai marre d'avoir peur à en vomir quand j'entends "Irak" ou "Bagdad" à la radio. Marre d'avoir à cacher mon anxiété devant Aoife. Tu es un journaliste reconnu et très demandé, bravo ; mais tu as une fille qui voudrait bien qu'on l'aide à faire du vélo sans les petites roues. Tu ne peux pas te contenter d'être une voix à peine audible qui appelle pendant quelques minutes tous les deux ou trois jours, quand le téléphone satellite veut bien fonctionner. Tu es vraiment accro à la guerre ! Brendan avait raison.

– Non, je ne suis pas accro ! Je suis journaliste et je fais mon boulot. Exactement comme lui fait son boulot et toi, le tien. »

Holly se frotte la tête comme si je lui donnais la migraine. « Eh ben, vas-y, alors ! Retourne à Bagdad, retourne voir les bombes démolir la façade de ton hôtel. Fais tes valises. Retournes-y. Va faire ton "boulot", comme tu dis, si c'est plus important que nous. Mais je te préviens, tu as intérêt à dégager les locataires de ton appartement de King's Cross, parce qu'à ton prochain retour à Londres, tu devras te trouver un endroit où crécher. »

Je ne hausse pas le ton : « Non mais tu t'entends parler ?

– Non, toi, écoute-toi parler, putain de bordel ! Le mois dernier tu étais d'accord pour arrêter en juin et rentrer à la maison. Mais il suffit que ta super rédactrice en chef américaine te dise : "Poussez jusqu'à décembre" pour que tu lui répondes : "Bon, d'accord". Dis-moi juste un truc, Brubeck : tu es dans quel camp ? Dans le mien et celui de Aoife ou dans celui d'Olive Sun et *Spyglass* ?

– On me propose juste de bosser six mois de plus. C'est tout.

– Non, ce n'est pas tout, parce qu'une fois que ça se calmera à Falloujah ou que cette ville aura été rasée par les bombes, tu me parleras de Bagdad, ou bien ce sera *Afghanistan 2 : le retour*, ou je ne sais quel autre endroit encore, parce que tu auras toujours quelque part où aller, et ça continuera jusqu'au jour où tu auras trop poussé ta chance et que je n'aurai plus de mari, et Aoife, plus de père. Alors c'est vrai, j'ai supporté la Sierra Leone, et, oui, j'ai supporté quand tu es parti en mission en Somalie, mais maintenant, Aoife est plus grande. Elle a besoin de son père.

– Imagine que je te dise : “Holly, c'est fini, tu ne peux plus t'occuper des sans-abri. Il y en a qui ont le sida, qui sont armés de couteaux, qui sont psychotiques. Tu vas démissionner et bosser… au supermarché, à la place. Mets plutôt tes compétences relationnelles au service des denrées alimentaires. D'ailleurs, je ne te demande pas ton avis. C'est ça ou tu dégages.” Comment est-ce que tu réagirais, toi ?

– Mais les risques ne sont pas les mêmes, putain ! » Holly laisse échapper un soupir de rage. « Et pourquoi me parler de ça en plein milieu de la nuit ? Je suis le témoin de Sharon, demain. Je vais avoir la tête d'un panda un lendemain de cuite. Tu es à un tournant de ta vie, Brubeck. Tu vas devoir choisir. »

Comme un couillon, je fais le mariolle : « C'est plus un carrefour en T, si on veut être précis.

– C'est vrai, j'avais oublié. Pour toi, cette histoire, c'est une plaisanterie, hein ?

– Hé, Holly, ça va, je voulais juste…

– Eh bien, je ne plaisante pas, moi, figure-toi. Pose ta démission chez *Spyglass* ou bien déménage. Ma maison n'est pas un dépotoir qui te sert à entreposer tes ordinateurs portables foutus. »

Il est trois heures du matin et c'est la merde. « Ne jamais s'endormir fâché », disait mon oncle Norm ; mais lui n'a pas fait un gosse avec une femme comme Holly. Holly à qui, dans un esprit d'apaisement, j'ai souhaité « Bonne nuit » en éteignant la lumière, mais dans le « Bonne nuit » qu'elle m'a renvoyé avant de me tourner le dos, on entendait plutôt un « Va chier ». Son dos est d'ailleurs aussi accueillant que la frontière nord-coréenne. Il est six heures du matin à Bagdad. Les étoiles doivent commencer à se dissoudre dans l'aube desséchée par le gel tandis que des chiens décharnés fouillent les décombres en quête de nourriture, que les haut-parleurs des mosquées lancent l'appel à la prière, et que les amas jonchant les bords des routes se révèlent être la moisson de cadavres de la veille. Les macchabées les plus chanceux n'ont pris qu'une balle en pleine tête. À l'hôtel Safir, on procède aux réparations. La lumière du jour va demander à reprendre ma chambre, la 555, située à l'arrière de l'immeuble. Dans mon lit se trouve sûrement Andy Rodriguez, du journal *The Economist*, à qui je dois une fière chandelle depuis la chute de Kaboul, il y a deux ans. Mais pour le reste, rien n'a changé : au-dessus du bureau, il y a une carte de Bagdad. Les zones interdites sont marquées en rose fluo. Après l'invasion en mars dernier, la carte ne comportait que quelques hachures par-ci par-là – la nationale 8 sud, en direction de Hillah, et la nationale 10 ouest, en direction de Falloujah – sinon, on pouvait circuler à peu près où on voulait. Mais, à mesure que l'insurrection a pris de l'ampleur, l'encre rose s'est mise à gagner les routes du nord qui mènent à Tikrit et Mossoul, sur lesquelles une équipe télé de journalistes américains a littéralement été réduite en miettes. Pareil pour la route de l'aéroport. Quand la zone de Sadr City, le tiers est de Bagdad, a été bouclée, les trois quarts de ma carte se sont retrouvés en rose. Big Mac dit que je suis en train de redessiner une ancienne carte de l'empire colonial britannique. Tout ceci rend l'exercice de mon métier extrêmement difficile. Aller en périphérie des villes obtenir des récits, entrer en contact avec des témoins directs, parler en anglais dans la rue, ou même ne serait-ce que sortir de l'hôtel, tout ça, c'est terminé. Depuis le 1er janvier, je ne fais quasiment plus que du journalisme par procuration pour le compte de *Spyglass*. Sans Nasser ni Aziz, je me serais cantonné à répéter les panglosseries jetées en pâture à la presse dans la zone verte. Tout cela m'amène à répondre à une question : s'il est si difficile d'exercer la profession de journaliste en Irak, pourquoi suis-je aussi pressé de retourner à Bagdad me remettre au boulot ?

Parce que c'est difficile, et que je fais partie des meilleurs.

Parce que seuls les meilleurs sont capables de travailler en Irak, en ce moment.

Parce que, si je n'y retourne pas, deux types bien seront morts pour rien.

17 AVRIL

Des véliplanchistes, des mouettes et du soleil, une brise salée vinaigrée, une mer de papier glacé et une balade tôt le matin sur la jetée avec Aoife. C'est la première fois qu'elle se promène sur une jetée, et ça lui plaît beaucoup. Elle exécute une série de sauts de grenouille en admirant le scintillement des diodes dans les talons de ses baskets. On aurait fait n'importe quoi pour avoir des chaussures de ce type quand j'étais petit, mais Holly dit que, de nos jours, c'est difficile d'en trouver qui ne s'illuminent pas. Aoife a un ballon d'hélium Dora l'exploratrice accroché au poignet. Je viens de lâcher un billet de cinq livres à une charmante Polonaise pour l'obtenir. Je regarde derrière nous et tente de repérer la fenêtre de notre chambre sur la façade de l'hôtel Grand Maritime. J'ai proposé à Holly de venir se promener, mais elle a prétexté devoir aider Sharon à se préparer avant la visite d'un coiffeur qui n'est pas censé arriver avant neuf heures trente. Il n'est pas encore huit heures et demie. C'est sa façon à elle de me faire comprendre qu'elle n'a pas changé d'avis depuis la nuit dernière.

« Papa ? Papa ? Tu m'as entendue ?

– Désolé, ma puce. J'étais ailleurs.

– C'est pas vrai. Tu étais là.

– J'étais ailleurs, métaphoriquement parlant.

– C'est quoi, métaphoricant-parlant ?

– Le contraire de littéralement.

– C'est quoi litière-allemand ?

– Le contraire de métaphoriquement. »

Aoife fait la moue. « Arrête de raconter des bêtises, Papa.

– Je ne raconte jamais de bêtises. Qu'est-ce que tu voulais savoir, ma puce ?

– Si tu étais un animal, qu'est-ce que tu serais ? Moi, je serais une licorne blanche avec une étoile noire sur le front et je m'appellerais Diamant Ailes-de-feu. Comme ça, maman et moi, on pourrait voler jusqu'à *Bad-Dad* pour venir te voir. Et puis les licornes, c'est pas comme les avions, elles font pas de mal à la Terre, elles font juste caca. Papi Dave, il dit que, quand il était petit, son papa plantait partout sur son terrain des bâtons très très grands avec des pommes au bout, comme ça, toutes les licornes, elles restaient au-dessus, elles mangeaient les pommes et elles faisaient caca. Le caca des licornes, il est tellement magique que les citrouilles, elles deviennent super-super-grandes, plus grandes que moi, même, et avec une seule, on peut nourrir une famille entière pendant toute une semaine.

– C'est bien le genre de papi Dave, de te raconter des choses pareilles. Mais c'est quoi cette histoire de *Bad-Dad*? »

Aoife me regarde en fronçant les sourcils. « C'est l'endroit où tu habites, tu es bête ou quoi ?

– Bagdad. *Bag*-dad. Mais je n'y habite pas. » La vache, heureusement que Holly n'est pas là. « C'est juste là où je travaille. » J'imagine une licorne voler au-dessus de la zone verte, et vois un cadavre criblé de balles piquer vers le sol, puis de jeunes républicains s'en faire des brochettes. « Mais je ne vais pas y rester pour toujours.

– Maman voudrait être un dauphin, parce qu'ils nagent, ils parlent beaucoup, ils sourient et ils sont fidèles. Tonton Brendan veut être un dragon de Komodo, parce qu'il y a des gens à la mairie de Gravesend qu'il aimerait bien mordre et secouer dans tous les sens, c'est comme ça que les dragons de Komodo coupent leur nourriture en petits bouts. Tata Sharon voudrait être une chouette, parce que les chouette sont sages, et tata Ruth voudrait être une loutre de mer, comme ça elle pourrait passer toute la journée à flotter sur le dos en Californie et rencontrer David Attenborough[1]. » Nous arrivons devant une portion plus large de la jetée, au centre de laquelle une salle de jeux d'arcade est aménagée. De

1. Célèbre défenseur de la nature et animateur-producteur de séries documentaires au Royaume-Uni.

part et d'autre des grandes lettres – BRIGHTON PIER –, les deux drapeaux britanniques sont comme en berne. La salle d'arcade n'est pas ouverte, donc nous empruntons la passerelle qui en fait le tour. « Quel animal tu voudrais être, toi, Papa ? »

Maman disait que je me gavais comme une oie, et, en tant que journaliste, j'ai été souvent qualifié de vautour ou de hyène ; il y a une fille que je connaissais qui m'appelait son chien, mais pas pour qualifier un comportement en société. « Une taupe.

– Pourquoi ?

– Parce que les taupes sont douées pour creuser là où il fait noir.

– Pourquoi est-ce que tu veux creuser là où il fait noir ?

– Pour faire des découvertes. Mais les taupes sont douées pour d'autres choses, aussi. » Ma main se dresse et s'agite comme une pince folle. « Les chatouilles ! »

Mais Aoife incline la tête – on croirait voir un modèle réduit de Holly. « Si tu me chatouilles, je vais faire pipi dans ma culotte, et après, tu devras la laver.

– D'accord. » Je feins la repentance. « Les taupes ne chatouillent pas.

– Bah non, qu'est-ce que tu croyais ? » Sa façon de répliquer me fait peur : j'ai l'impression que l'enfance d'Aoife est un livre que je feuillette au lieu de le lire.

Derrière la salle d'arcade, les mouettes se disputent les frites débordant d'un sac-poubelle éventré. Sales volatiles. Une enfilade d'étals, de kiosques et de magasins occupe le centre de la jetée. Je ne peux pas m'empêcher de remarquer la femme qui vient à notre rencontre, car tout devient flou autour d'elle. Elle doit avoir mon âge, à peu de chose près, et elle est plutôt grande pour une femme, mais pas immense, non plus. Sous la lumière du soleil, ses cheveux sont blond platine ; son tailleur de velours est vert sombre, comme la mousse sur les pierres tombales ; et ses lunettes de soleil bleu cobalt seront à la mode dans plusieurs décennies. Je chausse les miennes. Elle attire les regards. Elle attire, tout simplement. Celle-là, elle n'est pas pour moi, elle n'est pour personne, d'ailleurs ;

je me sens nul et j'ai l'impression de trahir Holly, mais il faut la voir, bon sang, regardez-moi ça : sa grâce, sa félinité, l'assurance qu'elle dégage, et la lumière qui se réfracte autour d'elle. « Edmund Brubeck, prononcent ses lèvres bordeaux. Dieu du ciel, c'est vous, n'est-ce pas ? »

Je m'arrête net. On n'oublie pas une beauté de ce genre. D'où me connaît-elle, et pourquoi ne me souviens-je pas d'elle ? Je retire mes lunettes de soleil et lui adresse un « Bonjour ! » en espérant avoir l'air sûr de moi et grappiller ainsi un peu de temps : qui sait, peut-être que des indices vont remonter à la surface ? À en croire son accent, l'anglais n'est pas sa langue maternelle. Une Européenne. Une Française ? Des inflexions trop tortueuses pour être allemandes, mais pas assez pour être italiennes. Pas une seule journaliste n'arrive à la cheville de cette beauté divine. Un mannequin ou une actrice que j'aurais interviewée, il y a des années ? La jeune et belle épouse d'un veinard, croisée à une fête ? Une amie de Sharon venue à Brighton pour le mariage ? Nom de Dieu, que c'est gênant.

Elle sourit toujours. « J'ai l'impression de vous mettre dans l'embarras. »

Serais-je en train de rougir ? « Je vous prie de m'excuser, je… je…

– Je suis Immaculée Constantin, une amie de Holly.

– Oh, fanfaronné-je, Immaculée. Mais oui, bien sûr ! » Ai-je au moins déjà entendu ce nom quelque part ? Je lui serre la main et lui fais maladroitement la bise. Sa joue est aussi lisse qu'une bille mais un peu fraîche, pour une peau réchauffée par le soleil. « Pardonnez-moi, je… je suis revenu d'Irak hier et j'ai le cerveau en compote.

– Ne vous excusez pas, dit Immaculée Constantin – qui qu'elle soit. Tous ces visages que l'on croise. Il faut bien en oublier quelques-uns si l'on veut pouvoir en accueillir de nouveaux. J'ai connu Holly quand elle était petite, à Gravesend, quoique j'aie quitté cette ville quand elle avait huit ans. C'est étrange comme nous n'avons cessé de nous croiser au fil des années. Comme si l'univers avait décidé que nous étions liées l'une à l'autre. Et j'imagine que cette jeune demoiselle » – elle pose un genou à terre afin de se mettre à la hauteur de ma fille – « est Aoife. Je ne me trompe pas ? »

Les yeux écarquillés, Aoife hoche la tête. Dora l'exploratrice se balance et se retourne.

« Et quel âge as-tu à présent, Aoife Brubeck ? Sept ans ? Huit ?

– J'ai six ans, lui répond Aoife. Mon anniversaire, c'est le 1er décembre.

– Mais quelle grande fille ! Le 1er décembre ? Eh bien. » Immaculée Constantin déclame sur un ton mystérieux et chantant : « "Ce fut une froide équipée, / La pire saison de l'année, / Pour un voyage, surtout pour un si long voyage : / Les chemins ravinés, la rafale cinglante, / Le plus morfondu de l'hiver[1]." »

Les touristes passent devant nous tels des fantômes ; à moins que ce ne soit nous, les fantômes.

Aoife déclare : « Il n'y a pas un nuage dans le ciel, aujourd'hui. »

Immaculée Constantin la fixe du regard. « Comme tu as raison, Aoife Brubeck. Dis-moi, penses-tu davantage tenir de ta mère ou de ton père ? »

Aoife suçote sa lèvre inférieure et lève les yeux vers moi.

Sous nos pieds, les vagues claquent et résonnent, et une chanson de Dire Straits serpente jusqu'à nous depuis la salle d'arcade. « Tunnel of Love » : j'adorais cette chanson quand j'étais gamin. « Ben, ma couleur préférée, c'est le violet, raconte Aoife. Et Maman aussi, elle aime le violet. Mais Papa, lui, il lit des magazines *tout le temps*, quand il est à la maison, et moi aussi, je lis beaucoup, surtout *J'aime les animaux*. Si tu pouvais être un animal, tu serais quoi ?

– Un phénix, murmure Immaculée Constantin. Ou plutôt, *le* phénix. Et un œil invisible, Aoife Brubeck ? En aurais-tu un ? Tu me laisses vérifier ?

– Maman a les yeux bleus, dit Aoife, mais ceux de Papa sont noisette, et moi, ils sont noisette aussi.

1. Extrait de T. S. Eliot, « Le voyage des mages », in *Poésie*, Paris, Seuil, 1969. Traduction de Pierre Leyris.

– Oh, mais je ne te parle pas de ces yeux-là. » La femme retire ses étranges lunettes de soleil bleues. « Je parlais d'un œil invisible bien particulier, qui se trouve… ici. » Ses doigts se posent sur la tempe droite d'Aoife, tandis que, du pouce, elle lui caresse le front. Je sens qu'il se passe quelque chose de bizarre, de malsain, mais cette impression se dissipe devant le sourire d'Immaculée Constantin, dont la beauté me pulvérise le cœur. Elle scrute un point situé au-dessus de mes yeux, puis se tourne vers Aoife et fronce les sourcils. « Non, dit-elle en plissant ses lèvres dignes d'un tableau de maître. Quel dommage. L'œil invisible de ton oncle était magnifique, et ta mère en avait un merveilleux, elle aussi, mais un vilain sorcier l'a refermé à jamais.

– C'est quoi, un œil invisible ? demande Aoife.

– Oh, cela n'a pas vraiment d'importance. » Elle se relève.

« Vous êtes venue pour le mariage de Sharon ? » demandé-je.

Elle rechausse ses lunettes de soleil. « Je n'ai plus rien à faire ici.

– Mais… vous êtes une amie de Holly, non ? Vous n'allez même pas lui… » Mais en la contemplant, j'oublie ce que je voulais dire.

« Passez une divine journée. » Elle repart vers la salle d'arcade.

Aoife et moi la regardons rapetisser à mesure qu'elle s'éloigne.

Ma fille m'interroge : « C'était qui la dame, Papa ? »

Alors je demande à ma fille : « Qui était quelle dame, ma chérie ? »

Aoife me dévisage, l'air ahuri. « Quelle dame, Papa ? »

Nous nous regardons, et j'ai l'impression d'avoir oublié quelque chose.

Portefeuille, téléphone, Aoife, le mariage de Sharon, la jetée de Brighton.

Non, non. Je n'ai rien oublié. Nous poursuivons la promenade.

Un garçon et une fille se bécotent comme s'ils étaient seuls au monde. « Bâââh, c'est dégoûtant ! » s'exclame Aoife. Les deux entendent la remarque et toisent ma fille, avant de reprendre leur chatouillage d'amygdales. *C'est ça,* conseillé-je au garçon par la pensée, *profites-en bien, mon cochon, parce que, d'ici vingt ans, rien ne te paraîtra meilleur*. Il fait celui qui n'a pas entendu. Plus loin, Aoife est captivée par une image peinte à l'aérographe sur un rideau métallique baissé : le visage d'une espèce de Merlin l'enchanteur à la barbe blanche et au regard hypnotisant, nimbé de cartes de tarot, de boules de cristal et de poussière d'étoiles. Aoife lit son nom : « D… wig… te… ?

– Dwight.

– “Dwight… Silverwind. Mé-di-um”. Ça veut dire quoi ?

– C'est quelqu'un qui prétend pouvoir connaître le futur.

– Trop bien ! Viens, Papa, on va le voir. »

– Pour quoi faire ?

– Pour savoir si, un jour, j'ouvrirai mon refuge pour animaux.

– Tu ne veux plus devenir danseuse étoile comme Angelina Ballerina ?

– C'est fini depuis longtemps, ça, Papa, c'était quand j'étais petite.

– Ah bon. Mais, non, on n'ira pas voir ce M. Silverwind. »

Une, deux, trois : et voici la moue renfrognée des Sykes. « Mais pourquoi ?

– Parce que d'une, c'est fermé. Et de deux, désolé de te l'apprendre, mais ces gens-là ne sont pas vraiment capables de prédire l'avenir. Ils racontent des bobards. Ce sont des… »

Le rideau de fer est remonté bruyamment par une version moins flatteuse du Merlin de la devanture : il a l'air de sortir tout droit du trou de balle d'un hippopotame, et son style vestimentaire est très rock progressif : chemise mauve, jean rouge et gilet serti de pierres précieuses aussi bidon que celui qui les porte.

Aoife, elle, est béate. « Monsieur Silverwind ? »

Il fronce les sourcils et regarde autour de lui, avant de baisser les yeux. « C'est bien moi. Et toi, qui es-tu, jeune demoiselle ? »

Un Amerloque. J'aurais dû m'en douter.

« Aoife Brubeck, se présente-t-elle.

– Aoife Brubeck. Tu es bien matinale.

– C'est le mariage de ma tata Sharon, aujourd'hui. Je suis demoiselle d'honneur.

– J'espère que ce sera une journée fantastique. Et ce monsieur est ton père, je devine ?

– Oui, confirme-t-elle. Il est reporter à Bad-Dad.

– Oh, je suis certain que ton père fait de son mieux pour être gentil avec toi, Aoife Brubeck.

– Elle voulait dire Bagdad, précisé-je au plaisantin.

– Eh bien, ton papa doit être très… courageux. » Il me fixe. Je soutiens son regard. Je n'aime pas sa façon de parler ; je ne l'aime pas tout court.

Aoife l'interroge : « C'est vrai que vous connaissez l'avenir, monsieur Silverwind ?

– Je serais un bien piètre médium si ce n'était pas le cas.

– Vous pouvez me dire mon avenir à moi ? S'il vous plaît… »

Bon, ça suffit. « Monsieur Silverwind est occupé, Aoife.

– Mais non, Papa. Il n'y a même pas un seul client dans sa boutique, d'abord.

– Je demande habituellement une donation de dix livres pour lire l'avenir, m'explique le vieux charlatan. Mais en dehors des heures de forte fréquentation, et pour certaines jeunes demoiselles, cinq livres suffiront. Ou bien… » Dwight Silverwind attrape deux livres sur une étagère derrière lui – « … Papa pourrait acheter un de mes ouvrages, soit *La Longe infinie*, soit *Il n'y aura pas d'autre aujourd'hui*, au prix exceptionnel de quinze livres chacun ou vingt livres les deux, avec une séance de divination offerte. »

Papa aimerait bien lui envoyer un bon coup de pied dans les boules de cristal. « C'est gentil, mais sans façon, réponds-je. Merci.

– Je suis ouvert jusqu'au coucher du soleil, si jamais vous changez d'avis. »

Je tire la main de ma fille pour lui indiquer qu'on y va, mais elle prend la mouche. « C'est pas juste, Papa ! Je veux connaître mon avenir, moi ! »

Il ne manquait plus que ça. Si je ramène Aoife en pleurs, Holly sera furax. « Allez, viens. Le coiffeur de tata Sharon va nous attendre.

– Mon Dieu, commente Silverwind en se retirant dans sa petite boutique. Je vois les ennuis arriver à grands pas. » Il referme une porte sur laquelle est écrit « Le Sanctum ».

« Personne ne connaît l'avenir, Aoife. Ces espèces de… » – j'adresse cette invective au Sanctum – « … menteurs ne font que te raconter ce que tu as envie d'entendre. »

L'humeur d'Aoife s'assombrit ; elle s'empourpre et s'agite. « Non ! »

C'est au tour de mon mauvais caractère de se manifester : « Comment ça, "non" ?

– Non non non non non non non non non.

– Aoife ! Personne ne connaît l'avenir. C'est ce qui fait que c'est l'avenir ! »

Ma fille devient rouge cramoisi, se met à trembler et lâche un « *Kurde !* » strident.

Je m'apprête à l'engueuler, mais… quoi, ma fille vient de me traiter de Kurde ? « Pardon ?

– C'est Aggie qui dit ça quand elle est en colère, mais Aggie, elle est *mille* fois plus gentille que toi, et puis, elle, elle est là ! Toi, t'es jamais à la maison, en plus ! » Furieuse, elle repart seule vers le haut de la jetée. Je vois : un petit gros mot en polonais et une dose de chantage affectif d'adulte – peut-être piqué à sa mère. Je la poursuis. « Aoife ! Reviens ! »

Aoife se retourne, retire la ficelle attachée à son poignet et me menace de laisser son ballon s'échapper.

« Vas-y. » Je sais comment il faut s'y prendre, avec elle. « Mais je te préviens : si tu le laisses s'envoler, plus jamais je ne t'en offrirai. »

Son visage se fronce, semblable à celui d'un gobelin, et – à ma grande surprise, et j'en suis profondément blessé – elle laisse partir son ballon qui s'envole, une tache d'argent sur fond bleu, pendant qu'elle fond en sanglots. « Je te déteste… Je déteste Dora l'exploratrice… J'aimerais que tu sois plus là… que tu sois reparti à Bad-Dad… Pour toujours ! Je te déteste je te déteste je te déteste je te déteste ! »

Puis elle ferme les yeux de toutes ses forces, et remplit d'air ses poumons d'enfant de six ans.

Son hurlement spasmodique et larmoyant parvient aux oreilles de la moitié des habitants du Sussex.

Emmenez-moi loin d'ici. Peu importe où.

Ça m'ira.

Nasser m'a déposé près de l'Assassin's Gate[1], mais pas trop près non plus : on ne sait jamais si quelqu'un n'est pas en train d'observer ceux qui déposent et prennent des étrangers en voiture, et les soldats qui montent la garde ont la tremblote et la gâchette facile, les pauvres bougres. « Je t'appellerai après la conférence de presse, ai-je prévenu Nasser. Mais s'il n'y a plus de réseau, rendez-vous ici à onze heures et demie.

– Très bien, Ed, m'a répondu mon fixeur. Je ramène Aziz. Tu dis à Klimt que tous les Irakiens adorent lui. C'est vrai. On va faire un grand statue avec un gros bite tourné vers Washington. » J'ai frappé sur le toit de l'habitacle et Nasser est reparti. J'ai alors parcouru les cinquante mètres qui me séparaient de la porte en slalomant entre les blocs de béton, le cratère laissé par la bombe de janvier dernier, dont les traces étaient encore visibles : une demi-tonne de plastic recouverte d'une couche de munitions qui a fait une vingtaine de morts et une soixantaine de blessés. Olive a publié cinq photos d'Aziz, et le *Washington Post* lui a reversé des droits de reproduction.

La file d'attente pour franchir l'Assassin's Gate n'était pas trop longue samedi dernier. Il y avait devant moi une cinquantaine d'employés irakiens, d'auxiliaires et d'habitants qui vivaient déjà dans la zone verte avant l'invasion de l'Irak ; tous étaient alignés sur un côté de l'arche clinquante surmontée d'un énorme sein de grès au téton dressé. Un Asiatique se trouvait devant moi ; j'ai entamé la conversation. M. Li, trente-huit ans, tenait un des restaurants chinois de la zone verte – risque d'un empoisonnement massif oblige, les

1. Une des quatre portes d'entrée de la zone verte, enclave hautement sécurisée de Bagdad.

Irakiens n'ont pas le droit de s'approcher de ses cuisines. Li revenait d'un rendez-vous avec un grossiste en riz, mais quand il a appris quel métier j'exerçais, son anglais a mystérieusement commencé à se détériorer, et mes espoirs d'un article intitulé « De Kowloon à Bagdad » se sont envolés. J'ai donc redirigé mon attention sur le programme de la journée qui m'attendait, jusqu'à ce que vienne mon tour d'être précipité dans le tunnel de toile poussiéreuse et de barbelés. Le service de sécurité de la « zone de souffle » a été victime du néolibéralisme, et les affables anciens Gurkhas en poste au point de contrôle numéro un ont été remplacés par les recrues moins coûteuses d'une agence d'anciens flics péruviens prêts à risquer leur vie pour quatre cents dollars par mois. J'ai montré ma carte de presse et mon passeport britannique, ai subi une fouille, puis mes deux dictaphones ont été examinés par un capitaine qui y a laissé quelques squames de sa peau en pleine crise.

Rebelote trois fois aux points de contrôle numéro deux, trois et quatre, puis vous voilà à l'intérieur de la cité d'Émeraude – il fallait bien s'attendre à ce que la zone verte soit rebaptisée ainsi –, une forteresse de dix kilomètres carrés protégée par l'armée américaine et ses mercenaires destinée à tenir à distance la réalité irakienne après l'invasion du pays, et qui donne l'impression de se trouver à Tampa, la ville de Floride, mais en plein Moyen-Orient. Abstraction faite des tirs de mortier, l'illusion est crédible, mais il faut voir ce que cela coûte au contribuable américain. Les crossovers de General Motors roulent à cinquante kilomètres à l'heure – la vitesse maximale autorisée – sur des routes lisses ; l'électricité et le diesel coulent à flots sept jours sur sept et vingt-quatre heures sur vingt-quatre ; de la Budweiser glacée est servie par des barmen venus de Bombay qui se sont rebaptisés Sam, Scooter ou Moe par égard pour leur clientèle ; le supermarché au personnel entièrement philippin vend du Mountain Dew, des Skittles et des Cheetos.

Le rutilant bus de la ligne circulaire attendait devant l'arrêt de l'Assassin's Gate. J'ai sauté dedans, savourant la fraîcheur de l'air conditionné, et le chauffeur a démarré pile à l'heure annoncée. En remontant tranquillement la rue de Haifa, le bus est passé devant bon nombre des plus belles propriétés du pays, la ziggourat célébrant la sanglante neutralisation de l'Iran – un des plus horribles mémoriaux de la planète –, et plusieurs grandes zones de préfabriqués blancs Halliburton. La plupart des employés de l'APC – l'Autorité provisoire de la Coalition – vivent là, vont manger dans les cafétérias, chier dans des toilettes portatives, ne mettent jamais un pied en dehors de la zone verte et comptent les journées qu'il leur reste avant de pouvoir rentrer chez eux et investir dans une vraie maison située dans un beau quartier.

Au moment où je suis descendu du bus à l'arrêt Palais-Républicain, une vingtaine de joggeurs approchaient en martelant le trottoir de leurs pas ; tous portaient des lunettes enveloppantes, un holster et un t-shirt maculé de sueur sur lequel, pour certains, on pouvait lire le calembour « Ça t'en Bush un coin, Saddam ! », là où ceux des autres claironnaient « Bush-Cheney 2004 ». Afin d'éviter la collision, je me suis poussé de leur chemin. Ce n'était pas eux qui allaient s'écarter, ça non.

Je fais un pas de côté et laisse filer un troupeau de filles en robe à froufrous qui courent en gloussant dans l'allée de l'église de Tous-les-Saints de Hove, sœur plus distinguée que sa jumelle de Brighton. « La moitié des fleuristes de Brighton vont pouvoir se payer un voyage aux Seychelles, grâce à cette commande, estime Brendan. On se croirait dans les jardins de Kew, pas vrai ?

– C'est sûr, ça a dû représenter un sacré boulot. » Mon regard se perd dans la barricade de lis, d'orchidées, de touches violacées et roses.

« Un sacré paquet de fric, surtout, mon petit Ed. J'ai demandé à Papa combien il a casqué pour ça, mais il m'a répondu que… » – d'un hochement de tête en direction de l'autre côté de l'allée, il désigne la partie de l'église où seront assis les Webber, et articule silencieusement : « *Tout a été réglé.* »

Brendan regarde son téléphone. « Il attendra, celui-ci. À propos de fric, avant que tu regagnes ta zone de conflit, je voulais te demander quelles étaient tes intentions avec ma sœur aînée ? »

Ai-je bien entendu ? « Tu quoi ? »

Brendan me décoche un rictus. « Ne t'en fais pas, c'est un peu trop tard pour préserver l'honneur de Hol. Je parlais foncier. Son appart à Stoke Newington est aussi douillet qu'un cagibi sous un escalier. Vous comptez gravir un échelon en matière de logement ? »

Pour l'instant, Holly compte surtout me mettre à la porte. « On y pense, oui.

– Alors passez d'abord me voir. En ce moment, dans l'immobilier, c'est à couteaux tirés, et un gros mot risque bientôt de revenir souvent : "capital négatif".

– Compte sur nous, Brendan. C'est gentil à toi.

– C'est un ordre, pas une faveur. » Brendan me lance un horripilant clin d'œil. À petits pas, nous nous approchons d'une table où la mère de Pete-le-futur-marié, Pauline Webber, toute d'or vêtue, et coiffée à la Margaret Thatcher, tend des œillets destinés aux boutonnières des messieurs. « Brendan ! Eh bien, je vois que vous êtes frais comme un gardon, malgré les petites "distractions" de la veille !

– Oh, il a suffi d'une quinzaine d'expressos et d'une transfusion sanguine pour que je m'en remette, lui répond-il. « Pete n'est pas le plus cuit, j'espère ? »

Pour tout sourire, Pauline Webber lui offre un froncement de nez. « J'ai ouï dire que la soirée avait continué dans un "night-club".

– J'ai entendu ces rumeurs, oui. Nos cousins de Cork, à Sharon et moi, auraient initié Pete aux subtilités du whisky irlandais. C'est une véritable œuvre d'art que vous portez là, madame Webber. »

Le chapeau de Pauline Webber m'évoque un corbeau qui se serait écrasé au sol et baignerait dans son sang turquoise ; mais elle accepte le compliment de Brendan. « Je ne jure que par un chapelier de Bath. Il a remporté plusieurs prix. Et appelez-moi Pauline, Brendan. Quand vous dites "madame Webber", j'ai l'impression d'avoir affaire à un inspecteur des impôts venu m'annoncer une mauvaise nouvelle. Montrez-moi votre boutonnière : du blanc pour la famille de la mariée, du rouge pour celle du marié.

– C'est la guerre des Deux-Roses, dites-moi, plaisanté-je pour briser la glace.

– Ah non, me répond-elle en fronçant les sourcils, ce sont des œillets. Avec les roses, il y aurait trop d'épines. Et vous êtes ?

– Je vous présente Ed, intervient Ruth. Ed Brubeck. Le compagnon de Holly.

– Oh, c'est vous l'intrépide reporter ! Enchantée, vraiment. Pauline Webber. » Toute gantée qu'elle est, sa poigne est un étau. « J'ai tellement entendu Sharon et Peter parler de vous. Il faut que je vous présente à Austin, qui… » – elle se tourne vers son mari, mais celui-ci n'est pas là – « Enfin, Austin meurt d'envie de vous rencontrer, lui aussi. Heureux de vous savoir arrivé à temps. Des vols retardés et des "enquiquinements", j'imagine ?

– Oui, quitter le sol irakien n'est pas simple.

– Bien entendu. Sharon racontait que vous étiez allé dans cette ville, Fa… Faloufa ? Falafel ? Celle où ils ont suspendu des gens au pont.

– Falloujah.

– Je savais que ça commençait par "Fa". Terrifiant. Pourquoi faut-il toujours que nous allions nous fourrer dans ce genre de pétrin ? » Elle tire la moue de quelqu'un qui renifle du jambon en se demandant s'il est encore bon. « Cela échappe à notre entendement, pauvres mortels que nous sommes. Mais enfin. » Elle me tend un œillet blanc. « J'ai fait la connaissance de Holly et de votre fille, hier – Aoife, n'est-ce pas ? Elle est à croquer ! Un vrai petit ange. »

Je repense au gobelin boudeur sur la jetée, tout à l'heure. « Ça lui arrive de temps en temps. »

« Pippa ! Felix ! Il y a un vrai bébé dans cette poussette ! » Mme Webber déguerpit et nous continuons à remonter l'allée centrale. Brendan salue beaucoup de gens, serre bon nombre de mains et claque autant de bises : un grand contingent de membres de la famille de Holly est venu d'Irlande, parmi lequel la fameuse grand-tante Eilísh, qui a rallié Katmandou à vélo en partant de Cork à la fin des années soixante. Je me laisse entraîner vers l'avant. Près de la porte de la sacristie, j'aperçois Holly, vêtue d'une robe blanche et qui rit de la plaisanterie d'un jeune homme à l'œillet rouge. Fut un temps où je la faisais rire de cette façon. Ce type la dévore des yeux ; j'ai bien envie de lui tordre le cou, mais comment lui en vouloir ? Elle est ravissante. Je m'approche à grands pas. Ma chemise neuve m'irrite le cou, et ma vieille veste de costume me serre cette brioche qui disparaîtra rapidement avec un régime draconien et de l'exercice. « Bonjour », dis-je. Holly fait carrément mine de m'ignorer.

« Bonjour, me répond le type. Moi, c'est Duncan. Duncan Priest. Je constate que ma tante vous a rangé dans le clan de Sharon.

Je lui serre la main. « Euh… vous êtes donc un neveu de Pauline ?

– C'est ça. Le cousin de Peter. Vous avez fait connaissance avec Holly ?

– On se croise souvent aux mariages et aux funérailles, lui explique Holly, pince-sans-rire. Le genre d'événements familiaux barbants qui vous sapent une carrière fulgurante.

– Je suis le père d'Aoife, dis-je à un Duncan Priest visiblement déconcerté.

– C'est vous, Ed ? Ed Brubeck ? C'est votre… » – il désigne Holly – « moitié ? Dommage que vous ayez raté l'enterrement de vie de garçon de Pete, hier soir.

– Oh, je m'en remettrai. »

Duncan Priest sent que je suis en colère. « *D'accord* », signifie sa grimace. « Bon. Eh bien, il faut que j'aille, euh, vérifier un truc.

– Excusez Ed, Duncan, dit Holly. Mais avec toutes les quêtes de sens et les aventures qui remplissent sa vie, il se croit en droit d'être malpoli quand il croise les petits salariés et sinistres employés de bureau bas du front que nous sommes. Nous devrions lui être reconnaissants de remarquer que nous existons. »

Duncan Priest lui sourit, comme un adulte le ferait à un autre devant un enfant qui se conduit mal. « En tout cas, ravi de vous avoir rencontrée, Holly. Profitez bien du mariage, et peut-être à tout à l'heure, au repas. » Il s'en va. Connard.

Je refuse d'écouter le mutin en moi qui prétend que c'est moi, le connard. « Bravo, très gentil de ta part, félicité-je Holly. Je sens que je peux compter sur toi.

– Je ne t'entends pas, Brubeck, me répond-elle avec mépris. Tu n'es pas là, tu es à Bagdad. »

Entre la bannière étoilée et le nouveau drapeau irakien – largement décrié –, le général Mike Klimt a empoigné son pupitre et s'est adressé à une salle de presse aussi bondée et câblée que lorsque l'émissaire Lewis Paul Bremer III avait, en décembre dernier, annoncé la capture de Saddam Hussein, nouvelle accueillie par de sonores acclamations. Nous avions espéré que l'émissaire Bremer serait présent lui aussi, mais celui qui, de fait, est devenu le Grand Vizir de l'Irak, se tient à bonne distance des médias, lesquels se montrent de plus en plus critiques et de moins en moins dans une attitude « post-11-Septembre ». Klimt lit ses notes : « La barbarie dont nous avons été témoins à Falloujah le 31 mars dernier est contraire à ce qui prévaut dans le monde civilisé, en temps de paix comme en temps de guerre. Nos forces armées ne trouveront pas le repos tant que ceux qui ont commis ces actes n'auront pas été déférés devant la justice. Nos ennemis apprendront que, devant tant de dépravation, la détermination de la Coalition n'est pas entamée, bien au contraire : elle n'en est que renforcée. Pourquoi ? Parce que ces actes prouvent bien que nos ennemis sont aux abois. Ils savent désormais que l'Irak a franchi un cap. Que l'avenir n'est pas à la kalachnikov, mais aux urnes. Et c'est pourquoi le président Bush apporte son soutien indéfectible à l'émissaire Bremer et à nos généraux pour l'opération Vigilant Resolve. Celle-ci consistera à neutraliser les oppresseurs déchus de l'histoire qui tentent de terroriser la vaste et pacifique majorité des Irakiens, afin que cette nation voie se profiler le jour où les mères de famille irakiennes pourront laisser leurs enfants jouer dehors avec la même sérénité que leurs semblables américaines. Merci. »

« Manifestement, m'a murmuré Big Mac à l'oreille, le général Klimt n'a jamais élevé des enfants à Detroit. »

Des cris ont éclaté quand Klimt a accepté de répondre à quelques questions. Larry Dole, un type de l'Associated Press, est sorti vainqueur de la mêlée pour prendre la parole : « Général Klimt, pouvez-vous confirmer ou infirmer les chiffres transmis par l'hôpital de Falloujah qui déclare que six cents civils ont été tués au cours de la dernière semaine, et plus de mille grièvement blessés ? »

La question a provoqué un brouhaha : les États-Unis ne tiennent pas un décompte des victimes collatérales irakiennes, et ne seraient probablement pas en mesure de le faire, poser la question est donc, en soi, une critique directe. « L'Autorité provisoire de la Coalition » – Klimt a incliné la tête dans une tentative d'intimidation – « n'est pas un institut de statistique. Nous avons une contre-insurrection à mener. Mais, écoutez-moi bien : si des innocents ont versé leur sang à Falloujah, celui-ci est sur les mains des insurgés. Pas sur les nôtres. Quand une erreur est commise, une indemnisation est versée. »

J'ai écrit un article pour *Spyglass* à propos de ces indemnisations : le prix du sang est passé de deux mille cinq cents à cinq cents dollars par décès – c'est moins que ce que retirent de nombreux Occidentaux à un distributeur de billets –, sans compter que le charabia juridique anglais du formulaire de demande est aussi incompréhensible que du martien pour les Irakiens.

« Général Klimt, l'a interpellé un reporter allemand, disposez-vous de suffisamment de soldats pour prolonger l'occupation du pays, ou allez-vous demander au secrétaire d'État à la défense Rumsfeld de vous fournir davantage de troupes afin de faire face aux nombreuses révoltes qui éclatent partout en Irak ? »

Le général a chassé une mouche. « D'abord, je n'aime pas ce terme d'"occupation" que vous employez : nous sommes engagés dans une reconstruction. Deuxièmement, à propos de ces soi-disant "nombreuses révoltes" : vous les avez vues de vos propres yeux ? Vous vous êtes rendu sur place ?

– Les routes nationales sont trop dangereuses, général, lui a répondu l'Allemand. Quand est-ce que vous, pour la dernière fois, vous vous êtes promené dans le pays en voiture ?

– Si j'étais journaliste » – Klimt a esquissé un sourire en coin –, « je veillerais à ne pas confondre les rumeurs et la réalité des faits. La sécurité revient dans le pays. Une dernière question avant que…

– Général, je voulais vous demander » – Don Gross, journaliste chevronné du *Washington Post*, a tiré le premier – « si la Coalition veut bien désormais concéder que les armes de destruction massive de Saddam Hussein n'existaient pas ?

– Ah, encore cette vieille histoire. » Klimt a tambouriné sur le côté de son pupitre. « Écoutez-moi, Saddam Hussein a massacré des dizaines de milliers d'hommes, de femmes et d'enfants. Si nous n'avions pas renversé cet Hitler arabe, il en aurait tué des dizaines de milliers d'autres. C'est à mon avis aux pacifistes qui auraient préféré laisser agir cet artiste du génocide de répondre à votre question. Quel niveau d'avancement son programme d'élaboration d'armes de destruction massive avait-il atteint ? Peut-être ne le saurons-nous jamais. Mais, aux yeux des Irakiens qui n'aspirent qu'à la paix et à un meilleur avenir pour les leurs, ces questions sont insignifiantes. Bien, ce sera tout pour aujourd'hui… » D'autres questions ont fusé, mais le général Mike Klimt a quitté la salle dans une tempête de flashes.

« Morale de l'histoire » – j'ai détecté des traces de galette de pommes de terre et de whisky dans l'haleine de Big Mac : « si tu veux des infos, évite la zone verte. »

J'ai éteint mon magnétophone et refermé mon cahier. « Ça fera l'affaire. »

Big Mac a reniflé. « Pour un papier du genre : *Foutaises officielles et réalité du terrain*, tu veux dire ! Au fait, tu comptes toujours faire une petite balade en voiture dans l'Ouest ?

– Nasser a prévu le pique-nique, les boissons, tout.

– Vous aurez sans doute droit à un feu d'artifice en prime.

– Pour ça, Nasser connaît quelques itinéraires alternatifs ; et puis, qu'est-ce que tu veux que je fasse d'autre ? Que je retravaille les informations aseptisées du bon petit soldat Klimt et que je fasse passer le tout pour du journalisme ? Que je tente de refaire passer *Spyglass* sur la liste des accrédités pour me faire trimballer dans un blindé pendant six heures, puis que je transmette à Olive un autre article du type "En immersion chez les marines" ? " '*Tous aux abris !' hurle un artilleur juste avant que la grenade antichar ne ricoche sur les parois blindées et n'explose en faisant de prodigieux dégâts.*"

– Hé, c'est moi qui l'ai écrite, celle-là. Oui, c'est vrai, je me joins à nos braves guerriers cet après-midi. Quand on mesure un mètre quatre-vingt-quinze, qu'on pèse quatre-vingts kilos et qu'on a les yeux bleus de Jésus-Christ, le seul moyen d'entrer à Falloujah, c'est dans un blindé de l'armée.

– Le premier de retour à l'hôtel paie sa tournée. »

La main de Big Mac, aussi large qu'une pelle, m'a empoigné l'épaule. « Fais gaffe à toi, Brubeck. À ce jeu-là, des types plus coriaces que toi se sont fait avoir.

– Tu ne ferais pas une allusion douteuse au sort des mercenaires de Blackwater, par hasard ? »

Big Mac a regardé ailleurs en mâchant son chewing-gum. « Peut-être bien. »

« Avant que Sharon et Peter n'échangent leurs vœux, j'aimerais que nous réfléchissions ensemble un instant à l'aventure dans laquelle ils se lancent... » La révérende Audrey Withers a un sourire malicieux aux lèvres. « Qu'est-ce que le mariage, au juste, et comment le décririons-nous à un anthropologue extraterrestre ? Le mariage représente davantage qu'un simple mode de vie. Est-ce une entreprise, un engagement, un symbole ou une affirmation ? Est-ce une somme d'années partagées et d'expériences communes ? L'espace privilégié de l'intimité ? À moins que cette plaisanterie éculée en capture l'essence : "L'amour est aveugle et le mariage lui rend la vue." » Les rires de la congrégation, pour la plupart masculins, sont contenus. « Si le mariage est difficile à décrire, c'est peut-être à cause de toutes les formes qu'il peut revêtir. Il varie en fonction des cultures, des ethnies, des siècles, voire des décennies, des générations, et même des planètes, ajouterait sans doute notre anthropologue extraterrestre. Le mariage peut être dynastique, de droit commun, clandestin, précipité, arrangé, ou bien, comme c'est le cas pour Sharon et Peter » – elle sourit à Sharon dans sa robe de mariée, et à Peter qui porte son premier costume de la journée –, « le fruit de l'amour et du respect. Dans n'importe quel mariage, il arrive – c'est inévitable – qu'on traverse des périodes difficiles puis des moments plus sereins. Parfois, au sein d'une même journée, le temps vire à l'orage le matin, puis, le soir venu, le ciel redevient bleu et calme… »

Aoife, dans sa robe de tulle rose de demoiselle d'honneur, est assise à côté de Holly près des fonts baptismaux. Elle porte le plateau tapissé de velours sur lequel se trouvent les alliances. Regardez-moi ces deux-là. Deux mois après notre séjour en Northumbrie, j'avais appelé Holly d'une cabine téléphonique de l'aéroport Charles-de-Gaulle en utilisant les francs de l'époque. J'étais de retour du Congo où j'avais écrit un article-fleuve sur les enfants soldats et les esclaves sexuels de l'Armée de résistance du Seigneur. Holly avait décroché ; je l'avais saluée : « Coucou, c'est moi », et Holly m'avait répondu : « Tiens, tiens, bonjour, Papa.

– Ce n'est pas ton père, lui avais-je rétorqué. C'est moi, Ed. »

Et Holly : « Je sais, imbécile. Je suis enceinte. »

J'avais pensé : *Je ne suis pas prêt*, mais j'avais répondu : « C'est formidable. »

« En ce qui concerne le mariage, poursuit la révérende Audrey Withers, Jésus n'a émis qu'un seul commentaire explicite sur le sujet : "Ce que Dieu a uni, l'homme ne doit point le séparer." À travers les âges, les théologiens ont débattu de ce que cela signifiait, mais il est toujours utile de prendre en considération tant les actions de Jésus que ses paroles. La plupart d'entre nous connaissent l'histoire des noces de Cana, car ce récit resurgit dans tous les sermons donnés à l'occasion d'un mariage, et celui-ci n'échappera pas à la règle. Au banquet donné à Cana, tout le vin ayant été bu, Marie demanda à Jésus de sauver la fête, et comme même le Fils de Dieu ne peut dire non à une mère qui a une idée en tête, celui-ci ordonna aux serviteurs de remplir d'eau les jarres destinées au vin. Lorsqu'ils les portèrent aux invités, ce fut du vin qui en sortit, et pas une piquette quelconque, mais un grand cru. Le maître d'hôtel dit au marié : "Tout le monde propose d'abord un vin de choix, puis, une fois que les invités sont passablement ivres, ils en servent un de qualité inférieure ; mais toi, tu as gardé le meilleur pour la fin." N'est-ce pas là une attitude des plus humaines ? Pour son premier miracle, le Fils de Dieu n'a pas ressuscité les morts, ni soigné la lèpre, ni marché sur l'eau, il a plutôt choisi d'agir en bon fils et en ami fidèle. » La révérende parcourt les visages de son assemblée, comme si elle regardait un film familial sur les noces de Cana. « Je crois que si Dieu avait tenu à ce que le mariage revêtît une forme bien particulière, Il nous aurait laissé des instructions précises dans les Évangiles. J'en déduis qu'Il nous fait confiance et nous laisse nous charger des clauses particulières. »

Brendan est à côté de moi. Son téléphone, réglé sur « silencieux », vibre. Sa main se dirige vers sa veste, mais un regard furieux de Kath, et la mission est annulée.

« Sharon et Peter, poursuit la révérende, ont rédigé eux-mêmes leurs vœux de mariage. J'adore quand ce sont les époux qui les écrivent. Pour y parvenir, ils ont dû s'asseoir, discuter et écouter non seulement ce que l'autre disait mais aussi ce qu'il ne disait pas, et c'est souvent là que résident les vérités cachées. Ils ont dû faire des compromis – ah, c'est un mot sacré, le compromis, et aussi une science pratique. Ceci étant, un prêtre n'est pas médium » – j'aperçois Aoife tendre l'oreille – « et je ne peux dire à Sharon et Peter ce qui les attend dans les années à venir. Quoi qu'il en soit, un mariage peut, devrait et devra tôt ou tard évoluer. Ne vous en inquiétez pas, et n'en tirez pas de rancœur. Faites preuve d'une patience et d'une gentillesse indéfectibles. Au bout du compte, ce qui importe, ce sont les bouillottes que vous n'aviez pas réclamées mais qu'on vous apporte malgré tout les nuits d'hiver, pas les cadeaux extravagants. Exprimez votre gratitude, tout particulièrement pour les tâches dont l'autre s'acquitte et que vous considérez naturelles. Apprenez à reconnaître les problèmes qui émergent, et rappelez-vous que la colère est un produit inflammable. Quand vous vous comporterez comme un âne, Peter » – le futur marié regarde ses chaussures en souriant –, « souvenez-vous qu'en présentant sincèrement ses excuses, celui qui demande pardon ne se rabaisse en rien. C'est en faisant fausse route qu'on apprend à trouver le bon chemin. »

Je me demande quelle note Holly et moi obtiendrions dans le système d'évaluation de la révérende Audrey Withers. Un C+ ? Un D- ?

« C'est quand, le moment où oncle Peter l'embrasse ? » demande un gamin.

Toute la congrégation rit. « Excellente idée. » La révérende Audrey Withers est une femme qui a l'air de bien aimer son travail. « Et si on passait directement à la meilleure partie ? »

Nasser conduisait son véhicule mi-Corolla, mi-Fiat 5. Aziz occupait le siège passager, son appareil photo caché à ses pieds sous une couverture, et moi, j'étais assis à l'arrière, protégé par un paravent de vêtements sur cintres revenus du pressing, prêt à me tapir au pied de la banquette, sous des draps et des boîtes de lait maternisé. Les petits immeubles de la banlieue ouest de Bagdad s'étalaient le long de l'autoroute à quatre voies menant à Falloujah. Après deux ou trois kilomètres, ces ensembles immobiliers ont cédé la place à des quartiers résidentiels destinés aux classes moyennes des opulentes années soixante-dix : des maisons aux toits-terrasses et aux murs blanchis à la chaux retranchées derrière des murailles et des portails en acier. Puis, pendant quelques kilomètres, se sont succédé des bâtiments en parpaing à un étage dont le rez-de-chaussée était occupé par des magasins ou des ateliers, et le niveau supérieur, par de piètres habitations. La monotonie du décor tenait du mauvais dessin animé. Nous sommes passés devant plusieurs stations-service dont les files d'attente s'étiraient sur plusieurs centaines de véhicules. Les conducteurs patientaient toute la journée. Même en avril, le soleil s'apparentait davantage à une zone éblouissante du ciel qu'au disque lumineux des latitudes septentrionales. Des hommes sans emploi de tous âges, en dishdasha, fumaient et discutaient. Les femmes, vêtues d'un hijab voire d'une burqa, marchaient en petits groupes, portant des sacs en plastique remplis de légumes : soudainement, j'ai réalisé qu'au fil des semaines, l'Irak ressemblait de plus en plus à l'Iran. Des gamins de l'âge d'Aoife jouaient aux insurgés et aux Américains. Nasser a mis une cassette dans l'autoradio, et de la musique arabe a jailli des minuscules haut-parleurs. Une femme entonnait des notes auxquelles mes oreilles ne sont pas rompues ; c'était sans doute un classique, parce que Nasser et Aziz ont commencé à faire les chœurs. Profitant d'un passage instrumental, j'ai demandé à Nasser – en criant à moitié par-dessus le boucan de la voiture et de la musique – de quoi la chanson parlait. « C'est une fille, m'a répondu mon fixeur. L'homme qu'elle aime va en Iran pour la guerre, mais il revient jamais. Elle est trèèès belle, alors les autres hommes, ils disent : "Hé, chérie, j'ai de l'argent, j'ai une grande maison, j'ai ci et ça, tu m'épouses ?" Mais la fille, elle répond : "Non, j'attends mon soldat pendant mille ans." C'est vrai, c'est une chanson qui est très… comment on dit ? Comme quand il y a trop de sucre… J'ai oublié le mot… Sentimontale ?

– Sentimentale.

– Trèèèèès sentimentale. Mais ma femme, elle dit : "La fille de la chanson, elle est folle ! Si elle se marie pas, qu'est-ce qu'elle devient ? Un soldat mort, il peut pas envoyer de l'argent ! Elle va mourir de faim ! C'est seulement un homme qui peut écrire une chanson comme ça", ma femme elle dit. Mais moi, je dis : "Ah…" » Nasser a esquissé un geste dédaigneux de la main. « Cette chanson elle me touche. » Il s'est frappé le buste. « L'amour c'est plus fort que la mort. » Il s'est retourné. « Tu comprends ? »

Ivano del Pio, du *Sydney Morning Herald*, m'avait recommandé Nasser à son départ de Bagdad et c'était l'un des meilleurs fixeurs que j'aie employés. Avant l'invasion, Nasser avait travaillé dans l'audiovisuel et grimpé les échelons jusqu'à un poste de direction, ce qui avait nécessité son adhésion au parti Baas. Il avait une maison correcte et subvenait aux besoins de sa femme et de ses trois enfants, même dans une société étranglée par les États-Unis et les sanctions de l'ONU. Après l'invasion, Nasser a subsisté en travaillant pour la presse étrangère. Sous le régime de Saddam, la clique des fixeurs officiels était louche : ils étaient payés pour vous répéter la ligne officielle de Saddam et dénoncer au Moukhabarat tout Irakien suffisamment inconscient pour tenter de vous raconter le véritable quotidien sous ce régime dictatorial. Mais Nasser, lui, avait le flair et l'œil d'un journaliste, et pour certains de mes meilleurs articles parus dans *Spyglass*, j'avais exigé qu'il soit cité comme coauteur et rémunéré en conséquence. Cependant, il n'utilisait jamais son véritable nom, au cas où une âme hostile rapporterait à n'importe lequel de la dizaine de groupes rebelles actifs qu'il collaborait avec l'ennemi. Aziz, le photographe, était un ancien collègue de Nasser, mais son anglais étant aussi limité que mon arabe, je ne l'ai pas connu aussi bien que mon fixeur. N'empêche qu'il était doué, prudent, ingénieux et ne manquait pas de courage quand un bon cliché était en jeu. La photographie est un passe-temps dangereux en Irak : la police aura vite fait de vous suspecter d'être en reconnaissance pour une mission-suicide.

Nous sommes passés devant des murs en ruine et des magasins décrépits.

« S'il y a de la casse, Colin Powell avait-il mis Bush en garde, vous devrez ouvrir le tiroir-caisse. »

Des familles dépenaillées fouillaient d'immenses tumulus d'ordures.

« Vous serez l'heureux propriétaire de vingt-cinq millions de gens… »

Des enfilades de lampadaires : la plupart sont penchés, certains carrément à terre.

« Leurs espoirs, leurs aspirations, leurs problèmes : tout vous appartiendra. »

Au niveau d'un petit cratère, la glissière de sécurité était déformée : l'œuvre d'un engin explosif de fabrication artisanale. Nous sommes arrivés à un point de contrôle tenu par la police irakienne où nous avons été retenus quarante minutes. Nous étions soulagés qu'ils n'aient pas remarqué que j'étais étranger, même si, en principe, les policiers laissent les journalistes étrangers tranquilles. La voiture de Nasser était une épave, même aux yeux d'un Irakien, mais son aspect déglingué nous procurait un camouflage de niveau professionnel. Quel journaliste, espion ou djihadiste qui se respecte oserait monter dans ce tacot ?

Plus nous roulions vers l'ouest, plus notre excursion devenait risquée. Nasser connaissait de moins en moins bien les lieux, et des dizaines de carcasses de véhicules qui avaient servi à des attaques à l'explosif jonchaient les bas-côtés de l'autoroute d'Abou Ghraïb et de la nationale 10. Les cibles étaient les convois militaires américains, évidemment, mais quand on sait que n'importe cadavre de chien, carton abandonné ou sac-poubelle peut dissimuler une charge suffisante pour pulvériser un blindé léger de l'armée, on est sur les dents en permanence. Et puis, il y avait le risque d'enlèvement. Avec ma peau mate, ma barbe, mes yeux marron et mes vêtements couleur locale, je pouvais à première vue passer pour un Irakien au teint clair, mais s'il me fallait sortir les trois mots d'arabe que je connaissais, je serais tout de suite percé à jour. J'avais sur moi mon faux passeport bosniaque au cas où il me faudrait justifier de mon incompétence en arabe tout en prétendant être musulman, mais c'était jouer là à un jeu très dangereux, car on ne ramène pas une foule en colère à la raison. Les Bosniaques n'étaient pas vus comme des otages susceptibles d'être monnayés contre rançon, mais on disait la même chose des membres des ONG japonaises sur le terrain, deux semaines auparavant. Si l'on trouvait ma carte de presse, ma valeur marchande monterait en flèche : je serais vendu comme espion à un groupe affilié à Al-Qaïda, dont les membres ne seraient pas tant intéressés par l'argent que par des « aveux » enregistrés et une décapitation diffusée sur Internet. À mi-chemin entre Bagdad et Falloujah, nous avons atteint la ville d'Abou Ghraïb, célèbre pour ses usines en déliquescence, ses palmiers dattiers, et une immense prison où les ennemis de Saddam, fussent-ils supposés, étaient torturés dans des conditions antémédiévales. Big Mac avait ouï dire que depuis l'arrivée des forces de la Coalition, rien n'avait vraiment changé. Sur la gauche, nous avons vu défiler la haute fortification pendant un kilomètre, et Nasser m'a traduit le slogan barbouillé sur un bâtiment détruit en face : *Nous frapperons aux portes du paradis avec des crânes d'Américains.* Le genre de phrase d'introduction ou de conclusion qui ferait mouche dans un article. Je l'ai notée dans mon carnet.

Devant une mosquée, Nasser s'est garé afin de libérer le passage pour le convoi américain qui se dirigeait vers l'autoroute. Aziz a pris quelques photos depuis l'intérieur de la voiture, sans oser sortir. Un artilleur qui a la gâchette sensible aurait pu prendre le téléobjectif pour un lance-roquette. J'avais compté vingt-cinq véhicules dans ce convoi à destination de Falloujah, et je me suis demandé si Big Mac n'était pas à l'intérieur d'un des blindés légers, en train de suer à grosses gouttes. Puis Aziz a parlé en arabe, et Nasser m'a averti : « Ed, des problèmes ! » Une demi-douzaine d'hommes marchaient dans notre direction, sortis d'une enfilade de bâtiments peu élevés qui longeaient la mosquée. « On file », ai-je dit.

Nasser a mis le contact.

Rien.

Nasser a mis le contact.

Rien.

Trois secondes pour choisir : jouer la comédie ou me cacher…

Je me suis glissé sous les cartons de lait maternisé, et, quelques secondes après, un type a échangé des salutations avec Nasser par la vitre côté conducteur. Il cherchait à savoir où nous allions.

Nasser a prétendu que lui et son cousin rapportaient des provisions à Falloujah. Puis le type a demandé à Nasser : « Tu es sunnite ou chiite ? »

Question dangereuse : avant l'invasion, je l'entendais rarement.

Nasser lui a répondu : « Falloujah brûle, et pendant ce temps-là, nous sommes tous irakiens. »

Comme je l'ai dit, Nasser était doué. La voix a réclamé une cigarette. Après un moment de silence, le type a voulu connaître la nature de notre cargaison.

« Du lait pour bébé, a expliqué Aziz. Pour les hôpitaux. » Nasser a rapporté que son imam leur avait raconté que ces porcs d'Américains jetaient le lait maternisé dans les égouts pour empêcher les bébés irakiens de grandir et de devenir djihadistes.

« Chez nous aussi, les bébés ont faim », a déclaré le type.

Ni Aziz ni Nasser n'ont su quoi lui répondre.

« J'ai dit que chez nous aussi, les bébés ont faim », a-t-il répété.

S'ils déchargeaient la voiture, ils me trouveraient là, moi, un étranger à un crachat de distance du Ground Zero irakien de l'incarcération. M'étant caché, mon histoire de journaliste bosniaque musulman ne tiendrait plus la route. Nasser a pris un ton enjoué. Ils seraient ravis d'offrir un carton de lait en poudre aux bébés d'Abou Ghraïb. Puis, innocemment, il a réclamé une faveur en échange. Sa satanée voiture ne voulait pas démarrer : il aurait besoin qu'ils l'aident à la pousser.

Je n'ai pas saisi la réponse du type. Et quand j'ai entendu la portière de la Corolla s'ouvrir, je n'avais aucun moyen de savoir si le type avait mis Nasser en joue et lui avait fait signe de sortir, ou si tous les cartons de lait maternisé allaient être déchargés. Le siège avant a basculé et le carton qui dissimulait mon visage, s'est envolé…

J'ai aperçu un poignet poilu, une fausse Rolex, et le dessous du carton. J'attendais qu'un cri éclate. Puis le siège du conducteur a basculé en arrière ; ils ne prendraient pas d'autres cartons. Il y a eu des rires, puis la voiture s'est enfoncée sous le poids de Nasser, et j'ai entendu des au revoir. Ensuite, la voiture a été poussée, le gravier a crissé sous les pneus, et le moteur a brouté puis démarré.

« Je croyais qu'on est morts », a déclaré Aziz en s'étranglant à moitié.

Allongé sous les autres cartons, j'étais contorsionné et à bout de souffle.

Je me suis dit : *Une fois rentré à la maison, je ne repartirai plus jamais.*

Je me suis dit : *Une fois rentré à la maison, je ne me sentirai plus jamais aussi vivant que maintenant.*

« OK mes petits loups, on va commencer par les deux familles », annonce le photographe à tête de beagle et chemise hawaïenne. Les marches de l'église sont en plein soleil, et toutes les feuilles sont tendres et d'un vert intense. Elles vireraient au marron en l'espace d'un seul après-midi dans la fournaise mésopotamienne, où la flore doit se caparaçonner et s'armer d'épines pour assurer sa survie. « Les Webber à gauche, précise le photographe, et les Sykes à droite, si vous voulez bien. » Pauline Webber positionne les membres de sa famille avec une efficacité militaire, tandis que les Sykes, nonchalants, trouvent leur place naturellement. Holly cherche Aoife du regard, laquelle est en train de ramasser des confettis en prévision d'une bataille. « Photo, Aoife. » Celle-ci se blottit contre sa mère ; ni l'une ni l'autre ne se demandent si je suis là. Je reste donc où je suis, hors champ. Comme tous les gens qui jouissent d'un sentiment d'appartenance, les Sykes et les Webber ne voient pas avec quel sens inné ils s'intègrent à un groupe, à une lignée, à un rang, à un gang. Mais nous autres qui n'avons pas cette chance, avons parfaitement conscience de notre condition. « Resserrez-vous un peu, si vous voulez bien, dit le photographe.

– Hou-hou, Ed ! m'interpelle Kath. Il faut que tu sois sur celle-ci. »

Le diable me suggère de lui répondre : « Holly n'a pas l'air de cet avis », mais je me glisse malgré tout entre Kath et Ruth. Holly, un rang en dessous, ne se retourne pas, mais Aoife, qui a des fleurs dans les cheveux, pivote et lève la tête. « Papa, tu m'as vue apporter les alliances ?

– Je n'ai jamais vu quelqu'un présenter les alliances aussi bien que toi, Aoife.

– Papa, tes flagorneries te mèneront loin. » Tous ceux qui l'entendent éclatent de rire, au grand bonheur d'Aoife qui répète sa phrase.

J'avais autrefois espéré qu'en ne nous mariant pas, Holly et moi éviterions de reproduire les scènes jouées par ma mère et mon père avant que ce dernier n'écope de douze ans ferme. D'accord, Holly et moi ne nous engueulons pas, et nous ne nous envoyons pas d'objets à la figure ; mais, d'une certaine manière, c'est tout comme.

« OK mes petits loups, dit le photographe. Tout le monde est là ?

– Où est notre arrière-grand-tante Eilísh ? s'interroge Amanda, fille aînée de Brendan.

– C'est ton arrière-arrière-grand-tante, pour être précis, la corrige son père.

– Oh, c'est bon, hein. » Amanda a seize ans.

« C'est que le programme est plutôt chargé, déclare Pauline Webber.

– Elle était en train de parler à la révérende Audrey… » Amanda disparaît.

Le photographe se redresse, et son sourire s'affaisse. Je m'adresse à celle qui est en quelque sorte ma belle-sœur : « Superbe cérémonie, Sharon.

– Merci, Ed. » Sharon sourit. « Et ce temps, quelle chance.

– Le ciel bleu est bien parti pour durer. »

Je vais serrer la main à Peter. « Alors, Pete, quel effet ça fait de s'appeler M. Sykes ? »

S'imaginant que je fais erreur, Peter Webber me sourit. « Euh, "M. Webber", tu veux dire ? C'est Sharon qui devient Mme Webber. »

Sur mon visage, on peut lire : *Tu viens d'épouser une Sykes, mon pote.* Mais ça lui échappe, il est sur son petit nuage. Il redescendra sur terre. J'ai connu ça, moi aussi.

Holly fait comme si je n'étais pas là. Elle se conditionne.

« Attention, écartez-vous, vieille dame en approche, annonce avec un accent de Cork en roue libre la grand-tante Eilísh, accompagnée d'Amanda. Audrey – la révérende – part pour la Tanzanie la semaine prochaine ; elle voulait quelques tuyaux. Kath, ça te dérange si je me faufile ici… » Je suis contraint de descendre d'un cran, et je me retrouve à côté de Holly, en fin de compte. Je voudrais pouvoir glisser ma main dans la sienne sans que ça fasse tout un pataquès, mais comme c'est impossible, je m'abstiens.

« Nous sommes au complet, déclare Pauline Webber au photographe. Enfin. »

Un type sur patins à roulettes passe devant l'église, agile. Il paraît si libre, lui.

« Allons-y les petits loups, dit le photographe. À trois, j'aimerais que tout le monde fasse un grand "*cheeeeeeese*". Vous y êtes ? À la une, à la deux, et… »

À travers le trou laissé par une explosion dans le mur de parpaings, Aziz prenait des clichés d'une famille en train de traverser précipitamment la friche située au nord du bâtiment médical. Une version arabe et pédestre des *Raisins de la colère*. Je lui ai dit que si le cliché tenait ses promesses au tirage, sa photo pourrait faire la couverture. « Je développe et j'apporte à ton hôtel demain. Si c'est la couverture », – Aziz a frotté son pouce contre son index et son majeur dans un geste universel – « Mlle Olive, elle paie plus ?

– Si elle l'utilise, oui, ai-je répondu. Mais tu devrais… »

Un hélicoptère vrombissant nous a rasés, projetant du sable et des gravillons ; Aziz et moi nous sommes accroupis. Un Cobra ? Criant et désignant les cumulus qui se formaient, des gamins sont sortis sur la route depuis le bâtiment voisin et ont regardé l'engin disparaître. Un garçon a symboliquement jeté une pierre dans sa direction. Une femme en hijab a rappelé les enfants, nous a décoché un regard hostile et a refermé la grille. Nous nous étions rapprochés autant que possible de Falloujah et nous trouvions à une centaine de mètres du « trèfle », échangeur qui relie la route d'Abou Ghraïb à la nationale 10. Au sud, à travers l'ondoyante atmosphère de rôtissoire, on voyait la retenue des véhicules bougons qui s'accumulaient aux abords du premier point de contrôle. De nombreux marines et deux Bradley – des tanks miniatures – barraient le passage. Installé juste après l'échangeur, le deuxième point de contrôle était flanqué d'une berme aménagée au bulldozer – un tas de gravats et de poussière hérissé de barbelés. Personne n'avait le droit d'entrer à Falloujah ce jour-là, et seuls les femmes et les enfants étaient autorisés à en sortir.

Ces rumeurs de clinique pour réfugiés improvisée par deux médecins irakiens s'étaient révélées exactes. Nasser y était entré pour recueillir des témoignages, et ce, grâce à sa carte de presse d'Al Jazeera, aussi authentique que mon passeport bosniaque. Aziz et moi l'avons rejoint quelques instants : il y avait au moins une centaine de patients pour deux docteurs et deux infirmières qui, pour tout matériel médical, disposaient de trousses de premiers soins dont on leur avait fait don. Les « lits » consistaient en de simples couvertures étendues à même le sol d'une vaste pièce qui tenait autrefois lieu de salle de séjour, et il y avait peu encore, les opérations s'effectuaient sur une table de billard. Ici, pas d'anesthésiant. La plupart des patients souffraient plus ou moins intensément ; certains étaient à l'agonie, et d'autres moribonds. La morgue était aménagée dans une autre pièce occupée par six cadavres que personne n'avait réclamés. Avec les mouches et l'odeur, l'atmosphère était insupportable : des types creusaient des tombes dans le jardin. Les infirmières promettaient de distribuer le lait maternisé en poudre, mais les médecins réclamaient des antalgiques et des bandages.

Aziz a pris plusieurs photos pendant que Nasser interviewait les gens. On m'a présenté comme le cousin bosniaque d'Aziz, employé moi aussi par Al Jazeera, mais le sentiment de haine envers les étrangers était si vif qu'Aziz et moi sommes vite repartis attendre dehors, près de la voiture, de manière à ne pas rester dans les pattes de Nasser. Nous nous sommes assis sur un bout de trottoir fracassé et avons vidé chacun une bouteille d'eau. En Mésopotamie, même au printemps, il fait si chaud qu'on peut passer sa journée à boire et ne jamais avoir envie de pisser. Dans Falloujah, à un kilomètre à peine, nous entendions des coups de feu et puis, toutes les trois ou quatre minutes, de grosses déflagrations. L'air sentait le pneu brûlé.

Aziz a déposé son appareil photo dans la voiture. Il est revenu avec des cigarettes et m'en a tendu une, mais je n'avais pas encore repris, à ce moment-là. « Bush, je comprends, lui, a-t-il déclaré en allumant la sienne. Bush le père, il déteste Saddam, après il y a les Twin Towers, alors Bush, il veut la vengeance. L'Amérique a besoin de beaucoup de pétrole, l'Irak a le pétrole, alors Bush prend le pétrole. Les amis de Bush ils prend l'argent aussi : Halliburton, le matériel, les armes, beaucoup d'argent. C'est la mauvaise raison, mais je comprends. Mais pourquoi ton pays, Ed ? Pourquoi, l'Angleterre, il vient ici ? L'Angleterre, il dépense beaucoup les dollars ici, il perd les centaines d'hommes… Pourquoi, Ed ? Je ne comprends pas. Il y a longtemps, les gens, ils dit : "L'Angleterre, il est bien. L'Angleterre, il est gentleman." Aujourd'hui, les gens, ils dit : "L'Angleterre, il est la putain de l'Amérique". Pourquoi ? Je ne comprends pas. »

J'ai passé en revue les réponses possibles. Est-ce que Tony Blair croyait sérieusement que Saddam Hussein possédait des missiles capables de détruire Londres en quarante-cinq minutes ? Est-ce qu'il avait réellement foi en ce délire néoconservateur de faire germer une graine de démocratie libérale au Moyen-Orient, puis de la regarder grandir ? Pour toute réponse, j'ai haussé les épaules. « Qui sait ?

– Allah sait, a-t-il répondu. Blair sait. La femme de Blair sait. »

Je donnerais une année de ma vie pour voir ce que le Premier ministre avait dans le crâne. Voire trois. C'est un type intelligent. Il suffit de voir les trésors de contorsions qu'il déploie pendant les interviews. Ne se dit-il pas, quand il se regarde dans une glace : *Bravo, Tony, tu as vu le merdier que c'est devenu, l'Irak ? Pourquoi, non mais pourquoi tu as écouté George ?*

Un drone tournoyait au-dessus de nos têtes. Il devait être armé. Je m'imaginais celui qui le pilotait à distance depuis un camp militaire de Dallas : Ryan, jeune homme de dix-neuf ans à la coupe en brosse, buvant à la paille un cappuccino glacé de chez Starbucks. Il pouvait lancer un missile sur la clinique et tuer tout le monde à l'intérieur et aux alentours sans avoir à sentir l'odeur de viande grillée. À ses yeux, nous ne serions que des images renvoyées par la caméra infrarouge, des éléments pixélisés qui gigoteraient un peu sur son écran et vireraient du jaune au rouge, puis du rouge au bleu.

Le drone est reparti et un pick-up blanc provenant du point de contrôle a foncé sur la piste. Le véhicule s'est arrêté au niveau du portail de la clinique et, tête enroulée dans un keffieh ensanglanté, son chauffeur a sauté de son siège et a couru côté passager ; Aziz et moi nous sommes approchés pour l'aider. Le conducteur, un gars de mon âge, environ, a extrait de la voiture un paquet enveloppé dans un drap. Il a tenté de le porter, mais a trébuché sur un parpaing et cherché à le protéger avec son corps. Quand nous l'avons aidé à se relever, j'ai vu qu'il tenait un petit garçon. L'enfant était inconscient, il avait le teint livide, cinq ou six ans, et du sang lui coulait de la bouche. Le type a lancé une virulente volée de mots en arabe – je n'ai reconnu que le mot « docteur » –, et Aziz l'a emmené dans le bâtiment de la clinique. Je l'ai suivi. À l'intérieur de l'ancienne salle de séjour, une femme a pris le pouls de l'enfant, n'a pas dit un mot, et a appelé l'un des médecins, qui lui a répondu depuis l'autre coin de la pièce. Quand mes yeux se sont habitués à la pénombre, j'ai vu Nasser parler à un vieil homme émacié en débardeur qui agitait un éventail. Puis un type à la voix douce qui, même dans cet endroit, sentait l'après-rasage, s'est planté devant moi, me posant une question complexe dans un arabe dialectal – ou plus précisément, une question qui s'est changée en menace – dans laquelle j'ai saisi les mots « Bosnie », « Amérique », et « tuer ». De son index, il a conclu en faisant mine de se trancher la gorge. J'ai répondu à la fois oui et non d'un signe de la tête, espérant lui laisser entendre que j'avais compris, mais lui formuler une réponse directe était trop compliqué. Puis je me suis éloigné. Comme un idiot, j'ai regardé derrière moi : le type m'observait toujours. Aziz est sorti et m'a suivi jusqu'à la Corolla. Il m'a prévenu : « Milice, lui. Il teste toi.

– Son test, je l'ai réussi ? »

Aziz n'a pas répondu. « Je cherche Nasser. Si quelqu'un il vient, tu caches toi. Si les hommes avec les armes, ils vient… au revoir, Ed. » Aziz s'est dépêché de retourner dans le bâtiment. Le paysage n'était qu'un terrain vague, sans vraiment nulle part où se mettre à couvert. Contrairement à l'épisode de la mosquée, où je suis passé à un cheveu de l'enlèvement, j'avais tout le temps de réfléchir. J'ai songé à Aoife, dans la classe de Mme Vaz à l'école primaire de Stoke Newington, chantant « Somewhere Over The Rainbow ». J'ai pensé à Holly, qui devait être au refuge de sans-abri de Trafalgar Square, en train d'expliquer à de jeunes fugueurs comment remplir un formulaire de demande de couverture sociale.

Mais la silhouette qui, à peut-être vingt pas de moi, a émergé du bâtiment, n'était ni Aziz, ni Nasser, ni un islamiste maniant une AK-47. C'était le conducteur du pick-up, le père du gamin. Son regard est passé sans s'arrêter devant sa voiture et s'est fixé sur Falloujah, où les hélicoptères *tchaca-tchaca-tchac*-aient au-dessus de deux cent cinquante mille habitants.

Puis il s'est effondré et s'est mis à sangloter dans la poussière.

« Tiens donc, visez-moi qui est là ! » Dave Sykes pénètre dans les toilettes des hommes du Maritime Hotel pendant que je me lave les mains en me disant combien l'eau est précieuse en Irak. Le groupe de musique de la salle de réception joue une reprise jazzy de « Lady In Red », de Chris de Burgh. Dave promène son regard partout dans la pièce qui résonne. « On pourrait caser un minigolf, ici.

– Et puis, c'est chic, commenté-je. Le carrelage est en vrai marbre.

– Des chiottes chics : l'endroit idéal pour un guet-apens de mafieux. Il y a de la place pour cinq types armés de mitraillettes qui sortiraient des cabines.

– Le jour du mariage de votre fille, on va peut-être éviter.

– Oui, peut-être. » Dave s'avance jusqu'à un urinoir et ouvre sa braguette. « Tu te rappelles les gogues du Captain Marlow ?

– J'en garde un souvenir ému. C'est douteux, ce que je dis. Je me souviens des graffitis. Non pas que j'y aie contribué, hein.

– On avait les graffitis les plus obscènes de tout Gravesend, au Captain Marlow. Kath m'obligeait à repeindre par-dessus, mais, quinze jours plus tard, rebelote. »

Le journaliste ne peut pas s'empêcher de demander : « Ça ne vous manque pas, la vie derrière un comptoir ?

– Certaines choses, oui. Les bonnes poilades. Certains clients réguliers. Mais pas les journées interminables ni les bagarres. Ni les impôts et la paperasse. Mais, là-bas, ç'a été chez moi pendant quarante ans : ce serait curieux si je n'en avais pas conservé quelques souvenirs, tu me diras. C'est là que les gamins ont grandi. Impossible d'y retourner. Ça me ferait trop mal. "La Tortue tordue", non mais je te jure ! Ces yuppies avec leurs téléphones de frimeurs. Les pièces à l'étage, converties en "appartements pour cadres". Tu y es retourné, toi, à Gravesend ?

– Pas depuis la mort de Maman, non. Pas une seule fois. »

Dave remonte sa braguette et s'avance vers moi, en posant un pied après l'autre, comme un vieil homme à qui quelques kilos en moins ne feraient pas de mal. Devant le lavabo, il approche la main du distributeur de savon : une giclée de mousse bourgeonne puis atterrit dans sa paume. « Tu as vu ça ? On tombe un peu plus dans la science-fiction chaque jour. Comme si le fait de vieillir et que tes gosses quittent un jour la maison, ça ne suffisait pas, non, il faut en plus que le monde te fasse regretter la décennie dans laquelle tu te sentais à l'aise. » Dave tend ses mains savonneuses sous le robinet ; de l'eau en jaillit. « Profite d'Aoife autant que possible, Ed. Aujourd'hui, tu peux porter cette adorable petite puce sur tes épaules, mais demain elle aura déguerpi, et ce que tu avais toujours redouté se réalisera : on a beau les aimer infiniment, nos enfants nous sont juste prêtés pour un moment.

– Moi, ce que je redoute, c'est le premier petit copain d'Aoife. »

Dave secoue ses mains pour en chasser l'eau. « Oh, ça ira, va. »

Moi et ma grande gueule. Craignant d'avoir rappelé à Dave l'époque de Vinny Costello et le prélude à la disparition de Jacko, je cherche désespérément à changer de sujet : « Pete me paraît plutôt bien, comme gars.

– C'est ce que je crois. Tu me diras, Sharon s'est toujours montrée assez exigeante en la matière. »

Je me surprends à scruter le reflet de Dave dans le miroir, craignant de lire *contrairement à Holly* sur son visage, mais il devine mes pensées : « Ne t'en fais pas, Ed, tu feras l'affaire. Tu es un des seuls types que je connaisse qui soit capable de porter la barbe aussi bien que moi.

– Merci. » Je place mes mains sous le séchoir. *Est-ce que j'en serais capable ? Capable de quitter Holly et Aoife pour mon boulot ?*

Je suis furieux contre Holly qui me force à choisir.

Tout ce que je veux, c'est qu'elle accepte que je partage mon temps entre elle et mon travail.

C'est bien ce que je fais avec elle, moi. Ça ne me paraît pas injuste.

« J'imagine que ça va être un peu bizarre pour toi, s'interroge Dave, avec son instinct de taulier, d'être de nouveau à plein temps en Angleterre. Non ?

– Hmm… ouais, c'est sûr, si tant est que ça se produise.

– Ah, parce que ça pourrait ne pas se produire ?

– *Spyglass* m'a proposé de prolonger jusqu'à décembre. »

Empathique, Dave expire à travers ses dents. « Le vieux dilemme : le devoir ou la famille. Je ne peux pas t'aider sur ce coup-là, Ed, mais ce que je peux te dire, c'est qu'au fil des années, j'ai croisé bon nombre de types à qui un docteur venait d'annoncer qu'ils allaient mourir. Ce n'est pas un hasard : si un toubib me disait qu'il me reste X semaines à vivre, j'aurais besoin de m'asseoir devant un comptoir, de trouver une oreille compatissante et qu'on me serve un bon remontant. Tu ne seras pas surpris si je te raconte qu'aucun d'eux ne m'a dit : "Ah, Dave, si seulement j'avais passé un peu plus de temps au travail."

– Peut-être qu'ils n'exerçaient pas le métier qui leur convenait », rétorqué-je, regrettant sur-le-champ ma légèreté. Encore pire, je n'ai pas le temps de m'expliquer car la porte s'ouvre d'un coup : trois cousins irlandais de Holly déboulent en riant d'une vanne que nous n'entendrons pas. « Ed, oncle Dave, vous voilà, dit Oisín, dont le lien de parenté avec Holly m'échappe toujours. Tante Kath nous a missionnés pour vous ramener.

– Allons donc. Qu'est-ce que j'ai encore fait ?

– Coolos, oncle Dave. C'est le moment de couper le gâteau, c'est tout. »

Sur le trajet du retour vers Bagdad, comme Aziz conduisait, Nasser a pu me restituer tous les témoignages des patients interviewés. Avec les photos d'Aziz, nous avions la trame d'un bon reportage pour *Spyglass*. Cependant, avant d'arriver à Abou Ghraïb, il y a eu un bouchon. Voyant un étal en bord de route, Nasser en a profité pour sauter de la voiture et nous rapporter des kebabs et deux infos : un convoi d'acheminement d'essence avait été attaqué un peu plus tôt et la route principale pour retourner à Bagdad était en partie bloquée par un cratère de dix mètres de diamètre, ce qui expliquait la retenue. Par ailleurs, un hélicoptère américain avait été abattu sur des terres cultivées situées au sud-est de la prison. Nous avons donc décidé d'effectuer un détour afin de rechercher le lieu du crash. Tandis que nous mâchions des morceaux d'agneau filandreux – de la chèvre ? –, Aziz a bifurqué vers le sud au niveau de la mosquée où nous avions eu des soucis un peu plus tôt. Une fois l'immense complexe pénitentiaire derrière nous, nous avons aperçu un mince filet de fumée noire s'élever de derrière un bosquet de tamaris destiné à atténuer le vent. Un gamin à vélo nous a confirmé que, oui, cet hélicoptère américain, un Kiowa, avait été abattu là-bas, qu'Allah en soit remercié. Les garçons qui ont grandi dans l'Irak occupé en savent autant sur les armes et les engins militaires que je m'y connaissais dans les années quatre-vingt question matos de pêche, motos et classement au hit-parade. Le gamin a mimé l'explosion – *boum!* – puis éclaté de rire. Des marines avaient emporté les cadavres des deux Américains une demi-heure plus tôt, ce n'était donc plus risqué d'aller y jeter un œil, a-t-il expliqué à Nasser.

Une piste passait au-dessus d'un canal d'irrigation, traversait le bosquet de tamaris, puis un champ en friche. La carcasse fumante, éventrée et noircie du Kiowa gisait sur un côté, tandis que la queue de l'appareil se trouvait sur l'autre moitié du champ. « Missile sol-air, a spéculé Nasser. Coupé en deux. Comme avec une épée. » Une vingtaine d'hommes et de garçons se tenaient là. À l'autre bout du champ, il y avait des bâtiments et des machines agricoles à l'abandon. Aziz s'est garé dans un coin, puis nous sommes descendus de la voiture et nous sommes approchés. La fin d'après-midi était peuplée de bruits d'insectes. À mesure de notre avancée, Aziz prenait des photos. Je songeais aux pilotes, me demandant quelle pensée avait traversé leur esprit au moment où ils s'étaient retrouvés propulsés vers le sol. Un vieil homme en keffieh rouge a demandé à Nasser si nous travaillions pour un journal, ce à quoi Nasser a répondu oui, pour un quotidien jordanien. Nous étions venus mettre à mal les mensonges des Américains et de leurs alliés, a déclaré Nasser, qui a ensuite demandé au vieil homme s'il avait assisté au crash. Celui-ci a répondu que, non, il ne savait rien, qu'il avait juste entendu une explosion. D'autres hommes, peut-être des membres de l'Armée du Mahdi, étaient repartis dans leurs véhicules, mais il était trop loin, et, regardez – il avait désigné ses yeux –, sa cataracte l'empêchait de voir correctement.

Trop bien voir en Irak peut être fatal.

Puis, soudain, nous avons entendu des grondements d'engins militaires, et la foule s'est éparpillée, ou du moins, a tenté de s'éparpiller – nous nous sommes tous regroupés quand nous avons compris que les deux sorties du champ étaient barrées par deux convois de quatre blindés légers. Des marines équipés de protections pare-balles en sont sortis en braquant leurs M16 sur nous. Un rugissement venu de nulle part a submergé le champ : « Les mains sur la tête ! Les mains sur la tête, que je puisse les voir ! Tous à terre, bordel, ou je vous jure, bande d'Ali Baba baiseurs de porcs, que sinon, je vous envoie six pieds sous terre ! » Il n'y a pas eu de traduction, mais nous avons tous compris le message.

« PLUS HAUT, TES MAINS ! » a hurlé un autre marine à un type en combinaison de mécanicien tachée d'huile qui lui a répondu : « *Mafi mouchkila, mafi mouchkila* (Pas de problème, pas de problème) », mais à qui le premier a rétorqué : « Tu fais ce que je te dis ! Tu fais ce que je te dis ! » avant de lui envoyer un coup de pied dans le ventre – nous avons tous senti nos tripes se serrer pour lui. Le mécanicien, qui s'est plié en deux, suffoquait et toussait. « Trouvez à qui cette ferme appartient », a ordonné le marine à un interprète qui avait le visage dissimulé derrière une espèce de turban, comme un ninja. Pendant que le marine annonçait dans le micro de son casque que la zone était sécurisée, l'interprète a demandé au vieil homme au keffieh rouge à qui la ferme appartenait.

Je n'ai pas entendu la réponse, parce qu'un marine noir se tenait devant Aziz et l'invectivait : « Des souvenirs, hein ? C'est toi, l'artiste ? » Le destin a voulu qu'un Chinook jaillisse du soleil : le tonnerre a couvert le son de ma voix au moment où le soldat a arraché l'appareil photo du cou d'Aziz avec une telle violence que la bandoulière a cédé et que celui-ci est tombé au sol tête la première. Puis j'ai vu que le marine était agenouillé à côté d'Aziz, son arme de poing pointée sur son crâne.

J'ai crié : « Non… Arrêtez ! Il travaille pour moi », mais le boucan du Chinook couvrait mes paroles, puis j'ai tout à coup été retourné et plaqué au sol, un genou coqué m'écrasant la trachée dans la terre ; alors je me suis dit : *Ils ne comprendront leur erreur qu'une fois que je serai mort.* Et puis : *Non, ils ne sauront même pas qu'ils se sont trompés : ils jetteront mon cadavre dans un petit fossé à l'entrée de Bagdad.*

« Mais pourquoi ne nous témoignent-ils aucune reconnaissance, Ed ? »

Un morceau de pièce montée est à mi-chemin entre l'assiette et ma bouche, mais Pauline Webber a la voix qui porte, et voici que quatre Webber, six Sykes, Aoife et un vase de lis orange me dévisagent. Le problème est que je n'ai pas la moindre idée de ce dont elle parle ni de la personne à qui elle s'adresse, parce que j'ai passé ces dernières minutes à écrire en pensée un e-mail au service comptabilité de la société propriétaire de *Spyglass*. Je regarde Holly, espérant qu'elle me donne un indice, mais, derrière son masque de femme blessée, elle me snobe. Quoique je ne sois pas si sûr que ce soit un masque.

Heureusement, Lee, frère cadet et témoin de Peter, vient à ma rescousse : certes son « cœur de métier » est la « fraude fiscale », mais ça ne l'empêche pas de faire connaître son avis éclairé en matière de géopolitique. « L'Irak de Saddam, c'était un camp de concentration à ciel ouvert, et sous terre, c'était une fosse commune. Donc les Amerloques et nous, on y est allés et on s'est débarrassés de leur dictateur à leur place, gratis et sans qu'ils aient rien à demander. Et comment est-ce qu'ils nous remercient ? En s'en prenant à ceux qui les ont libérés. Les Arabes sont vraiment ingrats, c'est une seconde nature chez eux. Et ce ne sont pas juste nos petits gars en uniforme qu'ils détestent, mais tous les Occidentaux. Pas vrai, Ed ? Comme ce pauvre journaliste qui s'est fait décapiter l'année dernière, juste parce qu'il était américain. Abject !

– Tu as une feuille d'épinard coincée entre les dents, Lee », lui dit Peter.

Bien entendu, Aoife demande : « C'est quoi, Papa, "décapité" ?

– Et si toi et moi on allait voir Lola et Amanda à la table des grands ? propose Holly. Je crois qu'ils ont du Coca.

– Mais tu dis toujours que, le Coca, ça empêche de dormir, Maman.

– C'est vrai, mais tu as tellement bien tenu ton rôle de demoiselle d'honneur pour tante Sharon que je pense qu'on peut faire une exception cette fois-ci. » Holly et Aoife s'éclipsent.

Lee n'a toujours pas compris. « C'est parti, l'épinard ?

– Oui, mais tes gros sabots sont toujours là, répond Peter.

– Hein ? Oh… » Lee esquisse une grimace de contrition. « Oups. Excuse-moi, Ed. Il faut croire que j'ai un peu trop forcé sur le picrate. »

Je devrais l'absoudre d'un « Y a pas de mal », mais je me contente de hausser les épaules.

« Mais bon, reprend Lee sur un ton du genre : *Regardons la réalité en face*, si on a envahi l'Irak, c'est juste pour une chose : le pétrole. »

Si on m'avait donné un billet de dix livres chaque fois que je l'ai entendue, celle-là, je pourrais m'offrir les Hébrides extérieures. Je pose ma fourchette. « Quand on veut le pétrole d'un pays, on se contente de l'acheter. C'est ce qu'on faisait avec l'Irak, jusqu'à la première guerre du Golfe.

– C'est sans doute moins cher de mettre au pouvoir un gouvernement de fantoches. » Lee laisse dépasser la pointe de sa langue, histoire de montrer à quel point il est subversif. « Imagine un peu tous les contrats d'exploitation juteux, les conditions avantageuses… miam-miam.

– C'est peut-être ce à quoi s'opposent les Irakiens, commente Austin Webber, le père de Peter et de Lee, directeur de banque à la retraite au regard tombant et au fascinant front de Klingon. Être gouverné par des fantoches, je veux dire. Moi non plus, je ne trouverais pas cela très tentant.

– Est-ce qu'on peut laisser Ed répondre à ma question ? intervient Pauline. Pourquoi l'intervention en Irak a-t-elle si mal tourné ? »

J'ai la tête qui bourdonne. Suite à l'ultimatum lancé par Holly hier soir, je n'ai pas très bien dormi ; et j'ai bu trop de champagne. « Parce que ce scénario a été écrit non pas en tenant compte de l'Irak tel qu'il existe, mais de l'Irak tel que le fantasmaient ou se le figuraient Rumsfeld, Rice, Bush et consorts. Ou tel que le leur promettaient les exilés irakiens à leur solde. Ils s'attendaient à trouver un État aussi unifié que le Japon de 1945. Au lieu de ça, ils ont constaté qu'une guerre civile perpétuelle se menait entre la majorité chiite et les minorités sunnites et kurdes. Saddam Hussein, sunnite, avait brutalement imposé la paix dans son pays, mais, après son départ, le conflit menaçait de se raviver, et depuis… c'est reparti de plus belle, et les forces de la Coalition se retrouvent empêtrées là-dedans. Quand on est aux commandes, rester neutre est impossible. »

Au fond de la salle, le groupe entonne « La Danse des canards ».

Ruth pose une autre question : « Alors si les sunnites se battent à Falloujah, c'est parce qu'ils souhaitent le retour au pouvoir d'un leader sunnite ?

– C'est une de leurs raisons ; mais, ailleurs, les chiites se battent pour chasser les étrangers du pays.

– Vivre sous l'occupation n'a rien d'agréable, déclare Austin Webber. Je peux le concevoir. Mais j'imagine que les Irakiens doivent aussi constater que leurs conditions de vie se sont améliorées.

– Il y a deux ans, l'Irakien moyen – si c'était un homme – avait un travail, ou une activité apparentée. Plus maintenant. L'essence était facilement accessible. Plus maintenant. Il y avait l'eau courante et l'électricité. Plus maintenant. Les toilettes fonctionnaient. Plus maintenant. On pouvait envoyer ses enfants à l'école sans craindre qu'ils se fassent enlever. Plus maintenant. L'Irak était certes un pays brisé, mal en point, éreinté par les sanctions, mais, dans une certaine mesure, les choses fonctionnaient. Plus maintenant. »

Penchant une cafetière en argent au-dessus de ma tasse, un serveur qui me semble arabe me la remplit. Je le remercie et me demande s'il se dit : *Ce mec parle de ce qu'il ne connaît pas.*

Dans l'intervalle, Sharon, qui ne voit aucun inconvénient à ce qu'on cause politique du Moyen-Orient devant son gâteau de mariage, me relance : « Qui est responsable, alors ?

– Tout dépend à qui tu poses la question, réponds-je.

– C'est à toi qu'on la pose », intervient le marié.

Je bois un peu de café. Il est bon. « Celui qui, *de facto*, règne sur l'Irak est un acolyte de Kissinger nommé L. Paul Bremer III. Juste après sa prise de fonction, il a fait passer deux décrets déterminants dans la tournure qu'a prise l'occupation. Le premier stipulait qu'au-delà d'un certain rang, les membres du parti Baas devaient être démis de leurs fonctions. D'un coup de stylo, Bremer a mis au rebut tous les fonctionnaires, scientifiques, enseignants policiers, ingénieurs et médecins dont les forces de la Coalition avaient besoin pour reconstruire le pays. Cinquante mille cols blancs irakiens ont dû dire adieu à leurs salaires, à leurs droits à la retraite et à un avenir ; et depuis ce jour, ils n'attendent qu'une chose, c'est que le programme de la Coalition échoue. Quant au deuxième, il a sonné le coup d'envoi du démantèlement de l'armée irakienne. Pas de compensation financière, pas de retraite, rien. Bremer a créé trois cent soixante-quinze mille insurgés potentiels – des personnes sans travail, armées et entraînées à tuer. Bien sûr, c'est facile de critiquer avec le recul, mais quand on est le vice-roi d'un pays occupé, on se doit de voir un peu plus loin que le bout de son nez – ou, au moins, d'écouter les conseillers qui ont une vision concrète des choses. »

Le téléphone de Brendan se met à sonner. Il y répond et se détourne de nous : « Jerry ! Alors, quoi de neuf à l'île aux Chiens[1] ?

– Si ce Bremer est tellement nul, demande Peter qui desserre sa cravate de soie blanche, qu'est-ce qu'ils attendent pour le rappeler sur le sol américain ?

– Ses jours sont comptés. » Je laisse tomber un morceau de sucre dans mon café. « Mais tous les occupants de la zone verte, du président au plus insignifiant des employés, ont personnellement intérêt à raconter ces conneries selon lesquelles les insurgés ne sont qu'une poignée d'illuminés, et que, de toute façon, le plus dur est derrière nous. La zone verte, c'est comme dans le conte d'Andersen, "Les Habits neufs de l'empereur" : là-bas, dire la vérité, c'est trahir. Malheur à ceux qui font preuve de réalisme.

1. Quartier de Londres, ancienne île de la Tamise.

– Mais la vérité doit bien leur sauter aux yeux quand ils en sortent, de cette zone verte, objecte Sharon.

– La plupart des employés ne la quittent jamais. Point barre. Sauf pour se rendre à l'aéroport. »

Si Austin Webber portait un monocle, celui-ci se décrocherait de son œil. « Mais enfin, comment peut-on diriger un pays depuis un bunker ? »

Je hausse les épaules. « Arbitrairement. Approximativement. Dans l'ignorance.

– Mais les militaires doivent bien savoir ce qui se passe, eux. Ce sont eux qui subissent les explosions et essuient les tirs.

– Vous avez tout à fait raison, Austin, c'est juste. Sans compter que les hommes de Bremer et les généraux se livrent une guerre sans merci. Mais il semblerait que, par leurs agissements, les militaires cherchent eux aussi à radicaliser la population. Mon photographe, Aziz, a un oncle qui vit à Kerbala et qui possède quelques hectares d'oliviers. Enfin, je devrais parler au passé. En octobre dernier, un convoi qui roulait sur une portion de route traversant ses terres a été attaqué ; les forces de la Coalition ont demandé aux habitants du coin de leur donner des renseignements sur ces "bandits". Comme personne ne disait rien, un détachement de marines a abattu tous les arbres, histoire d'"inciter les locaux à se montrer plus coopératifs à l'avenir". Imaginez un peu le genre de coopération auquel encourage un acte de vandalisme pareil.

– C'est comme en Irlande en 1916 avec les Britanniques, commente Oisín O'Dowd. À force de répéter ce sempiternel mantra de gros bras – "La force, c'est tout ce que ces gens-là comprennent" –, ils ont fini par s'en persuader. C'est ce qui les a perdus.

– Mais ça fait trente ans que je vais régulièrement aux États-Unis, conteste Austin. Les Américains que je connais sont intelligents et doués de compassion, le genre de personnes qu'on a envie de rencontrer. Je ne comprends pas.

– Mon hypothèse, Austin, c'est que, dans le monde de la finance, vous n'avez pas côtoyé des gars du Nebraska qui ont abandonné l'école juste avant le lycée et dont le meilleur ami a été descendu par un ado irakien hilare avec un sac de pommes dans les bras. Un ado dont le père a été canardé la semaine précédente pendant qu'il réparait l'antenne sur le toit de sa maison, par un artilleur depuis un blindé léger de passage. Un artilleur dont le meilleur ami a pris dans le cou la balle dum-dum d'un sniper la veille. Un sniper dont la sœur était dans une voiture qui a calé à un carrefour au moment où arrivait le convoi d'un attaché militaire, lequel a donné l'ordre aux soldats de mitrailler le véhicule, sachant que, s'ils voyaient juste, le convoi échapperait à l'attaque d'un kamikaze, et que, s'ils se trompaient, la loi irakienne ne s'appliquerait pas à eux. En définitive, si les conflits s'intensifient, c'est parce qu'ils se nourrissent de la propre merde qu'ils produisent, chiant et bouffant toujours plus. »

Je constate que ma métaphore est allée un peu trop loin.

Lee Webber discute avec un ami assis à une table voisine.

« Est-ce que quelqu'un est tenté par la dernière part de gâteau ? » nous demande sa mère.

Mon œil encore mobile – pas celui planté dans le mélange de poussière et de gravier – a repéré le marine noir ; je me suis alors découvert la faculté de lire sur les lèvres. Le militaire annonçait à Aziz : « Je vais te tirer le portrait, moi, enculé !

– Il travaille pour moi ! » Je crachais des gravillons.

Le soldat m'a lancé un regard furieux. « Qu'est-ce que tu viens de dire ? »

Le Chinook s'éloignait et, Dieu merci, le marine m'a entendu. « Je suis journaliste, ai-je bredouillé, tordant la bouche vers le ciel. De Grande-Bretagne. » Ma voix était comme sèche et éraflée de partout.

Juste au-dessus de mon oreille, un accent traînant du Midwest américain m'a répondu : « Journaliste, mon cul.

– Je suis Ed Brubeck, journaliste britannique pour » – je faisais de mon mieux pour prendre la voix de Christopher Hitchens[1] – « le magazine *Spyglass*. C'est difficile de trouver de bons photographes, alors, je vous en prie, demandez à votre homme de ne pas pointer le canon de son bazar sur la tête du mien.

– Major ! Ce connard prétend être un journaliste britannique.

– Il dit quoi ? » Des bottes se sont approchées en faisant crisser les cailloux. Leur propriétaire m'a aboyé dans l'oreille. « Tu parles anglais ?

– Oui, je suis un journaliste britannique, et si…

– Tu es en mesure de le prouver ?

– Mon accréditation est dans la voiture blanche. »

Il a reniflé. « Quelle voiture blanche ?

– Celle dans le coin du champ. Si votre soldat veut bien retirer son genou de ma nuque, je pourrai vous la montrer du doigt.

– Les représentants médiatiques sont censés porter leur accréditation sur eux.

– Si un membre d'une milice la trouvait, il me tuerait. Major, ma nuque, s'il vous plaît. »

Le genou se retire. « Debout. Doucement, très doucement. » J'avais les jambes engourdies. J'avais envie de me masser le cou, mais je n'osais pas, de peur qu'ils croient que j'allais dégainer une arme. L'officier a retiré ses lunettes d'aviateur. Difficile de lui donner un âge : j'aurais dit qu'il approchait de la trentaine, mais son visage était tout crasseux de poussière. « HACKENSACK » était brodé sous son insigne militaire. « Qu'est-ce que branle un journaliste déguisé en bougnoule avec de vrais bougnoules dans un champ autour de la carcasse d'un OH-58D ?

– Je suis dans ce champ parce qu'il s'est passé quelque chose ici, et je suis habillé comme ça parce que trop ressembler à un Occidental peut vous coûter la vie.

– Tu ressembles trop à un putain d'Arabe, c'est ça qui a failli te coûter la vie.

1. Journaliste anglo-américain aussi bien connu en Grande-Bretagne qu'aux États-Unis.

– Major, vous pourriez relâcher cet homme ? » J'ai désigné Aziz d'un mouvement de la tête. « C'est mon photographe. Et aussi » – je venais de repérer Nasser –, « le type en chemise bleue, là-bas. C'est mon fixeur. »

Le major Hackensack nous a laissés dans le doute pendant quelques secondes. « D'accord. » Aziz et Nasser ont obtenu la permission de se relever, et nous avons pu baisser les bras. « Britannique… C'est l'Angleterre, ça ?

– L'Angleterre, plus l'Écosse, le pays de Galles et l'Irlande du…

– Nottingham. C'est en Angleterre ou en Grande-Bretagne ?

– Les deux. De même que Boston se trouve à la fois dans le Massachusetts et aux États-Unis. »

Le major a cru que je jouais au plus malin. « Mon frère a épousé une infirmière de Nottingham ; jamais vu un trou à rat pareil. J'avais commandé un sandwich au jambon, et on m'a servi une tranche gluante et rose entre deux tranches de merde séchée. Le type qui me l'avait préparé, c'était un Arabe. Tous les chauffeurs de taxi, c'étaient des Arabes. C'est pas un pays où tu habites, l'ami. C'est un territoire occupé. »

J'ai haussé les épaules. « Il y a eu beaucoup d'immigration. »

Le major s'est penché sur le côté et a préparé un gros glaviot qu'il a laissé s'écraser au sol. « Hé, le journaliste, tu vis dans la zone verte ?

– Non, je loge dans un hôtel de l'autre côté de la rivière. Le Safir.

– Pour côtoyer et te mêler aux vrais Irakiens, c'est ça ?

– La zone verte et Bagdad sont deux villes différentes.

– Je vais te dire comment ils sont, les vrais Irakiens. Eux, ils disent : "Il n'y a plus de sécurité depuis l'invasion !" Moi, je leur réponds : "Bah, arrêtez de vous entretuer et de vous voler." Ils disent : "Les Américains prennent nos maisons d'assaut pendant la nuit, ils ne respectent pas notre culture." Mais moi, je leur réponds : "Bah, arrêtez de nous tirer dessus depuis chez vous, bandes d'enculés." Ils disent : "Et nos égouts, nos écoles, nos ponts, qu'est-ce que vous en avez fait ?" Mais moi, je leur réponds : "Et où sont passés les milliards de dollars tout neufs qu'on vous a filés pour que vous les reconstruisiez, ces égouts, ces écoles et ces ponts ?” Ils disent : « Pourquoi il n'y a plus d'eau ni d'électricité ?” Mais moi, je leur réponds : “Qui est-ce qui a fait sauter les transformateurs et détourné les canalisations qu'on s'était fait chier à mettre en place ?” Ah, et puis leurs prêtres, ils disent : “Hé, ce serait bien de repeindre les mosquées.” Mais moi, je leur réponds : “Bah, levez vos culs, prenez une échelle, un pinceau, et au boulot, bande de feignasses de mes deux !” Tu peux raconter ça dans ton journal. D'ailleurs, lequel c'est ?

– *Spyglass*. Un magazine américain.

– C'est genre quoi ? Comme le *Time* ?

– C'est un torchon de gauche, chef, a commenté un des marines autour de nous.

– De gauche ? » À en juger par le ton du major Hackensack, on aurait cru qu'il venait de prononcer le mot « pédophile ». « Tu es de gauche, le journaliste ? »

J'ai avalé ma salive. Les Irakiens nous regardaient eux aussi, se demandant si leur destin se jouait durant cet incompréhensible échange d'hostilités. « Si vous êtes ici, c'est grâce à la présidence la plus conservatrice de toute l'histoire des États-Unis. J'aimerais sincèrement connaître votre opinion, major. Est-ce que vous trouvez que vos dirigeants sont des gens intelligents et courageux ? »

J'ai tout de suite compris qu'en plus d'être mal barré au départ, je venais de m'enfoncer. On ne raconte pas à un officier furieux et en manque de sommeil que son commandant en chef est un parfait couillon et que ses frères d'armes sont morts pour rien. « J'ai une question pour toi, moi, a grogné Hackensack. Lequel de ces respectables messieurs sait qui a abattu notre hélico ? »

Aziz, Nasser et moi étions dans un merdier où nous n'avions plus pied : « Nous sommes arrivés ici quelques minutes avant vous, seulement. » Les insectes bourdonnaient et, au loin, les véhicules faisaient du boucan. « Ces gens ne nous ont rien appris. Ces temps-ci, on ne se fie pas aux inconnus, et encore moins aux étrangers. » L'officier scrutait mon visage pendant que je lui parlais :

c'était le moment de changer de sujet. « Major Hackensack, si vous le voulez bien, est-ce que je peux citer votre nom pour cette tirade sur les vrais Irakiens ? »

Il s'est penché en arrière, puis en avant, en plissant les yeux : « Non, mais tu te fous de ma gueule ?

– Nos lecteurs aimeraient bien savoir comment vous voyez les choses.

– Non, tu ne citeras pas mon nom, et si jam... » La radio embarquée dans le casque de Hackensack se met à grésiller ; il se détourne. « Un-huit-zéro ? Ici deux-seize, à vous. Négatif, négatif. Un-huit-zéro, il n'y a personne ici, à part Casper le petit fantôme et un tas de crétins qui regardent le spectacle. Je vais mener l'enquête pour la forme, mais ces enfoirés vont bien se payer notre gueule, sous leurs turbans à la con. À vous... Ouais... Bien reçu, un-huit-zéro. Une dernière chose. Vous savez si Balinski s'en est sorti ? À vous. » Les narines du major se sont écartées et sa mâchoire a craqué. « Merde, un-huit-zéro. Merde, merde, merde. Merde. À vous. » Il a donné un coup de pied dans une pierre qui a ricoché sur la carlingue du Kiowa. « Non, non, pas la peine. Au service gestion du camp, ils seraient infoutus de trouver de la merde dans leur cul. Prévenez directement le relais de son unité. D'accord. Ici deux-seize, terminé. » Le major Hackensack regarde le marine noir, secoue la tête, puis la tourne vers moi et me lance un regard mauvais. « Tout ce que tu vois, toi, c'est un militaire qui jure comme un charretier, je parie. Un personnage de bande dessinée et un bataillon de troufions. Tu te dis que tout ça, on le mérite bien » – il désigne l'épave – « parce qu'on a tort d'être ici. Mais les morts, ils avaient des gosses, une famille, pareil que toi. Ils voulaient faire un truc de leur vie, pareil que toi. Et c'est vrai, putain : on leur a menti à propos de cette guerre, pareil que toi. Mais, contrairement à toi, le journaliste, les conneries des autres leur ont coûté leur peau. Ils étaient plus courageux que toi. Meilleurs que toi. Ils sont plus méritants que toi. Alors toi, et Batman et Robin, là, foutez-moi le camp. Du balai ! »

« *Assalaam aleikum.* » La vieille Irlandaise a une nuée cotonneuse de cheveux sur la tête et un poncho en cachemire et à zigzags sur le dos. C'est le genre de personne qu'il vaut mieux ne pas contrarier.

Je pose son Drambuie sur la table. « *Aleikum assalaam.*

– Ça a été, alors ? *Shlon hadartak ?*

– *Alhamdulillah.* Vous avez amplement mérité votre rince-cochon, Eilísh.

– Bien aimable à toi. Bon, j'espère que je ne t'ai pas envoyé au diable vauvert.

– Pas du tout. » Il n'y a plus que moi et Eilísh dans ce coin de la salle de réception. J'aperçois Aoife et une nièce du marié qui chantent une comptine et frappent dans leurs mains tandis que Holly bavarde avec toujours plus de cousins d'Irlande. « Ils en avaient une bouteille, à l'étage.

– As-tu croisé des extraterrestres en chemin ?

– Oh que oui. Le salon du haut m'a rappelé une scène de *Star Wars.* » Je me figure qu'une octogénaire ne va pas comprendre à quoi je fais allusion. « C'est un vieux film de science-fiction dans lequel il y a une scène…

– Je l'ai vu au cinéma de Bantry à sa sortie, merci bien. Ma sœur et moi y étions allées en grand-bi.

– Pardon, je ne voulais pas… euh…

– *Slaínte.* » Elle fait tinter son grand verre de Drambuie contre le mien, rempli de gin tonic. « Ça veut dire : “À la nôtre.” Dis-moi, Ed, es-tu déjà allé dans les marais d'Al-Amara, en Irak ?

– Non, et c'est bien dommage. Pendant mon séjour à Bassorah, j'étais censé aller interviewer le gouverneur britannique d'Al-Amara, mais, ce matin-là, le QG de l'ONU à Bagdad avait été bombardé, et j'ai dû reprendre la route en sens inverse pour couvrir l'événement. Aujourd'hui, la région est devenue trop dangereuse : j'ai raté l'occasion de la visiter. Y êtes-vous allée, vous ?

– Oui, plusieurs mois avant Wilfred Thesiger, mais je n'y suis restée qu'une quinzaine de jours. J'avais tout de suite plu à la femme du chef du village. Sais-tu que j'en rêve encore, de ces marais ? À ce qu'il paraît, il n'en reste plus grand-chose.

– Saddam les a fait assécher pour empêcher ses ennemis de s'y cacher. Ce qu'il en reste est truffé de mines héritées de la guerre Iran-Irak. »

Eilísh se mord la lèvre inférieure et secoue la tête. « Il aura suffi de ce maudit bonhomme pour que disparaissent tout un type de paysage et un mode de vie…

– Vous ne vous êtes jamais sentie en danger au cours de votre incroyable périple à vélo ?

– J'avais un Browning caché sous ma selle.

– Vous avez eu à vous en servir ?

– Oh, juste une fois. »

J'attends qu'elle me raconte la suite mais la grand-tante Eilísh me sourit comme une gentille petite mamie. « Je suis ravie de te rencontrer enfin, Ed, il était temps.

– Je suis désolé de n'être jamais venu vous voir avec Holly et Aoife, c'est juste qu'avec…

– Le travail, je sais bien. Le travail. Tous ces conflits à couvrir. Mais je lis tes reportages dès que j'en ai l'occasion, tu sais. Holly découpe tes articles de *Spyglass* et me les envoie. Dis-moi, ton père était journaliste, lui aussi ? Cette profession, c'est quelque chose que vous avez dans le sang ?

– Pas vraiment, non. Mon père était une espèce… d'homme d'affaires.

– Allons donc. Je me demande bien dans quel domaine… ? »

Autant tout révéler. « La cambriole. Quoiqu'il ait su se diversifier dans la contrefaçon et les agressions. Il est mort d'une crise cardiaque dans la salle de sport d'une prison.

– Ça m'apprendra à faire ma vieille curieuse ! Pardonne-moi, Ed.

– Mais vous n'avez rien à vous faire pardonner. » De jeunes gamins passent en courant devant notre table. « Maman veillait à ce que je reste sur le droit chemin, à Gravesend. Les fins de mois étaient difficiles, mais mon oncle Norm nous donnait un coup de pouce quand il le pouvait, et… mais bref, ma mère a été géniale. Elle non plus, elle n'est plus parmi nous. » Je suis un peu gêné. « Bon sang, on croirait entendre l'histoire d'*Oliver Twist*. Au moins, ma mère aura eu la chance de tenir Aoife dans ses bras. Ça me rend heureux. J'ai même une photo d'elles ensemble. » Du côté opposé de la salle où joue le groupe, des acclamations nous parviennent. « Ouah ! Regardez un peu Dave et Kath. » Les parents de Holly dansent sur « La bamba » avec plus de style que je n'en aurai jamais.

« Sharon m'a dit qu'ils prenaient des cours. »

J'ai honte de lui avouer que je n'étais pas au courant. « Holly m'en avait parlé, oui.

– Je sais que tu es très occupé, Ed, mais même si ce n'est que pour deux ou trois jours, viens donc à Sheep's Head cet été. Mes poules te feront de la place dans leur poulailler, si j'ose dire. Chaque année, Aoife s'amuse comme une petite folle. Tu pourrais l'emmener faire du poney à Durrus, puis pique-niquer au phare, à la pointe du cap. »

J'adorerais lui dire oui, mais si j'accepte la proposition d'Olive, je resterai en Irak tout l'été. « Si je peux, je viendrai. Holly avait peint votre maison. Ce tableau, c'est ce qu'elle sauverait s'il y avait le feu chez elle. Chez nous. »

Eilísh pince ses lèvres de vieille dame, couleur prune. « Sais-tu que je me souviens quand elle l'a peint ? Kath était allée voir Dónal et sa bande, à Cork, et m'avait laissé Holly quelques jours. C'était en 1985. Une période terrible pour eux, tu t'en doutes, avec… cette histoire. Jacko. »

J'acquiesce d'un mouvement de tête, et laisse le gin glacé m'anesthésier les gencives.

« C'est difficile pour tout le monde, pendant les réunions de famille. Jacko serait devenu un beau brin d'homme, aujourd'hui. L'as-tu connu, à Gravesend ?

– Non, seulement de réputation. Les gens disaient qu'il était bizarre, que c'était un génie, ou un… Enfin, vous voyez comment sont les gamins. J'étais dans la classe de Holly à l'école, mais quand on a vraiment commencé à se parler, son frère… c'était déjà après les événements. » Toutes ces journées, les montagnes, les guerres, les échéances, les bières, les voyages en avion, les livres, les films, les bols de nouilles instantanées et les morts : de l'eau a coulé sous les ponts, depuis… mais je garde un vif souvenir du jour où j'ai traversé l'île de Sheppey à vélo pour me rendre à l'exploitation de Gabriel Harty. Je me souviens d'avoir demandé à Holly : « Jacko est ici ? » et rien qu'en voyant son visage, j'ai su que non. « Vous connaissiez bien Jacko, vous, Eilísh ? »

Le soupir de la vieille femme s'évanouit dans l'air. « Kath me l'avait amené quand il avait environ cinq ans. Un gentil petit garçon, mais pas du genre à marquer les esprits. Puis je l'ai revu dix-huit mois plus tard, après sa méningite. » Elle boit son Drambuie, puis ourle les lèvres. « Dans le temps, on l'aurait qualifié de changelin, mais aujourd'hui, il y a la psychiatrie moderne. À six ans, Jacko était… différent.

– Comment ça, tout autre ?

– Il y avait des choses qu'il savait… sur le monde, sur les gens, sur tout… Des choses qui, normalement, échappent aux petits garçons, forcément, et heureusement, d'ailleurs. Non pas qu'il s'en vantait. Jacko était suffisamment malin pour cacher qu'il était un drôle d'oiseau. Ceci étant » – Eilísh regarde ailleurs –, « quand on gagnait sa confiance, c'était quelque chose qu'il nous laissait entrevoir. À cette époque, je travaillais à la bibliothèque de Bantry, et j'avais emprunté *L'Arbre de tous les ailleurs* d'Enid Blyton la veille de son arrivée, car Kath m'avait confié que Jacko était féru de lecture, comme Sharon. Jacko l'a lu d'une traite, mais ne m'a pas dit s'il avait aimé ou non. Je lui ai donc posé la question et il m'a répondu : "Honnêtement, Tata ?", ce à quoi j'ai rétorqué : "Penses-tu que je voudrais un avis malhonnête ?" Alors il a déclaré : "Eh bien, j'ai trouvé cela un peu puéril, Tata." À six ans, utiliser un mot de ce type ! Le lendemain, j'ai emmené Jacko avec moi au travail et, il faut me croire sur parole, il est revenu des rayonnages avec *En attendant Godot*, de Beckett. À vrai dire, j'ai d'abord pensé qu'il cherchait juste à attirer l'attention sur lui et à impressionner les adultes. Mais plus tard, au déjeuner, pendant que nous mangions notre sandwich près des bateaux, je lui ai demandé où était passé Samuel Beckett, et, quelques secondes plus tard » – Eilísh sirote son Drambuie –, « voilà que Spinoza et Kant se sont invités à notre pique-nique. J'ai bien tenté de le coincer en lui demandant tout de go : "Jacko, comment peux-tu savoir tout ça ?" mais il m'a répondu : "J'ai dû en entendre parler une fois dans le bus, Tata, je n'ai que six ans." » Eilísh fait tournoyer son verre. « Dave et Kath sont allés voir des médecins, mais comme Jacko n'était pas pour ainsi dire malade, ils ne s'en sont pas plus préoccupés que ça.

– Holly a toujours prétendu qu'après sa méningite, son cerveau s'était entièrement recâblé, de telle façon que ses capacités en avaient été décuplées.

– Ah oui, c'est ce qu'on dit : la neurologie est l'ultime frontière.

– Mais vous, vous n'y croyez pas à cette histoire de recâblage… »

Eilísh hésite à me répondre : « Ce n'est pas le cerveau de Jacko qui avait changé, Ed, c'était son âme. »

Je ne laisse rien transparaître. « Mais si son âme était différente, était-ce encore…

– Non. Ce n'était plus Jacko. Ce n'était plus l'enfant que j'avais vu quand il avait cinq ans. À six ans, Jacko était une tout autre personne. » Difficile de déceler quoi que ce soit dans le visage des octogénaires : les indices habituels se perdent dans leur peau ridée et leurs yeux d'oiseau. Le groupe a été soudoyé par le gang de Cork : ils entonnent « The Irish Rover ».

« Je suppose que vous avez gardé tout ça pour vous, Eilísh ?

– Oui. Ç'auraient été des paroles aussi blessantes qu'insensées aux oreilles des autres. Je n'en ai parlé qu'à une seule personne : Jacko lui-même. Quelques jours après l'histoire de Beckett, il y a eu un orage pendant la nuit, et, le lendemain matin, tandis que lui et moi ramassions des algues dans la crique en bas de mon jardin, je lui ai demandé de but en blanc : "Jacko, qui es-tu ?" Et il m'a répondu : "Je suis un visiteur bien intentionné, Eilísh." Je n'osais pas poser cette autre question : "Où est passé Jacko ?", mais il faut croire qu'il m'avait entendue penser. Il a déclaré que Jacko n'avait pas pu rester, mais qu'il protégeait ses souvenirs. Ç'a été le moment le plus étrange de toute ma vie – et j'en ai connu quelques-uns. »

Je plie la jambe, elle est engourdie. « Et ensuite ? »

Eilísh hausse non pas les épaules mais le visage. « Nous sommes allés étendre les algues sur les rangs de carottes. C'est comme si nous avions conclu un pacte, en quelque sorte. Kath, Sharon et Holly sont reparties le lendemain. Mais voilà » – elle fronce les sourcils –, « lorsque j'ai appris la nouvelle de sa disparition… » – elle me regarde – « … Je me suis toujours demandé si la façon dont il nous avait quittés n'était pas liée à la manière dont il était venu… »

Une bouteille qu'on débouche fait *pop !* et déclenche les acclamations d'une tablée.

« Je suis honoré que vous me confiiez tout ça, Eilísh, sincèrement. Mais… pourquoi moi ?

– Ce sont les instructions que j'ai reçues.

– Mais… qui vous les a données ?

– C'est dans le Script.

– De quel script vous parlez ?

– J'ai un don, Ed. » La vieille Irlandaise a des yeux mouchetés qui ont la couleur du plumage d'un pivert. « Le même que Holly. Tu sais de quoi je parle, bien sûr. »

Les bavardages s'élèvent et retombent comme la mer sur les galets. « Je suppose que vous parlez des voix que Holly entendait quand elle était petite, et de ce que, dans certains cercles, eh bien, on appellerait des prémonitions.

– Il existe différentes façons de nommer la chose, c'est juste.

– Et il y a aussi des explications médicales, Eilísh.

– Mais certainement, si ça compte pour toi d'en avoir. En gaélique, on appelle ça *cluas faoi rún*. L'oreille secrète. »

La grand-tante Eilísh porte un bracelet d'œil-de-tigre. Ses doigts tripotent les pierres, pendant qu'elle me parle et m'observe.

« Eilísh, il faut que je vous avoue… Bon, j'ai beaucoup de respect pour Holly, et puis, vous savez… C'est vrai qu'elle a une sacrée intuition ; c'est même bizarre, parfois. Alors, je ne veux surtout pas donner l'impression de fouler aux pieds les traditions, mais…

– … tu préférerais plutôt te couper un bras qu'avaler ces salades sur la vision intérieure, l'oreille secrète ou tout ce dont cette vieille sorcière de West Cork te rebat les oreilles. »

C'est exactement ce que je pense. En guise d'excuses, je lui souris. « Et c'est très bien, Ed. Pour toi… »

Un mal de crâne vient toquer à mes tempes.

« … mais pas pour Holly. Elle doit vivre avec, elle. Ce n'est pas facile, j'en sais quelque chose. Et c'est encore plus difficile pour Holly, qui vit dans une ville moderne et clinquante telle que Londres, et non pas comme moi, dans la mystérieuse Irlande d'antan. Elle va avoir besoin de ton aide. Bientôt, je pense. »

C'est sans doute la conversation la plus étrange que j'aie jamais eue à un mariage. Mais, au moins, on ne parle pas de l'Irak. « Qu'est-ce que je dois faire ?

– Il faut que tu la croies, même si, toi, tu ne crois pas à tout ça. »

Kath et Ruth s'avancent, triomphantes après leur numéro de danse latine. « Vous deux, là, ça fait des heures que vous êtes assis à comploter comme deux vieux brigands.

– Eilísh me racontait ses aventures arabes, leur expliqué-je, tout en songeant à ce que la vieille dame venait de me dire.

– Vous avez vu Kath et Dave danser, au moins ? demande Ruth.

– Mais oui, et d'ailleurs, bravo à tous les deux, félicite la grand-tante Eilísh. Et Dave a sorti le grand jeu, dites donc. Et à son âge, en plus. Chapeau bas.

– On allait souvent danser quand on s'est rencontrés, raconte Kath, dont l'accent irlandais ressort davantage en présence des siens. Mais on a dû arrêter quand on a repris le Captain Marlow. Pendant trente ans, ç'a été fini, les sorties nocturnes à deux.

– Il est bientôt trois heures moins le quart, Eilísh, annonce Ruth. Ton taxi va bientôt arriver. Tu devrais peut-être commencer à dire au revoir. »

Ah non ! Elle ne peut pas me jouer la carte du paranormal et repartir comme ça. « Je pensais que vous alliez rester au moins jusqu'à ce soir, Eilísh.

– Je connais mes limites, tu sais. » Elle se relève en prenant appui sur sa canne. « Oisín me chaperonnera jusqu'à l'aéroport, puis mon voisin M. O'Daly viendra me chercher à celui de Cork. Viens donc à Sheep's Head, Ed. Utilise ton invitation avant qu'elle n'expire. Ou que moi, je n'expire. »

– Vous m'avez plutôt l'air du genre inoxydable, réponds-je.

– Tous autant que nous sommes, nous disposons de moins de temps que nous ne l'imaginons, Ed. »

Les nuages avaient caillé et viré au rose dans l'étroite bande de ciel qui se découpait entre les barrières anti-explosion bordant l'autoroute sud-ouest vers Bagdad. Le trafic était saturé et la circulation lente – même sur les bandes d'arrêt d'urgence –, et sur les deux derniers kilomètres jusqu'à l'hôtel Safir, la Corolla se traînait à l'allure d'un joggeur obèse. Des motos surchargées et brinquebalantes nous doublaient. Nasser conduisait, Aziz somnolait et, moi, j'étais avachi derrière le rideau de chemises suspendues. À cette heure-ci, Bagdad est une ville sombre, dans tous les sens du terme – il n'y a pas assez d'électricité pour l'éclairage public – et avec la nuit qui tombait, on ressentait comme une urgence transylvanienne à se barricader chez soi. Nous avions vu des choses pas jolies-jolies et Nasser était d'une humeur plus noire qu'à l'accoutumée. « Ma femme, Ed, ça va, elle avait la belle enfance. Son père, il travaillait dans une entreprise de pétrole, elle allait dans une bonne école, il y avait l'argent, elle était intelligente, elle faisait les études ; Bagdad, c'était un endroit bien. Même quand il y avait la guerre de l'Iran, il y avait plein d'entreprises américaines, ici. Reagan, il envoyait l'argent, les armes, les gens de CIA pour aider Saddam – et puis les produits chimiques pour la bataille. Saddam, il était allié des Américains, toi tu sais ça. C'était les jours bien. Moi aussi, j'étais adolescent, Suzuki 125, veste en cuir, très cool. J'allais au café avec les amis, on discutait toute la nuit. Les filles, la musique, les livres, tous ces choses. Il y avait l'avenir encore. Le père de ma femme, il avait les contacts, alors je n'ai pas allé dans l'armée. Merci mon Dieu. J'ai trouvé le travail à la radio, j'ai trouvé le travail à la ministère de l'information. La guerre, elle a fini. On pensait : enfin, l'argent de Saddam, il va aller dans le pays, dans l'université ; on va devenir comme la Turquie. Et puis il y a eu le Koweït. L'Amérique, ils disaient : “Pas de problème, envahissez : ça, c'est les histoires de frontière.” Mais après, c'est non. La résolution de l'ONU. Nous, on pensait : “Qu'est-ce que c'est le bordel ?” Saddam, il est comme l'animal dans le piège, il ne peut pas repartir avec la fierté. Pendant la guerre de Koweït, mon travail, il était trèèès créatif : je racontais la défaite comme si c'était la victoire de Saddam. Mais l'avenir, il était sombre. À la maison, ma femme et moi, on se cachait et on écoutait la BBC en arabe. Ah, je suis jaloux, jaloux : les journalistes de BBC, ils peut dire les informations qui sont vraies. Moi, c'est comme ça, je veux faire. Mais non. Nous, on écrivait les mensonges sur les Kurdes, sur Saddam et sur ses fils, sur le parti Baas, et sur l'avenir de l'Irak, on disait que c'est bien. Si tu veux écrire la vérité, tu meurs à Abou Ghraïb. Et puis il y a le 11-Septembre, et Bush, il a dit : “On va descendre Saddam.” Nous, on était contents. On avait peur, mais on était contents. Et puis alors, là, Saddam, le fils de chien, il est disparu. Je pensais : Dieu est grand ; l'Irak, il va recommencer, il va faire comme… tu sais, Ed, l'oiseau du feu, comment tu dis ?

– Le phénix.

– Voilà, je pensais : l'Irak, il va faire comme le phénix, et je deviens un vrai journaliste. Je pensais : je vais où je veux, je parle avec qui je veux, j'écris qu'est-ce que je veux. Je pensais : mes filles, elles vont avoir la carrière comme ma femme, elle a eu la carrière, avant. L'avenir pour elles, c'est bien, maintenant. Les Américains et les Irakiens, ils ont fait tomber la statue de Saddam. Mais quand la nuit elle arrive, et il y a les pillages dans les musées qui commencent. Les soldats américains, ils regardent, c'est tout. Le général Garner, il dit : “C'est normal, après Saddam.” Moi, je pense :

“Mon Dieu, les Américains, ils ont rien prévu du tout. Je pense : “Il va commencer l'âge des ténèbres.” Et c'est vrai. L'école de mes filles, un missile il tombe dessus. L'argent de la nouvelle école, il est volé. Il n'y a plus l'école depuis des mois, maintenant. Mes filles, elles ne sortent plus. C'est trop de danger. Toute la journée, elles font la dispute, elles lisent, elles dessinent, elles rêvent, elles font sa toilette quand il y a l'eau, elles regardent la télévision du voisin quand il y a l'électricité. Elles voient les adolescentes en Amérique, à Beverly Hills, elles vont à l'université, elles conduisent, elles ont les petits amis. Les filles de la télévision, elles ont une chambre plus grande que notre appartement, et puis des pièces seulement pour les vêtements et les chaussures ! Mon Dieu. Le rêve, c'est la torture pour mes filles. Quand les Américains ils repartent, il y a deux avenirs pour l'Irak. Un avenir, c'est les pistolets, les couteaux, les sunnites contre les chiites, pour tout le temps. Comme le Liban dans les années quatre-vingt. L'autre avenir, c'est les islamistes, la charia, les burqas. Comme l'Afghanistan aujourd'hui. Mon cousin Omar, l'année dernière, il s'est enfui de Beyrouth, et puis il est allé à Bruxelles pour trouver une fille pour la marier. Une vieille, une jeune, c'est pas grave, juste une fille avec le passeport européen. Je lui ai dit : “Nom du ciel, Omar, tu es fou ! Tu épouses pas une fille, toi, tu épouses un passeport.” Il a dit : “Pendant six ans, je suis gentil avec elle, avec les parents, et puis je fais le divorce bien préparé, je suis citoyen européen, je reste.” Il est là-bas maintenant. Il réussit. Aujourd'hui, je pense : “Non, Omar, il n'est pas fou. Les fous, c'est nous qui sont restés. L'avenir il est mort.” »

Je ne savais pas quoi dire. La voiture a roulé lentement devant un cybercafé rempli de garçons la bouche béante, qui tenaient des manettes de jeux vidéo, les yeux rivés sur des écrans où des marines tuaient des terroristes arabes dans le décor d'une ville délabrée qui aurait pu être Bagdad ou Falloujah. J'imagine que, dans le menu du jeu, il n'y avait pas d'option pour incarner un terroriste.

Nasser a jeté son mégot par la fenêtre. « L'Irak. Cassé. »

Il est possible que je sois un peu soûl. Holly se trouve près des saladiers à punch au milieu d'une ceinture d'astéroïdes de femmes qui parlent toutes en même temps. Les Webber, les Sykes, les Corcoran de Cork, et d'autres… Qui sont tous ces gens ? Je passe devant une table où Dave joue à Puissance 4 avec Aoife et perd en faisant semblant d'être consterné. Jamais je ne joue comme ça avec elle : ma fille ricane en voyant son grand-père s'attraper la tête à deux mains et grogner : « Non, non, non ! Tu ne peux pas avoir encore gagné ! C'est moi, le roi de Puissance 4 ! » Regrettant d'avoir réagi à la froideur de Holly encore plus froidement tout à l'heure, je décide de lui proposer une trêve. Si elle me renvoie ma proposition à la figure, alors, au moins, on saura lequel des deux fait sa tête de con et lequel s'en sort avec le beau rôle. Je ne suis plus qu'à trois petits groupes de gens richement vêtus de celle qui est officiellement ma compagne… mais voilà que Pauline Webber, au bras d'un jeune homme dégingandé, m'intercepte. Le type est habillé comme pour un tournoi de snooker pour adolescents : chemise de soie violette, gilet assorti, teint pâle. « Ed, Ed, Ed ! roucoule-t-elle. Enfin, on se retrouve. Je vous présente Seymour, dont je vous ai tant parlé. Seymour : Ed Brubeck, authentique grand reporter. » Seymour me dévoile les bagues de son chantier buccal. Sa poignée de main est nerveuse et osseuse, comme celle d'un chasseur d'OVNI. Pauline sourit, telle une entremetteuse qu'on félicite. « Vous savez que, pour immortaliser votre rencontre, je serais prête à poignarder à coups de tire-bouchon la première personne munie d'un appareil photo que je croiserais. » Elle ne cherche même pas à en réquisitionner un pour autant.

La poignée de main de Seymour dépasse la durée recommandée. Son front est constellé de vilaines pustules – je distingue le W de Cassiopée en boutons crevés –, et, dans mon ivresse, au sentiment d'avoir rêvé cette scène en succède un deuxième : que cette impression d'avoir déjà rêvé cette scène n'est bien qu'un rêve. « J'adore ce que vous faites, monsieur Brubeck.

– Oh. » Tiens un aspirant journaliste, sensible aux sirènes qui chantent les actes de bravoure et les parties de jambes en l'air avec les photoreporters danoises dans des pays qui finissent par « stan ».

« Vous m'aviez dit que vous partageriez quelques-uns de vos secrets », s'aventure Pauline Webber.

Ah bon ? « Lesquels, Pauline ?

– Vous êtes un petit démon, Ed. » Elle donne un coup de poing fictif à l'œillet de ma boutonnière. « Ne faites pas votre diva avec moi, voyons… Nous faisons un peu partie de la même famille, désormais. »

Il faut que je parle à Holly. « Seymour, que veux-tu savoir ? »

Seymour me fixe de son inquiétant regard de ventriloque, avec sa bouche pleine de fil de fer, tandis que la voix de Pauline Webber se fraie un chemin à la machette à travers le vacarme : « Qu'est-ce qui fait qu'un grand journaliste est un grand journaliste ? »

J'ai besoin d'antalgiques, de lumière naturelle et d'air frais. « Pour citer un de mes premiers mentors, réponds-je au gamin : "Un journaliste doit être rusé, crédible, et savoir un tant soit peu écrire." Ça vous ira ?

– Et les grands noms ? riposte la voix de Pauline Webber ?

– Les grands noms ? Eh bien, ils disposent tous de la qualité que Napoléon admirait par-dessus tout chez ses généraux : la chance. Se trouver à Kaboul le jour de sa chute. Se trouver à Manhattan le 11-Septembre. Se trouver à Paris la nuit où le chauffeur de Diana commet une erreur d'appréciation fatale. » Je sursaute car les vitres sont soufflées par une explosion ; ah non, c'était il y a dix jours. « Un journaliste est marié à l'info, Seymour. C'est une épouse capricieuse, cruelle et jalouse. Elle t'imposera de la suivre partout où la vie ne coûte rien, et y restera quelques jours avant de repartir en trombe. Toi, ta sécurité, ta famille, vous n'êtes rien » – je prononce ce mot comme si je faisais un rond de fumée –, « rien à ses yeux. Par amour, tu te persuades que tu seras capable de trouver un arrangement te permettant d'être à la fois un bon journaliste et un type bien, mais non. Ce sont des conneries. Elle t'habituera à des choses auxquelles seuls les médecins et les soldats sont aguerris.

Les médecins, eux, sont considérés comme des saints, et les soldats, on érige des monuments à leur gloire ; mais toi, Seymour, tout ce à quoi tu auras droit, ce sera aux poux, aux engelures, à la diarrhée, à la malaria, aux nuits en prison. On te conspuera, toi, le parasite, et on rechignera à te rembourser tes notes de frais. Si tu aspires au bonheur, Seymour, fais autre chose de ta vie. De toute façon, nous autres journalistes sommes une race en voie d'extinction. » Épuisé, je les pousse de mon chemin et arrive enfin devant les saladiers de punch, nom d'un chien…

… mais de Holly, nulle trace. Mon téléphone se met à vibrer. C'est Olive Sun. Je fais défiler son SMS :

SALUT ED, ESPERE QUE MARIAGE SE PASSE BIEN. DUFRESNE OK POUR ITW JEUDI 22. BON POUR TOI SI RETOUR À CAIRNS LE 21 ? TATA DE DOLE FRUITS VIENDRA TE CHERCHER A L HOTEL. REPONDS VITE STP. OS

La première pensée qui me traverse est *Enfin des résultats !* Ayant de très bonnes raisons de supposer que les communications de *Spyglass* sont interceptées par plusieurs agences gouvernementales, Olive Sun crypte ses messages : Dufresne est un nom de code tiré du film *Les Évadés* pour désigner le chef des tunneliers palestiniens qui agissent entre la frontière de Gaza et celle de l'Égypte ; Cairns correspond au Caire ; Dole Fruits, au Hezbollah. Et dans notre code, une tata est un intermédiaire. Exactement le genre de trucs à la James Bond que les gamins comme Seymour nous imaginent effectuer tous les jours : mais être retenu soixante-douze heures par les forces de sécurité égyptiennes dans un bunker du centre du Caire en attendant qu'un inspecteur blasé vienne vous demander la raison de votre présence dans le pays n'a rien de cool. J'avais proposé ce projet d'article à Olive en automne dernier : celle-ci a dû solliciter je ne sais combien de contacts pour mettre l'interview sur pied. Dufresne, si c'est bien un seul homme et pas dix, est un personnage mythique en Égypte, dans la bande de Gaza et en Jordanie. Une interview ferait l'effet d'une bombe et décuplerait la réputation de notre magazine dans les pays arabophones. Les blocus et les sanctions ne sont pas sexy, d'un point de vue éditorial : ils offrent peu de matière et encore moins d'images. Qui se soucie de savoir que les Israéliens interdisent l'importation de lait en poudre à Gaza ? Mais les histoires de souterrains creusés sous des murs, en revanche, c'est différent : les gens se ruent sur ce genre de conneries, ça leur rappelle le jeu *Escape from Colditz* ou *Le Comte de Monte Cristo*. Je suis sur le point de répondre positivement, mais me rappelle qu'il y a un *hic* : à dix-neuf heures mercredi prochain, l'école primaire publique de St Jude donne une représentation unique du *Magicien d'Oz* dans laquelle Mlle Aoife Brubeck doit jouer le lion peureux, et son papa est prié d'y assister.

Quelle espèce de connard autocentré raterait le moment de gloire de sa propre fille ? Pourquoi s'intéresser à d'autres enfants de six ans qui ne monteront jamais sur une scène parce qu'ils ont été tués par les bulldozers israéliens ou les roquettes du Hezbollah qui ont démoli leurs maisons ? Ce ne sont pas nos gosses, après tout. On a été assez malins pour naître dans des pays où ce genre de chose n'arrive pas.

Là, tu saisis le problème, Seymour ?

Les types de la sécurité en faction devant l'hôtel Safir ont reconnu la voiture de Nasser, soulevé la barrière et nous ont fait signe d'entrer. Nasser a arrêté le véhicule et m'a dit : « Alors, Ed : Aziz et moi, on vient à dix heures demain le matin. Toi, moi, on transcrit les bandes. Aziz apporte les photos. Ça fait un bon article : Olive, elle va être contente.

– À demain, dix heures. » Toujours dans la voiture, j'ai remis à Nasser une enveloppe, une somme en dollars versée par *Spyglass*, leurs honoraires pour la journée. Nous nous sommes serré la main, Aziz m'a laissé sortir par son côté, puis la Corolla est repartie. Après seulement quelques mètres, elle s'est arrêtée. J'ai cru à un nouveau problème mécanique, mais Nasser a tourné la manivelle de sa vitre et agité un objet : « Ed, tu prends ça. »

Je me suis approché et il m'a mis son petit enregistreur à cassette dans la main. « Pourquoi ? On se voit demain. »

Nasser a grimacé. « Si tu gardes avec toi, c'est plus sûr. Il y a beaucoup des bonnes paroles sur la bande. » Et sur ce, il a pris le rond-point et est retourné au point de contrôle de l'entrée. J'ai gravi les marches du perron de l'hôtel. Chaque fenêtre n'était qu'un rectangle noir. Même si l'électricité fonctionne, les clients ont pour consigne de laisser les lampes éteintes le soir, à cause des snipers potentiels. Tariq, un agent de sécurité équipé d'un Dragunov, est venu à ma rencontre sous le porche métallique. « Alors, monsieur Ed, elles sont toujours bien accrochées ? » Tariq aime sortir ce qu'il connaît d'argot.

« Je n'ai pas à me plaindre, Tariq. Calme, la journée ?

– Aujourd'hui, c'est calme. Dieu merci.

– Big Mac est déjà rentré ?

– Oui, oui. Il est au bar, le lascar. »

Je laisse de généreux pourboires à Tariq et ses trois collègues afin qu'ils me préviennent si des inconnus leur posent des questions à mon sujet, et qu'ils leur donnent des réponses floues. Non pas que je sois sûr que les agents n'empochent pas l'argent des deux camps, mais, jusqu'à présent, le principe qui veut qu'on ne tue pas la poule aux œufs d'or a bien fonctionné. Après le porche, j'ai traversé les portes en verre qui mènent au hall d'entrée, espace circulaire où le comptoir de la réception est éclairé par la lueur faiblarde d'une lampe. En hauteur, il y a un imposant lustre que je n'ai jamais vu allumé, et qui est désormais plein de toiles d'araignée. Je ne l'ai jamais regardé sans l'imaginer s'écraser au sol. M. Khufaji, le directeur, aidait un type à charger de vieilles batteries de voiture sur un chariot à bagages. Les batteries épuisées sont échangées contre des neuves tous les matins, comme les bouteilles de lait de mon enfance. Les clients de l'hôtel s'en servent pour alimenter leurs ordinateurs portables et leurs téléphones satellites.

« Bonsoir, monsieur Brubeck, me salue le directeur en s'épongeant le front à l'aide d'un mouchoir. Je vais vous remettre votre clé.

– Bonsoir, monsieur Khufaji. » J'ai patienté, le temps qu'il la cherche dans son tiroir. « Pourrais-je avoir une batterie ?

– Mais certainement. Je vous envoie le jeune homme dès qu'il sera revenu.

– Très aimable à vous. » Nous nous efforçons de conserver ces bonnes manières d'un autre âge, même si Bagdad est devenu un véritable enfer sur terre et que le Safir n'est plus tant un cinq-étoiles qu'un campement aménagé dans un hôtel désaffecté.

« Je me disais bien que j'avais entendu ta petite voix mielleuse. » Cigare hondurien à la main, Big Mac a surgi du bar décrépit qui fait office de salon, et où s'échangent les rumeurs et les bons procédés. « Non, mais tu as vu l'heure ?

– Oui, et tu es rentré avant moi, ce qui signifie que c'est ta tournée.

– Ah non, non, non : le deal, c'était que le dernier revenu payait son coup à l'autre.

– C'est un mensonge éhonté, monsieur MacKenzie, et vous le savez parfaitement.

– Après tout, les mensonges éhontés, c'est ce qui déclenche les guerres, et les guerres, c'est ce qui fait bosser les loups du journalisme. Alors, il y a eu de l'action à Falloujah ?

– Le cordon de sécurité est trop serré. Et toi, ta petite excursion avec tes amis ?

– Une perte de temps. » Big Mac s'est empli les poumons de fumée de cigare. « Une fois arrivés à Camp Victory, on nous a dit que les combats s'étaient intensifiés, soi-disant que les marines ont trop de pain sur la planche, alors si, en plus, ils doivent nous sauver les miches… On a écouté pendant un moment les conneries des attachés de presse de l'armée, puis on nous a casés dans un convoi d'approvisionnement qui retournait à Bagdad. Visiblement, ce n'est pas celui qui a été transformé en chair à saucisse par un engin explosif. Et toi ?

– Mieux que toi, en tout cas. On est tombés sur une clinique improvisée pour les réfugiés de Falloujah, et sur un Kiowa abattu. Aziz a pris quelques photos avant qu'un de tes compatriotes en uniforme nous demande gentiment de partir.

– Pas mal, mais » – Big Mac a traversé la pièce et baissé la voix, bien que M. Khufaji fût sorti – « Vincent Agrippa a reçu un SMS d'une "source haut placée" il y a vingt minutes : demain, un "cessez-le-feu unilatéral" sera annoncé. »

J'en doutais. « Mac, ce n'est pas maintenant que la milice de Falloujah va battre en retraite. Ou alors, c'est une manœuvre de regroupement pour…

– Mais non, je ne te parle pas des insurgés. Ce sont les marines qui vont se retirer.

– La vache. D'où elle vient, cette source ? Du cabinet du général Sánchez ?

– Non. Et tu penses bien que les militaires vont nier en bloc. En te citant Napoléon, du genre : *Quand on décide de prendre Vienne, on prend Vienne.*

– Tu penses que c'est un coup de Bremer ?

– Tu veux rire ? Le grand émissaire n'arriverait pas à se faire cuire les couilles dans un jacuzzi de lave.

– Bon, mais tu vas bien me donner un indice ?

– Puisque tu paies les bières, d'accord. Je vais même t'en donner trois. » Big Mac s'est accordé une pause cigare de cinq secondes. « C, I et A. L'ordre vient directement du bureau de Dick Cheney.

– Vincent Agrippa a un contact à la CIA ? Un Français comme lui ?

– Le contact en question a ses entrées dans la chambre forte de Dieu le père, Agrippa a misé sur le bon cheval. Cheney a peur que, à cause de Falloujah, la Coalition des volontaires ne vole en éclats – coalition des volontaires, mon cul, oui. Tu te joins à nous pour dîner, quand tu auras fait un brin de toilette ? Tiens, devine ce qu'il y a au menu ?

– Y aurait-il du riz et du poulet, par hasard ? » Le menu officiel du Safir comporte cinquante plats différents, mais on n'y sert plus que du poulet et du riz.

« Putain, quel télépathe, ce mec !

– J'enfile quelque chose de plus confortable et j'arrive.

– Des promesses tout ça, petite allumeuse. » Big Mac est retourné au bar et, moi, j'ai pris l'escalier – les ascenseurs sont en panne depuis 2001 –, franchi le premier palier, puis le deuxième, le troisième. Par la fenêtre, j'ai regardé le Tigre, noir comme du pétrole, qui serpentait au milieu de la zone verte, illuminée comme un parc d'attractions Disneyland implanté au milieu d'une contre-utopie. J'ai pensé à *IGH*, ce roman de J. G. Ballard dans lequel un gratte-ciel londonien ultra-moderne devient le théâtre vertical d'une civilisation en déliquescence dont, à la fin, il ne reste plus qu'un état de violence primitive. Un hélicoptère a atterri derrière le palais de la République où, ce matin, Mike Klimt parlait de la progression de la Coalition à Falloujah et ailleurs. À quoi les Irakiens peuvent bien penser en voyant cette enclave d'opulence implantée au cœur de leur ville ? Moi, je le sais, parce que Nasser, M. Khufaji et d'autres me l'ont confié : ils croient que la zone verte, avec ses éclairages, son électricité, ses murs bien gardés, prouve que les Américains ont la formule magique qui permettrait de ramener l'ordre dans les villes irakiennes, mais que l'anarchie qui règne forme un dense écran de fumée qui leur permet de pomper tout le pétrole du pays. Ils ont tort, mais leur croyance est-elle plus absurde que celle partagée par quatre-vingt-un pour cent des Américains qui pensent que les anges existent ? Ayant entendu un miaulement, j'ai baissé les yeux et vu un chat gris s'extraire de l'ombre. Je me suis accroupi pour le saluer : c'est la seule raison pour laquelle je n'ai pas été scalpé comme un œuf à la coque quand, à l'extérieur, une explosion a soufflé les vitres de la façade ouest du Safir, et que les ondes de choc ont parcouru ses couloirs sombres, le rugissement assourdissant nous brisant les tympans et comblant le vide qui sépare les atomes des accords atonaux du chaos.

J'avale un autre ibuprofène et soupire devant l'écran de mon ordinateur portable. Pendant mon vol Istanbul-Londres de la veille, j'ai pondu un article sur l'explosion en mettant peu de cœur à l'ouvrage et avec beaucoup de fatigue : j'ai peur que cela ne se voie. Un témoignage qui paraît fictif ne vaut rien. Rumsfeld va faire une déclaration à propos de l'Irak à onze heures, heure de New York, soit dans cinquante minutes. J'allume la télé sur CNN World et baisse le son, mais il faut se contenter d'un journaliste de la Maison-Blanche rapportant ce qu'« une source bien informée proche du secrétaire de la Défense » suppose que Rumsfeld va annoncer au cours de son allocution. Sur son lit, Aoife bâille et pose *Le Sauveteur d'animaux 2004*. « Papa, tu peux me mettre *Dora l'exploratrice* ?

– Non, ma puce. Je vérifiais juste quelque chose pour le travail.

– Ce grand immeuble tout blanc, il est à Bad-Dad ?

– Non, c'est la Maison-Blanche. C'est à Washington.

– Pourquoi est-ce qu'elle est blanche ? C'est parce qu'il n'y a que des Blancs qui vivent dedans ?

– Euh… Oui, c'est ça. » J'éteins la télé. « C'est l'heure de la sieste, Aoife.

– Est-ce qu'on est juste en dessous de la chambre de papi Dave et de mamie Kath ? »

Il faudrait que je lui lise une histoire, ce serait bien – c'est ce que fait Holly – mais je dois boucler mon article. « Ils sont à l'étage au-dessus de nous mais pas juste au-dessus de nos têtes. »

On entend les mouettes. Les voilages bougent. Aoife est calme.

« Papa, est-ce qu'on pourra aller voir Dwight Silverwind après la sieste ?

– Allez, tu ne vas pas recommencer. Un petit somme, ça ne te fera pas de mal.

– Tu as dit à Maman que tu ferais la sieste, toi aussi.

– C'est vrai, mais à toi de commencer, d'abord. Il faut que je finisse mon article et que j'envoie un e-mail à New York d'ici ce soir. » *Puis que j'annonce à Aoife et Holly que je n'irai pas voir* Le Magicien d'Oz *jeudi prochain*, songé-je.

– Pourquoi ?

– D'où crois-tu que sort l'argent qui permet d'acheter la nourriture, les vêtements et tes *Sauveteur d'animaux* ?

– De ta poche. Et de la poche de Maman.

– Et comment est-ce qu'il y atterrit ?

– C'est la petite souris. » Aoife me fait son numéro de charme. « C'est ça, eh bien, c'est moi, la petite souris.

– Mais Maman, elle gagne de l'argent, elle aussi.

– C'est vrai, mais la vie est très chère, à Londres, alors il faut que je gagne de l'argent, moi aussi. » Je trouve une formule lapidaire destinée à remplacer la phrase sur « le vide qui sépare les atomes », un peu trop tarabiscotée à mon goût, mais ma boîte de réception sonne. C'est juste un message d'Air France, mais lorsque je reviens à mon article, ma formule lapidaire a disparu.

« Pourquoi est-ce que c'est cher, Londres, Papa ?

– Aoife, s'il te plaît ! J'ai du travail. Tu fermes les yeux.

– Bon, d'accord. » Elle s'allonge en soupirant exagérément puis fait semblant de ronfler, comme un Télétubby. Ça me tape sur le système, mais je ne sais pas comment la faire taire sans qu'elle éclate en sanglots. Mieux vaut attendre qu'elle arrête d'elle-même.

Je suis vivant. C'est la première pensée qui m'a traversé l'esprit, écris-je. *La seconde…*

« Papa, pourquoi est-ce que je ne peux pas aller voir Dwight Silverwind toute seule ? »

Ne pas craquer. « Parce que tu n'as que six ans, Aoife.

– Mais je sais où c'est ! Il faut sortir de l'hôtel, traverser le passage clouté, avancer sur la jetée, et voilà. »

Regardez-moi cette Holly miniature. « Ton avenir sera ce que tu décideras d'en faire ! Pas ce que va te raconter un inconnu qui s'est inventé un nom. Allez, ça suffit maintenant. Laisse-moi, s'il te plaît. »

Elle se pelotonne contre son renard polaire. Je retourne à mon article. *Je suis vivant. C'est la première pensée qui m'a traversé l'esprit.*

La seconde a été : Reste à terre. S'il s'agissait d'une attaque au lance-roquette, d'autres explosions risquaient de suivre. Mon…

« Papa, tu ne veux pas connaître ton avenir, toi ? »

Je laisse passer plusieurs secondes en rongeant mon frein. « Non.

– Pourquoi ?

– Parce que… » Je pense à la grand-tante Eilísh et à son script mystique, à la famille de Nasser, au major Hackensack, et à cette promenade à vélo le long de la Tamise, par une chaude journée de 1984, où j'avais reconnu cette fille allongée sur les galets, avec son t-shirt *Quadrophenia*, son jean aussi noir que ses cheveux courts ; cette fille qui dormait, la tête sur un sac de sport qui lui servait d'oreiller, et que je m'étais dit : *Ne t'arrête pas, continue…* Et que j'avais fait demi-tour. J'ai refermé mon portable, me suis approché du lit, ai retiré mes chaussures et me suis allongé à côté d'Aoife. « Eh bien, imagine que je découvre que quelque chose de grave va m'arriver ou, pire, que cette chose arrivera à toi ou à Maman, mais que je ne pourrai rien y faire ? Je serais plus heureux si je ne le savais pas. Comme ça je pourrais encore… profiter des après-midi ensoleillés. »

Aoife ouvre de grands yeux sérieux. « Mais si tu pouvais y faire quelque chose ? »

J'attrape ses cheveux à la base, au sommet du crâne, ce qui lui fait une sorte de chignon de samouraï. « Et si je ne pouvais pas, mademoiselle Tête-d'ananas ?

– Hé, je ne suis pas » – elle bâille – « une tête d'ananas. » Je bâille à mon tour, alors Aoife s'exclame : « Ha ! Tu as attrapé mon bâillement.

– Bon, d'accord, je vais piquer un petit roupillon avec toi. » Ce n'est pas une si mauvaise idée. Aoife va dormir au moins une heure, pendant que moi, après m'être réveillé frais comme un gardon au bout de vingt minutes de micro-sieste, je prendrai connaissance des derniers mensonges de Rumsfeld, terminerai mon article et trouverai un moyen d'expliquer à Holly et au lion peureux que je dois retourner au Caire mercredi. « Bonnet d'nuit, lui dis-je à la manière de Holly. Fais de beaux rêves. »

« Ed ! ED ! » J'étais en train de rêver que Holly me réveillait dans une chambre d'hôtel, qu'elle avait le regard paniqué d'un cheval qui se sait sur le point de mourir. On croirait que Holly me demande : « Où est Aoife ? » mais c'est impossible car Aoife est endormie juste à côté de moi. La force gravitationnelle est bizarre, mes membres sont creux et j'essaie de lui dire « Qu'est-ce qu'il y a ? ». Holly ressemble à quelqu'un qui imiterait mal Holly. « Ed, où est Aoife ?

– Là. » Je soulève la couverture.

Je ne trouve que son renard polaire.

Vingt mille volts me traversent : je suis hyper-alerte.

Inutile de paniquer. « Dans la salle de bains.

– Je viens de regarder ! Ed, elle est où ?

– Aoife ? Sors de ta cachette, ce n'est pas drôle ! Je me lève et glisse sur *Le Sauveteur d'animaux 2004* tombé à terre. J'inspecte le placard à vêtements, l'espace de six centimètres sous le lit, puis la salle de bains et sa cabine de douche. Mes os se transforment en Patafix chaude. *Elle a disparu.* « Elle était là. On a commencé la sieste, il y a une minute à peine. » Je regarde l'heure sur l'afficheur de la télé : 16:20 ! Merde, merde, merde. Je me précipite vers les fenêtres, comme si… Quoi, comme si Aoife, noyée dans la foule du week-end qui s'étale sur la promenade, allait me faire signe d'en bas ? Mon orteil se cogne à quelque chose et la douleur me transperce : Aoife me demandait où la chambre de Dave et Kath se trouvait ; et pourquoi elle ne pouvait pas aller voir Dwight Silverwind. Je cherche ses sandales. Disparues. Holly me parle, mais c'est comme si j'avais oublié mon anglais : ce ne sont que des voyelles et des consonnes. Et puis elle s'arrête, et attend que je réagisse.

« Soit elle est allée te chercher, soit elle est allée dans la chambre de tes parents, ou alors… Ou alors elle est allée voir le médium sur la jetée. Va vérifier dans la chambre de tes parents. Et dis à la réception que s'ils voient une fillette de six ans qui porte un… qui porte un » – *Putain, qu'est-ce qu'elle portait, déjà ?* – « un t-shirt avec un zèbre, de ne pas la laisser sortir. Je vais chercher sur la jetée. » Je fourre mes pieds dans leurs chaussures, et au moment où je quitte la pièce, Holly me lance : « Tu as ton téléphone ? » ; je vérifie et lui réponds : « Ouais », avant de foncer dans le couloir en direction des ascenseurs, où deux dames en robe fleurie tout droit sorties d'un roman d'Agatha Christie attendent à proximité d'une gigantesque plante de belle-mère dans un grand pot en bronze. J'appuie sur le bouton pour descendre, mais aucun des ascenseurs n'arrive ; je ré-appuie dessus et me rends compte que je marmonnais : « Merde merde merde merde merde », sous les regards furieux des dames. Finalement, l'ascenseur arrive, s'ouvre, et un Dark Vador pointe son sabre laser vers le haut et demande : « Vous montez ? » avec l'accent de Belfast. Une image d'Aoife sur le toit me flanque un coup dans les roubignoles, et je grimpe dans la cabine. Mme Marple déclare : « Nous descendons, mais je dois dire que votre costume est splendide. » Non, c'est complètement absurde. Les portes qui donnent sur le toit sont verrouillées, évidemment. Les règles de sécurité, tout ça. C'est sur la jetée qu'Aoife se trouve. Je ressors pile au moment où les portes se referment, et m'écorche le tibia, déclenchant la réouverture de la cabine et la réprobation de Dark Vador : « Faudrait savoir, mon vieux. » Les escaliers. Je suis une flèche indiquant « Escaliers », qui mène à une autre flèche indiquant la même chose ; je la suis également et elle me conduit à une autre, puis une autre, et encore une autre. La moquette étouffe le bruit de ma foulée. Devant moi, les deux dames entrent dans l'ascenseur. Je crie : « ATTENDEZ-MOI, RETENEZ L'ASCENSEUR ! » et bondis comme Michael Jordan, mais me prends les pieds dans mes lacets et glisse sur dix mètres, me brûlant la pomme d'Adam sur la moquette ; roulis des portes qui se referment. Peut-être que les deux Agatha Christie auraient pu retenir l'ascenseur, ou peut-être pas, mais, en tout cas, elles ne l'ont pas fait, les garces, alors mon pouce martèle le bouton, mais trop tard, cette saleté d'ascenseur est parti, et ma fille, avec toute son innocence et sa crédulité, se rapproche de ce type sur la jetée, avec son petit cabinet verrouillable et qui ne s'embête certainement pas à mettre un caleçon sous sa toge de Merlin. Je renoue mes lacets, puis recule : l'ascenseur est au septième étage et met une décennie à atteindre le sixième, où il passe une autre décennie ; je suis pris d'une envie de crier, mais j'aperçois des marches à travers une porte vitrée dissimulée par la plante de belle-mère. Putain ! Dans cette cage d'escalier qui résonne sous mes pas, je fonce à tout berzingue, tel un héros de film d'action aux genoux flageolants, mais a-t-on déjà vu le héros d'un film piquer du nez alors qu'il est censé veiller sur sa fille unique, sa jolie, drôle, parfaite et fragile petite fille ? Je dévale les étages, parti pour un voyage au centre de la terre, où une odeur de peinture devient plus prononcée, et dépasse un ouvrier sur un escabeau : « Hé, mollo, mon gars, vous allez déraper et vous fracasser le crâne ! » J'arrive devant une porte indiquant « SORTIE DE SECOURS », dont la petite lucarne noire de poussière donne sur un quai de déchargement souterrain, ce qui signifie que je suis à l'arrière du bâtiment au lieu d'être devant, et puis, de toute façon, la porte est verrouillée : pourquoi je n'ai pas attendu l'ascenseur, bordel ? Je traverse en vitesse le couloir de service, et m'arrête en dérapant devant l'écriteau « ACCÈS RDC », mais qu'est-ce que c'est que cette certitude de ne plus uniquement me trouver dans un dédale de couloirs et de portes, mais aussi de décisions et de priorités, d'y déambuler non pas depuis une minute, mais depuis des années, et d'avoir emprunté de mauvais détours il y a des siècles, et de ne plus être en mesure de rebrousser chemin. Je me heurte à une porte qui indique « ACCÈS » dont je tourne la poignée et que je tire mais qui ne s'ouvre pas, parce qu'il faut pousser et pas tirer, alors je pousse et…

Quoi ? Une halle d'exposition s'ouvre devant moi, infiniment profonde, large, et même haute. Je suis sidéré que l'hôtel Maritime puisse contenir un espace qui se prolonge – oh oui, c'est certain – sous les fondations des bâtiments voisins, sous la promenade, voire sous la Manche. Ils sont des milliers à fouiner dans les couloirs et les allées bordées de stands et d'étals ; le bruit est océanique. Certains sont habillés normalement, mais la plupart portent un costume : des Superman, des Batman, des Watchmen ; des Dr Spock, des Dr Who, des Dr Denfer ; trois Z6PO, deux Klingons, un silurien à tête de lézard ; une file indienne de Harry Potter chinoises, une Catwoman avec une barbe de trois jours qui rajuste la bretelle de son soutien-gorge, et un couple de singes de la planète du même nom ; une troupe d'agents Smith de *Matrix*, un TARDIS sur pattes, un Schwarzenegger à moitié pulvérisé dont on voit des morceaux d'endosquelette de T-800 ; des vannes, des rires et des discussions sérieuses. *Imagine qu'Aoife soit tombée dans cette réserve géante de types bizarres, de geeks et de fans de SF. Elle ne trouverait jamais la sortie. D'ailleurs, où elle est, cette sortie ?* Au niveau des grandes portes situées tout à l'autre bout, bien entendu, sous la banderole « PLANET CON 2004 BRIGHTON ». Je me hâte de traverser le flot tranquille des chineurs de mangas, de Tribules, de t-shirts vantant que « LES TREKKIES TE LA METTENT DANS LE TURBOMOTEUR », de *USS Enterprise* à monter soi-même, de figurines en métal tirées de *Battlestar Galactica* ; je passe devant un Dalek qui claironne son Shakespeare : « Un jour, damoiseaux et damoiselles d'ors vêtus / Comme les ramoneurs à la poussière seront revenus » ; j'esquive un Homme invisible, me faufile derrière l'impitoyable Empereur Ming de *Flash Gordon*, me presse contre une sorte d'Uruk-hai, et ça y est, j'ai perdu la direction de la sortie, j'ai perdu Aoife, le nord, le sud, l'est et l'ouest, aussi, je demande mon chemin à Yoda, qui me répond : « À côté des chiottes, mon pote », tout en tendant l'index, alors, enfin, j'arrive dans le hall d'entrée et me glisse entre un reporter en herbe et Judge Dredd. Je me propulse vers l'extérieur…

… et atterris dans la friture et le sel de l'après-midi, effectuant des sauts de grenouille entre les voitures pour rejoindre la promenade. Les klaxons retentissent mais, aujourd'hui, j'ai une bonne excuse. Le beau temps charrie son infernale marée humaine *Où est Charlie ?*-esque de station balnéaire, de familles qui n'ont pas perdu leurs filles de six ans par inadvertance, par négligence, et je serais prêt à me damner pour avoir l'occasion de retourner dans notre chambre il y a une heure. Je m'occuperais d'elle différemment et dirais : « Bon, j'ai peut-être été un poil ronchon, tout à l'heure, je suis désolé, on va aller voir ce M. Silverwind », et si seulement je pouvais retrouver Aoife, je donnerais à ce vieux salopard mystique ma carte bleue et lui torcherais le cul pendant un an et un jour. Ou bien si je pouvais sauter en avant d'une heure, après avoir retrouvé Aoife saine et sauve, la première chose que je ferais serait d'appeler Olive Sun et de lui annoncer : « Désolé, Olive, mais envoie plutôt Hari pour l'interview de Dufresne, ou Jen. » Mon Dieu, mon Dieu, je vous en prie, faites qu'Aoife surgisse de la foule en courant et qu'elle me saute dans les bras. Faites qu'un étranger ne l'ait pas embarquée dans sa camionnette – *Ne monte pas, non, ne monte pas.* Des torrents de gens jouant des coudes pour accéder ou quitter la jetée se déversent ; je remonte le courant en trottinant, puis ralentis : il ne faudrait pas que je la rate si elle rebroussait chemin, cherchant son papa… Continue à balayer tous les visages en tentant de détecter celui d'Aoife ; ne pense pas aux gros titres du genre : « LA FILLE D'UN REPORTER DE GUERRE DISPARAÎT », ni aux suppliques déchirantes face aux médias, aux déclarations de l'avocat au nom des Sykes, eux qui ont déjà vécu ce cauchemar une fois, exactement le même : « LA TRAGÉDIE FRAPPE UNE NOUVELLE FOIS LA FAMILLE DE JACKO SYKES » ; ces semaines de fermeture du Captain Marlow en 1984 – « pour des raisons familiales », indiquait la note placardée à la porte – ; les journaux qui rapportaient qu'on avait aperçu un garçon correspondant à la description de Jacko, mais qui n'était jamais lui ; et Kath, qui me disait : « Désolée, Ed, elle n'a envie de voir personne, aujourd'hui ». Tout compte fait, je n'avais pas pris mon billet InterRail et j'avais travaillé tout l'été dans une jardinerie sur le rond-point de la A2. Je me sentais responsable de ce qui était arrivé, moi aussi : si j'avais convaincu Holly de rentrer chez elle ce samedi soir-là, au lieu de crocheter la serrure de l'église, Jacko ne serait peut-être pas sorti faire un tour. Mais elle me plaisait et j'espérais qu'il se passe quelque chose. Mon téléphone gazouille – *Je vous en prie, mon Dieu, faites que ça finisse.* C'est Holly, Holly-la-coriace, et j'implore : *Mon Dieu, pitié, je vous en prie, faites qu'elle ait de bonnes nouvelles*, et je demande : « Du nouveau ?

– Maman et Papa ne l'ont pas vue. Toi ?

– Je remonte la jetée.

– J'ai informé le directeur de l'hôtel. Ils ont fait une annonce aux haut-parleurs, et Brendan ouvre l'œil à la réception. Ils disent que, au commissariat, ils mettront du temps à envoyer quelqu'un, mais Ruth les travaille au corps.

– Je te rappelle dès que j'arrive chez le médium.

– D'accord. » Fin de l'appel. Je suis presque à la salle d'arcade – ouvre les yeux, bordel, ouvre les yeux ! Une petite fille aux cheveux bruns qui porte un t-shirt avec un zèbre et un collant vert se faufile entre les portes grandes ouvertes. Putain, c'est elle, c'est forcément elle : une grenade d'espoir explose dans mon ventre, et je crie : « AOIFE ! »

Tout le monde se retourne pour savoir qui est ce fou, mais pas Aoife.

J'esquive les avant-bras rougis par le soleil, les glaces et les barbotines.

La pénombre de l'intérieur me chamboule les cinq sens. « Aoife ! »

Bruit de tronçonneuse des voitures de course, *tacatacatacata* des canons laser, fracas des immeubles bombardés qui s'eff...

Là ! Aoife ! *Merci mon Dieu, merci, merci !* Elle regarde une fille plus âgée qui porte un débardeur et des bracelets, et qui s'agite sur le plateau d'un jeu baptisé *Dance Dance Revolution*. Je me penche et m'agenouille à côté d'elle : « *Aoife, tu ne peux pas partir toute seule comme ça, ma puce !* Maman et moi on a failli avoir une crise cardiaque ! Allez, viens. » Je lui prends la main. « Aoife, on y va, maintenant. »

Mais Aoife se tourne vers moi : elle n'a pas les bons yeux, ni le bon nez, ni le bon visage. Une poigne de fer m'éjecte, celle d'un costaud d'une cinquantaine d'années qui porte un vilain t-shirt en acrylique : « Qu'est-ce que tu fais avec ma fille, là ? »

De pire en pire, c'est de pire en pire. « Je… Je… Je l'ai prise pour ma fille, je l'ai perdue, elle était… Mais elle… elle… »

Le type songe à m'arracher la tête. « Bah tu vois, ce n'est pas elle. Fais gaffe mon pote, les gens pourraient se faire des idées, mais ils ont peut-être leurs raisons, tu piges ?

– Excusez-moi, je… je… je… » Je m'empresse de sortir au soleil, vomi de la salle d'arcade tel Jonas d'une baleine graisseuse et enfumée.

Tout ça, c'est ta punition pour Aziz et Nasser.

Dwight Silverwind représente mon dernier espoir. Dans soixante secondes, j'y suis.

Il n'oserait pas l'agresser sexuellement ici. Il y a trop de monde.

Peut-être qu'il va lui dire d'attendre son papa.

Je trouverai Aoife assise là, contente de sa petite blague.

Est-ce qu'elle connaît le numéro de Holly ? Je ne sais pas.

Je passe devant un stand de hamburgers, un stand de basket-ball où le but est de marquer des paniers.

Puis devant un type en nage dans un nounours géant.

Une petite fille se tient là, les yeux rivés sur la mer qui chante sa berceuse.

Je suis de plus en plus près de chez Dwight Silverwind, la jetée de Brighton tangue, mes côtes me rentrent dans les organes, une femme tricote devant le Sanctum et un écriteau indiquant « *Consultation en cours* » est accroché à la porte. J'entre en trombe dans cette petite caverne sombre où il y a une table, deux chaises rembourrées, trois bougies, de l'encens, des cartes de tarot étalées, un Dwight Silverwind étonné et une Noire en survêtement… mais pas d'Aoife. Pas d'Aoife. « Euh… Vous voulez bien nous laisser terminer ? » demande la cliente.

J'interroge Silverwind : « Est-ce que ma fille est venue vous voir ? »

La dame se lève : « Vous ne pouvez pas entrer ici comme ça, enfin ! »

Silverwind fronce les sourcils. « Je me souviens de vous. Vous êtes le père d'Aoife.

– Elle s'est enfuie. De l'hôtel où je séjourne. Le Maritime. Je…

Je… Je pensais qu'elle… » – Ils me regardent comme si j'étais complètement dingue. J'ai envie de vomir – « … serait peut-être ici.

– Je suis navré, monsieur Brubeck, m'annonce Dwight Silverwind comme on annonce un décès. Mais je vous assure que nous ne l'avons pas vue. »

Je saisis mon crâne entre mes mains, comme pour l'empêcher d'exploser, le sol s'incline à quarante-cinq degrés, et si la dame ne m'avait pas rattrapé et assis sur la chaise, je me serais fracassé la tête au sol. « Comprenons bien de quoi il est question. Il s'agit d'une enfant qui a disparu, c'est bien ça ? demande-t-elle, avec son accent de Birmingham.

– Oui », réponds-je d'une voix aussi fine qu'une crêpe dentelle. *Disparue.*

Une approche très pragmatique : « Nom et âge ? »

Disparue. « Edmund Brubeck. J'ai, euh, trente-cinq ans.

– Non, Edmund. Le nom et l'âge de l'enfant.

– Ah. Aoife Brubeck. Six ans, elle n'a que six ans !

– D'accord, d'accord. Et qu'est-ce qu'Aoife portait comme vêtements ?

– Un t-shirt avec un zèbre. Des sandales.

– Bon, ce qui compte dans ces situations, c'est de réagir rapidement : j'appelle la sécurité de la jetée et je demande à ceux qui sont de garde d'ouvrir l'œil. Vous allez me donner votre numéro de téléphone. » Elle me tend un stylo et une carte de visite : j'y inscris mon numéro. « Dwight, vous allez raccompagner Ed jusqu'au haut de la jetée en scrutant la foule. Moi, je reste ici. Si elle n'est pas sur la jetée, retournez à l'hôtel Maritime, et on refera le point. Ed, si Aoife passe par ici, je vous appelle. Allez-y. Allez, on se dépêche ! »

À l'extérieur, mon téléphone sonne ; c'est Holly, qui me demande : « Elle est là ? »

Malgré ma réticence à lui répondre, je vends la mèche : « Non.

– D'accord. Sharon envoie des SMS à tous les invités pour qu'ils fouillent l'hôtel. Rapplique. Je suis dans le hall avec Brendan.

– Entendu, j'arrive de s… » Mais elle a déjà raccroché.

Des pulsations musicales émanent de la fête foraine. Aoife s'y trouverait-elle ? « Ils ne laissent pas entrer les enfants de moins de dix ans non accompagnés d'un adulte. » Dwight Silverwind porte toujours son gilet à strass. « Allez, on passe la jetée au peigne fin. Mlle Nichols » – d'un mouvement de menton, il désigne son Sanctum – « veille au grain. Elle est agent de la circulation.

– Mais, et votre... » – j'indique son cabinet – « Vous travaillez.

– Ce matin, votre fille est venue à moi pour une raison particulière, et je pense que c'est celle-ci. » Nous repartons vers la promenade en scrutant tous les visages, même dans la salle d'arcade. Rien. Arrivé au bout – ou au début – de la jetée, je m'efforce de remercier Dwight Silverwind de son aide, mais celui-ci me rétorque : « Non, non : c'est comme si un script m'indiquait de rester avec vous jusqu'au dénouement.

– Quel script ? » lui demandé-je, mais déjà nous traversons la route et pénétrons dans la fraîcheur du hall de l'hôtel Maritime où, de ma folle escapade, je n'ai rien rapporté de mieux qu'un type rabougri déguisé en druide qui n'a d'ailleurs pas l'air si bizarre parmi cette foule de fans de SF. Derrière le comptoir de la réception, un centre des opérations s'est improvisé. Téléphone coincé entre la tête et l'épaule, un directeur d'hôtel bien embêté est cerné de Sykes et de Webber qui braquent soudain le regard vers le mauvais père à l'origine du cauchemar qui est en train de se jouer : Sharon et Peter, Ruth et Brendan, Dave et Kath, et même Pauline et Austin. Je leur annonce ce qu'ils savent déjà : « Elle n'était pas sur la jetée.

– Amanda est dans votre chambre, au cas où Aoife y retournerait toute seule, m'informe Ruth.

– Ne vous inquiétez pas, déclare Pauline. Elle va pointer le bout de son nez d'ici peu », et Austin, à ses côtés, opine du chef avant de me préciser que Lee est parti avec ses amis sur la plage, au cas où Aoife se serait mis en tête d'aller barboter dans l'eau. Dave et Kath ont l'air d'avoir pris vingt ans, et c'est à peine si Holly remarque que je suis revenu.

Le directeur lui demande : « Je vous passe le commissaire de police, madame Brubeck ? »

Elle prend le combiné. « Allô… Oui. Ma fille. Oui… Écoutez, je sais, ça fait moins d'une heure, mais elle n'a que six ans, alors je veux que vous lanciez toutes vos équipes à sa recherche immédiatement… Eh bien faites une exception, commissaire !… Non, *vous*, écoutez-moi : mon compagnon est journaliste et travaille pour un quotidien national, alors croyez-moi, si on ne retrouve pas ma fille saine et sauve, vous regretterez de ne pas avoir lancé immédiatement cet avis de recherche… Voilà, merci. Six ans, cheveux noirs, jusqu'aux épaules… un t-shirt avec un zèbre… un pantalon rose. Des sandales… Je ne sais pas, attendez deux secondes. » Holly me regarde, le visage blême. « Son chouchou était encore dans la chambre ? »

Je dois avoir l'air bête : son quoi ?

« Le truc élastique argenté avec lequel elle s'attache les cheveux ? »

Je ne sais pas. Je ne sais pas. Je ne sais pas. Mais avant que Holly puisse donner sa réponse, sa tête retombe en arrière, bizarrement inclinée, et son visage commence à se fermer. Qu'est-ce qui se passe, encore ? Une fois, j'ai vu un collègue diabétique faire une crise d'hypoglycémie, et ça y ressemble beaucoup. « Rattrapez-la ! » ordonne Sharon. Je me penche en avant, mais déjà, Brendan et Kath la réceptionnent.

« Ici, amenez-la jusqu'ici », dit le directeur de l'hôtel, et Holly est à moitié traînée dans un bureau en retrait de la réception.

Sa respiration est à présent très saccadée, et Kath, qui a suivi une formation d'infirmière à Cork il y a des années de cela, dit à tout le monde : « Laissez-la respirer ! Reculez, reculez, reculez ! » tandis qu'elle et Brendan la déposent sur un canapé dégagé en vitesse. « Respire plus lentement, ma chérie, conseille Kath à sa fille. Respire doucement, tu veux bien… ? » Je devrais être à ses côtés mais il y a trop de Sykes agglutinés, et ce bureau est minuscule, et puis, de toute façon, on sait très bien qui est responsable de tout ceci. Mais je suis suffisamment près pour voir les yeux de Holly, dont les pupilles rétrécissent jusqu'à presque disparaître. Pauline Webber s'interroge : « Ses yeux, qu'est-ce qu'ils ont ? » et puis l'épaule de Brendan qui me cache la vue, et puis le visage de Holly, secoué de tics, et puis Dave qui demande : « Kath, tu ne crois pas qu'on devrait appeler un médecin, là ? » et puis la dernière lueur de conscience qui quitte le visage de Holly, et puis Brendan qui demande : « Tu crois que c'est une sorte de crise cardiaque, Maman ? » et puis Kath qui lui dit : « Son pouls est sacrément rapide, là », et puis le directeur qui annonce : « J'appelle une ambulance. » Mais alors les lèvres et la mâchoire de Holly se mettent à remuer ; elle prononce le mot « *Dix...* » d'une voix très confuse, similaire à celle d'une personne sourde de naissance, en plus grave et sur le plus traînant des tons, comme un enregistrement diffusé à la mauvaise vitesse, où les syllabes s'étirent à n'en plus finir, au ralenti.

Kath regarde Dave ; Dave hausse les épaules : « Dix quoi, Holly ?

– Elle dit quelque chose d'autre, Kath », intervient Ruth.

Holly s'apprête à lâcher un second mot : « *Quiiiiiinnnnnnn...* »

Peter Webber chuchote : « C'est de l'anglais ?

– Holly, ma chérie, l'interroge Dave, qu'est-ce que tu essaies de nous dire ? »

Holly est secouée de légers spasmes, si bien que sa voix tremblotte : « *zzz-zzz-zzzeeee...* »

Je sens bien que, d'une manière ou d'une autre, ce devrait être à moi de prendre les choses en main : après tout, c'est moi son compagnon. Mais je ne l'ai jamais vue dans un tel état... ni personne, d'ailleurs.

« Dix quinze ? » résume Peter.

Dave demande à sa fille : « Ma chérie, qu'est-ce qui se passe à dix heures quinze ?

– Ça ne veut rien dire, juge Brendan. Elle fait un AVC, un truc comme ça. » Le pendentif du dernier labyrinthe de Jacko tombe du rebord du canapé et se balance dans le vide. Puis Holly se touche le front, grimace de douleur, mais ses yeux ont recouvré leur apparence habituelle : elle parcourt du regard la ribambelle de têtes qui, de haut, la dévisagent avec inquiétude. « Oh, merde. Ne me dites pas que je me suis évanouie. »

D'abord, personne ne sait trop quoi lui répondre.

« Ça y ressemblait en tout cas, dit Sharon. Reste allongée.

– Tu te souviens de ce que tu as dit ? l'interroge Kath.

– Non, mais on s'en fiche : Aoife est touj… Si : c'étaient des nombres.

– Peut-être une heure, Hol, déclare Sharon. Tu as dit "dix quinze".

– Je me sens mieux, ça va. Qu'est-ce qui se passe à dix heures quinze ?

– Si toi, tu ne le sais pas, comment veux-tu qu'on sache, nous ? fait Brendan.

– Peu importe, ça ne va pas nous aider à la retrouver. Est-ce que quelqu'un a pris la suite de l'appel au commissariat ?

– Pour nous, tu étais en train de faire une crise cardiaque…, lui explique Kath.

– Eh bien, non, Maman, tu vois bien, mais merci quand même. Où est le directeur ?

– Ici, répond le pauvre bougre.

– Passez-moi le commissariat tout de suite, s'il vous plaît. Si je ne pousse pas une gueulante, ils vont continuer à traîner des pieds pour lancer un code 108. » Holly se lève et se dirige vers la porte ; nous autres sortons en nous marchant sur les pieds. À reculons, je me cale derrière le comptoir de la réception pour ne pas gêner, quand une voix m'interpelle : « Edmund. »

Je vois Dwight Silverwind, que j'avais complètement oublié. « Appelez-moi Ed.

– C'était un message. Il venait du Script.

– Comment ?

– C'était un message.

– Qu'est-ce qui était un message ?

– Dix quinze. C'est un signe, un indice. Ce n'était pas Holly qui parlait.

– C'est pourtant bien elle qui a prononcé ces mots.

– Ed, est-ce que Holly aurait des pouvoirs surnaturels ? »

Je n'arrive pas à dissimuler mon agacement. « Non, elle n'a... » Les gens-de-la-radio. « Bon, quand elle était petite, il s'est passé des choses, elle a eu... Oui, on pourrait dire ça. »

Des rides supplémentaires apparaissent sur le visage tombant et ligneux comme du chêne de Dwight Silverwind. « Je suis plus un diseur de bonne aventure qu'un voyant extralucide, je ne vous le cache pas. Les gens ont besoin de se confier sur leurs peurs et leurs espoirs, et je leur propose mes services. Mais, parfois, il arrive qu'il se passe réellement quelque chose. Quand cela se produit, je le sais. Le "dix quinze" de Holly. Il a un sens. »

Son faciès à la Gandalf, ma migraine, la jetée qui tournoie, Eilísh... Une voiture pourrait exploser n'importe quand... L'idée qu'Aoife soit perdue, effrayée, bâillonnée au scotch – *arrête arrête arrête...*

« Réfléchissez, Ed. Ce ne sont pas des nombres pris au hasard.

– Peut-être pas. Mais je... je suis nul pour déchiffrer les messages codés.

– Non, non. Ce Script n'a rien de sibyllin. La plupart du temps, c'est quelque chose qu'on a sous le nez, tellement près qu'on ne peut pas le voir. »

Il faut que je retrouve Aoife, moi. Ce n'est pas le moment de causer métaphysique. « Écoutez, je... je... » Dwight Silverwind se tient devant les casiers où sont rangées les clés des chambres. D'ailleurs, de nos jours, ces dernières sont devenues anachroniques, car la plupart des hôtels britanniques ou américains – mais pas irakiens – ont recours à des cartes magnétiques reprogrammables. Chaque case comporte une petite plaque en bronze sur laquelle est gravé le numéro de la clé qu'elle accueille. Et, à quinze centimètres de la tête de Dwight Silverwind, il y a une case numérotée 1015. 1015. La clé y est rangée.

C'est juste une coïncidence. Ne commence pas à « voir des signes » partout.

Dwight Silverwind suit mon regard consterné. *Quel degré d'improbabilité doit-on atteindre avant de pouvoir parler de « signe » ?*

« Joli coup, murmure-t-il. Je sais ce que je ferais, moi, à votre place. »

Le type de la réception me tourne le dos. Holly attend près du téléphone. Les autres sont au plus mal, abattus, livides. Un des amis de Sharon arrive : « Toujours pas de signe d'elle, mais on continue tous à chercher. » Austin Webber passe un coup de fil : « Lee ? Alors, toujours rien ? »

Je prends la clé de la chambre 1015, mes pieds m'entraînent jusqu'à l'ascenseur.

Vide, il m'attend. J'y monte et appuie sur le « 10 ».

Les portes se referment. Dwight Silverwind est toujours avec moi.

L'ascenseur arrive directement au dixième.

En sortant de la cabine, Silverwind et moi sommes accueillis par un silence de mort, ce qui me surprend, dans un hôtel bondé en plein mois d'avril. La lumière du soleil trace des obliques dans la poussière en suspension. Un panneau nous met en garde : « CHAMBRES 1000 À 1030 FERMÉES JUSQU'À NOUVEL ORDRE POUR TRAVAUX D'ÉLECTRICITÉ. ACCÈS STRICTEMENT INTERDIT. » Je me dirige vers la 1015, enfonce la clé dans la serrure, la tourne et entre. Silverwind reste à l'extérieur et, faisant mine d'ignorer la pensée superstitieuse qui voudrait que, si Aoife n'était pas à l'intérieur, plus jamais je ne reverrais ma fille, j'avance dans cette chambre qui sent le renfermé, et lance : « Aoife ? »

Pas de réponse. *Ça n'existe pas, les signes. Tu l'as perdue.*

Et puis le silence se froisse. Le couvre-lit remue. Recroquevillée sur le lit, elle est endormie tout habillée. « Aoife. »

Elle se réveille, l'air intrigué, me voit et sourit.

Ces quelques secondes se consument et se gravent dans ma mémoire.

Un soulagement pareil, ce n'est plus du soulagement : c'est de la joie.

« Aoife, ma puce, tu nous as tous fait très peur. »

Nous nous serrons fort dans les bras. « Pardon, Papa, mais tu t'es endormi, et moi, je n'avais toujours pas sommeil, alors j'ai voulu aller voir papi Dave pour jouer à Puissance 4, donc je suis montée par les escaliers, et puis, et puis je me suis perdue. Et puis j'ai entendu quelqu'un qui venait, enfin, je suis pas sûre, mais j'avais peur de me faire gronder, alors je me suis cachée ici, mais après, la porte ne s'ouvrait plus. Alors j'ai un peu pleuré et puis j'ai essayé de téléphoner, mais le téléphone marchait pas, alors après, j'ai dormi. C'est grave, Papa ? Tu peux me priver d'argent de poche si tu veux.

– Mais non, ma puce. On va retrouver Maman et les autres. »

Devant la chambre, Dwight Silverwind a disparu. Comment Holly pouvait savoir, bon sang ? On verra plus tard. Ça n'a pas beaucoup d'importance. Ça n'en a même aucune.

Le bruit de l'explosion s'est tu, mais une dizaine d'alarmes de voitures aux tessitures et motifs sonores variés se sont déclenchées. Je me suis souvenu de ce qu'on m'avait dit : se ruer à l'extérieur n'était pas la réaction la plus judicieuse, car des tireurs pouvaient guetter le site pour dégommer les survivants et les secouristes. Je me suis donc contenté de rester allongé là en tremblant pendant un petit moment, je ne sais plus combien de temps, puis je me suis relevé et suis redescendu dans le hall où le verre crissait sous mes chaussures. À genoux, M. Khufaji était penché au-dessus du cadavre de Tariq, le portier armé, qu'il tentait de ranimer à coups d'insultes. J'ai sans doute été la dernière personne à qui il a parlé. Big Mac et d'autres journalistes sortaient prudemment du bar, redoutant un deuxième assaut – souvent, le kamikaze n° 1 ouvre la voie, puis le kamikaze n° 2 fonce dans le tas pour porter le coup fatal aux cibles déjà affaiblies.

Mais le Safir n'a pas subi de nouvel assaut, et le temps est allé en s'étirant jusqu'à minuit. Étant donné que des étrangers étaient impliqués dans cette histoire, une unité paramilitaire accompagnée d'un « inspecteur Zerjawi » anglophone est arrivée plus rapidement qu'à l'accoutumée, inspectant le parvis de l'hôtel à la lampe torche en présence d'un M. Khufaji encore sous le choc. Je n'y suis pas allé.

Big Mac m'a rapporté que plusieurs voitures qui s'étaient trouvées devant avaient été réduites en miettes et qu'il avait vu quelques morceaux de cadavres. L'inspecteur Zerjawi a émis l'hypothèse qu'un des types de la sécurité avait tué le deuxième – on n'avait retrouvé qu'un cadavre – et laissé passer la voiture kamikaze. Le conducteur avait cherché à foncer à travers l'entrée vitrée pour pénétrer dans le hall et y déclencher sa bombe dans l'espoir que tout le bâtiment s'effondre. Mais un obstacle dans le parking avait dû – « Qui sait ? » – mettre à mal le projet initial, et le véhicule avait sauté à l'extérieur. Dieu avait été clément vis-à-vis de nous, nous a expliqué dans le bar le détective Zerjawi. Aussi, lui-même se montrerait généreux : moyennant huit cents dollars seulement, ses trois meilleurs officiers monteraient la garde dans le hall, faute de quoi il serait très difficile de garantir notre sécurité jusqu'au lendemain matin. Les terroristes sauraient que nous étions très vulnérables.

Après avoir organisé une collecte, certains de nous se sont rués sur leurs ordinateurs portables pour écrire ce qui s'était passé, tandis que d'autres ont aidé M. Khufaji à nettoyer, et quelques-uns sont allés se coucher, dormant du sommeil du bienheureux qui se sait encore en vie. Trop tendu pour choisir une de ces options, je suis monté sur le toit appeler Olive à New York. Son assistante a pris mon message : l'hôtel Safir avait subi une attaque à la voiture piégée, mais aucun journaliste n'avait été tué. Je lui ai également demandé de transmettre le message à Holly, à Londres. Puis je suis resté assis là à écouter les coups de feu, le bourdonnement des moteurs et des générateurs, les cris, les aboiements, les bruits de freinage, la musique, puis d'autres coups de feu encore : la symphonie de Bagdad. Pour une ville à moitié privée d'électricité, les étoiles brillaient d'une faible lueur, et la lune paraissait cirrhosée. Big Mac et Vincent Agrippa m'ont rejoint et ont passé des appels sur leurs téléphones satellites. Celui de Vincent ne fonctionnait pas, alors je lui ai prêté le mien. Big Mac nous a donné un cigare chacun pour fêter notre survie et Vincent a sorti une bonne bouteille d'on ne sait où. Sous l'influence des feuilles cubaines et du raisin de la vallée de la Loire, je leur ai confié que je devais ma survie à un chat. Vincent, en bon catholique, m'a dit que ce félin avait été envoyé par Dieu. « Pour le chat, je ne peux pas te dire, a commenté Big Mac. Mais tu as eu un sacré cul, Brubeck. »

Puis j'ai envoyé un SMS à Nasser pour lui dire que j'allais bien.

Le message n'est pas arrivé à son destinataire.

J'ai envoyé un SMS à Aziz pour lui dire de dire à Nasser que j'allais bien.

Le message n'est pas arrivé à son destinataire, non plus.

J'ai envoyé un SMS à Big Mac pour vérifier si le réseau fonctionnait.

C'était le cas. C'est alors qu'une terrible supposition m'a frappé.

Ce qui constitue certainement notre pire heure passée en tant que parents est déjà en train de se transformer en anecdote collective donnant lieu à plusieurs passages apocryphes et même à un ou deux interludes comiques. Voici ce que j'ai raconté à la foule radieuse du lobby : m'étant dit qu'en cherchant la chambre de ses grands-parents, Aoife avait peut-être grimpé de deux étages au lieu d'un seul, j'étais monté vérifier ma théorie et avais trouvé une femme de chambre qui avait bien voulu me laisser visiter toutes les chambres. La troisième tentative avait été la bonne : j'avais eu un pot incroyable. Tout le monde était si soulagé que personne n'a pensé à mettre en cause mon récit, bien qu'Austin Webber ait ronchonné au sujet des règles de sécurité et de ces satanées portes derrière lesquelles les enfants finissent enfermés. Pauline Webber a ajouté : « Quelle chance que vous ayez eu cette idée ! Cette pauvre petite Aoife aurait pu rester coincée pendant des jours ! Mieux vaut ne pas y penser ! » Ce à quoi j'ai acquiescé. Un vrai coup de bol. Je n'ai pas parlé du numéro de la chambre dans laquelle j'avais retrouvé Aoife : avec ce détail trop digne d'un épisode d'*X-Files*, nous aurions volé la vedette au mariage de Sharon et Peter. Et puis, il y a vingt minutes, du haut du balcon du Maritime, en regardant la jetée qui brillait la nuit, j'ai tout raconté à Holly. Comme d'habitude, j'ai été incapable de deviner ce qu'elle pensait.

« Je vais prendre une douche vite fait », a-t-elle annoncé.

Aoife est bien bordée dans son lit avec Snowy, son renard polaire.

En bas, toute une flotte de motos aux pétarades bien accordées défile.

Cela fait des heures que nous parlons. C'est une agréable nouveauté. Holly est allongée à côté de moi, la tête sur mon épaule et la cuisse sur mon torse. Nous n'avons pas fait l'amour, mais je sens renaître entre nous une intimité que j'avais presque oubliée. « C'était différent des visions que j'avais avant, tu sais, quand je voyais ce qui n'était pas encore arrivé, m'explique Holly. Des prémonitions.

– Est-ce que c'était plus comme le truc de ton enfance, là, les gens-de-la-radio ? »

Long silence.

« Aujourd'hui, c'est comme si, moi, j'avais été la radio.

– Comme si tu captais les fréquences de quelqu'un ?

– C'est dur à décrire. C'est angoissant. Tomber dans les vapes, comme ça. Tu es dans ton corps et, en même temps, tu n'y es plus. Et puis c'est tellement gênant, quand tu reviens à toi avec tout ce monde autour, comme… comme au chevet d'un mourant à l'époque victorienne. Qu'est-ce qu'ils ont dû se dire, les Webber. »

J'ai toujours été circonspect vis-à-vis des soi-disant pouvoirs surnaturels de Holly, mais si on a pu retrouver notre fille aujourd'hui, c'est grâce à ces dons. Mon agnosticisme est ébranlé. Je l'embrasse sur la tête. « Un jour, il faudra que tu écrives, que tu racontes tout ça, ma chérie, c'est… fascinant.

– Comme si ça intéressait quelqu'un, mes histoires de folle.

– Tu te trompes. Les gens meurent d'envie de savoir qu'il y a plus que… »

Des cris provenant de la fête foraine sur la jetée volent au-dessus de la mer calme et s'engouffrent par la fenêtre légèrement entrebâillée.

« Hol » – je comprends que je m'apprête à tout lui révéler –, « à Bagdad, mon fixeur Nasser et mon photographe Aziz al-Karbalai. Ils ont été tués dans l'attentat à la voiture piégée de l'hôtel Safir, la semaine dernière. C'est ma faute s'ils sont morts. »

Holly roule sur le côté et se redresse. « De quoi est-ce que tu parles ? »

Holly ramène ses genoux sous son menton. « Tu aurais dû m'en parler. »

Je m'essuie les yeux sur le drap. « Avec la noce de Sharon, ce n'était pas le meilleur moment. Mets-toi à ma place.

– C'étaient tes collègues. Tes amis. Imagine que Gwyn soit morte et que je mette plusieurs jours avant de cracher le morceau. Il y a eu des obsèques ?

– Oui… pour ce qu'on a réussi à retrouver d'eux. Mais je n'ai pas pu y aller, c'était trop dangereux. » Un rire éméché parcourt le couloir de l'étage. J'attends qu'il soit passé. « Il faisait trop sombre pour y voir quoi que ce soit de nuit, mais, au petit matin, quand le soleil s'est levé, il y avait… des morceaux de la voiture du kamikaze et de la Corolla de Nasser… M. Khufaji avait installé devant l'hôtel une sorte de topiaire – tu sais, ces arbustes taillés dans des pots. Un geste symbolique évocateur de temps plus civilisés. Entre deux de ces pots, il y avait… il y avait… il y avait un tibia auquel était rattaché un pied et une… une chaussure en toile. J'ai vu bien pire au Rwanda, et n'importe quel troufion en Irak voit des choses plus horribles vingt fois par jour. Mais quand j'ai reconnu la chaussure – c'était celle d'Aziz – j'ai vomi mes tripes. » *Ressaisis-toi.* « Plus tôt dans la journée, Nasser avait enregistré des entretiens avec les patients d'une clinique aux environs de Falloujah. Le lendemain, c'est-à-dire il y a une semaine pile, il était censé venir en faire la transcription. Il m'avait laissé le dictaphone par sécurité. On s'était salués. J'étais rentré à l'hôtel. Le démarreur de Nasser était foutu, et j'imagine qu'Aziz est sorti pour pousser, ou pour la démarrer avec les pinces, plus probablement. Le kamikaze visait le hall de l'hôtel ; il espérait sans doute que l'immeuble s'effondre ensuite, ça aurait peut-être marché, l'explosion a été énorme, mais bon, sa voiture est rentrée dans celle de Nasser et… » *Ressaisis-toi.* « Nom de Dieu, les larmes me sortent du nez, maintenant ! C'est possible, tu crois, d'un point de vue anatomique ? Donc, voilà : les filles de Nasser n'ont plus de papa, parce que Nasser m'a déposé un peu tard, à l'heure des attaques au véhicule piégé, devant un hôtel pour Occidentaux. »

Dans la chambre voisine, j'entends une bataille spatiale de film hollywoodien.

Elle me touche le poignet. « Tu sais bien que ce n'est pas si simple. C'est ce que toi-même tu me disais quand je m'autoflagellais à propos de Jacko. »

Aoife, qui rêve, émet un son, un peu comme un harmonica solitaire.

« Oui, je sais : c'est la faute au 11-Septembre, à Bush et à Blair, à l'islam radical, à l'occupation, aux choix de carrière de Nasser, à Olive Sun et à *Spyglass*, à cette Corolla complètement pourrie qui a refusé de démarrer, à un mauvais timing tragique, oui, à un million de petits interrupteurs, je sais, mais c'est aussi à cause de moi. C'est Ed Brubeck qui les avait embauchés. Nasser avait besoin de nourrir sa famille. La raison pour laquelle ils étaient là, c'est moi… » Je m'étrangle, puis je me reprends. « Je suis accro, Holly. La vie me paraît insipide quand je ne travaille pas. Ce que Brendan a nié avoir sous-entendu hier, c'était la vérité. Rien que la vérité, et toute la vérité. Je suis… Je suis accro aux zones de conflit. Et je ne sais pas comment m'en sortir. »

Holly se brosse les dents, et un pan de lumière vanillée tombe sur Aoife. Regardez-la, cette petite fille plus si petite, intelligente, fofolle, révélée à la faveur d'une échographie il y a presque sept ans. Je me rappelle, quand nous avons annoncé la nouvelle à nos amis et à nos proches, la joie et la surprise du clan Sykes, et les regards amusés quand Holly a ajouté : « Non, Maman, pas question qu'Ed et moi, on se marie. On est en 1997, pas en 1897, je te rappelle. » Et ma mère à moi, dont la leucémie gangrenait déjà la moelle osseuse, qui s'est exclamée : « Oh, Ed ! » avant de fondre en larmes, et moi qui lui ai dit : « Pourquoi tu pleures, Maman ? » et elle, de répondre en riant : « Je ne sais pas ! » Et je me souviens de cette « Petite Bosse » qui grossissait, jusqu'à ce que le nombril de Holly se retourne ; et des coups de pied de la Petite Bosse ; et des heures passées au Spence Café de Stoke Newington à dresser des listes de prénoms de fille – Holly *savait* que c'en était une, elle, bien entendu ; et de l'inexplicable peur des plaques de verglas et des agressions à Londres qui m'avait pris pendant mon voyage à Jérusalem. Et puis la nuit du 30 novembre, Holly qui m'avait lancé depuis la salle de bains : « Brubeck, va chercher tes clés de voiture ». Puis le trajet en trombe jusqu'à la maternité, où Holly s'était fait massacrer par une douleur inconnue d'elle jusqu'alors, une douleur nommée accouchement ; et les horloges qui allaient six fois plus vite que la vitesse normale du temps, jusqu'à ce que Holly tienne dans ses bras un mutant luisant à qui elle avait dit : « On t'attendait, tu sais » ; et le Dr Shamsie, l'obstétricien pakistanais qui insistait : « Non, non, non, monsieur Brubeck, c'est vous qui allez couper le cordon, vous *devez* le faire. Ne faites pas votre chochotte, vous en avez vu d'autres au cours de vos missions » ; et enfin, les pichets de thé au lait et les assiettes de sablés dans une petite salle au bout du couloir. Aoife découvrait les joies du lait maternel, et Holly et moi nous sommes alors rendu compte que nous avions une faim de loup.

Notre tout premier petit-déjeuner en famille.

CRISPIN HERSHEY
OU LE MONDE EN SOLITAIRE
2015

1er MAI

Les divinités galloises de la pluie pissent sur les toits, les chapiteaux du festival, les parapluies de Hay-on-Wye et sur Crispin Hershey qui, remontant à grands pas une ruelle dont le caniveau glougloute, entre dans la librairie The Old Cinema, se frayant un chemin jusqu'à son tréfonds pour y réduire en confettis le numéro de la semaine de la *Piccadilly Review*. Pour qui diable, sur cette planète en déliquescence, Richard Cheeseman se prend-il, cette espèce d'hippopotame de l'école de la jaquette-à-velours-côtelé, avec sa barbe de poils pubiens ? Je ferme les yeux, mais les mots de sa critique continuent à défiler telle une info de dernière minute. « J'ai eu beau me décarcasser, je n'ai absolument rien trouvé qui puisse atténuer la sidérante impression de nullité que m'a laissée le tant attendu roman de Crispin Hershey. » Comment ose-t-il, ce gros minou gluant de sperme, ce gros plein de soupe qui me cirait les pompes aux sauteries de la Royal Society of Literature ? « À Cambridge, du temps de ma jeunesse, j'en étais venu aux mains pour défendre l'honneur d'*Embryons desséchés*, le premier chef-d'œuvre de Hershey, et encore à ce jour, c'est avec fierté que je porte cette cicatrice à l'oreille. » Qui donc a soutenu la candidature de Richard Cheeseman à l'English PEN ? Moi. Moi-même ! Et voilà comment il me remercie : « Dire de *Réduire Écho au silence* que c'est un roman d'une monstrueuse bêtise puérile et flatulente, c'est insulter à la fois les enfants, les flatulences, et les monstres. » Haletant, rageant, j'écrabouille ce qui reste du magazine déchiré.

J'en pleurerais, cher lecteur, je te l'assure. Kingsley Amis fanfaronnait quand il racontait qu'une mauvaise critique pouvait peut-être lui gâcher le petit-déjeuner, mais pas le déjeuner, nom d'un chien. C'est qu'il n'a pas connu l'ère de Twitter, lui qui vient d'une époque où les critiques littéraires lisaient vraiment les épreuves, et en toute indépendance d'esprit. De nos jours, ces derniers se contentent de se forger une opinion sur Google, et, grâce à Richard Cheeseman et son massacre à la tronçonneuse, voici ce qu'ils se verront proposer au sujet du roman marquant mon retour sur la scène littéraire : « Pourquoi donc *Réduire Écho au silence* est-il un fiasco littéraire ? *Primo*, Hershey est tellement soucieux d'éviter les lieux communs que chacune de ses phrases est aussi torturée qu'un lanceur d'alerte américain. *Secundo*, il faut voir avec quelle violence la sous-intrigue fantastique et les prétentions du livre à donner la température du monde actuel entrent en collision : personnellement, je n'ose pas regarder le carnage. *Tercio*, quand un écrivain crée un personnage d'écrivain, c'est assurément qu'il a perdu son génie créatif. » FRAPPEZ-MOI, indique l'écriteau accroché par Richard Cheeseman au cou de *Réduire Écho au silence*, au moment où il me faudrait une renaissance commerciale. Nous ne sommes plus dans les années quatre-vingt-dix, au cours desquelles mon agent Hal Grundy – dit « la hyène » – sortait de son chapeau un à-valoir de cinq cent mille livres sterling aussi facilement qu'une chandelle de son prodigieux tarin, non : nous sommes officiellement dans la décennie-de-la-mort-du-bouquin. Quarante mille livres sterling partent chaque année dans l'éducation des gamines, et le petit *pied-à-terre** d'Outremont – quartier des nantis de Montréal – a peut-être rendu son sourire à Zoë, mais, financièrement parlant, cette dépense m'a privé de mon immortalité, une première depuis qu'Hal-la-hyène m'a décroché le contrat d'*Embryons* *desséchés*. Mon iPhone gazouille. Quand on parle du loup : un message d'Hal.

ca commence ds 45 min. o frere ou es tu ?

Les hyènes hurlent. *The show must go on*.

C'est parti, indique au régisseur d'un signe de tête cette chère Maeve Munro, vieux loup de mer de l'émission culturelle phare de la BBC Two. J'attends en coulisse, pendant qu'on m'équipe d'un micro-cravate. L'attachée de presse parcourt ses messages. Le régisseur me demande de m'assurer que mon portable est éteint. En vérifiant, je m'aperçois que j'ai deux SMS : un de Qantas Air Miles, et un autre sur le ramassage des ordures. Pendant la période idyllique de notre mariage, Mme Zoë Legrange-Hershey m'envoyait des messages du genre *Mets-les au tapis, champion !* avant mes représentations, mais aujourd'hui, elle ne me demande même plus dans quel pays je me rends. Pas de petit mot des filles, non plus. Juno joue sans doute à distance avec ses camarades de classe – ou des pervers se faisant passer pour tels – à Tunnel Town ou à la toute dernière appli en vogue, tandis qu'Anaïs lit un livre de Michael Morpurgo. Pourquoi n'écris-je pas des histoires destinées à la jeunesse dans lesquelles des enfants solitaires se lient d'amitié avec des animaux ? Parce que cela fait vingt ans que je tiens le rôle de l'enfant terrible des lettres britanniques, voilà pourquoi. Dans le monde de l'édition, il est plus simple de changer de sexe que de genre littéraire.

L'éclairage de la salle se tamise, celui de la scène s'intensifie et l'auditoire se tait. Le visage télégénique de Maeve Munro s'illumine, et son accent écossais typique des Orcades envahit tout le chapiteau. « Bonsoir. Maeve Munro en direct de l'édition 2015 du festival littéraire de Hay. Dès son premier roman, *Voir Wanda en peinture*, publié alors qu'il était encore étudiant, Crispin Hershey a gagné ses lettres de noblesse en tant que maître du style et chroniqueur de notre temps à la plume acerbe. Le Brittan, prix littéraire hautement convoité, lui a jusqu'à présent échappé – un scandale –, mais ils sont nombreux à croire que, en 2015, la gloire pourrait lui sourire. Il est venu nous lire un extrait de *Réduire Écho au silence*, son nouveau roman attendu depuis cinq ans. Veuillez sans plus attendre vous joindre à notre fier sponsor la banque FutureNow et moi-même pour accueillir… Crispin Hershey ! »

Applaudissements soutenus. Je m'approche du pupitre. Salle comble. Encore heureux, nom d'une turlute, déjà qu'on m'a relégué du PowerGen et ses six cents places, à « un cadre plus intimiste ». Mon éditeur Oliver est au premier rang, en compagnie d'Hal-la-hyène ainsi que de Nick Greek, son dernier client en date, futur « jeune et sexy Américain en vogue ». J'attends que le silence se fasse. La pluie tambourine sur la toile du chapiteau. La plupart des écrivains remercieraient l'auditoire d'être venu ce soir par un si mauvais temps, mais pour Hershey, les rudoyer, c'est piquer leur curiosité au vif ; il ouvre *Réduire Écho au silence* à la page une.

Je me racle la gorge. « J'attaque directement… »

Une fois la dernière ligne lue, je retourne à mon fauteuil. Envole-toi, petit applaudimètre : pas mal, pour un contingent de citadins aux retraites confortables gavés de caramels mous artisanaux et de cidre bio. Ils se sont esclaffés quand mon protagoniste Trevor Delavant s'est retrouvé littéralement scotché sur le toit de l'Eurostar, ont gesticulé sur leurs sièges quand Titus Hurt est tombé sur un doigt dans son pâté en croûte, et jubilé au dénouement – la scène du pub de Cambridge, qui, déclamée lors d'événements littéraires de ce genre, prend des accents poétiques qu'Auden ne renierait pas. *Ça s'est bien passé*, me dit avec entrain le visage de Maeve Munro, ce à quoi le mien lui répond : *Tu en doutais ?* Hershey a grandi au milieu de comédiens, et les moqueries de mon père à l'encontre de notre diction à mon frère et moi n'ont pas été vaines, loin s'en faut. Les dernières paroles de mon père, si je me fie à ma mémoire, ont été : « On dit "qui est-ce qui", pas "c'est qui qui", espèce de gougnafier… »

« Avant de commencer les échanges avec le public » – Maeve Munro s'adresse à tout le chapiteau –, « j'ai moi-même quelques questions à vous adresser. Puis nous ferons circuler le micro dans la salle. Alors, Crispin, dans la *Newsnight Review* de ce vendredi, l'éminente critique littéraire Aphra Booth a qualifié *Réduire Écho au silence* d'"archétype du roman dont l'auteur est un homme en pleine crise de la quarantaine". Une réaction ?

– Eh bien, je dirais qu'elle vise juste… » Je prends tout mon temps pour boire une gorgée d'eau. « Si, comme Aphra Booth, on considère que lire un livre consiste à parcourir la quatrième de couverture dans les toilettes du foyer des artistes une minute avant de passer à l'antenne. »

Maeve Munro, qu'on voit souvent boire et se trémousser en compagnie d'Aphra Booth au Mistletoe, rit jaune à ma plaisanterie. « Je vois… Et la critique plutôt réservée de Richard Cheeseman…

– Dans tout baptême digne de ce nom, il y a toujours une vieille tante jalouse pour cracher son venin. » Rires, stupéfaction, tempête en vue sur Twitter. Le *Telegraph* retranscrira le propos en première page de sa section culturelle. Richard Cheeseman fera en sorte que son association de lutte en faveur des droits des homosexuels me décerne le grand prix de l'intolérance 2015. *Bonne publi$ité*, doit penser en ce moment même Hal-la-hyène alors que l'adorable Nick Greek, lui, a l'air perplexe. Ils sont si fichtrement gentils entre eux, ces auteurs américains, qui s'invitent mutuellement dans leurs lofts de Brooklyn et s'écrivent des lettres de recommandation quand un poste à l'université est en jeu. « Poursuivons, puisque nous avons un peu d'avance, reprend Maeve, dont les trilles flûtés perdent de leur mordant.

– Qu'est-ce qui vous fait croire que vous "avez un peu d'avance", Maeve ? »

Petit sourire : « Le principal protagoniste de *Réduire Écho au silence* est, comme vous-même, romancier ; cependant, dans vos mémoires, intitulés *À suivre*, vous qualifiez les romans où il est question de romanciers de, je cite, "incestueux". Doit-on comprendre qu'avec le personnage de Trevor Delavant, vous faites volte-face, ou bien que, aujourd'hui, l'inceste ne vous paraît plus si déplaisant ? »

Je me renfonce dans mon siège en souriant, tandis que les groupies de mon intervieweuse poussent des gloussements. « Au sujet de l'inceste, je me garderai bien de faire la leçon à une personne originaire de l'archipel des Orcades, mais ce que je peux vous dire, c'est qu'un romancier qui ne changerait jamais de point de vue réécrirait éternellement le même roman. Ou finirait par animer un atelier d'écriture dans une fac du nord de l'État de New York réservée aux plus favorisés.

– Soit » – sans surprise, Maeve Munro paraît contrariée –, « mais quand un politicien change d'opinion, on dit qu'il retourne sa veste.

– Frederik Willem de Klerk avait changé d'opinion au sujet de Nelson Mandela qu'il avait qualifié de terroriste, improvisé-je. Gerry Adams et Ian Paisley ont changé d'opinion, vis-à-vis des violences commises en Ulster. J'ai envie de dire : "Vive ceux qui retournent leur veste."

– Il y a une question que je voudrais vous poser. Dans quelle mesure Trevor Delavant, dont la moralité est résolument à géométrie variable, tient-il de son créateur ?

– Trevor Delavant est un fumier misogyne qui mérite bien ce qui lui arrive à la dernière page. Maeve, ma chère, expliquez-moi comment ce salaud de Trevor » – je lui décoche un sourire innocent – « pourrait être calqué sur Crispin Hershey ? »

Les bois et les collines du Herefordshire apparaissent vaguement au loin, dans le crépuscule brumeux. L'air humide me tamponne le front comme la serviette rafraîchissante qu'on sert en classe affaires. Moi, un lutin de ce festival, l'attachée de presse et Oliver l'éditeur foulons les planches de la promenade aménagée au-dessus du gazon détrempé et qui chemine devant des stands où l'on vend des cupcakes sans gluten, des panneaux solaires, des éponges naturelles, des sirènes en porcelaine, des carillons à vent accordés en fonction de l'aura de votre *chi*, des portions de curry vert sans OGM vendues dans des barquettes biodégradables, des liseuses numériques et des dessus-de-lit de Hawaï brodés à la main. Le visage de Hershey revêt sa moue méprisante afin de tenir à distance les importuns, mais une petite voix dans sa tête chante : *Ils savent qui tu es, ils te reconnaissent, tu es de retour, tu ne les as jamais vraiment quittés…* Quand nous atteignons les tables réservées aux dédicaces dans la tente de la librairie, nous nous arrêtons tous les quatre, stupéfaits. « Hé bien, Crispin, déclare Oliver l'éditeur, en me tapant dans le dos.

– Même pour Tony Blair, il n'y avait pas eu autant d'affluence », juge le lutin.

– Un vrai triomphe ! » se réjouit l'attachée de presse.

Le lieu est bondé de chalands canalisés par des gros bras en une sinueuse file d'attente de fidèles de Crispin Hershey. *Regarde ce à quoi j'ai œuvré, Richard Cheeseman, et déchante donc ! D'ici ce week-end,* Réduire Écho au silence *partira en réimpression et un énorme paquet de fric filera tout droit vers la maison Hershey !* Victorieux, je gagne la table qui m'est attribuée, m'y assieds, vide d'un trait le verre de blanc que le lutin m'a servi, dégaine mon stylo-feutre…

… et comprends que tous ces gens ne sont pas venus pour moi, foutredieu, mais pour une femme assise à une table située à trois mètres de la mienne. Il n'y a qu'une quinzaine de personnes qui font la queue pour moi. Ou plutôt une dizaine. Au lieu de jeunes craquantes, je me paie des vieilles croûtes. Oliver-mon-éditeur a un teint de poulet avarié ; je jette alors un regard noir à l'attachée de presse, attendant des explications de sa part. « Euh, c'est Holly Sykes. »

Oliver reprend des couleurs. « C'est *elle*, Holly Sykes ? Nom de Dieu.

– Holly Scheisse, qui c'est, ça, bon sang de biroute ? maugréé-je.

– Holly Sykes, me reprend l'attachée de presse, qui n'a pas vu que je me montrais sar*caus*tique. L'auteur d'une autobiographie spirituelle intitulée *Les Gens-de-la-radio*. Dans *Je suis une célébrité, sortez-moi de là !* Prudence Hanson – l'artiste – a été vue en train de le lire, et les ventes ont crevé le plafond. Le directeur du festival a programmé une rencontre à la dernière minute, et toutes les places de la salle FutureNow ont été vendues en quarante minutes.

« Trois fois hourra pour ce festival, véritable Woodstock de l'esprit. » J'examine la fameuse Sykes : silhouette maigre, air sérieux, traits marqués ; environ quarante-cinq ans, brune avec quelques cheveux blancs qui pointent à l'horizon. Aimable avec son public : chacun a droit à une parole attentionnée, ce qui montre qu'elle a jusqu'à présent très peu dédicacé de livres. Jaloux, moi ? Nenni. Si elle croit à son baratin mystique, alors c'est une folle doublée d'une idiote. Si elle a tout inventé, alors c'est une bonimenteuse. Jaloux de quoi ?

L'attachée de presse me demande si je suis prêt à commencer les dédicaces. J'acquiesce. Le lutin me demande si je désire un autre verre. « Non », lui réponds-je. Je ne vais pas rester bien longtemps. Mon premier client approche. Son costume marron froissé appartenait probablement à son défunt père et il a les dents caramel. « Je suis vraiment le plus grand de tous vos fans, monsieur Hershey, et ma mère qui nous a quittés... »

Achevez-moi. « Un gin tonic, demandé-je au lutin. Et plus gin que tonic. »

Ma dernière cliente, une certaine Volumnia de Coventry, a eu l'obligeance de partager avec moi les réflexions de son groupe de lecture à propos de *Singe rouge* qu'ils ont « plutôt bien aimé », même s'ils ont trouvé que la trop grande répétition des adverbes « fichtrement » et « foutrement » était agaçante. Hershey a su saisir la perche qui lui était tendue, cher lecteur : « Alors pourquoi avoir choisi ce fichu bouquin, foutredieu ? » Puis trois revendeurs ont déboulé : ils voulaient que je leur signe une pile de vieilles éditions d'*Embryons desséchés*, ce qui en aurait fait grimper la valeur à cinq cents livres sterling l'exemplaire. « Et en quel honneur ? » L'un des trois lascars a cherché à me tirer des larmes en me racontant qu'ils étaient venus « spécialement d'Exeter pour ça, mon ami, et puis ça vous coûte rien de mettre votre nom, hein » ; alors je lui ai dit que j'étais d'accord, à condition qu'il me règle rubis sur l'ongle les cinquante pour cent du bénef escompté. *Mon ami*. Il s'est volatilisé dans un nuage de pauvreté. Prochaine escale : la soirée inaugurale du festival qui se tient au pavillon BritFone, où j'aurai à souffrir une brève entrevue avec Leurs Altesses Roger et Suze Brittan. Je me lève… et sens le laser d'un tireur embusqué sur mon front. Qui est-ce ? Je regarde autour de moi : Holly Sykes m'observe. Un véritable écrivain, ça doit l'intriguer. J'interpelle l'attachée de presse d'un claquement de doigts. « C'est moi la célébrité. Sortez-moi d'ici. »

En chemin vers le pavillon Britfone, nous passons devant la tente-fumoir, sponsorisée par Win²Win, premier négociateur européen de greffons « éthiquables ». J'annonce à mes chaperons que je les rejoindrai dans un instant, mais Oliver l'éditeur propose de m'accompagner, aussi je l'avertis que les non-fumeurs qui ne s'en grillent pas une s'exposent à une amende de deux cents livres : il comprend le sous-entendu. L'attachée de presse joue les mères poules en vérifiant que j'ai bien le laissez-passer qui me permettra de franchir la ligne des videurs.

Je lui montre la carte plastifiée que je me refuse à porter au cou. « Si je me perds, la rassuré-je, je retrouverai mon chemin en me fiant au son des couteaux qui s'enfoncent entre les vertèbres. » À l'intérieur de la tente Win²Win, mes frères de l'ordre de la Nicotine, assis sur des tabourets, tchatchent, lisent ou fixent d'un œil vitreux l'écran de leurs smartphones tandis que leurs doigts s'affairent. Nous sommes les vestiges d'un temps où il était normal de pouvoir fumer dans les cinémas, les avions et les trains, une époque où l'on identifiait le héros hollywoodien à sa cigarette. De nos jours, même les méchants ont cessé de fumer. Maintenant, on peut vraiment dire que le tabac est le moyen d'expression de l'esprit rebelle : c'est, pour ainsi dire, devenu foutrement illégal ! Mais que serions-nous sans nos addictions ? Insipides et dépourvus d'aspérités. Comment ferions-nous carrière ! Papa était accro au tohu-bohu du tournage d'un film. Zoë carbure aux régimes en vogue, aux comparaisons biaisées entre Londres et Montréal et à son obsession de veiller à ce que Juno et Anaïs prennent bien leurs vitamines.

J'allume ma cigarette, me fumige les alvéoles pulmonaires en caressant de sombres pensées à l'endroit de Richard Cheeseman. Il faut que quelqu'un s'en prenne à sa réputation et à son gagne-pain ; on verra bien s'il saura s'en remettre d'un simple : « Pas question que ça gâche mon déjeuner, nom d'un chien. » J'écrase ma cigarette, m'imaginant que je le fais dans l'œil de ce fat de Cheeseman.

« Monsieur Hershey ? » Un garçon gras, court sur pattes et qui porte des lunettes ainsi qu'une veste Burberry bordeaux interrompt ma revanche fantasmatique. Il a le crâne rasé, le visage joufflu et la mine maladive, comme Piggy dans *Sa Majesté des mouches*.

« La séance de dédicace est terminée. Revenez dans cinq ans.

– Non, je suis venue vous donner un livre. » Ce garçon est en réalité une fille au léger accent américain. Une Américaine originaire d'Asie, ou plutôt, à moitié originaire d'Asie.

« Et moi, je voudrais bien fumer. Ces dernières années ont été éprouvantes. »

Faisant fi de mes sous-entendus, la fille me présente un mince ouvrage. « Ma poésie. » Publiée à compte d'auteur, évidemment. « *Les Animavores*, de Soleil Moore.

– Je ne lis pas les manuscrits que je n'ai pas demandés.

– L'humanité vous demande de faire une exception.

– Vous allez me trouver grossier, mademoiselle Moore, mais je préfère encore m'auto-cureter le canal radiculaire, voire me réveiller à côté d'Aphra Booth dans la cage nuptiale d'un zoo extraterrestre, ou encore prendre six coups de feu à bout portant dans le cœur, plutôt qu'avoir à lire votre poésie. Vous comprenez ? »

En restant calme, Soleil Moore me fait une ostensible démonstration de ses qualifications de cinglée patentée. « Personne ne voulait de la production de William Blake non plus.

– William Blake avait ce mérite d'être William Blake.

– Monsieur Hershey, si vous ne la lisez pas et que vous n'agissez pas, vous vous rendrez complice d'animacide. » Elle dépose *Les Animavores* près du cendrier ; elle voudrait bien que je lui demande ce que signifie le titre. « Vous figurez dans le Script », annonce-t-elle, comme si c'était en soi une explication, puis elle déguerpit enfin, s'imaginant avoir fait mouche avec un argument massue. J'inhale quelques bouffées de plus, en écoutant les conversations alentour : « Elle a dit "Hershey" : je me suis bien dit que c'était lui. – Mais non, impossible, Crispin Hershey n'est pas aussi vieux. – Demande-lui. – Non, toi, demande-lui. » On m'a repéré : j'écrase mon bâtonnet de mort et quitte en hâte l'éden des fumeurs.

Le pavillon BritFone a été conçu par un éminent architecte dont je n'ai jamais entendu parler qui, dans cette réalisation, « cite » le mur d'Hadrien, la Tour de Londres, un manoir tudorien, les HLM d'après-guerre, le stade de Wembley et un gratte-ciel du quartier des docks de Londres. Une flaque de gerbe qui résulte d'un infâme frichti. Un coup d'œil en haut de la flèche, où flotte l'hologramme d'un drapeau frappé du logo BritNet, puis on pénètre dans l'édifice via une réplique deux fois plus grande que nature de la célèbre porte noire du 10, Downing Street. Les types de la sécurité arborent le même costume que les hallebardiers de la Tour de Londres ; l'un d'eux me demande mon laissez-passer de VIP. Je fouille ma veste, puis mon pantalon, puis de nouveau ma veste. « Oh, foutrechien, je l'ai oublié quelque part… Écoutez, je suis Crispin Hershey.

– Désolé, monsieur, dit le hallebardier. Pas d'invitation, pas d'entrée.

– Regardez donc dans votre petite liste. Crispin Hershey. L'écrivain. »

Le hallebardier secoue la tête. « J'ai reçu des consignes claires.

– Mais j'ai participé à une foutue rencontre ici il y a une heure à peine. »

Arrive un deuxième hallebardier, dont l'œil brille de la lueur du fan. « Ne me dites pas que… Vous êtes vraiment… ? Oh mon Dieu, c'est lui !

– Oui, c'est bien moi. » Je lance un regard furieux au premier. « Merci. »

Le valeureux hallebardier me fait traverser le petit hall d'entrée où les simples mortels subissent une fouille au corps et voient le contenu de leurs sacs examiné. « Veuillez nous excuser, monsieur. Le président afghan est présent ce soir, nous sommes en alerte orange. Mon collègue n'est pas très *au fait** de la fiction contemporaine. Et, pour être honnête, vous paraissez plus vieux sur les portraits de vos quatrièmes de couverture. »

Pour le plaisir, je demande une seconde écoute du compliment. « C'est vrai ?

– Si je ne vous admirais pas autant, monsieur, je ne vous aurais pas reconnu. » Nous pénétrons dans le pavillon à proprement parler où se côtoient plusieurs centaines de personnes, mais le valeureux hallebardier a une faveur à me demander : « Écoutez, monsieur, je ne devrais pas vous embêter, mais… » – il sort un livre caché sous son grotesque uniforme – « … votre nouvel opus est ce que vous avez écrit de meilleur. Je suis allé me coucher avec et l'ai lu d'une seule traite jusqu'à l'aube ! La mère de ma fiancée est une très grande admiratrice, elle aussi, alors, si ça ne vous dérange pas trop, ce serait l'occasion de marquer quelques points avant le mariage… »

Je sors mon stylo-plume et le hallebardier me tend son livre déjà ouvert à la page de titre. Seulement, au moment où la pointe touche le papier, je remarque que je m'apprête à signer un roman intitulé *Des secrets bien gardés* de Jeffrey Archer. Je lève les yeux et regarde le hallebardier pour vérifier qu'il n'est pas en train de me faire marcher, mais non : « Est-ce que vous pouvez écrire "Pour Bridie, au jour de votre soixantième anniversaire, de la part de lord Archer" ? »

Un célèbre éditorialiste du *Times* se tient à un mètre de nous.

« Très heureux que ça vous ait plu », dis-je au videur après avoir terminé la dédicace.

Il y a dans le pavillon suffisamment de célébrités au mètre carré pour alimenter en énergie un petit soleil : j'entrevois deux Rolling Stones, un Monty Python, l'adolescent quinquagénaire qui présente un magazine consacré aux voitures et qui plaisante avec un coureur cycliste américain en disgrâce, un ancien secrétaire d'État américain, un ancien entraîneur de football qui sort une autobiographie tous les cinq ans, un ancien chef du MI6 qui accouche tous les ans au forceps d'un polar de troisième catégorie, et une astronome aux lèvres pulpeuses connue pour ses émissions télévisées, qui, elle au moins, écrit des ouvrages traitant d'astronomie. Nous sommes tous ici pour la même raison : nous avons des bouquins à refourguer. « Tiens, tiens, c'est un spectacle bien rare que celui qui s'offre à moi, me susurre à l'oreille un vieux croûton près du bar à champagne. Un véritable écrivain dans un festival littéraire. Comment va la vie, Crispin ? »

L'inconnu encaisse le regard cinglant de Hershey tel un homme dans la fleur de l'âge, qui ne craint plus rien, surtout pas les dégâts infligés par le vandalisme du temps à son visage. Les rides profondes, le nez du buveur de whisky, les valises sous les yeux, les paupières tombantes. Un foulard de soie dépasse de la poche de sa veste et il arbore un élégant borsalino, mais foutrediable : comment peut-on supporter d'être en phase terminale de vieillesse ? « Vous êtes ?

– Je suis ton futur proche, fiston. » Il tourne de côté sa tête d'ancien bellâtre. « Regarde, profites-en. Qu'est-ce que tu en dis ? »

J'en dis que ce soir, tous les déglingués sont en liberté. « Que je ne suis pas fana des définitions retorses de mots croisés.

– Ah bon ? Moi, si. Levon Frankland. »

Je prends la flûte qui m'est tendue et affiche une moue perplexe. « Je dois vous avouer que votre nom ne fait pas "tilt".

– J'étais un vieux copain de ton papa, à une autre époque. Nous étions contemporains au club Finisterre de Soho. »

Je persiste avec ma mine perplexe. « J'ai entendu dire qu'il a fini par fermer.

– La fin de la fin d'une ère. La mienne. On s'est rencontrés » – Levon

Frankland penche son verre vers moi – « lors d'une fête dans ta maison de Pembridge Place en, ouh là, soixante-huit ou soixante-neuf, à l'époque de la folie *Gethsemane*. J'ai touché un peu à tout dans ma vie, et quand j'étais imprésario, ton père avait espéré qu'un duo folk avant-gardiste dont je me chargeais écrive la musique de *La Route étroite du Grand Nord*. Ça n'a rien donné, mais je me souviens de toi, déguisé en cow-boy. Tu maîtrisais à peine l'art de contrôler ton sphincter, quant à celui des relations sociales, il te faudrait attendre encore de longues années ; mais j'ai suivi ton parcours avec la bienveillance d'un oncle, et lu avec délectation les mémoires que tu as écrits au sujet de ton père. Sais-tu que tous les deux ou trois mois, je me dis qu'il faut que je l'appelle pour qu'on déjeune ensemble ? J'oublie totalement que cette vieille branche n'est plus de ce monde. Il me manque, lui et sa façon de toujours prendre le contrepied de tout. Il était fier de toi, tu n'as pas idée.

– Ah oui ? Alors il l'a foutrement bien caché.

– Anthony Hershey est né dans l'Angleterre d'avant-guerre, dans un milieu bourgeois. La sensibilité, très peu pour les pères, à l'époque. Avec les années soixante, les choses se sont un peu décoincées, et les films de Tony y ont contribué, mais on n'est pas tous égaux quand il s'agit de… se reprogrammer. Enterre donc la hache de guerre, Crispin. Contre les fantômes, elle ne sert à rien. Ils ne t'entendent pas. Tu finiras par te blesser toi-même. Crois-moi sur parole. Je sais de quoi je parle. »

Une main me claque l'épaule. Je me retourne : c'est Hal-la-hyène qui sourit comme un vison géant. « Crispin ! Alors, cette séance de dédicace ?

– J'ai survécu. Mais je te présente… » Je me retourne vers Levon Frankland, seulement la fête l'a emporté. « Oui, oui, ça s'est bien passé. Malgré le demi-million de femmes désireuses de toucher du doigt cette tarée qui raconte des histoires d'anges.

– Rien qu'ici, j'aperçois une vingtaine d'éditeurs qui regretteront jusqu'à leur mort d'avoir laissé Holly Sykes leur échapper. Mais peu importe, sir Roger et lady Suze Brittan attendent de rencontrer l'enfant terrible des lettres britanniques. »

D'un coup, je me sens défaillir. « Est-ce vraiment nécessaire, Hal ? »

Le sourire d'Hal-la-hyène se flétrit. « Si tu veux être dans la dernière sélection, oui. »

Lord Roger Brittan : jadis concessionnaire automobile, propriétaire d'une chaîne d'hôtels bas de gamme dans les années soixante-dix, créateur des ordinateurs Brittan en 1983 et, pour une courte période, leader sur le marché britannique du traitement de texte merdique ; acquéreur d'une licence de téléphonie mobile après avoir financé le New Labour, qui a connu une victoire écrasante aux élections de 1997, et initiateur du réseau de télécommunication BritFone qui, d'une certaine manière, porte encore son nom. Depuis 2004, Roger Brittan est connu du grand public grâce à *Du balai !*, une émission de télé-réalité dans laquelle une bande de couillons du monde des affaires se ridiculisent dans l'espoir d'une « récompense » sous la forme d'un emploi rémunéré cent mille livres par an au sein de l'empire Brittan. L'année dernière, sir Roger a choqué le monde des arts et des lettres en rachetant le plus prestigieux des prix littéraires, puis en le rebaptisant de son nom et en triplant le montant de la récompense – désormais cent cinquante mille livres. Des bloggeurs racontent que cette acquisition était une demande de son épouse actuelle, Suze Brittan, dont le CV mentionne un rôle phare dans une série télévisée, la présentation d'une émission littéraire intitulée *Vous ne pourrez plus le lâcher* et, aujourd'hui, la présidence de l'incorruptible jury du Brittan Prize. Mais voilà qu'à notre arrivée sous le dais aménagé dans un recoin de la salle, nous constatons que lord Roger et lady Suze bavardent avec Nick Greek : « J'entends bien ce que vous dites à propos d'*Abattoir 5*, lord Brittan. » Nick Greek a cette assurance tout américaine et la beauté du héros byronien : je le déteste déjà. « Mais si l'on me mettait en joue et qu'on me somme de désigner le meilleur roman de guerre du vingtième siècle, j'opterais pour *Les Nus et les Morts* de Normal Mailer. C'est…

– Je savais que vous diriez cela ! » Suze Brittan exécute une petite danse triomphale. « J'adore ce livre. Le seul roman de guerre qui réussisse vraiment à capturer l'ambiance des tranchées du point de vue allemand.

– Je me demande, lady Suze, » – Nick Greek marche sur des œufs – « si vous ne songeriez pas plutôt à *À l'ouest, rien de...*

– Point de vue allemand, point de vue allemand... tu parles d'une vision ! raille lord Roger Brittan. Deux fois à côté de leurs pompes en l'espace de trente ans ! »

Suze entortille son petit doigt autour de ses perles noires. « C'est pour cette raison que *Les Nus et les Morts* compte autant, Rog. Les simples gens qui sont du mauvais côté souffrent, eux aussi. N'est-ce pas, Nick ?

– Permettre au lecteur de se mettre dans la peau d'un autre est la vertu cardinale du roman, lady Suze, lui répond l'Américain, plein de tact.

– Du marketing à la noix, oui, juge lord Roger. *Les Nus et les Morts* ? On dirait le titre d'un traité de nécrophilie. »

Hal-la-hyène met un pied dans la porte : « Lord Roger, lady Suze, Nick : inutile de faire les présentations, mais avant que Crispin ne reparte...

– Crispin Hershey ! » Lady Suze lève les mains comme si j'étais Râ, le dieu du soleil. « Votre performance était trop stylée, comme on dit. »

Je parviens à relever les commissures de mes lèvres. « Merci.

– Un honneur pour moi, déclare ce lèche-cul de Nick Greek. À Brooklyn, nous sommes tout un tas à littéralement vouer un culte à *Embryons desséchés*. »

« Littéralement » ? « Vouer un culte » ? Me voilà bien obligé de serrer la main de Nick Greek, quoique je me demande si ce compliment ne cache pas une insulte (« Tout ce que vous avez pondu depuis *Embryons*, c'est de la merde »), à moins qu'il prépare le terrain pour que j'accepte de lui écrire une note flatteuse pour sa quatrième de couverture (« Cher Crispin, c'était génial d'avoir partagé quelques moments avec vous au festival de Hay l'année dernière, est-ce que vous pourriez écrire deux, trois mots d'éloge au sujet de mon prochain livre ? »). « Mais que je ne vous interrompe pas dans vos érudites considérations au sujet de Norman Mailer », dis-je au trio. J'envoie au blanc-bec une saillie à effet rentrant : « Quoique, si vous me demandiez mon avis, c'est à *L'Insigne du courage*, de Crane, que revient le titre de patriarche des témoignages directs de guerre.

– Je ne l'ai pas lu, admet Nick Greek, mais…

– Tant de livres et si peu de temps, je sais bien. » Je vide le gros verre de rouge qu'un des lutins m'a glissé dans les mains. « Mais Crane demeure inégalé.

– … mais parce que Stephen Crane est né en 1871, riposte Nick Greek, après la fin de la guerre de Sécession. On ne peut donc pas vraiment parler de témoignage direct. Mais si Crispin Hershey porte ce roman dans son estime » – il sort une liseuse –, « je le télécharge de ce pas. »

Le jambon fumé de ce midi se rappelle à mon souvenir. « Le roman de Nick se déroule pendant la guerre en Afghanistan, me raconte Suze Brittan. Richard Cheeseman a été dy-thi-ram-bique : il interviewera Nick dans mon émission, la semaine prochaine.

– Oh ? Je ne voudrais surtout pas rater ça. J'en ai entendu parler, d'ailleurs. C'est comment déjà ? *Autoroute 66* ?

– *Route 605*. » Les doigts de Nick Greek dansent sur son écran. « C'est celle qui traverse la province de l'Helmand.

– Dites-moi une chose, vous n'avez pas plus eu recours à des témoignages de première main que Stephen Crane ? » À l'évidence, non : de luttes armées, ce garçon pâlichon n'a connu que celles des commentaires en groupe lors de son année de maîtrise en création littéraire. « À moins, bien entendu, que, dans une autre vie, vous n'ayez été un marine cultivé.

– Moi, non, mais c'est une bonne description de mon frère. *Route 605* n'existerait pas sans Kyle. »

Je remarque qu'une petite foule assiste à nos échanges un peu comme à un match de tennis. « J'espère que vous ne vous sentez pas trop redevable vis-à-vis de votre frère, ou qu'il n'a pas l'impression que vous tirez profit d'expériences qui lui ont été coûteuses.

– Kyle est mort il y a deux ans. » Nick Greek reste calme. « Sur la route 605, en tentant de désamorcer une mine. Ce roman est une sorte d'hommage. »

Alors là, chapeau. Non, mais pourquoi est-ce que l'attachée de presse ne m'a pas averti que Nick Greek était un foutu saint ? Lady Suze me regarde comme si je venais de sortir du trou de balle d'un welsh corgi. Lord Roger, lui, dans un geste paternel, serre le biceps de Nick Greek : « Nick, fiston, je ne te connais pas, et c'est un vrai merdier, l'Afghanistan. Mais ton frère serait fier de toi – je sais de quoi je cause, j'ai perdu mon frère quand j'avais dix piges. Mort en mer, noyé. Hein Suze, que tu me disais que *Route 605*, c'était mon genre de bouquin ? Alors, tu sais quoi ? Je vais le lire ce week-end » – il claque des doigts en direction d'un assistant, lequel tapote sur un smartphone –, « et quand Roger Brittan te donne sa parole, tu peux le croire. » Des corps se glissent entre moi et ces gens auréolés : j'ai l'impression d'être un véhicule qu'on remorque. Le dernier visage familier que j'entrevois est celui d'Oliver l'éditeur, ragaillardi par l'orientation que vont prendre les ventes de *Route 605*. J'ai besoin d'un verre.

Non, Hershey ne va pas vomir. Hershey n'a-t-il pas déjà franchi tout à l'heure cette barrière cassée ? Un arbre bossu, un ruisseau qui ne veut pas la fermer, une flaque qui reflète le logo-logramme BritFone, le remugle acide de la bouse de vache. Hershey n'est pas soûl. Juste passablement bourré. Qu'est-ce que je fais ici ? « La tête enfoncée si profondément dans son cul qu'il voit le jour. » Ravale ce qui remonte. Un abîme, ce pavillon. Le bavarois au mascarpone n'était pas le choix le plus judicieux. « C'était Crispin Hershey, tu crois ? » En coupant par le parking pour arriver plus vite à ma chambre douillette de l'hôtel Coach and Horses, je me retrouve coincé dans un ruban Möbius fait de Land Rover, de Touareg, de flaques de gadoue qui vous ventousent les pieds. Ayant cru voir l'archevêque Desmond Tutu, je l'ai suivi pour lui demander quelque chose qui me semblait important sur le moment, mais de toute façon, ce n'était pas lui. Alors pourquoi suis-je ici, cher lecteur ? Parce qu'en tant qu'auteur, je dois rester en vue. Parce que l'à-valoir de cinq cent mille livres extorqué par Hal-la-hyène pour l'écriture de *Réduire Écho au silence* s'est envolé – la moitié est allée au fisc, un quart est parti pour contracter un crédit immobilier et un autre quart a servi à résorber mon capital négatif. Parce que si je ne suis pas écrivain, que suis-je ? « Alors, un nouveau projet dans les tuyaux, monsieur Hershey ? Ma femme et moi avons adoré *Embryons desséchés*. » Parce que ce foutu Nick Greek et tous ces jeunes loups convoitent ma place dans la salle du trône de la littérature britannique. Oh, par le rhum, la sodomie et le fouet[1] : le mont Vomi s'apprête à entrer en éruption ; mettons-nous à genoux devant Sa Majesté Spasme-Gastrique et rendons-lui tous hommage…

11 MARS 2016

La Plaza de la Aduana grouille de Carthaginois qui brandissent leur iPhone bien haut. La plaza de la Aduna a pour toiture un coucher de soleil tropical couleur Fanta orange et améthyste huileuse. La plaza de la Aduna tremble au rythme du refrain de « Exocets For Breakfast », un ska de Blancs joué par Damon MacNish and the Sinking Ship. Du haut de son balcon, Crispin Hershey dépose la cendre de sa cigarette dans son verre de champagne et se souvient d'une expérience sexuelle avec, en fond sonore, *She Blew Out the Candle* – premier album de Sinking Ship –, aux alentours de son vingt et unième anniversaire, époque où les photos de Morrissey,

1. Allusion au titre d'un album du groupe The Pogues (*Rhum, Sodomy & the Lash*), lui-même inspiré d'une citation attribuée à Winston Churchill à propos de la culture de la Marine.

de Che Guevara et de Damon MacNish surveillaient des milliers de chambres estudiantines. Le deuxième album avait été moins bien accueilli par le public – quand on mélange cornemuses et guitares électriques, il faut s'y attendre –, et le suivant avait été un véritable fiasco. MacNish aurait poursuivi sa carrière de livreur de pizzas s'il n'avait pas connu une résurrection en tant que célébrité luttant contre le sida, pour le retour de la paix à Sarajevo, en faveur de la minorité népalaise au royaume du Bhoutan…, bref : de mon point de vue, il défendait n'importe quelle cause. Les grands de ce monde prenaient volontiers deux minutes la pose avec lui si des photographes étaient dans les parages. Lauréat du titre d'Écossais le plus sexy trois années d'affilée, objet d'intérêt certain pour la presse à scandale qui se repaissait de ses multiples conquêtes, auteur d'une petite succession constante d'albums passables mais dépourvus de mojo ; une ligne de vêtements équitables et deux saisons d'un programme sur la BBC – *Les Cinq Continents de Damon MacNish* – tout cela a permis à la vedette de Glasgow de briller dans le ciel jusqu'à la dernière décennie, et même encore à ce jour, « saint Nish » est demandé dans les festivals où, de jour, il participe à des rencontres avec le public – un numéro bien rodé –, et, de nuit, chante ses vieux tubes, moyennant vingt-cinq mille dollars plus le voyage en classe affaires et une chambre dans un cinq-étoiles, m'a-t-on rapporté.

J'écrase un moustique sur ma joue. Ces sales petites bestioles sont le prix à payer pour cette délicieuse chaleur. Zoë et les filles étaient censées me rejoindre – j'avais même acheté les billets d'avion (non remboursables) –, mais c'était compter sans cette histoire de coach matrimonial écolo-bobo que Zoë voulait engager, et le déluge de merde qui en a découlé. Deux cent cinquante livres hors taxes pour écouter quelqu'un déblatérer pendant une heure sur le respect mutuel ? « C'est non, ai-je dit à Zoë, et pas la peine d'y revenir. »

Zoë a ouvert le feu, usant de toutes les munitions accessibles à une femme.

D'accord, c'est moi qui ai lancé la sirène en porcelaine. Mais si je l'avais vraiment visée, je ne l'aurais pas ratée. Je n'ai donc pas tenté de lui faire du mal. Zoë, alors trop hystérique pour suivre un raisonnement aussi élémentaire, a bouclé ses valises Louis Vuitton, est partie avec Lori-la-jeune-fille-au-pair-et-aux-poils chercher Anaïs et Juno à l'école, puis s'est réfugiée dans l'appart de sa vieille copine à Putney. Logement mystérieusement disponible à la dernière minute. L'on escomptait sans doute que Crispin promette de changer d'attitude, mais, au lieu de cela, il a préféré regarder *No Country for Old Men* avec le volume à fond. Le lendemain, j'ai écrit une nouvelle qui parle d'une bande de sauvageons qui sillonnent un futur proche en siphonnant les réservoirs à essence des grosses femmes écolos-bobos. C'est une de mes meilleures. Zoë a téléphoné ce soir-là et m'a annoncé qu'elle avait « besoin de prendre du recul… quinze jours, je ne sais pas ». Le sous-texte, cher lecteur, étant : *Si tu t'excuses platement, je reviendrai peut-être.* Je lui ai suggéré de prendre le mois et j'ai raccroché. Lori m'a amené Juno et Anaïs dimanche dernier. Je m'attendais à des larmes et du chantage affectif, mais Juno m'a rapporté que, d'après sa mère, j'étais impossible à vivre ; et Anaïs a demandé si elle pourrait avoir un poney, si jamais nous divorcions, parce que, lorsque les parents de Germaine Bigham ont divorcé, Germaine a eu un poney. Comme il a plu toute la journée, j'ai commandé une pizza. Nous avons joué à Mario Kart. John Cheever a écrit une nouvelle intitulée « La saison du divorce ». C'est une de ses meilleures.

« 'S'en sort pas mal sur scène pour un gars de son âge, pas vrai ? » Kenny Bloke me tend une cigarette tandis que Damon MacNish fait des moulinets sur « Corduroy Skirts Are A Crime Against Humanity ». « Je les ai vus jouer à Fremantle en… 86 ? Putain de concert. » Kenny Bloke est plus que bien avancé dans la cinquantaine, arbore une oreille sertie de quincaillerie et se révèle être un des doyens du peuple noongar, d'après le dépliant du festival. Je note cette tendance chez Damon MacNish et bon nombre de ses contemporains à constituer leur propre *tribute band*, une destinée à tout le moins étrange et postmoderne. Kenny Bloke jette sa cendre dans les géraniums. « MacNish s'en sort mieux que la plupart, je trouve. Devine qui a joué à Busselton Park, récemment. Joan Jett and the Blackhearts. Tu te souviens de ce groupe ? Y a pas eu grand monde, malheureusement pour eux, mais bon, il faut bien cotiser pour la retraite, et il y a la fac des gosses à payer, hein. Au moins, nous, les écrivains, on nous épargne ce cirque. Ces tournées d'adieu du genre : *Découvrez la Nostalgie et ses mystères.* »

Je médite sur cette remarque pas forcément juste. *Réduire Écho au silence* a dépassé les vingt mille exemplaires au Royaume-Uni ; et idem aux États-Unis. Honorable…

… enfin, si on veut, mais décevant pour le nouveau roman de Crispin Hershey. Fut un temps où il m'aurait suffi de claquer des doigts pour en écouler une centaine de milliers sur les deux territoires. Hal-la-hyène prétend qu'avec le livre électronique, les cartes sont rebattues, mais je sais très bien, moi, pourquoi le roman de mon « retour aux sources » ne s'est pas vendu : c'est à cause de ce rottweiler de Richard Cheeseman. Sa foutue critique a sonné l'ouverture de la chasse à l'enfant terrible des lettres britanniques, et au moment où la liste des romans en lice pour le Brittan a été publiée, *Réduire Écho au silence* était déjà plus connu sous le titre de *Joyeusement flingué en plein vol par Richard Cheeseman.* Je scrute la salle de réception derrière nous. Toujours aucun signe de lui, mais il ne résistera pas longtemps à la promesse de majordomes latinos à la peau café-au-lait.

« Tu es allé te balader dans la vieille ville, aujourd'hui ? me demande Kenny Bloke.

– Oui, c'est joli comme un patrimoine conservé par l'UNESCO. Quoiqu'un rien irréel. »

L'Australien émet un grognement. « Le chauffeur de taxi m'a raconté que les FARC et les types des services secrets avaient besoin d'un lieu tranquille où passer leurs vacances ; ce serait comme ça que Carthagène est devenue une zone démilitarisée. » Il prend une des cigarettes que je lui tends. « Motus, hein, la patronne pense que j'ai arrêté.

– Avec moi, ton secret sera bien gardé. Je ne pense pas que j'irai un jour à… comment, déjà ?

– Katanning. Dans l'ouest de l'Australie. Le coin inférieur gauche. Comparé à ici » – Kenny Bloke désigne le panache baroque de l'Amérique latine –, « chez moi, c'est le trou du cul d'un dingo. Mais c'est là que les miens sont enterrés depuis des lustres, et je ne voudrais pas perdre mes attaches.

– Être sans attaches, lui réponds-je, c'est devenu la norme, au vingtième siècle.

– Pas faux, c'est même pour ça que le monde est dans une telle merde, mon gars. Quand on n'a aucune attache sur cette planète, on se cogne de ce qui peut bien se passer partout. »

Le batteur de Damon MacNish claque son solo : devant la marée de jeunes Latinos, je me sens vieux et blanc. Vendredi, dix heures à Londres et pas d'école demain. Juno et Anaïs traversent ce divorce encore en cours de jugement avec une maturité suspecte. Je mérite bien quelques larmes, tout de même. Zoë les aurait-elle préparées à notre rupture ? Cette vieille branche d'Ewan Rice m'a raconté que sa première femme était allée consulter un avocat six mois avant que la question du divorce ne soit mise sur le tapis, d'où le demi-million de livres obtenu par cette dernière au jugement. Quand est-ce que la gangrène a gagné notre couple, à Zoë et moi ? Était-elle tapie telle une cellule cancéreuse dès les premiers instants, sur le yacht du père de Zoë, tandis que la lumière de la mer Égée jouait sur le plafond de la cabine et que la bouteille de vin vide roulait tout doucement, de-ci, de-là, sur le plancher ? Nous avions fêté le message d'Hal-la-hyène, qui avait annoncé que les enchères pour *Embryons desséchés* avaient franchi le seuil des sept cent cinquante mille livres, et qu'elles continuaient à grimper. Zoë avait dit : « Ne flippe pas, Crisp, mais je crois que j'aimerais faire ma vie avec toi. » De-ci, de-là… De-ci, de-là…

Plonge et tire-toi ! ai-je envie de crier à l'imbécile de Roméo. Du jour au lendemain, elle se lancera dans un pseudo-doctorat en lythothérapie par Internet et fustigera ton étroitesse d'esprit si tu oses t'interroger à voix haute sur ce que cette discipline a de scientifique. Elle cessera de t'accueillir sur le pas de la porte à ton retour. Sa propension à t'accuser de tous les maux te stupéfiera, jeune Roméo. Si la jeune fille au pair est trop paresseuse, ce sera ta faute, à toi qui a mis ton veto à la femme des cavernes polonaise. Si le prof de piano est trop sévère, c'est parce que tu n'as pas été capable d'en trouver un plus doux. Si Zoë est insatisfaite, c'est ta faute, à toi qui la prives de l'impératif de gagner sa vie. Le sexe ? Ha ha ! « Arrête de me mettre la pression, Crispin. – Je ne te mets pas la pression, je te demande juste "quand". – Bientôt. – Quand ça, "bientôt" ? – Arrête de me mettre la pression, Crispin ! » Les hommes épousent les femmes en espérant qu'elles ne changeront jamais. Les femmes épousent les hommes en espérant qu'ils changeront. Les deux sont déçus, mais cela n'empêche pas Roméo d'embrasser sa future promise sur son yacht et de lui susurrer : « Marions-nous, mademoiselle Legrange. »

Le solo de batterie s'achève ; Damon MacNish s'accroche au micro, lance un « Un, deux, trois, quatre », et Sinking Ship entame « Disco In A Minefield ». Je laisse choir ma cigarette dans un lac de pétrole imaginaire, et la place devient celle du Jugement dernier : *wouuuuch… boummmm!… frrrrrrrr…*

Je reconnais une voix qui m'est très familière, et distante de quelques pas seulement.

« Alors je lui ai répondu : "Euh, non, Hillary, je n'ai pas de livret d'opéra à te montrer parce que les merdes que je ponds, je tire la chasse dessus, moi ! » dit Richard Cheeseman. Quarante-cinq ans, dégarni, bedonnant et barbu. Hershey se faufile entre les corps et referme l'étau de sa main sur l'épaule du critique. « Pincez-moi, je rêve : Richard Cheeseman ! Alors, vieux sodomite poilu, comment vas-tu ? »

Cheeseman me remet et renverse son cocktail.

« Oh, mince, m'émeus-je, il y en a même sur tes espadrilles violettes. »

Cheeseman sourit comme un type dont la mâchoire est sur le

point de lui être arrachée de la tête, chose que j'ai toujours rêvé de faire. « Crisp ! »

Ne me donne pas du « Crisp », petite crevure de merde. « Le poignard que j'avais emporté avec moi pour te crever le cervelet m'a été confisqué à l'aéroport, tu n'as pas à t'en faire. » Les gens au fait de la scène littéraire gravitent autour de nous tels les requins aux abords d'un navire qui sombre. « Mais oui, mais oui » – j'éponge le bras de Cheeseman à l'aide d'une serviette en papier que je trouve à portée de main –, « tu avais torché une critique incendiaire sur mon dernier bouquin. Tu te souviens ? »

Un rire jaune s'échappe du rictus crispé de Cheeseman. « Ah bon ? » Il lève les deux mains, singeant une reddition. « En toute honnêteté, je ne me souviens pas de ce que j'ai écrit ni de la façon dont le texte a été remanié par le stagiaire, mais si ça t'a blessé – ne serait-ce qu'un tout petit peu –, eh bien, toutes mes excuses ! »

Je pourrais m'en tenir là, mais le Destin réclame une vengeance plus homérique, et qui suis-je pour m'opposer au Destin ? Je m'adresse à l'assistance : « Autant tout vous expliquer. À l'époque où est parue la critique de Richard sur *Réduire Écho au silence*, beaucoup de gens me demandaient : "Qu'est-ce que ça fait, de lire des choses pareilles ?" Ce à quoi je répondais : "Qu'est-ce que ça fait, de se prendre du vitriol en pleine tronche ?" Et puis, je me suis mis à réfléchir aux motifs de Richard. Si l'auteur de cette critique avait été un écrivain de seconde zone, on aurait pu songer à de la jalousie, mais Richard est un romancier en pleine ascension, ce n'était donc pas de la mesquinerie. Non. Moi, je crois que Richard Cheeseman se soucie profondément de la littérature, et qu'il se sent le devoir de clamer sa vérité. Alors, vous savez quoi ? Je lui tire mon chapeau. Il a flingué mon dernier roman, d'accord, mais ce type » – une fois de plus, j'empoigne cette épaule recouverte d'une chemise froissée – « est un rempart contre les assauts croissants des lèche-culs qui se prétendent critiques littéraires. Qu'on se le dise : je ne lui en veux plus du tout – à condition qu'il nous apporte à tous les deux un énorme mojito et *pronto*, sale vermine de journaliste. »

Sourires ! Applaudissements ! Cheeseman et moi effectuons un geste hybride, mi-tape-m'en-cinq, mi-serrage de main. « Tu ne m'as pas raté non plus, Crisp » – il a le front qui brille – « avec ta vanne sur les vieilles tantes jalouses au festival littéraire de Hay-on-Wye. Allez, je vais nous les chercher ces deux mojitos.

– Tu me trouveras sur le balcon, lui réponds-je. L'air y est plus frais. » Puis je me fais alpaguer par une clique d'inconnus qui s'imaginent sérieusement que je vais retenir leurs noms et leurs visages. Tous louent ma noblesse, le beau joueur que je suis. Le noble et beau joueur leur répond. Partout on rapportera et retweetera la magnanimité de Crispin Hershey, laquelle deviendra vérité. De l'autre côté de la place, par les portes-fenêtres du balcon, on entend Damon MacNish crier : « *Te amo, Cartagena !* »

Après le dernier rappel, les VIP et les écrivains sont conduits jusqu'à la villa du président par un convoi composé d'une vingtaine de 4 × 4-limousines blindés pour résister aux bombes. Durant tout le trajet nocturne et en lévitation à travers Carthagène, les sirènes de la police chassent la piétaille du chemin et les feux rouges sont ignorés. Mes compagnons de route sont un dramaturge du Bhoutan qui ne parle pas anglais et deux réalisateurs bulgares qui semblent échanger entre eux et dans leur langue une ribambelle de comptines obscènes mais amusantes. À travers la vitre teintée de la limousine, je vois un marché de nuit, une gare routière en proie à l'anarchie, de grands immeubles qui semblent auréolés de sueur, des cafés improvisés sur le trottoir, des marchands ambulants qui vendent des paquets de cigarettes disposés sur des plateaux à bandoulière accrochés à leurs bustes minces. Le capitalisme mondial n'a visiblement pas été tendre envers les propriétaires de ces visages impassibles. Je me demande ce que ces Colombiens des classes populaires pensent de nous autres. Où est-ce qu'ils dorment, qu'est-ce qu'ils mangent, de quoi rêvent-ils ? Chacune de ces limousines blindées coûte certainement plus d'argent que ne pourront en gagner de toute leur vie ces vendeurs des rues. Je ne sais pas. Si un romancier britannique bientôt cinquantenaire, petit et en mauvaise condition physique se retrouvait éjecté sur un trottoir de ces quartiers, je ne donnerais pas cher de sa peau.

La villa présidentielle se trouve derrière un centre d'entraînement militaire, et la sécurité est rigoureuse. C'est une fête donnée dans les jardins de la villa, illuminés et plantés avec goût, où des domestiques aux tenues amidonnées servent des verres et des vol-au-vent, tandis qu'un combo de jazz fait un show à la Stan Getz. Je ne peux regarder la piscine bordée de bougies sans imaginer y voir flotter sur le ventre le cadavre d'un politicien. Plusieurs ambassadeurs sont entourés de leurs petits aréopages ; ils me font penser aux cercles que forment les garçons dans les cours d'école. Celui du Royaume-Uni est dans les parages. Il est plus jeune que moi. Aujourd'hui que le ministère des Affaires étrangères joue la carte de la méritocratie, les diplomates, qui ont perdu de leur démesure graham-greenienne, ne sont plus d'une grande utilité pour les romanciers. La vue sur la baie est impressionnante, maintenant que la nuit a effacé du décor les fronts de mer construits à la va-vite, et une lune rococo flotte au-dessus de la féconde semence de la Voie lactée. Le président colombien est en visite à Washington pour tenter de soutirer davantage de dollars au contribuable américain et financer ainsi la « guerre contre la drogue » (« Encore un effort, monsieur le président ! ») ; mais sa femme, qui a étudié à Harvard, et son fils au majestueux sourire orthodontique s'emploient à gagner les cœurs et les esprits afin que prospère l'entreprise familiale. Crispin Hershey admet avoir eu la goujaterie de se demander s'il y avait une prison sur une île loin des côtes où l'on enfermait les femmes laides, parce que je ne me rappelle pas en avoir vu une seule depuis mon arrivée. Si une opportunité se présentait à moi, devrais-je, cher lecteur ? M'y risquerais-je ? Mon alliance est à neuf mille kilomètres d'ici, dans le tiroir où la boîte de préservatifs matrimoniaux rarement ouverte vient de dépasser à toute allure sa date de péremption. Si je n'ai jamais été aussi peu marié que depuis le jour de notre union, ce n'est pas de mon fait, mais de celui de Zoë – comme pourrait le constater un témoin un tant soit peu objectif. Si elle était mon patron et moi son employé, j'aurais de quoi la poursuivre pour licenciement dissimulé. Il suffit de voir la façon dont elle et sa famille m'ont mis à l'écart pendant les vacances de Noël. Trois mois et trois coupes de champ' après, en regardant la Croix du Sud, réchauffé par un baume à vingt degrés Celsius, j'en tremble encore…

… dès que la sonnerie des vacances scolaires a retenti, Zoë et les filles sont reparties illico vers Montréal, ce qui m'a laissé une semaine pour me plonger sans progresser dans mon nouveau bouquin, une comédie noire dont la protagoniste est une fausse mystique qui prétend voir apparaître la Vierge pendant le festival littéraire de Hay-on-Wye. Ce roman figure parmi les trois ou quatre meilleurs que j'ai écrits. Malheureusement, au cours de cette semaine où j'étais absent, la famille de Zoë en a profité pour travailler au corps Juno et Anaïs et les persuader de la supériorité culturelle du monde francophone. Quand je suis arrivé à notre petit appartement d'Outremont le 23 décembre dernier, les filles ne s'adressaient plus à moi en anglais que si je leur en intimais expressément l'ordre. Zoë a triplé leur budget jeux en réseau, à condition qu'elles y jouent *en français**, et sa sœur a emmené les filles et leurs cousines à un défilé de mode hivernal, en français toujours, suivi d'une espèce de concert de boys band pour midinettes, en français là encore. Un acte de corruption culturelle pur et simple ; quand je m'en suis offusqué, Zoë m'a répondu sur le mode : « Eh bien moi, Crispin, je crois qu'il est bon d'élargir l'horizon des filles et de leur donner accès à leurs racines familiales. Et je m'étonne et trouve triste que tu préfères qu'elles restent enfermées dans une monoculture anglo-américaine. » Puis, le 26 décembre, nous sommes tous allés faire du bowling. Pur produit de l'eugénisme, la famille Legrange est restée sans voix devant mon score : vingt points. Non pas celui de mon premier lancer, mais de toute la foutue partie. Je suis fait pour l'écriture, pas pour le bowling. Juno a rejeté ses cheveux en arrière et déclaré : « Je ne sais plus où me mettre, Papa. »

« Cr*ii*spin ! » Mon éditeur pour la langue espagnole, Miguel Alvarez, arrive tout sourire, comme s'il avait un cadeau à m'offrir. « Cr*ii*spin, j'ai un petit cadeau à t'offrir. Tu me suis dans un endroit un peu plus discret, oui ? » Avec l'impression d'être un personnage d'Irvine Welsh, j'emboîte le pas à Miguel qui s'éloigne du brouhaha de la fête pour s'asseoir sur un banc noyé dans l'ombre d'un mur en retrait qui se révèle être une haie de cactus. « Bon, j'ai qu'est-ce que tu m'as demandé, Cr*ii*spin.

– C'est très gentil à toi. » J'allume une cigarette.

Miguel glisse une petite enveloppe de la taille d'une carte de crédit dans la poche de ma veste. « Profite bien, c'est dommage de repartir de la Colombie sans goûter. Elle est très très pure. Mais je te dis une chose, Cr*ii*spin. Tu fais ça ici, en privé, c'est pas grave. Mais tu la transportes, tu l'amènes dans l'aéroport… » – grimaçant, Miguel feint de se trancher la gorge – « Tu comprends ?

– Miguel, il faut être complètement carbonisé du ciboulot pour entrer dans un aéroport avec de la came. Ne t'en fais pas. Ce qui me restera partira dans la cuvette.

– C'est une bonne idée. Sois prudent. Profite bien. C'est la meilleure du monde.

– Et tu as pu me trouver un téléphone colombien ?

– Oui, oui. » Mon éditeur me remet une autre enveloppe. Elle finit elle aussi dans la poche de ma veste. « Merci. Les smartphones, c'est bien quand ça fonctionne, mais quand la couverture est mauvaise, je trouve que les bons vieux petits téléphones sont mieux pour envoyer des SMS. »

Miguel incline la tête, pas vraiment de cet avis, mais trente dollars ou, en tout cas, ce que lui a coûté l'appareil, ce n'est pas cher payé pour garder dans son escarcelle l'enfant terrible des lettres britanniques. « Alors, c'est bon, tu as tout qu'est-ce qu'il te faut ?

– C'est parfait, Miguel, merci. »

Comme toutes mes bonnes intrigues, celle-ci s'écrit toute seule.

« Hé, Crispin », m'apostrophe à grand renfort de signes Kenny Bloke, le poète australien, au moment où nous passons devant un petit groupe d'invités postés devant le portail à la limite du jardin de cactées. « J'ai des gens à te présenter. » Miguel et moi rejoignons ce qui s'apparente à une bande d'écrivains, sous la canopée des fougères arborescentes. Je n'arrive pas à retenir les noms étrangers – aucun d'eux n'a eu droit à un article dans le *New Yorker*, pour autant que je sache –, mais quand Kenny Bloke me présente à une femme au teint pâle, à la chevelure brune et aux traits saillants, l'éclair d'un souvenir me traverse avant même que Kenny me donne son nom : « Holly Sykes, une Angliche, elle aussi.

– Ravie de vous rencontrer, monsieur Hershey, dit-elle.

– J'ai la vague impression de vous avoir déjà vue, si je ne m'abuse, lui réponds-je.

– On était tous les deux le même jour au festival de Hay-on-Wye, l'année dernière.

– Quoi, cette foutue fête sous l'horrible tente ?

– On était ensemble sous celle réservée aux dédicaces, en fait, monsieur Hershey.

– Oh, mais attendez ! Ça y est, vous êtes celle qui écrit sur les anges. Holly Sykes.

– Euh pas sur les anges avec des ailes, des harpes et des auréoles, hein, intervient Kenny Bloke. Holly écrit des livres sur les voix intérieures, et comme j'étais en train de l'expliquer, il y a une forte ressemblance entre ces récits et les guides spirituels auxquels mon peuple croit.

– Mademoiselle Sykes, dit Miguel, onctueux, je suis Miguel Alvarez, l'éditeur d'*Ottopusso*, l'éditeur de Cr*ii*spin. C'est un grand honneur. »

La Holly Sykes en question lui serre la main. « Monsieur Alvarez.

– C'est vrai que vous faites un demi-million de ventes en Espagne ?

– Mon livre fait vibrer la corde sensible des Espagnols, on dirait, répond-elle.

– Uri Geller a su faire vibrer celle de toute la planète. » Je suis plus soûl que je ne l'imaginais. « Vous vous souvenez de lui ? Le meilleur copain de Michael Jackson. Très connu au Japon. Un énorme succès. » Mon cocktail a un goût de mangue et d'eau de mer.

Miguel me sourit, mais ses yeux se redirigent vers cette dénommée Sykes, comme une figurine Action Man que j'ai eue il y a longtemps. « Vous êtes contente de vos éditeurs espagnols, mademoiselle Sykes ?

– Comme vous l'avez souligné, ils ont vendu un demi-million d'exemplaires.

– C'est fantastique. Mais s'il y a un problème, voici ma carte… »

Tandis que Miguel s'éternise, une autre femme se matérialise près du tronc de la fougère arborescente tel un personnage de *Star Trek*. Brune, la peau dorée, entre trente-cinq et quarante ans, elle est d'une beauté à vous empaler sur place. Miguel profère : « Carmen ! », comme s'il était ravi de la voir.

Carmen ausculte la carte de visite de Miguel jusqu'à ce que le rectangle de papier disparaisse dans la poche du veston de son propriétaire, puis elle se tourne vers Holly Sykes. Je m'attends à un accent latino tonitruant, mais elle s'exprime comme une enseignante en sciences ménagères dans la région de Londres. « J'espère que Miguel n'a pas été trop pénible, Holly – il est du genre à chasser éhontément sur les terres des autres. C'est la vérité, Miguel. Et je sais que tu n'as pas oublié ce qui s'est passé avec Stephen Hawking. » Miguel tente d'affecter un air de cabot contrit, mais nous donne plutôt à voir celui d'un type en jean blanc qui a mésestimé la nature de son pet. « Monsieur Hershey » – la femme se tourne vers moi –, « nous ne nous sommes jamais rencontrés. Je suis Carmen Salvat, et j'ai le privilège *unique* » – une pique destinée à Miguel – « de publier Holly en langue espagnole. Bienvenue en Colombie. »

La poignée de main de Carmen Salvat est très franche. Elle rayonne. De son autre main, elle joue avec son collier de lapis-lazuli.

Kenny Bloke ramène sa fraise. « Holly nous a dit que vous publiez aussi Nick Greek en espagnol, Carmen. C'est vrai ?

– Oui, j'ai acheté les droits de *Route 605* avant même que Nick ait terminé le manuscrit. J'avais un bon pressentiment.

– Son bouquin m'a littéralement scotché, commente Kenny Bloke. Il ne l'a pas volé, le Brittan de l'année dernière.

– Nick est une belle âme », déclare une poétesse de Terre-Neuve dont le nom m'échappe déjà mais qui a le regard implorant d'un phoque sur une affiche de Greenpeace. « Une très belle âme.

– Carmen a du flair pour les champions, juge Miguel. Mais je crois que, pour les ventes, Holly a plusieurs longueurs d'avance. C'est ça, Carmen ?

– D'ailleurs, à ce propos, rebondit Carmen Salvat. Holly, la femme du ministre de la Culture aimerait beaucoup te rencontrer… ça t'embête ? »

Tandis qu'elle emmène Holly Sykes avec elle, je regarde les hanches appétissantes de Carmen Salvat et me lance dans un fantasme dans lequel mon téléphone sonne… là tout de suite : un médecin de Londres m'annonce une nouvelle catastrophique – la Saab de Zoë a été éjectée de la voie express aérienne de Hammersmith par un conducteur ivre. Elle et les filles sont mortes sur le coup. Je rentre le lendemain même en avion. Dans l'épreuve, je m'ennoblis malgré la douleur dévastatrice, et me retire du monde. On me voit parfois sur les lignes de métro londoniennes les plus obscures, entre les zones quatre et cinq. Au printemps s'ajoute le produit de l'été ; ils se soustraient à l'automne, suivi de l'hiver qui vient tout fractionner. Un jour de l'année qui suit, Hershey se retrouve au bout de la ligne Piccadilly, à l'aéroport de Heathrow. Il sort du métro, erre dans le hall des départs et, levant les yeux sur le grand tableau d'affichage, lit « Carthagène », dernier lieu sur Terre où il était encore mari et père. Pris d'une pulsion qu'il ne s'explique pas, il achète un aller simple – bizarrement, il a son passeport sur lui – et, le soir du même jour, le voici déambulant dans les rues du vieux quartier colonial de la ville colombienne. Filles amoureuses sur les scooters des garçons, oiseaux qui poussent des cris stridents, fleurs tropicales qui poussent sur les vignes, *saudade* et cent ans de solitude ; et puis, alors que la fin du jour assombrit les coins de la Plaza de la Aduana, Hershey aperçoit une femme dont les doigts jouent avec un collier de lapis-lazuli. Tous deux restent immobiles tandis que le monde tourbillonne autour d'eux. Chose surprenante, ni l'un ni l'autre ne semblent surpris.

Plusieurs cocktails plus tard, j'aide un Richard Cheeseman complètement imbibé à prendre l'ascenseur et à regagner sa chambre. « Ça va Crisp, j'ai l'air plus soûl que je ne le suis, je te jure. » Les portes de l'ascenseur s'ouvrent et nous pénétrons à l'intérieur. Il titube comme un chameau sous drogue pris dans les bourrasques d'une tempête. « 'ttends un peu. J'oublié l'numéo dlachamb', faut qu'je… » – Cheeseman sort son portefeuille et le laisse tomber – « Rhââ, bordel de cul de con.

– Tu permets. » Je ramasse le portefeuille de Cheeseman et en extrais la carte magnétique – chambre 405 – puis le lui rends. « Tenez, monsieur. »

Cheeseman me remercie d'un hochement de tête et marmonne : « Si la somme des chiff' de ta chamb' fait neuf, Hersh, alors tu peux pas mourir d'dans, c'est impossib'. »

J'appuie sur le bouton 4. « Première escale, ta chambre.

– Ça va. J'peux r'trouver où… où… où elle est.

– Mais j'ai le devoir de m'assurer que tu franchis bien le pas de ta porte, Richard. Ne t'inquiète pas, ce sera en tout bien tout honneur. »

Cheeseman émet un ricanement par ses naseaux. « T'es pas mon genre, t'es trop blanc et trop flasque. »

Voyant mon reflet dans le miroir du fond de l'ascenseur, je repense à un homme bien sage qui me disait que le secret du bonheur était de savoir ignorer son reflet dans les glaces des ascenseurs une fois la quarantaine passée. Cette année, j'aurai cinquante ans. *Ding*, font les portes ; nous sortons et passons devant un couple de gens minces, bronzés et aux cheveux blancs. « Avant, c'tait un couvent, ici, me raconte Cheeseman. Plein d'vierges. » Puis il se met à chantonner l'un des premiers tubes de Madonna. Nous nous traînons dans un couloir à moitié ouvert sur la nuit caribéenne. Un renfoncement biscornu, puis voici la 405. Je passe la carte de Cheeseman dans le lecteur, et la poignée se libère. « 'rci beaucoup, me salue Cheeseman. T'peux ronter ch'toi. »

La chambre de Cheeseman est illuminée par la lampe de chevet, et celui qui a anéanti le roman censé marquer mon retour titube jusqu'à son lit, trébuche sur sa valise et fait un plat sur le matelas. « C'pas touésoirs qu'on a la chance d'êt' 'scorté par l'enfant terrib' des lett' brit'niques », bredouille *monsieur le critique** en succombant à une salve de petits rires.

Je lui réponds que oui, c'est tordant, bonne nuit, et que s'il n'est pas levé demain à onze heures, je l'appellerai depuis la réception. « Ça 'a, chtedi, me rétorque-t-il d'une voix traînante. Tou'a bien, très bien, parfaitement, très bien. Ça 'a. »

Les bras écartés, Richard Cheeseman, critique littéraire, s'endort ivre mort.

14 MARS 2016

J'ai commandé une omelette de blancs d'œufs aux épinards, des burgers de dinde sur des toasts de pain au levain, un jus d'orange fraîchement pressé, une bouteille d'Évian glacée et un café local afin d'avaler mes aspirines et d'enterrer vive ma cuite. Sept heures trente du matin : l'air dans le patio est encore frais. Le mainate de l'hôtel est juché sur son perchoir et pousse des cris improbables. Son bec est une faux émaillée, et ses yeux voient tout et savent tout. S'il s'agissait d'une œuvre de fiction, cher lecteur, mon protagoniste se demanderait si le mainate devine ce qu'il a en tête. Damon MacNish, vêtu d'un costume de lin à rayures façon *Notre agent à La Havane*, est assis dans un coin, à moitié caché derrière le *Wall Street Journal*. Curieux comment le parcours d'une vie peut être chamboulé par quelques journées passées à l'aube de la vingtaine dans un studio d'enregistrement d'Écosse. Sa petite amie, qui n'a pas vingt ans elle-même, tourne les pages d'un magazine – *The Face*. Quand ils font l'amour, elle doit avoir l'impression de baiser avec M. Papi-tu-piques. Qu'est-ce qui peut bien lui plaire dans cette histoire ? À part les voyages en classe affaires, les hôtels cinq étoiles, côtoyer l'aristocratie du rock, les réalisateurs de cinéma et les magnats des organisations caritatives ; et les photos de paparazzis dans tous les magazines de ragots de la planète, ainsi que les contrats de mannequinat qui vont avec, bien entendu… J'espère simplement que si Juno et Anaïs gravissent les échelons de la société, ce sera grâce à leur talent, et pas en chevauchant les cuisses maigrichonnes d'un médiocre auteur-compositeur plus ridé que leur père. *Bénissez-nous, Seigneur, bénissez ce repas, ceux qui l'ont préparé, et procurez du pain à ceux qui n'en ont pas.*

« La littérature peut-elle changer le monde ? » C'est le titre de la conférence organisée par Cheeseman. Cette opportune sauterie où se pressent les plus fins esprits de l'élite du monde de la culture a lieu dans une grande salle aux murs blanchis à la chaux sise au sommet du palais ducal, épicentre du festival Carthagène 2016. Les choses sérieuses commencent lorsqu'un trio d'auteurs colombiens parade sur scène devant un public qui se lève pour les acclamer. Tous trois saluent l'auditoire en héros de la résistance moderne. La modératrice fait son apparition : c'est une brindille vêtue d'une robe rouge sang et, même depuis mon fauteuil au dernier rang, on devine son amour des gros bijoux en or. Richard Cheeseman a opté pour le look « consul britannique » : costume trois pièces crème et cravate pourpre de Damas ; en réalité, on dirait juste un crétin hirsute sorti de *Retour à Brideshead.* Les trois révolutionnaires s'asseyent à leur place tandis que nous autres non-hispanophones chaussons nos casques afin de suivre la traduction simultanée en anglais. L'interprète commence par traduire les salutations de la modératrice, puis une brève biographie de chaque invité. Celle de Richard Cheeseman est la plus sommaire : « Un romancier et critique littéraire britannique célèbre et reconnu. » À la décharge de la personne qui l'a rédigée, il faut préciser que la page Wikipédia de Richard Cheeseman est tout aussi concise, quoique sa « tristement célèbre entreprise de démolition » à l'endroit de *Réduire Écho au silence* soit bien là, elle, et vous renvoie, au moyen d'un lien, sur le site de la *Piccadilly Review*. Hal-la-hyène m'a juré avoir fait des pieds et des mains pour le faire supprimer, mais Wikipédia refuse les dessous-de-table.

En Amérique du Sud, l'auditoire prend part à la lecture, un peu comme chez nous le public participe aux spectacles de stand-up. Le poisson Babel qui nage dans mon oreille effectue un résumé de chaque passage plutôt qu'une traduction simultanée, mais, par moments, la traductrice lâche un aveu : « Je suis désolée, mais je n'ai absolument rien compris à ce qu'il raconte. Et je ne suis pas sûre que l'auteur le sache non plus. » Richard Cheeseman lit un passage de son tout dernier roman, *Un homme dans une voiture blanche*, où il est question des derniers moments d'un certain Sonny Penhallow, étudiant à Cambridge qui se jette en voiture du haut d'une falaise de Cornouailles. La prose de Cheeseman n'a même pas le mérite d'être laide : elle est tout juste médiocre ; alors, les uns après les autres, les écouteurs tombent et les smartphones fleurissent. Quand Cheeseman termine, les applaudissements sont mornes. Je dois dire que je n'ai pas non plus cassé la baraque quand j'ai effectué ma lecture la veille.

Puis la « table ronde » commence, et les foutaises avec.

« La littérature devrait assassiner, déclare le premier révolutionnaire. Moi, j'écris avec un stylo dans une main et un couteau dans l'autre ! » Les adultes se lèvent, l'acclament et l'applaudissent.

Le deuxième ne s'en laisse pas conter : « Woody Guthrie, un des rares grands poètes américains, a écrit à la peinture sur sa guitare : "Cette machine tue les fascistes" ; sur mon ordinateur portable, j'ai écrit : "Cette machine tue le néocapitalisme" ! » Oh, il faut voir comment la folie gagne l'auditoire !

Une file indienne de retardataires progresse lentement dans la rangée de sièges juste devant la mienne. L'occasion est si belle, à croire que le coup figurait dans un script. À l'abri derrière ce bouclier humain, je m'éclipse de la salle ; mes pas clapotent sur les marches blanches. Dans la cour ouverte des Claustros de San Domingo, Kenny Bloke fait une lecture face à un groupe d'enfants assis en arc de cercle. Ces gosses sont captivés. Papa avait une anecdote sur Roald Dahl arrivant à une fête en hélicoptère et répétant à tous ceux qu'il croisait : « Écrivez donc des bouquins pour enfants : ces petits cons goberaient n'importe quoi. » Je franchis le portail ducal et me retrouve sur la place où Damon MacNish a donné son concert la veille. Cinq pâtés de maisons plus loin, dans une Calle 36 pas vraiment tracée au cordeau, j'allume une cigarette, mais la laisse choir dans une grille d'égout avant d'avoir tiré la moindre taffe. Cheeseman a arrêté de fumer, et laisser derrière moi une odeur prononcée de tabac risquerait de m'être fatal. C'est du sérieux, pas question de déconner. Je n'ai jamais rien fait de ce genre. Mais, d'un autre côté, il n'y a jamais eu de critique plus gratuite et plus prompte à anéantir un livre que celle de Richard Cheeseman à l'égard de *Réduire Écho au silence*. Sur un étal, on fait frire de la banane plantain. Un bambin observe la rue depuis la véranda au deuxième étage d'un immeuble, agrippé aux barreaux comme un prisonnier. Mitraillette en bandoulière, des militaires montent la garde devant une banque. Je suis content que la sécurité de mon argent ne dépende pas de leur vigilance : le premier envoie des SMS tandis que l'autre drague une fille de l'âge de Juno. Carmen Salvat est-elle mariée ? Elle ne me l'a pas dit.

Concentre-toi, Hershey. C'est du sérieux. Concentre-toi.

Gravis le perron qui sépare la rue chaude et lumineuse de la fraîcheur du hall décoré de marbre et de teck de l'hôtel Santa Clara. Passe entre les deux portiers qui, on peut le supposer, ont été entraînés à tuer. Ils analysent ma tenue, effectuant une estimation de mon coefficient de gringocité et de ma cote de solvabilité. Retire tes lunettes de soleil et cligne des yeux de façon un peu stupide – *Vous voyez bien, les p'tits gars, j'ai une chambre dans l'hôtel* – mais pense à les remettre au moment de traverser la cour, avant de passer devant les clients qui attendent l'heure du déjeuner en sirotant un cappuccino et en tapant des e-mails à l'endroit où des bénédictines absorbaient jadis de grandes quantités de Saint-Esprit. Évite l'œil du mainate et emprunte l'escalier situé derrière la fontaine insomniaque, puis monte au quatrième étage. Retrace le parcours de la nuit dernière jusqu'à l'inévitable croisée des chemins. Un couloir irradié de soleil suit l'encorbellement de la cour supérieure et mène jusqu'à la chambre de Crispin Hershey, où celui-ci se débine, tandis qu'un autre chemin plus tortueux dévie vers la chambre 405, où Crispin Hershey rend à Richard Cheeseman la monnaie de sa pièce. Tel un vairon, un sentiment de déjà-vu file devant moi à toute vitesse : Geoffrey Chaucer.

Eh bien, Messires, dit-il, si vous avez tel désir
De trouver Mort, tournez par ce chemin tortueux,
Car dans ce petit bois je l'ai laissé, par ma foi,
Sous un arbre et c'est là qu'il demeure[1]…

Mais c'est la justice et non pas la mort que j'ai *tel désir de trouver*. Des témoins oculaires dans les parages ? Aucun. Va pour le chemin tortueux. Le chariot d'une femme de chambre est garé devant la porte de la 403, mais de cette dame, nulle trace. La chambre 405 est située après l'angle ; c'est l'avant-dernière dans le cul-de-sac. « Dance Me to the End of Love » de Leonard Cohen flâne dans mon esprit, et, à travers une ouverture en arc de cercle pratiquée dans le mur extérieur de l'hôtel, depuis le quatrième, Hershey voit des toits, une bande de ciel caribéen bleu et de crasseux nuages en forme de chou-fleur… Les lointains gratte-ciel de la côte, inachevés pour certains. Chambre 405. *Toc, toc, toc.* « Qui est là ? – Ta juste

1. Geoffrey Chaucer, *Les Contes de Canterbury*, « Conte du pardonneur », traduction de Charles Clairmont, 1908.

punition, tafiole de Cheeseman. » En bas, dans la rue, le vrombissement d'une moto grimpe dans les octaves. Et voici la deuxième carte magnétique de Cheeseman, que j'ai conservée après mon numéro de bon Samaritain hier soir ; c'est également l'occasion pour le Destin de mettre à mal un projet pourtant bien préparé : si Richard Cheeseman a remarqué qu'une de ses cartes magnétiques manquait à l'appel ce matin et qu'il en a obtenu de nouvelles configurées avec un nouveau code, la petite diode sur la serrure clignotera en rouge, la porte restera fermée et Hershey devra abandonner sa mission. Mais si le Destin souhaite que je poursuive, la diode s'allumera en vert. Il y a un lézard sur le chambranle. Sa langue frétille.

Allez. Vas-y, glisse-donc ta carte.

Vert. Go go go go *go* !

La porte se referme. Bien, la chambre est propre et le lit est fait. Si une femme de chambre entre, fais comme si de rien n'était. Une chemise est accrochée à la porte d'un placard, et *Gens indépendants* d'Halldór Laxness est posé sur la table de chevet. À l'instar des musulmanes qui ont l'interdiction de toucher au Coran pendant leurs règles, cette petite merde de Richard Cheeseman ne devrait pas avoir le droit de toucher à Laxness s'il ne porte pas une paire de gants en latex. L'excellente pensée que voilà. Retire les Maped de la poche de ta veste et enfile-les. Bien. Localise la valise de Richard Cheeseman dans le placard. Un modèle neuf, onéreux, de grande contenance : parfait. Ouvre-la et ouvre une pochette intérieure : la fermeture à glissière est un peu raide, elle semble n'avoir jamais été utilisée. Prends ton couteau suisse et, avec précaution, pratique une incision d'un centimètre et demi dans la doublure. Excellent. Sors cette petite enveloppe de la taille d'une carte de crédit de la poche de ta veste, *doucement*, et tout aussi précautionneusement, coupe un coin, puis répands une toute petite quantité de poudre blanche sur la valise – indétectable à l'œil humain, mais aussi odorante qu'une crotte de sconse pour la truffe d'un beagle. Pousse l'enveloppe à travers l'incision effectuée dans la doublure.

Enfonce-la aussi loin que possible. Referme la pochette. Range la valise dans le placard. Et vérifie que le père Noël n'a pas laissé de miettes derrière lui. Rien. Tout va bien. Quitte le lieu du crime. Enlève d'abord tes gants, imbécile…

Dehors, la femme de chambre se relève de derrière son chariot et m'adresse un sourire las : mon cœur a des ratés de combustion. Au moment même où un tout petit « Bonjour » sort de ma bouche, je comprends que je commets une erreur fatale. En retour, elle articule silencieusement : *Bonjour*, et son regard de *mestiza* se détourne de mes lunettes de soleil, mais il n'en reste pas moins que j'ai trahi mon identité d'anglophone. Crétin, imbécile. Je m'empresse de rebrousser le chemin tortueux. Doucement ! Pas comme un cocufieur qui se carapate. La femme de chambre m'a-t-elle vu retirer mes gants ?

Aurais-je intérêt à faire machine arrière et récupérer la cocaïne ?

Du calme ! Pour cette femme de chambre illettrée, tu n'es qu'un cinquantenaire blanc à lunettes de soleil parmi tant d'autres. Pour elle, la 405 était ta chambre. Elle a déjà oublié qu'elle t'a vu. Je repasse devant les gros bras de l'entrée, puis prends un autre itinéraire pour retourner à l'épicentre du festival. Cette fois-ci, je fume. Je jette mes gants en caoutchouc dans une poubelle située à l'arrière d'un restaurant et je franchis de nouveau le portail des Claustros San Domingo en montrant mon laissez-passer de VIP. Kenny Bloke est en train de dire à un garçon : « Ah, ça c'est une question très intéressante… » Je remonte les étages par un itinéraire bis, passe devant une grande salle de trois cents personnes écoutant Holly Sykes qui, sur scène, lit à haute voix un passage de son livre. Je m'arrête. Qu'est-ce que les gens lui trouvent, foutredieu ? Bouche bée, mines concentrées, yeux rivés sur le grand écran où est projetée une traduction du texte de la dénommée Sykes. Même les petits lutins du festival négligent leur boulot de surveillance à l'entrée pour vibrer à l'unisson avec l'écrivain des anges. « Le garçon ressemblait à Jacko, lit-elle. Il avait la même taille, les mêmes vêtements et la même silhouette, mais je savais que mon frère était à Gravesend, à trente kilomètres de là. » Le silence enveloppe la salle comme la neige dans un bois. « Ce garçon m'a fait signe de la main, comme s'il avait attendu ma venue. Alors je lui ai fait signe à mon tour ; et puis il a disparu dans le passage souterrain. » Ces salades tirent des larmes à certains membres de l'auditoire ! « Comment Jacko avait-il pu faire tout ce trajet si tôt un dimanche matin ? Il n'avait que sept ans. Comment avait-il retrouvé ma trace ? Pourquoi ne m'avait-il pas attendue avant de replonger dans le souterrain ? Alors, je me suis mise à courir, moi aussi… »

Je m'empresse de remonter une autre volée de marches et regagne incognito mon siège dans le fond de la salle. Les gens parlent, se lèvent, envoient des SMS. « Mais non, je ne suis pas vraiment d'avis que les poètes sont les législateurs méconnus de ce monde, ressasse Richard Cheeseman. Seul un poète de bas étage comme Shelley se bercerait de cette illusion. »

La conférence s'achève rapidement, et je me fraie un chemin vers la scène. « Richard, tu as incarné la voix de la raison, du début à la fin. »

C'est le soir. Dans d'étroites rues tracées par les Hollandais et bâties par leurs esclaves quatre siècles plus tôt, des grand-mères arrosent leurs géraniums. Je gravis les marches escarpées qui mènent au sommet de la muraille de la vieille ville. Ses pierres restituent la chaleur cumulée dans la journée à travers la fine semelle de mes chaussures, et, à mesure qu'il s'enfonce dans la mer des Caraïbes, le soleil rose comme de la rhubarbe grossit joliment. Pourquoi est-ce que je vis dans une saleté de trou du cul de pays pluvieux à la con, déjà ? Si la boucherie d'un divorce nous attend, Zoë et moi, pourquoi ne pas lever le camp pour aller vivre au soleil ? Ce pays ferait l'affaire. En bas, entre la deux fois deux-voies et la mer, des garçons jouent au football sur un terrain nu : une équipe est en t-shirt, et l'autre torse-poil. Plus loin devant, je repère un banc libre. Bon. À quelques minutes de son exécution, vais-je décider de le gracier ?

Fichtre, non ! Il m'a fallu quatre ans pour écrire *Réduire Écho au silence* ; à Cheeseman et sa barbe de poils pubiens, il a suffi de huit cents mots pour l'enterrer. Il a fait croître sa renommée en foulant la mienne au pied. C'est ce que j'appelle du vol. La justice réclame que les voleurs soient punis.

Je me fourre cinq bonbons à la menthe dans la bouche, sors le téléphone portable à carte prépayée fourni par Miguel l'éditeur et, lentement, je compose le numéro de téléphone que j'ai recopié de l'affiche vue à l'aéroport de Heathrow. Le bruit généré par la circulation, les mouettes et les footballeurs diminue. J'appuie sur le bouton appeler.

Une femme répond immédiatement : « Ligne sécurisée de la douane de l'aéroport de Heathrow, j'écoute ? » Je prends le plus merdique accent à la Michael Caine qui soit, effet renforcé grâce aux bonbons. « Notez bien ce que je vais vous dire. Il y a un type, Richard Cheeseman, qui retourne à Londres depuis la Colombie par le vol BA713, demain soir. BA713. Vous notez ?

– BA713, monsieur. Oui, c'est enregistré. » Je sursaute. Mais bien sûr, évidemment qu'ils vont enregistrer la conversation. « Et pouvez-vous me répéter le nom ?

– Richard Cheeseman. Comme dans "*cheese*" et "*man*". Il y a de la cocaïne dans sa valise. Faites-la renifler par un chien. Vous verrez bien ce qui se passe.

– Bien compris, répond la dame. Monsieur, puis-je vous demander si… »

APPEL TERMINÉ, déclarent les gros pixels sur le minuscule écran. Les bruits du soir remontent. Je recrache mes bonbons à la menthe. Ils se brisent sur les dalles et gisent là, tels des bouts de dents cassées après un pugilat. Richard Cheeseman est la cause, je suis l'effet. L'éthique est soumise à la loi de Newton. Peut-être que ce que je viens de révéler suffira à faire fouiller son sac. Mais peut-être pas. Peut-être qu'on le laissera repartir après une simple mise en garde, ou peut-être qu'on lui bottera les fesses en public. Peut-être que Cheeseman perdra sa tribune dans les colonnes du *Telegraph*. Mais peut-être pas. J'ai fait ce que j'avais à faire, c'est au Destin de voir, maintenant. Je redescends les marches et feins de renouer mes lacets.

Je me débarrasse subrepticement de mon téléphone en le jetant dans une large grille d'égout. Plop ! Quand ce qui restera de l'appareil sera exhumé – pour peu que cela arrive –, toutes les personnes en vie au cours de cette magnifique soirée seront mortes depuis des siècles. Toi, cher lecteur, moi, Richard Cheeseman, nous tous.

21 FÉVRIER 2017

Aphra Booth entame une nouvelle page de son essai intitulé « Mâle, pâle et dépassé : la dé(con ?)struction des fantoches du post-post-féminisme dans la fiction néophallique ». Je fais basculer ma bouteille d'eau gazeuse, glou-*splich*-glou-*splach*-glou-*splochh-hhhhh*… Assis à ma droite, le modérateur de la conférence plisse les yeux dans une ostensible attitude de recueillement et de concentration, mais je le soupçonne de roupiller. La grande paroi vitrée derrière l'auditoire offre une vue sur le fleuve Swan dont l'eau bleu argent scintille en serpentant à travers Perth, dans l'ouest de l'Australie. Depuis combien de temps Aphra psalmodie-t-elle ? C'est pire qu'un sermon. Soit notre modérateur dort vraiment, soit il redoute d'interrompre Mme Booth au milieu de sa lecture. Quelque chose m'échappe ? « Observés à l'aune du genre, les métaparadigmes masculins relatifs à la psyché féminine concentrent tout le sous-texte d'une opacité fluctuante ; ou, pour me paraphraser moi-même, quand Vénus dépeint Mars, c'est toujours en contre-plongée, depuis la buanderie ou le tapis à langer. Et quand Mars dépeint Vénus, c'est nécessairement de haut, depuis le trône de l'imam, depuis la chaire de l'archevêque ou à travers l'objectif du pornographe… » Je pandicule, Aphra Booth pivote vers moi. « Quoi, sans présentation PowerPoint, vous n'arrivez pas à suivre, Crispin, c'est ça ?

– Je fais juste une petite thrombose veineuse de rien du tout, Aphra. » Ma réplique recueille quelques rires nerveux : la perspective d'un duel ranime un peu les habitants de Perth, tannés par le soleil.

« Ça fait des heures que vous avez la parole. Et puis cette table ronde n'est-elle pas censée porter sur l'âme ?

– On ne pratique pas encore la censure à ce festival » – son regard furieux se tourne vers le modérateur –, « n'est-ce pas ?

– Oh non, bien entendu. » Il cligne les yeux. « Pas de censure, en Australie. C'est garanti.

– Dans ce cas, Crispin aura-t-il la courtoisie » – Aphra Booth braque à nouveau son rayon mortel sur moi – « de me laisser terminer. L'âme est un avatar précartésien, tous ceux qui, intellectuellement parlant, ne portent plus de couches le savent. Si ce concept est trop difficile à appréhender pour vous, prenez votre tétine et attendez sagement dans un coin.

– J'aimerais mieux une capsule de cyanure, marmonné-je.

– Crispin voudrait une capsule de cyanure ! Quelqu'un pourrait le dépanner ? Ce serait fantastique. »

Oh, voyez comme ces momies réhydratées halètent et gloussent !

Lorsque Aphra Booth a terminé, il ne reste plus que quinze minutes sur les quatre-vingt-dix initiales. Le modérateur tente de raccrocher le thème d'origine en me demandant si je crois en l'existence de l'âme, et, si c'est le cas, m'invite à en donner ma conception. J'improvise, comparant l'âme à un bulletin scolaire du karma, à une clé USB spirituelle en quête d'un corps-disque dur, à un placebo que nous avons inventé afin de nous soigner de notre peur de la mort. Aphra Booth suggère que j'ai éludé la question, moi qui, à l'instar de tant d'autres, redoute de m'engager, « comme nous le savons tous ». Elle fait clairement allusion à mon récent divorce, que Zoë n'a pas manqué d'étaler dans la presse ; je lui suggère donc de cesser ses lâches insinuations et de dire ce qu'elle a à dire sans détour. Elle me traite de hersheycentrique et de paranoïaque. Je l'accuse de lancer des accusations sans avoir les… *tripes* d'aller jusqu'au bout. Les esprits s'échauffent. « C'est bien là le tragique paradoxe de Crispin Hershey, déclare Aphra Booth, s'adressant à l'assistance. Lui qui se voudrait pourfendeur du cliché, il ne se rend pas compte que son petit numéro de Johnny Rotten de la littérature est, de tous les stéréotypes masculins, le plus éculé. Mais même cette posture-là est irrémédiablement mise à mal depuis son récent plaidoyer en faveur d'un petit trafiquant de drogue. »

Je m'imagine voir tomber un sèche-cheveux dans son bain : tandis qu'elle meurt, ses membres tremblotent et sa chevelure fume. « Richard Cheeseman est victime d'une erreur judiciaire avérée ; se servir de son infortune pour s'en prendre à moi est d'une insondable vulgarité, même quand on s'appelle Dr Aphra Booth.

– Trente grammes de cocaïne ont été retrouvés dans la doublure de sa valise. »

Le modérateur intervient : « Je crois que nous devrions revenir… »

Je ne le laisse pas terminer : « Trente grammes de cocaïne, ça ne fait pas de lui un baron de la drogue !

– Non, Crispin, j'ai parlé de petit trafiquant, si vous aviez écouté ce que j'ai dit.

– Il n'y a aucune preuve que Richard Cheeseman ait placé lui-même cette cocaïne dans sa valise.

– Qui l'aurait fait, alors ?

– Je ne sais pas, mais…

– Voilà, merci.

– … mais Richard n'aurait jamais pris un risque aussi stupide et énorme.

– Sauf si ce camé croyait que sa célébrité le placerait au-dessus des lois colombiennes, comme en ont conclu le juge et les jurés.

– Si Richard Cheeseman s'appelait Rebecca, vous auriez depuis longtemps immolé votre toison pubienne devant l'ambassade de Colombie et réclamé justice à grands cris. Richard Cheeseman mériterait à tout le moins d'être transféré dans une prison britannique. La contrebande est un délit à l'encontre du pays de destination, pas du pays de départ.

– Oh, alors en fin de compte, vous estimez que Richard Cheeseman est bel et bien un petit trafiquant ?

– Il devrait avoir le droit de défendre son innocence depuis une prison britannique, et non pas depuis une fosse d'aisances de Bogotá où les prisonniers n'ont pas droit à un bout de savon et encore moins à un avocat digne de ce nom.

– Mais en tant qu'éditorialiste de la très conservatrice *Piccadilly Review*, Richard Cheeseman ne manquait jamais de souligner l'efficacité de la prison comme moyen de dissuasion. D'ailleurs, pour le citer…

– Ça suffit, Aphra, espèce de grosse truie fanatique. »

Aphra se lève d'un bond et pointe le doigt dans ma direction, comme si c'était un Magnum chargé. « Excusez-vous immédiatement, sans quoi vous allez vous retrouver à suivre un cours intensif sur la façon dont les tribunaux australiens se chargent de régler les affaires de calomnie, diffamation et discrimination physique.

– Je suis sûr que tout ce que voulait dire Crispin, intervient le modérateur, c'était que…

– J'exige que ce porc immonde me fasse des excuses !

– Bien entendu que je vais m'excuser, Aphra. Je voulais plutôt dire que vous étiez une grosse truie fanatique, vaniteuse, sexiste et inepte qui fait du chantage à ses étudiants pour qu'ils déposent sur Amazon des critiques élogieuses sur ses livres, et qu'on a vue le dix février dernier à seize heures, heure locale, en train d'acheter un roman de Dan Brown à la librairie Relay de l'aéroport international de Singapour. Vous apprendrez qu'en bon citoyen, un témoin de la scène a déposé une vidéo sur YouTube. »

La foule est stupéfaite, à ma grande satisfaction.

« Et n'allez pas raconter que c'était "pour des travaux de recherche", Aphra, vous ne vous en tirerez pas comme ça. Là. J'espère que mes excuses ont permis de clarifier certains points.

– Vous, là, invective-t-elle le modérateur, vous ne devriez pas offrir une tribune aux sinistres et nauséabonds misogynes de son acabit. Quant à vous » – c'est-à-dire, moi –, « vous avez intérêt à vous dégoter un avocat spécialisé dans les cas de diffamation, parce que, avec le procès que je vais vous coller, vous allez en baver ! »

Sortie de scène tonitruante d'Aphra Booth.

« Oh, mais ne le prenez pas comme ça, Aphra, la hélé-je. Vos fans sont venus. Si, si, les deux. Aphra !… J'ai dit quelque chose de mal ? »

À vélo, je quitte le circuit des boutiques de souvenirs et des cafés pour me retrouver quelques minutes plus tard dans le cul-de-sac d'une place d'armes poussiéreuse. Il y a des guérites qui semblent dater de la Seconde Guerre mondiale, et j'ai le vague souvenir d'avoir entendu que les prisonniers de guerre italiens étaient détenus sur l'île de Rottnest. Ce qui me ramène à Richard Cheeseman, comme assez souvent, ces derniers temps. Ma fatidique vengeance de l'année dernière à Carthagène ne m'est pas revenue en pleine poire, loin s'en faut : c'est un horrible succès. Richard Cheeseman a maintenant passé trois cent quarante-deux jours de la peine de six ans qu'il a été condamné à purger au Penitenciaría Central de Bogotá pour trafic de drogue. Trafic de drogue ! Pour une foutue enveloppe de misère ! Les Amis de Richard Cheeseman ont su se débrouiller pour lui avoir une cellule privative et un lit, mais pour accéder à ce luxe, nous avons dû verser deux mille dollars aux types du gang qui tient l'aile de sa prison. Ah, j'y repense si souvent et regrette mon vilain geste, mais comme dit le proverbe arabe : même Dieu ne peut pas changer le passé. Nous autres, Amis de Richard Cheeseman, mettons tout en œuvre pour tenter de faire écourter sa peine, ou au moins obtenir son extradition au Royaume-Uni, mais la tâche est ardue. Dominic Fitzsimmons, charmant et très compétent sous-secrétaire d'État au ministère de la Justice, qui a connu Richard Cheeseman à Cambridge, nous apporte son soutien, mais il doit agir avec beaucoup de discrétion afin d'éviter les accusations de népotisme. Mais sinon, le sort de l'impertinent éditorialiste n'émeut guère les gens, qui rappellent que d'autres en Indonésie ou en Thaïlande ont écopé de la perpétuité, et en concluent que Richard Cheeseman s'en tire à bon compte, bien que la vie au Penitenciaría n'ait absolument rien de « bon » : chaque mois, on y déplore deux ou trois décès.

Je sais, je sais. Une seule personne pourrait ramener Cheeseman de l'enfer, et cette personne n'est autre que Crispin Hershey. Mais jugez du coût de la chose. Soyons sérieux. Si je passais à des aveux complets, j'encourrais moi-même une peine de prison susceptible d'être purgée à l'adresse actuelle de Cheeseman. Les frais d'avocat seraient faramineux, et pas la peine non plus de compter sur un hypothétique lesamisdecrispinhershey.org pour m'obtenir une cellule privative : je filerais directement à la case « aquarium des piranhas ». Juno et Anaïs couperaient les ponts pour de bon. Des aveux complets ? Autant me suicider. Mieux vaut vivre avec sa lâcheté et sa culpabilité que mourir en traître.

Je ne peux pas m'infliger ça. Je ne peux tout simplement pas.

Au-delà de la place d'armes, la piste poussiéreuse s'efface.

Il nous arrive à tous de nous égarer. Je saisis mon guidon et fais demi-tour.

L'après-midi est un four à micro-ondes dont la porte serait ouverte et qui irradierait toutes les chairs exposées. Rottnest est petite comme le sont les îles en général : à peine vingt kilomètres carrés de roche nue et de ravines brûlées, de tours et de détours, de montées et de descentes où l'océan Indien reste toujours visible, ou, à tout le moins, vous attend au virage suivant. Au beau milieu de mon ascension d'une colline, je descends de selle et pousse mon vélo. Mon pouls tambourine sur mes tympans et ma chemisette colle à mon corps pas vraiment mince. Fichtre, quand est-ce que la forme m'a quitté ? À trente ans, je n'aurais fait qu'une bouchée de cette montée, et aujourd'hui, je suis si rincé que j'ai la gerbe. Quand ai-je enfourché un vélo pour la dernière fois ? Cela doit remonter à huit ans, peu ou prou : c'était avec Juno et Anaïs dans le jardin à l'arrière de notre maison de Pembridge Place. Un après-midi, pendant les vacances, j'avais bricolé une course d'obstacles aux filles et utilisé des planches pour fabriquer des tremplins, planté des tuteurs en bambou pour le slalom, exploité un drap et la corde à linge pour en faire un tunnel, et quand on arrivait au niveau de l'épouvantail maléfique, il fallait le décapiter à l'aide d'Excalibur. J'avais baptisé ce jeu « le motocross trial » ; on chronométrait le temps de parcours de chacun. La jeune fille au pair venue de France – son nom m'échappe – nous avait préparé une limonade au jus de pamplemousse rose, et même Zoë nous avait rejoints pour le pique-nique dans la clairière des fées, située derrière les hortensias en pleine floraison. Juno et Anaïs m'ont souvent demandé de leur réinstaller le parcours, et je m'étais toujours dit que je le ferais, mais il y avait toujours une critique à rédiger, un e-mail à envoyer, une scène à peaufiner, et, finalement, il n'y aura jamais eu qu'un seul motocross trial. Que sont devenus les vélos des filles ? Zoë a dû s'en débarrasser, j'imagine. Se débarrasser des choses encombrantes, c'est devenu sa spécialité.

Enfin, merci Seigneur, j'atteins la crête ; je remonte en selle et repars en descente de l'autre côté. Des prosopis émergent de la terre beige autour des mares visqueuses. J'imagine les premiers marins européens débarquer, en quête d'eau douce dans cet infernal jardin d'Éden, et chier tranquillement. Des petites frappes venues de Liverpool, Rotterdam, Le Havre et Cork, la peau tannée, tatouée, calleuse, marquée par le scorbut, les muscles foutrement saillants, et…

J'ai soudain conscience qu'on m'observe.

L'impression est forte. Étrange. Dérangeante.

Je scrute le flanc de colline. Chaque buisson, chaque rocher…

… non. Personne. C'est sûrement juste… Juste quoi ?

Je veux revenir en arrière.

Au croisement suivant, je bifurque sur la route qui mène au phare. Celui-ci n'est pas du genre colosse de pierre balayé par les embruns : le phare de Rottnest est un majeur courtaud qui émerge d'un affleurement rocheux et grogne : « Va te faire mettre, mon pote. » Il resurgit à certains tournants, là où on ne l'attend pas, en prenant d'étranges proportions, mais semble s'éloigner de moi. Il y a une colline dans *De l'autre côté du miroir* qui produit le même effet chez Alice, jusqu'à ce que celle-ci abandonne l'idée de l'atteindre. Peut-être devrais-je en faire autant. À quoi pourrais-je penser pour me distraire ?

À Richard Cheeseman, qui d'autre ? *Tout ce que je voulais, c'était le mettre dans l'embarras.* Je m'imaginais qu'il allait être retenu pendant plusieurs heures à l'aéroport d'Heathrow pendant que les avocats s'activeraient, et que ce serait un critique bien moins arrogant qu'on libérerait sous caution. Rien de plus. Comment aurais-je pu prédire que les polices britannique et colombienne travaillaient main dans la main pour une fois et que, subséquemment, ce pauvre Richard serait arrêté à l'aéroport international de Bogotá, *avant même d'embarquer* ?

« Très facilement », répond ma conscience. Et c'est vrai, cher lecteur, si tu savais à quel point je regrette mon geste. Je voudrais me racheter. Avec le soutien de Maggie, la sœur de Richard, j'ai créé l'Association des Amis de Richard Cheeseman afin que les médias n'oublient pas la détresse dans laquelle il est plongé – aussi lamentables soient les actes que j'ai commis, je ne suis pas, en matière d'infamie, un joueur de première division. Je ne suis pas comme cet évêque catholique qui, pendant des dizaines d'années, avait relégué de paroisse en paroisse les prêtres qui violaient de petits garçons, dans le but d'éviter de plonger l'Église dans l'embarras. Je ne suis pas non plus le président de Syrie, Bachar al-Assad, qui a gazé et bombardé des milliers d'hommes, de femmes et d'enfants dont le seul crime était de vivre dans une banlieue détenue par des rebelles. Tout ce que je voulais, c'était donner une bonne leçon à un type qui m'a traîné dans la boue. Mais la leçon s'est révélée un peu trop bonne. De cela, oui, je suis coupable. Et je le regrette. Mais cette culpabilité, je la porte en moi. C'est mon fardeau. C'est la peine que je purgerai, j'aurai toujours ce poids sur ma conscience.

Dans la poche de ma chemise, mon iPhone gazouille. Ayant besoin de souffler, je pose mon vélo à l'ombre d'un rocher de la taille d'un abri de jardin. Mon téléphone m'échappe et tombe sur le gravier décoloré. Je le ramasse en l'attrapant par la petite dragonne Moshi Monsters qu'Anaïs lui a ajoutée. Tiens, d'ailleurs, c'est un SMS de Zoë ou, plutôt, d'une photo du goûter d'anniversaire organisé pour les treize ans de Juno à la maison de Montréal. Maison que j'ai financée de mes deniers et dont Zoë est propriétaire depuis le divorce. Plantée derrière un gâteau en forme de poney, Juno montre les bottes de cavalière que je lui ai payées tandis qu'Anaïs prend un air bébête tout en tenant une pancarte : « *Bonjour, Papa* !* » Zoë s'étant efforcée de figurer en arrière-plan du cliché, je me pose forcément des questions quant à l'identité du photographe. Il pourrait s'agir d'un membre de *la famille** Legrange, mais Juno a évoqué un certain Jérôme, banquier divorcé et père d'une fille. Je me fous de savoir par qui Zoë se fait troncher, j'estime juste que j'ai le droit de savoir qui borde mes filles le soir, à présent que leur mère a décidé que ce ne serait plus moi. Zoë n'a pas ajouté de message à la photo, mais le sous-texte est limpide : *Nous allons très bien, merci.*

J'aperçois un bel oiseau sur une branche, à quelques mètres à peine. Il est blanc et noir avec du rouge sur la tête et les flancs. Je vais le photographier et l'envoyer à Juno, accompagné d'un message d'anniversaire rigolo. Je sors de l'application messages et appuie sur l'icône appareil photo, mais, quand je relève la tête, l'oiseau s'est envolé.

À son arrivée, Crispin Hershey constate que deux vélos sont posés contre le phare, ce qui le contrarie. Je descends de selle, en nage, l'entrejambe douloureux. Je quitte la lumière nucléaire pour gagner le côté à l'ombre de l'édifice, où, ô joie, deux spécimens féminins finissent leur pique-nique. La plus jeune porte une fausse chemise hawaïenne, un bermuda kaki et d'épaisses couches bleuâtres de crème solaire sur les pommettes, les joues et le front. La plus âgée a des vêtements hippies bariolés, une capeline blanche, des cheveux noirs en bataille et des lunettes de soleil choisies pour la largeur protectrice de leurs verres. La plus jeune se lève d'un bond – c'est encore une adolescente – et s'exclame : « Ouah ! Bonjour. Vous êtes Crispin Hershey. » Elle a l'accent de l'estuaire londonien.

« Effectivement. » Cela fait assez longtemps qu'on ne me reconnaît plus en dehors d'un contexte littéraire.

« Bonjour. Je m'appelle Aoife, et… et en fait, ma mère vous a déjà rencontré. »

La femme plus âgée se lève et retire ses lunettes de soleil. « Bonjour, monsieur Hershey. Il n'y a aucune raison que vous vous souveniez de moi, mais…

– Vous êtes Holly Sykes. Je vous reconnais. On s'est rencontrés l'année dernière à Carthagène.

– La vache, maman ! dit Aoife. Crispin Hershey, *le* Crispin Hershey sait qui tu es. Quand on va lui raconter ça, Tata Sharon sera là : "Naaaan !" »

Elle me rappelle tellement Juno. Ça me fend le cœur ; enfin, un peu.

« *Aoife.* » Il y a là un soupçon de remontrance maternelle : L'écrivain des anges aux millions de bouquins vendus n'est pas très à l'aise avec sa célébrité. « M. Hershey a droit à un peu de calme après le festival. Allez, on va retourner en ville, d'accord ? »

La jeune femme chasse une mouche. « On vient à peine d'arriver, Maman. Et ce ne serait pas très poli. Ça ne vous dérange pas, si on se partage le phare ?

– Ne partez pas à cause de moi, m'entends-je prononcer.

– Cool ! répond Aoife. Alors prenez une chaise. Enfin, une marche, plutôt. En fait, on vous avait vu sur le ferry de Rottnest, mais Maman m'a dit de ne pas vous déranger parce que vous aviez l'air claqué. »

L'écrivain des anges semble chercher à m'éviter. Aurais-je été très malpoli avec elle pendant la réception à la villa du président ? « Le décalage horaire est intraitable.

– Ce n'est pas faux. » Aoife s'évente à l'aide de sa casquette. « C'est pour ça que c'est impossible d'envahir des pays comme l'Australie et la Nouvelle-Zélande : une armée d'envahisseurs n'aurait pas le temps de traverser la moitié de la plage que, déjà, le décalage horaire leur tomberait dessus. Les types seraient là : “Ouh la vache !” et puis *vlan !* ils s'écrouleraient dans le sable, plus personne. Terminée, l'invasion. On a raté votre conférence, tout à l'heure, désolée. »

Je songe à Aphra Booth. « Ce n'est rien. Alors comme ça » – je m'adresse à sa mère –, « vous êtes invitée au festival littéraire, vous aussi ? »

Holly Sykes acquiesce d'un mouvement de tête tout en buvant un peu d'eau en bouteille. « Aoife fait une espèce d'année sabbatique à Sydney, alors ce voyage tombait bien.

– Ma coloc' à Sydney vient de Perth, ajoute Aoife, et elle me répète tout le temps : “Si tu vas à Perth, il faut que tu ailles à Rotto.” »

Ces foutus ados me filent toujours un coup de vieux. « “Rotto” ?

– Bah, ici. Rotto, c'est Rottnest. Freemantle, c'est “Freo”. C'est cool, non, la façon dont ils raccourcissent les mots ? »

Non, répondrais-je d'ordinaire, *c'est du babil d'adultes*. Mais alors, *quid* d'une humanité sans jeunesse ? Quid d'une langue sans néologismes ? Nous serions tous les Struldbrugs de Gulliver et parlerions la langue de Chaucer.

« Ça vous tente, un abricot ? » Aoife me tend un sac en papier kraft.

Ma langue écrase un fruit parfumé de plus contre mon palais. Je recrache le noyau et pense à la mère de Jack jetant les haricots qui, le lendemain, donneront une tige géante. « Les abricots mûrs ont exactement le goût de leur couleur.

– Vous parlez comme un vrai écrivain, Crispin, juge Aoife. Mon oncle Brendan taquine toujours ma mère : maintenant que c'est un auteur célèbre, elle va devoir parler de manière plus huppée, pas genre : *Hé-ho, 'gaffe à c'que tu dis, sans ça j't'en colle une, hein ?* »

Holly Sykes proteste : « Je ne parle pas comme ça, enfin ! »

Juno et Anaïs ne sont pas là pour me chercher des poux, et ça me manque. « Alors, Aoife, en quoi consiste ton “espèce” d'année sabbatique ?

– Je vais commencer des études d'archéologie en septembre à

Manchester, mais comme l'éditeur de Maman en Australie connaît un prof d'archéologie à Sydney, j'assiste à des cours magistraux ce semestre, et, en échange, j'ai aidé sur un site à Parramatta. Là-bas, il y avait un camp de travail pour les femmes condamnées par la justice. C'était génial de pouvoir raccommoder tous ces bouts de vies.

– C'est louable, lui réponds-je. Ton père est archéologue ?

– Non, Papa était journaliste. Correspondant étranger.

– Et qu'est-ce qu'il » – sur le tard, je remarque qu'elle a dit « était » – « fait aujourd'hui ?

– Malheureusement, un missile a frappé son hôtel. À Homs, en Syrie. »

Je hoche la tête. « Pardon pour mon manque de délicatesse. À toutes les deux.

– C'était il y a huit ans, me rassure Holly Sykes, et…

– … et puis j'ai de la chance. » C'est maintenant Aoife qui cherche à me rassurer. « Sur YouTube, il y a des tonnes d'interviews de Papa, il suffit que j'aille sur Internet et il est là, en train de causer, aussi vrai que nature. C'est la deuxième chose que j'aime bien faire, après traînasser. »

Mon père est sur YouTube, lui aussi, mais quand je vois ses vidéos, il me paraît plus mort que jamais. « Comment est-ce qu'il s'appelait, ton père ?

– Ed Brubeck. Je porte son nom, moi aussi. Aoife Brubeck.

– Ed Brubeck, le fameux Ed Brubeck ? Celui qui écrivait des articles dans *Spyglass* ?

– Lui-même, intervient Holly Sykes. Vous avez déjà lu ses papiers ?

– On s'est même rencontrés ! Quand était-ce ? À Washington, en… 2002 ? Le beau-frère de mon ex-femme faisait partie des jurés du prix Sheehan-Dower. Ils l'avaient attribué à Ed, cette année-là, et moi, le même jour, j'avais fait une lecture en ville ; alors, le soir, nous nous étions retrouvés à la même table.

– De quoi vous et Papa avez discuté ? me demande Aoife.

– Oh, d'une centaine de choses. De son boulot. Du 11-Septembre. De la peur. De politique. De la difficulté d'écrire en ayant une vie de famille. Il avait une fille de quatre ans à Londres, je me souviens. » Aoife sourit jusqu'aux oreilles. « Comme je travaillais sur un personnage de journaliste, Ed m'avait permis de lui poser des questions. Et puis, ensuite, de temps à autre, on échangeait des e-mails. Quand j'ai appris ce qui lui était arrivé en Syrie… » Je soupire. « Pour ce qu'elles valent, je vous présente très tardivement mes condoléances, à toutes les deux. C'était un sacré journaliste.

– C'est gentil, répond l'une.

– Merci », dit l'autre.

Nos regards se posent sur les dix-sept kilomètres de mer que laboure le ferry.

Les gratte-ciel noirs de Perth se dressent dans la légèreté du ciel. À une vingtaine de foulées de nous, un mammifère de taille moyenne que je n'identifie pas sort de la broussaille et descend la pente, pataud. Il est grassouillet comme un wallaby, arbore un pelage brun-roux, possède des pattes antérieures de kangourou et une gueule rusée de wombat. Sa langue, longue et fine comme un doigt, lèche nos noyaux d'abricot. « Bonté divine ! Qu'est-ce que c'est que ça ?

– Ce mignon petit diablotin est un quokka », m'apprend Aoife.

– Qu'est-ce qu'un quokka, à part un joli score au Scrabble ?

– Un marsupial menacé d'extinction. Les premiers Hollandais qui ont débarqué ici croyaient que c'étaient des rats géants : c'est pour ça qu'ils ont baptisé l'endroit “le nid à rats” – *rottnest* en néerlandais. La plupart de ceux qu'il y avait en métropole ont été tués par les rats et les chiens, mais, sur cette île, ils ont réussi à survivre.

– Quand l'archéologie fait défaut, il y a toujours l'histoire naturelle. »

Aoife sourit. « J'ai regardé sur Wikipédia, il y a cinq minutes.

– Vous croyez qu'ils aiment les abricots ? demandé-je. Il en reste un tout écrabouillé. »

Holly tire une moue dubitative. « Et le “Ne pas nourrir les animaux”, on en fait quoi ?

– C'est bon, c'est pas comme si on leur lançait des Mars, Maman.

– Et puis, si les quokkas sont une espèce menacée, il va leur falloir de la vitamine C. » Je lance l'abricot, qui atterrit à quelques pas de l'animal. Il trottine jusqu'au fruit, le renifle, le croque, lève le museau et nous regarde.

« "S'il vous plaît, monsieur" » – Aoife prend une petite voix chevrotante à la Oliver Twist –, « "est-ce que je peux en avoir encore ?" Il est chou, hein ? Il faut que je le prenne en photo.

– Ne t'approche pas trop, ma puce, lui conseille sa mère. C'est un animal sauvage.

– Promis, oui. » Aoife descend la pente, téléphone en main.

« Elle est bien élevée, cette enfant », dis-je tout bas à sa mère.

Elle me regarde, et je décèle autour de ses yeux toutes les traces d'une vie jalonnée d'épreuves. Si seulement elle n'avait pas écrit des histoires d'anges à la con pour bonnes femmes crédules déçues de leur vie, on aurait pu être amis. À coup sûr, Holly Sykes doit savoir que j'ai deux filles et que je suis divorcé : l'ex-enfant terrible des lettres britanniques n'est peut-être pas suffisamment connu pour vendre des livres, mais le tonitruant « Je survivrai » de Zoë lancé dans les pages du *Sunday Telegraph* a livré à la planète entière une version un rien biaisée de nos tracas. Nous regardons Aoife donner à manger au quokka, tandis que, tout autour de nous, les versants blanchis et envahis d'insectes de Rottnest vrombissent et sifflent, pareils à des acouphènes. Un lézard passe dans la poussière, et…

L'impression d'être observé revient, plus forte que jamais. Nous ne sommes pas seuls, ici. Il y a beaucoup de monde. Pas loin de nous. J'en mettrais ma main à couper.

De l'acacia à l'arbrisseau filiforme, au rocher gros comme un abri de jardin… Non, personne.

« Vous les sentez, vous aussi ? » Holly Sykes m'observe. « C'est une chambre d'écho, cet endroit… »

Répondre par l'affirmative, c'est laisser s'engouffrer son monde de pacotille qui ne s'appuie sur rien de tangible. En acquiesçant, comment ensuite refuser la lithothérapie, la karmathérapie, l'Atlantide, le reiki, et l'homéopathie ? Le problème, c'est qu'elle a raison. Je les sens. Cet endroit est… Dis, tu n'aurais pas un synonyme de « hanté » sous le coude, monsieur le romancier ? J'ai la gorge sèche. Ma bouteille d'eau est vide. En contrebas, de grosses vagues se fracassent contre les rochers. Le bruit feutré du choc me parvient une seconde plus tard. Plus loin, des surfeurs s'amusent.

« Ils sont arrivés ici enchaînés, dit Holly Sykes.

– Qui donc ?

– Les Noongar. Wadjemup, ils appelaient cette île. Wadjemup, c'est : "l'endroit au milieu de l'eau". » Elle renifle. « Chez les Noongar, on ne possède pas la terre. Pas plus qu'on ne possède les saisons ou une année. Ce que la terre te donnait, tu le partageais. »

La voix de Holly Sykes retombe et bute sur les mots, non pas comme si elle parlait mais plutôt comme si elle traduisait un texte ardu. Ou qu'elle écoutait la voix d'une personne au milieu du brouhaha d'une foule. « Les *djanga* sont arrivés. On croyait que c'étaient des morts revenus des morts. Ils ont oublié comment on parle, alors ils parlaient maintenant comme des oiseaux. Seulement quelques-uns sont venus, d'abord. Leurs barques étaient grosses comme des collines, mais creuses, comme des grosses maisons flottantes, avec beaucoup beaucoup de pièces. Et puis d'autres bateaux, encore d'autres bateaux, et chaque bateau en vomissait plus, toujours plus. Ils plantaient des clôtures, montraient des cartes en les agitant, apportaient des moutons, creusaient des mines. Ils tiraient sur nos bêtes, mais si nous, on tuait leurs bêtes, ils nous chassaient comme des rats et partaient avec les femmes… »

Son numéro devrait me paraître ridicule. Mais sur le moment, en la voyant à un mètre de moi, une veine palpitant sur sa tempe, je ne sais plus quoi penser. « C'est une histoire sur laquelle vous travaillez, Holly ?

– On a compris trop tard, les *djanga* c'est pas des Noongar morts réveillés, c'est des gars-blancs. » La voix de Holly se voile. Certains mots disparaissent. « Avec le gars-blanc, Wadjemup c'est une prison pour Noongar. Si on brûle le bush, comme on fait toujours, le gars-blanc nous emmène en bateau à Wadjemup. Les chaînes. Les cellules. Les cages à froid. Les cages à chaud. Les années. Les fouets. Le travail. Le pire, c'est ça : nos âmes ne traversent pas la mer. Alors quand le bateau-prison nous sépare de Freemantle, nos âmes sont arrachées de notre corps. C'est une farce horrible. Alors arrivés à Wadjemup, nous Noongar, on meurt comme des mouches. »

Je ne comprends plus qu'un mot sur quatre, maintenant. Les pupilles de Holly Sykes ont la taille d'un point. Ce n'est pas normal. « Holly ? » Quels sont les gestes à faire dans ce genre de cas ? Elle doit être aveugle. Holly se remet à parler mais il n'y a pas beaucoup d'anglais dans ce qu'elle baragouine : je réussis à saisir « prêtre », « canon », « galère » et « nager ». Je n'ai aucune connaissance des langues aborigènes, mais ce qui s'échappe de la bouche de Holly Sykes n'est ni du français, ni de l'allemand, ni de l'espagnol, ni du latin. Puis sa tête tressaute vers l'arrière et se cogne contre le phare, alors le mot « épilepsie » me traverse l'esprit. Je lui attrape le crâne de sorte que ma main le lui protège au prochain spasme. Je me redresse, me tourne vers elle, maintenant fermement sa tête contre mon torse, et crie : « Aoife ! »

La fille resurgit de derrière un arbre tandis que le quokka détale. Je lui lance : « Ta mère est en train de faire une crise ! »

Quelques secondes palpitent, et Aoife Brubeck est là, tenant le visage de sa mère entre ses mains. « Maman ! Maman ! Arrête ! Reviens ! » lui ordonne-t-elle sur un ton sec.

Un bourdonnement éraillé se met à résonner dans la gorge de Holly.

« Depuis combien de temps elle est comme ça ? me demande Aoife.

– Je ne sais pas, une minute. Peut-être moins. Elle est épileptique ?

– On a passé le plus gros. Non, ce n'est pas de l'épilepsie. Quand elle ne parle plus, c'est qu'elle n'entend plus, alors… Oh merde ! C'est quoi, ce sang ? »

J'ai la main toute rouge et toute collante. « Elle s'est cognée contre le mur. »

Aoife grimace puis examine le crâne de sa mère. « Elle va avoir une sacrée bosse. Mais ses yeux redeviennent normaux, regardez. » Effectivement, ses pupilles grossissent et recouvrent leur taille initiale.

« À ta réaction, on croirait que c'est déjà arrivé par le passé, remarqué-je.

– Oui, quelques fois », me répond-elle – un euphémisme manifeste. Vous n'avez pas lu *Les Gens-de-la-radio*, vous. »

Sans me laisser le temps de le confirmer, Holly Sykes cligne des yeux et nous découvre là. « Oh, bon Dieu, ça a recommencé, c'est ça ? »

Aoife, inquiète, la materne un peu. « Bon retour parmi nous. »

Elle est toujours dans le pâté. « Qu'est-ce que je me suis fait à la tête ?

– D'après Crispin, tu as essayé de défoncer le mur avec. »

Holly Sykes me regarde et tire une moue contrite. « Vous m'avez entendue parler ?

– Le contraire était difficile. Au début, en tout cas. Après… ce n'était plus vraiment de l'anglais. Écoutez, je ne suis pas secouriste, mais je me méfie des traumatismes crâniens. Ce ne serait pas très malin de pédaler maintenant sur une route vallonnée et sinueuse. J'ai le numéro du loueur de vélos. Je vais demander qu'un médecin vienne vous chercher en voiture. Je pense sérieusement que c'est ce qu'il y a de mieux à faire. »

Holly regarde Aoife, laquelle m'encourage d'un : « Oui, allez-y, merci », et serre le bras de sa mère.

Poussant sur ses mains, Holly se redresse. « Je n'imagine pas ce que vous devez vous dire, Crispin. »

On s'en fiche pas mal. Je compose le numéro, malgré le petit oiseau qui me déconcentre avec ses *craïki, craïki, craïki*…

Pour la cinquantième fois, Holly bougonne : « Je suis tellement gênée. »

Le ferry est en train d'amarrer dans le port de Freemantle. « Par pitié, arrêtez de répéter cela.

– Oui, mais, à cause de moi, Crispin, vous avez écourté votre visite de Rottnest.

– Il aurait bien fallu que je prenne ce ferry, de toute façon. S'il y a un endroit maudit sur terre, c'est bien Rottnest. Et toutes ces galeries luxueuses qui vendent de l'art aborigène m'ont donné envie de me pendre. Vous imaginez, si les Allemands avaient installé des stands de nourriture juive dans le camp de Buchenwald ?

– Décidément. » Aoife termine son esquimau. « L'écrivain n'est jamais bien loin.

– Que veux-tu, c'est pathologique, lui réponds-je. Si je pouvais, j'arrêterais d'écrire dès demain. »

Les moteurs du ferry poussent un grognement puis s'éteignent. Les passagers rassemblent leurs affaires, retirent leurs écouteurs ou cherchent leurs enfants. Le téléphone de Holly sonne ; elle vérifie qui l'appelle. « C'est l'amie qui vient nous chercher en voiture. Juste un instant. » Pendant qu'elle décroche, je regarde si j'ai des messages. Depuis le MMS du goûter d'anniversaire de Juno, rien. Autrefois, avec la dimension internationale de notre union, c'était tout un monde de surprises et de curiosités qui s'ouvrait à nous ; mais pour un divorce international, mieux vaut avoir le cœur bien accroché. À travers la vitre éclaboussée par les embruns, je regarde de jeunes Australiens minces et musclés sauter de la proue, atterrir sur le quai et arrimer les amarres aux bollards en acier peint.

« Notre amie nous attend au terminal d'embarquement. » Holly range son téléphone. « Elle a de la place pour vous aussi, Crispin, si vous voulez qu'on vous dépose à votre hôtel. »

Je n'ai plus l'énergie d'explorer Perth. « Je veux bien, merci. »

Nous franchissons la passerelle et posons le pied sur la jetée bétonnée, où mes jambes ont du mal à se réhabituer à la terre ferme. Aoife fait signe à une femme, qui agite la main en retour, et c'est seulement à quelques mètres d'elle que je parviens à identifier cette fameuse amie de Holly.

« Bonjour, Crispin, me salue la femme en question, comme si elle me connaissait.

– Mais oui, bien sûr, se rappelle Holly. Vous vous êtes rencontrés en Colombie !

– Crispin ne se souvient peut-être plus de moi, dit en souriant la femme en question.

– Pas du tout, Carmen Salvat, rétorqué-je. Comment allez-vous ? »

20 AOÛT 2018

En quittant le hall climatisé du Shanghai Mandarin Hotel, nous nous heurtons à une vague de chaleur et à la dévotion d'une foule qui se forme en un clin d'œil – jamais je n'ai vu un écrivain susciter autant d'hystérie. C'est d'autant plus dommage que je n'en suis pas la cible – dès l'instant où ils reconnaissent l'objet de leur dévotion, un cri s'élève : « Nééééck ! » Nick Greek, en tête du convoi de deux écrivains que nous constituons, vit depuis le mois de mars à Shanghai, où il apprend le cantonais et effectue des travaux de recherche sur les guerres de l'Opium. Hal-la-hyène a travaillé étroitement avec son agent local, et c'est désormais un quart de million de Chinois qui suivent Nick Greek sur Weibo. Pendant le déjeuner, ce dernier a dit avoir refusé deux contrats de mannequinat, foutredieu. « C'est tellement gênant, a-t-il déclaré, modeste. Enfin, vous imaginez si on avait proposé ça à Steinbeck ? Qu'est-ce qu'il aurait fait ? » J'ai réussi à lui sourire, tout en songeant que la Modestie était plus maligne que sa demi-sœur, la Vanité. Des gardes du corps aussi grands que larges de ce salon du livre s'efforcent de nous dégager un chemin à travers la masse des groupies chinoises nubiles aux cheveux de jais qui trimbalent leurs bouquins : « Nééééck, s'il vous plaît, un autographe ! Un autographe, s'il vous plaît ! » Certaines agitent même une photo couleur, format A4, du jeune Américain en espérant qu'il la vandalise, nom d'une turlute. J'ai envie de leur crier : *C'est un salaud d'impérialiste américain ! Et le dalaï-lama sur la pelouse de la Maison-Blanche, vous avez oublié ?* Mlle Li – petit lutin du British Council – et moi suivons derrière, dans le sillage de la garde rapprochée de Nick Greek, et – ô joie ! – sans être importunés. Si jamais on me voit à un moment donné dans une vidéo tournée à cet instant, on croira que je suis son père. Mais tu sais quoi, cher lecteur ? Cela n'a pas d'importance. Qu'il profite des acclamations tant qu'elles durent. Dans six semaines, Carmen et moi emménagerons dans un appartement de rêve qui donne sur la Plaza de la Villa à Madrid. Quand mon vieux copain Ewan Rice le verra, il sera si foutrement jaloux qu'il explosera dans un nuage de spores vert, même si lui peut se targuer d'avoir emporté deux fois le Brittan. Lorsque je serai installé, je pourrai partager mon temps plus équitablement entre Londres et Madrid. À moi la cuisine espagnole, le vin pas cher, le soleil garanti et l'amour. L'amour : pendant toutes ces années de jeunesse gâchées avec Zoë, j'avais oublié comme il est bon d'aimer et d'être aimé. Qu'est-ce, après tout, que la bulle spéculative de la réputation, comparée à l'amour d'une femme pleine de bonté ?

Eh bien ? Je t'ai posé une question, il me semble.

Mlle Li me guide jusqu'au cœur du complexe qui héberge le Salon du livre de Shanghai, où un grand auditorium attend les mastodontes du monde de l'édition internationale, chargés de prononcer le discours inaugural. J'imagine en ce lieu même, dans les années cinquante, le président Mao proclamer de nouveaux diktats économiques rudement-bien-pensés-dites-donc. C'est un fait historique, je crois bien. Cet après-midi, la scène est dominée par une jungle d'orchidées et un agrandissement de dix mètres de haut d'un portrait en plan poitrine du blondinet américain Nick Greek. Mlle Li m'invite à traverser l'autre côté du grand auditorium puis me conduit jusqu'à l'endroit qui m'a été réservé, bien qu'il lui faille demander son chemin à plusieurs personnes. Elle parvient finalement à trouver la salle, située au sous-sol. La pièce se révèle être une ancienne succession de réduits dont on a fait tomber les cloisons. Trente chaises ont été installées, mais sept seulement sont occupées, si je ne me compte pas dans le lot. À savoir : le journaliste qui m'interviewe, une interprète qui ne se déride pas, Mlle Li – un peu nerveuse –, mon sympathique éditeur

Fang qui arbore son t-shirt Black Sabbath, deux jeunes qui ont toujours leur passe Salon du livre de Shanghai autour du cou, ainsi qu'une fille qu'on aurait autrefois qualifiée d'Eurasienne. Elle n'est pas grande, fait un peu garçon manqué, a des lunettes à grosse monture et le crâne rasé – le chic électrothérapeutique. Au-dessus de nos têtes, un ventilateur bourdonne et brasse l'air chaud. Un des néons clignote un peu et les murs sont couverts de taches et de stries, comme l'intérieur d'un four qui n'a jamais été nettoyé. Je suis tenté de m'en aller – sans mentir – mais assumer ensuite les répercussions de ce geste serait encore plus difficile que m'efforcer de faire bonne figure cet après-midi. Je suis certain que le British Council tient une liste noire des auteurs qui se comportent mal.

En chinois, le journaliste remercie tout le monde d'être venu puis effectue, je le suppose, une brève introduction. Je me lance alors dans la lecture d'un extrait de *Réduire Écho au silence*, tandis qu'une traduction en mandarin est projetée sur l'écran derrière moi. Il s'agit du même passage que j'avais lu au festival littéraire de Hay-on-Wye, trois années auparavant. Fichtre, mon dernier bouquin remonte à trois ans, déjà ? Les désopilantes aventures de Trevor Delavant sur le toit de l'Eurostar ne semblent pas amuser cet auditoire très sélect. De la satire, est-on passé à une tragédie plus classique ? À moins que les saillies hersheyiennes aient été retenues à la frontière du langage... Quand ma lecture s'achève, j'encaisse sans broncher le son de quatorze mains qui applaudissent, vais m'asseoir à ma place et me sers un verre d'eau pétillante. J'ai une de ces soifs, bon sang. Cette eau est plate et possède un goût de levure. J'espère qu'elle ne provient pas d'un robinet de Shanghai. Le journaliste sourit, me remercie en anglais, et me pose les mêmes questions que j'ai entendues depuis mon arrivée à Pékin il y a quelques jours : « En quoi l'œuvre de votre célèbre père influence-t-elle vos écrits ? » « Pourquoi la structure d'*Embryons desséchés* est-elle symétrique ? » « Quelles vérités le lecteur chinois trouvera-t-il dans vos romans ? » Je donne les mêmes réponses que j'ai fournies depuis mon arrivée à Pékin il y a quelques jours, et l'interprète-araignée peu souriante qui, plusieurs fois hier, a traduit mes réponses, n'éprouve aucune difficulté à les restituer en chinois. Je constate que Miss Électrothérapie prend des notes. Et puis le journaliste me demande : « Et est-ce que vous lisez les critiques de vos livres ? » Ce qui réaiguille vers Richard Cheeseman le train de mes pensées, lequel heurte de plein fouet le souvenir de mon épouvantable séjour à Bogotá la semaine dernière, et déraille tout bonnement…

Nom d'une fissure anale, tu n'imagines pas à quel point cette visite était déprimante, cher lecteur. Dominic Fitzsimmons avait œuvré des mois durant pour nous obtenir, à Maggie et moi, la sœur de Richard, un entretien avec son homologue colombien au ministère de la Justice afin que nous discutions des conditions d'un rapatriement, mais, à la dernière minute, ce haut dignitaire s'était révélé « indisponible ». Un jeune subalterne l'avait remplacé : le pauvre garçon se prenait encore littéralement les pieds dans son cordon ombilical. Pendant les vingt-sept minutes de notre entretien, il n'avait pas cessé de répondre au téléphone et, par deux fois, m'a appelé « méssié Cheeseman » et parlé du « prisonnier Irshey ». Une foutue perte de temps. Le jour suivant, nous avions rendu visite à ce pauvre Richard au Penitenciaría Central. Il était amaigri, souffrait d'un zona, d'hémorroïdes, de dépression, et perdait ses cheveux par-dessus le marché, mais il n'y avait qu'un seul médecin pour deux mille prisonniers, et pour les détenus européens issus de la classe moyenne, le praticien réclamait cinq cents dollars par consultation. Richard nous avait demandé d'apporter des livres, du papier et des crayons, mais avait refusé que je lui fournisse un ordinateur portable ou bien un iPad, car les gardiens les lui auraient fauchés. « C'est un signe extérieur de richesse, nous avait-il expliqué, la voix brisée, et quand ils savent que tu es riche, ils te font prendre une police d'assurance. » La prison est gérée par des gangs qui ont la mainmise sur le trafic de drogue qui s'y opère. « Ne t'inquiète pas, Maggie, l'avait rassurée Richard. Je n'y ai pas touché. Les gars partagent leurs seringues et la came est coupée ; et puis, dès que tu leur es redevable, tu leur appartiens corps et âme. Ce serait torpiller mes chances d'une procédure en appel anticipée. » Maggie avait fait bonne figure devant son frère, mais une fois le portail de la prison franchi, elle s'était mise à pleurer, pleurer, pleurer. C'était comme si un taser m'avait harponné la conscience. Je sens encore les décharges.

Mais je ne peux pas prendre sa place. Ça me tuerait.

« Monsieur Hershey ? » Mlle Li a l'air inquiet. « Ça va ? »

Je cligne des yeux. Shanghai. Le Salon du livre. « Oui, j'étais juste... Excusez-moi, euh, oui... Si je lis les critiques ? Non. J'ai arrêté. Cela me renvoie en de sombres lieux que je ne veux plus revisiter. » Pendant que mon interprète s'attèle à traduire mes propos, je relève que mon auditoire s'est réduit à six personnes. Miss Électrothérapie s'est éclipsée.

Le Bund de Shanghai renvoie à plusieurs choses : un front de mer où alternent des compositions architecturales des années trente avec d'autres éléments qu'on croirait sortis d'une boîte de jouets ; un symbole de l'arrogance des colons occidentaux ; un symbole de l'ascension de la Chine moderne ; une deux fois quatre-voies où la circulation est soit ralentie, soit au point mort ; ainsi qu'une promenade longeant le fleuve Huangpu où coule un flot whitmanien de touristes, de familles, de couples, de vendeurs, de pickpockets, de romanciers solitaires, de dealers qui marmonnent et de souteneurs : « Hé, monsieur, vous voulez la drogue, vous voulez le sexe ? Pas loin, il y a très jolies filles. » Crispin Hershey leur répond : « Non. » Notre héros est non seulement en couple et fidèle, mais il redoute surtout que, s'il se laisse entraîner dans un bordel de Shanghai, les conséquences ne soient véritablement homériques, et pas dans le bon sens du terme.

Le soleil se désintègre dans la nuit et les gratte-ciel qui dominent le fleuve se mettent à diffuser des lueurs fluorescentes : là, un décapsuleur géant, un immense missile interstellaire des années vingt et un obélisque ultra-ozymandiassien que viennent soutenir des immeubles de quelque quarante, cinquante, soixante étages s'empilant dans le ciel comme une partie de Tetris compromise. À l'époque de Mao, Pudong n'était qu'un marécage saumâtre, me racontait Nick Greek, mais, aujourd'hui, on s'attend à y voir surgir des voitures volantes. Quand j'étais petit, les États-Unis étaient synonymes de modernité : aujourd'hui, la modernité siège en cet endroit. Ainsi continué-je à marcher, me figurant le passé : les jonques et leurs lanternes qui tanguaient dans le flux et le reflux, les entrelacs lugubres des mâtures et gréements, le râle des coques construites à Glasgow, Hambourg ou Marseille, les rugueux et noueux dockers qui déchargeaient l'opium et chargeaient le thé, les lignes pointillées des Mitsubishi Zéro dont les bombardements ont transformé la ville en un champ de ruines ; les balles, par millions, venues de Chicago, Fukuoka, Stalingrad, *ratatatatatatata*. Si chaque ville a son aura – Zoë est persuadée que les humains en ont tous une, quand leurs « chakras sont ouverts » –, alors celle de Shanghai a la couleur de l'argent et du pouvoir. Ses e-mails sont capables de fermer des usines à Detroit, de priver l'Australie de son minerai de fer, de dépouiller le Zimbabwe de ses cornes de rhinocéros, d'injecter dans le Dow Jones des stéroïdes ou les eaux usées de la finance…

Mon téléphone sonne. Extra : ma préférée.

« Avé, ô visage pour lequel un millier de navires appareillèrent.

– Bonjour, imbécile. Alors, l'Orient et ses mystères ?

– Shanghai est une ville impressionnante, mais il y manque une Carmen Salvat.

– Et le Salon international du livre de Shanghai ?

– Ah, rien de nouveau sous le soleil. Il y a eu foule pour mon intervention.

– Génial ! Nick n'aura pas fait le voyage pour rien, alors ? »

Nick Greek, *je te prie*, grogne le monstre aux yeux verts qui est en moi. « Ce n'est pas un concours de popularité, je te signale.

– Heureuse de te l'entendre dire. Holly est-elle déjà là ?

– Non, son vol arrive plus tard, et puis je me suis sauvé de l'hôtel pour rejoindre le Bund. J'y suis en ce moment, en train de regarder les gratte-ciel.

– C'est incroyable, pas vrai ? Ils sont déjà tous illuminés ?

– Oui, madame. J'ai l'impression d'avoir pris du LSD. Voilà comment s'est passée ma journée. Et toi ?

– Le bilan des ventes avec une équipe de commerciaux inquiète, un rendez-vous sur une maquette avec un imprimeur dans tous ses états, et dans un instant, un déjeuner avec des libraires mélancoliques, puis des réunions de crise jusqu'à cinq heures.

– Beau programme. Des nouvelles de l'agence immobilière ?

– Euh, oui. L'appartement est à nous, si on le…

– Oh, mais c'est fantastique, ça, ma chérie ! Je vais appeler tout de…

– Attends, Crisp. En fait, je ne suis plus très sûre de mon choix. »

Je m'écarte du chemin afin de laisser passer une troupe de joyeux punks chinois en tenue d'apparat. « Quoi, l'appartement de la Plaza de la Villa ? C'était de très loin le meilleur qu'on ait visité. Beaucoup de lumière, de la place pour mon bureau, plutôt abordable, et puis tu imagines ? Quand on ouvrira les volets chaque matin, on aura l'impression de vivre au-dessus d'un roman de Pérez-Reverte. Je ne comprends pas : où est le *hic* ? »

Ma petite amie éditrice choisit scrupuleusement ses mots : « Jusqu'à présent, je ne m'étais pas rendu compte à quel point je tenais à mon chez-moi. Cet appartement est mon petit château. J'aime le quartier, mes voisins…

– Mais, Carmen, le problème avec ton petit château, c'est qu'il est… petit. Si je dois vivre la moitié du temps à Londres et l'autre à Madrid, il faut qu'on trouve un endroit plus grand.

– Je sais bien… mais j'ai le sentiment qu'on va un peu vite. »

Comme une impression que le bateau coule. « Perth, c'était il y a dix-huit mois.

– Ne te sens pas rejeté, Crispin, je te promets. C'est juste que… »

L'atmosphère du soir est soudain plus fraîche, à Shanghai.

« … je voudrais qu'on reste comme ça encore un moment, c'est tout. »

Chaque personne que je vois me semble être la moitié d'un

couple qui s'aime. Je me souviens de ces *Ne te sens pas rejeté* de ma période pré-zoëenne qui marquaient le début d'une rupture. Par le trou de la boîte aux lettres, le mépris me suggère sur un ton rageur des répliques, du genre : *Putain, Carmen, décide-toi à la fin !* ou bien : *Tu sais tout ce qu'on claque en billets d'avion ?* et même : *Tu as rencontré quelqu'un ? Un Espagnol ? Quelqu'un plus dans ta tranche d'âge, c'est ça ?*

Mais je lui réponds : « Ce n'est pas grave. »

Elle écoute le long silence. « Ah bon ?

– Je suis juste déçu de ne pas avoir assez d'argent pour acheter un appartement près du tien et instaurer une espèce de Ligue hanséatique des petits châteaux. Peut-être que ce sera le cas, si jamais un projet d'adaptation cinématographique de *Réduire Écho au silence* me tombe tout cuit dans le bec. Mais ce coup de fil doit te coûter les yeux de la tête. Va donc remonter le moral à tes libraires.

– Je suis toujours bienvenue chez toi à Hampstead la semaine prochaine ?

– Tu seras toujours la bienvenue. N'importe quand. »

Dans son bureau de Madrid, elle sourit, et je suis bien content de ne pas avoir écouté les feulements de la boîte aux lettres. « Merci, Crispin. Tu embrasses Holly, si tu la croises. Elle espère te voir. Et si on te propose du durian frit, passe ton chemin. Allez, au revoir… je t'aime.

– Moi aussi, je t'aime. » Fin de l'appel. Est-ce qu'on dit « Je t'aime » parce qu'on le pense ou bien pour se persuader qu'on est toujours dans notre période idyllique ?

De retour à sa chambre au dix-huitième étage de l'hôtel, Crispin Hershey prend une douche et se débarrasse de la moiteur de la journée. Puis, ayant enfilé un caleçon et un t-shirt qui lui a été offert à Santa Fe et sur lequel on lit une fameuse citation de Beckett – « Déjà essayé. Déjà échoué. Peu importe. Essaie encore. Échoue encore. Échoue mieux » –, il se laisse tomber sur le blanc manteau neigeux de son lit. Le dîner avait consisté à réunir des écrivains, des éditeurs, des libraires étrangers et des types du British Council dans un restaurant dont les tables tournaient sur elles-mêmes. Question éloquence, Nick Greek était en forme ; moi, je m'amusais à lui imaginer une mort spectaculaire, le visage planté dans un grand plat de canard laqué, de racines de lotus et de pousses de bambou. Hercule Poirot surgirait de l'ombre et nous révélerait qui a empoisonné l'étoile montante de la littérature, et pourquoi. Le suspect le plus évident serait l'écrivain plus âgé, dont le mobile serait la jalousie éprouvée à l'égard de son congénère : impossible que ce soit lui, donc. Je fixe du regard l'horloge de la télévision : 22:17. Je songe à Carmen : sa réticence à ce que nous emménagions ensemble ne devrait pas me surprendre. Les signes de fin de lune de miel étaient déjà là. Elle n'a pas voulu venir à Londres quand Juno et Anaïs étaient là, le mois dernier. Le séjour des filles n'avait pas vraiment été une réussite. Au retour de l'aéroport, Juno m'avait annoncé qu'elle ne s'intéressait plus aux chevaux, et, bien entendu, Anaïs avait alors décidé qu'elle était trop grande pour un stage de poney elle aussi, et comme l'avance n'était pas remboursable, j'avais sans doute exprimé mon mécontentement de façon un peu vive, à l'image de mon propre père. Cinq minutes plus tard, Anaïs pleurait comme une Madeleine et Juno examinait ses ongles en me disant : « Ça ne sert à rien, tu ne peux pas utiliser tes méthodes du vingtième siècle sur des enfants du vingt et unième siècle, Papa. » Il m'en avait coûté cinq cents livres et trois heures de shopping à Carnaby Street pour éviter qu'elles ne téléphonent à leur mère et lui demandent d'avancer au lendemain la date de leurs billets retour. Zoë laisse Juno parer d'un cinglant « T'te façon, j'm'en fiche » la moindre remontrance qu'on peut lui faire ; quant à Anaïs, elle est en train de se transformer en anémone de mer : son esprit voguant au gré des courants. Le séjour des filles se serait certainement mieux déroulé si Carmen avait mis la main à la pâte, mais, pour elle, c'était hors de question : « Elles n'ont pas besoin qu'une belle-mère vienne faire la loi pendant leurs vacances à Londres chez leur père. » Je lui avais rétorqué que j'avais eu une profonde affection à l'égard de ma belle-mère, moi. Carmen avait alors répondu que, après avoir lu les mémoires que j'ai écrits sur mon père, elle comprenait pourquoi. Habile, comme façon de détourner la conversation. C'est Carmen Salvat tout craché, ça.

22:47. Je joue aux échecs sur mon iPhone et caresse la douce pensée que mon adversaire n'est pas un esprit fait de code informatique, mais mon père : ce sont ses attaques à lui que je repousse, sa ligne de défense que je dégomme, son roi qui, tentant de surseoir à l'inévitable, cavale sur l'échiquier. Mais le stress finit par l'emporter : d'habitude, à ce niveau de difficulté, je gagne, mais, ce soir, j'accumule les bourdes. Pire, ce vieux con se met à se payer ma tête : « Génial, ta stratégie, Crisp. Tu as raison, déplace ta tour là – je mettrai donc mon cavalier ici. Et colle-la contre cette empotée de dame : voilà, tu ne peux plus rien pour elle ! » Je veux utiliser la fonction annuler pour récupérer ma tour, mais Papa fanfaronne : « Mais bien sûr, demande à une foutue machine de te sortir du pétrin. Tu ne veux pas télécharger une appli pour écrire ton prochain roman, tant que tu y es ? – Va te faire foutre », lui réponds-je avant d'éteindre mon téléphone. J'allume la télé et zappe jusqu'à ce que je reconnaisse une scène d'*Another year*, de Mike Leigh. C'est terrifiant comme ce film est bon. En comparaison, mes dialogues sont merdiques. Ce ne serait pas une mauvaise idée de dormir, mais je suis sous l'emprise du décalage horaire et m'aperçois que je suis tendu. Et puis, mon ventre ne sait pas trop quoi penser des morceaux de durian frit – Nick Greek ayant avoué au consul britannique qu'il ne s'était pas encore fait au goût de ce fruit, j'en ai avalé trois. J'aimerais tellement fumer, mais Carmen m'a forcé à arrêter, ce sera donc un petit Nicorette, miam-miam. Richard Cheeseman a repris le tabac. Comment aurait-il pu en être autrement pour ce pauvre bougre, lui qui est coincé dans son trou ? Il a les dents marron comme le fond d'une théière. Je continue à zapper et tombe sur *César, l'homme qui parlait aux chiens*, une émission sous-titrée qui vient des États-Unis et dans laquelle un dresseur rééduque des canidés aussi psychotiques que leurs propriétaires californiens. 23:10. Je me demande si je ne vais pas me branler une deuxième fois, mais dans un but purement médicinal ; je parcours ma collection imaginaire de Blu-ray, et arrête mon choix sur cette fille de Rivendell, une commune perdue dans l'Ouest londonien… mais finalement, non : je ne vais pas m'embêter. Alors je prends mon carnet Moleskine tout neuf, l'ouvre à la première page et inscris « Le roman de Rottnest » en haut…

… et m'aperçois que j'ai de nouveau oublié le nom de mon personnage principal. Bigre. Pendant un moment, je l'avais baptisé Duncan Frye, mais, pour Carmen, cela faisait trop propriétaire de friterie écossais. Alors j'ai opté pour Duncan McTeague, mais avec un nom en « Mc », on me voit venir à dix kilomètres. Bon, je vais rester sur Duncan Drummond pour l'instant. DD. Duncan Drummond, donc, un tailleur de pierre qui, en 1840, se retrouve dans une colonie établie sur le fleuve Swan et œuvre à la construction d'un phare sur l'île de Rottnest. Hal-la-hyène n'a pas l'air emballé par cette idée de bouquin – « C'est un nouveau départ, Crisp, effectivement » –, mais, au-delà de tout ceci, en me réveillant un matin, je me suis rendu compte qu'il est question dans tous mes romans d'habitants de Londres dont la vie bien rangée vole en éclats suite à une catastrophe ou un scandale. Mes revenus commençaient déjà à décliner avant la critique de Richard Cheeseman, hélas. Et déjà, quelques petits problèmes relatifs à mon projet de roman sur Rottnest viennent me montrer leur étoile de mer marron : *primo*, je n'ai que trois mille mots ; *secundo*, ce ne sont pas les meilleurs que j'ai pondus de ma carrière ; *tercio*, je dois remettre mon manuscrit avant le 31 décembre, dernier délai ; *quarto*, Oliver l'Éditeur s'est fait virer pour ne pas avoir « atteint ses objectifs », et son successeur, Curt, sous-entend de manière déplaisante que je pourrais avoir à rembourser les avances qui m'ont été versées.

Et si je pimentais mon récit à l'aide d'un ou deux quokkas ? J'hésite.

Et puis merde. Il doit bien y avoir un bar ouvert quelque part.

Alléluia ! Je pénètre dans le Sky High, bar du quarante-cinquième étage. J'enfonce ma carcasse fatiguée dans un fauteuil près de la baie vitrée et commande un verre de cognac à vingt-cinq dollars. La vue est à tomber par terre. De nuit, Shanghai est un esprit qui scintille d'un million de lumières : chapelets de points orange qui longent les voies rapides, pixels blancs des feux de croisement et traînées rouges des feux arrière, lumières vertes des grues, clignotements bleutés des avions. Immeubles de bureaux de l'autre côté de la rue et petites taches granuleuses à des kilomètres de distance, chaque grain microscopique comptant pour une vie, une famille, une âme solitaire, un roman à l'eau de rose. Projecteurs en haut des gratte-ciel de Pudong. Un peu plus près, écrans géants diffusant des gigawatts de publicités pour Omega, Burberry, *Iron Man 5* sauvagement placardées sur fond de nuit pas noire. Il y a là toutes les sources possibles et imaginables de lumière, à l'exception de la lune et des étoiles. « Il n'y a pas de distances en prison, a écrit Richard Cheeseman dans une lettre adressée à notre association. Ni de fenêtre donnant sur l'extérieur. Le haut de la muraille de la cour de promenade est l'endroit le plus éloigné où mon regard puisse se porter. Je donnerais n'importe quoi pour quelques kilomètres de vue. Peu importe que ce soit beau – un décor urbain crasseux me suffirait amplement – pourvu qu'il y ait de la distance. »

Et dire que c'est Crispin Hershey qui l'a fourré là-dedans.

Que c'est Crispin Hershey qui le laisse enfermé là-bas.

« Bonjour, monsieur Hershey, dit une femme. Comme on se retrouve. »

Je sursaute un peu vivement. « Holly ! Bonjour ! J'étais en train de… » Étant donné que je ne sais pas trop comment finir ma phrase, nous nous embrassons comme de bons amis. Elle a l'air fatigué, ce qui n'a rien d'étonnant pour quelqu'un qui passe son temps à changer de fuseau horaire, mais cela dit, son tailleur en velours lui va bien – Carmen l'a emmenée faire du shopping plusieurs fois. Je désigne un camarade imaginaire dans le troisième fauteuil : « Est-ce que le capitaine Décalage-horaire et toi vous connaissez ? »

Elle lance un coup d'œil au siège. « Depuis quelques années, oui.

– D'où est-ce que tu arrives ? De Singapour ?

– Euh… Attends que je réfléchisse. Non, de Djakarta. On est lundi, c'est ça ?

– Bienvenue dans le monde des lettres. Comment va Aoife ?

– C'est officiel, elle est amoureuse. » Il y a plusieurs niveaux de lecture au sourire de Holly. « D'un jeune homme nommé Örvar.

– Örvar ? Tiens donc. Et de quelle galaxie vient-il ?

– D'Islande. Aoife y était la semaine dernière, pour rencontrer ses parents.

– Quelle chance pour elle. Et quelle chance pour lui. Approuves-tu le choix de ta fille ?

– Eh bien, oui, figure-toi. Aoife est venue plusieurs fois avec lui à Rye. Il étudie la génétique à Oxford, malgré sa dyslexie, mais je serais bien incapable de t'en dire plus. Il répare tout. Les étagères, les portes de douche, les volets coincés. » Holly demande un verre de vin blanc maison à la serveuse qui m'a apporté le cognac. « Et Juno ?

– Juno ? Non, elle n'a jamais rien réparé de sa vie.

– Mais non, andouille ! Est-ce que Juno commence à avoir des copains ?

– Ah. Ça ? Non, par pitié, elle n'a que quatorze ans. Hmmm… Tu parlais des garçons à ton père, toi, à cet âge-là ? »

Le téléphone de Holly sonne. Elle jette un œil. « Un message pour toi, de la part de Carmen : “Dis à Crispin que je lui avais bien dit de ne pas manger de durian.” Tu comprends ce que ça veut dire ?

– Hélas, oui.

– Vous allez emménager dans ce nouvel appartement à Madrid ?

– Non. C'est un peu compliqué.

« Rottnest ? » Holly fait tinter son verre à vin du bout de l'ongle, comme pour tester la note produite. « Eh bien, comme Carmen te l'a peut-être déjà raconté, plusieurs fois dans ma vie, j'ai entendu des voix que les autres n'entendaient pas. Ou bien, j'ai su des choses que je ne pouvais pas savoir. Ou même, parfois, j'ai été comme le porte-parole de… présences qui n'étaient pas moi. Le dernier exemple faisait un peu séance de spiritisme, désolée, mais je n'arrive pas à le formuler autrement. Et, à la différence d'une séance de spiritisme, je n'invoque ou n'appelle personne. C'est comme si ces voix… me mettaient le grappin dessus. J'aimerais qu'elles me laissent tranquille. Vraiment. Mais non, qu'est-ce que tu veux. »

Je sais déjà tout cela. « Tu as un diplôme de psycho, je crois, non ? »

Holly voit où je veux en venir, retire ses lunettes et pince la marque qu'elles ont creusée sur son nez. « D'accord, Hershey, tu as gagné. Été 1985. J'avais seize ans. Jacko avait disparu depuis douze mois. Sharon et moi étions à Bantry, dans la région de Cork, en Irlande, chez des proches. Un jour de pluie, pendant qu'on jouait à serpents et échelles avec les plus petits, à un moment » – trente ans après, Holly en frémit encore –, « j'ai su, ou j'ai entendu, ou bien j'ai "eu la certitude" – comme tu préfères – du numéro qui allait sortir au dé. Mon cousin a agité le gobelet, et je me suis dit : *Le cinq*. Et devine quoi, le cinq est sorti. *Le un. Le cinq. Le trois.* Et ainsi de suite. Un coup de chance ? Oui, ça arrive. Mais là, ça ne s'arrêtait plus. Plus de cinquante tours d'affilée, nom de Dieu. Je voulais que ça cesse. Chaque fois, je me répétais : *Tu vas voir, là, tu va te tromper*, ça m'aurait permis de tout mettre sur le compte du hasard. Mais non, le phénomène se poursuivait, jusqu'à ce que Sharon ait besoin de tirer un six pour gagner, et je savais qu'elle allait l'obtenir. Et elle l'a obtenu. J'avais mal au crâne, ma tête allait exploser, alors je suis allée piquer un somme. Quand je me suis réveillée, Sharon et mes cousins jouaient au Cluedo, et tout était redevenu normal. J'ai tout de suite commencé à me persuader que j'avais simplement imaginé savoir quels numéros allaient sortir. Quand on est rentrées dans notre trou paumé de Gravesend, j'étais déjà à moitié convaincue que cette histoire n'était… qu'une bizarrerie isolée dont j'avais sans doute déformé le souvenir. »

Je crois que je suis plus soûl que je ne le pensais. « Mais ce n'était pas le cas. »

Holly tripote son alliance. « L'automne de la même année, ma mère m'avait inscrite en secrétariat au lycée technique de Gravesend, en se disant que je pourrais ensuite bosser un peu en intérim. Je m'en sortais bien, mais, un jour, à la cantine, j'étais dans mon coin, comme d'habitude, et puis… Tout à coup, cette fille, Rebecca Jones, assise à la table d'en face en train de discuter avec des amies, j'ai su que quelques secondes plus tard, elle renverserait son café par terre. Je le savais, Crispin, comme je sais… ton nom, par exemple, ou que, tout à l'heure, je vais aller me coucher. Je n'ai jamais cru en Dieu, mais je l'ai imploré : *Pitié, non, pitié, pitié*. Et puis Rebecca Jones a fait un grand geste de la main pour illustrer son propos et a tapé dans sa tasse de café qui s'est brisée au sol. Des petits ruisseaux et des flaques de café, un peu partout.

– Comment tu as réagi ?

– Bah, je me suis carapatée, mais… les certitudes me poursuivaient. Je savais qu'au détour de la prochaine rue, j'allais voir un dalmatien lever la patte devant un réverbère. Et au coin de la rue d'après, bingo : un dalmatien, un réverbère, une patte levée. À cent mètres du pont ferroviaire, je savais qu'au moment où je le traverserais, le train qui allait à Londres passerait en dessous. Une fois de plus, j'ai eu raison. Et ainsi de suite, jusqu'à ce que j'arrive au pub. Là, quand je suis passée devant le bar, Franck Sharkey – un client régulier – faisait une partie de fléchettes, et alors… » – elle s'interrompt pour observer la chair de poule sur ses avant-bras – « … j'ai su que je ne le reverrais plus. J'en étais certaine, Crispin. Bien entendu » – elle grimace – « j'ai fait comme si de rien n'était, c'était tellement horrible et morbide. Ce bon vieux M. Sharkey était presque devenu un ami de la famille. Il nous avait tous vus grandir. J'ai raconté à Papa que j'étais revenue du lycée à cause d'une migraine ; d'ailleurs, je commençais à avoir mal au crâne. Je suis allée m'allonger et, à mon réveil, je me sentais mieux. C'était terminé. Évidemment, il était moins facile de mettre sur le compte d'un délire ce qui s'était produit cette fois-ci. Mais j'étais contente que ce soit fini, et j'essayais de ne pas penser à M. Sharkey. Mais, le lendemain, il n'est pas venu, et j'ai compris tout de suite. J'ai harcelé Papa pour qu'il appelle un voisin qui avait la clé de chez lui. On a retrouvé M. Sharkey mort dans son abri de jardin. Une crise cardiaque foudroyante. Le docteur a dit qu'il avait dû mourir avant même de toucher le sol. »

Elle est persuasive, et je vois bien qu'elle-même est convaincue de ce qu'elle raconte. Mais, le paranormal, c'est précisément une histoire de persuasion : sinon pourquoi les religions traverseraient-elles les siècles ?

D'un œil triste, Holly scrute le fond de son verre. « Beaucoup de gens ont besoin de croire que les pouvoirs surnaturels existent. Et comme, parmi ceux-là, il y en a un paquet qui se sont raccrochés à mon bouquin, certains m'accusent de profiter de la crédulité des gens. Des personnes que je respecte, en plus. Imagine que ce soit vrai, Crispin, que toi aussi, tu aies des certitudes absolues et qui ne changent pas *a posteriori*. Au sujet de Juno ou Anaïs, par exemple. Est-ce que tu te dirais : "Chouette, je suis médium" ?

– Eh bien, tout dépend de… » Je réfléchis. « Non. Au risque d'avoir l'air de jouer les médecins, depuis combien de temps ça dure, cette histoire ? »

Elle se mord les lèvres et hoche la tête. « Eh bien… ça ne s'est jamais arrêté. Quand j'avais seize, dix-sept ans, plusieurs certitudes à propos de choses qui n'étaient pas encore arrivées me tombaient dessus chaque semaine ; je me précipitais chez moi, me fourrais au lit et me mettais la tête dans un sac en toile. Je n'en parlais à personne, sauf à ma grand-tante Eilísh. Qu'est-ce que j'aurais dit aux gens ? Ils auraient imaginé que je voulais attirer l'attention sur moi. À dix-huit ans, je suis allée faire les vendanges à Bordeaux, puis j'ai travaillé dans les Alpes. Au moins, quand j'étais à l'étranger, les certitudes qui me frappaient ne pouvaient pas être que Brendan allait tomber dans l'escalier ou qu'un bus renverserait Sharon.

– Tes prémonitions ne fonctionnent pas quand les distances sont trop grandes, alors ?

– D'habitude, non.

– Et est-ce que tu as des infos de première main sur ton avenir ?

– La vache, heureusement que non. »

J'hésite à répéter ma question initiale, mais ne renonce pas. « Et Rottnest ? »

Holly se frotte l'œil. « Là, c'était violent. Il m'arrive d'entendre des certitudes qui concernent le passé. Ça me prend tout entière, c'est comme si… Oh, zut, je n'arrive pas à trouver d'autres mots. Tant pis si ça fait jargon à la con : c'est comme si je canalisais une conscience imprégnée dans les lieux. »

Le barman agite un shaker. Mon amie l'observe d'un œil scrutateur. « Ce type connaît son boulot. »

J'hésite à nouveau : « Tu as déjà entendu parler des troubles de la personnalité multiple ?

– Oui. J'ai écrit un mémoire de fin d'études sur le sujet. Depuis les années quatre-vingt-dix, on parle plutôt de troubles dissociatifs de l'identité ; cela étant, si on se fonde sur les standards de la psychiatrie clinique, la description qui en est faite reste floue. » Holly joue avec une de ses boucles d'oreilles. « Ça pourrait expliquer ce qui s'est passé à Rottnest, d'accord, mais qu'est-ce que tu fais des prémonitions ? De ce bon vieux M. Sharkey ? Et du jour où Aoife, encore petite, pendant le mariage de Sharon à Brighton, s'est éclipsée et qu'une certitude *a parlé à ma place* et donné le numéro de la chambre dans laquelle Aoife s'était retrouvée enfermée ? Comment j'aurais pu le savoir, Crispin ? Dis-moi. Comment est-ce que j'aurais pu inventer tout ça ? »

Un groupe d'hommes d'affaires asiatiques explose de rire.

« Et si ton cerveau intervertissait la cause et l'effet ? »

Holly est livide ; elle boit son vin, mais cela ne change rien.

« Prends l'épisode de Rebecca Truc, là, et de son café. Normalement, ton cerveau voit d'abord la tasse se renverser et ensuite stocke le souvenir de l'événement. Imagine qu'à cause d'un bug neuronal, ton cerveau inverse l'ordre des deux actions, de sorte que le souvenir de la tasse qui se fracasse au sol est enregistré en premier, avant celui de la tasse au bord de la table. Voilà comment tu en arrives à croire en toute sincérité que l'action B se produit avant l'action A. »

Holly me regarde comme si je ne comprenais rien à rien. « Passe-moi une pièce de monnaie. »

Je puise une pièce de deux livres de la collection de sous du monde entier que je trimbale toujours dans mon portefeuille. Elle la place dans la paume de sa main gauche et pose le majeur droit sur son front. « C'est utile, de faire ça ?

– Je ne sais pas. En tout cas, ça m'aide. Chez les bouddhistes, on dit qu'il y a un troisième œil quelque part sur le front, mais… Chut, attends. » Elle ferme les yeux et incline la tête. Comme un chien qui écoute le silence. Le bruit ambiant du bar – les conversations à voix basse, les glaçons dans les verres, « My Wild Irish Rose » de Keith Jarrett – qui va et qui vient. Holly me rend la pièce. « Tire à pile ou face. C'est face qui devrait sortir. »

Je lance la pièce. « Face. » Elle avait une chance sur deux.

« Face, de nouveau », annonce Holly, concentrée.

Je relance la pièce. « Gagné. » Une chance sur quatre.

« Pile, cette fois. » Elle a le doigt toujours posé sur son front.

Je relance la pièce : pile. « Tu as réussi les trois fois. Pas mal.

– Face, maintenant. »

Je relance la pièce : face.

« Pile », annonce Holly.

Je relance la pièce : pile. « Comment est-ce que tu fais ?

– On va tenter une suite, dit Holly. Face, face, face, pile et… pile encore, mais… tu t'agenouilles ? Pourquoi tu es agenouillé Crispin ?

– Ben tu vois bien que non, je suis assis, pas à genoux.

– Laisse tomber. Trois fois face puis deux fois pile, dans cet ordre-là. »

Je relance donc la pièce. Face. Et face, encore. Comment fait-elle ? Je frotte la pièce sur ma chemise, comme si c'était un CD rayé, puis je la relance. Face, comme annoncé. « Ingénieux », déclaré-je, quoique mal à l'aise.

Ce terme l'irrite. « Deux fois pile, maintenant. »

Je relance la pièce : pile. Neuf bonnes prédictions sur neuf. Au dixième lancer, la pièce m'échappe et roule au sol. Je me lance à sa poursuite, et, tandis que je la ramasse sous une chaise et constate que le résultat est pile, je m'aperçois que je suis agenouillé. Holly arbore l'expression de quelqu'un à qui l'on vient de donner la réponse à une petite devinette. « Évidemment. La pièce roule par terre. »

Je me réinstalle dans mon fauteuil, n'osant trop rien dire.

« Il y a une chance sur mille vingt-quatre de trouver la bonne série de dix tirages, au cas où tu te le demanderais. Si on fait deux tirages de plus, on passe à une chance sur quatre mille quatre-vingt-seize.

– Pas la peine. » J'ai la gorge serrée. Je regarde Holly. Qui est-elle, bon sang ? « Je me suis agenouillé… Comment tu as…

– Peut-être que ton cerveau confond souvenirs et prédictions, lui aussi. » Holly Sykes n'a pas du tout l'air d'un magicien qui vient de réussir à la perfection un tour ambitieux, mais plutôt d'une femme fatiguée à qui quelques kilos supplémentaires ne feraient pas de mal. « Mince, ce n'était pas une bonne idée. Je n'aime pas la façon dont tu me regardes.

– Et comment est-ce que je te regarde ?

– Écoute, Crispin, est-ce qu'on peut juste oublier ce qui vient de se passer ? Je suis claquée. »

Nous marchons jusqu'à l'ascenseur sans trop rien nous dire. À en juger l'expression de leurs visages, les deux guerriers en terre cuite n'ont pas une très haute opinion de moi.

« Il y a des millions de fidèles qui seraient prêts à échanger un an de leur vie pour assister à ce que tu viens de me montrer, lui dis-je. Je suis un salopard de cynique, tu le sais. Pourquoi m'avoir fait l'honneur d'une démonstration privée ? »

Holly a l'air affligé. « J'espérais que tu me croirais.

– À propos de quoi ? Des gens-de-la-radio ? De Rottnest ? De…

– Ce soir-là à Hay-on-Wye, dans la tente où on signait les dédicaces. On était assis à quelques mètres l'un de l'autre. J'ai eu une forte et étrange certitude. Qui te concernait. »

Les portes de l'ascenseur se referment. Un enseignement de la période feng shui de Zoë remonte à la surface : les ascenseurs sont des mâchoires qui dévorent la chance. « Comment ça, "qui me concernait" ?

– Oui. Celle-ci est vraiment bizarre. Et elle n'a jamais changé.

– Et elle dit quoi, nom d'un chien ? »

Elle avale sa salive. « Une araignée, une spirale, un borgne. »

J'attends une explication. Mais rien. « C'est-à-dire ? »

Holly est dos à la paroi. « Je n'en ai absolument aucune idée.

– Mais d'habitude, tu découvres après coup ce que tes certitudes signifiaient, pas vrai ?

– D'habitude, oui. Et après coup. Mais là… c'est une certitude qui mûrit lentement.

– "Une araignée, une spirale, un borgne". Non mais, qu'est-ce que c'est, merde ? Une liste de commissions ? Le titre d'un tube ? Le vers d'un haïku ?

– Crispin, si je le savais, je te le dirais, je te le jure.

– C'est peut-être juste du charabia. »

Holly acquiesce trop facilement. « Oui, sans doute. Oui. Oublie tout ça. »

Un vieux Chinois en polo Lacoste rose, pantalon à pinces caramel et chaussures de golf sort de l'ascenseur. Il a à son bras un mannequin blond qui porte un déshabillé – un assemblage de toiles d'araignée et de pièces d'or –, un maquillage extraterrestre et presque rien d'autre. Ils disparaissent au détour du couloir.

« C'est peut-être sa fille, pense tout haut Holly.

– Qu'est-ce que tu voulais dire par : "Et elle n'a jamais changé" ? »

Je présume que Holly regrette d'avoir commencé à me raconter cela. « À Carthagène, dans la villa du président, j'ai entendu de nouveau la même certitude. Les mêmes mots. Pareil à Rottnest, avant que je canalise les voix. Et *idem* en ce moment, si j'écoute.

Je t'ai montré le truc de la pièce pour que tu prennes l'histoire de l'araignée, de la spirale et du borgne au sérieux ; on ne sait jamais, des fois que… » – elle hausse les épaules – « … ça aurait du sens. »

Les ascenseurs ultra-rapides fredonnent dans leurs cages. « Tu peux m'expliquer l'utilité de certitudes aussi foutrement incertaines ? lui demandé-je.

– Je ne sais pas Crispin ! Je ne suis pas un oracle, enfin ! Si je pouvais mettre un terme à tout ça, je n'hésiterais pas une seule seconde ! »

C'est alors que mon comité de censure intérieur a laissé s'échapper ces paroles débiles : « Tu en as bien profité, en tout cas. »

En cinq secondes à peine, Holly passe du choc à la tristesse, puis à l'exaspération. « C'est vrai, j'ai écrit *Les Gens-de-la-radio* parce que, idiote que je suis, je croyais que si Jacko était encore vivant quelque part sur cette planète » – d'un furieux revers de main, elle désigne la ville qui, derrière la vitre, s'étire à l'infini –, « il tomberait peut-être sur le bouquin, ou que quelqu'un de son entourage ferait le rapprochement et me contacterait. Hautement improbable, hein, parce qu'il est sans doute mort, mais bon, il fallait bien que j'essaie. Mais dis-toi que ces certitudes qui m'assaillent, je dois les supporter. Je dois vivre avec. N'insinue pas que j'en profite, putain ! Tu n'as pas le droit, Crispin, tu m'entends ?

– Ouais, bon. » Je ferme les yeux. « Écoute, ce n'est pas ce que je voulais… »

Mea culpa, mea maxima culpa. Merde, par où je commence ?

Et puis j'entends les portes de l'ascenseur se refermer. Bravo. Elle est partie.

En traînant les pieds jusqu'à ma chambre, j'envoie un SMS à Holly pour m'excuser. Je l'appellerai demain matin, quand chacun aura eu une bonne nuit de sommeil, et on se retrouvera au petit-déjeuner. J'arrive à la chambre 2929 où je découvre qu'un sac noir est accroché à la poignée de ma porte. Il est brodé de runes de fils d'or : un travail d'orfèvre, fait avec amour. Il contient un livre intitulé

Votre dernière chance, de Soleil Moore. Jamais entendu parler d'elle, ou de lui. De la daube, je le sais d'avance. Un véritable poète ne serait pas assez con pour croire que des broderies sur un sac vont me faire lire des sonnets que je n'ai pas demandé à voir. Comment cette personne connaît-elle mon numéro de chambre ? On est en Chine. Le pays du bakchich, évidemment. Mais au Shanghai Mandarin Hotel ? Bah, qu'est-ce que ça peut bien faire ? Bon sang de zigounette, je suis rincé, lessivé. Je me contente d'entrer dans ma chambre, jette le bouquin et le joli petit sac dans la grande poubelle avec les déchets du jour, vide ma vessie – elle m'en sait gré –, me fourre au lit, et voilà que le sommeil s'ouvre comme la bonde d'un lavabo…

17 SEPTEMBRE 2019

A-t-on jamais vu un panneau de signalisation plus éloigné de tout, cher lecteur ? Au nord de Festap, à l'est sur la route de Kaldidalur, et à vingt-trois kilomètres à l'ouest de Þingvellir. Örvar, je m'en souviens, m'a appris que la lettre « Þ » se prononce comme le th de « *the* ». Pour parcourir vingt-trois kilomètres sur une route de Grande-Bretagne, il suffirait de vingt-trois minutes, mais voici déjà une heure et demie que j'ai quitté l'office du tourisme de Þingvellir. La route bitumée s'étiole en une piste qui zigzague sur l'escarpement et traverse le plateau rocheux que toisent les montagnes bronze à canon et les nuages en plein barattage. Sur un coup de sang, je me gare, coupe le moteur de la Mitsubishi que j'ai louée et gravis la butte rocailleuse afin de m'asseoir sur un boulder. Exit les poteaux téléphoniques, les lignes électriques, les arbres, les buissons, les moutons, les corbeaux, les mouches : seuls subsistent quelques touffes d'une herbe rustique et un romancier solitaire. C'est la même vallée que dans *La Chute de la maison Usher*. Une tentative de végétalisation sur une des petites lunes de Saturne. Exactement l'inverse de Madrid à la fin de l'été. Tiens, d'ailleurs, je me demande comment va Carmen, mais je me souviens que ça ne me regarde plus. C'était son idée à elle, de faire le tour de l'Islande en voiture une semaine avant le festival littéraire de Reykjavik : « Le pays des sagas ! Ce sera génial, Crispin ! » J'ai consciencieusement planifié le trajet, réservé les chambres et la voiture, et même lu la *Saga de Njáll le Brûlé* un soir à Londres, il y a deux mois à peine. Quand le téléphone a sonné, j'ai su que les problèmes m'attendaient : Holly aurait parlé de « certitude » avec un grand C. Avec Zoë, notre séparation était prévue de longue date, mais la déclaration d'indépendance de Carmen a résonné comme un coup de tonnerre dans un ciel bleu. Hors de moi, blessé, mais par-dessus tout apeuré, j'ai commencé à arguer que les défis et la routine étaient le fondement d'une relation réelle, sauf que je suis rapidement devenu incohérent quand la maison a commencé à s'écrouler et que le ciel s'est effondré dessus.

Ça suffit. J'ai été aimé d'une aimable femme pendant deux ans.

Cheeseman, lui, en est à sa troisième année en enfer, et ce n'est pas fini.

Un peu plus tard, un convoi de 4×4 revenant par la route de Kaldidalur laboure la piste. J'ai toujours le cul posé sur ce rocher. Il fait un peu froid. Les touristes me regardent à travers les vitres barbouillées de crasse, pendant que les pneus crachent des pierres et soulèvent la poussière. Le vent me claque les oreilles, mon ventre accueille avec reconnaissance le thé, et… rien d'autre. Étrange. J'offre à la microflore une pleine vessie d'urine de romancier millésimée. Près du panneau, un cairn s'est formé siècle après siècle. N'hésitez pas à y ajouter une pierre et à faire un vœu, m'a dit Örvar, mais ne vous avisez jamais d'en retirer une : un esprit risquerait de s'échapper du cairn et de vous maudire, vous et vos descendants. Ici, dans les hauteurs, la menace ne me paraît plus aussi curieuse qu'à Reykjavik. Blanc comme la mâchoire d'une baleine, le bord du Langjökull s'élève à l'est, derrière les montagnes au premier plan. Les premiers glaciers que j'ai pu voir jusqu'alors n'étaient que des orteils sales qui usurpaient leur dénomination géologique. Le Langjökull est si vaste… C'est la partie affleurante d'une planète de glace incrustée dans notre Terre. À Hampstead, quand je lisais que tel ou tel personnage des sagas était banni, je me l'imaginais reconverti en Robin des Bois couvert de fourrures, mais, *in situ*, je comprends qu'un bannissement à la mode islandaise équivalait, de fait, à la peine capitale. Je ferais bien de reprendre la route. Je dépose une pierre sur le cairn et constate, en regardant de plus près, que quelques pièces de monnaie y ont également été abandonnées. Si je me trouvais au niveau de la mer, je ne serais pas aussi bête, mais là, je me surprends à sortir mon portefeuille et y prélever un peu de monnaie…

… tiens donc, la photo d'identité où je suis avec Juno et Anaïs a disparu. Impossible. Mais le carré de cuir révélé sous la pochette en plastique transparente insiste : pas de photo.

Comment est-ce possible ? La photo est là depuis des années, quand Zoë m'a offert ce portefeuille lors du dernier Noël digne de ce nom que nous avons passé ensemble. Nous l'avions prise quelques jours plus tôt, dans le photomaton de la station de métro de Notting Hill. C'était juste pour tuer le temps en attendant Zoë, avant d'aller dans ce restaurant italien de Moscow Road. Juno avait entendu que les tribus d'Amazonie ou de je ne sais où croyaient qu'une photographie pouvait vous voler une partie de votre âme. « Alors ça veut dire qu'il y a nos âmes à nous trois, dans cette photo », avait réagi Anaïs. Je l'ai toujours gardée sur moi, depuis. Elle ne peut pas s'être échappée. J'ai sorti mon portefeuille à l'office du tourisme de Þingvellir pour acheter des cartes postales et de l'eau ; je l'aurais remarqué, si elle avait disparu. Ce n'est pas catastrophique, mais c'est contrariant. Elle est irremplaçable. Elle renferme nos âmes. Peut-être qu'elle est tombée dans la voiture, près du frein à main, ou alors…

Tandis que je descends la pente en sautillant, mon téléphone sonne. NUMÉRO PRIVÉ. Je décroche. « Allô ?

– Bonjour. Monsieur Hershey ?

– Qui est à l'appareil ?

– Nikki Barrow, l'assistante de Dominic Fitzsimmons au ministère de la Justice. Le ministre a des informations à vous communiquer au sujet de Richard Cheeseman, monsieur Hershey. Je vous le passe ?

– Euh… Oui. Oui, oui. Je vous en prie. »

L'appel est mis en attente – ces foutus « Chariots de feu » de Vangelis –, et j'ai des sueurs froides. Les Amis de Richard Cheeseman croyaient que notre allié du ministère nous avait oubliés. Mon cœur bat fort : soit il s'agit d'une excellente nouvelle – son rapatriement –, soit de la pire possible – un « accident » en prison. Foutredieu, il me reste huit pour cent de batterie. *Dépêche.* Sept pour cent. Un « Dites-lui que je serai présent pour le vote de cinq heures » aux accents snobs et fitzsimmonsiens éclate, suivi d'un « Bonjour, Crispin, comment allez-vous ?

– Pas de quoi se plaindre, Dominic. Vous avez des choses à m'annoncer, je crois.

– Effectivement : Richard atterrira au Royaume-Uni vendredi. J'ai eu un appel de l'ambassadeur colombien il y a une heure – il avait reçu des nouvelles de Bogotá après le déjeuner. Et puisque, sous notre système judiciaire, Richard peut prétendre à une liberté conditionnelle, sans mauvais jeu de mots, ce n'est pas se jeter de la poudre aux yeux que d'espérer une libération d'ici Noël. »

Les sentiments se bousculent, mais je me focalise sur les impressions positives. « Dieu merci. Et merci à vous. C'est sûr, au moins ?

– À moins qu'une grosse dispute éclate au sein du gouvernement d'ici lundi, la décision est acquise. Je vais tenter de lui obtenir une place dans une prison ouverte ; sa mère et sa sœur vivent à Bradford, Hatfield devrait faire l'affaire – c'est un centre de détention situé dans le South Yorkshire. Le paradis, en comparaison de son clapier actuel. Dans trois mois, il aura droit à des permissions le week-end.

– C'est un vrai bonheur d'entendre ça, vous n'avez pas idée.

– Oui, on ne s'en sort pas trop mal. Du fait que j'ai connu Richard à Cambridge, j'ai surveillé l'affaire de près, mais, par là même, je n'avais pas toute la latitude pour agir. D'ailleurs, à ce propos, je vous demande de ne pas citer mon nom sur les réseaux sociaux, s'il vous plaît. Vous n'aurez qu'à dire que quelqu'un du cabinet ministériel vous a contacté. J'ai eu la sœur de Richard au téléphone il y a cinq minutes et lui ai demandé la même chose. Bon, écoutez, il faut que je file : je suis attendu à Downing Street. Vous saluerez de ma part les membres de l'association. Beau boulot, Crispin. Richard a de la chance que vous vous soyez battu pour lui à l'époque où tout le monde se moquait éperdument de son sort. »

Les deux pour cent de batterie restants me servent à envoyer un SMS de félicitations à Maggie, la sœur de Richard, laquelle téléphonera à Benedict Finch, de la *Piccadilly Review*. C'est Ben qui s'est chargé de la campagne médiatique. Nous avons lutté, intrigué, conspiré, prié pour que ce jour arrive, et pourtant, à peine laissé-je éclater ma joie que, déjà, elle retombe. J'ai causé un tort impardonnable à Richard Cheeseman, mais personne n'en sait rien. « Un parjure doublé d'un lâche », confié-je au centre de l'Islande. Un vent glacé soulève la poussière noire, comme il en a toujours été et comme il en sera toujours. J'allais faire un vœu devant le cairn, mais l'inspiration du moment est passée. Je me contenterai du sort que me réserve la providence. Je ne mérite pas mieux.

Où en étais-je quand Fitzsimmons m'a appelé ?

Ah oui, la photo. Quel dommage. Plus que dommage, même : en perdant cette photographie, j'ai l'impression qu'on m'enlève de nouveau les filles.

Je descends péniblement la pente et regagne la Mitsubishi.

La photo n'y est pas, ni là ni ailleurs.

19 SEPTEMBRE 2019

Quarante ou cinquante bipèdes s'exclament : « Une baleine ! », « Regarde ! », « Où ça ? » et « Là-bas ! » dans cinq, six, sept langues différentes, se précipitent à bâbord avant et brandissent des appareils électroniques en direction de l'ovale bosselé qui émerge de l'eau bleu cobalt. Un panache de vapeur jaillit de l'évent de l'animal comme d'une locomotive, et la brise le rabat sur la foule hurlante et hilare des passagers. Un jeune garçon américain qui doit avoir l'âge d'Anaïs grimace : « Regarde, Maman, je dégouline de morve de baleine ! » Ses parents ont l'air si content. Dans plusieurs décennies, on les entendra dire : « Vous vous souvenez quand on est allés voir les baleines en Islande ? »

Juché sur le pont, j'ai l'avantage de voir en entier la silhouette du cétacé, à peine plus petit que les dix-huit mètres de notre embarcation. « C'est très bien, notre patience est récompensée *in extremis*, dit le guide grisonnant dans un anglais soigné. Il s'agit d'une baleine à bosse, identifiable aux bosses sur son dos. Lors de la sortie en mer de ce matin, nous avons vu bon nombre de ses "copines", comme on les surnomme parfois… » Mon esprit part à la dérive et croise des questions : comment les baleines s'attribuent-elles des prénoms ? Nager procure-t-il la même sensation que voler ? Souffrent-elles quand un amour n'est pas réciproque ? Et poussent-elles un cri quand un harpon explosif s'enfonce dans leur chair et détone ? Bien sûr que oui. Leurs nageoires sont plus claires que le reste de leur corps ; les voir remuer me rappelle Juno et Anaïs qui faisaient la planche dans la piscine. « Tu ne me lâches pas, hein, Papa ! » Debout dans le petit bassin, l'eau jusqu'à la taille, je leur assurais que je ne les lâcherais que quand elles me le demanderaient ; la confiance brillait dans leurs yeux grands ouverts et sincères.

Téléphonez, leur ordonné-je en envoyant mes pensées à Montréal. *Téléphonez à Papa. MAINTENANT !*

J'attends. Je compte jusqu'à dix. Allez, jusqu'à vingt. Disons cinquante…

… Foutredieu, ça sonne ! Mes filles m'ont entendu.

Ah, non. Hal-la-hyène, affiche l'écran. *Ne réponds pas.*

Mais il le faut bien : c'est une question d'argent. « Hal ! Crispin à l'appareil.

– Salut, Crispin. Je t'entends bizarrement, tu es dans un train ?

– Sur un bateau, à vrai dire. Dans la baie de Húsavík.

– La baie de Húsavík, la baie de Húsavík… Où est-ce ? Attends que je devine. En Alaska ?

– Sur la côte nord de l'Islande. Je suis là pour le festival de Reykjavik.

– Mais oui, c'est vrai. Bravo pour Richard Cheeseman, au fait. J'ai appris la nouvelle lundi matin.

– Ah bon ? Mais le gouvernement ne l'a su que mardi. »

Contrairement à ce que son sobriquet pourrait laisser croire, Hal n'a pas un rire comparable à celui d'une hyène : c'est une série de coups de glotte, un peu comme le bruit que ferait un corps dégringolant dans l'escalier en bois d'une cave. « Juno et Anaïs sont avec toi ? On m'a dit que l'Islande, pour les enfants, c'était le paradis.

– Non. Carmen était censée me rejoindre, mais…

– Ah, mais oui, c'est vrai. Eh bien que veux-tu, une de perdue, dix de retrouvées, *c'est la vie**, ainsi soit-il. Transition parfaite pour te parler de la réunion du jour chez Erebus & Bleecker Yard. On a eu une franche discussion qui a abouti à une liste de mesures à prendre. »

Arrivé à ce point de la conversation, Norman Mailer, J. D. Salinger ou même Aphra Booth auraient lancé leur téléphone haut dans le ciel pur et *plouf*, l'auraient regardé sombrer dans les profondeurs. « D'accord… la question de mes avances sur droits d'auteur y figure-t-elle ?

– Sujet de discorde numéro un. Tu avais bien droit à des avances sur royalties quand tu as signé ton contrat en 2004. C'est-à-dire il y a quinze ans. Mais tu as tellement dépassé le délai de remise de ton nouveau bouquin qu'Erebus & Bleecker Yard considère que c'est une violation de ton contrat. Tu leur es désormais redevable de ton à-valoir.

– Mais enfin, c'est ridicule, merde. N'est-ce pas ? N'est-ce pas, Hal ?

– D'un point de vue légal, je crains qu'ils ne soient dans leur bon droit.

– Mais ils détiennent les droits exclusifs du nouveau Crispin Hershey.

– Sujet de discorde numéro deux. Et là, impossible de prendre des pincettes pour te l'annoncer. Certes, *Embryons desséchés* s'est vendu à un demi-million d'exemplaires, mais depuis *Singe rouge*, tes ventes ont plongé comme un Cessna qui aurait perdu une aile. On connaît encore ton nom, mais tes résultats figurent au milieu du tableau. Il y a longtemps, très longtemps, il faisait bon vivre au royaume du Milieu de tableau : ventes moyennes, avances moyennes, bricolage. Hélas, cette époque est révolue. Erebus & Bleecker Yard veulent davantage voir la couleur de leur argent que la couverture du prochain Crispin Hershey.

– Mais je ne peux pas les rembourser, Hal… » Le harpon nous arrache les entrailles, à moi, ma solvabilité, mon amour-propre et ma foutue retraite. « Je… Je… J'ai tout dépensé. Depuis belle lurette. Ou plutôt, Zoë a tout dépensé. Elle et ses avocats.

– Je sais, mais ils savent que tu possèdes un bien immobilier à Hampstead.

– Ah non, putain ! Ils ne peuvent pas toucher à ma maison ! » Des visages désapprobateurs me regardent depuis le pont inférieur – aurais-je crié ? « N'est-ce pas ? Hal ?

– Ce qui m'inquiète, c'est que leurs avocats se montrent très confiants.

– Et si je leur remets un nouveau roman d'ici… disons une dizaine de semaines ?

– Ils ne plaisantent pas, Crispin. Ça ne les intéresse vraiment pas.

– Alors qu'est-ce qu'on fait, merde ? Je disparais et je laisse croire à un suicide ? »

C'était bien entendu de l'humour noir, mais Hal n'écarte pas cette option. « D'abord, ils s'en prendraient à ton patrimoine en s'attaquant à nous. Ensuite, ta compagnie d'assurances se lancerait à tes trousses, et, à moins d'obtenir l'asile politique à Pyongyang, tu écoperais de trois ans de prison pour escroquerie. Non, ta meilleure carte à jouer, c'est de vendre à bon prix ton roman sur le phare en Australie à la Foire du livre de Francfort : ça les calmera, chez Erebus & Bleecker Yard. Mais personne ne te versera d'avance, hélas. Tu peux m'envoyer les trois premiers chapitres ?

– Oui. Bon. Il faut que tu saches. Le roman a… évolué. »

J'imagine Hal jurer en silence. Il me demande : « Comment ça, évolué ?

– Premièrement, le récit se déroule désormais à Shanghai.

– Shanghai en 1840 ? Les guerres de l'Opium ?

– Non, dans le Shanghai d'aujourd'hui, plutôt.

– Bien… Je ne savais pas que tu étais aussi sinologue.

– La plus ancienne des civilisations. L'usine du monde. Le siècle chinois. La Chine, c'est très… actuel. » Non, mais écoutez-moi un peu : Crispin Hershey qui vend son bouquin comme un gamin fraîchement sorti d'un atelier de création littéraire.

« Et ton phare australien, là-dedans ? »

Je prends une grande inspiration. Puis une deuxième. « Il n'y a plus de phare. »

Hal, j'en suis certain, fait semblant de se tirer une balle dans le crâne.

« Mais je te garantis qu'il tient la route, celui-ci, Hal. Un homme d'affaires usé par le décalage horaire fait la dépression nerveuse du siècle dans un hôtel labyrinthique de Shanghai, y rencontre un ministre, un P-DG, une femme de ménage, une autre qui a des dons de clairvoyance et entend des voix. » Bla bla bla, vas-y que je t'embrouille. « Imagine-toi un peu : c'est Noam Chomsky qui débarque à *Solaris* sur fond de *Les hommes qui n'aimaient pas les femmes*. Tu ajoutes un zeste de *Twin Peaks…* »

Hal se sert un whisky coca : entends-tu le pétillement des bulles ? Puis, sur un ton morne et accusateur : « Crispin. Es-tu en train de m'annoncer que tu verses dans le fantastique ?

– Moi ? Mais non, voyons. Disons qu'il y a juste un tiers de fantastique. Allez, cinquante pour cent tout au plus.

– Un bouquin ne peut pas être à moitié fantastique. Pas plus qu'une femme ne peut être à moitié enceinte. Combien de feuillets tu as pondus ?

– Écoute, ça avance plutôt bien. J'en suis à peu près à une centaine.

– Crispin. C'est moi, je te rappelle. Combien tu en as pondus ? »

Comment fait-il pour toujours tout deviner ? « Trente, mais j'ai la suite bien en tête », le rassuré-je.

Hal-la-hyène pousse un râle de scie sauteuse. « Putain de Dieu. »

La queue de la baleine se soulève. L'eau s'écoule le long des lobes striés. « La nageoire caudale de chaque baleine est unique, explique le guide, et grâce à son motif, les chercheurs parviennent à distinguer les individus entre eux. La baleine est en train de replonger… »

La queue de l'animal fend l'eau et disparaît ; ce visiteur venu d'un autre monde a disparu. Les gens à bord regardent l'eau, comme si un ami était parti à tout jamais. Moi, je regarde dans le vague, comme un type dont la première et dernière occasion de voir un cétacé de près a été gâchée par un coup de fil professionnel de merde. La famille américaine se passe une boîte de cupcakes, et l'attention avec laquelle ils veillent tous à ce que chacun en ait un me fait l'effet d'une injection de cinquante millilitres de jalousie concentrée. Pourquoi n'ai-je pas invité Juno et Anaïs à faire ce voyage avec moi ? Mes gamines se seraient souvenues toute leur vie d'être allées en Islande avec leur père, elles aussi ! Le moteur du bateau démarre en grondant et le navire repart vers Húsavík. La ville se trouve à un kilomètre d'une colline menaçante. Des bâtiments portuaires, une usine de transformation du poisson, quelques restaurants et hôtels, une église – véritable pièce montée –, un grand magasin, des maisons aux toitures fortement inclinées et de toutes les couleurs d'un nuancier, des antennes wi-fi, et tout ce dont deux mille trois cent soixante-seize Islandais peuvent avoir besoin pour subsister d'une année jusqu'à la suivante. Je regarde une dernière fois vers le nord, cherchant à voir, entre les parois musculeuses de la baie, un océan Arctique dont la baleine sillonne les cieux sombres.

20 SEPTEMBRE 2019

C'était à la moitié du trajet de la vie / Je me trouvais au fond d'un bois sans éclaircie[1]… Cette bifurcation du sentier, ces bouleaux longilignes, ce rocher couvert de mousse incliné vers le ciel et qui ressemble à une tête de troll. Il faudrait un sacré talent pour s'égarer dans une forêt en Islande, où même les petits bosquets de rien du tout sont rares. Zoë ne me laissait jamais le volant, avant l'avènement du GPS : pour elle, il était plus prudent de conduire un atlas routier sur les genoux. Ma carte touristique d'Ásbyrgi ne m'est d'aucune utilité : large d'un ou deux kilomètres, le ravin en fer à cheval recouvert de forêt s'enfonce dans le paysage, délimité par une paroi rocheuse d'une centaine de mètres de hauteur ; une rivière y paresse, formant ici et là des étangs… Mais où suis-je, exactement ? Les voyelles de l'eau et les consonnes des arbres ne me sont finalement pas si étrangères.

Les minutes passent : je suis hypnotisé par les allées et venues des fourmis sur une brindille. Richard Cheeseman est assis entre un policier et un représentant consulaire, quelque part au-dessus de l'Atlantique. Je me souviens de lui à Carthagène qui se plaignait qu'on ne lui ait pas pris une place en classe affaires ; mais après trois années au Penitenciaría Central, le fourgon de son transfert entre Heathrow et le Yorkshire lui fera l'effet d'une Rolls-Royce Silver Shadow.

Un vent maladroit fait tomber tout un tas de feuilles jaunes…

… et voilà que l'une d'elles vient se loger, cher lecteur, entre ma langue et mon palais. Regarde donc. Une petite feuille de bouleau. Foutrement extraordinaire. Les doigts crochus du vent m'arrachent la preuve des mains. Les saules s'écartent et dévoilent un bloc rocheux planté telle une tour au milieu d'Ásbyrgi… Parfait pour accrocher l'ancre d'une barge aux voilures nuageuses ou bien pour y amarrer un vaisseau amiral venu du système planétaire

1. Dante, *L'Enfer*. Traduction de Louis Ratisbonne.

d'Epsilon Eridani. Le soleil est une lampe torche sous un drap. Hal a senti que ce roman chinois n'aurait été qu'un ramassis de conneries, et il a bien raison. Six jours entre Shanghai et Pékin, et je me crois capable de rivaliser avec quelqu'un comme Nick Greek, grand connaisseur de la Chine, lui : qu'est-ce que je m'imaginais, bon sang ? Je vais plutôt écrire un *road trip* islandais, tiens. Il y aura un type qui court. Plein de flash-backs. Et peu à peu, je dévoilerai ce qu'il fuit. Je l'emmènerai à Ásbyrgi. Raconterai la formation du ravin, marque du sabot du cheval d'Odin dans le sol. Et que c'est le Parlement du Peuple caché. Mon personnage scrutera les visages sculptés dans la roche jusqu'à ce que ceux-ci le scrutent, lui. Je lui ferai respirer le parfum piquant des résineux. Il rencontrera un fantôme du passé. Entendra cet oiseau dont le chant m'appelle, traçant des cercles toujours plus amples, toujours plus resserrés. Où es-tu ? Là. Sur la souche d'arbre aux fanfreluches d'amanites tue-mouches. « C'est un troglodyte », a dit Maman, avant de s'en aller.

Lors du goûter d'anniversaire de mes dix ans, la partie de chaises musicales avait dégénéré en bagarre géante où l'on échangeait clés de bras et brûlures indiennes. Mon père s'était carapaté, laissant à Maman et Nina, la domestique, le soin de contenir l'émeute jusqu'à l'arrivée de M. Carillon-le-magicien. C'était un alcoolo-cleptomane qui s'appelait en réalité Arthur Hoare dont Papa avait eu pitié. Sa mauvaise haleine aurait pu faire fondre des objets en plastique. De son chapeau magique, en comptant jusqu'à trois, il avait fait surgir Hermès-le-hamster-magique, mais Hermès, gravement aplati, avait lui-même fait apparaître la mort, du sang, des excréments et des boyaux. Mes camarades en ont hurlé de dégoût et de joie. M. Carillon a déposé le cadavre écrabouillé du rongeur dans un cendrier en déclamant : « "Ceux sur lesquels tu t'imagines triompher / Ne meurent, pauvre Mort ; tu ne peux me tuer[1]." » Hein,

1. John Donne, « Ne t'enorgueillis point, ô Mort », traduction de Louis Cazamian.

les garçons. » M. Carillon a alors remballé ses accessoires. « John Donne était un menteur. Salaud de poète. » Puis Kells Tufton a annoncé avoir avalé une de mes figurines en plomb, alors Maman a dû l'emmener à l'hôpital. Nina restait seule aux commandes, une situation pas vraiment idéale dans la mesure où elle ne parlait presque pas anglais et était sujette à des phases de dépression depuis que, en Argentine, la junte avait jeté ses frères en plein Atlantique sud du haut d'un hélicoptère. Mes camarades qui n'en savaient rien et se fichaient éperdument de la junte ont commencé à jouer à répéter tout ce que Nina disait, jusqu'à ce qu'elle s'enferme dans l'appartement du troisième étage où Papa allait écrire ses scénarios. La marée assombrie de sang, comme aurait dit Keats, a alors déferlé et emporté cette célébration de l'innocence… jusqu'à ce qu'un dénommé Mervyn escalade les douze rayons de la bibliothèque et que celle-ci se renverse sur lui. Nina a composé le numéro des urgences. L'urgentiste jugeant que Mervyn avait besoin d'être hospitalisé sans attendre, Nina est partie avec l'ambulance, me laissant affronter seul les parents de mes camarades, à qui je devais expliquer que notre maison de Pembridge Place était aussi dépourvue d'adultes que *Sa Majesté des mouches* – si on fait abstraction des deux dernières pages. Maman et Nina sont rentrées après huit heures. Papa est revenu beaucoup plus tard, lui. Il y a eu des éclats de voix. Des claquements de porte. Le lendemain, j'ai été réveillé par les feulements de la Jaguar XJ-S de Papa dans le garage situé sous ma chambre. Le voilà qui repartait aux studios de Shepperton – il effectuait le montage de *Ganymède 5*, à l'époque. Je mangeais mes céréales en lisant *2000 AD*, mon magazine de BD de science-fiction, quand j'ai entendu Maman descendre péniblement une valise dans l'escalier. Elle m'a dit qu'elle nous aimait toujours, Phoebe et moi, mais que notre père avait failli à trop de promesses, et qu'elle avait besoin de faire une pause. Elle a ajouté : « Celle-ci sera peut-être définitive. » Tandis que mes céréales viraient à la bouillie, elle m'a raconté que les années soixante avaient été confuses pour elle : les nausées du matin, les couches à laver, les mouchoirs de Papa à essorer de leur morve, les tâches ingrates non rémunérées effectuées au bénéfice de Hershey Pictures ; fermer les yeux quand Papa « fricotait » avec les actrices, les maquilleuses et les secrétaires ; la promesse qu'il lui avait faite, quand elle était enceinte de Phoebe, d'écrire un film qu'il réaliserait rien que pour elle. Elle y aurait un rôle complexe, tout en nuances, où elle pourrait déployer tout son jeu d'actrice. Papa et son coscénariste avaient bouclé le script de *Domenico et la reine d'Espagne* quelques semaines plus tôt. Maman allait jouer le rôle de la princesse Maria Barbara, qui accédait au trône. Nous étions déjà tous au courant, merci. Mais ce que je ne savais pas, c'était que, la veille, tandis que l'anarchie régnait à Pembridge Place, le directeur de Continental Pictures avait appelé Papa et lui avait passé Raquel Welch. Mlle Welch avait lu le script, disait-elle, pensait que c'était l'œuvre d'un génie, et accepterait volontiers le rôle de Maria Barbara. Papa lui avait-il rétorqué que le rôle était destiné à sa femme, qui avait sacrifié sa carrière d'actrice à sa famille ? Non pas. Il lui avait répondu : « Raquel, ce rôle est à vous. » Puis la sonnette a retenti : c'était le frère de ma mère, venu la chercher en voiture. Maman a alors déclaré que, certes, dans la vie, il y avait toutes sortes de trahisons, mais que trahir les rêves de quelqu'un, c'était impardonnable. Dehors, un oiseau a atterri sur la branche d'un lilas sur lequel les fleurs écumaient. Sa gorge palpitait : des notes s'élevaient et retombaient. Tant qu'il chanterait et que je ne le lâcherais pas des yeux, avais-je alors pensé, je ne me mettrais pas à pleurer.

« C'est un troglodyte », a dit Maman avant de s'en aller.

Le soleil s'enfonçant derrière la paroi rocheuse d'Ásbyrgi, les nuances de vert rissolent et virent au gris et au marron. Feuilles et brindilles perdent leur caractère stéréoscopique. Quand je repense à ma mère, est-ce que je me souviens d'elle, ou bien des souvenirs que j'ai d'elle ? Des souvenirs que j'ai d'elle, je crois bien. Le sablier du crépuscule se vide, mais je ne sais plus où j'ai garé la Mitsubishi. Je suis comme l'explorateur de H. G. Wells qui a perdu sa machine à remonter le temps. Devrais-je m'affoler ? Qu'est-ce qui pourrait m'arriver, au pire ? Ne jamais retrouver mon chemin et mourir de froid ? Oui, c'est une possibilité. Ewan Rice se chargerait d'écrire ma nécro, publiée dans *The Guardian*. Est-ce certain ? Pendant la pendaison de crémaillère – et accessoirement une bonne occasion de présenter Carmen à tout le monde – que j'ai organisée en automne dernier, Ewan a tout fait pour gonfler son statut de mâle dominant des lettres : a dîné avec Spielberg lors de son dernier séjour à Los Angeles ; a été payé cinquante mille dollars pour donner une conférence à l'université de Columbia ; a été invité à rejoindre le jury du Pulitzer – « Il faut que je voie si je peux caser ça dans mon emploi du temps, je cours dans tous les sens. » Pas si sûr, donc. Je manquerai à ma sœur Phoebe, même, chaque fois qu'on se voit, on déterre la hache de guerre au bout de vingt minutes. Carmen serait désemparée, je pense. Et s'en voudrait peut-être. Question logistique, Holly prendrait les devants, Dieu merci. Tous les yeux se tourneraient vers elle et Aoife à mes funérailles. Hal-la-hyène aurait appris ma mort avant même que je ne sois au courant, mais lui manquerais-je pour autant ? Je ne suis pour lui qu'un client qui ne lui rapporte manifestement pas assez. Zoë ? Zoë ne s'apercevrait de ma mort que lorsque le compte où je verse la pension alimentaire serait à sec ; les filles, elles, pleureraient comme des Madeleine. Enfin, peut-être Anaïs.

C'est ridicule, allons ! Ce bois n'est pas bien grand, ce n'est pas une immense forêt. J'ai vu des camping-cars à côté du parking, tout à l'heure. Pourquoi ne pas simplement crier : « À l'aide ! » ? Parce que je suis un mec : je suis Crispin Hershey, l'enfant terrible des lettres britanniques. Je ne peux m'y résoudre. Tiens, un rocher couvert de mousse qui ressemble à une tête de troll et paraît émerger d'un fin plafond de terre qu'il a défoncé…

… c'est sans doute un tour que me joue la lumière du Grand Nord, mais une petite fraction de ma vue panoramique sur les bois – qui inclut le rocher couvert de mousse et les deux troncs inclinés qui forment un X – se met à ondoyer et scintiller comme un drap agité par une brise, alors qu'il n'y a pas un brin d'air…

Non : *regarde !* C'est bel et bien une main qui apparaît et écarte le drap, main dont le propriétaire est à présent en train de sortir de cette fente pratiquée dans l'air. C'est comme un numéro d'illusionniste vraiment époustouflant. Un jeune homme blond en veste et en jean vient d'apparaître là, au beau milieu de la forêt. Il a une vingtaine d'années et des airs de mannequin. Je l'observe, effaré : est-ce que… je serais en train de voir un fantôme ? Une brindille craque sous sa Clarks en daim. Il n'y a ni fantôme ni apparition magique, imbécile : il s'agit juste d'un touriste, comme moi. Il vient sans doute de l'un des camping-cars. À tous les coups, il est allé chier. Je mets mon délire sur le compte du crépuscule et du fait d'avoir passé une journée de plus tout seul. « Bonsoir, le salué-je.

– Bonsoir, monsieur Hershey. » Son anglais est davantage celui d'un Britannique à la coûteuse éducation que celui d'un Islandais aux consonnes sifflantes.

Je dois admettre que je suis ravi. « Eh bien. Drôle d'endroit pour être reconnu. »

Il avance de quelques pas et approche à un mètre de moi. Il semble enchanté. « Je suis un de vos admirateurs. Je m'appelle Hugo Lamb. » Puis il me décoche un sourire charismatique et chaleureux, comme si j'étais un ami en qui il avait confiance et qu'il connaissait depuis des années. En ce qui me concerne, j'ai le sentiment de rechercher son approbation bien malgré moi.

« Eh bien, euh, ravi de vous rencontrer, Hugo. Voilà, c'est un peu gênant, mais je ne retrouve plus le chemin du parking… »

Il opine du chef, puis reprend un air pensif. « Ásbyrgi joue des tours à tout le monde, monsieur Hershey.

– Dans ce cas, pourriez-vous m'indiquer la bonne direction ?

– Je pourrais, oui. Et je vais le faire. Mais j'ai d'abord quelques questions. »

Je recule d'un pas. « Comment ça… Sur mes livres, vous voulez dire ?

– Non, au sujet de Holly Sykes. Vous êtes devenus proches, d'après nos constatations. »

Désemparé, je comprends que ce dénommé Hugo est un des olibrius qui font une fixette sur Holly. Puis, la colère me gagne et je comprends qu'il s'agit plutôt d'un pseudo-journaliste de la presse tabloïde : Holly a eu des soucis avec la triade des paparazzis qui l'ont photographiée dans sa nouvelle maison à Rye. « J'adorerais te confier tout ce qu'on se raconte, moi et Hol, lancé-je à ce play-boy sur un petit ton méprisant. Mais le fait est que ça ne te regarde pas, alors mêle-toi de ton cul, mon lapin. »

Hugo Lamb ne cille pas le moins du monde. « Ah, mais vous faites erreur. Tout ce qui touche à Holly Sykes nous concerne de près. »

À reculons, je commence à m'éloigner, prudent. « C'est ça. Allez, au revoir.

– Vous aurez besoin de mon aide pour repartir d'Ásbyrgi, dit le jeune homme.

– Ton aide, tu peux te l'enfoncer jusqu'à l'intestin grêle. Holly a droit à sa vie privée, et moi aussi. Quant à mon chemin, je me déb… »

Hugo Lamb esquisse un étrange geste de la main : mon corps est soulevé à trois mètres de hauteur, comme pris dans la poigne d'un géant invisible. Mes côtes craquent, les nerfs qui partent de ma colonne vertébrale crépitent, parcourus par une douleur indescriptible : impossible de l'implorer ou de hurler, ni de supporter une seconde de plus cette torture, mais, pourtant, plusieurs secondes s'écoulent – enfin, je crois, car elles me semblent durer des jours et des jours. Et puis je ne retombe pas mais me retrouve catapulté sur le sol de la forêt.

Mon visage s'écrase dans le terreau de feuilles. Je grogne, frémis et gémis encore quand la douleur s'estompe. Je lève les yeux. Hugo Lamb a l'expression d'un garçon en train de démembrer un insecte, mélange d'intérêt relatif et de joyeuse méchanceté. Un taser pourrait être à l'origine de cette douleur incapacitante, mais comment expliquer que je me sois retrouvé soulevé en l'air à trois mètres de hauteur ? Peu importe, un instinct primitif mouche ma curiosité : je dois fuir ce type. Je me suis pissé dessus, mais je m'en fiche pas mal. Mes pieds ne répondent plus, et qu'importe ce rugissement lointain qui me dit : « Tu ne pourras plus jamais marcher tout seul », je ne l'écoute pas, je ne peux pas, je n'ose pas. Je rampe à reculons, puis me remets debout en prenant appui sur une grosse souche. Hugo Lamb esquisse un autre geste et voilà que mes jambes se dérobent sous mon poids. Je n'éprouve aucune douleur cette fois-ci. Mais c'est presque pire : je ne sens rien. En dessous de la taille, je n'ai plus aucune sensation. Je me touche la cuisse. Je la sens sous mes doigts, mais ma cuisse, elle, ne sent pas mes doigts. Hugo Lamb s'approche, je me recroqueville, il se perche sur la souche. « Pratique, d'avoir des jambes. Vous voulez récupérer les vôtres ? »

Ma voix tremble comme pas possible. « Qu'est-ce que vous êtes ?

– Dangereux, comme vous pouvez le constater. Vous reconnaissez ces deux jolies frimousses, j'imagine. » Il sort un petit carré de papier de sa poche et me montre la photo d'Anaïs, Juno et moi que j'avais perdue depuis quelques jours. « Répondez honnêtement à mes questions, et elles auront toutes les chances de vivre une longue et heureuse vie, comme n'importe quel autre élève du collège-lycée d'Outremont. »

Ce jeune minet sort tout droit d'un mauvais trip au LSD. Il a manifestement volé la photo, mais quand et où ? Mystère. J'acquiesce de la tête.

« Allons-y. Qui est la personne qui compte le plus aux yeux de Holly Sykes ?

– Sa fille, réponds-je d'une voix rauque. Aoife. Ce n'est un secret pour personne.

– Bien. Vous et Holly êtes-vous amants ?

– Non. Non. Nous sommes juste amis. C'est la vérité.

– Vous êtes ami avec une femme ? C'est dans vos habitudes, monsieur Hershey ?

– Je dois dire que non, mais avec Holly, c'est ainsi.

– Holly vous a-t-elle déjà parlé d'Esther Little ? »

Je déglutis et secoue la tête. « Non.

– Réfléchissez bien : Esther Little. »

Je réfléchis, ou tente du moins de m'y employer. « Ce nom m'est inconnu. Je vous le jure. » Moi-même, j'entends bien que je suis terrorisé.

« Qu'est-ce que Holly vous a confié au sujet de ses dons de clairvoyance ?

– Rien de plus que ce que son livre raconte. *Les Gens-de-la-radio*.

– Oui, un livre fascinant, n'est-ce pas ? Vous avez pu la voir canaliser des voix ? » Hugo Lamb s'aperçoit que j'hésite. « Ne me forcez pas à compter jusqu'à cinq avant que je vous grille la cervelle, comme dans l'interrogatoire d'un film de série Z. Vos fans savent à quel point vous détestez les clichés. »

Les arbres se penchent, et le trou paraît plus profond. « Il y a deux ans, sur l'île de Rottnest, à côté de Perth, Holly s'est évanouie et une drôle de voix lui est sortie de la gorge. J'ai d'abord cru à une crise d'épilepsie, mais Holly a raconté les souffrances des prisonniers, et puis… elle s'est mise à parler en langue aborigène… et puis c'est tout. Elle s'est cogné la tête. Et elle est revenue à elle. »

Hugo Lamb tapote sur la photo d'identité. Une partie de moi-même encore apte à l'analyse remarque qu'il y a dans son regard et sa détermination quelque chose de moins juvénile que son visage. « Vous a-t-elle parlé de la Chapelle du Vêpre ?

– La chapelle comment ?

– Ou des Anachorètes ? Ou du Cathare Aveugle ? Ou du Vin noir ?

– C'est la première fois que j'entends parler de tout ça. Je vous le jure. »

Tap-tap-tap, fait l'index d'Hugo Lamb sur la photo des filles et moi. « Qu'est-ce que l'Horlogerie pour vous ? »

J'ai l'impression de participer à un quiz méphistophélique « L'horlogerie ? L'étude des horloges anciennes. Ou du temps. »

Il se penche vers moi. J'ai l'impression d'être un microbe sur la lamelle d'un microscope. « Dites-moi ce que vous savez au sujet de Marinus. »

En espérant que cela permette à mes filles d'être épargnées, le misérable mouchard que je suis révèle à cet interrogateur d'un autre monde que Marinus était un pédopsychiatre de l'hôpital de Great Ormond Street, à Londres. « Son nom figure également dans le livre de Holly.

– A-t-elle rencontré Marinus depuis que vous la connaissez ? »

Je secoue la tête. « Il doit être très vieux, aujourd'hui. S'il n'est pas déjà mort. »

Serait-ce une femme que j'entends rire aux confins de mon champ d'audition ?

Hugo Lamb m'observe scrupuleusement : « Qu'est-ce que l'Étoile de Riga ?

– La capitale de l'Estonie ? Non, de la Lettonie ? De la Lituanie ? Je ne sais plus. Mais de l'un des États baltes, en tout cas. Je suis désolé. »

Hugo Lamb me regarde et réfléchit. « C'est terminé.

– Je vous ai dit la vérité. Toute la vérité. Ne faites pas de mal à mes enfants. »

Il contourne le rocher moussu et s'en va en me lançant : « Si leur papa est un homme honnête, Juno et Anaïs n'ont rien à craindre.

– Vous… Vous… Vous me laissez repartir ? » Je palpe mes jambes. Elles sont toujours inertes. « Hé ! Mes jambes ! S'il vous plaît !

– Je savais que j'avais oublié quelque chose. » Hugo Lamb se retourne. « J'y pense, monsieur Hershey. C'est vrai que la critique a franchement malmené *Réduire Écho au silence*, notamment Richard Cheeseman. Mais bon, vous le lui avez plus que bien rendu, n'est-ce pas ? » Lamb pince les lèvres dans une moue conspiratrice. « Il ne le saura jamais, à moins que quelqu'un ne fasse germer l'idée dans son esprit. Désolé pour votre pantalon. Et le parking se trouve à gauche si vous retournez à la dernière bifurcation. De ceci au moins, vous vous souviendrez. Pour le reste, j'expurgerai tout. Prêt ? » Il plonge son regard dans le mien, puis, du pouce et de l'index, Hugo Lamb semble tricoter dans le vide, jusqu'à ce qu'il tire d'un coup sec…

… un rocher couvert de mousse, évoquant la tête inclinée d'un troll rongé par une vieille rancœur. Je suis assis sur le sol mais ne me rappelle pas être tombé ; c'est pourtant ce qui a dû se produire : j'ai mal partout. Qu'est-ce que j'ai bien pu foutre pour me retrouver comme ça, moi ? J'ai fait un micro-AVC ? Les lutins d'Ásbyrgi m'auraient-ils jeté un sort ? J'ai tout simplement dû me… quoi, d'ailleurs ? M'asseoir afin de souffler deux secondes, et m'endormir ? Une brise se lève, les arbres tremblent et une feuille qui fait des loopings, par le hasard des tourbillonnements de l'air, vient atterrir sur la paume de ma main. Incroyable. Pour la deuxième fois de la journée, je pense à M. Carillon-le-magicien. Pas très loin, une femme rit. Le camping est tout près. Je me lève et remarque la grosse tache sombre et froide le long de ma cuisse. Bon, d'accord. Dans sa somnolence, l'enfant terrible des lettres britaniques a eu un petit souci avec son urètre. Heureusement qu'un contributeur de la *Piccadilly Review* n'est pas dans les parages. À cinquante-trois ans, je suis encore un peu jeune pour les protections hygiéniques ; enfin, je crois. C'est tout froid et tout mouillé, comme si cet accident remontait à quelques minutes. Dieu merci, je suis à deux pas du parking – et d'un caleçon et d'un pantalon propres. Retour à la bifurcation, puis à gauche. Pressons le pas, cher lecteur. La nuit tombera plus tôt que tu ne le crois.

23 SEPTEMBRE 2019

On dirait bien qu'Halldór Laxness a claqué la plupart du fric du Nobel dans Gljúfrasteinn, une demeure blanche et cubique style années cinquante, plantée sur la pente embrumée d'un vallon situé aux environs de Reykjavik. De l'extérieur, le bâtiment me rappelle un club de squash londonien des années soixante-dix. À proximité, une rivière dévale un coteau, dans l'automne quasiment dépourvu d'arbres. La Jaguar blanc crème garée dans l'allée est identique à celle de Papa. J'achète mon ticket d'entrée à une aimable tricoteuse qui a trouvé une bonne planque, puis me dirige vers la maison à proprement parler, où, comme demandé, je coiffe mon casque. Mon guide fantomatique et numérique me parle des peintures, des lampes modernes et des horloges, des commodes suédoises, du piano, des parquets, des huisseries en merisier, de la tapisserie en cuir. Gljúfrasteinn est une bulle figée dans le temps ; dans un musée dédié à un écrivain, c'est de bon ton. En gravissant les marches, je réfléchis à l'éventualité d'un musée Crispin Hershey. L'endroit le plus évident serait l'ancienne maison familiale de Pembridge Place, où j'ai vécu mon enfance et ma paternité. Le *hic*, c'est que, dans la semaine où j'ai rendu les clés, la baraque a été charcutée par des maçons, divisée en six appartements, et vendue à des investisseurs russes, chinois et saoudiens. Le rachat, le remembrement et la remise à l'état initial seraient une entreprise multilingue au coût faramineux : c'est pourquoi mon adresse actuelle d'East Heath Lane à Hampstead me paraît l'endroit tout désigné – encore faudrait-il qu'Hal-la-hyène persuade les avocats d'Erebus & Bleecker Yard de ne pas s'en débarrasser, bien entendu. J'imagine des visiteurs pleins de dévotion caresser les rampes vernies et, impressionnés, chuchoter : « Mon Dieu, c'est le portable sur lequel il a écrit son magnifique roman islandais ! » Le magasin de souvenirs serait casé dans les chiottes du bas : porte-clés Crispin Hershey, tapis de souris *Embryons desséchés* et figurines phosphorescentes. Les gens achètent de ces conneries, dans les musées. Ils ne savent rien faire d'autre, une fois entrés.

À l'étage, le guide numérique signale au passage que M. et Mme Laxness faisaient chambre à part. Ah, je vois. Un peu, que ça fait vibrer une corde sensible chez moi, nom d'une turlute. La machine à écrire de Laxness est posée sur son bureau – ou plus précisément, la machine à écrire de sa femme, puisque c'est elle qui saisissait les manuscrits de son mari. J'ai tapé mon premier roman à la machine, mais pour *Voir Wanda en peinture*, j'ai eu droit à un PC Brittan d'occasion que m'avait passé Papa en guise de cadeau d'anniversaire ; et depuis, des portables toujours plus légers et plus fiables se sont succédés. En ce qui concerne la plupart des écrivains de l'ère numérique, écrire c'est réécrire. Nous sélectionnons, coupons, groupons, collons et modifions, nous qui cherchons de l'or sur nos écrans en tamisant des seaux entiers de déchets. Nos ancêtres de l'ère analogique devaient fignoler chaque ligne de texte dans leur tête avant de le taper. Corriger leur demandait des mois de travail, des mètres de ruban encreur et des pintes de Tipp-Ex. Les pauvres couillons.

D'un autre côté, si la technologie numérique est la péridurale du roman, qu'on me montre les chefs-d'œuvre de ce siècle. Pénétrant dans une petite bibliothèque où Laxness semblait conserver ses surplus, je tends le cou afin de parcourir les titres. De nombreux livres reliés en islandais, danois – je crois –, allemand, anglais… Foutrediable : là, *Embryons desséchés* !

Attends, il s'agit de l'édition de 2001…

… Laxness est mort en 1998. D'accord.

Charmante attention du Peuple caché.

En redescendant, je laisse passer une douzaine d'adolescents. Où donc les voyages scolaires de Juno et Anaïs les emmènent-ils ? Je l'ignore et cela m'attriste. Non, mais quel papa à temps partiel et à distance suis-je devenu ? Ces jeunes Islandais du vingt et unième siècle ont beau être sous la perfusion de leurs écouteurs, ils n'en dégagent pas moins une assurance et une impression de bien-être toutes nordiques, même les deux d'origine africaine et la fille au hijab. Leur année de naissance commence par le chiffre deux ; ils n'ont pas besoin de chercher très loin dans le menu déroulant quand ils doivent remplir un formulaire en ligne. Ils sentent l'après-shampooing et l'assouplissant. Leur conscience est aussi intacte que la carrosserie d'un modèle d'exposition chez un concessionnaire auto, et une place leur est à tous réservée sur la scène centrale du monde, où ils nous défieront, nous surpasseront et se montreront condescendants lors de notre pot de départ à la retraite, exactement comme nous quand nous étions tout aussi beaux. Leur professeur ferme la marche et me remercie par un sourire, puis, en me dépassant, il laisse apparaître un beau miroir dans l'escalier des Laxness. Depuis les profondeurs grises de ce carré, un sosie hagard d'Anthony Hershey me regarde. Non, mais vise-moi ça. Ma métamorphose en mon propre père est intégrale. Un esprit maléfique d'Ásbyrgi m'aurait-il sucé ce qui me restait de jeunesse ? Mes cheveux sont plus fins, mes yeux injectés de sang, j'ai les traits tirés et la peau du cou qui pendouille comme celle d'un dindon… Afin de me réconforter, j'invoque une citation de Tagore : « La jeunesse est le cheval et la maturité, l'aurige. » Les lèvres de Papa se tordent dans un rictus : « Quel aurige ? Tout ce que je vois, c'est un intervenant en sociologie dans une université médiocre qui vient tout juste d'apprendre que son département va fermer, car, mis à part les futurs intervenants en sociologie, plus personne n'étudie cette discipline. Tu es pathétique, mon garçon. Tu m'entends ? Pathétique. »

La fleur de l'âge qui était mienne se fane, se fane, est flétrie…

En dévalant la pente qui me ramène au petit parking de Gljúfrasteinn où m'attend la Mitsubishi, je consulte l'heure sur mon téléphone et y trouve un SMS de Carmen Salvat. Ce n'est pas le message que j'aurais pu souhaiter recevoir.

bonjour crispin on peut se parler stp ? ton amie C

Je pousse un soupir. Moi qui me suis fait larguer, mon âme souffre encore, mais je tiens bon. Je ne veux pas avoir à baisser les bras, ni à ne plus plus baisser les bras. Nos émotions, nous les ingérons ; je ne veux pas avoir à digérer la douleur d'une relation que j'ai perdue. Ce « ton amie » de Carmen est un code qui signifie « Nous ne nous remettrons pas ensemble », et son « bonjour » au lieu d'un « coucou » est l'équivalent d'une glaciale bise muette et sans contact.

pas pendant un certain temps, si tu veux bien. Ca fait encore mal et j'en ai marre d'avoir mal. J espere que tu ne m en voudras pas prends soin de toi. C.

Après avoir appuyé sur envoyer, je regrette de ne pas avoir veillé à ce que mon message fasse moins mal embouché et/ou moins geignard. Le fracas en provenance de la rivière me paraît soudain agaçant : comment Laxness se débrouillait-il pour travailler dans ces conditions, nom d'un sodomite ? Le gris des nuages qui s'alignent dans le ciel est de plomb et pas zen pour deux sous. Les significations multiples de cette journée vieillissante composent une grille de mots croisés qui, jadis, m'aurait inspiré, mais devant laquelle aujourd'hui je capitule. Je ne suis pas aussi bon écrivain qu'Halldór Laxness. Ni même aussi bon que Crispin Hershey du temps de sa jeunesse. Je suis un père tout aussi nul et absent que mon propre père, sauf que ses films lui survivront plus longtemps que mes romans dont on surestime la valeur. Mes vêtements sont froissés. Mon intervention est prévue à dix-neuf heures trente. Mon cœur est encore couvert de plaies : pas question qu'une ex espagnole vienne les gratter.

Non. On ne peut pas se parler. Point barre. J'éteins mon téléphone.

« Le titre de mon exposé est : “De ne jamais ne pas songer à l'Islande”. » C'est un joli petit auditoire qui s'est présenté à la Maison de la littérature, même si la moitié des deux cents personnes sont venues parce que toutes les places du concert de Bonny Prince Billy ont été vendues, et qu'une partie des têtes grises ont pointé le bout de leur nez parce qu'elles adorent les films de mon père. Les seuls visages familiers sont ceux de Holly, d'Aoife et de son petit ami Örvar, qui, depuis le premier rang, m'envoient des ondes positives. « Cet intitulé catastrophique, poursuis-je, fait allusion à une remarque apocryphe du poète W. H. Auden prononcée ici même, à Reykjavik, et si j'en crois mes informations, sur cette estrade, devant vos parents ou grands-parents. Auden a déclaré que, certes, il n'avait pas songé à l'Islande à chaque heure ou même chaque journée de sa vie, mais il a ajouté : "Jamais je n'ai *pas songé* à l'Islande." Une phrase mystérieuse et savoureuse. "Ne jamais ne pas songer à l'Islande" ? Pourquoi ne pas simplement dire "toujours songer à l'Islande ?" Parce que, bien entendu, les doubles négations font en douce du trafic de vérité et entourloupent les censeurs. Ce soir, j'aimerais comparer la double négation d'Auden » – je lève la main gauche, paume face à l'auditoire – « à la dualité de l'écriture » – *idem* pour la main droite –, « dans le sens où, pour écrire, il faut un stylo et un endroit, ou bien un bureau et une machine à écrire, ou bien un ordinateur portable et un Starbucks, mais peu importe : le stylo et l'endroit sont des symboles. Les symboles des moyens et de la tradition. Un poète se sert d'un stylo pour écrire, mais, bien évidemment, le poète ne fabrique pas son stylo : il ou elle l'achète, l'emprunte, en hérite, le vole ou l'acquiert autrement. De façon analogue, un poète perpétue une tradition qui lui permet d'écrire, mais un poète ne peut en créer une à lui seul. Même si un poète se lance dans l'invention d'une poétique nouvelle, il ou elle ne peut créer qu'en réaction de ce qui existe déjà. Sans les Bee Gees, pas de Johnny Rotten. » Mon auditoire islandais ne cille pas : peut-être que les Sex Pistols ne sont pas parvenus jusqu'à une latitude aussi boréale. Holly m'adresse un sourire ; sa maigreur et ses traits tirés m'inquiètent. « Mais revenons à Auden et son "jamais ne pas". Voici ce que je retiens de sa remarque : si vous écrivez des poèmes ou des fictions dans une langue européenne, ce stylo que vous tenez dans votre main était jadis une plume d'oie dans celle d'un Islandais. Et peu importe que l'idée vous plaise ou qu'elle soit portée à votre connaissance. Si vous cherchez à établir en prose une représentation de la beauté, des vérités et des douleurs de ce monde, à donner de la profondeur à un personnage au travers des dialogues et actions, à réunifier l'intime, le passé et le politique dans une fiction, alors vous êtes dans la même quête que celle de ces auteurs de manuscrits islandais qui se trouvaient ici même sept cents, huit cents, neuf cents ans plus tôt. J'affirme que l'auteur de *La Saga de Njáll le Brûlé* tire sur les mêmes ficelles narratives exploitées plus tard par Dante et Chaucer, Shakespeare et Molière, Hugo et Dickens, Laxness et Woolf, Alice Munro et Ewan Rice. Quelles sont ces ficelles ? La complexité psychologique, l'évolution des personnages, la chute qui conclut une scène, les personnages maléfiques souillés par certaines qualités, les héros ternis par des turpitudes, les analepses et les prolepses, les fausses pistes menées avec habileté. Attention, je ne prétends pas que les écrivains de l'Antiquité ignoraient ces stratagèmes, cependant » – à cet instant, je pose mes couilles et celles d'Auden sur le billot –, « c'est dans les sagas islandaises que nous observons pour la première fois, au sein de la culture occidentale, des protoromanciers à l'œuvre. Un demi-millénaire avant l'heure, les premiers romans au monde sont les sagas. »

Soit mon auditoire m'écoute, soit il somnole les yeux ouverts. Je retourne mes notes.

« Voilà pour le stylo. L'endroit, maintenant. Du point de vue de l'Europe continentale, l'Islande est un rocher ovale, froid et quasiment dépourvu d'arbres sur lequel trois cent mille habitants vivotent. Depuis que je suis né, l'Islande a figuré quatre fois en une des journaux : dans les années soixante-dix pour les guerres de la Morue ; lorsqu'elle a servi de cadre aux pourparlers sur le contrôle de l'armement entre Reagan et Gorbatchev ; quand elle a été l'une des victimes de la crise de 2008 ; et quand, en 2010, un nuage de cendres volcaniques a coupé court à tout trafic aérien en Europe. D'autre part, ce qui, géométriquement ou politiquement parlant, définit un bloc, c'est son contour. De même que l'orientalisme séduit l'imagination d'un certain type d'Occidentaux à l'égard d'un certain type de ressortissants des pays du Sud, l'Islande a une force d'attraction fort disproportionnée en comparaison de sa masse terrestre et de ses exportations culturelles. Pythéas, le cartographe grec qui vivait en l'an trois cent avant Jésus-Christ dans un pays cuit par le soleil situé aux confins du monde antique, avait

Cultura
l'esprit jubile

Aubagne - 04 96 18 20 00
du Lundi au Samedi de 9h00 à 20h

Vous avez été reçu par KEVIN

HESSE HERMANN / LE LOUP DE x1		(1)
9782253002932	6,60	6,60
MITCHELL DAVID / L'AME DES x1		(1)
9782823608298	25,00	25,00

NET A PAYER EN EUR : 31,60

PAIEMENT EN EUR
CARTE BANCAIRE : 31,60

DETAIL TVA

CODE	TAUX	HT	TVA	TTC
1	5,50	29,96	1,64	31,60

Nombre d'articles : 2
Nombre de retours : 0

CAISSE : 069 - 02 LE 24/05/2017
TICKET : 139808 A 19:43:18

6000 7010 2001 3980 85

A très bientôt chez Cultura
www.cultura.com

Cultura

Aubagne [illegible] 16 20 00 [illegible]
[illegible] di [illegible] de [illegible]

Vous [illegible] KEVIN
HESSE HERMANN [illegible] (1)
9782[illegible]02932 6,60 6,60
MITCHELL DAVID [illegible] (1)
978[illegible] 25,00 25,00

NET A PAYER EN EUR [illegible] 31,60

PAIEMENT EN [illegible]
[illegible] 31,60
DETAIL TVA

CODE	TAUX	HT	TVA	TTC
1	5,50	[illegible]	[illegible]	31,60

Nombre d'article[illegible]
Nombre de [illegible]

CAISSE [illegible] 069 [illegible] LE 24/06/2017
TICKET [illegible] 135606 A 19:43:18

FSC® - Fabriqué Sans Bisphenol A

6000 7010 2001 3980 85

A très bientôt chez Cultura
www.[illegible]

FSC® - Fabriqué Sans Bisphenol A

bien senti cette force d'attraction, lui qui vous a fait figurer sur sa carte : *Ultima Thule*. Les ermites chrétiens d'Irlande aussi, eux qui partaient en mer à bord d'un simple coracle. Et même chose pour les réfugiés de la guerre civile en Norvège, au dixième siècle. Ce sont leurs petits-enfants qui ont écrit les sagas. Sir Joseph Banks, toute une cargaison de savants victoriens assez nombreux pour faire chavirer un drakkar, Jules Verne, et même le frère d'Hermann Göring, qu'Auden et MacNeice ont aperçu ici en 1937, tous ces gens ont senti cette attraction que le Nord, votre Nord, exerçait sur eux, et tous – c'est en tout cas ce que je crois –, comme Auden, jamais ne songeaient pas à l'Islande. »

Les lampes en forme d'ovni qui équipent la Maison de la littérature clignotent et s'allument.

« Les écrivains n'écrivent pas suspendus dans le vide. Nous avons besoin d'un espace physique, d'une pièce – dans l'idéal, située dans une maison comme le Gljúfrasteinn de Laxness –, mais nous écrivons aussi depuis un espace d'imagination. Au beau milieu des boîtes, caisses, étagères et armoires remplies de… d'objets culturels, bric-à-brac ou trésors : les comptines, les mythologies, les récits historiques, ce que Tolkien appelait le "tas de compost". Et des choses personnelles, aussi : les programmes télé de notre enfance, une cosmologie faite maison, des histoires racontées d'abord par nos parents, puis, plus tard, par nos enfants ; et puis, surtout, des cartes. Des cartes mentales. Qui ont des bords. Et pour Auden comme beaucoup d'entre nous, ce sont les bords de la carte qui nous fascinent… »

Holly loue son appartement depuis juin mais retournera à Rye dans deux semaines, le mobilier est donc minimaliste, épuré, dégagé ; planchers en noyer et murs crème, avec une belle vue sur le méli-mélo des toitures qui descendent vers une baie couleur d'encre. Les lampadaires ponctuent le crépuscule nordique à mesure que les couleurs se dissolvent. Un trio de bateaux de croisière scintille dans le port, tels trois Las Vegas flottantes. Dans la baie, une longue montagne en forme de baleine domine la ligne d'horizon ou, plutôt, la dominerait si le ciel n'était pas si bas. Örvar dit qu'elle a été baptisée Esja et avoue n'avoir jamais fait l'ascension de ce mont, car il se trouve juste là, devant sa porte. J'envoie balader une forte envie de venir m'installer ici, sans doute à cause de son manque total de réalisme : je ne survivrais probablement pas à un seul hiver où les jours durent trois heures. Holly, Aoife, Örvar et moi mangeons une moussaka végétarienne et liquidons deux bouteilles de vin. Ils me demandent comme s'est passée ma semaine à sillonner les routes. Aoife raconte son chantier archéologique d'été sur le site d'une colonie installée au dixième siècle dans les environs de Egilsstaðir, puis pousse gentiment Örvar, aimable mais réservé, à parler de son travail sur la base de données génétiques où toute la population islandaise est répertoriée : « On a découvert que plus de quatre-vingts femmes avaient du sang amérindien, m'annonce-t-il. Ce qui prouve assez nettement que les sagas du Vinland se fondent sur des faits historiques et pas exclusivement des élucubrations. Beaucoup de sang irlandais du côté des femmes, aussi. » Aoife parle d'une application qui peut dire à chaque Islandais s'il existe un degré de parenté entre lui et n'importe quel autre Islandais. « Depuis le temps qu'ils en avaient besoin, dit-elle en tapotant la main d'Örvar sur la table, pour éviter les réveils gênants : "Par Thor, aurais-je baisé avec un cousin ?" Hein, Örvar ? » Le pauvre bougre rougit un peu et marmonne qu'une soirée concert commence quelque part. D'après Aoife, à Reykjavik, les moins de trente ans font tous partie d'au moins un groupe de musique. Aoife et Örvar se lèvent pour y aller, et comme je pars demain aux aurores, ils me souhaitent *bon voyage**. Elle me serre dans ses bras comme une nièce, et lui me donne une franche poignée de main ; et c'est alors qu'il se rappelle qu'il m'a apporté son exemplaire d'*Embryons desséchés* afin que je le lui dédicace. Tandis qu'il renoue ses lacets, je me demande ce que je pourrais écrire, histoire de marquer le coup, mais rien de spirituel ne me vient.

À Örvar de la part de Crispin, avec mes meilleures salutations.

Depuis *Voir Wanda en peinture*, je peine à rester spirituel. C'est foutrement libérateur, de lâcher prise.

Je touille, touille, touille encore jusqu'à ce que les feuilles de menthe ne soient plus que des vairons vert clair pris dans un tourbillon. « C'est Venise qui a sonné le glas de notre relation, à Carmen et moi, expliqué-je à Holly. Si je ne revisite plus jamais cette ville, je mourrai l'âme en paix. »

Holly a l'air intriguée. « Je l'ai trouvée plutôt romantique, moi.

– C'est bien le souci. Tant de beauté, c'est foutrement insupportable. Ewan Rice surnomme Venise "la capitale du divorce" – c'est le décor d'un de ses meilleurs bouquins. Une histoire de divorce. Venise, c'est le summum de l'escroquerie et de l'entourloupe... J'ai voulu jouer au plus malin devant Carmen, qui s'était fait rouler en achetant un parapluie – le genre de réflexion que je peux sortir vingt fois par jour –, mais au lieu de laisser couler, elle m'a décoché un de ces regards... Du genre : *Que je me souvienne : pourquoi est-ce que je gâche le restant de ma jeunesse avec ce vieux ronchon, déjà ?* Puis elle est partie vers la place Saint-Marc. Seule, bien entendu.

– Bah, on a tous des jours avec et des jours sans, commente Holly sur un ton neutre.

– Rétrospectivement, ça a un peu été une révélation. Je ne lui en veux pas. Ni de m'avoir trouvé agaçant, ni de m'avoir largué. Quand elle aura l'âge que j'ai, j'en aurai soixante-huit, bougre de Dieu, Holly ! L'amour est peut-être aveugle, mais, une fois qu'on vit sous le même toit, c'est comme si on s'équipait d'un scanner ultra-sophistiqué. Du coup, chacun a passé la dernière journée à se promener et faire les musées dans son coin, puis, au moment de se dire au revoir à l'aéroport de Venise, ses derniers mots ont été "À bientôt" ; et quand je suis arrivé chez moi, une lettre de rupture m'attendait dans la boîte. Je ne vais pas te raconter que ça m'a surpris. Elle et moi, nous avons chacun eu à traverser un divorce compliqué ; on connaît, merci. On s'est mis d'accord pour rester bons amis. On continuera de s'envoyer des cartes de vœux pendant encore quelques années, à évoquer l'autre sans rancœur, mais on ne se reverra sans doute plus jamais. »

Holly acquiesce de la tête, et fait un petit bruit guttural, un « Je vois ».

Dehors, l'un des derniers bus marque l'arrêt dans un chuintement de freins à air.

Je m'abstiens de parler du message de cet après-midi à Holly.

Mon téléphone est toujours éteint. Pas maintenant. Plus tard.

« Elle est chouette, celle-ci. » Sur une étagère derrière Holly, il y a une photo encadrée où on la voit jeune maman, en compagnie d'une toute petite Aoife qui, déguisée en lion peureux, montre ses quenottes et les taches de rousseur sur son nez, et aussi d'Ed Brubeck, plus jeune que dans mon souvenir ; les trois sourient dans un petit jardin plein de tulipes roses et jaunes baigné de soleil. « Quand est-ce qu'elle a été prise ?

– En 2004. Les débuts sur les planches d'Aoife dans *Le Magicien d'Oz.* » Holly sirote son thé à la menthe. « C'est à cette époque qu'Ed et moi avons élaboré la trame des *Gens-de-la-radio*. Tu sais, ce livre, c'était son idée. On était à Brighton ce week-end-là, pour le mariage de Sharon, et jusque-là, il avait toujours fait son M. Il-doit-y-avoir-une-explication-logique.

– Mais, après le coup du numéro de chambre, il s'est mis à y croire, c'est ça ? »

Holly m'adresse une moue équivoque. « Disons plutôt qu'il a arrêté de ne pas y croire.

– Ed a-t-il vu le mastodonte que ton bouquin est devenu ? »

Holly secoue la tête. « J'ai écrit les parties sur Gravesend assez rapidement, mais après, j'ai eu une promotion au centre d'hébergement. Entre ce nouveau poste, Aoife à élever, et Ed qui n'était pas là, je n'ai pas eu l'occasion de finir l'écriture avant que… » – elle choisit soigneusement ses mots – « … la chance lui tourne le dos en Syrie. »

Je suis soudain atterré par mes propres pleurnicheries à propos de Zoë et Carmen. « Holly, tu es un peu un héros pour nous. Enfin, une héroïne.

– Il faut bien tenir le coup. Aoife avait dix ans. Je ne pouvais pas me payer le luxe de m'effondrer. Chez nous, on avait déjà perdu Jacko, alors… » – petit rire triste – « … chez les Sykes, le deuil, on connaît bien. Reprendre l'écriture des *Gens-de-la-radio*, ç'a été un peu une thérapie, je dois dire. Je n'ai pas imaginé une seule seconde que, en dehors de ma famille, d'autres gens auraient envie de le lire. Dans les interviews, quand je raconte ça, on ne me croit jamais, mais c'est la vérité. Les émissions de télé littéraires, la publicité qu'en a faite Prudence Hanson, tout ce foin autour du "médium qui porte les cicatrices de son enfance", je n'y étais pas préparée, ni à ça, ni aux sites Internet, ni aux dingues, ni aux suppliques envoyées par la poste, ni aux gens avec lesquels on n'est plus en contact depuis des années, et ce, pour de très bonnes raisons. Mon premier petit copain – dont je ne garde absolument pas un bon souvenir – m'a contactée pour m'informer qu'il était passé chef régional de Porsche pour tout l'Ouest londonien et me demander si j'étais intéressée par un petit tour d'essai maintenant que le destin me souriait. Euh, non, sans façon. Et puis après que les enchères des droits pour la publication aux États-Unis des *Gens-de-la-radio* ont fait l'actualité, tous les faux Jacko de la planète sont sortis de terre. Mon agent a piégé le premier via Skype. Il avait le bon âge et ressemblait vaguement à ce à quoi Jacko aurait pu ressembler, puis de derrière l'écran, il m'a fixée en chuchotant : "Oh, nom de Dieu, nom de Dieu… c'est toi." »

J'ai envie de fumer, mais je grignote un bout de carotte à la place. « Comment est-ce qu'il a justifié sa disparition pendant trente ans ?

– Il a raconté avoir été kidnappé par des marins soviétiques qui cherchaient un mousse, puis avoir été enfermé par la suite à Irkoutsk afin d'éviter un incident majeur pendant la guerre froide. Oui, bon, je sais. Comme son détecteur de conneries s'est déclenché, Brendan m'a poussée pour se planter devant l'écran et il a demandé : "Tu me reconnais, Jacko ?" Le type a hésité puis a lâché :

"Papa!" Fin de l'appel. Le dernier "Jacko" à nous avoir contactés venait du Bangladesh, mais, malheureusement, les impérialistes de l'ambassade britannique de Dacca ne voulaient pas croire qu'il était bien mon frère, alors si je pouvais envoyer dix mille livres et l'aider pour son visa… Après ça, on a décidé que c'était terminé. À supposer que Jacko soit vivant, à supposer qu'il ait lu le livre et qu'il ait envie de nous revoir, il saurait nous retrouver.

– Tu travaillais toujours au centre d'hébergement pendant toute cette période ?

– J'ai démissionné avant d'aller à Carthagène. C'était vraiment dommage : j'adorais ce boulot, et je crois que je me débrouillais bien. Mais quand tu présides à une réunion de levée de fonds et que, le même jour, un paiement de droits d'auteur d'un montant à six chiffres tombe sur ton compte en banque, tu peux difficilement prétendre que rien n'a changé. D'autres "Jacko" sont venus tenter leur chance à mon bureau, et puis on a piraté ma ligne téléphonique. Je suis encore impliquée dans ce que font les associations dédiées aux sans-abri, mais en tant que donatrice. Il fallait que j'emmène Aoife loin de Londres et qu'on s'installe dans un gentil petit trou paumé et tranquille comme Rye. Enfin, c'est ce que je croyais. Est-ce que je t'ai raconté l'épisode du Grand Pugilat Illuminati ?

– Tu ne me racontes pas tellement de choses sur ta vie, moins que tu ne le crois. Les Illuminati : tu veux dire ces espèces de lézards extraterrestres qui asservissent les humains en diffusant depuis une base secrète installée sur la Lune des ondes mentales qui font office de bêtabloquants ?

– C'est ça. Un matin d'avril, deux groupes de conspirationnistes se cachent dans mes buissons. Comment est-ce que tout ça a commencé, je ne sais pas. Une remarque lâchée sur Twitter, peut-être. Chaque groupe constate qu'il n'est pas le seul sur place et se persuade que l'autre agit au nom des Illuminati. Tu me suis ? Non, ne rigole pas. Ils se sont battus à mort. La police a rappliqué en moins de deux. Après cette histoire, j'ai dû mettre une clôture et des caméras de surveillance. Tu imagines ? Moi, putain, retranchée chez moi comme ça ! Mais quel choix est-ce que j'avais ? Si ça se trouve, au prochain coup, ces tarés se seraient mis en tête non pas de me protéger mais de s'en prendre à moi. Alors, pendant que l'entrepreneur était sur place, j'en ai profité pour aller en Australie ; c'est la fois où Aoife et moi t'avons rencontré, à Rottnest. » Sans se presser, elle va tirer le rideau sur le port illuminé. « Mieux vaut s'abstenir d'inciter les gens à questionner ce qui est réel et ce qui ne l'est pas. Ils risquent d'en tirer des conclusions inattendues. »

Dans la rue, deux chiens se mettent à aboyer, furieux, puis s'arrêtent.

« Si tu ne publies plus rien, ils passeront leur chemin.

– Ça, c'est vrai, me répond Holly d'un air évasif.

– Quoi, tu es sur un autre bouquin ? »

Elle me regarde comme si je l'avais coincée. « Ce sont juste quelques histoires. »

Je suis jaloux et ravi. « C'est génial. Tes éditeurs vont faire des saltos arrière dans les couloirs.

– Les gens ne vont pas forcément les lire. Ce sont des récits fondés sur des personnes que j'ai connues au centre. Et aucun médium dans le lot.

– À l'heure actuelle, *Les Plus Belles Listes de courses de Holly Sykes* arriverait en tête des ventes rien qu'avec les précommandes.

– C'est ce qu'on verra. En tout cas, voilà ce qui m'a tenue occupée cet été. Reykjavik est un bon endroit pour travailler. En Islande, c'est comme en Irlande : ici, qu'on soit connu ou pas, ça ne change pas grand-chose. »

Par hasard, nos doigts se frôlent presque. Holly le remarque en même temps que moi ; chacun ramène sa main sur ses genoux. J'essaie de trouver une blague pour dédramatiser ce minuscule moment de gêne, mais rien ne me vient.

« Je t'appelle un taxi, Crisp. Il est minuit passé.

– Pas possible, il est si tard que ça ? » Je regarde mon téléphone : 00:10. « Foutredieu, on est déjà demain.

– Eh oui, dis donc. À quelle heure tu décolles pour Londres ?

– Neuf heures et demie. Mais, dis-moi, je peux te poser deux questions avant de partir ?

– Tout ce que tu voudras. Enfin, presque.

– Est-ce que, pour moi, c'est toujours : "une araignée, une spirale, un borgne" ?

– Tu veux que je vérifie ? »

Tel un athée qui souhaite qu'on prie pour lui, j'acquiesce de la tête.

Comme à Shanghai, Holly se touche le milieu du front et ferme presque les yeux. Quel fascinant visage elle a, mais… son teint me paraît trop gris et ses traits, trop tirés. Mes yeux vagabondent jusqu'à son pendentif. C'est un labyrinthe. Un symbole de l'union tête-corps-esprit, j'imagine. Offert par Ed ?

« Oui. » Holly ouvre les yeux. « Toujours pareil. »

Dehors, un type probablement soûl rit frénétiquement. « Est-ce que je saurai un jour ce que ça signifie ? Ce n'est pas ma deuxième question.

– Un jour, oui. Quand tu sauras, raconte-moi.

– Promis. » Ma deuxième question est plus difficile à poser, car une des réponses possibles me fait très peur : « Holly, tu n'es pas malade, au moins ? »

Elle est surprise, mais ne me contredit pas. Elle détourne le regard.

« Oh, bon Dieu de merde. » Je voudrais rembobiner ma question. « Excuse-moi, ce n'est pas…

– Un cancer de la vésicule biliaire. » Holly tente de sourire. « Évidemment, il fallait que j'aille chercher le sale truc bien rare. »

Tenter de sourire est au-dessus de mes forces. « Quel est le pronostic ? »

On croirait que Holly parle d'un pépin enquiquinant. « C'est trop tard pour la chirurgie – le cancer s'est étendu à mon foie et à… enfin, il y en a un peu partout, quoi. Mon cancérologue de Londres estime que j'ai… que j'ai… euh, j'ai cinq à dix pour cent de chances d'être encore ici dans un an. » Sa voix devient rauque. « Je ne parierais pas là-dessus. Avec la chimio et les médocs, on peut espérer monter jusqu'à vingt pour cent, mais bon… si c'est pour passer quelques mois de plus à gerber dans des sacs en plastique… C'est aussi pour cette raison que j'ai passé l'été en Islande à suivre cette pauvre Aoife comme une ombre, un peu comme l'autre dans *Macbeth*, là, comment est-ce qu'il s'appelle, déjà ?

– Banquo. Aoife est au courant, alors ? »

Holly fait signe que oui. « Brendan, Sharon, leurs enfants, ma mère et Örvar, aussi – j'espère qu'il aidera Aoife quand, enfin, tu sais. Quand, moi, je ne pourrai plus. Mais personne d'autre ne le sait. À part toi. Les gens deviennent tellement pleurnichards. Il faut que je garde de la force pour remonter le moral de la famille. Je ne te l'aurais pas annoncé à toi non plus, mais comme tu m'as demandé… Désolée que la soirée se termine sur cette note. »

Je la vois, elle, et je vois Crispin Hershey à travers ses yeux ; peut-être qu'elle voit Holly Sykes à travers les miens. Soudain, l'heure a avancé. Holly et moi nous tenons devant la table, et nous nous serrons dans les bras pour nous dire au revoir. Il n'y a rien d'érotique dans ce câlin. Je te l'assure, cher lecteur. Je m'en serais aperçu.

Ce câlin, voilà ce qu'il signifie : tant que je la serre contre moi, rien ne pourra nous arriver.

Le chauffeur de taxi a les oreilles chargées de quincaillerie et me répond d'un simple « OK » après que je lui ai donné le nom de l'hôtel. De la main, je salue Holly jusqu'à ce qu'elle disparaisse. Ayant pris mes dispositions pour me rendre à Rye avant Noël, je vais faire la sourde oreille à ce désagréable pressentiment que je ne la reverrai plus jamais. La radio est calée sur une station qui diffuse de la musique classique ; je reconnais Maria Callas chantant le « Casta Diva » tiré de *Norma* de Bellini – Papa s'en est servi pour la scène de l'avion télécommandé dans *La Colline aux cuirassés*. Pendant quelques instants, j'oublie où je suis. J'allume mon iPhone pour envoyer un SMS à Holly et la remercier de cette soirée, mais pendant que je le saisis, un message de Carmen arrive. Elle me l'a envoyé pendant que je faisais mon intervention, tout à l'heure. Pas de texte, juste… une image d'une tempête de neige ?

Une tempête de neige la nuit à travers un pare-brise ? Je penche la tête et tourne le téléphone.

Des astéroïdes se télescopant ? Non.

C'est une échographie.

De l'utérus de Carmen.

Avec un occupant à l'intérieur.

13 DÉCEMBRE 2020

La Clef, de Jun'ichirō Tanizaki : c'est celui-ci. Mais, en retrouvant ce titre dans le cagibi aménagé sous l'escalier des livres lus il y a longtemps, l'esprit de Crispin Hershey s'éloigne de son sujet – le roman en cours d'écriture de Devon Kim-Ashkenazy (*De l'autre côté du vaste océan*, de Pusan à Brooklyn, trois générations de femmes violées). Je le sais, mais je suis incapable de l'en empêcher. Il monte, monte et s'envole, crevant les dalles du plafond et les ardoises de la toiture, survolant le bunker dans lequel le département de lettres est temporairement installé depuis 1978. Il voit le galbe de la toiture de l'amphithéâtre dessiné par Frank Gehry ; passe au-dessus du jeu de Lego des logements étudiants ; tourne autour de la chapelle gothique qui date du temps de Lincoln, caracole entre les bâtiments des sciences, tout de verre et d'acier ; remonte jusqu'aux pignons de brique rouge couverts de vigne vierge de la maison du président ; passé le portail du cimetière où les détenus de Blithewood qui ont pris perpète se changent en arbres à la cadence que leur imposent les racines et les vers, à la cime du plus grand feuillu tourbillonne l'esprit absent de Hershey, seulement visible des écureuils et des corbeaux ; le fleuve Hudson, majestueux, serpente entre les pattes de pigeon des Catskill ; un train apparaît ; un train disparaît ; une citation autour d'une tasse brisée : « J'aime le voir avaler les milles et lécher les vallées. » Son esprit s'élève dans les airs comme sur Google Earth, traversant les nuages où mûrissent les tempêtes de neige ; l'État de New-York a disparu, le Massachusetts défile, Terre-neuve est emmurée de glace et Rockall mitraillée par les fientes de mouettes ; là-bas, il n'y a pas d'yeux pour observer l'éphémère motif exhibé par l'éclair…

« Crispin ? » Devon Kim-Ashkenazy. « Est-ce que ça va ? »

À voir le visage de mes étudiants de troisième cycle, ce n'était pas un bref moment d'égarement. « Oui, je songeais à un roman de Tanizaki qui s'en sort joliment dans le style journal intime auquel s'apparente le vôtre, Devon. *La Clef*. Ça vous évitera peut-être de réinventer la roue. Mais bon, dans l'ensemble » – je lui rends son manuscrit –, « vous avancez bien. Ma seule réserve, c'est, euh, la scène du viol. Encore un peu trop riche en adverbes à mon goût.

– D'accord, très bien. » Devon prend un ton léger, cherchant à me prouver qu'elle n'est pas vexée. « Celle chez le fleuriste ou celle du motel ?

– Celle dans le lavage auto. Les adverbes sont le cholestérol de la prose. Divisez-en le nombre par deux et votre prose sera deux fois plus efficace. » Les stylos grattent. « Ah oui, et attention à l'utilisation de "sembler" : ce verbe, c'est du bredouillis textuel. Et donnez une note de un à cinq à chacune de vos comparaisons et métaphores, puis débarrassez-vous de celles qui ont obtenu trois ou moins. C'est douloureux, mais après vous vous sentirez mieux. Japheth ? »

Japheth Solomon (auteur d'*Au pays de Dieu*, un roman d'apprentissage mormon encore en chantier dans lequel un garçon de l'Utah se réfugie sur la côte Est dans une fac gauchisante où le sexe, la drogue et un cours de création littéraire déclenchent chez lui une crise existentielle) me demande : « Et si on n'arrive pas à trancher entre trois et quatre ?

– Si vous n'arrivez pas à vous décider, c'est que votre métaphore ne mérite qu'un trois, Japheth. »

Maaza Kolofski (*La Nébuleuse de la Tête de cheval*, récit utopique qui parle de la vie sur Terre après que tous les humains de sexe masculin ont été décimés par une maladie) lève la main. « Est-ce qu'on aura des devoirs de vacances ?

– Oui. Rédigez cinq lettres que cinq personnages majeurs vous adressent. Est-ce que tout le monde sait ce qu'est une lettre ?

– Un e-mail sur papier », répond Louis Baranquilla (*Le Type louche du cours de yoga*, histoire d'un type louche dans un cours de yoga). Mes qualifications quant à la période précédant l'avènement d'Internet font l'objet de plaisanteries récurrentes. « Que doit-on mettre dans ces lettres ?

– Un bref portrait de vos personnages. Les choses et les personnes qu'ils aiment et détestent. Leur éducation, leur travail, leur situation financière, leurs convictions politiques et leur classe sociale. Leurs peurs. Les cadavres dans les placards. Leurs addictions. Leurs plus grands regrets. S'ils sont croyants, athées ou agnostiques. S'ils redoutent la mort et à quel point. » Je pense à Holly, réprime un soupir, et poursuis : « Ont-ils déjà vu un mort ? Un fantôme. Leur sexualité. Leur verre est-il à moitié plein ? À moitié vide ? Est-il trop petit ? Sont-ils tirés à quatre épingles ou dépenaillés ? Puisqu'il s'agit de lettres, soyez attentifs à leur usage de la langue. Emploieraient-ils plutôt le terme “disert” ou “beau parleur” ? Jurent-ils comme des charretiers ou ont-ils recours à une langue très châtiée ? Notez leurs tics de langage. Quand ont-ils pleuré pour la dernière fois ? Sont-ils capables de se mettre à la place de quelqu'un d'autre ? Seul un dixième de ce que vous écrirez trouvera sa place dans votre manuscrit, mais quand vous frapperez sur ce dixième-là » – je toque sur la table –, « ce sera du chêne massif qui résonnera, pas de l'aggloméré. Oui, Ersilia ?

– Ça me paraît un peu... » Tout le visage d'Ersilia Holt (*L'Homme au pic à glace*, un polar dans lequel des mafieux chinois et des cellules terroristes de talibans se livrent bataille à Vancouver) se plisse. « ... bizarre, de s'écrire des lettres à soi-même, non ?

– Tout à fait, Ersilia. Un écrivain flirte avec la schizophrénie, cultive son sens synesthésique et ses troubles obsessionnels compulsifs. Votre art se nourrit de vous, de votre âme et, dans une certaine mesure, entame votre équilibre mental, c'est juste. En écrivant des romans qui valent la peine d'être lus, on se bousille la cervelle, on met en danger ses relations et on se malmène. Vous êtes prévenus. »

Mes dix étudiants de troisième cycle ont l'air refroidi. Le contraire serait inquiétant.

« L'art se repaît de son créateur », conclus-je.

La salle des professeurs du département est déserte, si l'on fait abstraction de la présence de Claude Mo (médiéviste vacataire) et d'Hilary Zakrewska (linguiste vacataire elle aussi), captivés par les remarques spirituelles de Christina Pym-Lavit (responsable du département de sciences politiques et membre du comité de titularisation). Si une titularisation ne leur est pas accordée à Blithewood, ils n'auront plus aucune autre université de l'Ivy League vers laquelle se tourner. Christina Pym-Lavit m'invite à me joindre à eux. « Vient t'asseoir, Crispin, j'étais en train de raconter à Hilary et à Claude la fois où j'ai crevé en conduisant John Updike et Aphra Booth à l'atelier de l'Iowa – d'ailleurs, tu les as connus tous les deux, je crois ?

– Oh, si peu, réponds-je.

– Pas de fausse pudeur, allons », me tance la Non-vacataire ; comme si ça me ressemblait. J'avais interviewé Updike pour le *New Yorker* à l'époque où je jouissais encore de mon statut d'enfant terrible des lettres britaniques et vendais pas mal aux États-Unis. Je n'ai pas revu Aphra Booth depuis Perth, où elle m'avait menacé de poursuites judiciaires ; je ne sais plus à quand cela remonte. La pile de devoirs d'étudiants de premier cycle qui m'attend dans mon bureau ne me paraît plus si terrible, tout à coup ; je prends congé. « Des devoirs notés en toute fin de semestre ? s'exclame Christina Pym-Lavit. Ah, si tous les membres de l'équipe enseignante étaient aussi consciencieux que toi, Crispin. » Nous nous entendons pour nous retrouver plus tard, à la fête de Noël, puis je repars. Ayant été invité à donner des cours cette année seulement, je suis dispensé de fourrer mon nez dans les intrigues politiques du campus, mais si, l'année prochaine, on me propose un poste à plein temps, je tremperai jusqu'au cou dans ces affaires-là. J'aurai bien besoin de la rémunération qui va avec, c'est certain. Grâce à l'« accord de recouvrement » négocié par mon ex-agent Hal, soixante-quinze pour cent de mes royalties, toujours plus maigres à mesure que passent les années, servent à rembourser mes anciens éditeurs de ce que je leur dois. Et puis il me faudrait aussi un logement de fonction. Je suis parvenu tout juste à conserver la maison de Hampstead, mais elle est désormais entre les mains d'un gestionnaire de biens. Le loyer me sert à payer la pension alimentaire de Zoë. Pension alimentaire qu'elle a refusée tout net de revoir à la baisse : « Pourquoi ? Parce que ton Espagnole est enceinte ? Soyons sérieux, Crispin, pourquoi devrais-je accepter ? » Carmen n'a pas mis la machine judiciaire en route, mais élever un enfant coûte les yeux de la tête, même en Espagne.

« Et qui c'est qui part en vacances ? » Une énorme valise à la main et le sourire étincelant d'un présentateur de journal télévisé aux lèvres, Inigo Wilderhoff, descend bruyamment les marches. « J'ai indiqué à ton ami le chemin de ton bureau il y a une minute à peine. »

Je me fige. « Quel ami ?

– Celui d'Angleterre.

– Il t'a donné son nom ? »

Inigo caresse sa barbe de professeur. « Eh bien, je crois que non, figure-toi. La cinquantaine. Grand. Un cache-œil. Le taxi m'attend dehors, je file. Profite bien de la fête de ce soir pour moi. *Au revoir**, on se retrouve en janvier. »

Je m'efforce de lui répondre « À bientôt », mais déjà la valise d'Inigo Wilderhoff repart dans l'escalier, *claqueti-claqueti-claque*.

Un cache-œil ? Un borgne.

Du calme. Du calme.

La porte de mon bureau est entrouverte. La secrétaire des enseignants est introuvable – sur le campus de Blithewood, situé à trois kilomètres de la ville la plus proche, on est plutôt détendu côté sécurité. Je jette un coup d'œil à l'intérieur… Personne. Sans doute un étudiant d'âge mûr, équipé de verres à forte correction, dont l'accent paraissait britannique aux oreilles de Wilderhoff et qui cherchait à me faire signer un livre destiné à être revendu sur eBay. Voyant que je m'étais absenté, il est sûrement reparti faire une petite promenade stratégique en attendant l'ouverture de mon officine à quinze heures. Soulagé, je me dirige vers mon bureau.

« La porte était ouverte, Crispin. »

Je glapis et me retourne, envoyant valser la pagaille accumulée sur le dessus du bureau. Un homme se tient devant ma bibliothèque. Il porte un cache-œil.

Richard Cheeseman est immobile. « Quelle entrée en scène.

– Richard ! Foutredieu, tu m'as foutu les jetons.

– Eh bien, désolé de t'avoir foutu les jetons. »

Nous devrions nous taper dans le dos, mais je me contente de rester planté là, bouche bée. Tout le mauvais gras de Richard Cheeseman avait déjà fondu au bout d'un mois de régime carcéral latino-américain, mais sa tenue civile souligne l'aspect endurci, noueux, nerveux de son corps. Et ce cache-œil – quand est-ce arrivé ? – lui donne un air de général israélien. « Je… J'allais venir te voir à Bradford après Noël. Je m'étais organisé avec Maggie.

– Eh bien tu vois, je t'ai épargné le voyage.

– Si j'avais su que tu viendrais, j'aurais…

– Débouché le champagne, fait venir une fanfare ? Pas trop mon truc.

– Alors » – j'essaie de sourire –, « que me vaut l'honneur ? »

Richard Cheeseman soupire et, du bout des dents, s'arrache une envie. « Quand j'étais au Penitenciaría, un des moyens de tuer le temps consistait à planifier mon premier voyage à New York en tant qu'homme libre. Plus les détails étaient précis, plus mes rêveries engloutissaient les minutes, tu comprends. Toutes les nuits, je peaufinais mes projets. Et donc, à la perspective de devoir passer Noël en famille chez Maggie et d'avoir à affronter leur jovialité, leur apitoiement, les programmes télé de Noël, c'est tout naturellement que je me suis réfugié à New York. Et, une fois là-bas, n'était-il pas opportun de prendre place à bord d'un train de la ligne Hudson et de rendre visite au phare dans la nuit, au premier des Amis de Richard Cheeseman, j'ai nommé Crispin Hershey?

– Cette association, c'était la moindre des choses. »

Son regard me rétorque : *Tu m'étonnes, enfoiré, que c'était la moindre des choses.*

J'essaie de retarder le moment que je redoute. « Tu t'es fait ce truc à l'œil dans une bagarre, Richard ?

– Oh non, il n'y a pas eu de bagarre au couteau façon *Les Évadés*, non. C'est à cause d'une étincelle en faisant de la soudure lors de mon tout dernier jour dans cette prison du Yorkshire. Le docteur dit que je pourrai retirer le pansement dans une semaine.

– Tant mieux. » Le cadre photo où l'on voit Gabriel est par terre. Je le ramasse, sur quoi mon hôte, d'un ton à la fois léger et sinistre, me lance : « C'est ton fils ?

– Oui. Gabriel Joseph. Comme García Márquez et Conrad.

– Je lui souhaite d'avoir dans la vie des amis aussi fidèles que les miens. »

Il sait. Il a tout deviné. Il est venu se venger.

« Ça ne doit pas être facile, juge Cheeseman. Toi ici, et lui en Espagne.

– Ce n'est pas l'idéal, loin de là » – j'essaie de faire comme si de rien n'était –, « mais Carmen a de la famille à Madrid, elle n'est pas toute seule. On lui avait dit qu'elle ne pourrait pas avoir d'enfants, alors, tu comprends, pour elle, Gabriel est un petit miracle. Enfin, un miracle tout court. À l'époque, nous n'étions déjà plus ensemble, mais elle était résolue à avoir cet enfant » – je replace le cadre à côté du distributeur de scotch –, « tout le mérite lui revient. Tu ne veux pas t'asseoir ? Je pourrais nous dégoter un peu de cognac pour fêter...

– Fêter quoi ? Les quatre années et demie que j'ai perdues en prison ? »

Je n'arrive ni à le regarder en face, ni à regarder ailleurs.

« Tu me sembles bien agité, Crispin. Je semble te rendre nerveux »

Sembler × 2 = bredouillis textuel, songé-je, remarquant que la poche de manteau de Richard Cheeseman paraît gonflée et bien lourde. Je crois savoir quel genre d'objet pesant et létal elle est susceptible de contenir. Il lit dans mes pensées. « Il ne m'a pas fallu bien longtemps, Crispin. Pour deviner qui avait mis la cocaïne dans ma valise, quand, et pour quelle raison. »

Brûlant. Étrange. On m'extirpe les entrailles.

« Je m'étais résigné à attendre ma sortie avant de me confronter au traître. Après tout, c'est lui qui faisait des pieds et des mains pour obtenir mon rapatriement et ma libération. Pas vrai ? »

Ne pouvant me fier à ma voix, j'acquiesce brièvement de la tête.

« Tu parles, Crispin ! Il ne s'est pas vraiment cassé le cul pour que je sorte, ce salaud ! S'il était passé aux aveux, j'aurais été libéré en quelques jours. Il m'a laissé croupir en taule. »

Je remarque que la neige recommence à tomber. La trotteuse de l'horloge avance par à-coups, traçant de minuscules arcs de cercle. Rien d'autre ne bouge. Rien.

« Dans ma cellule à Bogotá, je ne rêvais pas que de New York. Je m'imaginais ce que je lui ferais subir. À cette crevure qui venait me voir, qui jubilait, qui se faisait du souci, mais pas au point de vouloir troquer sa place contre la mienne. Non, surtout pas. J'avais préparé la façon dont je l'aurais drogué, ligoté, puis tué à coups de tournevis pendant quarante jours. Jamais un scénario n'a été peaufiné avec autant de soin que celui-ci. Et puis j'ai compris que je faisais le couillon. Un vrai ado. Pourquoi prendre tous ces risques ? Il suffisait d'aller le revoir aux États-Unis, d'acheter un flingue et de le buter dans un bled paumé. »

Je regrette que Betty la secrétaire ou qu'Inigo Wilderhoff ne soient pas restés traîner au bureau. « Les remords » – j'essaie de maîtriser ma voix – « ont torturé ton bourreau. »

La voix de Cheeseman se hérisse de barbelés : « Torturé ? Toi qui parcourais le monde ? Qui faisais des gosses ? Pendant que moi, putain, moi, j'étais enfermé avec des tueurs et des toxicos séropositifs munis de lames de rasoir rouillées. Qu'est-ce qui était de la torture, ton sort ou le mien ? »

Sa main se dirige vers la poche de son manteau. Un agent de propreté passe dans le couloir en sifflotant. Je l'aperçois dans le cadre de l'entrée du bureau d'accueil de Betty. *Crie à l'aide!* me supplie Hershey, terrorisé comme pas permis. Ou carapate-toi. Ou demande-lui pardon : « Je t'en supplie, ne fais pas de mes gosses des orphelins. » Ou bien négocie. Ou propose-lui des aveux complets par écrit.

… Ou alors… ou alors… ou alors, laisse-le prendre sa revanche. « Ton bourreau, me lancé-je, ne jubilait pas quand il venait te voir. Il maudissait sa lâcheté, et la maudit encore. Mais ça ne change rien. Il est prêt à payer, Richard. Seulement il n'est plus qu'à deux doigts de la faillite, alors si c'est de l'argent que tu veux, il ne te sera d'aucune aide. Mais c'était de l'argent que tu voulais ?

– C'est bizarre, maintenant que je suis ici » – sa tête pivote –, « je ne sais plus quoi prendre. »

Ma chemise me colle au corps, trempée de sueurs chaudes et froides. « Dans ce cas, je vais rester assis à mon bureau et attendre que tu te décides. Ton bourreau ne désirait pas que tu te retrouves coincé pendant des années, il tenait juste à… à te jouer un tour, un mauvais tour qui a viré au cauchemar. Décide de ce qu'il te doit, et il le paiera. Ça va comme ça ? » Non, cher lecteur, ça ne va pas comme ça. Je me liquéfie sur mon siège. Mieux vaut fermer les yeux. Sur Richard Cheeseman, sur mes livres, sur les bois enneigés. Un trou dans la tête. Comme façon de partir, il y a pire. Le bourdonnement qui résonne dans mon tympan couvre le bruit des gestes de Richard Cheeseman, et c'est à peine si je l'entends ôter le cran de sûreté de son arme ou approcher. C'est étrange, mais je sens le canon du pistolet à quelques centimètres de mon front. *COURS ! SUPPLIE-LE ! BATS-TOI !* Mais non : comme un chien qui souffre et sait à quoi va servir l'aiguille du vétérinaire, je reste immobile. Mes intestins et ma vessie sont toujours opérationnels. Petit motif de satisfaction. Dernières secondes. Des dernières pensées, peut-être ? Anaïs, petite fille, qui me montre fièrement le livre qu'elle a fabriqué : *La famille Lapin va pique-niquer*. Juno qui me confie que le garçon le plus cool de sa classe lui a dit que, pour le comprendre, elle devait lire un livre intitulé *Embryons desséchés*. Gabriel qui, à Madrid, grandit et forcit si vite, qui sent le lait, les couches sales et le talc. Dommage, je n'aurai pas l'occasion de le connaître ; peut-être qu'il me retrouvera un peu dans mes meilleurs bouquins. Holly, ma seule véritable amie. Le désarroi dans lequel ma mort va la plonger m'attriste. Ma citation favorite de *La Tache*, de Philip Roth : « Rien ne dure, et pourtant rien ne passe. Et rien ne passe justement parce que rien ne dure. » De considérer qu'indirectement, ce n'est pas Richard Cheesman qui va me descendre, non, en fait c'est le doigt de Crispin Hershey qui se pose sur la détente au moment où il glisse un sachet de cocaïne dans la doublure de la valise d'une chambre d'hôtel il y a longtemps *maintenant* je tremble *maintenant* je me recroqueville *maintenant* et les larmes coulent *maintenant* pardon pardon et il est *maintenant* moi et je suis *maintenant* lui *maintenant maintenant maintenant*…

… et je suis seul. Plus exactement, je suis vivant, foutredieu.

Ouvre les yeux. Allez, n'aie pas peur. Ouvre-les.

La même pièce. La même, mais pas tout à fait non plus. Cheeseman est parti.

Il descend l'escalier du bâtiment, suivant les traces d'Inigo Wilderhoff. Traverse le hall, les grandes portes vitrées et sort de mon histoire… Se blottit dans son manteau, tandis que la nuit d'hiver avance sans bruit dans la forêt, tel un viêtcong. J'examine ma main sans raison aucune, émerveillé par cette électromécanique de chair et de sang… Serre la tasse. Laisse la chaleur te brûler. Porte la tasse à tes lèvres et prends une gorgée. Du thé de Darjeeling… Un soleil de tanins et de feuilles aux arômes d'humus m'illumine la langue. Admire ton tapis de souris simili-pierre de Rosette, la beauté gris-rose de l'ongle d'un pouce, la manière dont nos poumons boivent l'oxygène de l'air… Dépose un Tic Tac aux fruits dans la paume de ta main et enfourne-le. Je sais qu'il s'agit d'arômes de synthèse, mais c'est là pour moi une ode gustative, le « À l'automne » de Keats dans ma bouche. Rien de tel qu'un homme qui décide finalement de vous épargner pour vous mettre en phase avec la beauté du quotidien. Ramasse les objets tombés par terre : mon porte-stylo, une cuillère en plastique, une clé USB, ma collection de figurines Lego. Juno, Anaïs et moi nous envoyons des colis pour rigoler. J'ai cinq figurines : l'astronaute, le chirurgien, le père Noël, le Minotaure… Fichtre. Il m'en manque une, mais laquelle ? À genoux, à la recherche de la cinquième dans l'enchevêtrement de cordons d'alimentation, j'entends mon ordinateur portable sonner.

Foutredieu, j'étais censé appeler Holly sur Skype…

La voix puissante et limpide d'Aoife jaillit des haut-parleurs. « Crispin ?

– Bonjour, Aoife. Je t'entends mais je ne te vois pas.

– Clique sur la petite icône verte, monsieur le cyberauteur. »

J'oublie à chaque fois. Aoife apparaît à l'écran dans la cuisine de la maison de Rye. « Salut. Contente de te voir. Comment ça va du côté de Blithewood ?

– Moi aussi, je suis content de te voir. Ici tout le monde se prépare pour les vacances. » J'ai un peu peur de poser la question : « Alors, comment va notre patiente, aujourd'hui ?

– C'est un peu dur, pour être honnête. Elle a du mal à garder ce qu'elle réussit à avaler, et elle n'a pas super-bien dormi cette nuit. Elle est très migraineuse. Il y a une heure, le docteur l'a piquée. » Aoife grimace à moitié. « J'aurais pu formuler ça un peu mieux. Bref, elle s'excuse de te planter aujourd'hui, mais… » Hors champ, quelqu'un dit quelque chose à Aoife qui fronce les sourcils, hoche la tête et marmonne une réponse que je ne saisis pas. « Écoute, Crispin, le Dr Fenby voudrait me parler : je te passe tante Sharon, si ça ne t'ennuie pas.

– Non, non, Aoife, pas de problème. Vas-y, à très vite.

– Ciao. » Aoife se lève et quitte l'écran, y laissant un sillage pixélisé, tandis que Sharon arrive par l'autre côté. Sharon est une version plus solide, plus terrienne de sa sœur – ce que Jane Austen est à Emily Brontë, même si je ne le leur ai jamais dit – mais, aujourd'hui, elle a l'air épuisée. « Bonjour, monsieur le globe-trotter. Comment ça va ? »

C'est Holly qui est gravement malade, mais ils me demandent quand même comment je vais. « Euh, bonjour, Sharon, ça va, merci. Ici, on a de la neige, et… » Richard Cheeseman est venu me tuer parce que je l'ai laissé croupir dans une prison colombienne puis une autre britannique pendant quatre ans et demi, mais heureusement, il s'est ravisé. « Qui est ce Dr Fenby dont vient de me parler Aoife ? C'est un autre médecin ?

– Elle est canadienne. Elle a fait ses études en même temps que Tom, notre médecin de famille. Elle est psychiatre.

– Ah bon ? Mais pourquoi ta sœur aurait besoin d'un psychiatre ?

– Eh bien… Elle travaille depuis des années en unité de soins palliatifs avec des malades du cancer, et Tom se disait que Hol aurait peut-être pu bénéficier d'un nouveau traitement que le Dr Fenby – Iris – a testé à Toronto. Quand elle m'a exposé le principe du traitement tout à l'heure, je l'ai compris, mais si j'essaie de te le réexpliquer, ça ne va ressembler à rien. Tom a beaucoup d'estime pour elle, alors on s'est dit que… » Sharon pousse un énorme bâillement. « Désolée, pas très distingué. Qu'est-ce que je te racontais ? Ah oui, Iris Fenby. Enfin voilà, quoi.

– Merci pour cette info. Tu m'as l'air exténuée. »

Sharon sourit. « Et toi, tu es blanc comme le cul d'un spéléologue.

– Augmente les couleurs de l'ordinateur, dans ce cas. Donne-moi un joli hâle. Dis, Sharon, est-ce que Holly va… Ce lundi, ce ne sera pas… »

Par-dessus ses lunettes de vue, la directrice d'école m'adresse un regard qui en dit long. « Votre costume noir peut rester dans l'État de New York, cher monsieur.

– Qu'est-ce que j'amène ?

– Viens, c'est tout. Réserve tes kilos de bagages à Carmen et Gabriel. Il y a déjà assez de foutoir ici comme ça, Holly n'a pas besoin que tu lui en rajoutes.

– Est-ce qu'elle sait que *Fleurs sauvages* est repassé en tête des ventes ?

– Oui, son agent lui a envoyé un e-mail ce matin. Holly dit qu'elle devrait mourir plus souvent, ça booste les ventes.

– Dis-lui de ne pas se montrer aussi foutrement macabre. Allez, on se voit lundi.

– Bon voyage, Crispin. Dieu te garde.

– Quand elle se réveillera, tu lui diras de ma part que… Dis-lui juste que c'est la meilleure. »

Sharon me regarde, mais pas vraiment en face – les petites bizarreries de Skype. « Promis », me jure-t-elle sur le ton de celle qui rassure un enfant apeuré.

La fenêtre de Skype se vide. Le fantôme de Hershey me regarde.

Ma permanence se termine à quatre heures et demie, et, d'habitude, les étudiants se succèdent jusqu'à la fermeture, mais il semblerait qu'aujourd'hui, une apocalypse ait silencieusement décimé la population de la vallée de l'Hudson et que personne ne m'ait prévenu. Je consulte mes e-mails, mais je n'en ai reçu que deux nouveaux : un spam envoyé par un éditeur d'antivirus qui me propose un filtre anti-spam amélioré, puis un autre plus joyeux venant de Carmen qui m'annonce que Gaby essaie de marcher à quatre pattes et que sa sœur lui a donné un canapé-lit, comme ça je ne me casserai pas le dos sur des coussins. Je lui renvoie une réponse lapidaire – « Vas-y, Gaby ! » –, torche un deuxième e-mail afin d'annuler la chambre que j'ai réservée dans un hôtel bon marché à Bradford – normalement, ils devraient tout me rembourser – puis un troisième pour annoncer à Maggie que Richard est passé me voir à Blithewood et qu'il avait bonne mine. Notre rencontre cataclysmique est survenue il y a trente minutes à peine et, c'est fou, mais déjà l'événement se change en souvenir ;

la mémoire relève davantage du CD-RW, réinscriptible, que du simple CD-R vierge où toute gravure est définitive. Enfin, j'envoie un message à Zoë pour la remercier, mais décline son invitation au chalet des parents de Marc pour une journée de ski le premier de l'An. Zoë sait parfaitement que je ne skie pas – j'ai fait une croix sur les sports de glisse. Pourquoi voudrais-je que le mari sportif au bronzage défiscalisé de mon ex-épouse m'humilie sur les pistes ? Non, je profiterai plutôt d'un après-midi supplémentaire auprès des filles. Envoyer. Il est à peine trois heures quarante-cinq, mais le fait est que je n'ai nulle part où aller, si ce n'est ma chambre vide dans cette maison que je partage avec trois autres enseignants. Ewan Rice dispose en permanence de trois demeures, lui, là où Crispin Hershey doit se contenter d'une chambre et de la cuisine de sa colocation. Tout à l'heure, il y a la soirée du département de lettres dans un restaurant de Red Hook, ce sous-quartier de Brooklyn, mais, après cette expérience de mort imminente, des pâtes à l'encre de seiche et un filet de vivaneau me paraissent un rien trop… Je ne sais pas, je ne trouve pas les mots.

Et puis je relève la présence du jeune dans l'embrasure de la porte.

« Bonjour, lui dis-je. Je peux vous aider ?

– Bonjour. Oui. » C'est une fille, plutôt androgyne, emmitouflée dans une doudoune trois quarts noir scarabée, et dont les épaules sont parsemées de flocons qui n'ont pas encore fondu. Crâne rasé, yeux bridés et mine bouffie de marshmallow. Un regard peut-il être à la fois intense et vide ? Celui d'une icône médiévale, oui ; et le sien, aussi. Elle ne bouge pas.

« Entrez, l'invité-je. Asseyez-vous.

– J'y compte bien. » Elle avance comme si elle se méfiait du sol et s'assied comme si elle avait eu de mauvaises expériences avec les chaises. « Soleil Moore. »

Elle me donne son nom comme si je l'avais déjà entendu. Ce qui est peut-être le cas, d'ailleurs. « Nous sommes-nous déjà rencontrés, mademoiselle Moore ?

– Il s'agit de notre troisième rencontre, monsieur Hershey.

– Je vois. Rappelez-moi de quel département vous êtes ?

– Je n'aime pas les cases. Je suis une poétesse et une prophétesse.

– Mais, euh… vous étudiez bien ici, à Blithewood, n'est-ce pas ?

– J'ai fait une demande de bourse quand j'ai su que vous enseigneriez ici, mais le Pr Wilderhoff a qualifié mon œuvre, je le cite, de "délirante, et pas dans le bon sens du terme".

– C'est une critique qui a le mérite d'être franche. J'ai peur, hélas, que ma permanence ne soit réservée aux étudiants inscrits à Blithewood.

– Nous nous sommes rencontrés à Hay-on-Wye, monsieur Hershey, en 2015.

– Désolé, mais j'ai croisé beaucoup de monde à Hay-on-Wye.

– Je vous ai offert mon premier recueil de poèmes : *Les Animavores…* »

Le tintement d'un souvenir retentit, mais le son est faible, distordu, comme quand on est sous l'eau.

« Puis j'ai assisté à votre lecture, au Salon du livre de Shanghai. »

Moi qui pensais que cette heure-ci ne pourrait pas être plus psychédélique que la précédente, j'ai peut-être tort. « Mademoiselle Moore, je…

– *Miss* S. Moore. » Elle prononce ces mots comme si elle me servait une réplique pleine d'esprit. « Je vous ai laissé mon deuxième livre dans un sac brodé que j'ai accroché à votre poignée de porte. La chambre 2929 du Shanghai Madarin Hotel. Il s'intitulait *Votre dernière chance* ; un exposé complet.

– Un exposé ? » Là, je décèle une fragilité. « Un exposé de quoi ?

– De la guerre secrète. De la guerre clandestine qui se déroule autour de nous, et même à l'intérieur de nous. Je vous ai vu sortir *Votre dernière chance* de son sac. Vous aviez passé une heure en compagnie de Holly Sykes dans le bar au quarante-cinquième étage, vous tiriez à pile ou face. Vous vous en souvenez, monsieur Hershey. Je le sais. Holly Sykes en est une preuve vivante. »

Deux choses certaines : cette fille me suit à la trace, et elle est complètement jetée. « Une preuve de quoi ?

– Une preuve que vous faites partie du Script.

– De quel script est-ce que vous parlez ?

– Du Script, enfin. » On dirait qu'elle est choquée. « Le premier poème dans *Votre dernière chance*. Vous l'avez lu, au moins, monsieur Hershey ? N'est-ce pas ?

– Non, je n'ai pas lu votre foutue poésie, ce n'est pas à moi de…

– Ça suffit ! » Un sanglot éraillé lui échappe ; elle enfonce les doigts dans les accoudoirs de son siège jusqu'à ce qu'ils deviennent tout blancs. Puis elle penche la tête en arrière et s'adresse à un visage qui n'est pas sur le plafond : « Il ne l'a même pas lu ! Merde. Merde. *Merde*. Merde. *Merde !*

– Jeune demoiselle, si vous voulez bien vous mettre un peu à ma pla…

– "Jeune demoiselle" ? Je ne vous permets pas, vous n'avez pas le droit ! » Chacun de ses doigts se tortille, à présent. « Pas après tout ce temps passé ! Tout cet argent dépensé ! Tout ce sang versé !

– Pourquoi serait-ce à moi de faire en sorte que votre poésie soit publiée ?

– Parce que *Les Animavores* parle des prédateurs de l'apex. Parce que *Votre dernière chance* révèle quelles sont les méthodes des Anachorètes. Parce que les Anachorètes ont leurs entrées partout et peuvent capturer n'importe qui. Et parce que vous, monsieur Hershey, vous, vous figurez dans le Script.

– Euh, écoutez, mademoiselle Moore… Mais quoi, quel foutu script ? »

Ses yeux s'ouvrent un peu plus, comme ceux d'un jouet détraqué : « Vous figurez dedans, monsieur Hershey. Tout comme moi. Et Holly Sykes : les Anachorètes ont enlevé son frère. Vous le savez, pourtant. Vous vous y êtes inscrit vous-même. C'est le Script que vous décrivez dans "Le cas Voorman". Ce que vous avez raconté dans cette nouvelle, ce sont les agissements des Anachorètes. Vous ne pouvez pas le nier. C'est impossible.

– "Le cas Voorman" ? Mais j'ai écrit cette histoire il y a des années. Mis à part le psychiatre de la prison et la disparition de la Belgique, je m'en souviens très peu.

– Cela n'a plus d'importance. » Soleil Moore se calme ; elle en a l'air, du moins. « Le plan A consistait à alerter la Terre entière par la poésie. Mais c'est un échec. Il va donc falloir passer au plan B.

– Dans ce cas » – je voudrais qu'elle parte –, « bonne chance avec le plan B. Bien, il faut vraiment que je me remette au travail, alors…

– C'est vous qui m'avez donné le plan B, au festival de Hay-on-Wye.

– Mademoiselle Moore, je vous en prie, épargnez-moi de devoir appeler la sécurité.

– Votre rôle consistait à attirer l'attention du monde entier sur mon œuvre. J'ai prié, prié pour que vous le fassiez en vous l'accaparant, mais je n'avais pas saisi toute l'ampleur du sacrifice nécessaire. Je suis désolée, monsieur Hershey.

– Ce n'est pas bien grave, jeune demoiselle. Mais partez maintenant, s'il vous plaît. »

Soleil Moore se lève… Elle est en larmes ? « Je suis désolée. »

Une force surnaturelle projette Hershey en arrière et l'éjecte de sa chaise. Soleil Moore se penche au-dessus de lui. Cinq autres coups de feu suivent, si vifs et tirés de si près qu'ils sont indolores. La joue de Crispin Hershey est collée à la moquette râpeuse. Sa cage thoracique est perforée. Foutredieu. Abattu. Abattu, moi, là, pour de vrai, maintenant. La moquette absorbe le sang. Mon sang. Qui coule en énormes quantités. ÉNORMES. Scrabble ! Hershey parvient-il à bouger ne serait-ce qu'une partie de son corps, cher lecteur ? Non pas. Des après-ski. À quelques centimètres. Apreski. Orthographe douteuse. Écoute. C'est une voix. Tendre, lointaine, liquide. Maman ? Oh, on n'est pas dans un Disney ! Soleil Moore. *Miss* S. Moore. Mais bien sûr ! Esmiss Esmoor, comme dans *Route des Indes*, le meilleur roman d'E. M. Forster. Et son personnage le plus réussi. « Vous êtes célèbre, monsieur Hershey : maintenant, on lira mes poèmes. Les journaux, Internet, le FBI, la CIA, les Nations unies, le Vatican… Même les Anachorètes n'arriveront pas à étouffer l'affaire… Dans leur guerre, nous sommes des martyrs, vous et moi. Ma sœur aussi. Ils l'ont attirée et l'ont emportée, vous savez. Elle m'avait mise en garde contre eux, mais j'avais cru que c'était uniquement la maladie qui parlait à sa place. Jamais je ne me le pardonnerai. Mais je peux tirer le monde de son état d'ignorance. Une ignorance mortelle. Quand l'humanité tout entière saura que nous sommes le stock de provisions des Anachorètes – son élevage de saumons –, alors nous pourrons entrer en résistance. Nous soulever. Les traquer. » La bouche de Soleil Moore continue à remuer mais il n'y a plus de son. La réalité rétrécit. Elle s'étendait jusqu'à la frontière canadienne, désormais elle ne dépasse plus Albany ; elle est maintenant plus petite que le campus de Blithewood. Les bois recouverts de neige, la bibliothèque, le bunker, la cafétéria miteuse : disparus, mouchés. La mort, administrée par une folle. Qui l'eût cru ? La mort administrée par une folle. Les pois de la moquette. Non, pas des pois. Des *spirales*. Toutes ces semaines passées. À fouler des spirales. Regarde. Dans l'interstice. Entre le caisson du bureau et la plinthe du mur. *Une araignée*. Toute sèche. Desséchée. Là où le tuyau de l'aspirateur ne peut pas passer. *Une spirale, une araignée, un…* Quoi ?

La cinquième figurine Lego. À quelques centimètres. Étendue sur le flanc. Comme moi. Regarde.

Un pirate. C'est drôle.

Un cache-œil.

Borgne.

Un foutu

Lego

pirate.

Holly

dis-lui

…

..

.

LE LABYRINTHE D'UN HORLOGER

2025

1er AVRIL

La lueur diffuse de Toronto confère à ma vieille demeure un air de maison hantée, ce soir. Les étoiles semblent captives comme des lucioles prises dans l'entrelacs des rameaux. Je dis à la voiture : « Éteindre les phares, éteindre la radio », et la lecture de *From me flows what you call Time* de Toru Takemitsu s'interrompt au beau milieu d'une mesure. 23:11, indique l'horloge de ma voiture. Tout me pèse, je n'ai pas la force de bouger. Sommes-nous des mutants ? Le sommes-nous devenus ? Ou avons-nous été conçus ainsi ? Conçus par qui ? Pourquoi ce concepteur qui s'est donné tant de mal a-t-il quitté la scène, nous laissant seuls nous interroger sur la raison de notre existence ? Par distraction ? Par sadisme ? Pour plaisanter ? Pour nous juger ? « Dans quel but ? » demandé-je à ma voiture, à la nuit, au Canada. Mes os, mon corps et mon âme sont exténués. Je me suis levée avant cinq heures ce matin, pour prendre le vol de six heures cinquante-cinq à destination de Vancouver, et quand je suis arrivée à l'hôpital psychiatrique de Coupland Heights, ce n'est pas un patient présentant les symptômes d'un complexe du Messie ainsi que les signes d'une précognition manifeste qui m'attendait, mais une meute de journalistes occupant l'entrée principale. À l'intérieur, mon ancien étudiant et ami le Dr Adnan Buyoya vivait la pire journée de sa carrière. J'ai pris place à la réunion où participaient la femme d'Oscar Gomez, le frère de celle-ci, leur avocat et trois directeurs. Le représentant de la compagnie privée chargée de la sécurité de l'hôpital n'avait « absolument pas pu venir », mais l'avocat de cette société était présent pour prendre des notes, lui. Le visage de Mme Gomez était sillonné de traces de larmes. Elle passait du désespoir à la rage : « Les chaînes de télé ont planté leurs caméras devant chez nous ! Les enfants ont vu leur père sur YouTube, mais ils ne savent pas s'ils doivent comprendre que c'est un prodige, un criminel, un fou, ou… ou… On n'ose pas allumer la télé ni aller sur Internet, mais on n'arrive pas à s'en empêcher non plus. Où est-ce qu'il est ? Vous êtes une unité de soins sécurisée : c'est ce qui est écrit sur vos panneaux, en tout cas ! Comment Oscar a pu se volatiliser ? Expliquez-moi. »

Adnan Buyoya a beau être un jeune psychiatre talentueux, il n'a rien su répondre si ce n'est que, pour l'instant, il ignorait comment M. Gomez avait pu s'échapper d'une chambre fermée à clé, sans que le personnel remarque ni que les caméras de surveillance, manifestement défaillantes, enregistrent quoi que ce soit. L'infirmier de garde la veille avait rapporté à Adnan que selon le patient, saint Marc lui enverrait l'échelle de Jacob pendant la nuit afin que M. Gomez monte au Paradis et qu'ensemble, ils discutent de l'avènement du royaume de Dieu sur Terre. Bien entendu, l'infirmier n'avait pas pris l'avertissement au sérieux. Le directeur de l'hôpital a tenu à assurer à Mme Gomez que la priorité était de retrouver son mari, et lui a promis qu'une enquête complète sur la cause de ce manquement à la sécurité serait menée. Adnan a signalé qu'avec les sept cent cinquante mille vues sur YouTube – sans doute des millions, à l'heure actuelle – quelqu'un finirait par repérer le « prophète de Washington Street ». Je n'ai pas pipé mot, jusqu'à ce qu'on me demande quel serait le prochain agissement de M. Gomez. Dans la plupart des cas, le complexe du Messie n'était qu'un état transitoire, avais-je fait remarquer, mais, faute de cas similaires à celui de M. Gomez, je ne disposais d'aucunes données sur lesquelles fonder ma prédiction. « Eh ben, putain, avait murmuré le frère de Mme Gomez. Encore un spécialiste qui a que dalle à raconter. »

«*Eh ben, putain*», si, j'aurais pu tout dévoiler, mais il est des vérités inaudibles, au royaume des sains d'esprit. Même si ç'avait été le cas, Mme Gomez n'aurait jamais admis qu'elle était désormais veuve, ni que ses enfants mourraient sans savoir ce qui est arrivé à leur père le 1er avril 2025. Après la réunion, je me suis cantonnée à demander à Adnan de cesser de s'excuser de m'avoir contrainte à traverser trois fuseaux horaires canadiens pour examiner un patient disparu dans la nature quelques heures avant mon arrivée. J'ai souhaité bonne chance à mon ancien étudiant et confrère, puis ai quitté l'hôpital de Coupland Heights par les cuisines. J'ai cherché pendant un bon moment mon véhicule de location dans l'immense parking sur lequel tombait la pluie. Quand je l'ai retrouvé, cette journée a pris un tour encore plus étrange, et pas des meilleurs.

Une chouette effraie hulule. Du nerf. Je ne peux pas rester assise là toute la nuit.

Un colis de la taille d'une boîte à chaussures que m'a fait suivre Sadaqat est posé sur la table de la cuisine, mais comme je n'ai pas mangé de la journée, je le laisse de côté et réchauffe au four à micro-ondes un plat d'aubergines farcies préparé par ma femme de ménage, Mme Tavistock, qui vient une fois par semaine. Je monte le chauffage. La neige a complètement fondu, mais on n'a pas encore le sentiment que le printemps arrive. Je termine mon dîner par un verre de rioja, et lis un article paru dans le *Korean Psychiatric Journal*. C'est seulement alors que je repense au colis. L'expéditeur est un dénommé Åge Næss-Ødegård, domicilié dans une école pour sourds et malentendants de Trondheim, en Norvège, pays dans lequel je ne suis pas retournée depuis que j'ai cessé d'être Klara Koskov. J'emporte le colis dans mon bureau afin de le passer au détecteur d'explosif. La diode reste verte : je peux retirer la double couche de papier kraft. Elle renfermait une robuste boîte en carton contenant un cocon de papier bulle renfermant lui-même une seconde boîte en acajou. J'en soulève la partie supérieure, retenue par des charnières, et découvre un sac de congélation à fermeture hermétique contenant un Walkman Sony au design rectangulaire typique des années 1980. Un casque de métal, de plastique et de mousse y est branché. Le baladeur contient une cassette BASF C30, marque dont j'avais totalement oublié l'existence. Après avoir passé l'appareil au détecteur d'explosif, je lis les trois pages de la lettre qui a également été casée dans la boîte en acajou.

Øvre Fjellberg Skole for Døve
Gransveien 13,
7032 TRONDHEIM
Norge

Le 15 mars 2025
Chère « Marinus »,

D'abord, veuillez m'excuser. Je ne sais pas si c'est votre nom de famille ou votre prénom. Veuillez aussi excuser mon anglais médiocre. Je m'appelle Åge Næss-Ødegård. Peut-être qu'Esther Little vous a déjà donné mon nom, mais, dans cette lettre, je supposerai que ce n'est pas le cas. Je suis un Norvégien de soixante-quatorze ans qui vit à Trondheim, une ville de ma Norvège natale. Au cas où vous ne sauriez pas pourquoi un étranger vous envoie un vieil appareil électronique, voici toute l'histoire.

Mon père a fondé l'école Øvre Fjellberg en 1932, car son frère Martin était sourd de naissance, et que, à cette époque, les comportements étaient rustres. Je suis né en 1950 et, avant d'avoir dix ans, je parlais déjà couramment la langue des signes (en norvégien, bien sûr). Ma mère s'occupait de la gestion administrative de l'école Øvre Fjellberg et mon oncle Martin se chargeait de l'entretien du jardin : vous imaginerez aisément que toute la vie de notre famille tournait autour de notre établissement et de ses élèves. J'ai obtenu un diplôme d'enseignant à l'université d'Oslo en 1975 et suis retourné à Trondheim afin de dispenser des cours à l'école Øvre Fjellberg. J'y ai créé une section arts lyrique et dramatique, car j'aime aussi le violon. De nombreuses personnes qui ne sont pas sourdes ne s'imaginent pas que les sourds peuvent apprécier la musique de différentes façons, et c'est devenu une tradition que

notre école collabore avec l'orchestre local d'amateurs dans le but d'organiser chaque printemps un concert destiné aux sourds comme aux entendants. Nous avons pour cela recours aux signes, à la danse, à l'amplification, aux images… En 1984, quand l'histoire que je vous raconte est arrivée, j'avais choisi « Le cygne de Tuonela », de Jean Sibelius pour la représentation annuelle. C'est très beau. Vous connaissez peut-être ?
Ceci étant, en 1984, nous avons eu un gros nuage noir dans notre paysage (dites-vous ceci dans votre langue ?). En d'autres termes, les finances de notre établissement étaient mauvaises. Øvre Fjellberg est une organisation caritative, mais nous avions besoin d'une grosse subvention de la ville d'Oslo pour couvrir les salaires et tout le reste. Je ne vous embêterai pas avec ces vieilles histoires de politique, mais le gouvernement de l'époque avait cessé de nous verser cette subvention pour contraindre les élèves à aller dans une autre école à deux heures de voiture. Nous avons contesté la décision, mais sans indépendance économique ou appui politique, notre précieuse institution allait devoir fermer, après cinquante ans de bons et loyaux services. Pour nous, c'était une tragédie.
Cependant, en juin de l'année 1984, j'ai reçu quelqu'un dans mon bureau. Une dame d'une cinquantaine d'années, peut-être. Elle avait les cheveux gris et courts, des vêtements d'homme et un visage chargé de beaucoup d'histoires. En norvégien, elle s'est excusée de me déranger, puis elle a demandé si nous pouvions parler en anglais. Je lui ai répondu que oui. Elle m'a dit qu'elle s'appelait Esther Little. Esther Little avait assisté au concert de nos élèves et avait beaucoup aimé. Elle avait également ouï dire que notre école était en mauvaise posture financière et souhaitait nous aider, si c'était possible. Je lui ai répondu : « Si vous avez une baguette magique, je vous en prie, je vous écoute. » Esther Little a posé une boîte en bois sur mon bureau. Il s'agit de la boîte en acajou que je vous ai envoyée. À l'intérieur, il y avait un lecteur de cassette portatif ainsi qu'une cassette. Esther Little a alors expliqué en quoi l'accord consistait. Si je conservais ces effets pendant un certain temps, puis que je les envoyais à son amie « Marinus » à New York, elle demanderait à ses notaires d'Oslo d'effectuer un généreux legs à notre école.

Devais-je accepter ? Esther Little a lu dans mes pensées : « Non, je ne suis pas un baron de la drogue, ni une terroriste, ni une espionne. Je suis une philanthrope excentrique d'Australie-Occidentale. Cette cassette contient un message destiné à mon amie Marinus, qui aura besoin de l'entendre le moment venu. » En écrivant cette lettre aujourd'hui, je me demande pourquoi je l'ai crue, mais, parfois, on rencontre des gens en qui on a confiance. C'est l'instinct. J'ai fait confiance à Esther Little. Ses notaires d'Oslo appartenaient à un respectable cabinet conservateur, ce qui a peut-être influencé ma décision. Je lui ai demandé pourquoi elle n'avait pas plutôt préféré payer ses notaires pour qu'eux-mêmes expédient son colis à New York à une date déterminée. Esther Little m'a répondu : « Les notaires vont et viennent. Même les plus discrets restent exposés, et ils travaillent tous pour de l'argent. Vous, vous êtes un homme honnête qui habite dans un coin tranquille du monde, et vous vivrez vieux. » Puis elle a écrit la somme qu'elle donnerait. Je suis sûr que mon visage est devenu aussi pâle qu'un fantôme, quand j'ai vu le nombre sur le bout de papier ! Notre école serait sauve pendant cinq ans, au moins. Esther Little a dit : « Vous direz à votre conseil d'administration que l'argent provient d'un riche donateur anonyme qui a foi en l'école Øvre Fjellberg. C'est la vérité. » La boîte et notre accord resteraient secrets, c'est ce que j'ai compris. Nous nous sommes serré la main. Naturellement, ma dernière question a été : « Quand devrai-je expédier la boîte à cette "Marinus" de Manhattan ? » Esther Little a sorti une petite statuette de Sibelius en porcelaine, l'a placée sur une étagère très haute et m'a précisé ceci : quand Sibelius éclaterait en mille fragments, alors je devrais expédier le colis. Pensant ne pas avoir compris ce qu'elle venait de dire, j'ai vérifié scrupuleusement sa demande avec elle. Si la statuette se brisait la semaine suivante, je devrais envoyer le colis la semaine suivante. Si elle se brisait en l'an 2000, je devrais envoyer le colis en l'an 2000. Si je mourais avant que la statue se brise, jamais je n'enverrais le colis. Oui, c'était bien cela, a répondu Esther Little. Je vous le répète, je suis excentrique. » Nous nous sommes dit au revoir, et, pour être honnête avec vous, une fois qu'elle est partie, je me suis demandé si je n'avais pas rêvé. Mais, le lendemain, son notaire m'a appelé d'Oslo pour me demander le numéro de notre compte en banque, et l'intégralité des couronnes promises a été versée. Øvre Fjellberg était saine et sauve. Trois ou quatre ans plus tard, les idées du gouvernement ont changé du tout au tout, et notre école a reçu de gros investissements ; mais, sans aucun doute, Mme Esther Little nous a porté secours au pire moment. En 2004, je suis devenu directeur ; j'ai pris ma retraite il y a quelques années, mais je siège toujours au conseil d'administration, et encore à ce jour, mon ancien bureau me sert d'étude. Pendant toutes ces années, Jean Sibelius a surveillé mon bureau, comme s'il était dans le secret.

Vous devinerez la fin, je crois. Hier, c'était le premier jour clément de printemps. Comme la plupart des gens en Norvège, j'ai ouvert la fenêtre pour aérer mon bureau. Les élèves jouaient sur les courts de tennis, sous ma fenêtre. Je suis sorti de mon bureau pour préparer mon café du matin. J'ai entendu un bruit. Quand je suis revenu, Jean Sibelius était par terre. Son buste et sa tête avaient éclaté en mille fragments. Une balle de tennis n'était pas loin. Il n'y avait qu'une chance sur dix mille, mais le moment était venu. Voilà, je vous expédie le colis, comme promis, et y ajoute cette étrange histoire. J'espère qu'après quarante ans, le message de la cassette est audible, mais je ne l'ai jamais écouté. Si Mme Esther Little arpente toujours ce monde (si c'est le cas, elle doit avoir plus de cent ans), transmettez-lui les remerciements et salutations d'un homme honnête qui habite un coin tranquille du monde et a en effet vécu longtemps.

Sincères salutations,

Åge Næss-Ødegård

Mon cœur pique un sprint sans pour autant voir une ligne d'arrivée. Un canular ? Je saisis ma tablette et cherche « Øvre Fjellberg Skole for Døve » sur Shirabu : là, trouvé. Un site factice ? Possible, mais la statuette de Sibelius et la planque norvégienne sont tout à fait le style d'Esther Little. Si elle a planté ce jalon en juin 1984, alors c'était en réaction à de brèves visions du Script. Si la Première Opération figurait dans le Script, alors peut-être que la défaite n'a pas été aussi cuisante que nous l'avons cru pendant quarante et un ans. Et pourtant, comment les morts de Xi Lo, d'Holokai et d'Esther Little pourraient-elles s'inscrire dans un plus large dessein ? Par chance, je dispose de deux piles AA dans le tiroir de mon bureau – elles aussi sont en voie d'extinction. Je les insère dans le baladeur. Sont-elles toujours chargées ? Je coiffe le casque, hésite, puis appuie sur le bouton lecture. Les broches se mettent à tourner. Quelques secondes silencieuses d'« amorce » passent, vient ensuite le souffle de la bande magnétique, puis l'enclenchement qui marque le début de l'enregistrement. J'entends une moto pétarader au loin, puis une voix familière, celle de cette amie perdue il y a longtemps, et dont le timbre éraillé me coupe la respiration et me pince le cœur.

« Marinus, c'est Esther, et nous sommes… le 7 juin 1984. Avant que nous nous réunissions tous à Gravesend, je suis allée faire une escapade à Trondheim. Jolie ville. Il ne s'y passe pas grand-chose. Très blanche – un taxi m'a demandé de quel pays d'Afrique je venais. » Elle allume une cigarette : je l'entends pousser une sorte de petit gloussement. « Mais bon, voilà : j'ai entrevu la Première Opération dans le Script, Marinus. C'est assez brouillon et vague, je dois dire, mais je vois… du feu… une fuite… et la mort. La mort dans le Vêpre et la mort dans une pièce baignée de soleil. Si le Script dit vrai, d'une certaine manière je survivrai, mais il me faudra un refuge. Un asile. Un coffre-fort que les Anachorètes, quand ils viendront me chercher – car Constantin viendra –, ne verront pas. Ce qui signifie que j'aurai besoin de toi pour me faire revenir. Il faudra que je te donne la clé. » J'entends le frottement d'un objet en verre et devine qu'Esther a rapproché d'elle un cendrier posé sur la table. « Le Script m'a montré des tombes parmi les arbres, et ce nom-ci : "Blithewood". Rends-toi là-bas dès que possible : tu rencontreras quelqu'un que tu connais. Cette personne m'a offert l'asile. Il y a beaucoup de cadenas, mais je t'ai déjà envoyé le signe qui te permettra de découvrir celui dans lequel mettre la clé. Trouve le bon cadenas, Marinus. Ouvre-le. Ramène-moi du monde des morts. » J'entends le bruit étouffé du carillon d'un glacier ambulant sillonnant l'été norvégien. « Le fait que tu écoutes cette cassette est un événement déclencheur. Très bientôt, un ennemi te fera une proposition. Cache ce signe. Cache la boîte. Il est déjà près de toi. Le Script ne dit pas si tu peux lui faire confiance ou pas. Sa proposition sera le ferment de la Seconde Opération. Les choses vont aller vite, à présent. Dans sept jours, d'une manière ou d'une autre, la Guerre sera terminée. Si tout se déroule bien, nous nous reverrons avant. À très bientôt, donc. » Clac.

Fin de l'enregistrement, souffle de la bande magnétique : j'appuie sur le bouton stop. Des suppositions plus ou moins précises et des questions m'assaillent. Mes amis et moi avons toujours cru que l'âme d'Esther avait succombé à ses blessures et qu'elle avait tué Joseph Rhîmes et expurgé la mémoire de Holly. Comment expliquer qu'Esther n'ait plus donné signe de vie depuis 1984, sinon ? Cependant, la cassette révèle une autre incroyable possibilité : après la Première Opération, l'âme d'Esther était bien effilochée mais pas entièrement non plus ; elle a alors recherché l'asile au plus profond d'un être qui n'en a rien su, et y est restée terrée de sorte que même guidés par le Contrescript, les chasseurs de la Voie de l'Ombre n'ont pu la retrouver ni l'achever. Et en m'envoyant à l'avance les clés et signes nécessaires, je serais à même de la localiser et de rapatrier son âme raccommodée après quarante et une années. L'espoir est si mince qu'il est proche de l'anorexie. Il suffit d'ordinaire de quelques heures pour qu'une conscience se dissipe dans la parallaxe des souvenirs d'un autre individu. Après tant d'années d'incorporéalité, l'âme d'Esther se souviendra-t-elle ne serait-ce que de son nom ?

Je regarde le reflet du visage d'Iris Fenby dans la fraction des bois de Kleinburg que détoure la fenêtre. Lèvres épaisses, nez aplati, cheveux courts, frisés et très légèrement grisonnants d'une personne entre deux âges. Ces bois sont les vestiges de l'ancienne forêt qui recouvrait tout l'Ontario pendant la majeure partie de l'Holocène. La guerre que mènent les arbres contre le remembrement, la sylviculture, les autoroutes à six voies et les terrains de golf est pour ainsi dire perdue. Esther Little serait-elle encore en vie ? Je n'en sais rien. Rien du tout. Esther avait la main haute sur le Sas : pourquoi n'a-t-elle pas demandé l'asile à un Horloger ? Parce que c'était trop évident, peut-être. Et la dernière partie de son message ? « Très bientôt, un ennemi te fera une proposition. » « Il est déjà près de toi. » Il est minuit dans la maison aux murs et aux vitres blindés d'une zone rurale aisée de la banlieue nord-ouest de Toronto, quarante et une années après qu'Esther a prononcé les mots conservés sur cette bande magnétique. Même pour un Horloger doué de facultés de prémonitions, cela dépasse l'entendement : comment aurait-elle pu pré…

Sur le socle de la lampe, mon téléphone gazouille. Avant même que je réponde, l'instinct me pousse à dissimuler le colis venu de Norvège derrière des livres. Mon appareil n'arrive pas à identifier l'appelant. Il est tard. Dois-je répondre ? « Oui ?

– Marinus, dit une voix masculine. Elijah D'Arnoq à l'appareil. »

Je suis choquée par cette prise de contact, quoique, après l'appel d'Hugo Lamb à Vancouver, je n'aie plus de raison de l'être. « Eh bien… c'est une surprise. »

Silence de mort. « Je l'imagine, oui. Je ressentirais la même chose, à votre place.

– "Je l'imagine" ? "Je ressentirais" ? Vous surestimez vos capacités.

– Hmmm. » À l'entendre, D'Arnoq semble songeur. « Peut-être bien. »

Sans me redresser, je débranche la lampe du mur de sorte qu'on ne puisse pas me voir de l'extérieur. « Je ne voudrais pas vous paraître malpolie, D'Arnoq, mais pourrait-on directement passer au moment où vous vous vantez d'avoir réussi à capturer Oscar Gomez, pour que je puisse raccrocher ? Il est tard, et comme vous le savez, ma journée a été longue. »

Un silence agité, comme en pleine mue. « Je veux que ça cesse.

– Que quoi cesse ? Notre conversation ? En ce qui me concerne, je n'y vois aucun inconvénient. Au revoir…

– Non, Marinus… Je veux tout arrêter. »

Je vérifie que j'ai bien entendu.

D'Arnoq la répète, tel un enfant qui boude. « Je veux tout arrêter.

– Et là, je suis censée dire : "Vraiment ?" Ce à quoi, vous répondrez : "Dans vos rêves." La dernière fois que je suis retournée au collège, c'était le genre de chose que j'entendais.

– Je ne… Je ne supporterai pas une distillation de plus. Je veux tout arrêter. »

Davantage que les mots de cet Anachorète, c'est le ton qu'il emploie qui est étrange : il est dénué de l'arrogance habituelle. Mais je n'en reste pas moins à des années-lumière d'avaler son discours. « Très bien, D'Arnoq. Maintenant que vous savez ce que sont le ressenti et l'imagination, mettez-vous à ma place : si vous étiez à l'autre bout de la ligne, comment réagiriez-vous devant l'effusion de remords d'un Anachorète de premier ordre ?

– Je serais sacrément sceptique. "Et pourquoi maintenant ?" m'interrogerais-je sans doute.

– Très bonne entrée en matière. Pourquoi maintenant ?

– Cela ne m'a pas pris aujourd'hui. C'est comme une… une nausée qui monte depuis… une vingtaine d'années. Mais je ne peux plus faire mine de l'ignorer. Je suis… Je… Tenez, l'année dernière, Rivas-Godoy, le Dixième Anachorète, a repéré un enfant de cinq ans de Paraísopolis, une favela de São Paulo. Il s'appelait Enzo. Il n'avait pas de père, se faisait martyriser par les autres enfants, n'avait pas d'amis, et son troisième œil était vif. Rivas-Godoy est devenu son grand frère… Le repérage typique. J'avais effectué une infiltration dans son esprit pour vérifier : Enzo était pur, aucune trace d'Horlogerie chez lui. J'ai donné mon approbation, et me trouvais dans la Chapelle le jour de la Renaissance, quand Rivas-Godoy y a conduit Enzo… »

J'avais déjà réprimé cinq interventions acerbes.

« … pour qu'il rencontre le père Noël. » D'Arnoq semble grimacer.

« Le père Noël. Un Blanc. La soixantaine. N'existe pas, reprends-je.

– Voilà, c'est ça. Enzo se faisait malmener depuis qu'il avait dit que le père Noël existait peut-être. Alors Rivas-Godoy a promis à Enzo qu'il l'emmènerait en Laponie. Le Chemin-de-dalles est donc devenu un raccourci pour le pôle Nord, la Chapelle était la salle à manger du père Noël, et la vue sur le Vêpre… la Laponie. Enzo n'ayant jamais quitté sa favela » – D'Arnoq laisse échapper un soupir entre ses dents serrées –, « il ne se doutait de rien. Rivas-Godoy lui a raconté que j'étais le vétérinaire qui soignait les rennes malades. Le garçon s'est exclamé : "Ouah !" Et puis Rivas-Godoy a dit à Enzo : "Va voir le père du père Noël, Enzo, sur la peinture. Elle est magique, elle parle. Va lui dire bonjour." La dernière minute de la vie d'Enzo a été la plus heureuse, je crois. Mais plus tard, au solstice de la Renaissance, quand nous avons bu le Vin noir et que Rivas-Godoy se moquait de cet imbécile de petit Brésilien… j'ai eu du mal à boire mon verre.

– Mais vous l'avez quand même fini, rassurez-moi ?

– Je suis un Anachorète de premier ordre ! Quel choix avais-je ?

– Vous auriez pu sortir du Sas au beau milieu de la fosse des Mariannes. Vous vous seriez débarrassé de votre culpabilité, auriez nourri la faune locale, et m'auriez épargné vos grosses larmes de crocodile. »

C'est un chuchotement brisé qui sort de la bouche d'Elijah D'Arnoq. « La distillation des âmes doit cesser.

– Il devait être vraiment mignon, ce petit garçon de São Paulo. D'ailleurs, il faut que je vous dise : je ne suis pas très sûre du niveau de sécurisation de cet appareil, mais…

– C'est moi le hacker en chef de la Voie de l'Ombre : personne ne peut nous entendre. Il ne s'agit pas seulement d'Enzo. Ni, aujourd'hui, d'Oscar Gomez. Mais de tous ces gens. Depuis le jour où Pfenninger m'a parlé du Cathare Aveugle, de ce qu'il a construit, de ce que la Chapelle fait, je me suis acoquiné avec… bon, si vous y tenez, je vais prononcer le mot : "le Mal". Je me suis auto-anesthésié contre ce Mal, bien évidemment. Des couleuvres, j'en ai avalé. Les boniments du genre : *Que représentent quatre personnes par an parmi huit milliards d'habitants ?* Mais tout cela, j'en ai assez. Le repérage, le leurre, les meurtres, les animacides. J'en ai assez du Mal. L'Horlogerie avait raison. Depuis le début.

– Et quand vos airs de beau jeune homme disparaîtront, D'Arnoq ?

– Eh bien, je revivrai, et je ne serai plus… ce que je suis aujourd'hui.

Quelque chose grince sur la terrasse de bois à l'extérieur.

Serais-je en train de me laisser embobiner ? Je regarde dehors : un raton laveur.

« Vous avez partagé votre nouvelle vision des choses avec Pfenninger ?

– Continuez à vous foutre de moi, Marinus, et c'est moi qui vais vous raccrocher au nez. Dans le Codex de la Voie de l'Ombre, l'apostasie est un crime capital. Vous devriez vous servir de cette information, d'ailleurs : ma seule chance de survivre est de vous aider à anéantir vos ennemis avant qu'ils ne me tuent. »

Ce gredin d'Elijah D'Arnoq. Mais il faut bien que je lui pose la question : « Expliquez-moi un peu comment nous nous y prendrions.

– Par une psychodémolition de la Chapelle du Vêpre.

– Nous avons déjà joué cette carte. Vous vous rappelez certainement comment cela s'est terminé. » Même si, pour ma part, le souvenir que j'en ai est ébranlé par ce colis en provenance de Norvège.

« C'était une défaite pour l'Horlogerie, mais, lors de votre Première Incursion, vous ne saviez pas ce qui vous attendait. N'est-ce pas ?

– Vous voulez bien éclairer notre lanterne ? »

D'Arnoq reste silencieux pendant un long, très long moment. « Oui. »

Il y a cinq pour cent de chances que la reddition d'Elijah D'Arnoq soit authentique, mais Esther Little l'avait entrevue, et, si je ne m'abuse, elle souhaite que je traite D'Arnoq en allié, ou du moins, que je le laisse penser que je le crois. « Je suis tout ouïe.

– Non. Nous devons nous voir en tête à tête, Marinus. »

Un pour cent, finalement. Il va me demander de le rencontrer, et le piège va se refermer sur moi. « Quel endroit me suggérez-vous ? »

Le raton laveur tourne son masque de Zorro vers moi.

« Par pitié, ne m'atomisez pas avec votre Courant Profond, mais je vous parle depuis votre voiture, sur l'allée du garage. Je me gèle les bonbons. Vous pouvez faire un feu ? »

3 AVRIL

L'air est plus vif à la gare de Poughkeepsie qu'à Grand Central, mais le soleil se montre et fait fondre le restant de la neige hivernale accumulée sur le quai. Parmi une cohorte d'étudiants discutant de séjours au ski en Europe, de stages au Guggenheim et de zoonoses, je traverse la passerelle puis franchis les tourniquets et une salle des pas perdus aux allures d'église, puis arrive sur le trottoir, où une femme un peu plus âgée que moi, portant un gilet matelassé, attend devant une Chevrolet hybride en tenant une pancarte DR I. FENBY. Ses cheveux cotonneux sont teints en auburn, quoique le gris transparaisse, et ses lunettes à monture turquoise soulignent sa pâleur maladive. Si, de son visage, on effectuait une description malveillante, on dirait que c'est une fête à laquelle personne n'est venu. « Bonjour, la salué-je. Je suis le Dr Fenby. »

Le chauffeur se crispe : « Vous ? C'est vous le Dr Fenby ? »

Qu'est-ce qu'il y a de surprenant ? C'est parce que je suis noire ? Dans une ville universitaire des années 2020 ? « Euh, oui… Cela ne vous pose pas de problème, j'espère ?

– Non ! Mais non. Pas du tout. Montez. Vous n'avez que ça, comme bagages ?

– Je ne suis ici que pour la journée. » Toujours intriguée, je monte dans la Chevrolet. Elle prend place au volant et attache sa ceinture. « Bon, c'est bien au campus de Blithewood que vous allez, docteur Fenby ? » Des problèmes de bronches lui éraillent la voix.

« C'est exact. » Aurais-je mal interprété sa réaction ? « Déposez-moi devant la maison du président de l'université, si vous la connaissez.

– Pas de souci. J'ai dû y prendre et déposer M. Stein une

centaine de fois. C'est avec le président en personne que vous avez rendez-vous ?

– Non. Je vais voir… quelqu'un d'autre.

– Très bien. » Sur son badge officiel de chauffeur, on lit « Wendy Hanger ». « C'est parti. Chevrolet : contact. » Le moteur se met en marche, l'afficheur clignote et nous démarrons. Wendy Hanger a également l'air fébrile sur la photo de son badge. Peut-être que la vie ne lui a jamais laissé de répit. Peut-être que c'est simplement qu'elle en est à sa quatorzième heure de travail. Ou qu'elle a bu trop de café.

Nous passons devant des parkings, des garages spécialisés en pneus et lignes d'échappement, un Walmart, une école, et une usine de moulages de plastique. Mon chauffeur n'est pas du genre bavard : tant mieux. Mes pensées revisitent le souvenir de la réunion d'hier soir, qui s'est tenue dans la galerie du 119A. Unalaq, qui habite à proximité, est arrivé avant moi ; Ôshima est venu d'Argentine ; Arkady, qui a désormais dix-huit ans et voyage donc plus aisément, est venu de Berlin ; Roho, d'Athènes, et L'Ohkna, des Bermudes. Cela faisait des années que nous n'avions pas été tous réunis au même endroit. Sadaqat s'est soumis à une pétrification, puis nous avons commencé. Mes cinq confrères ont écouté mon récit de la visite d'Elijah D'Arnoq à ma demeure de Kleinburg survenue deux soirs plus tôt, de son envie de tout arrêter, et de la proposition de Seconde Opération. Naturellement, tous étaient dubitatifs.

« Si rapidement ? » a demandé Roho, dont les yeux nous scrutaient par-dessus la canopée de ses doigts enchevêtrés, aussi fins, basanés et noueux que lui-même. Avec son corps d'Égyptien, Roho, toujours rasé de près, semble capable de se glisser dans des interstices où l'on n'aurait pas idée de se faufiler. Lui qui n'en est qu'à sa cinquième résurrection, il est jeune, pour un Horloger, mais, grâce au patronage d'Ôshima, il devient un incroyable duelliste. « Malgré les cinq années de préparation, la Première Opération a tourné au fiasco. Alors, en préparer une seconde en seulement quelques jours… » Roho a plissé le nez et hoché la tête de gauche à droite.

« D'Arnoq donne l'impression que c'est facile », a observé Unalaq. Sa première vie d'Inuit dans le nord de l'Alaska a marqué son âme de la trace indélébile du Grand Nord, bien qu'avec son actuel corps d'Irlandaise de Boston à chevelure rousse et peau constellée de taches de rousseur, son origine ethnique soit loin d'être évidente. « Bien trop facile.

– Nous semblons nous accorder sur ce point », a déclaré Ôshima. De tous les Horlogers, c'est le plus ancien, à la fois d'âme – laquelle a vu le jour dans le Japon du treizième siècle –, et de son corps, né dans les années 1940 au Kenya. Son vieil imperméable et son béret miteux renforcent son allure de « batteur de jazz sans boulot », comme dit Roho. Mais en matière de psychoduel, Ôshima est plus redoutable que n'importe lequel d'entre nous. « La proposition de D'Arnoq sent le piège à plein nez.

– Mais D'Arnoq a permis à Marinus de le sonder », a fait remarquer Arkady. En nette opposition avec sa dernière incarnation asiatique, l'âme d'Arkady occupe désormais le corps dégingandé d'un Hongrois blond et large d'épaules, à tendance acnéique, et dont la voix encore adolescente n'est pas tout à fait définitive. « Et son dégoût de lui-même et la douleur qu'il éprouvait vis-à-vis du petit Brésilien ? m'a-t-il interrogée. Tu les as retrouvés dans le passé composé de sa mémoire ? Et tu es sûre que ces sentiments étaient authentiques ?

– Oui, ai-je concédé, quoique ces impressions puissent tout à fait avoir été implantées. Les Anachorètes se doutant que nous ne prendrions pas sa reddition pour argent comptant et que nous le soumettrions à un examen image par image, il est possible que D'Arnoq se soit porté volontaire et que, avec son accord, Pfenninger l'ait retourné contre la Voie de l'Ombre, de sorte que D'Arnoq croie sincèrement à sa fausse apostasie…

– Tout cela pour nous mener une nouvelle fois au peloton d'exécution dans la Chapelle, m'a rejointe Ôshima. Où Pfenninger expurgerait la mémoire d'Elijah D'Arnoq de ses faux remords et psycho-occirait les Horlogers dupés par le stratagème. Il faut admettre que c'est malin. Cela m'a tout l'air d'un subterfuge élaboré par Constantin.

– J'aurais tendance à voter "non". » L'Ohkna réside dans le corps bedonnant au teint pâle et au crâne dégarni d'un habitant de l'Ulster proche de la quarantaine. L'Ohkna est le plus jeune des Horlogers, lui qui a été découvert pendant sa première résurrection dans une communauté du Nouveau-Mexique, par Xi Lo dans les années 1960. Son psychovoltage est certes encore limité, mais L'Ohkna est devenu l'architecte principal de l'« Internet des limbes », et ses douzaines de pseudonymes sont traqués en vain par toutes les grandes agences de sécurité du monde. « Un seul faux pas, et l'Horlogerie mourra. C'est bien simple.

– Mais les Anachorètes et le Cathare Aveugle ne sont-ils pas en train de prendre un gros risque en retournant contre eux un de leurs psychosotériciens majeurs ? a demandé Unalaq.

– C'est vrai, a acquiescé Ôshima. Mais ils savent ce qu'ils font. Ils ne pourront nous appâter qu'avec un leurre appétissant et la perspective d'un beau trophée. Mais dis-nous, Marinus : que penses-tu de cette opportunité inattendue, toi ?

– Je crois qu'il s'agit d'une embuscade, mais que nous devrions accepter de tomber dedans malgré tout ; et d'ici le lancement de la Seconde Opération, nous mettrons au point un moyen de leur tendre un piège dans celui qu'ils nous destinent. Nous ne gagnerons jamais cette guerre par la force. Chaque année, nous parvenons à en sauver quelques-uns, mais voyez le cas d'Oscar Gomez, arraché à une unité de soins sécurisée tenue par l'un de mes propres étudiants. Les réseaux sociaux signalent les chakras actifs sans nous laisser le temps de les neutraliser. L'Horlogerie perd progressivement de sa pertinence. Nous ne sommes pas assez nombreux. Nos réseaux se dégradent. »

C'est Arkady qui a rompu le silence macabre : « Si c'est ce que tu penses, alors c'est sûrement ce que pense aussi l'ennemi. Mais pourquoi Pfenninger prendrait-il un risque pareil en nous permettant de nous approcher du Cathare Aveugle, alors qu'il pourrait se contenter de nous laisser dépérir ?

– Par vanité : c'est là son vice cardinal. Pfenninger rêve d'anéantir l'Horlogerie dans une mise à mort triomphale ; c'est pourquoi il nous tend ce piège, à nous, ses ennemis prêts à tout. Mais c'est aussi pour nous une brève opportunité de pénétrer dans la Chapelle. L'occasion ne se représentera plus.

– Et que nous rapportera cette brève opportunité, a rétorqué L'Ohkna, si ce n'est de nous faire charcuter corps et âme ?

– Cela, ai-je admis, je ne saurais le dire. Mais j'ai eu des nouvelles de quelqu'un qui le pourrait. Je n'ai pas osé vous en faire part à l'extérieur du 119A, mais, à présent que nous sommes tous là, je vous invite à prêter l'oreille à une vieille amie… » J'ai alors sorti un antique baladeur Sony dans lequel j'ai inséré une cassette BASF.

Les doigts de Wendy Hanger tambourinent sur le volant tandis que quatre files perpendiculaires de voitures traversent le carrefour. Elle ne porte pas d'alliance. Le feu passe au vert, mais elle ne le remarque que lorsque le camion derrière nous klaxonne. Elle démarre, cale, marmonne : « Oh, bon Dieu. Chevrolet, contact ! » Nous repartons, passons devant un grand magasin de bricolage Home Depot, et, rapidement, Poughkeepsie est derrière nous. Je lui demande : « Combien de temps, jusqu'à Blithewood ?

– Trente, quarante minutes. » Wendy Hanger prend un chewing-gum à la nicotine ; son muscle sterno-cléido-mastoïdien ondule à chaque mastication. La route serpente entre et sous les arbres. Leurs bourgeons sont sur le point d'éclore. Un panneau indique : RED HOOK 11 KILOMÈTRES. Nous doublons deux cyclistes, et Wendy parvient alors à rassembler son courage : « Docteur Fenby, est-ce que je peux vous… euh, vous poser une question ?

– Allez-y.

– Vous allez croire que je suis tarée.

– C'est votre jour de chance, madame Hanger, je suis psychiatre.

– Est-ce que le nom de "Marinus" vous dit quelque chose ? »

Je ne m'attendais pas à cela. Les Horlogers ne dissimulent pas leurs véritables noms, mais ils ne le crient pas non plus sur tous les toits. « Pourquoi me posez-vous cette question ? »

La respiration de Wendy Hanger est saccadée. « J'ignore comment je l'ai deviné, mais je le savais. Écoutez, je… je suis désolée, mais il faut que je me gare. » Au détour du virage suivant apparaissent opportunément une aire de stationnement, un banc et une vue sur le bois qui descend jusqu'au bord de l'Hudson. Wendy Hanger se retourne. Elle transpire et a les yeux écarquillés. Son dauphin désodorisant se balance, décrivant des arcs de cercle de plus en plus petits. « Est-ce que vous connaissez un Marinus ou bien est-ce que Marinus, c'est vous ? »

Les cyclistes dépassés il y a peu filent devant nous.

« On m'appelle ainsi, dans certains cercles », réponds-je.

Son visage tressaille. L'acné juvénile y a laissé des cicatrices. « La vache ! » Elle secoue la tête. « Vous n'étiez sans doute même pas née. Bon Dieu, j'ai vraiment besoin d'en griller une.

– Laissez vos bronches tranquilles, madame Hanger. Cantonnez-vous à vos chewing-gums. Bien. Je pense avoir droit à une explication.

– Ce n'est pas… » – elle fronce les sourcils – « ce n'est pas une espèce de coup monté, dites ?

– J'aurais préféré, car, au moins, je comprendrais ce qui se passe. »

La suspicion, la colère et l'incrédulité se livrent une bataille féroce sur le visage de Wendy Hanger, mais aucune ne l'emporte. « D'accord, docteur. Je vous raconte. Quand j'étais jeune, à Milwaukee, je suis partie à la dérive. Des problèmes familiaux, un divorce… la came. Ma belle-sœur m'a fichue à la porte, et, vers la fin, les mères avec leurs gosses changeaient de trottoir pour m'éviter. J'étais… » Elle frémit. Les vieux souvenirs ne perdent pas leurs dards.

« Une toxicomane, énoncé-je calmement. Ce qui signifie que vous êtes désormais une survivante. »

Wendy Hanger mâche son chewing-gum quelques instants. « Je crois bien, oui. Mais le 31 décembre 1983, avec toutes les belles illuminations… Oh non, je n'étais pas une survivante, à ce moment-là. J'ai touché le fond, je suis entrée par effraction chez ma belle-sœur, j'ai pris ses somnifères, avalé tout le flacon avec un demi-litre de bourbon. Il y avait *La Tour infernale* à la télé, pendant que… je partais. Vous l'avez vu ? » Avant que je puisse répondre, une voiture de sport file devant nous à la vitesse de l'éclair ; Wendy Hanger frissonne. « Je me suis réveillée à l'hôpital, avec des tubes dans l'estomac et la gorge. La voisine de ma belle-sœur, qui avait vu la lumière de la télé, était venue et m'avait trouvée là. Elle a tout de suite appelé une ambulance. Les gens croient que les somnifères, ça ne fait pas mal, mais ce n'est pas vrai. Je n'avais pas idée qu'on pouvait avoir aussi mal au ventre. Je dormais, je me réveillais, je me rendormais. Et puis je me suis réveillée en gériatrie, ce qui m'a fait complètement flipper : je croyais que j'avais vieilli » – Wendy Hanger pousse un rire amer –, « que j'étais restée dans le coma pendant quarante ans et que j'étais une vioque, quoi. Mais il y avait une femme assise à côté de mon lit. Je ne savais pas si elle faisait partie du personnel, si c'était une patiente ou une bénévole, mais elle m'a pris la main et m'a demandé : "Pourquoi êtes-vous ici, mademoiselle Hanger ?" Je l'entends encore. "Pourquoi êtes-vous ici, Wendy ?" Elle parlait un peu bizarrement, avec une sorte d'accent, mais… de je ne sais pas où. Elle n'était ni noire ni vraiment blanche. Elle était… gentille, un peu comme… un ange bougon qui ne se permet pas de juger ce que vous avez fait de votre vie ou ce que la vie vous a fait. Et puis… et puis voilà que je me surprends à lui raconter des choses que… » – Wendy Hanger inspecte le dos de ses mains – « que je n'ai jamais confiées à personne. Et tout d'un coup, il était minuit. Cette femme m'a souri et m'a dit : "Le pire est derrière vous. Bonne année." Et là… j'ai éclaté en sanglots, bordel. Je ne sais même pas pourquoi.

– Elle vous a donné son nom ? »

Les yeux de Wendy sont un défi.

« S'appelait-elle Esther Little, Wendy ? »

Wendy Hanger prend une profonde inspiration : « Elle m'avait prévenue que vous le sauriez. Mais vous deviez être toute gamine, en 1984. Qu'est-ce que c'est que cette histoire ? Comment… ? Bon sang.

– Est-ce qu'Esther vous a donné un message à me transmettre ?

– Oui. Oui, docteur. Elle m'a demandé, à moi, une SDF suicidaire et toxico qu'elle ne connaissait que depuis… quoi, deux ou trois heures, de transmettre un message à une consœur nommée Marinus. Je… Je… Je… Je lui ai demandé : "C'est quoi 'Marinus', un prénom, un nom, un pseudonyme ?" Mais Esther Little a répondu : "Marinus, c'est Marinus." Et puis elle m'a dit de vous dire… de vous dire…

– Je vous écoute, Wendy. Continuez.

– "À trois heures au jour de l'Étoile de Riga." »

Le monde se tait. « À trois heures au jour de l'Étoile de Riga ?

– Oui, mot pour mot. » Elle étudie ma réaction.

L'Étoile de Riga. Cela me dit quelque chose, mais j'ai beau chercher le souvenir que cette impression m'évoque, je reste bredouille. Tant pis. Il faudra faire preuve de patience.

« "Riga" ne signifiait rien pour moi à cette époque » – Wendy Hanger mastique ce qui doit désormais être un insipide bout de gomme – « dans mon lit d'hôpital de Milwaukee, alors je lui ai dit de me l'épeler : R-I-G-A. Et puis je lui ai demandé où trouver cette dénommée Marinus pour lui remettre ce message. Esther m'a répondu que non, ce n'était pas encore le moment. Quand alors ? j'ai voulu savoir. Et elle m'a dit » – les carotides battant à tout rompre, Wendy Hanger avale sa salive : « "Le jour où vous deviendrez grand-mère." »

Esther Little tout craché. « Mes félicitations. Une petite-fille ou un petit-fils ? »

Ce fait semble la perturber davantage encore. « C'est une fille. Ma belle-fille a accouché à Santa Fe, tôt ce matin. Le bébé n'était pas censée arriver avant deux semaines, mais voilà, juste après minuit, Rainbow Hanger est née. Ses parents sont des hippies. Écoutez, il faut vous mettre… Enfin, moi, je croyais qu'Esther Little avait peut-être des accès de démence, ou bien qu'elle… bon sang! Il faut quand même être un peu dingue pour aller demander un service à une paumée… à une toxico qui vient d'avaler une centaine de somnifères, en plus. Pourquoi moi? Je lui ai posé la question. Esther a répondu que la toxicomane en moi était morte, mais que mon véritable moi avait survécu. Elle a indiqué que son message "Riga", là, et la date à laquelle le transmettre étaient inscrits au marqueur indélébile, et que, dans des années, le jour J, Marinus viendrait me trouver, mais que vous porteriez un autre nom, et que… » Wendy Hanger renifle et ses larmes coulent. « Pourquoi est-ce que je pleure, bon sang? »

Je lui tends un paquet de mouchoirs.

« Elle est encore vivante? Elle doit être… toute vieille.

– La femme que vous avez rencontrée n'est plus. »

Cette grand-mère fraîchement émoulue, qui n'est pas surprise, acquiesce de la tête. « Dommage, j'aurais aimé la remercier. Je lui dois tellement.

– Comment cela? »

Wendy Hanger semble étonnée, mais décide de tout raconter. « Petit à petit, je me suis endormie, et ne me suis réveillée qu'au matin. Esther était partie. Une infirmière m'a apporté le petit-déjeuner puis m'a annoncé qu'ils me transféreraient dans une chambre individuelle plus tard dans la journée. Je lui ai dit qu'ils devaient se tromper, parce que je n'avais pas d'assurance de santé, mais l'infirmière a répondu: "Ta grand-mère a tout réglé, ma jolie." Je lui ai demandé: "Quelle grand-mère?" mais l'infirmière a souri, comme si j'avais pris un coup sur la tête et elle a dit: "Mme Little, si je ne m'abuse?" Puis, plus tard, dans ma chambre individuelle, une autre infirmière m'a apporté un… comme une pochette noire à fermeture Éclair. À l'intérieur, il y avait une carte de la Bank of America à mon nom, une clé et des documents. C'était » – l'émotion fait soupirer Wendy Hanger – « l'acte de propriété d'une maison à Poughkeepsie. Établi à mon nom. Deux semaines plus tard, je sortais de l'hôpital de Milwaukee. Je suis allée chez ma belle-sœur lui demander de m'excuser d'avoir tenté de me suicider sur son canapé et lui ai appris que je partais vers l'est, là où personne ne me connaissait, histoire d'essayer de recommencer à zéro. Je crois qu'elle était soulagée. Deux trajets en bus Greyhound plus tard, je suis entrée dans ma maison de Poughkeepsie… Cette maison, il fallait croire qu'une bonne fée me l'avait offerte. Et puis voilà, quarante ans ont passé, et même plus. Je vis toujours là-bas, et encore à ce jour, mon mari croit que cette maison est un legs d'une tante un peu zinzin. Je n'ai jamais raconté la vérité à personne. Mais, chaque fois que je tourne la clé dans la serrure, je me dis : *À trois heures au jour de l'Étoile de Riga*, et à peu près toutes les heures depuis que j'ai appris que ma belle-fille était enceinte, je me demande si je vais tomber sur cette Marinus… Ce matin, nom de Dieu, j'étais dans un de ces états ! Je suis devenue grand-mère. Mon mari m'a dit de rester à la maison, et c'est ce que j'ai fait. Mais Carlotta, qui gère la boîte de taxis en ce moment, m'a contactée pour m'apprendre que Jodie s'était foulé la cheville et que le bébé de Zeinab avait de la fièvre, alors, pitié, pitié, pitié, est-ce que je pouvais aller à la gare chercher le Dr Iris Fenby ? Donc, bon, il n'y avait aucune raison que ce soit vous, Marinus, mais, quand je vous ai vue… » – elle secoue la tête –, « j'ai su. C'est pour ça que j'avais un peu la trouille. Désolée. »

La lumière qui filtre frissonne. « N'y pensez plus. Et merci.

– Ce message, là, “Riga” : il signifie quelque chose ? »

Prudence. « En partie. Peut-être. »

Wendy Hanger songe au grand banditisme, au FBI, au *Da Vinci code*, mais esquisse un sourire timide. « J'imagine que ça me dépasse, tout ça, hein ? Ben vous savez quoi, je me sens… plus légère. » Elle s'essuie les yeux avec ses poignets, remarque les coulures de maquillage et se regarde dans le miroir de courtoisie : « C'est *L'Étrange Créature du lac noir*, dites donc ! Ça vous dérange si je me refais une beauté en vitesse ?

– Je sors m'aérer. Prenez votre temps. »

Je descends de la voiture et me dirige vers le banc. Je m'y assieds et contemple l'Hudson qui, majestueux, passe devant la chaîne des Catskill ; je m'exfiltre de moi-même, transverse jusqu'à la voiture et m'infiltre dans le corps de Wendy Hanger. D'abord, j'expurge sa mémoire de tout ce qui s'est passé depuis qu'elle s'est garée. Puis je remonte le filin sur quarante et un ans jusqu'à l'hôpital de Milwaukee. Expurger les souvenirs d'Esther Little est un crève-cœur, mais c'est pour la bonne cause. La messagère oubliera la missive qu'elle a gardée au fond d'elle pendant toutes ces années, ainsi que tout ce qu'elle m'a raconté. Par moments, les trous de mémoire sur son passé l'inquiéteront un peu, mais le joueur de flûte de Hamelin surgira sans tarder et son esprit novice se laissera subjuguer...

Wendy Hanger me dépose à un rond-point bourré de jonquilles dans le campus de Blithewood, en contrebas de la maison du président, dont la vigne vierge marbre les murs. « C'était un véritable plaisir, Iris.

– Merci beaucoup pour la visite guidée, Wendy.

– J'aime bien jouer les guides pour les gens curieux, surtout quand on a un vrai premier jour de printemps.

– Bon, je sais que mon assistante a déjà payé par carte à l'avance, mais » – je lui tends un billet de vingt dollars – « achetez une bouteille ou quelque chose de saugrenu, pour fêter votre nouvelle vie de grand-mère. » Elle hésite, mais je le lui mets dans la main.

« C'est généreux à vous, Iris. Comptez sur moi, mon mari et moi boirons à votre santé. Vous êtes sûre que ça ira pour le retour ?

– Oui, oui. Mon ami me raccompagnera en voiture jusqu'à New York.

– Dans ce cas, bonne réunion, et très bonne journée à vous ; et profitez bien du soleil. Ils annoncent des nuages pour les prochains jours. » Elle démarre, me salue d'un geste, et disparaît. Les inflexions tombantes d'Ôshima me parviennent en subdiscours : *Tu cherches la maison de ton association d'étudiantes ?*

J'essaie de le repérer, mais ne vois que des étudiants traversant des pelouses soigneusement entretenues, les bras chargés de dossiers et de sacs. Quatre hommes transportent un piano. *Ôshima, je viens de recevoir un signe d'Esther Little.*

La porte de la maison du président s'ouvre, et Ôshima, silhouette menue dont les mains sont plongées au fond des poches d'un sweat à capuche lui tombant jusqu'aux genoux, apparaît alors. *Quel genre de signe ?*

– *Une clé mnémocryptée*, réponds-je, toujours en subdiscours, tandis que je me dirige vers la maison. Les branches d'un saule sont hérissées de chatons humides. *Je ne l'ai pas encore décryptée, mais c'est une question de temps. Il y a quelqu'un au cimetière ?* Je déboutonne mon manteau.

– *Seulement des écureuils qui sautaient et gambadaient* – Ôshima remonte sa capuche et oriente sa tête de Kenyan septuagénaire aux blanches bacchantes afin de capter au mieux les rayons du soleil – *jusqu'à il y a un quart d'heure. Prends le chemin à ta gauche, celui qui part d'où je suis.*

Je ne suis plus qu'à quelques mètres de lui. *Est-ce quelqu'un que nous connaissons ?*

– *Va voir par toi-même. Elle porte un turban jamaïcain.*

Je suis le chemin. *À quoi ressemble donc un turban jamaïcain ?*

Ôshima referme la porte derrière lui et s'en va dans l'autre direction. *Si tu as besoin de moi, crie.*

Sous mes pas, les feuilles mortes craquent et s'écrabouillent tandis que, au-dessus de ma tête, des feuilles fraîches suintent et les bourgeons éclosent, et le chant des oiseaux se répand dans le bois comme des ondes Bluetooth. À la base d'un tronc de la circonférence d'une patte de brontosaure, je trouve une tombe. Puis une autre et encore une autre, étouffées par le lierre. Le cimetière du campus de Blithewood n'est donc pas une matrice de morts à l'organisation militaire, mais un bois dont les tombes sont creusées entre pins, cèdres, ifs et érables, dont elles nourrissent les racines. La vision fugace d'Esther Little était précise : *Des tombes parmi les arbres.* Au détour d'un houx au feuillage dense, surgit Holly Sykes. *De qui d'autre aurait-il pu s'agir ?* pensé-je. Je ne l'ai pas revue depuis ma dernière visite à Rye, il y a quatre ans. Son cancer est toujours en rémission, mais elle me paraît plus décharnée que jamais, toute en os et en tendons. Son turban est au rouge, vert et or du drapeau jamaïcain. Je foule bruyamment le sol de sorte qu'elle m'entende arriver ; Holly chausse une paire de lunettes de soleil qui lui cachent presque tout le visage. « Bonjour, m'aventuré-je.

– Bonjour, me fait-elle écho, sur un ton neutre.

– Désolée de vous importuner, mais je cherchais Crispin Hershey.

– Juste ici. » Holly désigne la pierre tombale en marbre blanc.

Crispin HERSHEY
Écrivain
1966-2020

« Précis et concis, commenté-je. Pas de place pour les clichés.

– Non, question prose, il n'était pas fana des fioritures.

– Et puis, comme lieu où reposer, on ne fait pas plus paisible, plus émersonien. C'est étonnant. Son œuvre est celle d'un urbain, et il y avait beaucoup d'urbanité dans ses traits d'esprit, et pourtant il avait l'âme bucolique. Voyez Trevor Delavant dans *Réduire Écho au silence*, qui finit par trouver la paix dans une communauté lesbienne sur l'île de Muck. »

Holly me dévisage à travers le verre teinté de ses lunettes : la dernière fois qu'elle m'a vue, c'était à travers un brouillard médicamenteux, et je doute qu'elle me reconnaisse, mais m'y prépare néanmoins : « Vous étiez une collègue de Crispin quand il travaillait ici ?

– Non, non. J'exerce dans un tout autre domaine. Mais je suis une de ses fans. J'ai lu et relu *Embryons desséchés*.

– Il s'est toujours douté que ce livre lui survivrait.

– Il est plus facile d'atteindre l'immortalité que d'en contrôler les termes et conditions. » Un geai bleu pique sur une souche hérissée de champignons près de la tombe de Hershey, émet une série de cris rauques, suivie de gazouillis enjoués.

– On n'en fait pas des comme ça, là d'où je viens, déclare Holly.

– Un geai bleu, expliqué-je, ou *Cyanocitta cristata*. Le nom algonquin utilisé jadis était *sideso*, et les Yakamas l'appelaient le *xwáshxway*, mais le territoire de ces derniers était côté Pacifique, donc là je ne fais qu'étaler ma science. »

Holly retire ses lunettes. « Vous êtes linguiste ?

– C'est un penchant naturel chez moi. Mais je suis psychiatre, je participe à une réunion qui se tient ici. Et vous ?

– Je suis juste venue lui rendre hommage. » Holly se penche, ramasse une feuille de chêne sur la tombe et la range dans son sac. « Contente de vous avoir rencontrée. Bonne réunion, alors. » Le geai bleu brode une voltige entre des obliques claires et d'autres sombres comme la mousse.

« Jusqu'ici tout allait bien, mais je crains hélas que les choses ne se compliquent. »

Holly, interloquée par mon étrange réponse, s'arrête.

Je me racle la gorge. « Madame Sykes, il faut que nous parlions. »

Le masque tombe et le rude accent de Gravesend de Holly refait surface. « J'ai tourné le dos aux médias et aux festivals. » Elle s'éloigne à reculons. « C'est fini tout ça. » Le bout d'une branche d'un conifère lui frôle la tête ; elle se baisse, fébrile. « Alors, non, je ne sais pas qui vous êtes, mais vous pouvez…

– Je suis Iris Fenby en ce moment, mais vous me connaissez sous le nom de Marinus. »

Elle s'immobilise, réfléchit, fronce les sourcils et affiche une mine de dégoût. « Ben voyons ! Yu Leon Marinus est mort en 1984 ; il était chinois et s'il y a un Chinois dans votre famille, alors moi… je suis Vladimir Poutine. Ne me forcez pas à être grossière. Ce que vous faites là, ça l'est.

– Le Dr Yu Leon Marinus n'a pas eu d'enfants, Holly, et la vie a quitté son corps en 1984. Mais son esprit, ce "je" qui s'adresse à vous en ce moment même, est bel et bien Marinus. Vraiment. »

Une libellule arrive et repart, comme si elle avait soudain changé d'avis. Holly s'en va. Dieu sait combien de Marinus sont venus frapper à sa porte, malades mentaux ou escrocs qui en avaient après ses royalties.

« Il vous manque deux heures de la journée du 1er juin 1984, lui lancé-je, quand vous étiez entre Rochester et l'île de Sheppey. Je sais ce qui s'est passé. »

Elle s'arrête. « Oh, mais je sais très bien ce qui s'est passé, moi ! » Malgré elle, elle se tourne vers moi, à présent bien remontée. « J'ai fait du stop. Une femme s'est arrêtée et m'a prise en stop et déposée au pont de Sheppey. Fichez-moi la paix, s'il vous plaît.

– Ce sont Ian Fairweather et Heidi Cross qui vous ont prise en stop. Je sais que vous connaissez ces noms, mais ce que vous ignorez, c'est que vous étiez dans ce bungalow, le matin de ce jour-là, quand ils ont été tués.

– Si vous voulez. Racontez votre version sur deliresetparano.com. Tous les tarés de la terre seront suspendus à vos lèvres, vous serez contente. » Quelque part, une tondeuse à gazon hoquette et se met en branle. « Vous avez avalé *Les Gens-de-la-radio*, vous l'avez ruminé, mélangé avec vos propres psychoses et en avez fait une bouillie occulte, une émission de télé-réalité dont vous êtes la vedette. Comme cette maudite gamine qui a tiré sur Crispin. Je m'en vais. Et ne me suivez pas, ou j'appelle les flics. »

Les oiseaux se croisent, se recroisent et gazouillent dans les rais de lumière.

Ça s'est plutôt bien passé, dit en subdiscours l'invisible et ironique Ôshima.

Je m'assieds sur la souche du geai bleu. *C'est un début.*

4 AVRIL

« C'est mon plat préféré sur la carte, ma belle, je vous jure. » Nestor pose le plat devant moi. « Ici, les gens entrent, voient "moussaka végétarienne", se disent qu'une moussaka sans viande, c'est pas une moussaka, alors ils commandent le steak, la poitrine de porc, les côtelettes d'agneau. Ils savent pas ce qu'ils ratent. Allez-y. Goûtez. C'est la recette de ma mère – Dieu ait son âme. Une sacrée dame. Les Navy Seals, les ninjas, les mafieux, à côté d'une mère grecque, c'est rien que des mauviettes. C'est elle, dans le cadre au-dessus du comptoir. » Il désigne la matriarche aux cheveux gris. « Ce café, c'est elle. Et elle a inventé la moussaka végétarienne, quand Mussolini a envahi la Grèce et tué tous les moutons, tous les lapins, tous les chiens. Maman a dû – comment qu'on dit ? Elle a dû improviser. On fait mariner l'aubergine dans le vin rouge. Mijoter les lentilles, tout doux. Les champignons, on les cuit dans la sauce de soja – elle a ajouté la sauce de soja après son arrivée à New York. Encore plus viandu que la viande. On fait une béchamel avec de la farine de maïs et un peu de crème. Et beaucoup de paprika. C'est ça, le truc. *Bon appétit**, ma belle, et » – il me donne un verre d'eau du robinet dans lequel tintent les glaçons – « gardez de la place pour le dessert. Vous êtes trop maigre.

– Oh, réponds-je en me tapotant le ventre, je n'ai pas ce souci-là ! »

Il repart ; les jeunes serveurs qui foncent comme des bolides l'évitent avec adresse. Je plante ma fourchette dans une aubergine, récupère un peu de béchamel, l'écrase sur un champignon et mange le tout. Le goût étant l'essence de la mémoire, je me souviens de l'année 1969, quand Yu Leon Marinus enseignait à peine à quelques pâtés de maisons d'ici, que ce bon vieux Nestor était tout jeune, et que la dame aux cheveux gris de la photo encadrée, en apprenant que ce Chinois qui parlait grec était médecin, avait dit à ses fils que j'étais l'incarnation du rêve américain. Elle m'offrait un carré de baklava chaque fois que je venais prendre mon café, c'est-à-dire souvent. J'aimerais demander à Nestor quand elle est décédée, mais, ma curiosité pouvant susciter de la suspicion, je parcours l'édition du jour du *New York Times* et passe rapidement aux mots croisés. Peine perdue : je ne cesse de repenser à Esther Little…

En 1871, Pablo Antay Marinus avait quarante ans. Ayant hérité de suffisamment d'ADN latin du côté de son père catalan, il passait facilement pour un Espagnol ; aussi, à Rio de Janeiro, il s'engagea comme chirurgien à bord de la *Prophétesse*, une vieille goélette yankee en partance pour la Batavia des Indes néerlandaises et qui transiterait par Cape Town. Après un typhon digne de l'Ancien Testament, une épidémie de fièvre typhoïde qui emporta une douzaine de marins, et un accrochage avec des corsaires au large de Panaitan, nous entrâmes dans le port de Batavia le jour de Noël, bien mal en point. Lucas Marinus s'y était déjà rendu quatre-vingts ans plus tôt, et ce qui fut jadis une garnison paludéenne était désormais une ville paludéenne. On ne peut pas descendre deux fois le même fleuve. Je voyageai alors dans les terres afin d'étudier la flore du côté de Buitenzorg, mais les brutalités infligées par les Européens aux Javanais gâchèrent mon plaisir, et quand la *Prophétesse* leva l'ancre en janvier pour la toute jeune colonie de Swan River, en Australie-Occidentale, je ne fus pas mécontent. Je n'avais jamais posé le pied sur ce continent de toute ma méta-existence, aussi, quand le capitaine annonça trois semaines d'escale à Freemantle pour carénage, je décidai de passer quinze jours dans les marécages de Beecher Point. J'engageai un autochtone qui voulait à tout prix me faire plaisir, un dénommé Caleb Warren, ainsi que sa mule exsangue. Avant la ruée vers l'or des années 1890, Perth se résumait à une zone où se concentraient une centaine de baraques de bois ; aussi, une heure plus tard, Warren et moi cheminions sur une piste rudimentaire à travers une nature sauvage inchangée depuis des millénaires. À mesure que la piste se faisait de plus en plus hypothétique, Caleb Warren cessa de parler et son humeur s'assombrit. Aujourd'hui, je lui aurais diagnostiqué une bipolarité. Nous franchîmes des collines broussailleuses, des ravines maréca-geuses, des lagunes saumâtres et des bosquets de niaoulis penchés. J'étais satisfait. Dans mon carnet, à la date du 7 février 1872, je dessinai six espèces de grenouilles, décrivis un bandicoot, fis le croquis d'une spatule royale, et peignis une aquarelle pas mauvaise de la baie Jervoise. La nuit tomba ; nous campâmes au milieu d'un cercle de rochers plantés au sommet d'une falaise assez basse. Je demandai à mon guide si des aborigènes étaient susceptibles de s'approcher de notre feu. Caleb Warren tapa sur la crosse de son fusil et déclara : « Qu'ils essaient un peu, ces salopards. On les attend de pied ferme. » Pablo Antay enregistra ses impressions : les grandes vagues et les embruns qui en jaillissaient quand elles se brisaient, le brouhaha des insectes, des cris des mammifères et des appels que se lançaient les oiseaux. Nous accompagnâmes la « tambouille du bush » de boudin noir et de haricots. Mon guide buvait son rhum comme de l'eau et ponctuait tout ce que je disais d'un : « Qu'est-ce qu'on s'en fout ? » Warren était un problème qu'il me faudrait régler le lendemain. Je regardai les étoiles et songeai aux autres vies. Je ne sais combien de temps s'écoula avant que je remarque qu'une petite souris remontait l'avant-bras de Warren, puis sa main, puis le bâtonnet sur lequel était embroché un bout de boudin bien gras. Ce n'était pas moi qui l'avais pétrifié… Bien qu'il eût les yeux ouverts, il resta immobile…

… pendant que quatre grands autochtones munis de lances de chasseurs se glissaient dans le globe lumineux du feu. Un chien efflanqué à la queue coupée reniflait un peu partout. Je me levai sans savoir si je devais courir, parler, brandir mon couteau ou m'extirper de mon corps. Les visiteurs ignorèrent Caleb Warren, toujours figé dans l'intemporalité. Ils étaient pieds nus et portaient un méli-mélo de vêtements : pantalons et chemises de colon, tuniques et pagnes noongar. L'un d'eux avait un os qui lui traversait le nez, et tous étaient scarifiés. C'étaient des guerriers. Peu importent le costume, le contexte ou le siècle : c'est une chose que l'on sait. Je levai les mains afin de montrer que je n'avais pas d'arme, mais leurs intentions demeuraient indéchiffrables. J'avais peur. À cette époque, m'extirper de mon corps me prenait dix à quinze secondes – bien plus qu'il n'en fallait aux quatre lanciers pour mettre un terme aux vagabondages de Pablo Antay – et si la mort par le fer est rapide, elle n'en est pas moins douloureuse. Et puis une femme décharnée au teint clair entra dans la lumière du feu. Ses cheveux étaient attachés en arrière et elle portait une soutane du genre de celles distribuées par les missionnaires souvent confrontés aux autochtones à la peau nue afin de les couvrir. Son âge était difficile à déterminer. Elle s'approcha en chaloupant et m'examina de près d'un œil critique, comme si j'étais un cheval qu'elle hésitait tout compte fait à acheter. « Ne tracasse pas. Si on voulait tuer, tu s'rais mort d'puis des heures.

– Vous parlez anglais, marmonnai-je.

– Mon père m'a appris. » Elle s'adressa aux guerriers en noongar, une langue que j'apprendrais rapidement à reconnaître, et s'assit sur un rocher près du feu. L'un d'eux prit le bâtonnet des doigts de Caleb Warren et sentit le boudin. Précautionneusement, il en prit une bouchée, puis une autre. « Ton guide, c'est un mauvais. » Tandis qu'elle me parlait, la femme scrutait les flammes. « Son plan, c'est t'faire boire du rhum, t'frapper la tête, t'voler ton argent, t'jeter du haut de la falaise. T'as plus de sous qu'il en a vu en deux ans. » Elle chercha ses mots. « C'est très *tentation*. C'est comme ça qu'on dit, hein ?

– Tentant, vous voulez peut-être dire ? »

La femme émit un claquement de langue. « Son plan, c'est raconter aux gars-blancs de Swan River qu't'es allé dans le bush pis qu't'es jamais rev'nu. T'voler c'que t'as. »

Je lui demandai : « Comment pouvez-vous le savoir ?

– Envolée. » Elle se toucha alors le front puis, d'une main, mima un battement d'ailes. « Tu sais comment faire. Pas vrai ? » Elle observa ma réaction.

J'éprouvai une sensation, comme un afflux de sang. « Vous êtes psychosotéricienne ? »

Elle se pencha vers le feu. J'entrevis des traits européens dans sa mâchoire et son nez. « C'est un grand mot, ça, monsieur. *Boola* longtemps qu'j'ai pas parlé anglais. Non, oublie *boola*. Mais l'endroit d'mon âme, c'est vif. » Elle se tapota le front « Toi, pareil. *Boylyada maaman*. Tu parles aux esprits aussi. »

Je tentai de graver tous les détails dans ma mémoire. Les quatre guerriers fouillaient le sac à dos de Warren. Le chien à la queue coupée fouinait partout. Le bois flotté qui brûlait crachait des étincelles. Pablo Antay Marinus était tombé sur une psychosotéricienne à l'extrême ouest du grand continent austral. Elle mâcha un morceau de boudin, puis rota. « Comment qu'on dit, ce… bâton-de-porc ?

– Un boudin.

– Boudin. » Elle goûtait le mot. « Mick Little f'sait des boudins. »

Cette phrase entraîna la question : « Qui est Mick Little ?

– Le père d'ce corps. Le père d'Esther Little. Mick Little tue des cochons, fait des boudins, mais il meurt. » Elle fit mine de tousser et tendit ses mains. « Du sang. Comme ça.

– Le père de votre corps est mort de tuberculose ? De consomption ?

– Oui, c'est ça qu'c'est. Puis les hommes vendent la ferme. La mère d'Esther, une Noongar, elle r'tourne dans le bush. Elle prend Esther 'vec elle. Esther meurt, et j'vais dans son corps. » Se balançant sur ses talons, elle fronça les sourcils.

Après quelques instants, je repris la parole. « Le nom de ce corps est Pablo Antay Marinus. Mais mon véritable nom est Marinus. Avez-vous un vrai nom ? »

Elle se réchauffa les mains auprès du feu. « Mon nom noongar c'est Moombaki, et j'ai un nom plus long mais j'dirai pas. »

Je savais désormais ce qu'avaient ressenti Xi Lo et Holokai en pénétrant dans le salon des Koskov à Saint-Pétersbourg, cinquante ans plus tôt. Certes, la Résidente Atemporelle devant moi n'aurait peut-être aucune envie de s'acoquiner avec l'Horlogerie, et se ficherait de savoir qu'elle avait quelques rares semblables disséminés de par le monde, mais notre espèce comptait un spécimen de plus, et, en cela, nous étions moins menacés de disparition qu'un quart d'heure plus tôt, chose dont je me réjouissais. Je posai ma question à la visiteuse en subdiscours : *Dois-je donc vous appeler Esther ou bien Moombaki ?* Le temps passa, et aucune réponse ne me parvint. Le feu remua ses os brûlants, et une gerbe d'étincelles s'envola tandis que les guerriers parlaient à voix basse. Juste au moment où j'en conclus qu'elle n'était pas télépathe, elle me répondit en subdiscours : *Toi c'est un* Wadjela*, un gars-blanc, alors pour toi, j'suis Esther. Si c'est un Noongar, j'suis Moombaki.*

« C'est mon trente-sixième corps, informai-je Esther. Et vous ? »

Esther se débarrassait des questions jugées ineptes en les ignorant ; c'est ce qu'elle fit à ce moment-là. Je lui demandai donc : *Quand est-ce que vous êtes venue dans ce pays ? En Australie ?*

Elle caressa son chien. *J'suis toujours ici.*

Une Résidente dispose de ce luxe-là. *Vous n'avez jamais quitté l'Australie ?*

Elle me répondit : « Non. J'reste sur la terre des Noongar. »

J'étais jaloux. Pour les Rapatriés de mon espèce, chaque résurrection est une loterie où l'on tire une latitude, une longitude et un peuple d'appartenance. Nous mourons et nous réveillons quarante-neuf jours plus tard, redevenus enfants, bien souvent sur un autre continent. Pablo Antay tenta de se figurer ce que serait toute une méta-existence dans un endroit unique en tant que Résident, émigrant d'un corps trop vieux ou moribond à un corps jeune et en bonne santé, mais sans jamais couper les liens établis avec un clan et son territoire. « Comment m'avez-vous trouvé ? »

Esther donna le dernier bout de boudin à son chien. « Ah, le bush parle ! On l'écoute. »

Je remarquai que les quatre guerriers emportaient les sacs accrochés à la selle de la mule. « Êtes-vous en train de me voler mes affaires ? »

La métisse aborigène se leva. *On porte tes sacs. Dans not'camp. T'viens ou pas ?*

Regardant Caleb Warren, je m'inquiétai : *Il se fera dévorer, si on le laisse ici.* « Ou il prend feu, ou il cuit. »

Esther examina ses mains. *Bientôt, il se réveille, la tête comme des abeilles. Il croit qu'il t'a déjà tué.*

Nous marchâmes presque toute la nuit jusqu'à un affleurement situé à proximité de l'actuelle Armadale et dont le nom noongar signifie « Cinq-doigts ». C'était la demeure des guerriers du clan, et le lieu de résidence d'Esther en cette saison. Quand le jour se leva, je tentai de me rendre aussi utile que possible envers mes hôtes, et bien que j'eusse connu des résurrections antérieures dans les tribus Itsekiri, Kawésqar ou Gurage, Lucas Marinus, Klara Koskov et Pablo Antay, eux, avaient été dorlotés : cela faisait deux siècles que je n'avais pas eu à chasser ni à m'adonner à la cueillette. J'étais plus utile auprès des femmes, que j'aidais à tanner les peaux de kangourou, à soigner un bras facturé et à récolter le miel du bush. Je m'employais également à satisfaire ma curiosité de proto-anthropologue : je décrivis dans mon journal comment on débusque le gibier en mettant le feu au bush ; les animaux totémiques ; l'arrivée de cinq hommes venus du Sud afin de troquer de l'ocre rouge contre du burdun, un bois précieux ; et une demande de reconnaissance en paternité, arbitrée par Esther, qui avait pénétré dans le fœtus afin d'y effectuer un test d'ADN psychosotérique. Dans le regard de ceux du même groupe-de-peau qu'Esther, se lisaient tour à tour la pitié qu'on éprouve devant un oncle un peu simplet, la méfiance ressentie vis-à-vis des Européens, et le respect dû à un *boylyada maaman* homologue de Moombaki. Les enfants étaient les moins réservés. Un garçon nommé Kinta s'amusait à emprunter ma veste et mon chapeau pour parader, mais tous aimaient à montrer à l'invité maladroit et au teint clair leurs différentes compétences d'habitants du bush. Quoique mes tentatives de m'exprimer en noongar n'eussent de cesse de les amuser, Pablo Antay réussit cependant à compiler le glossaire noongar le plus complet jamais établi.

Moombaki, appris-je, n'était pas vue comme une déesse, mais davantage comme un ange gardien, une mémoire collective, une soigneuse, une arme de dernier recours, et une sorte de juge de paix. Elle se déplaçait de groupe-de-peau en groupe-de-peau au début de chacune des six saisons noongar afin d'aider chaque famille et chaque clan du mieux possible, en en profitant pour diffuser l'idée que résister de manière frontale aux Européens n'aboutirait qu'à davantage de morts côté Noongar. Certains voyaient en elle une traîtresse, me rapporta-t-elle, mais dès les années 1870, on put vérifier le bien-fondé de sa logique. Les Européens étaient trop nombreux, trop voraces, trop inconstants sur le plan moral, et leurs fusils étaient trop précis. Le mince espoir de survie des Noongar était de s'adapter, et, certes, leur identité noongar en serait altérée, mais avaient-ils le choix ? Si l'on ignorait ce que les gens-des-bateaux avaient dans le crâne, ce mince espoir se réduirait à néant ; c'est pourquoi Moombaki avait élu domicile dans le corps d'une métisse de dix ans. De même, elle avait invité Pablo Antay à Cinq Doigts dans l'optique d'en apprendre davantage sur le monde et ses peuplades.

Ainsi, le soir, Esther et moi nous asseyions l'un en face de l'autre autour du feu devant l'entrée de sa petite caverne et, en subdiscours, parlions des empires, de leur ascension et de leur chute, des villes, de l'industrie navale, du morcellement de l'Afrique, du génocide des autochtones de la terre de Van Diemen, d'agriculture, d'économie, des usines, du télégraphe, des journaux, de l'imprimerie, des mathématiques, de philosophie, du droit, de l'argent et d'une centaine d'autres sujets. Je me sentais un peu comme Lucas Marinus quand il présentait autrefois ses exposés chez les érudits de Nagasaki. Je lui racontais qui étaient les colons installés à Freemantle, pourquoi ils avaient voyagé jusqu'ici, ce en quoi ils croyaient, ce qu'ils désiraient, craignaient. Je tentais également de lui expliquer leur religion, mais les Noongar Wadjuk se méfiaient des prêtres depuis que des hommes avaient distribué des couvertures « de la part de Jésus » à plusieurs clans en amont du fleuve Swan, lesquels avaient été décimés quelques jours plus tard par ce qui s'apparentait à une épidémie de variole, d'après la description d'Esther.

Mais en ce qui concerne la plupart des autres sujets que nous abordâmes, c'était Esther le professeur. Son méta-âge me fut révélé un soir : elle énumérait un à un ses anciens hôtes pendant que j'alignais un caillou à chaque nom cité : il y en avait au total deux cent sept. Moombaki prenait sa résidence dans un nouvel hôte quand celui-ci avait une dizaine d'années environ, et y séjournait jusqu'à sa mort, ce qui sous-entendait que la méta-existence d'Esther avait couvert sept millénaires. Elle était au moins deux fois plus vieille que Xi Lo, le plus vieil Atemporel qu'ait connu l'Horlogerie, lequel, avec ses vingt-cinq siècles, n'était qu'un jouvenceau comparé à Esther, dont l'âme était plus ancienne que Rome, Troie, l'Égypte, Pékin, Ninive et Ur. Elle m'enseigna certaines invocations de sa connaissance, et je reconnus parmi celles-ci divers affluents du Courant Profond d'avant le Schisme. Certaines nuits, nous transversions ensemble et Esther enveloppait alors mon âme dans la sienne, afin que je puisse fouler les esprits plus intensément et rapidement que je n'en étais d'ordinaire capable. Quand elle me sondait, j'étais tel un poète de pacotille montrant ses vers de mirliton à Shakespeare. Quand moi, je la sondais, j'avais l'impression d'être un vairon qui passait de son bocal à une grande mer intérieure.

Vingt jours après mon arrivée, je fis mes adieux et repartis avec Esther vers la vallée du fleuve Swan, accompagné des quatre guerriers qui nous avaient escortés depuis la baie de Jervoise. De Cinq Doigts, nous prîmes la direction du nord et gravîmes les collines de Perth. Aussi vrai que Pablo Antay était incollable sur les rues de Buenos Aires, mes guides avaient une connaissance infaillible de ces flancs boisés et vierges de tout sentier. Nous campâmes dans une lagune asséchée, près d'une mare, et, après avoir soupé de yam, de baies et de viande de canard, Pablo Antay sombra dans un sommeil à la pente escarpée et glissante. Je dormis jusqu'à ce qu'Esther me subréveille – une façon troublante de sortir du sommeil. Il faisait encore nuit, mais un vent précédant l'aube remuait les arbres penchés, qui parlaient presque. La silhouette d'Esther se détachait devant un buisson de banksias. Je lui demandai : *Tout va bien ?*

– *Suis-moi*, répondit-elle. Nous franchîmes un bout de forêt nocturne bruissant de casuarinas, grimpâmes sur la crête de grès qui se démarquait de la ligne des arbres avant de trifurquer en trois « dents ». Chacune de ces plus petites crêtes ne mesurait pas plus d'un mètre cinquante de large, mais faisait une centaine de pas de long, et voyant le précipice vertigineux de part et d'autre, j'avançais très prudemment. Esther me raconta que ce lieu était baptisé la Griffe de l'émeu – une juste description – et me mena jusqu'à son « orteil » médian. Il se terminait par une vue sur le fleuve. À la lueur des étoiles, les méandres du Swan ressemblaient à de l'étain bruni et la terre n'était qu'un patchwork fripé de noirs intenses ou clairs. À un jour de marche vers l'ouest, des lignes d'écume délimitaient l'océan : je devinai que l'agglomérat sur la rive droite du fleuve était Perth.

Esther s'assit ; je l'imitai. Dans un saule à menthe poivrée, un strepera procédait à de mélodieux gargarismes. *J'vais t'apprendre mon vrai nom.*

– *Tu m'avais dit*, lui répondis-je, *qu'il me faudrait toute une journée pour l'apprendre.*

– *Vrai, mais j'vais te l'dire dans l'intérieur de ta tête, Marinus.*

J'hésitai. *Si j'accepte un tel présent, j'aurai du mal à te rendre la pareille. Mon véritable nom n'est constitué que d'un mot, et tu le connais déjà.*

« C'est pas ta faute si t'es un sauvage, me rétorqua-t-elle. Tais-toi maint'nant. Ouvre-toi. »

L'âme d'Esther pénétra la mienne et inscrivit dans ma mémoire son long, très long et véritable nom. Le nom de Moombaki avait grandi de dizaines, de centaines et de milliers d'années depuis sa naissance-mère à Cinq Doigts, à l'époque où le lieu s'appelait Deux Mains. Bien que la chose m'échappât en grande partie du fait de ma méconnaissance de la langue noongar, je compris à mesure que les minutes s'écoulaient que son nom véhiculait également l'histoire de son peuple, qu'il s'agissait en quelque sorte de la tapisserie de Bayeux d'un mythe composé d'amours, de naissances, de décès ; de chasses, de batailles, de voyages ; de sécheresses, d'incendies, de tempêtes ; et des noms de chaque hôte dans lesquels Moombaki avait résidé. Son nom s'achevait par Esther. L'invitée s'extirpa de moi, et lorsque j'ouvris les yeux, je vis la lumière rasante du soleil irradier la canopée en dessous de nous d'un vert éclatant, enflammer d'un or sombre la broussaille, et roussir les nuages pareils à des côtes de baleine ; tout cela, et des milliers et des milliers d'oiseaux qui chantaient, poussaient des cris, se lamentaient. « Pas trop mal, comme nom », déclarai-je, moi qui souffrais déjà d'avoir perdu quelqu'un.

Un arbre, le marri, saignait de la résine et des fleurs en forme d'étoile. *Corymbia calophylla*.

« R'viens vite, me dit-elle, toi ou les amis qu'tu me parles.

– Promis, mais mon visage aura changé.

– Le monde change, observa-t-elle. Même ici. Impossible d'arrêter.

– Comment te trouvera-t-on, Esther ? Moi, Xi Lo ou Holokai ? »

Viens camper ici. À c't'endroit. La Griffe de l'émeu. J'sais. La terre me l'dit.

Elle était repartie, mais je n'étais pas surpris. Alors je repris la route de Perth, où un misérable bonhomme du nom de Caleb Warren allait bientôt avoir la frousse de sa vie.

Je termine de remplir le vingt-sept horizontal de ma grille – VERTIGE – puis lève les yeux et aperçois le reflet d'Iris Marinus-Fenby dans les lunettes de soleil de Holly Sykes. Le turban de celle-ci est mauve, aujourd'hui. Je suppose qu'elle n'a recouvré qu'une partie de sa chevelure, après sa chimiothérapie d'il y a cinq ans. Sa robe indigo au col haut et boutonné lui descend jusqu'aux chevilles. « Pour ce qui est de mépriser ceux qui cherchent à susciter ma curiosité, je suis une experte » – Holly jette une enveloppe sur la table – « mais ce que vous avez fait, c'est tellement grossier, intrusif et bizarre que vous êtes hors concours. Alors voilà, vous avez gagné. Me voici. En descendant Broadway, je me suis demandé à chaque carrefour : *Pourquoi accorderais-je ne serait-ce qu'une minute à cette tarée, cette embobineuse ?* Je ne sais pas combien de fois j'ai failli rebrousser chemin.

– Et qu'est-ce qui vous a retenue ? rétorqué-je.

– J'ai besoin de savoir une chose : si Hugo Lamb veut me contacter, pourquoi il ne fait pas comme tout le monde, en envoyant un e-mail à mon agent ? Pourquoi est-ce qu'il vous aurait écrit à vous pour vous envoyer ça » – elle tape sur l'enveloppe –, « cette photo trafiquée. Qu'est-ce qu'il s'imagine ? Qu'il va m'impressionner ? Ranimer une vieille flamme ? Si c'est ce qu'il croit, il risque d'être sacrément déçu.

– Vous ne voulez pas vous asseoir et commander un plat, pendant que je vous explique ?

– Ah, je ne crois pas, non. Je ne déjeune qu'avec mes amis.

– Eh bien un café, alors. On prend le café avec n'importe qui. »

De mauvaise grâce, Holly s'exécute. Je fais semblant de porter une tasse à mes lèvres et articule silencieusement le mot « café » à Nestor, dont la moue signifie : *J'arrive de suite*. « Pour commencer, dis-je à Holly, Hugo Lamb ne sait rien de tout ceci. Enfin, nous l'espérons. Il s'est d'ailleurs rebaptisé Marcus Anyder depuis des années.

– Alors si ce n'est pas Hugo Lamb qui vous a recontactée, comment pouvez-vous savoir qu'on s'est rencontrés il y a très longtemps dans une obscure station de ski en Suisse.

– L'un des nôtres réside dans l'Internet de l'Ombre. Prêter l'oreille à ce qui s'y raconte est en quelque sorte son travail.

– Mais vous. Vous êtes toujours ce docteur chinois mort en 1984 ? Ou bien une femme bien en vie ?

– Je suis tout cela. » Je dépose une carte de visite sur la table. « Dr Iris Marinus-Fenby. Psychiatre attachée aux hôpitaux de Toronto, quoique mes consultations dépassent ce périmètre. Et c'est vrai, jusqu'en 1984, j'étais Yu Leon Marinus. »

Holly retire ses lunettes, examine ma carte, puis me regarde avec dégoût. « Bon, vous n'allez pas me faciliter la tâche, alors allons-y : je n'ai pas revu Hugo Lamb depuis le 1er janvier 1992, alors qu'il n'avait qu'une vingtaine d'années, d'accord ? Il a sans doute la cinquantaine bien sonnée, aujourd'hui. Comme moi. Mais celui qui a manipulé cette photo montre un Hugo Lamb qui aurait toujours vingt-cinq ans à tout casser, avec les Tours-Hélices en toile de fond… construites en 2018. Et il a une paire d'iShades accrochée à son t-shirt de la coupe du monde du Qatar de 2022. Et la voiture. Les voitures ne ressemblaient pas à ça dans les années quatre-vingt-dix. Je les ai connues. Ce cliché a été trafiqué. J'ai deux questions : 1) pourquoi ? et 2) qui se donnerait tout ce mal ? »

Un gamin à la table voisine joue à une application 3D : un kangourou qui grimpe en sautant sur des séries de plates-formes qui défilent. C'est agaçant. « La photo a été prise en juillet dernier, réponds-je à Holly. Elle n'a pas été modifiée.

– Hugo Lamb a découvert la fontaine de Jouvence, alors ? »

Un jeune serveur pourvu du nez de boxeur catégorie poids lourd de Nestor passe en portant un T-bone qui crépite encore sur son assiette chaude. « La fontaine de Jouvence, non. Disons qu'il a plutôt découvert un lieu et un procédé. Hugo Lamb est devenu un Anachorète de la Chapelle du Vêpre en 1992. Depuis son intronisation, il n'a pas vieilli. »

Holly accuse le coup, gonflant les joues. « OK, très bien. Un mystère de moins. Mon coup d'un soir est devenu… allez, je balance le mot : "immortel".

– Immortel, mais sous certaines conditions, nuancé-je. Immortel seulement dans le sens où il ne vieillit pas. »

Holly est exaspérée. « Et personne n'a rien remarqué, bien entendu. À moins que, dans sa famille, on mette ça sur le compte des crèmes hydratantes et de la salade de quinoa.

– Ses proches croient qu'il est mort en 1996 dans un accident de plongée à Rabaul, en Nouvelle-Guinée. Allez-y, appelez-les. » Je donne à Holly une autre carte sur laquelle figure le numéro des Lamb à Londres. « Ou bien cherchez un de ses frères sur Shirabu, Alex ou Nigel, et demandez-le-lui. »

Holly me dévisage. « Hugo Lamb aurait simulé sa propre mort. »

Je bois un peu de cette eau du robinet. Elle a transité par de nombreux reins. « Ses nouveaux amis, les Anachorètes, se sont occupés de tout. Obtenir un certificat de décès sans avoir de cadavre à présenter est à s'arracher les cheveux, mais ils ont des années d'expérience.

– Arrêtez de faire comme si je vous croyais. Mais, qu'est-ce que c'est, les "anachorètes" ? Un truc du Moyen Âge, c'est ça ? »

J'acquiesce de la tête. « Un anachorète était une personne qui vivait recluse dans une cellule aménagée au sein d'une église. Un sacrifice humain vivant, si vous voulez. »

Nestor arrive. « Et un café. Dis, elle a faim, ton amie ?

– Non merci, répond Holly. Je… Je n'ai pas d'appétit.

– Allons, l'incité-je, vous êtes venue à pied de Columbus Circle.

– Je vous apporte un menu, tranche Nestor. Vous êtes végétarienne, comme votre amie ?

– Ce n'est pas mon amie, riposte Holly. Enfin, on vient tout juste de faire connaissance.

– Amie ou pas, juge le restaurateur, un corps, ça doit manger.

– J'y vais bientôt, annonce Holly. Il faut que je me dépêche.

– "Il faut que je me dépêche, il faut que je me dépêche." » Les poils de nez de Nestor lui sortent des narines par intermittence, telles des algues. « Trop pressée pour manger, trop pressée pour respirer. » Il tourne les talons puis fait volte-face. « Quoi d'autre, encore ? Trop pressée pour vivre ? » Il disparaît.

Holly persifle. « Bravo, grâce à vous, j'ai foutu en rogne ce vieux monsieur grec.

– Eh bien commandez-lui une moussaka. De mon point de vue de médecin, je trouve que vous ne mangez…

– Puisqu'on aborde le terrain de la santé, "docteur Fenby", je savais bien que votre nom me disait quelque chose. J'ai vérifié auprès de Tom Ballantyne, mon médecin de famille. Vous êtes venue chez moi à Rye au moment où j'étais sur le point de mourir d'un cancer. J'aurais pu vous faire radier de l'ordre des médecins.

– Si j'avais commis une faute professionnelle, je rendrais moi-même mon tablier. »

Elle est à la fois scandalisée et effarée. « Que faisiez-vous chez moi ?

– Je donnais des conseils à Tom Ballantyne. J'ai participé à des tests sur des anticorps conjugués à Toronto, et Tom et moi avons tous deux pensé que ce traitement avait une chance d'avoir un effet positif sur votre cancer de la vésicule biliaire. Cela a été le cas.

– Vous vous êtes présentée comme psychiatre, pas comme cancérologue.

– Je suis psychiatre, mais j'ai plusieurs cordes à mon arc.

– Donc si je vous suis, je vous dois la vie, c'est ça ?

– Pas du tout. Ou alors, en partie tout au plus. Guérir d'une telle maladie est un processus global, et bien que les anticorps conjugués aient contribué à la rémission de votre cancer, je soupçonne qu'un autre agent curatif est entré en ligne de compte.

– Donc… vous avez rencontré Tom Ballantyne avant mon diagnostic ? Ou alors… ou alors… Depuis combien de temps est-ce que vous me surveillez ?

– Je suis le cours de votre vie en pointillé depuis que votre mère vous a emmenée à l'hôpital de Gravesend pour une consultation en 1976.

– Non, mais vous vous entendez ? Et c'est votre boulot de soigner les gens qui hallucinent ou sont en plein délire ? Je vous le demande pour la dernière fois, pourquoi avez-vous envoyé une photo trafiquée d'un très bref petit ami du passé ?

– Je veux que vous envisagiez que les clauses du contrat de la vie stipulant que "Ce qui vit doit un jour mourir" puissent, en de rares circonstances, être renégociées. »

Toutes les voix du Santorini Café, tous les commérages, les plaisanteries, les minauderies, les jeux de séduction, les plaintes, deviennent à mes oreilles une chute d'eau acoustique.

Holly demande : « Vous ne seriez pas scientologue, docteur Fenby ? »

J'essaie de ne pas sourire. « Aux yeux de ceux qui croient en L. Ron Hubbard et à l'empereur galactique Xenu, les psychiatres sont bons à jeter aux égouts.

– L'immortalité » – elle baisse la voix –, « ça n'existe pas !

– Mais l'atemporalité, sous certaines conditions, est une réalité. »

Holly regarde autour d'elle, et même derrière. « Quelque chose ne tourne pas rond chez vous.

– C'est ce qui se disait à votre propos à l'époque où *Les Gens-de-la-radio* a été publié.

– Si je pouvais revenir en arrière, je n'écrirais pas ce maudit bouquin. De toute façon, ces voix, je ne les entends plus. Plus depuis que Crispin est mort. Mais ce ne sont pas vos oignons.

– Les prémonitions surgissent puis disparaissent, dis-je tandis que mon petit doigt dame la neige des grains de sucre éparpillés sur la table. C'est un mystère. Un peu comme les allergies ou les verrues.

– Pour moi, le vrai mystère, c'est que je sois encore ici à vous écouter.

– Devinez qui a initié Hugo Lamb aux arts occultes.

– Sauron. Voldemort. John Dee. Louis Cypher. Qui donc ?

– Une de vos vieilles amies. Immaculée Constantin. »

Holly efface la trace de rouge à lèvres sur sa tasse. « Je n'ai jamais connu son prénom. Dans mon livre, c'est juste Mlle Constantin. Et, dans ma tête, c'est la même chose. Alors pourquoi est-ce que vous lui inventez un prénom ?

– Je n'ai rien inventé. Ce prénom, c'est le sien. Hugo Lamb est un de ses meilleurs élèves. Un talentueux rabatteur doublé d'un incroyable psychosotéricien après seulement trois décennies d'allégeance à la Voie de l'Ombre.

– Docteur Iris Marinus-Fenby, sur quelle planète vivez-vous ?

– La même que la vôtre. Hugo Lamb s'occupe aujourd'hui de repérer des proies, comme à l'époque Mlle Constantin vous avait repérée, vous. Et si elle ne vous avait pas effrayée au point qu'en soit informé Yu Leon Marinus, lequel vous a alors immunisée, ç'aurait été vous et non pas Jacko qu'elle aurait enlevée. »

Nous sommes cernés de sonores bavardages et bruits de couverts.

Derrière, une fille est en train de rompre avec son petit ami en arabe égyptien.

« Là, j'ai… » Holly se pince l'arête du nez. « J'ai vraiment envie de vous frapper. Très fort. Quel genre de monstre êtes-vous ?

À vouloir à tout prix rendre les gens marteaux, violer leur vie privée, raconter vos salades… Je… Je… Je n'ai pas de mots pour décrire ce que vous êtes.

– Nous sommes sincèrement désolés de faire irruption dans votre vie, madame Sykes. Si nous avions le choix, nous ne serions pas venus.

– Qui ça, "nous", au juste ? »

Mon dos se redresse légèrement. « Les membres de l'Horlogerie. »

Holly pousse un long, très long soupir qui signifie : *Par où commencer ?*

« S'il vous plaît. » Je dépose une clé verte à côté de sa soucoupe. « Prenez ceci. »

Holly regarde l'objet, puis me regarde, moi. « Qu'est-ce que c'est ? Et pourquoi je devrais l'emporter ? »

Deux jeunes médecins aux yeux de zombies arrivent en trombe en discutant du pronostic d'un patient. « Cette clé vous donne accès à des réponses et preuves auxquelles vous avez droit et dont vous avez besoin. Quand vous aurez poussé la porte, montez l'escalier jusqu'au jardin sur le toit. Je vous y attendrai, en compagnie d'un ou deux amis. »

Elle finit son café. « Mon vol est prévu demain à quinze heures. Je compte bien le prendre et rentrer chez moi. Gardez-la, votre clé.

– Holly, lui dis-je doucement, je sais bien que, à cause des *Gens-de-la-radio*, vous avez eu affaire à une intarissable cohorte d'hurluberlus. Je sais bien qu'on vous a déjà appâtée en vous parlant de Jacko. Mais, par pitié, prenez cette clé. Juste au cas où je ne vous raconterais pas de bobards. Il n'y a qu'une chance sur mille pour que ce soit vrai, je sais, mais prenez-la quand même. Jetez-la une fois arrivée à l'aéroport, si vous voulez, mais prenez-la. Cela ne vous coûte rien. »

Elle soutient mon regard un instant, puis repousse la tasse vide et la soucoupe, se lève, prend la clé et la met dans son sac à main. Elle dépose deux dollars sur la photo d'Hugo Lamb. « Comme ça, je ne vous dois rien, marmonne-t-elle. Et ne m'appelez pas "Holly". Au revoir. »

5 AVRIL

Dans le limon des rêves, mes agresseurs me barraient les sorties, jusqu'à ce que je ne puisse plus m'échapper qu'en montant. Je ne sais plus quel moi je suis ; et puis je vois le « 05:09 » de ma veilleuse projeté dans l'obscurité surchauffée. Le 119A. À plus d'un kilomètre et demi de Central Park, au neuvième étage de l'Empire Hotel, Arkady s'apprête à inoculer un rêve dans le sommeil de Holly Sykes tandis qu'Ôshima monte la garde. J'espère que l'intervention de mon confrère ne sera pas nécessaire. Je m'agace de devoir rester ici, mais si je les rejoignais à l'Empire Hotel, je risquerais de déclencher l'assaut tant redouté. Les minutes se traînent : je passe au crible le brouhaha noctambule new-yorkais, y cherchant un sens…

En vain. J'allume ma lampe de chevet et scrute la pièce. L'urne vietnamienne, le parchemin du singe qui étudie son propre reflet, le clavecin de Nagasaki de Lucas Marinus, cadeau de Xi Lo après une exténuante et improbable traque… Je m'installe dans le *De rerum natura* de Lucrèce, mais mes pensées, si ce n'est mon âme, restent à plus d'un kilomètre à l'ouest d'ici. Maudite et interminable guerre. Les jours de faiblesse, je me demande pourquoi nous autres, Atemporels de l'Horlogerie qui héritons de nos capacités de résurrection à notre venue au monde et possédons ce pour quoi les Anachorètes tuent alors qu'ils n'en obtiennent finalement qu'une version pervertie, pourquoi ne nous retirons pas du conflit ? Pourquoi risquons-nous tout pour des inconnus qui, en cas de victoire comme en cas de défaite, ne sauront jamais ce que nous avons fait pour eux ? J'interroge ce singe perturbé par son reflet : « Pourquoi ? »

Le Saint-Esprit a visité Oscar Gomez lors de la dernière messe dominicale donnée à son église pentecôtiste de Vancouver, pendant que les membres de sa congrégation récitaient le psaume 139. Quelques heures plus tard, l'intéressé a décrit son expérience à mon ami Adnan Buyoya, lui expliquant qu'il « savait ce que le cœur de ses frères et sœurs chrétiens recelait, les péchés dont ils devaient se repentir et qu'ils devaient expier ». Avec l'inébranlable conviction que Dieu l'avait gratifié de ce don, Gomez s'est alors employé à exécuter sans délai l'œuvre du Seigneur. Il a emprunté la ligne Skytrain et est descendu devant le Metropolis, vaste centre commercial en pleine ville, à l'entrée duquel il s'est mis à prêcher. Bien qu'on ignore ou qu'on se moque davantage des prêcheurs de rue des grandes villes anciennes qu'on ne les écoute, les gens se sont rapidement agglutinés autour de ce petit et très sérieux Canadien d'origine mexicaine. Les inconnus qui passaient par là se révélaient pour la plupart être subjugués par de déroutants faits très précis évoqués par Gomez. Ce dernier a exhorté par exemple un homme à reconnaître être le père de l'enfant de sa belle-sœur Bethany. Il a ordonné à une coiffeuse de restituer les quatre cents dollars ponctionnés dans le tiroir-caisse de son patron au Curl Up & Dye. A déclaré à Jed, un jeune homme déscolarisé, que, en cultivant du cannabis dans l'abri de jardin de sa pauvre grand-mère, sa vie prenait un mauvais tour et il finirait tôt ou tard en prison. Bouche bée, certains pâlissaient et prenaient la fuite. D'autres se mettaient en colère, l'accusant d'avoir piraté leurs tablettes ou de travailler pour la NSA, ce à quoi il répondait : « Ce sont toutes nos vies qui sont sous la surveillance du Seigneur. » Plusieurs ont commencé à pleurer et demander pardon. Au moment où les agents de sécurité du centre commercial sont arrivés afin d'expulser Gomez, plusieurs douzaines de tablettes filmaient déjà la scène, tandis qu'un cordon de passants entourait le « prophète de Washington Street » afin de le protéger. La police municipale a été appelée à la rescousse. Ont été postées sur YouTube des vidéos montrant Oscar Gomez exiger d'un des agents qu'il admette avoir piétiné, trois jours plus tôt, la tête d'un immigré érythréen dont il a donné le nom, tandis qu'il enjoignait à l'autre policier de solliciter de l'aide pour se défaire de son addiction à la pornographie infantile, accusation étayée par la divulgation de l'identifiant de connexion de l'intéressé et du site russe fréquenté. Nous ne pouvons que spéculer sur la teneur de la conversation qui a suivi dans la camionnette, mais la destination – initialement le commissariat central du secteur – a, au bout du compte, été l'hôpital psychiatrique de Coupland Heights.

Je te le promets, Iris, m'a raconté le soir même Adnan dans un e-mail, *en arrivant dans la salle d'entretien, mes premières pensées ont été :* Un prophète, lui ? Ce type m'a l'air encore plus sérieux que mon comptable. *Du tac au tac, comme si je m'étais exprimé à voix haute, il m'a répondu : « Mon père était comptable, docteur Buyoya, peut-être tiens-je cela de lui. » Comment veux-tu effectuer une évaluation, après une chose pareille ? J'ai d'abord cru (espéré ?) avoir pensé tout haut, mais Oscar Gomez a évoqué des événements de mon enfance rwandaise dont je n'ai parlé qu'à toi ou à mon analyste pendant mes années de formation.* Dans le deuxième e-mail d'Adnan, reçu deux heures plus tard, les patients de Coupland Heights vénéraient le nouveau venu qui, à leurs yeux, était un dieu. *On se croirait dans « Le cas Voorman »*, a-t-il commenté, en référence à une nouvelle de Crispin Hershey que nous trouvions admirable. *Je sais de quoi mes grands-parents qualifieraient Gomez en yoruba, mais si je commence à parler de sorcellerie en anglais, je vais perdre mon boulot. S'il te plaît, Iris, peux-tu m'aider ?*

Veni, vidi, non vici. Quand j'ai réussi à localiser ma voiture dans l'immense parking balayé par la pluie, j'étais trempée, et, en grimpant dans le véhicule, j'ai filé mon collant. J'étais également rongée par la colère, le désespoir et un sentiment d'impuissance. J'avais échoué. Mon appareil s'est mis à gazouiller : un message était arrivé.

trop tard marinus. mme gomez t a t elle crue ?

Tel un Rubik's Cube se résolvant de lui-même, les réponses et les implications s'alignaient toutes seules. En premier lieu desquelles : mon appareil avait été piraté par un Carnivore, un Anachorète imprudent et sans doute encore inexpérimenté qui venait me narguer, laissant transparaître son identité. Je lui ai répondu, bluffant à moitié :

> hugo lamb a enterre vive sa conscience mais elle n est pas tout a fait morte

Il y avait une bonne chance pour que le « saint Marc » qui avait promis à Oscar Gomez de gravir l'échelle de Jacob avec lui fût Marcus Anyder – nom d'Anachorète d'Hugo Lamb. Pendant une, deux, trois minutes, mon appareil n'a pas quitté la paume trempée de ma main. Mais juste au moment où je jetais l'éponge, un message est arrivé.

> laisse la conscience aux horloges d os marinus, pauvre petite femme battue

Mon coup de bluff avait fonctionné, à moins qu'on cherchât à me bluffer en retour. Mais non : un Carnivore qui distille les âmes en solitaire n'aurait pas résisté au plaisir de me mettre le nez dans mon erreur ; de plus, ce « femme battue » cadre bien avec la misogynie figurant dans le profil d'Hugo Lamb tel qu'établi par L'Ohkna. Alors que je méditais sur la meilleure façon d'exploiter cette communication à laquelle sans doute ni Constantin ni Pfenninger n'avaient donné leur aval, un troisième message est tombé :

> regarde ton avenir marinus regarde dans le rétroviseur

Par instinct, je me suis baissée et j'ai orienté le rétroviseur jusqu'à ce que je puisse voir la vitre arrière, constellée de gouttes. J'ai mis le contact et activé l'essuie-glace arrière, afin de nett…

La vitre côté passager a explosé en mille petits grêlons, et le rétroviseur central s'est transformé en supernova de plastique et de verre craquelée. Un éclat de la taille d'une rognure d'ongle s'est logé dans ma joue.

Effrayée, je me suis baissée. Une partie logique de mon esprit affirmait que si le tireur d'élite avait voulu me tuer, je serais déjà en train de contempler le Vêpre. Mais je suis néanmoins restée tapie quelques minutes de plus. L'atemporalité neutralise certes le poison de la mort, mais elle n'en supprime pas la morsure ; c'est pourquoi l'instinct de survie a la dent dure, même parmi nous.

Voilà pourquoi nous menons cette guerre, me rappelé-je quatre jours plus tard au 119A.

La fenêtre de ma chambre vire au gris, comme sous une croûte de glace. Nous nous mêlons de cette affaire à cause d'Oscar Gomez, de sa femme et de ses trois enfants. Parce que personne d'autre ne croirait aux animacides commis par un gang de voleurs d'âmes comme les Anachorètes ou les loups solitaires qui travaillent « en indépendant ». Parce que si nous nous contentions de passer nos méta-existences à amasser les richesses de tous les empires et à nous enivrer des opiacés que sont l'argent et le pouvoir, tout en ayant conscience de ce qui se déroule sans pour autant agir, nous nous ferions les complices du psychomassacre de gens innocents.

Mon appareil vrombit. C'est la sonnerie d'Ôshima. J'empoigne l'appareil comme un candidat fébrile, le laisse tomber, le ramasse, puis lis :

> C'est fait. Pas d'incident. Arkady est en train de revenir. Vais prendre Mince Espoir en filature.

Mes poumons s'emplissent d'oxygène et d'un soulagement bienvenu. Le temps de la Seconde Opération se rapproche. La lumière du jour sourd par les bords de la fenêtre. L'antique plomberie du 119A tremble et claque. J'entends des pas, une chasse d'eau et les portes d'un placard. Deux ou trois chambres plus loin, Sadaqat est réveillé.

« Sauge, romarin, thym… » Sadaqat, notre gardien, homme à tout faire et traître supposé, arrache une mauvaise herbe des bacs surélevés. « J'avais aussi planté du persil, mais le gel tardif l'a tué. Certaines herbes sont plus vulnérables que d'autres. Je retenterai ma chance. Le persil est riche en fer. Ici, j'ai planté les oignons et les poireaux – des variétés rustiques – et j'ai de grands espoirs pour la rhubarbe. Vous vous souvenez, docteur ? Nous en cultivions à l'hôpital Dawkins.

– Je me souviens des tartes », lui réponds-je.

Nous parlons doucement. Malgré la pluie fine et une nuit de travail, Arkady, mon confrère Horloger, pratique son taï-chi au milieu du myrte et de l'hamamélis qui occupent le toit-terrasse. « Il y aura ici un carré de fraises, annonce Sadaqat en tendant le doigt, et comme les abeilles sont bien rares ici, dans l'East Side, il faudra que je pollinise les trois cerisiers en fleur au pinceau. Regardez ! Là, un cardinal rouge sur l'érable palmé. J'ai acheté un livre sur les oiseaux, je sais de quoi je parle. Ces oiseaux sur le toit du cloître, ce sont des tourterelles tristes. Et il y a des sturnidés qui nichent au-dessus de la gouttière, là-bas. À cause d'eux, j'ai souvent recours au balai-brosse, mais leur fiente constitue un riche engrais, alors je ne me plains pas. Là, c'est le coin des plantes odorantes : chimonanthes, fleurs de cire, et ces branches épineuses deviendront bientôt des roses parfumées. Le treillis est destiné au chèvrefeuille et au jasmin. »

Je remarque que ses intonations montantes et descendantes de Britannique d'origine pakistanaise s'aplatissent. « Vraiment, vous avez accompli des miracles. »

Notre gardien ronronne. « Les plantes ne demandent qu'à pousser. Il suffit de leur donner une chance.

– Nous aurions dû songer à aménager un jardin ici depuis longtemps.

– Vous êtes trop occupée à sauver des âmes pour penser à ces choses-là, docteur. Il a fallu consolider la toiture, ce qui n'a pas été une mince affaire… »

Méfie-toi, m'avertit en subdiscours Arkady, *il risque de te parler de murs porteurs et d'IPN jusqu'à t'en ôter le goût de vivre.*

« … mais j'ai engagé un ingénieur polonais qui a proposé de monter une structure porteu…

– Une oasis de calme, l'interrompé-je, que nous chérirons pendant des années.

– Voire des siècles, pour vous autres Horlogers, rectifie Sadaqat, balayant les gouttelettes de brume qui se sont accumulées sur sa chevelure grisonnante.

– Espérons-le. » À travers un claustra en fer forgé placé dans un encadrement du mur du cloître, nous regardons la rue, quatre étages plus bas. Les voitures roulent au pas et klaxonnent en vain. Les parapluies les dépassent, s'écartant afin d'ouvrir un chemin aux joggeurs à contre-courant. À notre hauteur, dans le bâtiment d'en face, bien plus élevé, une vieillarde qui porte une minerve arrose les soucis de sa jardinière. Les gratte-ciel new-yorkais disparaissent dans les nuages aux alentours du trentième étage. Si, aujourd'hui, King Kong se trouvait au sommet de l'Empire State Building, personne à notre modeste altitude n'y croirait.

« Le taï-chi de M. Arkady, murmure Sadaqat, me rappelle quand vous faites de la magie. Vous savez, la façon dont vous dessinez dans le vide. » Nous observons Arkady. Malgré son allure de grand Hongrois dégingandé à queue-de-cheval, le maître d'arts martiaux vietnamien de son existence précédente, d'une certaine manière, transparaît encore.

Je demande à mon ancien patient : « Êtes-vous toujours satisfait de votre vie, ici ? »

Sadaqat s'alarme. « Oh oui ! Si j'ai fait quelque chose de mal…

– Non. Pas du tout. Simplement, je me dis parfois que nous vous privons d'amis, d'une compagne, d'une famille… des attributs d'une vie normale. »

Sadaqat ôte ses lunettes et les nettoie sur sa chemise en velours côtelé. « Ma famille, c'est l'Horlogerie. Une compagne ? Je préfère me mettre au lit avec *The Daily Show* sur ma tablette ou un roman de Lee Child et une tasse de camomille. Une vie normale ? » Brève inspiration par le nez. « J'ai votre cause, une bibliothèque à explorer, un jardin à entretenir, et ma poésie devient un peu moins abominable. Je vous le jure, docteur, tous les jours en me rasant, je dis à mon reflet dans le miroir : "Sadaqat Dastaani, tu es le plus chanceux des Britanniques d'origine pakistanaise schizophrènes, dégarnis et vieillissants que compte Manhattan."

– Si d'aventure » – je m'efforce de prendre un air détaché – « vous changiez d'avis…

– Non, docteur Marinus. J'ai accroché mon wagon au train de l'Horlogerie. »

Prudence, me met en garde Arkady, *il va finir par croire que tu as quelque chose à te reprocher.*

Je ne peux pas non plus totalement battre en retraite. « Pensez à la Seconde Opération, Sadaqat. Nous ne pouvons garantir la sécurité de personne. Ni la vôtre ni la nôtre.

– Si vous voulez que je quitte le 119A, docteur, servez-vous de votre tricotage magique, parce que je ne sauterai pas du bateau de mon propre chef. Les Anachorètes se repaissent des gens psychiquement vulnérables, n'est-ce pas ? Si j'avais hérité du type » – il se tapote la tête – « d'âme qui leur convient, ils m'auraient enlevé, n'est-ce pas ? Bien. La guerre que mène l'Horlogerie est la mienne. Certes, je ne suis qu'un pion, mais il suffit parfois d'un seul pion pour faire basculer une partie d'échecs. »

Marinus, notre invitée arrive, m'informe Arkady.

La conscience meurtrie, je m'incline : « Vous avez gagné. »

Notre gardien sourit. « Je m'en réjouis, docteur.

– Notre invitée est arrivée. » Nous retournons à la grille en fer forgé et regardons en contrebas Holly, qui porte son turban jamaïcain. En face, on discerne la silhouette d'Ôshima dans la pièce située au-dessus de l'atelier du luthier. *Je vais surveiller la rue*, propose-t-il, *au cas où des intéressés passeraient par ici.* Holly se rapproche de la porte, munie de la clé verte que je lui ai donnée la veille au café Santorini. C'est une bien étrange matinée que vit cette Anglaise.

Sur la branche d'un saule très proche de mon épaule, un merle aux ailes rouges et au plumage ébouriffé chante des arpèges en boucle.

« Le joli petit diable que voilà », chuchote Sadaqat.

Je prends la parole en premier. « Nous vous attendions, madame Sykes. Comme on dit.

– Bienvenue au 119A. » La voix d'Arkady vacille, secouée par un trémolo râpeux d'adolescent.

« Vous êtes en sécurité, madame Sykes, dit Sadaqat. N'ayez pas peur. »

Holly est toute rouge de sa montée, mais en voyant Arkady, ses yeux s'écarquillent. « Ça alors, c'est vous qui… c'est vous… c'est bien vous, n'est-ce pas ?

– Oui, et je vous dois des explications », lui concède Arkady.

Dans une ruelle, un chien aboie. Holly tremble. « Je vous ai vu en rêve. Ce matin ! Vous êtes exactement pareil. Comment est-ce que vous avez fait ?

– C'est mon acné, hein ? » Arkady se caresse les joues. « Elle marque les esprits.

– Mon rêve ! Vous étiez à mon bureau, dans ma chambre d'hôtel…

– J'ai écrit l'adresse sur le bloc-notes. » Arkady retrace les événements. « Puis je vous ai demandé de prendre la clé verte remise par Marinus et de venir ici. Je vous ai même dit : "À dans deux heures." Et nous voilà réunis. »

Holly nous regarde tour à tour, moi, Arkady, Sadaqat, puis à nouveau moi.

« L'inoculation de rêves est un des talents d'Arkady.

– Mon champ d'action est minable, intervient mon collègue, d'une orgueilleuse modestie. Ma chambre était en face de la vôtre dans le couloir, madame Sykes, je n'ai pas eu besoin de transverser bien loin. Ensuite, une fois que mon âme a regagné mon corps, j'ai filé jusqu'ici. En taxi. Notre code de conduite nous interdit d'inoculer des rêves aux civils, mais vous aviez, d'une certaine façon, besoin d'obtenir une preuve des élucubrations de Marinus l'autre jour, et comme nous sommes en guerre, nous avons malgré tout inoculé votre rêve. J'espère que vous voudrez bien nous pardonner. »

Holly est nerveuse et perdue. « Mais qui êtes-vous ?

– Moi ? Arkady Thaly, c'est mon nom dans cette vie. Bonjour. »

Dans le nuage bas, un avion se traîne.

« Et je vous présente notre gardien, dis-je en me tournant vers Sadaqat. M. Dastaani.

– Oh, c'est trop d'honneur pour le domestique que je suis, intervient Sadaqat. Et je suis comme vous, normal – enfin, normal... Appelez-moi Sadaqat. Cela se prononce "Sa-daa-queute", il faut accentuer le "daa". Dites-vous que je suis une version à demi pakistanaise d'Alfred. » Holly ne paraît pas plus avancée. « Alfred, le majordome de Batman. Je m'occupe du 119A quand mes patrons s'absentent. Je cuisine. Je crois savoir que vous êtes végétarienne, n'est-ce pas ? Les Horlogers le sont également. "Le corps et l'esprit"... » – il agite les doigts dans les airs – « ce doit être cela. Qui a faim ? Je maîtrise désormais les œufs Bénédicte au tofu fumé, le petit-déjeuner qu'il vous faut après une matinée aussi déroutante. Puis-je vous tenter ? »

La galerie située au premier étage du 119A est dominée par une table ovale en noyer déjà présente quand Xi Lo avait acheté la maison dans les années 1890. Les chaises, qui datent de différentes époques, sont dépareillées. Une lumière laiteuse pénètre par les trois fenêtres en ogive. Les peintures sur les grands murs ont été offertes par les artistes eux-mêmes à Xi Lo ou Holokai : une aube qui empourpre le désert signée Georgia O'Keeffe, une vue de Port Radium par A. Y. Jackson, *Coucher de soleil sur le pont du roi Saint-Louis* de Diego Quispe Tito, et *Tapineuse et micheton au Marble Cemetery de New York*, de Faith Nulander. Sur un côté, on trouve l'*Allégorie du triomphe de Vénus*, du Bronzino. La toile vaut plus que l'immeuble et ses voisins réunis. « Je le connais, celui-ci, dit Holly en regardant l'œuvre. L'original est à la National Gallery de Londres. J'y allais souvent pendant mes pausesdéjeuner quand je travaillais au centre d'hébergement de l'église St Martin-in-the-Fields.

– Effectivement », réponds-je. Elle n'a pas besoin de savoir que l'original, ici présent, a été échangé contre une copie à Vienne en 1860. Et puis, Holly, de toute façon, est passée à l'indigne camarade du Bronzino, *Autoportrait de Yu Leon Marinus*, peint en 1969. Holly, qui reconnaît ce visage, se tourne vers moi et me lance un regard accusateur. Je hoche la tête, penaude. « C'est une absurdité et un geste bien arrogant de l'avoir accroché à côté d'une œuvre si prestigieuse, mais Xi Lo, le fondateur de notre société, y a tenu. Si nous le laissons là, c'est pour respecter sa volonté. »

Sadaqat, qui porte un plateau, entre par la porte de l'astrolabe. Personne n'a le cœur à manger des œufs Bénédicte. Il demande : « Où vous assiérez-vous ? » Holly choisit le fauteuil gondole au bout de la table, tout près de la sortie. Sadaqat interroge l'invitée : « Un thé Irish breakfast, madame Sykes ? Votre mère est irlandaise, il me semble.

– Elle l'était, c'est vrai, lui répond Holly. C'est parfait, merci. »

Sadaqat dépose une théière et des tasses à motif chinois, un petit pot de lait et un sucrier sur un napperon. Mon thé vert infuse dans une théière en fer noir que possédait Choudary Marinus, il y a deux « moi » de cela. Arkady boit un bol de café. Sadaqat dépose une bougie allumée dans une coupe en verre teinté en guise d'ornement central. « Cela éclairera un peu la pièce. La lumière y est parfois un peu lugubre. »

Dans un univers parallèle, Sadaqat est sans doute un ayatollah de la décoration, plaisante Arkady en subdiscours.

« C'était ce qui nous manquait, Sadaqat », commenté-je. Il quitte la pièce, satisfait.

Holly croise les bras. « Vous feriez bien de commencer. Je suis trop…

– Nous vous avons invitée ce matin, me lancé-je, pour vous parler de nous et de notre cosmogonie. Des Atemporels et des psychosotériciens. »

On a l'impression d'être au séminaire d'une entreprise, Marinus, intervient Arkady en subdiscours.

« Une minute : vous m'avez perdue à "Atemporels".

– Si on nous poignarde, nous saignons, explique Arkady qui tient son bol des deux mains. Si on nous chatouille, nous rions ; si on nous empoisonne, nous mourons. Mais, après notre mort, nous revenons. Marinus ici présente a vécu la chose… C'est ta trente-neuvième vie, c'est bien ça ?

– La quarantième, si on inclut la pauvre Heidi Cross dans son bungalow près de l'île de Sheppey. » Je remarque que Holly me dévisage, s'attendant à découvrir que j'ai une deuxième tête ou à ce que je pousse un gloussement hystérique.

« Moi qui n'en suis qu'à ma cinquième incarnation, poursuit Arkady, je suis encore un bleu. Mourir me fiche encore une frousse terrible, quand je flotte dans le Vêpre, au-dessus des Dunes…

– Quel vêpre de quoi ? demande Holly. Quelles dunes ?

– Le Vêpre avec un grand V, lui répond Arkady. L'endroit entre la vie et la mort. C'est ce qu'on voit du haut de la Grande Crête. La vue est magnifique et effrayante. Toutes les âmes, ces lueurs faibles qui transitent, poussées par un vent de terre vers la Dernière Mer. Il ne s'agit pas d'une vraie mer, bien sûr, mais…

– Attendez, attendez. » Holly se penche en avant. « Vous êtes en train de me dire que vous êtes déjà morts ? Que vous avez déjà vu de vos yeux ce que vous racontez ? »

Arkady porte le bol à sa bouche, puis s'essuie les lèvres. « Oui, madame Sykes. À vos deux questions. Mais le vent de mer repousse nos âmes dans l'autre sens, qu'on le veuille ou non. Nous repassons au-dessus de la Grande Crête, retournons dans la Lumière du jour, et puis nous entendons un bruit… c'est comme si toute une ville tombait du ciel et que tout ce qu'elle contenait se fracassait. » Arkady s'en remet à moi : « C'est juste, comme description, non ?

– Cela fera l'affaire. Puis nous nous réveillons dans un nouveau corps – celui d'un enfant – qui, en général, a un besoin urgent d'être soigné et qui vient d'être déserté par son ancien propriétaire.

– Au café » – Holly se tourne vers moi –, « vous disiez que la clique d'Hugo Lamb, les Anachorètes, sont immortels mais “sous certaines conditions”. Vous êtes pareils qu'eux ?

– Non. Nous sommes involontairement pris dans cette spirale de résurrections. Nous ne savons ni comment ni pourquoi cela tombe sur nous. Nous n'avons jamais cherché à ce que cela nous arrive. Notre premier moi est mort d'une façon conventionnelle, nous avons alors vu le Vêpre tel qu'Arkady l'a décrit, puis, quarante-neuf jours plus tard, nous étions revenus.

– Et depuis » – Arkady défait et refait sa queue-de-cheval –, « rebelote à chaque fois. Notre deuxième corps a grandi, vieilli, est mort : bam, retour à la case Vêpre ; et zou, quarante-neuf jours plus tard, on se réveille sur terre, dans le corps d'une personne de l'autre sexe, histoire de bien foutre la merde dans notre tête. »

Ce n'est pas parce que tu jures que tu es davantage crédible, le réprimandé-je. « Ce qu'il faut retenir, dis-je à Holly, c'est que personne ne paie le prix de notre atemporalité. Le coût de celle-ci est intégralement à notre charge. Nous sommes en quelque sorte des herbivores. »

Dans la rue en bas, nous entendons des crissements de pneus.

« Alors que les Anachorètes sont tous carnivores ? demande Holly.

– Tous sans exception. » Le doigt d'Arkady tourne autour de son bol.

Holly se frotte les tempes. « Ce sont donc… quoi, des vampires ? »

Arkady grogne. « Des vampires : allons bon, ça recommence.

– Ces carnivores ne sont vampires que d'un point de vue métaphorique, réponds-je à Holly. Ils ont l'air aussi normaux ou anormaux que n'importe quel sous-ensemble de la population terrestre – plombiers, banquiers ou diabétiques, que sais-je. C'est dommage, d'ailleurs, car s'ils avaient ressemblé aux méchants des films de David Lynch, notre travail en aurait été grandement facilité. » J'inhale les vapeurs amères de mon thé vert et réponds par anticipation à la question qui suivra. « Ils se nourrissent d'âmes, madame Sykes. Les Carnivores les distillent, ce qui nécessite d'enlever des gens, de préférence des enfants » – je soutiens son regard, lequel est, cette fois, déstabilisé par le souvenir de Jacko –, « et donc, de les tuer, hélas.

– Ce qui n'est pas joli-joli, poursuit Arkady. C'est pourquoi Marinus, moi et d'autres personnes qu'on ne remercie jamais – des Atemporels pour la plupart, mais aussi quelques collaborateurs mortels –, nous nous chargeons de… de les mettre hors d'état de nuire. Les Carnivores solitaires nous donnent rarement du fil à retordre : ils s'imaginent qu'ils sont seuls, comme des voleurs à l'étalage persuadés que les vigiles de supermarché, ça n'existe pas. Là où le bât blesse – et c'est ce qui a déclenché notre Guerre –, c'est quand ils chassent en meute.

– C'est pourquoi nous sommes réunis ici, madame Sykes. » Je sirote mon thé. « À cause d'un groupe d'individus bien précis. "Les Anachorètes de la Chapelle du Vêpre du Cathare Aveugle du monastère des thomasiens du col du Sidelhorn".

– Ça ne tiendrait pas sur une carte de visite. » Arkady croise les doigts, retourne les mains et lève les bras. « Les Anachorètes, pour les intimes.

– Le Sidelhorn est une montagne suisse, commente Holly.

– Et la franchir n'est pas une mince affaire, remarqué-je. Le Sidelhorn prête également son nom à un col du nord de l'Italie, une route déjà ancienne à l'époque où les légions romaines l'arpentaient. À partir du neuvième siècle et jusqu'à la dernière année du dix-huitième siècle, un monastère thomasien du Valais, sur le côté suisse du col, servait d'auberge. C'est là que, vers 1210, un personnage surnommé le Cathare Aveugle s'est ontologiquement changé en conduit menant au Vêpre. »

Holly scrute ce fragment d'histoire. « Le Vêpre dont le territoire se trouve entre…

– Entre la vie et la mort, complète Arkady. Bien, vous suivez. »

Holly demande : « Qu'est-ce qu'un cathare ?

– Les cathares étaient des hérétiques dans le Languedoc du douzième et du treizième siècle, réponds-je. Ils défendaient un dogme selon lequel le monde n'avait pas été créé par Dieu mais par le diable, que la matière était maléfique et que Jésus, étant homme, ne pouvait être le Fils de Dieu. La papauté réprouvait cela. En 1198, Innocent III proposa de mener une campagne de confiscation de leurs terres, plus connue par la suite sous le nom de croisade des albigeois. Le roi de France, déjà engagé dans un autre conflit, donna carte blanche à ses barons des régions du Nord pour que ceux-ci envoient leurs troupes dans le Sud, déciment les cathares, se saisissent de leurs terres et soumettent au nom du roi cette région rebelle. Mais l'hérésie est de nature scissipare. Et donc ce qui fut écrasé, se divisa. Entre 1205 et 1206, notre Cathare Aveugle avait trouvé refuge dans un monastère thomasien dans le lointain canton du Valais, d'après nos suppositions. Pourquoi le Sidelhorn, nous l'ignorons. Son nom nous est également inconnu. Pourquoi cette urgence à se fondre dans la matière, dans le noumène, le logos, l'esprit, l'âme, le Vêpre, nous ne le savons pas davantage. Il n'apparaît que dans une seule source historique. Le récit de l'inquisition épiscopale de Mathilde de Magdebourg remonte à environ 1270 ; elle y décrit comment, en 1215, l'Inquisition a condamné à mort le Cathare Aveugle du monastère du col de Sidelhorn pour sorcellerie. La nuit précédant son exécution, il était enfermé dans une cellule du monastère. À l'aube » – je songe à Oscar Gomez –, « il s'était volatilisé. Mathilde de Magdebourg en avait alors conclu que Satan, le suzerain de cet hérétique, avait veillé sur lui.

– Ne vous inquiétez pas, intervient Arkady, nous ne faisons pas dans le satanisme.

– Le cours d'histoire est presque terminé, promets-je. Quoi qu'en ait dit l'Inquisition, la Terre continua de tourner jusqu'en 1799. » Je pose le bout des doigts sur la théière de fer. « D'un trait de plume, Napoléon fit fusionner les cantons suisses en une république helvétique unique. Mais tous les Suisses n'appréciaient pas d'être ainsi réduits à un état inféodé à la France. Aussi, quand les promesses de liberté religieuse furent foulées aux pieds, nombreux furent ceux qui se mirent à brûler les églises et à se retourner contre les maîtres nouvellement désignés par Paris. Les ennemis de Napoléon attisèrent les flammes, et, au début du mois d'avril, une troupe d'artilleurs autrichiens s'aventura sur le col de Sidelhorn depuis le Piémont. Deux cents fûts de poudre à canon étaient entreposés dans l'étable du monastère, et, par négligence ou sabotage, y explosèrent. Le monastère fut en grande partie détruit et un éboulement emporta le pont qui permettait de franchir le ravin en contrebas. L'événement ne représente qu'une note de bas de page dans l'épopée des guerres de la Révolution française, mais, dans la lutte que nous menons, nous, cette explosion équivaut à l'assassinat de l'archiduc François-Ferdinand à Sarajevo. Les ondes de choc ricochèrent et parvinrent à la Chapelle du Vêpre, figurez-vous, et le long sommeil du Cathare Aveugle prit fin. »

L'horloge posée sur la cheminée frappe huit délicats petits coups.

« L'ordre des thomasiens n'était déjà plus que le fantôme de ce qu'il était avant sa réforme : l'argent, les moyens et la volonté nécessaires à la reconstruction de ce bastion manquaient. Le gouvernement helvète de Zurich vota cependant la restauration du pont de Sidelhorn et la mise en place d'une garnison destinée à protéger ce col d'une importance stratégique capitale. Un dénommé Baptiste Pfenninger, ingénieur à Martigny, fut envoyé sur place afin de superviser les travaux. Au cours d'une nuit à la fin de l'été, tandis que, dans sa chambre au camp de la garnison, Pfenninger cherchait le sommeil, il entendit une voix l'appeler. Une voix à la fois lointaine et toute proche. La porte était verrouillée de l'intérieur, mais toujours est-il que Pfenninger vit au pied de son lit onduler une frange d'air. L'ingénieur la toucha du bout des doigts. Il constata que cette frange d'air s'écartait, tel un rideau, et qu'il y avait derrière elle une pièce circulaire et un grand cierge du type de ceux qu'on trouve devant les autels catholiques ou orthodoxes. Derrière, des dalles de pierre s'élevaient dans les ténèbres. Baptiste Pfenninger était un homme rationnel, sobre et sain d'esprit. Sa chambre était au deuxième et dernier étage d'un bâtiment. Et pourtant, il traversa cet impossible rideau d'air baptisé, soit dit en passant, le

Sas, et gravit les invraisemblables marches. Est-ce que, jusqu'ici, vous tenez le coup, madame Sykes ? »

Holly a le pouce logé dans sa clavicule. « Je ne sais pas. »

Arkady tripote ses boutons, bien content de me laisser la parole.

« Baptiste Pfenninger devint le premier visiteur de la Chapelle du Vêpre. Il y trouva le portrait, ou plutôt l'icône du Cathare Aveugle. Lequel n'avait pas d'yeux, mais alors, tandis que Pfenninger se tenait devant et le regardait fixement – ou que l'icône le regardait, lui –, il vit apparaître sur le front du personnage un point, la pupille d'un œil dépourvu de paupière et qui…

– J'ai vu ce que vous racontez ! Qu'est-ce que c'est ? »

Je me tourne vers Arkady qui, pour toute réponse, hausse les épaules. « C'est ce qui se produit avec l'icône du Cathare Aveugle, juste avant que celle-ci ne commence à distiller une âme. »

Dans une urgence renouvelée, Holly s'adresse à moi. « Écoutez-moi. Le week-end où Jacko a disparu… Ce point sur un front qui se transforme en œil… J'ai… J'ai… J'ai eu une hallucination dans un passage souterrain près de Rochester. Je ne l'ai pas raconté dans *Les Gens-de-la-radio*, ça donnait trop l'impression d'un mauvais trip sous LSD. Mais c'est arrivé. »

En subdiscours, Arkady me demande : *Et si Xi Lo lui avait envoyé un filin d'images pendant la Première Opération ?*

– Pourquoi nous l'aurait-il caché ? Je cherche une meilleure idée. *Et si Jacko et Holly étaient déjà reliés par un filin, comme des frère et sœur psychosotériciens ?*

Arkady se mord l'articulation du pouce, une habitude qu'il a prise au cours de sa dernière existence. *Possible. Le vestige du filin est peut-être ce qui a mené Esther à Holly quand tu as fui la chapelle. Comme les miettes de pain dans Hansel et Gretel.*

« Excusez-moi, mais je suis toujours là, nous rappelle Holly. Quel est le rapport entre Jacko, ce moine du Moyen Âge et cet ingénieur napoléonien ? »

Dans sa boule de verre teinté, la flamme de la bougie se dresse, immobile.

« Le Cathare Aveugle et l'ingénieur discutèrent, poursuis-je, et convinrent d'un accord, un pacte de mutuelle assistance. Nous ne savons pas avec certitude si…

– Ho là, ho là, doucement. Ce moine est resté dans sa Chapelle du Vêpre pendant six cents ans, c'est ça ? Et après, il s'est mis à y faire monter des invités et à passer des accords ? Qu'est-ce qu'il a mangé, depuis le Moyen Âge ?

– Évidemment, le Cathare Aveugle s'est transsubstantié », expliqué-je.

Holly se renverse contre son dossier. « "Il s'est trans… machiné." Ça existe, votre verbe, là ?

– Le corps du Cathare Aveugle est mort, intervient Arkady, mais son esprit et son âme – pour les besoins de notre conversation, nous dirons que c'est la même chose – sont entrés dans la structure même de la Chapelle. Le Cathare Aveugle a interagi avec Pfenninger par le biais de l'icône. »

Holly digère l'information. « Le bâtisseur est devenu le bâtiment, alors ?

– D'une certaine manière, répond Arkady. On peut dire ça comme ça. »

Je reprends les rênes. « Les travaux du pont et des baraquements de la garnison du col de Sidelhorn furent achevés avant l'hiver, et Baptiste Pfenninger retourna dans sa maison familiale à Martigny. Mais, au printemps suivant, il partit pêcher sur le lac d'Émosson où, un soir, il fit une sortie en barque. On retrouva l'embarcation, mais pas le cadavre.

– Je vois, dit Holly. Comme pour Hugo Lamb. »

La pluie murmure aux fenêtres du 119A. « Faites un saut six ans en avant dans le temps, jusqu'en 1805. Un nouvel orphelinat venait d'ouvrir ses portes dans le Marais, à Paris. Son fondateur et directeur était un robuste Français nommé Martin Leclerc dont le père avait amassé une fortune dans les colonies africaines et qui souhaitait désormais nourrir, loger et apprendre les Saintes Écritures aux orphelins de guerre de la capitale. Il ne faisait pas bon être étranger à Paris en 1805, et Leclerc parlait français avec un accent germanique, mais ses amis attribuaient cela à sa mère prussienne et une scolarité effectuée à Hambourg. Ces amis-là, qui, pour certains, appartenaient au gratin de la société impériale, ignoraient le véritable nom de Martin Leclerc : Baptiste Pfenninger. On imagine aisément comment aurait été accueillie l'idée que Leclerc avait fondé cet orphelinat dans le but de sélectionner et conditionner des enfants possédant le Don. C'est-à-dire, des enfants montrant les signes d'un voltage psychosotérique ou d'un troisième œil actif. »

Holly regarde Arkady, qui plisse les yeux tel un interprète méditant. « Des capacités psychosotériques. Comme vous, à huit ans.

– Pourquoi est-ce qu'un… ingénieur suisse qui aurait laissé croire à sa propre mort et serait devenu le propriétaire d'un orphelinat – c'est bien ça ? –, pourquoi chercherait-il des enfants doués de pouvoirs psychiques ? »

Arkady répond : « L'atemporalité des Anachorètes se nourrit des âmes qu'ils ingèrent, comme le disait Marinus. Mais une âme quelconque ne fera pas l'affaire : seule celle d'une personne possédant des dons peut être distillée. C'est un peu comme le don d'organe, où un donneur sur mille est compatible avec le malade. Après chaque équinoxe et chaque solstice, le propriétaire d'une âme de ce type doit être incité à gravir le Chemin-de-dalles et pénétrer dans la Chapelle. Une fois à l'intérieur, le malheureux fixe l'icône du Cathare Aveugle, qui distille son âme et la transforme en Vin noir. Le cadavre est jeté par une fenêtre de la Chapelle, et les douze Anachorètes se réunissent à l'occasion du Jour de Renaissance, un rituel au cours duquel ils boivent ce Vin noir ; puis, pendant toute une saison – à peu près trois mois –, les cellules de leurs corps cessent de se diviser. C'est pourquoi le corps d'Hugo Lamb a toujours vingt ans, alors que son esprit et son âme en ont plus de cinquante. »

Holly s'abstient de tout jugement pour le moment. « Pourquoi est-ce que Pfenninger est à Paris alors qu'on accède à cette "chapelle" par un vieux monastère suisse en ruine ?

– Les Anachorètes peuvent faire surgir le Sas n'importe où. » Arkady met sa paume au-dessus de la flamme de la bougie et la baisse. « Et l'ouvrir n'importe où depuis l'intérieur, aussi. Ce Sas, c'est la raison pour laquelle notre Guerre dure depuis cent soixante ans, maintenant. À toutes sortes de fins, les Anachorètes sont capables de se téléporter d'un lieu à l'autre. C'est à la fois le moyen d'évasion par excellence et une façon de lancer une attaque-surprise. »

La voix de Holly, qui vient de comprendre quelque chose, se lézarde : « Et Mlle Constantin ?

– Immaculée Constantin est l'adjointe de Pfenninger. Nous ignorons pourquoi le Premier des Anachorètes lui a accordé cette place de Suppléante, mais toujours est-il qu'elle était la gouvernante de l'aile réservée aux filles dans l'orphelinat du Marais. Talleyrand – excusez du peu – l'avait qualifiée de "séraphin maniant l'épée sous les traits d'une femme". Dix-huit décennies plus tard, nous la retrouvons à Gravesend en train de conditionner Holly Sykes. Mais, en vous effrayant, elle a commis une rare erreur ; et ainsi, un de mes anciens étudiants a porté votre cas à ma connaissance. Je vous ai immunisée en drainant tout votre voltage psychosotérique, vous rendant impropre à la confection de Vin noir. Mlle Constantin était contrariée, bien entendu, mais bien qu'elle n'ait jamais oublié Holly Sykes ni Jacko, un frère prometteur, elle est passée à autre chose.

– Le calcul mental, ça les occupe, poursuit Arkady. Les Anachorètes sont toujours douze ; aussi, chaque individu doit trouver une fois tous les trois ans un invité dont l'âme peut être distillée. Ils ne peuvent pas droguer leurs victimes, les fourrer dans un sac et les emporter dans la Chapelle du Vêpre. Les Anachorètes doivent amadouer leurs proies, comme Constantin l'avait fait avec vous. Si la victime n'est pas consciente et calme pendant la distillation, le Vin noir s'oxydera. La vinification est délicate. »

Les personnages des peintures nous regardent. Ils auraient tant d'histoires à nous raconter.

« Qu'est-ce que je dois comprendre ? » Holly rassemble toute son énergie. « Que Mlle Constantin et les Anachorètes ont capturé Jacko et… bu son âme ? C'est ce que vous êtes en train de me dire ? »

Le tic-tac de l'horloge est fort ou infime, c'est selon.

« Ce qu'il faut savoir sur Jacko… » Je ferme les yeux et m'adresse à Arkady : *Souhaite-moi bonne chance.* « … c'est qu'il faisait partie des nôtres. »

Soit l'orage gronde, soit c'est un camion-poubelle.

« Jacko était mon frère. » Holly parle lentement. « Il avait sept ans.

– Son corps avait sept ans, la reprend Arkady, mais c'était le vaisseau de l'âme de Xi Lo, un Horloger. Xi Lo était beaucoup, beaucoup plus vieux que cela. »

Holly secoue la tête, aux prises avec cette idée atroce.

Je lui demande : « Vous vous souvenez quand Jacko avait cinq ans et qu'il a eu une méningite ?

– Bien sûr que je m'en souviens. Il a failli mourir, nom d'un chien ! »

Je ne peux pas reculer. « Madame Sykes, Jacko est bien mort, ce jour-là. »

C'est un affront, un sacrilège ; Holly est sur le point de craquer. « Euh… désolée, mais il n'est pas mort ! J'étais sur place ! »

Impossible de rendre la pilule moins amère. « L'âme de Jack Martin Sykes a quitté son corps le seize octobre 1982 à deux heures vingt-quatre du matin. À deux heures vingt-quatre, l'âme de Xi Lo, le doyen et le meilleur de tous les Horlogers était en possession du corps de votre frère. Au moment où votre père hurlait pour qu'un médecin intervienne, le corps de Jacko était déjà hors de danger. Mais son âme, elle, traversait le Vêpre. »

Sinistre silence. « D'accord… » Les narines de Holly s'écartent. « … vous me dites que mon petit frère était un zombie, c'est ça ?

– Jacko, c'était le corps de Jacko et ses habitudes de pensée, tente Arkady, mais aussi l'âme de Xi Lo et ses souvenirs. »

Perdue, elle tremble. « Pourquoi est-ce que vous dites des choses pareilles ?

– Bonne question, répond Arkady. Pourquoi vous raconterions-nous cela, si ce n'était pas vrai ? »

Holly se lève, renversant sa chaise en arrière. « En général, c'est pour obtenir de l'argent.

– L'Horlogerie a été fondée en 1598, dit Arkady avec froideur. Nous avons eu le temps de procéder à quelques investissements. Soyez rassurée : pas de danger que nous touchions à votre pécule. »

Tiens-toi un peu, ordonné-je en subdiscours à Arkady. « Pensez aux particularités de Jacko, Holly. Pourquoi est-ce qu'un petit garçon britannique écouterait la radio chinoise ?

– Parce que… Jacko trouvait cela apaisant.

– Le mandarin était la langue maternelle de Xi Lo, expliqué-je.

– Mais la langue maternelle de Jacko, c'était l'anglais ! Ma mère, c'était sa mère aussi ! Le Captain Marlow c'était sa maison. Sa famille, c'était nous. On l'aimait. Et on l'aime toujours. » Holly cligne des yeux pour refouler ses larmes. « Encore aujourd'hui.

– Et Xi Lo dans le corps de Jacko vous aimait aussi, lui dis-je doucement. Il vous aimait vraiment beaucoup. Et même votre chien Newky, le chien le plus malodorant du Kent. Tout cet amour-là n'était nullement contrefait. Mais il n'y a aucun mensonge non plus dans ce que nous vous avons raconté. L'âme de Xi Lo était plus ancienne que votre pub. Plus ancienne que l'Angleterre. Que la chrétienté. »

C'en est trop pour Holly. Elle ramasse la chaise renversée. « Mon avion pour Dublin s'envole cet après-midi, et je ne compte pas le rater. Dans tout ce que vous avez dit, il y a des choses qui m'ont semblé vraies et d'autres que je ne peux pas croire. Pour tout le reste, je ne sais pas quoi penser. Votre induction de rêve, là, c'était incroyable. Mais… il m'a fallu un temps fou pour que j'arrête de m'autoflageller vis-à-vis de ce qui est arrivé à Jacko, et vous, avec votre histoire, vous venez rouvrir la plaie. » Elle enfile son manteau. « Je mène une petite vie tranquille avec mes livres et mes chats dans l'ouest de l'Irlande. Un quotidien normal, le même que celui des gens du coin. Celle qui a écrit *Les Gens-de-la-radio*, elle aurait peut-être cru à vos histoires d'Atemporels et de moines magiques, mais je ne suis plus cette Holly Sykes. Si vous êtes Marinus, bonne chance pour… ce que vous voudrez. » Holly prend son sac à main, dépose la clé verte sur la table et se dirige vers la porte. « Au revoir. Je pars. »

Dois-je recourir à une suasion pour l'inciter à rester ? me demande Arkady.

– *Si nous la forçons à coopérer, alors on ne pourra pas parler de coopération.*

« Nous comprenons, dis-je à Holly. Merci d'être venue. »

Et Esther ? me rappelle Arkady.

– *Trop tôt, trop rapide, trop tout court. Dis-lui quelque chose d'aimable.*

« Désolé d'avoir été impoli, s'excuse Arkady. Ce sont mes douleurs de croissance…

– Et au revoir au majordome de Batman, dit Holly.

– Je ne manquerai pas de lui transmettre le message, réponds-je. *Au revoir**, madame Sykes. »

Elle a refermé la porte. *Maintenant, les Anachorètes vont savoir qu'elle est ici,* juge Arkady. *Est-ce qu'on demande à Ôshima de la prendre en filature ?*

Je ne suis pas convaincue de cette nécessité. *Pfenninger ne va pas ajourner ses plans méticuleux pour lancer une attaque prématurée.*

– *S'ils soupçonnent qu'Esther Little s'est barricadée dans la tête de Holly* – la main d'Arkady mime un pistolet –, *ils vont frapper, et fort.*

Je bois mon thé froid et essaie de regarder cette matinée en me mettant à la place d'un Anachorète. *Comment pourraient-ils savoir qu'Esther se trouve dans Holly ?*

– *Ils ne peuvent pas en avoir la certitude.* Arkady nettoie ses lunettes sur la manche de sa chemise à col Mao. *Mais ils pourraient s'en douter, et la supprimer par précaution.*

« "La supprimer" ! Tu as vu trop de films de gangsters, Arkady. » Mon appareil gazouille. L'écran affiche : NUMÉRO PRIVÉ. Je comprends tout de suite que ce sont de mauvaises nouvelles avant même d'entendre Elijah D'Arnoq : « Dieu merci, Marinus, vous avez décroché. C'est moi, D'Arnoq. Écoutez, je viens d'apprendre que Constantin a envoyé une équipe pour enlever Holly Sykes et la sonder. Ils ne prendront pas de pincettes. Vous devez les en empêcher. »

Les mots plantent leurs lames. « Quand ?

– À l'instant, répond D'Arnoq.

– Où cela ?

– Sans doute à son hôtel. Dépêchez-vous. »

Lorsque j'arrive dans la rue, Ôshima m'attend en face, le col remonté et son chapeau pork-pie taché de pluie bien bas sur le front. D'un mouvement de tête, il indique la direction de Park Avenue, tout en s'adressant à moi en subdiscours : *Si j'ai bien compris, l'entretien est un échec.*

J'identifie Holly de dos grâce à son long manteau noir et son turban. *C'est ma faute. Je lui ai raconté que Jacko était plus ancien que Jésus.* Je m'écarte afin de laisser passer un type sur un skate-board. *Mais il y a plus urgent : D'Arnoq vient de me contacter*, poursuis-je. *Une équipe est chargée de l'embarquer et de la sonder.* Je brandis mon parapluie tel un bouclier et me protège derrière, puis nous partons : Ôshima se cale sur mon rythme, lui sur le trottoir sud de la rue, et moi sur le nord.

Rappelle-moi, m'interroge Ôshima, *pourquoi ne la plongeons-nous pas par suasion dans un sommeil profond, afin de pouvoir ramener Esther par subincantations ?*

– D'une, c'est contraire au Codex. De deux, avec son chakra latent, elle serait susceptible de mal réagir à un sondage et risquerait d'expurger ses propres souvenirs, détruisant un éventuel Résident. De trois… Bon, c'est bien assez pour le moment. Mais il va nous falloir son consentement, et je pense que nous ne devrions recourir à une suasion qu'en dernier ressort.

Le bonhomme vert clignote au moment où Holly arrive au niveau de Park Avenue. Aussi, Ôshima et moi, pour ne pas nous retrouver coincés sur l'îlot central, nous précipitons-nous, esquivant les voitures qui nous klaxonnent. Nous pressons le pas et nous retrouvons à une vingtaine de pas derrière elle. Ôshima me demande : *Avons-nous une véritable stratégie d'approche, Marinus, ou sommes-nous juste en train de la suivre comme deux pots de colle ?*

– D'ici à ce qu'elle arrive à son hôtel, laissons-lui de l'avance : elle aura l'occasion de réfléchir à ce qu'elle vient d'apprendre. La pluie dégouline des nouvelles feuilles et des vieux arbres, les caniveaux clapotent, les grilles d'égout glougloutent. *Avec un peu de chance, la magie du parc va opérer sur elle. Dans le cas contraire, il nous faudra employer la nôtre.* Sous une marquise, un portier lève les yeux vers la pluie. Nous atteignons Madison Avenue, où Holly attend sous les gouttes éparses qui tombent, tandis que je me tiens devant l'entrée d'une boutique, observant le promeneur de chiens, les juifs hassidiques, l'homme d'affaires *a priori* arabe. Deux taxis ralentissent dans l'espoir de récupérer une course, mais Holly a les yeux rivés sur le petit rectangle vert de Central Park émergeant à l'intersection suivante. Son esprit doit être en ébullition. Écrire une autobiographie ponctuée de quelques événements paranormaux, c'est une chose, mais que le paranormal pratique l'induction de rêves, vous serve du thé irlandais et vous abreuve de toute sa cosmogonie, c'en est une autre. Peut-être qu'Ôshima a raison ; que par suasion, je devrais la convaincre de retourner au 119A. Ce n'est pas parce qu'on a vécu une méta-existence de mille quatre cents ans qu'on sait forcément ce qu'il y a de mieux à faire.

Le DON'T WALK se change en WALK ; l'occasion est manquée. En traversant Madison, je goûte à la paranoïa, moi qui guette les gens dans les véhicules à l'arrêt et m'attends presque à croiser le regard prédateur de Pfenninger ou de Constantin. Je suis un peu plus nerveuse encore car, le long du dernier pâté de maisons, avant Central Park, les piétons sont plus nombreux. Ce joggeur aux lunettes de soleil iShades qui trimbale une poussette est-il vraiment un joggeur ? Et ce rideau, n'aurait-il pas bougé au moment où Holly est passée ? Pourquoi est-ce que ce jeune curieux en tricycle regarderait une dame de cinquante ans avec autant d'insistance ?

Il me dévisage moi aussi : il n'est pas difficile, voilà tout. Ôshima, qui arpente le trottoir d'en face à la même allure que la mienne, se fond mieux que moi dans l'agitation du matin. Nous dépassons l'église St James, dont le clocher de brique rouge dominait jadis cette partie rurale de Manhattan. Yu Leon Marinus a assisté à un mariage à l'intérieur, en 1968. Les mariés doivent être octogénaires aujourd'hui, si tant est qu'ils soient toujours en vie.

Sur la Cinquième Avenue, la circulation traîne et bougonne. Holly se tient derrière un groupe de touristes chinois. Dans un cantonais bien sonore, ils s'accordent à penser que New York est plus petit, délabré et nul que ce à quoi ils s'attendaient. De l'autre côté de la rue, encapuchonné, Ôshima s'appuie sur le coin de la façade du musée The Frick Collection. Un bus passe, arborant une publicité numérique pour un film qui vient de sortir, l'adaptation de *Réduire Écho au silence*, de Crispin Hershey ; mais Holly regarde le parc d'un œil vide. Je me calme. Mon instinct me dit que tant que nous n'aurons pas atteint son hôtel de Broadway, l'ennemi n'attaquera pas. Si Holly ne fait pas demi-tour d'ici là, je devrai faire fi de mes scrupules et pratiquer une suasion sur elle, pour son bien. Les Anachorètes ne commettront pas d'imprudence. Les conséquences d'un assassinat public sont trop imprévisibles et difficiles à gérer. La réalité de la Cinquième Avenue en cette matinée pluvieuse est exactement telle qu'elle paraît.

Un 4×4 NYPD rondouillard se gare contre le trottoir, et une jeune policière noire en sort en trombe, son badge en main. « Madame ? Êtes-vous Holly Sykes ? »

Holly est brusquement rappelée à l'instant présent : « Oui, je... Oui, est-ce qu'il y a... ?

– Vous êtes bien la mère d'Aoife Brubeck, n'est-ce pas ? »

Je cherche Ôshima, qui déjà traverse la rue. Un policier costaud a rejoint sa collègue. « Holly Sykes ?

– Oui. » Holly porte la main à sa bouche. « Est-ce qu'Aoife va bien ?

– Madame Sykes, débite la policière à la cadence d'une mitraillette, notre commissariat a reçu un appel du consulat britannique nous demandant d'émettre un avis à toutes les patrouilles pour vous trouver : nous vous avons ratée de quelques minutes à votre hôtel tout à l'heure. Je crains que votre fille n'ait été impliquée dans un accident de la circulation hier soir à Athènes. Elle a subi une opération chirurgicale et son état est désormais stable, mais nous vous demandons de bien vouloir rentrer chez vous par le prochain avion. Madame Sykes, vous m'entendez ?

– Athènes ? » Holly s'appuie sur le capot du véhicule de patrouille. « Mais Aoife est sur une île… Qu'est-ce qu'elle… ? C'est grave ce qui… ?

– Madame, nous n'avons pas plus de détails, je vous assure, mais nous allons vous raccompagner à l'Empire Hotel pour que vous puissiez boucler votre valise. Puis nous vous conduirons à l'aéroport. »

Je m'avance pour je ne sais quelle raison, mais Ôshima me tire en arrière : *Je sens un intense psychovoltage dans la voiture : si c'est un Anachorète de haut rang, et que nous ouvrions le feu sur la Cinquième Avenue, tous les hippocampes se trouvant dans un rayon de cinquante mètres vont être réduits en bouillie, y compris celui de Holly. Les fédéraux, le ministère de l'Intérieur, et qui sait qui d'autre encore éplucheront les vidéos de deux individus louches comme tout qui suivaient Holly depuis le 119A.*

Ôshima a raison. Cependant, j'objecte : *Nous ne pouvons pas les laisser l'embarquer sans rien faire.*

Pendant ce temps, Holly est à moitié amadouée, à moitié poussée à grimper dans le véhicule de patrouille. Elle tente de poser davantage de questions, mais elle a vécu une matinée déconcertante et la peur l'a rendue passive. Peut-être qu'elle est également sous l'effet d'une suasion. Plongée dans un atroce état d'indécision, je regarde la portière claquer puis la voiture s'insérer dans la circulation et franchir brusquement le carrefour juste avant que le feu ne passe au rouge. Les vitres sont teintées : je ne peux pas voir à qui ou à quels matricules nous avons affaire. « WALK », indiquent les feux des passages cloutés : tous les piétons s'engagent sur la chaussée. Il aura fallu seulement soixante secondes pour que la Seconde Opération tombe à l'eau.

Ôshima m'entraîne de l'autre côté du passage clouté. « Je me charge de la transversion.

– Non, Ôshima, c'est moi qui me suis trompée, c'est à moi…

– Tu enfileras ta haire plus tard. Question transversion, je suis plus doué que toi, et plus vicieux. Tu sais que c'est vrai. » L'heure n'est pas aux débats. Nous enjambons le muret du parc au niveau du monument à la mémoire de Richard Morris Hunt, où nous nous asseyons sur un banc mouillé. D'un bras, Ôshima s'agrippe au dossier, et, de l'autre, il me prend la main. *Accroche ton filin à mon courant*, suggère-t-il. *J'aurai peut-être besoin de tes conseils.*

« Pour ce qu'ils valent… Mais je te suis. »

Il me serre la main, ferme les yeux, et son corps s'avachit légèrement pendant que son âme s'exfiltre par son troisième œil. Même pour les psychosotériciens, l'âme est à la limite du visible, un peu comme le serait une bille de verre transparente dans une carafe d'eau : en une seconde, l'âme d'Ôshima, qui transverse entre les branches ruisselantes et le vieux mémorial taché par le mauvais temps, a disparu. J'abaisse le chapeau d'Ôshima sur son visage, et nous abrite tous les deux sous le parapluie. Un corps déserté par son âme donne l'impression qu'une intervention médicale d'urgence est nécessaire : plusieurs fois dans ma méta-existence, je me suis ré-infiltrée dans mon propre corps en constatant qu'on m'avait mis des sels dans le nez, qu'on me faisait une saignée, ou qu'un inconnu souffrant d'halitose était en train de pratiquer une réanimation cardiopulmonaire parfaitement inutile sur ma personne. De plus, maintenant que je synchronise les chakras de mes mains à ceux d'Ôshima, nous avons l'air de deux amants. Même dans une ville aussi tolérante que New York, le spectacle en laisserait plus d'un bouche bée.

Je me branche sur le filin d'Ôshima…

… et les images renvoyées par son âme se diffusent directement dans mon esprit. Il plane dans un kaléidoscope de feux de freinage, de barres de toits, de carrosseries de véhicules, de branches et de bourgeons. Nous piquons et virevoltons, traversons la portière arrière d'une camionnette, passons entre les carcasses de porcs qui se balancent sur les crochets, à travers les poumons goudronneux du chauffeur et le pare-brise, puis au-dessus d'un fourgon UPS, puis montons toujours plus haut, effrayant au passage un pigeon ramier perché sur un lampadaire. Ôshima reste suspendu dans les airs quelques instants, cherchant à retrouver le véhicule de patrouille : *Tu es là, Marinus ?*

– *Bien là*, réponds-je en subdiscours.

– *Est-ce que tu vois la voiture de police ?*

– *Non.* Un camion-poubelle avance un peu, me laissant entrevoir le jaune d'un bus scolaire. *Essaie du côté de ce bus.* Ôshima redescend, pénètre dans le bus par la vitre arrière, remonte l'allée, défilant devant quarante enfants qui se disputent, bavardent, s'agglutinent autour d'une tablette 3D, regardent dans le vide, puis il dépasse le chauffeur et sort…

… pour déboucher sur la sirène et les gyrophares de la voiture de police qui avance à faible allure. Ôshima y pénètre par le pare-brise arrière et flotte sur place quelques instants, en pivotant de manière à m'envoyer une vue d'ensemble de la situation. À la gauche de Holly est assise la policière – ou prétendue policière. Le chauffeur est le type costaud qui a contribué à pousser Holly à grimper. À la droite de cette dernière se tient un homme en costume dont les lunettes Samsung lui masquent la moitié du visage, mais nous savons de qui il s'agit. *Drummond Brzycki*, annonce Ôshima.

Un choix étrange. Brzycki est le dernier venu et le plus faible, chez les Anachorètes.

Peut-être qu'ils n'escomptaient pas avoir de problèmes, suppose Ôshima.

– *Peut-être qu'il joue le rôle du canari dans la mine de charbon*, réponds-je.

– *Je vais infiltrer la femme*, déclare-t-il, *et tenter de découvrir les ordres qu'elle a reçus.* Il pénètre par le troisième œil de la policière, ce qui me donne accès à son système sensoriel. « Je vous ai déjà tout dit, ma belle, explique-t-elle à Holly. Si j'en savais plus, je vous le dirais. J'imagine ce que vous vivez, ma belle, j'ai mal pour vous. Je suis maman, moi aussi. Deux bouts de chou.

– Mais est-ce que la colonne vertébrale d'Aoife a été touchée ? Quel est… ? Quel est le degré de… ?

– Ne vous faites pas de souci, madame Sykes. » Drummond Brzycki soulève ses lunettes de soleil. Brzycki a l'allure d'un séduisant gardien de but méditerranéen, une chevelure brune et soyeuse, une voix nasillarde d'abeille coincée dans un verre à pied. « Le consul sort de sa réunion à dix heures. On le contactera directement, alors, quoi qu'il ait à annoncer, vous l'entendrez de sa bouche. D'accord ? »

Le véhicule s'arrête à un feu rouge et les piétons se mettent à traverser. « Je pourrais peut-être trouver le numéro de l'hôpital, hasarde Holly, en sortant son appareil de son sac à main. Athènes, ce n'est pas si grand…

– Si vous parlez grec, tente de la dissuader Brzycki, allez-y, et bonne chance. Mais moi, je laisserais la ligne libre au cas où des nouvelles arriveraient. Ne vous imaginez pas le pire. On va passer par la file réservée aux véhicules prioritaires, et vous serez à l'heure pour le vol de onze heures quarante-cinq à destination d'Athènes. Bientôt, vous serez avec Aoife. »

Holly range son appareil dans son sac. « Chez moi, la police ne se donnerait pas tout ce mal. » Un coursier à vélo passe à toute vitesse ; la circulation avance un peu. « Comment vous avez fait pour me retrouver, monsieur l'agent ?

– Inspecteur Marr, prétend Brzycki. Une aiguille dans une meule de foin, ça se retrouve. Le commissariat a lancé un code 15, et même si un “femme blanche, menue, la cinquantaine, imperméable noir qui lui tombe aux genoux", ce n'est pas ce qu'il y a de plus rare quand il pleut à Manhattan, vos anges gardiens ont fait des heures sup. En fait, je ne sais pas si c'est bien le moment pour vous dire ce genre de chose, mais le sergent Lewis, assis à l'avant, est un de vos très grands fans. Il me ramenait vers Columbus Circle depuis la 98e Rue, quand il a dit : "Bong sang, c'est elle !" Hein, Tony ?

– Et comment. J'étais allé vous écouter parler au Symphony Space, madame Sykes, quand *Les Gens-de-la-radio* est sorti, raconte le chauffeur. Après la mort de ma femme, votre bouquin a été pour moi comme un phare dans la nuit. C'est ce qui m'a sauvé.

– Oh, je suis… » – Holly est dans un tel état que cette histoire terriblement bancale lui paraît plausible – « … contente que ça ait pu vous aider. » Sur un côté, le camion-poubelle rattrape le véhicule de police. « Et toutes mes condoléances pour votre femme.

– Merci, madame Sykes. Vraiment. »

Après quelques secondes, Holly navigue sur son appareil. « Je vais appeler Sharon, ma sœur. Elle est en Angleterre mais peut-être qu'elle pourra en savoir plus sur ce qui est arrivé à Aoife. »

Le courant scintille et faiblit. *Le filin s'amenuise*, préviens-je Ôshima. *Qu'as-tu pu recueillir au sujet de notre hôtesse ?*

– Elle s'appelle Nancy, déteste les souris, a tué huit fois dans sa vie. La réponse me parvient avec un temps de retard. *Une enfant-soldat du Soudan du Sud. C'est son premier boulot pour Brzycki… Marinus, la « curarequinoléine », qu'est-ce que c'est ?*

Cela ne présage rien de bon. *C'est une toxine. Un milligramme et c'est la détresse respiratoire assurée en dix secondes. Les légistes ne cherchent jamais à la détecter dans le sang. Pourquoi cette question ?*

– Les pistolets tranquillisants de Nancy et Brzycki en sont remplis. Ce ne sont sans doute pas là des armes d'autodéfense.

« Je vais rappeler mon commissariat, propose Brzycki, prévenant. On verra s'ils réussissent à obtenir le nom de l'hôpital de votre fille à Athènes. Comme ça, au moins, vous aurez un contact direct.

– Je ne sais pas comment vous remercier. » Holly, blême, n'a pas l'air dans son assiette.

Brzycki rabat ses lunettes de soleil sur son visage. « Ana-Deux ? Ici unité vingt-huit. Est-ce que vous me recevez, Ana-Deux ? »

Chose surprenante, l'oreillette intégrée au casque de Nancy s'active : j'entends la voix d'Immaculée Constantin. « Parfaitement, oui. Tout bien réfléchi, nous allons jouer la carte de la sûreté. Éliminez notre invitée. »

La stupéfaction me tétanise, mais je parviens à me ressaisir : *Ôshima, fais-la sortir, fais-la sortir !* Mais, en guise de réponse, le filin distendu m'envoie une rafale de blizzard. Ôshima ne m'entend pas ou se trouve dans l'impossibilité de me répondre – à moins que ce ne soient les deux à la fois.

Le son redevient clair. « Bien compris Ana-Deux, répond Brzycki. Mais nous sommes actuellement entre la Cinquième et la 68e Rue Est, où la circulation est toujours au point mort. Puis-je suggérer de différer l'exécution de ce dernier ordre…

– Administrez à Sykes une dose de tranquillisant dans chaque bras, ordonne Constantin de sa douce voix. Sans délai. Exécution. »

En subdiscours, je hurle : *Ôshima, fais-la sortir, fais-la sortir !* Mais aucune réponse n'est émise, ni par son âme ni par son corps inerte, en appui contre le mien sur ce banc situé à deux rues du véhicule de police. Je ne peux qu'assister via le filin à la mise à mort d'une innocente que j'ai mêlée à notre Guerre. À cette distance, la transversion m'est impossible, et quand bien même, j'arriverais trop tard.

« Compris, Ana-Deux. J'applique ce qui a été convenu. » Brzycki adresse un signe de tête à Lewis dans le rétroviseur, puis à Nancy.

Holly l'interroge : « Vous avez pu avoir le numéro de l'hôpital, inspecteur Marr ?

– Notre secrétaire est sur le coup. » Il extrait son pistolet tranquillisant de son holster et soulève le cran de sûreté, tandis que, de la main gauche, Nancy, à travers qui j'observe la scène, l'imite.

« Pourquoi » – la voix de Holly change – « vous sortez vos armes ? »

Par réflexe, j'essaie d'effectuer une suasion sur Nancy pour l'empêcher d'agir, ce qui est impossible via un filin – et, horrifiée, je suis vouée à regarder la policière appuyer sur la détente de son arme… pointée sur la gorge de Brzycki, sur laquelle, au niveau de la pomme d'Adam, un minuscule point rouge apparaît. Étonné, l'Anachorète palpe l'endroit du bout des doigts, puis les regarde et s'aperçoit qu'ils sont rouges. Il se tourne vers Nancy et profère un : « Bordel de… »

Brzycki s'affale, il est mort. Comme sous l'eau, Lewis crie : « Nancy, mais t'as perdu la tête ou quoi ?! » C'est en tout cas ce que Nancy pense entendre, elle qui prend le pistolet de Brzycki et tire à bout portant dans la joue de Lewis. D'une voix de fausset, celui-ci laisse échapper une voyelle incrédule et contrariée. Nancy, sur qui Ôshima, impitoyable, enchaîne les suasions, passe par-dessus Holly et se jette sur le siège passager, tandis que Lewis, expire en bredouillant. Elle se menotte au volant et déverrouille la porte arrière. En guise de cadeau d'adieu, Ôshima expurge d'un large pan le passé composé de Nancy et la plonge dans l'inconscience avant de s'exfiltrer d'elle et de s'infiltrer dans Holly, traumatisée. Ôshima met son nouvel hôte sous psychosédation sans tarder, et je peux observer Holly à la première personne et la voir remettre ses lunettes de soleil, vérifier que son turban n'est pas défait, quitter calmement le véhicule, et remonter d'un pas tranquille Park Avenue vers le musée The Frick Collection. Dans l'écho d'un bruit de déchirement, la voix d'Ôshima me parvient de nouveau : *Marinus, tu m'entends ?*

J'ose me laisser aller au soulagement. *C'était à couper le souffle, Ôshima.*

– *C'est ça, la guerre*, réplique le vieux guerrier. *Parlons logistique. Nous avons un auteur de livres à la retraite qui arbore un turban voyant et laisse derrière elle une voiture de police contenant deux faux policiers morts et une fausse policière vivante. As-tu une idée ?*

– *Ramène Holly jusqu'ici et regagne ton corps*, lui conseillé-je. *Pendant ce temps, je vais appeler L'Ohkna et lui demander de procéder en urgence à l'effacement de tous les enregistrements de vidéosurveillance de la ville dans le secteur de l'Upper East Side.*

Ôshima / Holly marche à grands pas. *Tu penses que ce cornichon en est capable ?*

– *S'il existe un moyen, il le trouvera. Si c'est impossible, il se débrouillera pour que ce ne le soit plus.*

– *Et ensuite ? Le 119A n'est manifestement plus la forteresse de jadis.*

– *Je te le concède. Nous irons nous terrer chez Unalaq. Je vais lui demander de venir nous chercher. Je décroche le filin. À tout de suite.*

J'ouvre les yeux. Mon parapluie cache encore à peu près nos corps, à Ôshima et moi, mais un écureuil gris renifle ma bottine, intrigué. Je remue le pied. L'écureuil a disparu.

« On est arrivés », annonce Unalaq. Elle arrête la voiture juste devant sa porte d'entrée, à côté de la librairie Three Lives & Co située à l'angle de Waverley Place et de la 10e Rue Ouest. Unalaq laisse les feux de détresse allumés et m'aide à guider Holly sur le trottoir tandis qu'Ôshima monte la garde, tel un moine-assassin. Holly subissant toujours les effets de la psychosédation, nous attirons l'attention d'un grand type mince et barbu aux lunettes cerclées de métal. « Salut, Unalaq. Dis, ça va ?

– Tout roule, Toby, répond Unalaq. Mon amie de Dublin vient d'arriver, mais comme elle a peur de l'avion, elle a cherché à se mettre K-O en prenant un somnifère. Ça a un peu trop bien marché.

– Ah oui. On dirait qu'elle n'a toujours pas atterri.

– Je crois que la prochaine fois, elle se cantonnera à un verre de vin blanc.

– Passe donc à la boutique, tout à l'heure. Tes livres sur le sanskrit sont arrivés.

– Entendu, Toby, merci. » Unalaq cherche ses clés, mais Inez, sa compagne, a déjà ouvert la porte. Le visage de celle-ci est pétri d'inquiétude comme si c'était Unalaq, la simple et fragile mortelle, et non pas elle. Inez nous salue, Ôshima et moi, d'un mouvement de tête, puis scrute Holly d'un œil soucieux.

« Elle ira mieux après quelques heures de sommeil », dis-je.

J'espère que tu as raison, me répond la moue de son visage. Puis Inez part garer la voiture dans un parking souterrain voisin. Unalaq nous incite à monter les marches du perron, traverser le hall, entrer dans le minuscule ascenseur. Il n'y a pas assez de place pour Ôshima, qui grimpe les escaliers. J'appuie sur le bouton d'appel.

Je donnerais bien un dollar pour savoir ce que tu penses, me confie Unalaq en subdiscours.

– *Les pensées ne valaient qu'un cent à l'époque où j'étais Yu Leon.*

– *Qu'est-ce que tu veux, c'est l'inflation.* Unalaq hausse les épaules : ses cheveux sont comme des ressorts. *Est-ce que tu crois qu'Esther pourrait être vivante, quelque part dans cette tête-là ?*

J'observe le visage ridé, tendu, ergonomique de Holly. Elle grogne comme une rêveuse harcelée par un cauchemar et qui n'arrive pas à se réveiller. *Je l'espère, Unalaq. Si Esther a bien interprété le Script, alors oui, peut-être. Mais je ne sais même pas si j'y crois. Ou si je crois au Contrescript. Je ne sais même pas pourquoi Constantin veut la mort de Holly. Ni si la reddition d'Elijah D'Arnoq est authentique. Ou bien si notre façon de prendre en main le problème que pose Sadaqat est la bonne.* « Vraiment, je n'en sais rien, confié-je à cette amie de cinq cents ans.

– Au moins » – d'un souffle, Unalaq repousse le bout d'une mèche de cheveux cuivrés qui lui obstrue la narine –, « les Anachorètes ne peuvent pas tirer parti de ton excès de confiance. »

Holly dort, Ôshima regarde *Le Parrain II*, Unalaq prépare une salade et Inez m'a invitée à jouer sur son piano droit Steinway car son accordeur est passé hier. Depuis le grenier où se trouve l'instrument, il y a une belle vue sur Waverley Place ; la pièce est parfumée par les caisses d'oranges et de citrons envoyées de Floride par la mère d'Inez. Une photographie d'Inez et d'Unalaq est posée sur le Steinway. Sur un sommet enneigé, elles prennent la pose en combinaison de ski, telles deux intrépides exploratrices. Unalaq n'a certainement pas parlé de la Seconde Opération à sa compagne, mais Inez, qui n'est pas sotte, doit bien sentir qu'un événement majeur est en préparation. Être Temporel et amoureux d'un Atemporel est tout aussi compliqué qu'être Atemporel et amoureux d'un Temporel. Ce n'est pas uniquement sur l'avenir de l'Horlogerie que mes décisions de cette semaine auront un impact, mais également sur celui de ceux que nous aimons, de nos collègues et de nos patients ; si jamais nous ne revenons pas, leurs vies en seront mutilées comme celle de Holly l'a été quand Xi-Lo / Jacko est mort pendant la Première Opération. Quand on aime et qu'on est aimé, quoi que l'on fasse, les autres sont affectés.

Aussi, je parcours les partitions d'Inez et choisis les malicieux *Préludes et Fugues de* Chostakovitch. Démoniaques, mais gratifiants. Puis, histoire de me rincer la bouche, j'exécute *Hughe Ashton's Ground* de William Byrd, suivi de quelques chansons du folklore suédois revisitées par Jan Johannson, simplement parce que j'en ai envie. De tête, je joue les K32, K212 et K9 de Scarlatti. Les sonates de l'Italien sont un fil d'Ariane qui relie Iris Marinus-Fenby, Yu Leon Marinus, Jamini Marinus Choudary, Pablo Antay Marinus, Klara Marinus Koskov, et Lucas Marinus, première de mes identités à découvrir Scarlatti pendant son long séjour japonais. De Zoet m'avait obtenu les partitions, je me souviens, et j'avais joué la K9 quelques heures avant de mourir, en juillet 1811. Depuis plusieurs semaines, je sentais ma mort venir. Aussi, j'avais mis de l'ordre dans mes affaires, comme on disait. Mon ami Eelattu m'aida à rompre les amarres à l'aide d'une fiole de morphine réservée pour l'occasion. Je sentais mon âme sombrer et s'éloigner de la Lueur du jour, au-dessus de la Grande Crête, et je me demandais quel serait le lieu de ma résurrection. Un wigwam, un palais, un igloo ? La jungle, la toundra, un lit à baldaquin ? Dans le corps d'une princesse, de la fille d'un pendu, d'une jeune cuisinière ? Et, quarante-neuf rotations de la Terre plus tard,…

… j'atterris sur un nid de chiffons et de paille pourrissante, dans le corps d'une fille brûlante de fièvre. Les moustiques se nourrissaient de cette enfant grouillante de poux et affaiblie par un parasite intestinal. La rougeole avait chassé l'âme de Klara, la précédente occupante de mon nouveau corps, et il m'avait fallu trois jours de psychosoins pour être en mesure de prendre connaissance de mon environnement. Klara, huit ans, appartenait à Kiril Andreïevitch Berenovski, propriétaire terrien absent dont le domaine était délimité par un méandre de la rivière nommée Kama, du comté d'Oborino, dans la province de Perm de l'empire de Russie. Berenovski ne revenait sur ses terres ancestrales qu'une fois par an dans le but de harceler les officiers locaux, pratiquer la chasse, déflorer des jeunes filles et exhorter son bailli à saigner la population toujours plus à blanc. L'enfance des inféodés ne connaît pas le bonheur, et, même au vu des standards de l'époque, Klara était malheureuse. Son père avait été tué par un bœuf, et sa mère était écrasée par une existence faite de grossesses, de travaux agricoles et de la consommation abusive d'un alcool de contrebande baptisé *rvota* – « vomi ». Klara était la dernière et la plus faible d'une fratrie de neuf. Trois de ses sœurs étaient mortes en bas âge ; les deux autres étaient parties travailler dans une usine à Ekaterinbourg, servant de monnaie d'échange dans une dette contractée par Berenovski. Quant à ses trois frères, ils avaient été enrôlés dans l'armée impériale juste à temps pour se faire massacrer durant la bataille d'Eylau. La guérison de Klara fut accueillie avec un fatalisme dénué de joie. Entre la vie de chirurgien-homme de sciences menée par Lucas Marinus et le caractère sordide et brutal de l'existence de Klara, la chute était effectivement rude, et l'ascension de l'échelle sociale s'annonçait longue, sporadique et difficile, *a fortiori* dans le corps d'un individu de sexe féminin au début du dix-neuvième siècle. Je ne disposais pas encore des moyens psychosotériques qui me permettraient d'accélérer ce processus. Tout ce sur quoi Klara pouvait s'appuyer, c'était l'Église orthodoxe russe.

Le père Dmitri Nikolaïevitch Koskov, originaire de Saint-Pétersbourg, baptisait, évangélisait et enterrait les quatre cents serfs du fief de Berenovski, ainsi que les trois douzaines d'affranchis qui vivaient et travaillaient sur ces terres. Dmitri et son épouse Vasilisa habitaient dans une maisonnette branlante qui surplombait la rivière. Les Koskov étaient arrivés dans le comté d'Oborino dix ans plus tôt, pleins de jeunesse et d'un zèle philanthropique en faveur de l'amélioration de la condition paysanne. Bien avant que j'entre dans leur vie sous l'apparence de Klara, leur ferveur avait été mouchée par l'âpreté et la bestialité de l'existence dans l'Est sauvage. Vasilisa Koskov souffrait de dépression sévère et était convaincue que le monde entier riait sous cape de son infertilité. Sur ces terres, ses seuls amis étaient les livres, mais si les livres parlent, ils n'écoutent pas. L'ennui profond de Dmitri égalait celui de sa femme, et chaque jour, sinon chaque heure, il se maudissait d'avoir renoncé aux opportunités d'une vie cléricale pétersbourgeoise, où son épouse se serait épanouie et où il aurait connu une belle carrière. Ses requêtes annuelles adressées aux autorités ecclésiastiques dans le but d'obtenir une chaire plus proche de la civilisation s'avérèrent vaines. Aujourd'hui, nous aurions dit de lui qu'il n'était plus du tout dans la boucle. Dmitri avait Dieu, mais Dieu se gardait bien de lui révéler pourquoi il les avait condamnés, lui et sa femme, à s'enliser dans un marécage du comté d'Oborino où régnaient la superstition, la méchanceté et le péché, avec un maître comme Berenovski, davantage préoccupé par ses chiens que par ses serfs.

Pour moi qui vivais en Klara, les Koskov convenaient parfaitement.

Une des corvées de Klara, qui reprit le travail sitôt rétablie, consistait à apporter des œufs au bailli, au forgeron et au prêtre. Un matin de l'année 1812, devant la porte de la cuisine de Vasilisa Koskov, alors que je lui tendais son panier d'œufs, je lui demandai timidement si, au Ciel, je reverrais vraiment mes sœurs qui étaient mortes. La femme du prêtre fut prise de court, à la fois en constatant que cette fille de serf pratiquement muette lui avait parlé, et en m'entendant lui poser une question aussi élémentaire. N'écoutais-je donc pas le sermon du père Koskov à l'église tous les dimanches ? Je lui expliquai que les garçons me pinçaient le bras et me tiraient les cheveux, m'empêchant d'écouter la parole de Dieu, et malgré mon désir d'en savoir plus sur Jésus, je n'y arrivais pas. Oui, c'est vrai, je jouais éhontément la carte du misérabilisme devant une femme seule que je manipulais à mes propres fins, mais si je voulais échapper à une vie jalonnée de labeurs bovins, d'asservissement porcin et d'hivers prompts à vous geler la moelle des os, je n'avais pas d'alternative. Vasilisa m'emmena dans sa cuisine, me fit asseoir et m'expliqua que Jésus-Christ était venu sur Terre sous la forme d'un homme afin de nous permettre à nous, pécheurs, d'aller au Ciel après notre mort, tant que nous disions nos prières et nous comportions en bons chrétiens.

D'un air grave, j'acquiesçai de la tête, puis lui demandai s'il était vrai que les Koskov venaient de Saint-Pétersbourg. Et voilà que Vasilisa se remémorait les opéras, le théâtre Anitchkov, les bals organisés le jour de la fête de tel archiduc, les feux d'artifice tirés lors du bal de telle comtesse. Je lui dis que je devais rentrer, sinon ma mère me battrait pour avoir mis trop de temps, mais, la fois suivante, quand je vins lui apporter ses œufs, Vasilisa me servit du vrai thé de son samovar personnel et l'adoucit d'une cuillerée de confiture d'abricots. Quel délice ! Bien vite, l'épouse mélancolique d'un prêtre qui l'était tout autant se mit à me confier ses espoirs déçus. La jeune serve écoutait avec beaucoup de sagesse pour une enfant de huit ans. Un beau jour, je tentai ma chance en racontant à Vasilisa un rêve que j'avais fait. Il y avait une dame à la peau laiteuse, qui portait un voile bleu et souriait gentiment. Elle était apparue dans la hutte que je partageais avec ma mère, me demandant d'apprendre à lire et à écrire, de sorte que je puisse porter le message de son fils aux autres serfs. Encore plus étrange, la gentille dame avait prononcé de drôles de mots dans une langue que je ne comprenais pas, mais qui brillaient néanmoins dans ma mémoire.

Qu'est-ce que cela pouvait bien dire, madame Vasilisa Koskov ?

Quoiqu'il fût ravi de constater l'amélioration de l'état nerveux de son épouse, Dmitri Nikolaïevitch craignait qu'un paysan rusé ne cherchât à jouer un mauvais tour à celle-ci. Aussi, l'ecclésiastique m'interrogea dans l'église déserte. Feignant d'être à la fois intimidée et émerveillée d'avoir été remarquée par cet auguste personnage qui daignait même m'adresser la parole, je poussai

Dmitri à se croire en présence d'une enfant appelée à une plus grande destinée, sur laquelle lui, le père Koskov, devrait veiller. Il m'interrogea au sujet de mon rêve. Pouvais-je décrire la dame que j'avais vue ? Oui : elle avait des cheveux bruns, un joli sourire, portait un voile bleu ; non, pas blanc, ni rouge, mais bleu, bleu comme le ciel en été. Le père Dmitri me demanda de lui répéter les « drôles de mots » prononcés par la dame. La petite Klara fronça les sourcils et, très timide, avoua qu'ils ne ressemblaient pas à des mots russes. Oui, oui, fit le père Dmitri, sa femme le lui avait déjà précisé ; mais quels étaient-ils ? M'en souvenais-je ? Klara ferma les paupières et cita, en grec ancien, Matthieu 19:14 : « Jésus dit alors : "Laissez les petits enfants et ne les empêchez pas de venir à moi ; car c'est à leurs pareils qu'appartient le Royaume des Cieux. »

Le prêtre écarquilla les yeux, ouvrit la bouche, et resta ainsi.

En tremblant, je déclarai espérer que ces mots ne voulaient rien dire de mauvais.

J'avais ma conscience pour moi. J'étais un épiphyte, et non un parasite.

Quelques jours plus tard, le père Dmitri alla voir Sigorski, le bailli, et lui demanda si Klara pourrait vivre chez eux, de sorte que sa femme fasse de la petite une future domestique au service des Berenovski et qu'elle lui procure une éducation élémentaire. Sigorski donna son accord à cette requête inhabituelle, y voyant là un échange de bons procédés, car le père Dmitri détournait le regard des diverses entourloupes commises par le bailli. Mis à part une robe de toile, des sabots et un dégoûtant manteau en peau de mouton, je n'avais rien d'autre à apporter chez les Koskov. Ce soir-là, Vasilisa me prodigua le premier bain chaud depuis ma mort au Japon, me fournit une bure propre et une couverture de laine. Ma condition s'améliorait. Tandis que je me lavais, la mère de Klara apparut pour exiger un rouble « en compensation ». Dmitri le lui donna, mais il fut entendu qu'elle ne pourrait jamais plus rien demander d'autre. Je la recroisai par la suite plusieurs fois sur le domaine, mais elle feignit de ne pas m'avoir vue, puis, une nuit, au cours de l'hiver suivant, ivre, elle tomba dans un fossé gelé et ne se releva plus jamais.

Même une Atemporelle affable ne peut sauver tout le monde.

C'est d'une grande prétention que de l'affirmer, mais *de facto* fille des Koskov – à défaut de l'être *de jure* –, j'avais ramené du sens et de l'amour dans leur vie. Vasilisa faisait classe dans l'église et apprenait aux enfants de paysans à lire, écrire et compter, ainsi que les Saintes Écritures, et trouvait même, le soir, le temps de m'enseigner le français. Lucas Marinus ayant parlé cette langue dans ma vie précédente, j'étais une élève gratifiante et progressais vite. Cinq années passèrent, je devins grande et solide, mais chaque été, lors de la visite annuelle de Berenovski, je redoutais qu'il ne me remarque à l'église et ne demande pourquoi on permettait qu'un de ses serfs affecte une stature en contradiction avec sa position sociale. Si je voulais protéger mes acquis et continuer mon ascension, il fallait que mes bienfaiteurs trouvent un bienfaiteur.

L'oncle de Dmitri, Piotr Ivanovitch Tchernenko, était le candidat tout désigné, fût-il le seul. De nos jours, on l'aurait célébré, lui, cet entrepreneur qui s'était « fait tout seul » et dont la vie privée aurait pu être étalée dans les magazines de potins ; mais dans le Saint-Pétersbourg du dix-neuvième siècle, ce jeune homme fit scandale en fuguant en compagnie d'une comédienne de cinq ans son aînée que, par-dessus le marché, il avait épousée. L'on s'était fait une joie de lui prédire dissolution et disgrâce, mais, au lieu de cela, Piotr Ivanovitch avait amassé une première fortune en commerçant avec les Anglais en dépit du blocus continental et s'en constituait une seconde en mettant en relation des fondeurs prussiens avec des usines de sidérurgie partout dans l'Oural. Son mariage d'amour n'avait pas perdu de sa force, et les deux Tchernenko fils faisaient leurs études à Göteborg. Je persuadai Vasilisa d'inviter l'oncle Piotr dans notre maisonnette : ainsi, la prochaine fois qu'il viendrait à Perm dans le cadre de ses affaires, il pourrait jeter un œil à l'école qu'elle avait créée pour les enfants du domaine.

Il arriva un matin d'automne. Je me fis fort de me distinguer. L'oncle Piotr et moi parlâmes de métallurgie pendant une heure. Piotr Ivanovitch Tchernenko était un homme malin, qui en avait beaucoup vu et appris durant les cinq décennies de son existence, mais voilà qu'il tombait sous le charme d'une fille de serf qui s'y connaissait sur des sujets d'homme comme le commerce ou la sidérurgie. Vasilisa déclara que les anges devaient me murmurer des choses à l'oreille pendant mon sommeil. Sinon, comment aurais-je pu acquérir aussi rapidement non seulement l'allemand mais également le français, apprendre à réduire une fracture, ou encore saisir les principes de l'algèbre ? Toute rouge, je marmonnai, évoquant les livres, mes aînés et ceux qui faisaient mieux que moi.

Cette nuit-là, de mon lit, j'entendis l'oncle Piotr Ivanovitch avertir Dmitri : « Un caprice de cet imbécile de Berenovski, cher neveu, et cette pauvre enfant sera vouée à planter des navets dans la glaise gelée, et cantonnée au lit conjugal d'un porc. Il faut faire quelque chose ! Et quelque chose sera fait, croyez-moi ! » L'oncle Piotr repartit le lendemain sous l'incessante pluie – au printemps comme à l'automne, la Russie est un enfer de boue – en annonçant à Dmitri que nous moisissions dans ce trou perdu depuis déjà bien trop longtemps…

L'hiver 1816 fut impitoyable. Dmitri enterra une quinzaine de paysans dans une terre dure comme la pierre, la Kama gela, les loups se montraient effrontés, et même les prêtres et leurs familles avaient faim. Il fallut attendre la mi-avril pour que le printemps daigne arriver, et la calèche postale en provenance de Perm ne reprit ses tournées dans le comté d'Oborino que le 3 mai. Le journal de Klara Marinus associe cette date à la remise de deux lettres officielles à la maisonnette des Koskov. Elles demeurèrent sur le manteau de cheminée jusqu'au retour en fin d'après-midi de Dmitri, qui avait effectué les derniers rites pour un enfant mort de pleurésie, le fils d'un bûcheron qui habitait à plusieurs kilomètres. Dmitri ouvrit la première enveloppe à l'aide d'un coupe-papier, et son visage refléta la portée des nouvelles annoncées par la missive. Il gonfla les joues, dit : « Klara, ceci te concerne, ma chérie », puis il lut à voix haute. « "Kiril Andreïevitch Berenovski, maître du domaine des Berenovski dans la province de Perm, accorde par la présente à la serve Klara, fille de la défunte Gota, un affranchissement total, inconditionnel, et perpétuel, en qualité de sujet de l'empereur." » Dans mon souvenir, de l'autre côté de la rivière, les coucous lancent leurs cris et les rayons du soleil inondent le petit salon des Koskov. Je demandai à Dmitri et Vasilisa s'ils voulaient bien m'adopter. En pleurant, Vasilisa me serra dans ses bras au point de m'étouffer, tandis que Dmitri toussota, examina ses doigts et déclara : « La chose me paraît envisageable, Klara. » Nous nous doutions que seul Piotr Ivanovitch avait pu provoquer ce miracle administratif, mais il nous fallut plusieurs mois pour découvrir comment. Si la liberté m'avait été accordée, c'est parce que, en échange, l'oncle Piotr avait réglé une dette contractée par mon maître auprès de son négociant en vin.

Dans notre excitation, nous avions oublié la seconde enveloppe. Elle contenait une convocation du bureau épiscopal de l'évêque de Saint-Pétersbourg : le père Dmitri Koskov voulait-il bien prendre ses nouvelles fonctions de prêtre à l'église de l'Annonciation-de-la-Sainte-Vierge sise perspective Primorski à Saint-Pétersbourg, au plus tard le 1er juillet de cette année ? Vasilisa demanda assez sérieusement si nous n'étions pas en train de rêver. Dmitri lui tendit la lettre. En la lisant, elle rajeunit de dix ans sous nos yeux. Dmitri tremblait en imaginant la somme que l'oncle Piotr avait dû débourser pour lui obtenir ce poste en or. La réponse était l'octroi d'une concession de marbre de Sienne à un monastère sur lequel le patriarche veillait tendrement, mais encore une fois, nous ne l'apprîmes pas de la bouche de Piotr Ivanovitch. Les hommes peuvent être d'une infinie cruauté. Mais leur générosité est parfois sans limites.

Je n'avais plus vécu dans une capitale européenne sophistiquée depuis la fin des années 1780. Aussi, une fois que nous fûmes installés dans la nouvelle maison de Saint-Pétersbourg située à proximité de l'église de Dmitri, je me gorgeai de musique, de pièces de théâtre et de conversations, du mieux que le pouvait une serve affranchie de treize ans. Alors que je m'attendais à ce que mes humbles origines fussent un obstacle dans la société, celles-ci contribuèrent à faire de moi l'événement de la saison dans les salons pétersbourgeois avides de nouveauté. Et voilà qu'on soumettait « Mlle Koskov, la polymathe de Perm », à diverses épreuves en diverses langues et qui couvraient de nombreuses disciplines. Cet ensemble de connaissances acquises, je le devais à ma mère d'adoption, expliquais-je, car depuis qu'elle m'avait appris à lire, il me suffisait de cueillir les fruits que me tendait la Bible, les dictionnaires, almanachs, pamphlets, poésies convenables et lectures édifiantes. Les progressistes citaient le cas de Klara Koskov pour défendre l'idée que seul l'arbitraire de la naissance permettait de distinguer les serfs de leurs maîtres, tandis que les sceptiques disaient de moi que j'étais une oie gavée d'informations que je régurgitais sans les comprendre.

Un jour d'octobre, un carrosse tiré par quatre pur-sang blancs s'arrêta dans la perspective Primorski, et l'écuyer de la tsarine Élisabeth remit à notre famille une convocation : nous étions priés de nous rendre au palais d'Hiver pour une audience avec la tsarine. Dmitri et Vasilisa ne fermèrent pas l'œil de la nuit et furent époustouflés par la succession de pièces somptueuses que nous traversâmes afin de gagner les appartements de la tsarine. Du fait de ma méta-existence, j'étais depuis plusieurs siècles insensible à la pompe. De la tsarine Élisabeth, je me souviens surtout de la voix, pareille à une triste clarinette basse. On nous installa, mes parents adoptifs et moi-même, sur une longue banquette placée près d'un feu de cheminée tandis qu'Élisabeth préféra s'asseoir sur une chaise à haut dossier. Elle m'interrogea en russe sur ma vie de serve puis passa au français afin de tester mes connaissances sur tout un éventail de sujets. En allemand, sa langue maternelle, elle me demanda si mes divers engagements ne me lassaient pas.

Je lui répondis qu'une audience avec la tsarine ne pouvait en aucun cas être ennuyeuse, mais que je ne serais pas triste quand les gens me relégueraient aux oubliettes. Elle répliqua que je savais donc ce que ressentait une impératrice. Elle avait reçu le tout dernier modèle de pianoforte de Hambourg ; souhaitais-je l'essayer ? Je jouai alors une berceuse japonaise que j'avais apprise à Nagasaki, ce qui l'émut. Je ne sais trop pourquoi, mais Élisabeth me demanda de quelle sorte de futur mari je rêvais. « Notre fille est encore une enfant, Votre Altesse » – Dmitri venait de retrouver sa langue –, « et sa tête est remplie d'inepties de fillette.

– À mon quinzième anniversaire, j'étais déjà mariée. » La tsarine se tourna vers moi et Dmitri replongea dans son mutisme.

Le mariage, remarquai-je, n'était pas un royaume dans lequel je rêvais d'entrer.

« Cupidon ne rate jamais sa cible, déclara Élisabeth. Vous verrez. Vous verrez. »

Depuis mille ans, chère tsarine, ne lui répondis-je pas, *ses flèches semblent ricocher sur moi.* Je concédais que Son Altesse disait certainement la vérité. Mais les réponses évasives ne lui échappant pas, elle suggéra que je préférais les livres aux maris. Les livres n'avaient pas tendance à changer de sujet quand cela leur chantait, admis-je. Dmitri et Vasilisa se tortillèrent dans les beaux vêtements qu'on leur avait prêtés. Cette reine endurcie évoluant dans une cour au sein de laquelle l'adultère constituait une forme de distraction me scruta alors d'un regard dans lequel l'or du feu badinait avec celui de ses cheveux. « C'est une bien antique remarque qui jaillit d'une si jeune bouche. »

Notre visite à la cour de l'impératrice déclencha une nouvelle vague de rumeurs quant à la véritable paternité de Klara Koskov, ce qui provoqua l'embarras de mon père adoptif ; aussi, nous mîmes opportunément fin à ma brève carrière de curiosité de salon. La décision coïncida avec le retour d'oncle Piotr, qui avait passé six mois à Stockholm, et, bientôt, la demeure des Tchernenko rue Djerjinski devint notre seconde maison. La femme de Piotr, l'ancienne comédienne Ioulia Grigorevna, devint une amie fidèle et organisa des dîners où je rencontrai un échantillon un peu plus varié de Pétersbourgeois que ceux qui m'étaient donnés à voir dans les hautes sphères. Banquiers, chimistes et poètes côtoyaient directeurs de théâtre, commis aux écritures et capitaines de navire. Je continuais à lire avec avidité, et j'écrivais à de nombreux auteurs, dissimulant mon âge et mon sexe derrière ma signature : « K. Koskov ». Les archives de l'Horlogerie ont encore en leur possession les lettres que K. Koskov avait reçues du physicien René Laennec, de l'inventeur Humphry Davy et de l'astronome Giuseppe Piazzi. L'université était encore inaccessile aux femmes, mais, à mesure que les années passèrent, de nombreux progressistes issus de l'intelligentsia pétersbourgeoise vinrent chez les Tchernenko discuter de leurs travaux avec le bas-bleu. Quand je fus en âge, je reçus même plusieurs propositions de mariage, mais ni Dmitri ni Vasilisa Koskov n'étaient pressés de me perdre ; quant à moi, je n'avais aucunement le désir de redevenir la propriété d'un homme.

Le vingtième Noël de Klara arriva ; le douzième qu'elle passait auprès des Koskov. Elle reçut des bottes fourrées de Dmitri, des partitions de piano de Vasilisa et une cape couleur sable des Tchernenko. Mon journal indique que, le 6 janvier 1823, le sermon de Dmitri eut pour thème Job et les desseins secrets de la providence. En raison des angines et des rhumes, la chorale de l'église de l'Annonciation-de-la-Sainte-Vierge fit une piètre prestation. La neige recouvrait les caniveaux d'une épaisse couche, le brouillard et la fumée saturaient les allées, le soleil n'était qu'un souvenir, des stalactites pendaient aux gouttières, des râles de vapeur blanche jaillissaient des naseaux gelés des chevaux, et des plaques de glace de la taille de bateaux flottaient sur la Neva, grise comme un nuage d'orage.

Après le déjeuner, Vasilisa et moi nous installâmes dans le salon. J'écrivais une lettre en néerlandais au sujet du phénomène d'osmose dans les très grands arbres à un savant de l'université de Leyde.

Ma mère adoptive corrigeait les compositions de français rédigées par certains de ses élèves. Le feu rongeait ses bûches. Galina, notre gouvernante, allumait les lampes en maugréant au sujet de ma vue, quand on frappa à notre porte. Jasper, notre petit chien au pedigree douteux, fusa jusqu'au vestibule en jappant. Vasilisa et moi nous regardâmes, mais ni elle ni moi n'attendions de visiteur. À travers le rideau en dentelle, nous vîmes un carrosse dont la fenêtre était protégée par un voilage. Galina nous apporta une carte de visite que lui avait remise un valet de pied devant notre entrée. Dubitative, ma mère la lut à voix haute : « M. Shiloh Davidov. "Shiloh" ? Je dirais que c'est un nom étranger. Te procure-t-il la même impression, Klara ? » L'adresse montrait néanmoins que ce Davidov résidait dans la très respectable perspective Moussorgski. « Seraient-ce des amis d'oncle Piotr ?

– On m'a dit que Mme Davidov était aussi dans le carrosse », ajouta Galina.

Vasilisa changea brusquement d'avis – phénomène derrière lequel je verrais, quelque temps plus tard, une suasion –, ses doutes s'étaient évanouis. « Eh bien, invite-les donc à entrer, Galina ! Que vont-ils penser de nous ? La pauvre dame va mourir de froid ! »

« Veuillez nous excuser de cette intrusion impromptue, madame et mademoiselle Koskov », dit un homme fringant aux extravagantes bacchantes, à la voix sonore et aux vêtements sombres de style étranger. « La faute me revient entièrement. J'avais écrit ma lettre de présentation avant d'aller à l'église, mais notre jeune palefrenier a reçu un coup de sabot, et nous avons dû faire appel à un médecin. Avec toutes ces histoires, j'ai omis de vérifier que cette lettre vous était bien parvenue. Je m'appelle Shiloh Davidov, à votre service. » Il tendit son chapeau à Galina en souriant. « D'extraction russe par mon père, j'habite à Marseille, même si j'habite pour ainsi dire un peu partout. Mais si vous me le permettez » – déjà à ce moment-là, je trouvai une cadence chinoise à son russe –, « puis-je vous présenter mon épouse, Mme Claudette Davidov, que vous connaissez davantage, mademoiselle Koskov» – il agita sa canne –, « sous son nom de jeune fille et nom de plume, C. Holokai. »

Je ne m'y attendais pas. J'avais correspondu plusieurs fois avec « C. Holokai », auteur d'un essai philosophique sur la transmigration de l'âme, sans me douter qu'il s'agissait d'une femme. Le visage sombre et inquisiteur de Mme Davidov suggérait des origines perses ou levantines. Elle portait de la soie gris tourterelle et un collier de perles blanches et noires. « Madame Koskov, dit-elle à Vasilisa, merci pour votre hospitalité à l'égard de deux étrangers par cet après-midi hivernal. » Elle parlait russe plus lentement que son mari, mais prononçait les mots avec tant de soin que, spontanément, son auditoire lui prêtait la plus grande attention. « Nous aurions dû attendre demain avant de vous inviter chez nous, mais le nom de "K. Koskov" m'est parvenu il y a seulement une heure chez le Pr Obel Andropov, et j'y ai vu… j'y ai vu un signe.

– Le professeur est un ami, précisa ma mère adoptive.

– Et un linguiste classique de premier ordre, ajoutai-je.

– N'est-ce pas. Eh bien, le Pr Andropov m'a expliqué que le K était l'initiale de Klara ; puis, sur le chemin du retour, j'ai par hasard regardé dehors et aperçu l'église de votre père. Une bonne fée m'a suggéré de vérifier si vous étiez chez vous, et je crains d'avoir… » – Claudette Davidov demanda à son mari en arabe comment on disait le mot « succombé » en russe, et Shiloh Davidov l'éclaira – « … d'avoir succombé.

– Eh bien, mon Dieu, conclut Vasilisa, clignant des yeux devant ces exotiques inconnus qu'elle venait selon toute vraisemblance d'inviter chez elle. Mon Dieu. Je suis certaine que vous serez tous deux les bienvenus. Mon mari arrivera d'une minute à l'autre. Mettez-vous à l'aise, je vous en prie. Ce n'est pas un palais mais…

– Je n'ai pas visité de palais où l'on réserve le quart de l'accueil que vous nous faites. » Shiloh Davidov inspecta le salon. « Mon épouse songeait avec excitation à rencontrer "K. Koskov" depuis le jour où j'ai décidé de me rendre à Saint-Pétersbourg.

– C'est vrai, je l'admets. » Claudette Davidov tendit son manchon de fourrure blanche à Galina, murmurant un remerciement. « Et à en juger par la surprise de Mlle Koskov, nous avons toutes deux correspondu en nous imaginant à tort que l'autre était un homme – mon hypothèse est-elle exacte, mademoiselle Koskov ?

– Je ne puis le nier, madame Davidov, confirmai-je pendant que nous nous asseyions.

– Ne dirait-on là une de ces absurdes farces que l'on voit au théâtre ?

– Mal avisé, soupira Shiloh Davidov, que ce monde où les femmes renient leur sexe de crainte que leurs idées ne soient pas prises en considération. »

Nous méditâmes sur la justesse de ces propos. « Klara, ma chérie, me demanda Vasilisa qui se souvenait des devoirs qui incombaient à une maîtresse de maison. Veux-tu bien alimenter le feu pendant que Galina apportera des boissons à nos invités ? »

« La mer est mon métier, monsieur », répondit Shiloh Davidov. Dmitri trouva la compagnie inopinée des Davidov à son goût, et pour les hommes, le thé et les gâteaux cédèrent la place au cognac et à la boîte de cigares offerte par Shiloh à mon père adoptif. « Les transports maritimes, le fret, les chantiers navals, la construction navale, l'assurance maritime… » Il agita une main, vague. « J'ai effectué le voyage jusqu'à Saint-Pétersbourg à la demande de l'Amirauté russe, aussi dois-je faire preuve de discrétion, vous le comprendrez. Nous aurons de quoi nous occuper pendant un an à tout le moins, et l'on a mis à ma disposition une propriété de l'État sur la perspective Moussorgski. Madame Koskov, sera-t-il difficile d'embaucher un personnel de maison à la fois compétent et honnête ? À Marseille, hélas, de tels domestiques sont des perles rares.

– Les Tchernenko vous obligeront, dit Vasilisa. L'oncle de Dmitri – Piotr Ivanovitch – et son épouse ont l'art de dénicher les perles rares. N'est-ce pas Dmitri ?

– Et connaissant Piotr, celles-ci vous parviendront enveloppées dans la Toison d'or. » Dmitri tirait avec délice sur son cigare. « Comment escomptez-vous tromper l'ennui pendant les mois de votre séjour dans nos friches nordiques, madame Davidov ?

– À l'image de mon mari, j'ai l'âme d'une exploratrice », répliqua Claudette Davidov, comme si cette réponse épuisait la question. Le feu crachait des étincelles. « Premièrement, j'envisage d'achever un commentaire critique des *Métamorphoses* d'Ovide. J'avais d'ailleurs caressé l'espoir que "K. Koskov" daigne jeter un œil à mes gribouillis, si cela… »

Je répondis que ce serait un honneur, et que nous autres, érudites de l'ombre, devions nous serrer les coudes. Puis je lui demandai si « C. Holokai » avait reçu ma dernière lettre, envoyée en août dernier au légat russe de Marseille.

« En effet, a dit Claudette Davidov. Mon mari, dont l'amour de la philosophie est, comme vous l'avez constaté, aussi profond que le mien, était tout aussi fasciné que moi devant votre concept de Vêpre. »

Ceci suscita la curiosité de Vasilisa. « Le Vêpre, ma chérie ? »

Je n'aimais pas mentir à mes parents adoptifs, fût-ce par omission, mais, au sein de notre pieux foyer, évoquer l'atemporalité ainsi qu'un univers déserté par Dieu ou les dieux n'aurait pas été le plus fructueux des sujets de discussion. Cherchant à préparer une explication prosaïque, mon regard tomba sur Shiloh Davidov. Il avait les yeux mi-clos et sur son front brillait un point que, de par mes précédentes résurrections orientales, je connaissais sous le nom de troisième œil. Je tournai les yeux vers Claudette Davidov : le même point brillait. Il se passait quelque chose. Je regardai mes parents adoptifs et vis que Vasilisa et Dmitri Koskov étaient aussi immobiles que des statues de cire vivantes. Vasilisa avait gardé une expression faciale de concentration, mais son esprit semblait s'être éteint. Ou avoir été éteint. Le cigare fumait toujours entre les doigts de Dmitri, mais son corps était inerte.

Après mille deux cents ans d'existence, je pensais être immunisée contre la stupéfaction, mais j'avais tort. Le temps ne s'était pas arrêté. Le feu continuait à brûler dans la cheminée. J'entendais toujours Galina qui, en cuisine, coupait des légumes. Par réflexe, je tâtai le poignet de Vasilisa, y trouvant un pouls vif et régulier. Sa respiration était lente et superficielle, mais elle aussi régulière. Même constat pour Dmitri. Je les appelai. Ils ne m'entendaient pas. Ils n'étaient pas là. Il ne pouvait y avoir qu'une seule explication, ou plutôt, « deux » explications.

Les Davidov avaient, pendant ce temps, repris une apparence normale et guettaient ma réaction. Je me levai, et, bien que j'eusse perdu pied, saisis le tisonnier, furieuse, puis menaçai les Davidov, quelle que fût leur nature, sur un ton plutôt inattendu chez la fille de vingt ans d'un prêtre russe : « Si vous avez fait du mal à mes parents, je vous jure que…

– Pourquoi ferions-nous du mal à des personnes honnêtes ? » Shiloh Davidov était surpris. « Nous les avons pétrifiés. Rien de plus. »

Claudette poursuivit : « Nous voulions nous entretenir en privé avec vous, Klara. Nous pouvons annuler leur pétrification comme ceci » – elle claqua des doigts – « et ils ne sauront même pas qu'ils étaient inconscients. »

Considérant toujours les Davidov comme une menace, je leur demandai si cette pétrification était un phénomène analogue au mesmérisme.

« Franz Mesmer est un fanfaron ridicule, commenta Claudette Davidov. Nous sommes des psychosotériciens. Des psychosotériciens du Courant Profond. »

Voyant que ces mots me laissaient désemparée, Shiloh Davidov demanda : « N'aviez-vous donc jamais assisté à ce genre de phénomène, mademoiselle Koskov ?

– Non », répondis-je. Les Davidov échangèrent des regards étonnés. Shiloh Davidov retira le cigare des doigts de Dmitri avant qu'il ne les brûle, puis le mit dans le cendrier. « Vous ne voulez pas reposer ce tisonnier ? Il ne vous sera pas d'une grande utilité pour comprendre. »

Me sentant stupide, je rangeai l'objet. J'entendais les sabots de chevaux, le tintement des brides et les appels d'un charbonnier sur la perspective Primorski. À l'intérieur de notre salon, ma méta-existence entrait dans une nouvelle ère. Je demandai à mes invités : « Qui êtes-vous vraiment ? »

Shiloh Davidov prit la parole : « Je me nomme Xi Lo. "Shiloh" est ce que j'ai trouvé de plus proche, pour l'Europe. Ma consœur ici présente, qui est contrainte de jouer mon épouse en public, s'appelle Holokai. Ce sont les authentiques noms dont nous avons hérité lors de notre première vie. Les noms de nos âmes, si vous préférez. Pour commencer, mademoiselle Koskov, quel est votre véritable nom ? »

D'une façon absolument pas féminine, je bus une bonne moitié du verre de cognac de Dmitri. J'avais depuis si longtemps abandonné le rêve que, un jour, je rencontrerais des semblables, d'autres Atemporels, que maintenant que l'occasion se présentait à moi, je n'étais pas préparée, pauvre de moi. « Marinus », fis-je, quoique cette réponse leur parvînt dans un toussotement rauque provoqué par le cognac. « Je m'appelle Marinus.

– Heureuse de vous rencontrer, Marinus, dit Claudette-Holokai Davidov.

– Je connais ce nom. » Shiloh-Xi Lo fronçait les sourcils. « Comment cela se peut-il ?

– Je ne vous aurais pas oublié », l'assuré-je.

– *Marinus.* » Xi Lo caressait ses favoris. « Auriez-vous un quelconque lien avec Marinus de Tyre, le cartographe ? Non. L'empereur Philippe l'Arabe avait un père nommé Julius Marinus. Non. C'est agaçant comme une démangeaison qu'on ne parvient pas à calmer. D'après ce que nous avons réussi à glaner dans votre lettre, vous êtes une Rapatriée et non pas une Résidente, n'est-ce pas ? »

J'admis ne pas comprendre sa question.

Mon ignorance sembla les déstabiliser. Claudette-Holokai expliqua : « Les Rapatriés meurent, partent pour le Vêpre, et en reviennent quarante-neuf jours plus tard. Les Résidents, comme Xi Lo ici présent, s'installent simplement dans un nouveau corps quand celui qu'ils occupent est hors d'usage.

– Dans ce cas, c'est exact. » Je me rassis. « Je crois bien que suis une Rapatriée.

– Marinus. » Shiloh-Xi Lo m'observait. « Sommes-nous les premiers Atemporels que vous ayez rencontrés ? »

Cette boule que j'avais dans la gorge était comme un caillou. Je hochai la tête.

Claudette-Holokai prit une bouffée du cigare de son compagnon. « Alors, je peux vous dire que vous vous en sortez admirablement bien. Quand Xi Lo est venu rompre mon isolement, je suis restée hébétée pendant plusieurs heures. Certains prétendront que je ne m'en suis jamais remise. Mais enfin. Nous avons une bonne nouvelle à vous annoncer. Ou une mauvaise, c'est selon. Nous ne sommes pas les seuls. »

Je pris la carafe de Dmitri et me servis un autre verre de cognac. L'alcool contribuait à dissoudre le caillou. « Combien d'autres comme vous – comme nous – y a-t-il encore ?

– Nous ne sommes pas très nombreux, répondit Xi Lo. Nous sommes sept à être affiliés à un Cercle d'Horlogerie situé dans une propriété de Greenwich, à Londres. Neuf autres ont rejeté notre proposition, préférant l'isolement. Notre porte leur reste ouverte si jamais ils cherchent de la compagnie. Au travers des siècles, nous avons croisé onze Atemporels "autodésignés" – ou douze, si l'on tient compte du Suève. Faire passer à ces Carnivores l'envie de faire de nouvelles victimes est notre raison d'être, et c'est exactement ce que nous autres, Horlogers, nous employons à faire. »

J'apprendrais par la suite ce qui se cachait derrière cet intrigant jargon.

« Vous voudrez bien me pardonner mon manque de tact, Marinus » – les doigts de Claudette-Holokai parcouraient son collier de perles –, « mais quand êtes-vous née ?

– En l'an 640, répondis-je, grisée par la nouveauté de pouvoir dire la vérité à mon sujet. Dans ma première vie, j'étais saint-marinais. Le fils d'un fauconnier. »

Holokai s'agrippa à l'accoudoir de son fauteuil comme si elle avançait à une vitesse folle. « Vous avez plus de deux fois mon âge, Marinus ! Je ne connais pas le lieu ni l'année exacts de ma naissance. C'était probablement à Tahiti, ou bien sur les îles Marquises, je le saurais si j'y retournais, mais je n'en ai pas vraiment envie. C'était une mort horrible. Ma deuxième existence fut celle d'un jeune mahométan esclave chez un orfèvre juif portugais. Le roi João est mort pendant que j'étais là-bas, un jalon qui permet de raccrocher la date de mon séjour à l'an 1433. Xi Lo, cependant… »

Les nappes de la fumée odorante des cigares flottaient à différentes hauteurs.

« Je suis né vers la fin de la dynastie des Zhou sur un bateau du fleuve Jaune, m'informa l'homme que j'appelais M. Davidov. Mon père était mercenaire. Nous devions être aux alentours de l'an 300. C'était il y a cinquante vies d'aujourd'hui. Mais vous semblez comprendre cette langue sans difficulté, mademoiselle Koskov… ? »

Je hochai la tête, et c'est seulement alors que je me rendis compte qu'il me parlait en chinois.

« J'ai vécu quatre existences chinoises. » Je remis en service mon mandarin désaffecté. « La dernière, c'était vers le milieu de la dynastie des Ming, aux alentours de l'an 1500. J'étais une femme et vivais à Kunming. J'étais herboriste.

– Votre chinois me paraît plus moderne que cela », jugea Xi Lo.

– Dans ma dernière vie, j'habitais sur le site des entrepôts néerlandais de Nagasaki, et pratiquais avec les commerçants chinois. »

Lentement, puis avec de plus en plus de vigueur, Xi Lo hocha la tête avant de s'exclamer en russe : « Par Dieu ! Marinus : le docteur de Dejima. Grand, visage rougeaud, cheveux blancs, néerlandais, un irascible M. Je-sais-tout. Vous vous y trouviez quand le *Phoebus*, le vaisseau britannique, a réduit la place en miettes. »

J'étais comme pris de vertige. « Vous étiez là ?

– J'ai assisté à la scène. Depuis le pavillon du magistrat.

– Mais… qui étiez-vous ? Ou plutôt en qui étiez-vous ?

– J'avais plusieurs hôtes, mais pas de Néerlandais, car j'aurais alors peut-être su voir en vous l'Atemporel, et épargner ainsi à Klara Koskov bien des ennuis. Vous autres, Néerlandais, vous vous en souviendrez, étiez coincés sur cet îlot après la chute de Batavia, aussi quittai-je et retournai-je au Japon via les jonques de commerce chinoises. Le magistrat Shiroyama fut mon hôte plusieurs semaines durant.

– Je suis allée rencontrer le magistrat plusieurs fois. Sa mort a suscité un énorme scandale, lequel fut au demeurant étouffé. Mais qu'est-ce qui vous a amené à Nagasaki ?

– C'est une longue histoire, expliqua Xi Lo. Il y est question de mon confrère Ôshima, Japonais lors de sa première existence, ainsi que d'un infâme abbé du nom d'Enomoto, qui a fait resurgir de terre, sur les hauteurs de Kirishima, un psychoalambic provenant d'avant le shintoïsme.

– Enomoto était venu à Dejima. Sa présence me donnait la chair de poule.

– La sagesse de la peau est mésestimée. J'ai eu recours à une suasion pour convaincre Shiroyama de mettre fin au règne d'Enomoto. Grâce à un poison. Hélas, il lui en aura coûté la vie, mais ainsi va l'arithmétique du sacrifice. Mon tour viendra, un jour. »

Jasper le chien profita de l'immobilité de Vasilisa pour sauter sur ses genoux, une liberté que ma mère adoptive ne lui accordait jamais.

« Qu'est-ce qu'une “suasion” ? Est-ce comme une hiatalisation ?

– Il s'agit dans les deux cas d'actes de psychosotérique, dit Claudette-Holokai. Là où un acte hiatal fige le sujet, un acte de suasion le contraint. Je suppose que chaque fois que vous vous réincarnez dans une personne de basse extraction » – elle désigne le salon chaleureux mais modeste des Koskov –, « vous tentez d'améliorer votre condition en vous attirant les faveurs de protecteurs ou de protectrices, ce genre de personnes ?

– Oui. Et grâce à mes connaissances cumulées sur plusieurs

vies. Je m'intéresse à la médecine. Quand j'incarne une personne de sexe féminin, c'est un des rares moyens de s'élever dans la société. »

Galina continuait à couper des légumes dans la cuisine.

« Permettez-nous de vous dévoiler des raccourcis, Marinus. » Xi Lo se pencha en avant, pianotant du bout des doigts sur sa canne. « De vous montrer votre nouvel univers. »

« En voilà une qui est bien loin. » Unalaq s'appuie contre le chambranle de la porte, tenant une tasse ornée du logo de Metallica, le groupe de heavy-metal qui défie la mort. « La tasse ? Un cadeau du jeune frère d'Inez. Deux nouvelles infos : L'Ohkna a couvert les frais de la chambre d'hôtel de Holly pour les sept prochains jours. Et comme Holly commençait à gigoter, je l'ai pétrifiée jusqu'à ce que tu sois prête.

– Sept jours. » Je replace la feutrine sur le clavier du piano. « Je me demande où nous serons dans sept jours. Allez, au travail, sinon Holly va de nouveau me passer sous le nez.

– Ôshima disait que tu serais sûrement en train de t'autoflageller.

– Quoi, il est déjà debout ? Non seulement il n'a pas dormi de la nuit, mais, ce matin, il a joué les héros de film d'action.

– Il a juste fermé les yeux pendant une heure et maintenant, il bat son tambour comme un lapin cocaïné. Il mange du Nutella à la cuillère, à même le pot. Je ne peux pas regarder ça.

– Où est Inez ? Il ne faut pas qu'elle sorte de l'appartement.

– Elle donne un coup de main à Toby, le propriétaire de la librairie. Notre bouclier couvre la boutique, mais je l'ai prévenue de ne pas aller au-delà. Je sais qu'elle ne le fera pas.

– Je n'ose pas imaginer ce qu'elle doit penser de cette folie ambiante et du danger.

– Inez a grandi en Californie, à Oakland. Question folie et danger, je pense qu'elle a quelques notions élémentaires. Bon, allez. On va débusquer Esther ? » Je suis Unalaq qui descend dans la chambre d'amis, où Holly est allongée sur un canapé-lit, pétrifiée. La réveiller me paraît bien cruel. Ôshima surgit de la bibliothèque. « Jolis petits martèlements, Marinus. » Il fait mine de jouer du piano.

« Je ferai passer le chapeau plus tard. » Je m'assieds à côté de Holly et lui prends la main, appuyant mon majeur sur le chakra de sa paume.

Je demande à mes confrères : « Tout le monde est prêt ? »

Le buste comme monté sur ressort, Holly se redresse d'un coup, luttant pour donner du sens à un passé composé où se mêlent des policiers meurtriers, Ôshima, Unalaq et moi, et cette étrange pièce. Elle remarque qu'elle est en train de me planter ses ongles dans le poignet. « Désolée.

– Il n'y a pas de mal, madame Sykes. Votre tête, ça va ?

– J'ai la cervelle en compote. De ce qui s'est passé, qu'est-ce qui était vrai ?

– Tout, hélas. Nos ennemis vous ont enlevée. J'en suis désolée. »

Holly ne sait trop quoi penser. « Où est-ce que je suis ?

– Au 154 de la 10e Rue Ouest, lui répond Unalaq. Chez moi. Et chez ma compagne. Je m'appelle Unalaq Swinton. Nous sommes le même jour et il est deux heures de l'après-midi. On se disait qu'un peu de repos ne vous ferait pas de mal.

– Oh. » Holly observe ce personnage nouveau pour elle. « Enchantée. »

Unalaq sirote son café. « Tout l'honneur est pour moi, madame Sykes. Vous voulez de la caféine ? Ou un autre stimulant léger ?

– Est-ce que vous êtes comme… Marinus et puis l'autre… euh… ?

– Arkady ? Oui, mais je suis plus jeune, je n'en suis qu'à ma cinquième vie. »

Les paroles d'Unalaq renvoient Holly au monde dans lequel elle est tombée. « Marinus, ces flics… ils… Je pense qu'ils voulaient me tuer.

– Des meurtriers payés pour vous éliminer, énonce Ôshima. Des personnes de chair et de sang dont le métier n'est pas de soigner les caries, de vendre des biens immobiliers ou d'enseigner les mathématiques, mais d'assassiner. Je les ai fait s'entretuer avant qu'ils ne vous exécutent. »

Holly déglutit. « Qui êtes-vous ? Si ce n'est pas malpoli… »

Il paraît un rien amusé. « Je suis Ôshima. Et, oui, je fais partie de l'Horlogerie, moi aussi. J'en suis à ma onzième vie, puisqu'on est tous là, à compter.

– Mais… vous, vous n'étiez pas dans la voiture de police… si ?

– Mon esprit était présent, pas mon corps. Pour vous, j'étais Ôshima le gentil fantôme. Pour vos ravisseurs, j'étais Ôshima le salopard. Je ne vous cache pas que j'ai bien aimé. » Une fine pluie régulière barbouille les bruissements et pétarades de la ville. « Même si cette longue guerre froide vient de franchir un cap et ne sera bientôt plus froide du tout.

– Eh bien merci, monsieur Ôshima, dit Holly. C'est bien comme ça que je dois vous… *Aoife !* Marinus… ces policiers, ils… ils… ils disaient qu'Aoife avait eu un accident de voiture. »

Je secoue la tête. « Ils vous ont menti. C'était pour vous faire monter dans leur véhicule.

– Mais ils savent que j'ai une fille ! Et s'ils lui font du mal ?

– Tenez, regardez. Là. » Unalaq lui passe une tablette. « C'est le blog d'Aoife. Aujourd'hui, elle a trouvé trois éclats d'une amphore phénicienne et des os de chat. Elle a posté le billet il y a quarante-cinq minutes, à seize heures dix-sept, heure locale en Grèce. Elle va bien. Vous pouvez lui envoyer un message, mais, s'il vous plaît, par pitié, ne lui parlez pas des événements de la journée. Vous risqueriez de la compromettre. »

Holly lit le billet de sa fille ; la panique redescend d'un cran. « Mais ce n'est pas parce que ces gens ne s'en sont pas encore pris à elle qu'ils ne…

– Cette semaine, les Anachorètes focalisent toute leur attention sur Manhattan, explique Ôshima. Mais, par sécurité, votre fille a un garde du corps : Roho. C'est l'un des nôtres. » *Et qui va nous manquer cruellement pour la Seconde Opération*, commente-t-il en subdiscours.

Holly est de nouveau déboussolée. Elle repousse sous son turban des mèches de cheveux qui pendent. « Aoife est sur le chantier archéologique d'une île grecque isolée. Comment… enfin, je veux dire… pourquoi… Non. » Elle regarde ses chaussures. « Écoutez, ce que je voudrais, c'est juste rentrer chez moi. »

Je lui livre la dure réalité avec douceur. « Vous arriveriez jusqu'à l'Empire Hotel, mais vous n'en ressortiriez pas vivante. Je suis désolée.

– Et même si vous passiez entre les mailles du filet » – Ôshima, moins délicat, poursuit –, « il suffirait que vous retiriez de l'argent à un distributeur, que vous utilisiez votre téléphone ou votre tablette pour qu'un Anachorète vous tombe dessus en quelques minutes. Et même sans avoir recours à ces méthodes, ils pourraient vous retrouver en se servant d'une dagyde quantique, à moins que vous ne soyez protégée par un voile de Courant Profond.

– Mais je vis dans l'ouest de l'Irlande ! Il n'y a pas de gangsters, là-bas.

– Même dans la Station spatiale internationale, vous ne seriez pas en sécurité, madame Sykes, lui rétorque Ôshima. Et les Anachorètes de la Chapelle du Vêpre représentent une plus grande menace que les gangsters. »

Elle se tourne vers moi. « Qu'est-ce que je dois faire, alors ? Rester ici toute ma vie ?

– Ce que je crois, lui confié-je, c'est que vous ne serez en sécurité que si nous gagnons notre Guerre.

– Si nous perdons, dit Unalaq, alors nous y passerons tous. »

Holly ferme les yeux, nous laissant une dernière chance de disparaître et de la laisser retrouver la vie qu'elle menait avant de croiser une psychiatre canadienne d'origine africaine un peu enveloppée au cimetière de Blithewood.

Dix secondes plus tard, nous sommes toujours là.

Elle soupire et demande à Unalaq : « Je veux bien un thé, s'il vous plaît. Avec un nuage de lait et sans sucre. »

« L'"Horlogerie" ? répète Holly dans la cuisine d'Unalaq. C'est la réparation des horloges, non ?

– À l'époque où Xi Lo a créé notre cercle d'Horlogerie, réponds-je, ce mot renvoyait à l'étude de la mesure du temps. C'était une sorte de groupe d'entraide, si vous voulez. Notre fondateur, qui était chirurgien à Londres dans les années 1660 – il figure dans le journal de Samuel Pepys, soit dit en passant –, avait acquis une maison à Greenwich qui nous servirait de quartier général, de garde-meuble, et de panneau d'information nous permettant de rester en contact les uns avec les autres à travers le temps, d'une vie à l'autre.

– En 1939, poursuit Unalaq, nous avons déménagé au 119A – l'endroit que vous avez visité ce matin – à cause de la menace allemande.

– Alors l'Horlogerie, c'est une sorte de club pour… les Atemporels comme vous ?

– C'est ça, dit Unalaq, mais l'Horlogerie a également un rôle curatif.

– Nous éliminons les Atemporels carnivores, déclare Ôshima, qui, comme les Anachorètes, absorbent les âmes psychovoltaïques d'innocents pour alimenter leur propre immortalité. Je pensais que Marinus vous l'avait expliqué tout à l'heure.

– Nous leur donnons pourtant l'occasion de se repentir, intervient Unalaq.

– Mais ils ne la saisissent jamais, ajoute Ôshima. Alors nous nous chargeons de leur repentance définitive.

– Ce sont des tueurs en série, expliqué-je à Holly. Ils assassinent des enfants comme Jacko et des adolescentes comme vous jadis. Et ils recommencent. Encore et toujours. Jamais ils ne s'arrêtent. Les Carnivores sont accros à la longévité artificielle.

– Et Hugo Lamb fait partie de ces tueurs en série ?

– Oui. Il a effectué le repérage de onze proies depuis… depuis la Suisse. »

Holly fait tourner sa bague d'éternité. « Et Jacko faisait partie des vôtres ?

– Xi Lo a fondé l'Horlogerie, répond Ôshima. C'est lui qui m'a initié au Courant Profond. À la psychosotérique. Il était irremplaçable. »

Holly songe au petit garçon avec qui elle n'a pu partager que huit Noëls. « Il y en a combien d'autres comme vous ?

– De façon certaine, sept. Peut-être huit. Neuf, avec un peu de chance. »

Holly fronce les sourcils. « C'est plutôt une guerre miniature, vous ne trouvez pas ? »

Je pense à la femme d'Oscar Gomez. « La famille Sykes a-t-elle eu le sentiment que la disparition de Jacko avait quoi que ce soit de minime ? Huit, c'est peu, mais nous n'étions pas plus de dix quand nous vous avons immunisée. Nous construisons des réseaux. Nous avons des alliés et des amis.

– Et combien de Carnivores y a-t-il ?

– Nous l'ignorons, admet Unalaq. Plusieurs centaines répartis partout dans le monde.

– Mais quand nous en débusquons un » – Ôshima marque un silence éloquent –, « cela en fait un de moins.

– Cependant, les Anachorètes nous résistent. Ce sont nos ennemis séculaires. Pouvons-nous empêcher tous les Carnivores du monde de perpétrer des animacides ? Non. Mais chaque âme sauvée est une victoire en soi. »

Les pigeons roucoulent et se blottissent dans les jardinières d'Unalaq.

« Disons que je vous crois sur parole, déclare Holly. Pourquoi moi ? Pourquoi ces Anachorètes veulent me – bon sang, je n'arrive pas à croire que ces mots puissent sortir de ma bouche – me tuer ? Et qu'est-ce que je représente, moi, pour vous ? » Des yeux, elle fait un tour de table. « Quelle importance vous voudriez que j'aie dans votre guerre ? »

Ôshima et Unalaq me regardent. « De l'importance, vous en avez parce que vous avez dit oui il y a quarante ans à une femme nommée Esther Little, qui pêchait sur un ponton de bois branlant au bord de la Tamise. »

Holly me dévisage. « Comment est-ce que vous savez ça ?
– Esther m'a parlé de votre rencontre. De ce jour-là, en 1984.
– Vous étiez à Gravesend, vous ? Le samedi où Jacko a disparu ?
– Mon âme était dans le crâne de Jacko, quand il dormait cette nuit-là au Captain Marlow. L'âme d'Esther Little y était, elle aussi, de même que celle d'Holokai, une autre consoeur. Et si l'on compte celle de Xi Lo, nous étions quatre Grecs cachés dans le ventre de ce cheval de Troie. Mlle Constantin est apparue dans la chambre, via le Sas, et a fait gravir à Jacko le Chemin-de-dalles jusqu'à la Chapelle du Vêpre.
– Celle construite par le Cathare Aveugle ? » Holly a la voix sèche.
« Celle construite par le Cathare Aveugle. » Bien, elle a digéré toutes ces informations. « Jacko était notre moyen d'appâter Constantin. En vous immunisant, c'est comme si nous lui avions crevé un œil, et nous avions misé sur le fait qu'elle ne résisterait pas à la volonté de nous rendre la pareille en amadouant puis en enlevant le frère de celle que nous avions sauvée. Ce stratagème a fonctionné, et, pour la première fois, l'Horlogerie a eu accès au plus ancien, plus glouton et mieux gardé des psychoalambics. Sans nous laisser le temps de découvrir un moyen de démolir l'édifice, le Cathare Aveugle s'est réveillé. Il a lancé un appel à tous les Anachorètes et, bon, il est difficile de décrire une bataille de psychosotériciens dans un espace réduit…
– Imaginez-vous un lanceur automatique de balles de tennis chargé de grenades, propose Ôshima, à l'intérieur d'un container sur un cargo pris dans une tempête de force dix.
– C'était la pire journée qu'ait connue l'Horlogerie, dis-je.
– Nous avons eu cinq Anachorètes, relate Ôshima, mais ils ont tué Xi Lo et Holokai. Lesquels sont bel et bien morts.
– Ils ne se sont pas… réincarnés ? demande Holly.
– Si nous mourons dans le Vêpre, expliqué-je, nous mourons. Ce sont les conditions du contrat dont je vous parlais. Le Vêpre compromet notre résurrection. J'ai survécu parce qu'Esther Little s'est frayé un passage et s'est enfuie par le Chemin-de-dalles, après

avoir enveloppé mon âme dans la sienne. Seule, j'aurais péri, mais malgré la protection d'Esther, j'ai été grièvement blessée, et elle aussi. Elle a ouvert le Sas tout près de là où vous étiez, Holly, dans le jardin d'un bungalow près de l'île de Sheppey.

– Ce n'était pas par hasard, j'imagine ?

– Effectivement, non. Tandis que l'âme d'Esther et la mienne se raccommodaient, le Troisième Anachorète, un dénommé Joseph Rhîmes, est arrivé sur place. Il nous avait suivies à la trace. Il a tué Heidi Cross et Ian Fairweather gratuitement, et s'apprêtait à vous tuer, vous aussi, mais je suis parvenue à me raccommoder pour faire bouger Heidi Cross. Rhîmes m'a projetée par psychocinétique un objet sur la tête, et j'ai expiré. Quarante-neuf jours plus tard, j'étais réincarnée dans ce corps, à l'intérieur d'une ambulance délabrée, dans un des quartiers enfiévrés de Detroit. Longtemps j'ai cru que Rhîmes vous avait tuée dans le bungalow, et que l'âme d'Esther était trop mutilée pour se raccommoder. Mais quand j'ai repris contact au 119A, Arkady, tel qu'il était dans sa vie précédente et non pas tel que vous l'avez rencontré aujourd'hui, m'a annoncé que vous n'étiez pas morte. C'était le cadavre de Joseph Rhîmes qu'on avait retrouvé sur les lieux du massacre.

– Seul un psychosotéricien était en mesure de tuer Joseph Rhîmes, continue Ôshima. Il suivait la Voie de l'Ombre depuis cent soixante-dix ans. »

Holly comprend : « Vous croyez que c'était Esther Little ? »

Unalaq lui répond : « C'est l'explication la moins improbable.

– Mais Esther Little n'était… qu'une gentille petite vieille qui m'a donné du thé.

– Mais oui, ricane Ôshima, et moi, je suis le vieux garçon qui, grâce à sa carte senior, passe sa journée dans les bus.

– Mais pourquoi est-ce que je ne me souviens de rien ? s'interroge Holly. Et où est-ce qu'Esther Little est allée après avoir tué ce fameux, Rhîmes, là ?

– Votre première question trouve facilement sa réponse, lui explique Unalaq. N'importe quel psychosotéricien sait expurger une mémoire. Pour le faire avec précision, c'est une autre paire de manches, mais Esther avait cette compétence-là. C'est sans doute ce à quoi elle s'est employée en s'introduisant. »

Inconsciemment, Holly s'agrippe à la table. « En s'introduisant dans quoi ?

– Dans la parallaxe de vos souvenirs, réponds-je. C'est l'asile que vous lui avez offert. L'âme d'Esther a été rouée de coups dans la Chapelle du Vêpre ; des brûlures lui ont été infligées quand, avec férocité, elle s'est frayé un passage en redescendant avec moi sur le Chemin-de-dalles ; et, après avoir tué Joseph Rhîmes, il ne lui restait plus le moindre psychovolt.

– Il aurait fallu des années pour que son âme se raccommode, estime Unalaq. Un temps au cours duquel Esther aurait été aussi vulnérable que quelqu'un dans le coma.

– Je crois que je comprends. » La chaise de Holly grince. « Esther Little s'est "infiltrée" en moi, m'a fait quitter la scène du crime, a effacé les souvenirs que j'en avais… Soit. Mais, une fois remise sur pied, elle est allée où ? »

Ôshima, Unalaq et moi regardons tous les trois le crâne de Holly.

Elle fronce les sourcils, puis comprend : « C'est une blague ou quoi ? »

Vers dix-neuf heures, le crépuscule drape le grenier de nuances bleues, grises, et noires. La petite lampe sur le piano brille du jaune des jonquilles. Quatre étages plus bas, le gérant de la librairie salue un employé. Puis il s'en va bras dessus, bras dessous avec une femme menue. Le couple a l'air de sortir du passé, éclairé par les halos de brume des lampadaires de la 10e Rue Ouest. Je tire les rideaux sur le vitrage blindé lacéré par les gouttelettes qui ruissellent. Ôshima, Unalaq et moi-même avons passé l'après-midi à briefer Holly sur l'Horlogerie et notre Guerre contre les Anachorètes, ainsi qu'à manger les crêpes d'Inez. Il aurait été inconsidéré de sortir, après la catastrophe évitée de justesse ce matin, et, par ailleurs, nous éviterons de nous rendre au 119A avant notre rendez-vous avec

D'Arnoq ce vendredi. Grâce à Arkady et au voile de Courant Profond, nous serons en sécurité. « La tuerie des faux policiers de la Cinquième Avenue » fait les gros titres des journaux du soir, et les journalistes supposent que les hommes retrouvés morts étaient des braqueurs de banque sur le point de commettre un casse mais que, juste avant de passer à l'action, ils ont eu un différend à l'issue fatale. Les réseaux nationaux n'ont pas relayé l'information, en raison du massacre à l'arme à feu survenu dans le Texas à Beck Creek, de la énième confrontation entre la Chine et le Japon au sujet des îles Senkaku ou Diaoyu, et du cinquième divorce de Justin Bieber. Les Anachorètes vont apprendre que Brzycki est mort du fait de l'intervention d'un psychosotéricien, mais de là à savoir si cela affectera leurs éventuels stratagèmes destinés à contrecarrer notre Seconde Opération, je l'ignore. Je n'ai pas eu de nouvelles du renégat D'Arnoq. J'entends Unalaq et Holly fouler l'escalier qui grince, et voici qu'elles apparaissent dans l'embrasure de la porte.

« C'est un divan de psy que vous avez là, constate Holly.

– Le Dr Marinus va vous recevoir, lui réponds-je. De nouveau. Prête ? »

Holly, retire ses pantoufles et s'étend. « J'ai plus d'un demi-siècle de souvenirs en magasin, pas vrai ? »

Je remonte les manches de ma blouse. « Une infinité finie, c'est vrai.

– Comment est-ce que vous saurez où trouver Esther Little ?

– Un chauffeur de taxi de Poughkeepsie m'a transmis un indice », réponds-je.

Unalaq place un coussin sous la tête de Holly. « Détendez-vous.

– Marinus ? Est-ce que vous verrez tout ce que j'ai fait ?

– C'est le principe d'un “sondage”. Mais rappelez-vous que je suis un psychiatre du septième siècle. Il n'y a pas grand-chose que je n'ai pas déjà vu. »

Holly ne sait trop quoi faire de ses mains. « Est-ce que je vais rester consciente ?

– Je peux vous hiataliser pendant que je vous sonde, si vous le souhaitez.

– Euh… pas la peine. Si. Je ne sais pas. À vous de voir.

– Entendu. Parlez-moi de votre maison près de Bantry.

– Bon… d'accord. La maisonnette de Dooneen appartenait à l'origine à ma grand-tante Eilísh. Elle est située sur la péninsule de Sheep's Head, un doigt de roche qui pointe sur l'Atlantique. Au bout du jardin, le terrain descend dans une crique, puis il y a un sentier qui mène à la jetée, et… »

Alors que je m'infiltre en elle, je la hiatalise. D'une certaine manière, c'est plus doux. Dans le passé composé de Holly, remarqué-je, les événements étranges de la journée dominent, mais de plus anciens souvenirs se cintrent au passage de mon âme, tels des draps gonflés par le vent sur une corde à linge. Voici Holly qui grimpe dans un taxi à la sortie de l'Empire Hotel tôt ce matin. Qui me rencontre au Santorini Café, et à Blithewood. Qui atterrit à Boston la semaine dernière. Je remonte davantage, pénétrant dans son plus-que-parfait. Holly qui peint dans son atelier, qui étale des algues sur son carré de pommes de terre. Qui regarde la télévision en compagnie d'Aoife et son petit ami. Des chats. Des pétrels tempête. Des câbles de démarrage. Elle mélangeant la farce des *mince pies* pour Noël. Les funérailles de Kath Sykes à Broadstairs. Je m'enfonce plus profondément et plus vite, comme dans le mode retour rapide des obsolètes DVD, quand on ne voit qu'une image sur huit, seize, trente-deux, soixante-quatre… Trop rapide. Ralentissons. Non, c'est trop lent : autant chercher une aiguille dans le Wyoming, il faut que je fasse attention. Là, un vif souvenir du Dr Tom Ballantyne : « J'ai envoyé trois échantillons à trois différents laboratoires. Les rémissions sont rares, c'est vrai, mais, pour le moment, vous êtes hors de danger. Je ne vous cache pas que je n'y comprends rien, mais, en tout cas, mes félicitations. » Plus profond, plus loin. Les souvenirs de Holly avec Crispin Hershey à Reykjavik, à Shanghai, sur l'île de Rottnest. Ils s'aimaient, à ce que je vois, mais ne l'avaient qu'à moitié deviné. La première tournée promotionnelle de Holly aux États-Unis pour *Les Gens-de-la-radio*. Son bureau au centre d'hébergement pour sans-abri. Son amie et collègue galloise Gwyn. Le visage d'Aoife quand Holly lui annonce qu'Ed est mort dans un bombardement. La voix d'Olive Sun au téléphone, une heure plus tôt. Des jours plus heureux. Holly assistant au spectacle dans lequel joue Aoife, *Le Magicien d'Oz*, en serrant la main d'Ed dans le noir. Les cours magistraux de psychologie de l'Université ouverte britannique. Tiens, j'ai entrevu Hugo Lamb… Stop. Leur nuit dans la chambre d'une petite station de ski suisse – tout ceci ne me regarde pas, mais une joie muette et déroutante brille dans les yeux du jeune homme. Il l'aimait, lui aussi. Mais les Anachorètes ont frappé à la porte. Destin ou prédestination ? Script ou Contrescript ? Pas le temps de s'attarder. Dépêchons-nous. Je m'enfonce davantage. Des vignes quelque part en France. Une mer gris ardoise – le lieu de son asile ? Du cargo, nulle trace. Suis-je trop loin ou pas assez ? Ouvrons l'œil. On doit sentir les rafales du vent et les secousses du moteur. Stop. Il n'y a ni temps ni bruit. Les passagers se figent, devenant leurs propres portraits. Les mouettes, la gravité branlante, et le vent déchaîné. Un troufion vient de lancer sa cigarette, qui flotte dans l'air, ses filaments de fumée se mêlent au panache de vapeur du bateau. C'est la première fois que Holly traverse la Manche, à l'époque où le tunnel n'existait pas encore. Plus loin en arrière, d'une, deux, voire trois années… Un 17 dessiné au sucre glace sur un gâteau d'anniversaire… Plus loin. Un centre d'IVG dans l'ombre du stade de Wembley, un jeune homme sur une moto de la marque Norton qui attend à l'extérieur. Doucement, à présent… Une déclivité de mois gris, après la disparition de Jacko. La cueillette de fraises…

Et là, regarde ! Des scènes expurgées, vidées. Il y en a deux heures. Un joli travail. Il doit s'agir des meurtres au bungalow. Juste avant les coupures, je vois une station-service et un pont. Rochester ? Il y a des bateaux, mais nous sommes toujours au lendemain et non pas au jour de l'Étoile de Riga. Les cloches d'une église. La nuit précédente, dans une église en compagnie d'Ed Brubeck, encore adolescent. Le Script aime tellement les présages. La veille de la Première Opération. Holly est à l'arrière du vélo d'Ed, un fish-and-chips au bord de la mer, encore du vélo, le t-shirt d'Ed trempé de sueur lui colle au dos. Nous passons devant deux pêcheurs, mais ce sont manifestement des hommes et aucun n'arbore le fameux chapeau d'Esther. Esther pêchait toujours seule. « Pêcher, c'est comme prier, avait-elle coutume de dire. Même à plusieurs, on est seul. » Ralentis, doucement. Holly consulte sa montre à quatre heures vingt, trois heures quarante-neuf, et encore une fois à trois heures dix-sept avant qu'Ed la rejoigne. La bandoulière de son sac de sport lui irrite l'épaule. Holly a soif, elle est en colère et bouleversée. Elle regarde sa montre à deux heures cinquante-huit. Je suis allée trop loin en arrière. « À trois heures le jour de… » Tel est mon repère. J'inverse la marche et repars vers le présent, très doucement ; il y a la Tamise sur la gauche et… Oh.

Je t'ai trouvée.

Au loin, sur la Tamise, à mi-chemin entre le Kent et le Sussex, flotte un cargo ; le nom de ce panneau indicateur long d'un tiers de kilomètre est l'*Étoile de Riga*. Esther Little a vu le cargo « à l'instant », à trois heures exactement, le 30 juin 1984. J'avais moi-même vu ce bateau plus tôt, depuis les docks de Tilbury, en patientant dans l'appartement que j'avais loué et dans le corps de Yu Leon Marinus, avant de transverser par-dessus la Tamise jusqu'au Captain Marlow afin d'infiltrer la tête de Jacko. En subdiscours, Esther nous avait parlé du cargo, pendant que nous attendions Constantin. Holokai avait signalé avoir passé plusieurs mois à Riga quand elle était Claudette Davidov.

Là, au bout du ponton, Esther est assise, telle que l'a vue Holly par cette chaude journée où il faisait soif. Je transverse jusqu'à la berge et sur les planches. Tel un fantôme d'Orient, je n'ai pas de pieds, mais le souvenir des propres pas de Holly fournit la bande-son à mon avancée. Regarde. Les cheveux courts et gris d'Esther, sa chemise d'explorateur crasseuse et son chapeau de cuir souple.

En subdiscours, je l'interpelle : *Esther, c'est Marinus.*

Mais Esther ne réagit pas. Tournant autour d'elle, j'examine son visage.

Ma vieille amie scintille comme un hologramme sur le point de disparaître.

Me serais-je trompée ? S'agit-il juste du souvenir que Holly a d'Esther ?

Et puis son troisième œil se met à briller d'une lueur faible. Holly n'aurait pas pu le voir. Je l'interpelle : *Moombaki du peuple noongar.*

Rien. Esther disparaît comme une ombre quand la lumière du soleil jaillit. Son troisième œil palpite : il s'ouvre, se referme, s'ouvre, se referme. J'essaie de m'y infiltrer mais, au lieu d'y trouver des souvenirs solides et cohérents, comme dans la parallaxe de Holly, je ne trouve qu'une nébuleuse d'instants. Des gouttes de rosée accrochées à la toile d'une araignée sur une fleur d'acacia, un enfant mort aux yeux duquel les mouches boivent, des eucalyptus qui craquent dans les flammes et des perroquets qui poussent des cris perçants à travers la fumée, le lit d'une rivière qui grouille d'hommes torse nu cherchant de l'or, les gazouillis émanant de la gorge d'un cassican, une file de Noongar enchaînés les uns aux autres et qui tirent des blocs de roche. Et me voilà passée de l'autre côté de la tête d'Esther. Son esprit n'est plus là. Il s'est fracassé. Il n'en reste que ces éclats.

L'hologramme prend de la consistance et se met à parler : « Du thé froid, ça te va ? »

Les faux espoirs sont aussi douloureux qu'une côte cassée. *Esther, c'est Marinus.*

« Cinq perches. Une truite. C'est calme, cet après-midi. »

C'est l'enregistrement fantôme de ce que disait Esther Little et dont Holly se souvient, et non pas des mots prononcés par l'âme d'Esther ici et maintenant.

Esther, tu es coincée dans un souvenir de l'esprit de Holly Sykes.

Une abeille se pose sur le rebord de son chapeau. « Heureusement que tu n'es pas difficile. »

Esther, c'est toi qui as cherché l'asile ici, mais tu as oublié qui tu es.

« Tu vas peut-être devoir m'offrir l'asile. » Elle me lance un regard de tireur d'élite. « Un refuge. »

L'Horlogerie a besoin de toi pour une Seconde Opération à la Chapelle du Vêpre, Esther. Tu m'as laissé des indices.

« Toi et le garçon, vous ne croiserez pas de magasin avant d'arriver à Allhallows-on-Sea… »

Esther, que dois-je faire ? Comment puis-je te ramener avec moi ?

Elle disparaît, se réduisant à une faible lueur. J'arrive trop tard, des années trop tard. L'âme d'Esther s'est refroidie et n'est plus qu'une petite braise qu'elle seule, ou Xi Lo peut-être, auraient pu raviver. Cela m'est impossible. La détresse que je ressens, moi qui l'ai retrouvée mais qui la perds de cette façon-ci, m'est insupportable. Je plonge mon regard dans la Tamise, générée par la mémoire de Holly. Et maintenant ? Va-t-il falloir abandonner la Seconde Opération ? Me résigner à gérer le lent déclin de l'Horlogerie ? Le flotteur d'Esther émet des ronds sur l'eau. Puis, Esther-telle-que-dans-la-mémoire-de-Holly sort un bâton de craie de sa poche et écrit sur une latte de bois : MON…

Puis un autre mot sur la latte suivante : NOM…

Puis un troisième : ENTIER…

Tandis qu'Esther trace le *R* final, la boucle se termine, le temps repart à trois heures. Esther fixe de nouveau au loin l'*Étoile de Riga*, sans bouger ; sous ses pieds, les planches blanchies par les intempéries ne comportent encore aucune inscription.

Et pourtant, ces trois petits mots avaient leur importance. Ils en ont.

Holly a dû se dire qu'Esther Little n'était qu'une vieille sorcière, mais s'il s'agissait là d'instructions qui m'étaient destinées ? Je me mets alors à réciter en subdiscours le nom d'Esther Little, son véritable nom, son nom de vie, celui qu'elle m'a enseigné il y a trois existences de cela, quand j'étais Pablo Antay Marinus, pendant la demi-heure qui sépare la nuit noire de l'aube rose et bleu d'Australie, sur ce rocher de la Griffe-de-l'émeu qui domine la vallée du fleuve Swan. Esther m'avait assuré l'avoir gravé dans ma mémoire. Avait-elle réellement été capable de voir aussi loin, aussi longtemps à l'avance ? Une par une, je subentonne les syllabes. D'abord hésitante, craignant de me tromper et d'invalider la séquence, puis accélérant le rythme, jusqu'à ce que le nom devienne le musicien et moi, l'instrument. Suis-je en train de me bercer d'illusions ou bien y aurait-il comme une coalescence dans la tête de l'Esther que je vois sous forme de souvenir ? Mot après mot, ligne après ligne, l'ancien dialecte noongar des Wadjuk cède la place à celui du dix-neuvième siècle. L'espace autour de nous s'illumine sous l'effet des particules et des filaments de l'âme d'Esther qui se regroupent, se réintègrent, se raccommodent…

… et je ne me rends pas compte que j'arrive à la fin, mais j'arrive à la fin.

Esther Little fixe au loin l'*Étoile de Riga*. Le bateau fait résonner sa corne de brume. De l'autre côté de l'eau, dans l'Essex, un véhicule reflète un minuscule éclat du soleil de juin. Esther ramasse sa thermos et regarde ce qu'il reste dedans. On dirait que la boucle recommence.

Pourquoi cela n'a-t-il pas marché ?

En subdiscours, une voix me dit : *Ton accent noongar est à couper à la tronçonneuse.*

Mon âme palpite. *C'est que mon professeur s'est absenté pendant quarante et un ans.*

La doyenne de l'Horlogerie inspecte le contenu de son seau. *En quarante et un ans, je n'ai pas attrapé beaucoup de poissons. Mes signaux te sont parvenus, alors ?*

– Oui : un en provenance de Trondheim, et un autre de Poughkeepsie.

Esther s'accorde un petit grognement amusé. *Le Script annonçait une invitation à la Chapelle. Une Seconde Opération est-elle en vue ?*

– D'ici deux jours, voire demain, oui.

– *Il était temps que je revienne, dis.* L'âme d'Esther s'exfiltre par le chakra du souvenir de ce à quoi ressemblait naguère son front, et reste à flotter là, pivotant sur trois cent soixante degrés. *Au revoir*, salue-t-elle cette journée qui n'est plus.

6 AVRIL

Précédant la mienne, l'âme d'Esther s'exfiltre du front de Holly, plongeant dans un nouveau matin. Holly est toujours allongée sur le divan, immobile, à côté de mon corps, immobile lui aussi. Les autres ne nous ont pas vues. Unalaq lit un livre, et Arkady, qui débarque du 119A, écrit sur sa tablette. Je m'infiltre dans Iris Marinus-Fenby, et raccroche mon âme à mon cerveau. Je sens des odeurs de toast brûlé, j'entends le bruit de la circulation, J'ai les chevilles et les orteils engourdis, l'estomac vide, et l'impression d'avoir abrité un rat mort dans ma bouche. Récupérer le contrôle de mes nerfs optiques prend toujours un peu plus de temps. Soudain, Unalaq éclate de rire, étonnée et ravie, déclarant : « Fais comme chez toi ! » Je sais donc où l'âme d'Esther est passée. Une fois que je parviens à ouvrir les paupières, mes yeux voient Arkady, penché tout près de moi. « Marinus ? Tu es revenue ?

– Tu étais censé t'occuper de Sadaqat.

– L'Ohkna est arrivé hier soir en avion. Tu as retrouvé Esther ?

– Demande donc à Unalaq si elle ne l'a pas vue. »

Arkady se retourne au moment où Esther-Unalaq laisse échapper son livre, soulève sa main et la contemple, comme si on venait de la lui greffer. « Des doigts, dit-elle, comme si elle était un peu soûle. On oublie ce que c'est. Non, mais vous m'entendez parler ? » Elle contracte et détend ses zygomatiques. « Arkady. J'imagine que c'est bien toi. »

Arkady bondit comme le personnage du coupable dans un mélodrame.

« Il suffit que je te quitte des yeux pendant quelques petites décennies de rien du tout, ronchonne Esther-Unalaq, et le neurologue vietnamien cède la place à… quoi, à l'ailier des Knicks de New York ? »

Arkady me regarde. Je hoche la tête. « Oh nom de Dieu. Oh nom de Dieu.

– Tu vas devoir me couper cette queue-de-cheval. Et qu'est-ce que tu as dans les mains ? Ne me dis pas que c'est ce que sont devenues les télévisions ?

– C'est une tablette, pour aller sur le Net. C'est un peu comme un portable, mais sans clavier. »

Esther-Unalaq me regarde. « C'était de l'anglais, ça ? Et sinon, qu'est-ce qui a changé depuis 1984 ?

– On arrive au bout des réserves de pétrole, dis-je, en prenant le pouls de Holly et en regardant la trotteuse de l'horloge. La population terrestre est de huit milliards, les extinctions d'espèces de la faune et de la flore sont monnaie courante, le changement climatique met un terme prématuré à l'Holocène. L'apartheid, les Castro de Cuba, la vie privée : enterrés. L'URSS a été liquidée, le bloc de l'Est a explosé, l'Allemagne s'est réunifiée, l'Union européenne est devenue fédérale. La Chine n'est plus qu'une immense centrale électrique – mais il faut voir leur atmosphère : c'est l'effluence gazeuse d'une usine –, et la Corée du Nord reste un goulag dont le dirigeant est un cannibale à la coiffure singulière. Les Kurdes ont un État à eux, les chiites et les sunnites s'affrontent dans tout le Moyen-Orient, les Tamouls du Sri Lanka se sont fait massacrer, les Palestiniens tentent toujours de survivre en fouillant les décharges d'Israël. Les gens confient la gestion de leurs souvenirs à des centres de données et leurs connaissances de base à des tablettes. Le 11 septembre 2001, des pirates de l'air saoudiens ont envoyé s'écraser deux avions de ligne dans les Tours jumelles. En conséquence, l'Afghanistan et l'Irak ont été envahis et occupés pendant des années par des soldats, américains pour la plupart, et britanniques pour le reste. Les inégalités sont incommensurables. Les vingt-sept personnes les plus riches du monde possèdent plus de richesses que les cinq milliards de gens les plus pauvres, et tout le monde trouve cela normal. Plus positif, il y a plus de puissance de calcul dans la tablette d'Arkady qu'il y en avait dans le monde quand tu l'as quitté, un président noir a occupé la Maison-Blanche pendant deux mandats consécutifs, et on peut désormais acheter des fraises à Noël. » Je regarde à nouveau l'horloge. « Le pouls de Holly est stable, mais nous devrions annuler sa pétrification. Elle est déshydratée. Où est Ôshima ? »

Ôshima surgit dans l'embrasure de la porte. « J'ai ouï dire que Rip van Winkle nous faisait l'honneur de sa présence. »

Esther-Unalaq regarde celui qui, par intermittence, est son compagnon. « J'allais te dire : "Tu n'as pas pris une ride", mais ce serait un mensonge, Ôshima.

– Si au moins, tu nous avais prévenus de ta visite, je serais sorti me trouver un beau corps à me mettre. Mais on a tous cru que tu étais morte.

– C'est ce qui a bien failli m'arriver, après que j'ai tué Joseph Rhîmes.

– La vérité, un enseignant en Norvège la connaissait ! Et une toxicomane de Milwaukee ! Laquelle n'a pas dit qu'elle "suivait le Script", d'ailleurs…

– Non, et ça tombait sous le sens, Ôshima, enfin. »

Arkady commente, en subdiscours : *Non, mais regarde-moi ces deux-là.*

« Si les Anachorètes se doutaient que j'avais survécu à la Première Opération, explique Esther-Unalaq, ils se seraient mis à pourchasser tous les gens susceptibles de m'offrir l'asile. En 1984, Xi Lo était d'accord pour dire que si notre incursion dans la Chapelle tournait court, Pfenninger et Constantin chercheraient certainement à éliminer tous les Horlogers restants, ce qui leur aurait laissé les mains libres pendant une dizaine d'années. Tu aurais donc été leur cible, Ôshima. Tu ne serais pas vraiment mort, toi qui es un Rapatrié, mais moi, Résidente dont l'âme ne s'était pas raccommodée, je serais morte pour de bon. L'option la plus sage consistait à obtenir l'asile de la part d'un Temporel, d'un enfant solide qui traverserait quelques décennies, et de ne rien dire à personne jusqu'à ce que le moment de me réveiller soit venu.

– Solide, Holly l'a été, interviens-je. Nous devrions la laisser repartir, à présent. »

Esther fait remonter l'ongle rouge rubis d'Unalaq le long de la tige d'une tulipe violette. « Le violet, après plusieurs années, ça vous manque… »

Quand Esther fait mine de ne rien avoir entendu, je m'inquiète toujours. « Holly a déjà été suffisamment mise à contribution, Esther. S'il te plaît. Elle a bien mérité qu'on lui fiche la paix.

– C'est vrai, me répond-elle. Mais ce n'est pas si simple.

– D'après le Script ? » demande Ôshima.

Esther remplit les poumons d'Unalaq et les vide lentement. « Il y a une fissure. »

Personne ne comprend. Arkady lui demande alors : « Où ça, une fissure ?

– Une fissure dans la structure de la Chapelle du Vêpre. »

La bibliothèque de l'appartement d'Unalaq et Inez est un grand puits carré dont les murs sont couverts de rayonnages. Le sol parqueté est tout juste assez vaste pour accueillir la table ronde, cependant l'escalier en colimaçon ne dessert non pas une mais deux étroites balustrades qui donnent accès aux étagères les plus hautes, et la lumière du soleil de ce lundi matin pénètre par une lucarne située six mètres au-dessus de nos têtes. Elle illumine un rectangle de dos d'ouvrages. Ôshima, Arkady, Esther-Unalaq et moi-même sommes assis autour de la table, discutant des affaires courantes de l'Horlogerie, quand on frappe à la porte et que Holly, qui a petit-déjeuné, pris une douche et revêtu des vêtements amples prêtés par Inez, entre. Elle porte un turban bleu marine à étoiles blanches. « Bonjour, nous salue cette femme fatiguée, aux traits tirés. J'espère que je ne vous ai pas trop fait attendre.

– Vous m'avez hébergée pendant quarante et un ans, madame Sykes, dit Esther-Unalaq. Je peux bien patienter quelques minutes.

– Appelez-moi Holly. Et cela vaut pour tout le monde. Ouh là. Regardez-moi tous ces livres. On n'a pas souvent l'occasion d'en voir autant, de nos jours.

– Les livres feront leur retour, prédit Esther-Unalaq. Vous verrez, quand les centrales électriques tomberont les unes après les autres, à la fin des années 2030, et que les données cumulées s'effaceront. Nous n'en sommes pas loin. L'avenir ressemble beaucoup au passé. »

Holly lui demande : « Qu'est-ce que c'est ?... Une prophétie officielle ?

– C'est ce qui arrive inévitablement, lui réponds-je, quand la population croît et qu'on ment sur l'état des réserves de pétrole. Mais je vous en prie. Cette chaise vous est réservée.

– Quelle belle table, note Holly en s'asseyant.

– Elle est plus ancienne que ce pays », lui précise Arkady.

Pendant quelques instants, elle promène ses doigts sur les veines et nœuds de la surface en if. « Mais moins que vous tous ici, c'est ça ?

– L'âge est une notion relative », médité-je en toquant sur ce vieux, ce très vieux bois.

Esther-Unalaq repousse les cheveux de bronze d'Unalaq, qui lui tombent sur le visage. « Holly, il y a des années de cela, vous avez fait une promesse inconsidérée à une femme qui pêchait sur un ponton. Vous n'auriez pu deviner les véritables conséquences de votre geste, mais vous avez tenu parole malgré tout. Cette promesse vous a entraînée dans la Guerre que livre l'Horlogerie aux Anachorètes. Lorsque, un peu plus tôt, Marinus et moi nous sommes exfiltrées de vous, votre première mission dans notre Guerre a pris fin. Merci à vous. De ma part, et au nom de l'Horlogerie. Je vous dois la vie sauve. » Les autres Horlogers approuvent de la tête. « La bonne nouvelle, la voici. À six heures, demain soir, la Guerre sera terminée.

– Un accord de paix ou une lutte à mort ? l'interroge Holly.

– Une lutte à mort, lui répond Arkady, passant ses doigts dans sa chevelure abondante. Les accords de paix, très peu pour les braconniers et les gardes forestiers.

– Si nous l'emportons, dit Esther-Unalaq, vous serez libre comme l'air, Holly. Dans le cas contraire, nous ne serons plus en mesure de venir à votre rescousse comme nous l'avons fait. Nous serons morts pour de bon. Nous n'allons pas vous mentir : nous ignorons quelle sera alors la réaction de l'ennemi. Surtout celle de Constantin, qui n'a pas la mémoire courte. »

Évidemment, cela perturbe Holly. « Mais vous avez bien des prémonitions, non ?

– Vous qui en avez eu, vous savez ce que c'est, lui rétorque Esther. Ce sont de fugaces aperçus. Des points sur la carte, mais pas la carte en entier. »

Holly médite sur ces paroles. « Mon premier rôle dans votre Guerre, vous me l'avez décrit. Mais vous insinuez que j'en ai un second.

– Demain » – je prends le relais –, « un Anachorète de haut rang nommé Elijah D'Arnoq est censé se présenter à la galerie du 119A. Il va nous proposer de nous emmener à la Chapelle du Vêpre et nous aider à la détruire. Il prétend être un renégat qui ne supporte désormais plus l'immoralité qu'il y a à distiller l'âme d'innocents “donneurs”.

– À vous entendre, vous ne le croyez pas. »

Ôshima fait tambouriner ses doigts sur la table. « Pas moi, en tout cas.

– Vous ne pouvez pas pénétrer dans l'esprit de ce renégat, histoire de vérifier ?

– C'est ce à quoi je me suis employée, lui expliqué-je. Et, en fouillant, j'ai trouvé des éléments corroborant ses dires. Mais les preuves peuvent avoir été falsifiées. Tous les renégats ont un rapport complexe à la vérité. »

Holly pose une question évidente : « Alors pourquoi prendre ce risque ?

– Parce que nous avons désormais une arme secrète, réponds-je, et de nouvelles informations. »

Nous regardons tous Esther-Unalaq. « En 1984, raconte-t-elle à Holly, au cours de ce que nous appelons la Première Opération que nous avons menée dans le bastion de l'ennemi, j'ai repéré une fissure qui court depuis le point le plus haut du plafond jusqu'à l'icône. Je pense être capable de… d'agrandir cette fissure.

– Le Vêpre, poursuis-je, inonderait la Chapelle, ce qui la détruirait. Le Cathare Aveugle, dont les vestiges à demi conscients résident dans la Chapelle même, périrait. Les Anachorètes touchés par le Vêpre mourraient. Ceux qui survivraient seraient privés de leur psychoalambic et redeviendraient sujets au vieillissement, comme n'importe quel humain. »

Holly pose une autre question, moins évidente : « Vous avez dit que le Cathare Aveugle était un génie, une sorte d'Einstein mystique capable de créer de la matière par la pensée. Pourquoi est-ce qu'il n'a pas remarqué que la structure de son chef-d'œuvre était fissurée ?

– La Chapelle a été édifiée par la foi, répond Esther. Mais la foi appelle le doute, comme la matière appelle l'antimatière. Cette fissure représente les doutes du Cathare Aveugle. Cela date de la période qui a précédé ce qu'il est devenu. Il doutait d'accomplir l'œuvre de Dieu. Doutait d'avoir le droit de prendre l'âme d'autrui dans le but de tromper la mort.

– Et donc, vous allez… quoi, mettre de la dynamite dans la fissure ?

– De la nitroglycérine n'écaillerait même pas les fresques, dit Ôshima. Le lieu a résisté au Vêpre pendant des siècles. Une explosion nucléaire ferait peut-être l'affaire, mais les têtes de missile ne sont pas très commodes à transporter. Ce qu'il nous faut, c'est de la dynamite psychosotérique. »

Esther-Unalaq se racle la gorge. « C'est-à-dire, moi. »

Holly se tourne vers moi pour vérifier : « C'est une mission suicide, alors ?

– Si notre renégat n'en est pas un et si sa promesse de nous montrer comment démolir la Chapelle est un mensonge doublé d'un piège, alors cette possibilité deviendra une réalité.

– La réponse de Marinus est oui, décrypte Ôshima. C'est bien une mission suicide.

– Bon Dieu, souffle Holly. Vous allez y aller seule, Esther ? »

Esther secoue la tête d'Unalaq. « Si D'Arnoq nous attire dans un piège en nous faisant gravir à nous, derniers des Horlogers, le Chemin-de-dalles, il cherchera à ce que nous soyons au complet. Si la Seconde Opération est une embuscade, j'aurai besoin que les autres me couvrent : faire détoner son âme n'est pas un tour de magie de débutant. »

J'entends le son lointain du piano. Inez joue « My Wild Irish Rose ».

Holly demande : « Mais alors si Esther n'a pas d'autre choix que de faire sauter le… le QG de l'ennemi, et si elle y arrive… » Elle nous regarde.

« Le Vêpre dissout les tissus organiques, dit Ôshima. Ce sera la fin.

– À moins, m'aventuré-je, qu'il y ait un passage qu'on ne connaisse pas et qui nous permette de retrouver la Lumière du Jour. Un passage creusé par un allié. Depuis l'intérieur de la Chapelle. »

À près d'un kilomètre au-dessus de nous, un nuage passe entre la lucarne et l'étoile la plus proche de nous, ce qui estompe le rectangle de lumière.

Holly me perce à jour. « Qu'est-ce que vous ne m'avez pas encore expliqué ? »

Je regarde Esther, qui hausse les épaules d'Unalaq : *C'est toi qui la connais depuis le plus longtemps.* Je m'apprête alors à prononcer des mots que je ne pourrais plus effacer : « Lors de la Première Opération, ni moi ni Esther n'avons vraiment vu Xi Lo mourir. »

Parfois, en de rares occasions, une bibliothèque devient une sorte d'esprit. Holly remue sur son siège. « Qu'est-ce que vous avez vu, alors ?

– En ce qui me concerne, pas grand-chose, déclaré-je. Je m'employais à déverser tout mon psychovoltage dans notre bouclier. Mais Esther était à côté de Jacko quand l'âme de Xi Lo s'est exfiltrée de son corps, et que… » Je regarde ma consœur.

« Et qu'elle s'est infiltrée dans le troisième œil de l'icône du Cathare Aveugle. Il ne s'y faisait pas aspirer comme une victime. Xi Lo s'y est transversé un peu comme une balle de pistolet. Et puis… juste avant de disparaître, je l'ai entendu m'adresser ces trois mots : *Je serai là.*

– Nous ne savons pas, admets-je, s'il a agi sur un coup de tête ou si son geste était prémédité mais qu'il ne nous en avait pas fait part, pour des raisons qui lui appartenaient. Si Xi Lo escomptait saboter la Chapelle, il a échoué. Cent soixante-quatre personnes y ont perdu la vie et l'âme depuis 1984. La semaine dernière, un pauvre homme a été enlevé d'une unité psychiatrique sécurisée à Vancouver. Mais… Esther pense que Xi Lo a préparé le terrain en vue de notre Seconde Opération. Holly, est-ce que ça va ? »

Holly s'essuie les yeux sur les manches de la chemise d'Inez. « Désolée. Je… Ce *Je serai là*, je l'ai entendu, moi aussi. Pendant mon hallucination dans le souterrain, à l'approche de Rochester. »

Esther paraît fascinée. « Vos voix et vos certitudes sont muettes aujourd'hui, mais vous souvenez-vous quand elles insistaient sur quelque chose en particulier ? Peut-être que le sens vous semblait obscur, mais le Script refusait de changer. Vous vous rappelez cette sensation ? »

Holly avale sa salive et se redonne de la contenance. « Oui.

– Eh bien, le Script est formel : Xi Lo est vivant. Encore à ce jour.

– Je ne sais pas, interviens-je, si vous voyez Xi Lo comme un voleur de corps ou bien » – une férocité gagne le comportement de Holly – « comme une étagère qui comporterait de nombreux livres et dont le plus récent s'intitulerait *Jacko Sykes*. Nous ne sommes pas en train de vous dire que, si vous participez à notre Seconde Opération, vous retrouverez votre frère. Nous sommes nous-mêmes dans le noir, mais…

– Votre Xi Lo, c'est mon Jacko, m'interrompt Holly. Vous aimiez le fondateur de votre cercle, votre ami, comme moi j'aimais, et j'aime toujours, mon frère. Je ne sais pas, vous me trouvez peut-être bête. Après tout, vous êtes un club de professeurs immortels qui ont sans doute lu tous ces livres » – elle désigne les quatre murs couverts de rayons qui s'élèvent vers la lucarne –, « alors que j'ai quitté l'école sans même avoir mon bac. Ou peut-être que je suis encore plus pathétique que ça, peut-être que je me raccroche à des brindilles, à des brindilles magiques, pleine d'espoir, un peu comme une mère qui donne tout l'argent qu'elle a épargné à un escroc qui joue les médiums pour qu'il invoque l'esprit de son fils mort… Mais je vais vous dire, Jacko reste mon frère, même si son vrai nom est Xi Lo et qu'il est plus vieux que Jésus, et que si lui était à ma place et moi à la sienne, il irait à mon secours. Alors s'il y a une chance sur mille pour que Xi Lo ou Jacko soit dans cette Chapelle du Vêpre ou des Dunes, ou de je ne sais quoi, Marinus, et que votre Seconde Opération me rapproche de lui, alors, j'en serai. Vous ne pourrez pas m'en empêcher. Essayez un peu pour voir. »

Le rectangle de lumière revient et des grains de poussière tourbillonnent dans les rayons obliques du soleil qui frappent le mur de livres. Un pollen d'or.

« Notre Guerre doit vous sembler bien éthérée, mais sachez qu'une mort dans la Chapelle du Vêpre est tout aussi définitive qu'une mort dans un accident de voiture sur terre. Pensez à Aoife qui…

– Tout à l'heure, vous avez dit que le seul moyen de garantir la sécurité d'Aoife et la mienne, c'était d'éliminer ces Anachorètes. C'est bien la vérité, non ? »

Ma conscience demande une suspension d'audience, mais je dois donner raison à Holly. « Oui, je vous le confirme. Mais notre ennemi est dangereux.

– Écoutez, j'ai survécu à un cancer, j'ai la cinquantaine, je n'ai jamais tiré ne serait-ce qu'à la carabine à plomb, et je n'ai pas de » – ses mains se mettent à danser – « pouvoirs psychiques. Pas comme vous, en tout cas. Mais je suis la mère d'Aoife et la sœur de Jacko, et les… les individus dont vous parlez ont fait du mal à ou menacé des personnes que j'aime. Alors, je vous le dis : il faut se méfier de moi. »

Ce n'est que mon avis, commente Ôshima en subdiscours, *mais je veux bien la croire.*

« La nuit porte conseil, dis-je à Holly. Attendez demain matin pour prendre votre décision. »

7 AVRIL

Inez conduit. Elle porte des lunettes noires destinées à cacher les traces d'une abyssale nuit blanche. Les essuie-glaces couinent toutes les dix secondes. Nous ne parlons pas beaucoup et il n'y a pas grand-chose à dire. Unalaq est assise à l'avant et Ôshima, Holly, Arkady et moi sommes entassés à l'arrière. C'est Ôshima qui héberge Esther, aujourd'hui. New York est humide, pressée et se fiche bien que nous autres, Horlogers et Holly, nous apprêtions à risquer nos méta-existences et existence pour de parfaits inconnus, pour leurs enfants à haut potentiel psychovoltaïque et pour leurs descendants dont les parents ne se sont pas encore rencontrés. Je relève des détails que d'ordinaire, j'ignore. Visages, textures, matériaux, signes, flux. Certains jours, New York me semble l'œuvre d'un illusionniste. Toutes les grandes villes finissent toujours par redevenir jungle, toundra ou zone intertidale, si l'on patiente le temps qu'il faut, et j'en sais quelque chose. Ce phénomène, je l'ai de mes yeux vu. Aujourd'hui, pourtant, la présence de cette ville est incontestable, comme si le temps en était tributaire à New York, et non pas l'inverse. Quelle main ou quel œil immortel a été capable d'élaborer ces kilomètres de tracés, ces poutrelles d'acier, ces trottoirs habités et toutes ces briques, plus nombreuses que les étoiles dans le ciel ? Qui, à l'époque de Klara Koskov, quand je suis venue ici la première fois accompagnée de Xi Lo et Holokai, mes amis les Davidov, aurait été en mesure de prédire l'avènement de ces successions de saillies et canyons ? Et pourtant tout était déjà là, empaqueté dans le grand entrepôt noir et blanc de jadis, à l'instar d'un chêne contenu tout entier dans un gland, ou du Chrysler Building, si bien replié qu'il tenait dans le cerveau de William Van Alen. Si la conscience existe au-delà de la Dernière Mer et si jamais j'y plonge aujourd'hui, New York me manquera autant que tout le reste.

Inez quitte la Troisième Avenue et s'engouffre dans notre rue. Est-ce la dernière fois ? Ces pensées ne me facilitent pas la tâche. Mourrai-je avant d'avoir terminé l'*Ulysse* de Joyce ? Et tous ces dossiers de patients que je laisserai derrière moi à Toronto, la paperasse, les e-mails, les émotions par lesquelles passeront mes collègues, amis, voisins et patients quand on annoncera que « le Dr Fenby est introuvable », puis qu'on évoquera « sa disparition inquiétante », puis « sa mort probable ». Non, n'y pense pas. Nous nous immobilisons devant le 119A. Si l'Horlogerie a sa maison, c'est bien ici, avec ses briques brunes comme un pot-au-feu et ses encadrements de fenêtre sombres et de différentes formes. « Arrêt », ordonne Inez à la voiture : les feux de détresse se mettent à clignoter.

« Sois prudente », demande Inez à Unalaq qui acquiesce de la tête.

« Ramenez-la-moi, me dit Inez.

– Je ferai de mon mieux », réponds-je. Ma voix paraît bien frêle.

Le 119A reconnaît ses Horlogers ; il nous autorise à entrer. Sadaqat nous salue de derrière la protection intérieure du premier étage. Notre fidèle gardien ressemble à la caricature d'un survivaliste, avec son treillis comportant une douzaine de poches et sa boussole autour du cou. « Bienvenue chez vous, docteur. » Il prend mon manteau. « M. L'Ohkna est dans le bureau. Monsieur Arkady. Mademoiselle Unalaq. Monsieur Ôshima. Et Madame Sykes. » Le visage de Sadaqat s'affaisse. « J'espère de tout cœur que vous vous êtes remise de cette agression de l'ennemi aussi brutale que lâche. M. Arkady m'a raconté ce qui est arrivé.

– On s'est bien occupé de moi. Merci.

– Ces Anachorètes sont infâmes. De la vermine.

– Leur agression m'a convaincue d'apporter mon aide à l'Horlogerie, dit Holly.

– Bien, lui répond Sadaqat. Je vous approuve. Les choses sont claires.

– Holly participera à notre Seconde Opération, annoncé-je à notre gardien. »

Sadaqat est manifestement surpris et un rien déconcerté. « Ah oui ? Je ne savais pas que Mme Sykes avait étudié la méthodologie du Courant Profond.

– Ce n'est pas le cas, l'informe Arkady en accrochant son manteau. Mais nous aurons tous un rôle à jouer dans les heures qui viennent, n'est-ce pas, Sadaqat ?

– Et comment, mon cher ami. » Sadaqat tient à prendre les manteaux des autres afin de les ranger dans l'armoire. « Et comment. Et y aura-t-il d'autres… changements de dernière minute en vue de l'Opération ? »

Sadaqat a été bien préparé, mais il ne parvient pas tout à fait à chasser de sa voix les accents de la faim.

« Non, réponds-je. Aucun autre. Nous agirons avec une précaution accrue, mais nous prendrons tout ce que nous dira Elijah D'Arnoq pour argent comptant… sauf s'il nous trahit.

– Et l'Horlogerie a sa botte secrète, ajoute Sadaqat, radieux. Moi. Mais il n'est pas encore dix heures, et comme M. D'Arnoq n'est pas censé se présenter avant onze heures, je vous ai préparé des muffins. Vous sentez l'odeur ? » Il sourit, tel un chocolatier rondouillard qui soumet à la tentation un groupe de curistes prêts à succomber. « Banane et griottes. Le ventre vide, une armée n'avance pas, mes chers amis.

– Je suis désolée, Sadaqat, interviens-je, mais nous ne devrions rien avaler. Le Chemin-de-dalles peut donner la nausée. En fait, c'est mieux si nous y allons le ventre vide.

– Mais, docteur, une petite bouchée ne peut pas vous faire de mal. Ils viennent d'être cuits. Et j'ai aussi incorporé des copeaux de chocolat blanc dans la pâte.

– Ce n'en sera pas moins un régal à notre retour», dit Arkady.

Sadaqat n'insiste pas davantage. «Très bien. Nous les mangerons tout à l'heure, pour fêter la victoire.»

Il sourit, montrant vingt mille dollars de soins dentaires américains financés par l'Horlogerie, bien entendu. Presque tout ce que possède Sadaqat lui a été acquis ou offert par l'Horlogerie. Comment aurait-il pu en être autrement : il a passé la plupart de sa vie dans un hôpital psychiatrique en banlieue de Reading, en Angleterre. Une Carnivore qui chassait en solitaire avait été embauchée comme secrétaire dans cet établissement, et y avait repéré une patiente psychovoltaïque qui s'était confiée à Sadaqat avant que l'âme de cette pauvre femme ne soit distillée. Je m'étais débarrassée de la Carnivore en question après un duel pour le moins épuisant dans son jardin englouti, mais plutôt que d'expurger la mémoire de Sadaqat de tout ce qu'il avait appris à propos des Atemporels et de leur monde, je m'étais employée à isoler la partie de son cerveau où résidait sa schizophrénie ainsi qu'à couper les connexions neuronales menant aux zones affectées. Ce qui, d'une certaine manière, l'avait soigné ; aussi, quand il m'avait déclaré son éternelle reconnaissance, je l'avais emmené avec moi à New York afin d'en faire le gardien du 119A. Cela remonte à cinq ans. L'année dernière, notre fidèle domestique a été retourné contre nous après une série de rencontres et de rendez-vous à Central Park, où Sadaqat fait un peu d'exercice chaque jour, qu'il neige ou qu'il vente. Ôshima, qui a été le premier à déceler des traces d'anachorétisme dans le comportement de notre gardien, était d'avis d'expurger les souvenirs des six dernières années de Sadaqat et, par suasion, de le convaincre d'embarquer sur un cargo à destination de l'Extrême-Orient russe. Un mélange de sentimentalité et d'intuition ambivalente que nous pourrions utiliser la taupe des Anachorètes contre ses nouveaux maîtres m'a alors incitée à retenir la main vengeresse d'Ôshima. Depuis douze mois, nous ne cessons d'anticiper les deux, voire trois prochains coups que s'apprête à jouer l'ennemi, et pour sa part, L'Ohkna a dû recalibrer les détecteurs de toxines du 119A au cas où Sadaqat recevrait l'ordre de nous empoisonner ; mais ce matin, tout ceci prendra fin, pour le meilleur ou pour le pire.

Comme j'exècre cette Guerre.

« Venez avec moi, demande Ôshima à Sadaqat, allons vérifier une dernière fois le câblage de notre boîte à malice… »

Ils vont à l'étage afin de s'assurer que le matériel ne nécessite aucun ajustement de dernière minute. Arkady monte au jardin pratiquer son taï-chi sous un crachin qui manque d'enthousiasme. Unalaq se retire dans le foyer et envoie des instructions à son réseau kenyan. Je vais dans le bureau afin de transférer les protocoles de l'Horlogerie à L'Ohkna. Très vite, la tâche est menée à bien. Le plus jeune des Horlogers me serre la main en disant qu'il espère me revoir, ce à quoi je réponds : « Pas autant que moi. » Puis il quitte le 119A via l'issue secrète. Il reste trente minutes avant que D'Arnoq se présente. De la poésie ? De la musique ? Non, une partie de billard.

Je descends au sous-sol, où je trouve Holly, en train de mettre en place les boules. « Je me suis permis, j'espère que ce n'est pas grave. Tout le monde a disparu, alors je…

– Pas du tout. Je peux me joindre à vous ? »

Elle est surprise. « Vous jouez ?

– Quand je ne me joue pas aux échecs contre le Mal, rien ne me détend plus que le bruit sec du procédé contre une bille de résine phénolique. »

Holly positionne le paquet et retire le triangle. « Je peux vous poser une autre question sur les Atemporels ? »

Allez-y, lui indiqué-je d'un signe de tête.

« Vous avez des proches ?

– Nous nous réincarnons souvent au sein d'une famille. Il est courant que l'hôte d'un Résident ait encore ses parents biologiques, comme Jacko. Et nous nous attachons aux gens : voyez Unalaq et Inez. Jusqu'au vingtième siècle, il n'était pas simple pour une femme de voyager seule.

– Vous-même, vous avez été mariée, alors ?

– Quinze fois, mais cela ne m'est plus arrivé depuis les années

1870. Mariée, je l'ai été plus souvent que Liz Taylor et Henri VIII réunis. Vous vous demandez si nous pouvons concevoir, n'est-ce pas ? » D'un geste de la main, je dissipe la gêne qu'elle éprouve. « Non. Cela nous est impossible. Les conditions du contrat.

– Je vois. » Holly enduit son procédé de bleu. « Ce ne serait pas facile, j'imagine, de…

– De vivre en sachant que vos enfants sont morts de vieillesse plusieurs décennies auparavant. Ou de savoir qu'ils ne sont pas morts, mais qu'ils refusent d'ouvrir la porte à ce fou qui prétend être la réincarnation de Maman ou Papa. Ou de se rendre compte qu'on a conçu un enfant avec son arrière-arrière-petite-fille. Il arrive parfois que nous adoptions, et souvent cela se passe bien. Le monde ne sera jamais à court d'enfants sans foyer. Certes, je n'ai jamais été enceinte ni n'ai été père, mais ce que vous ressentez pour Aoife, cette détermination qui vous conduirait sans hésitation à foncer dans un bâtiment en flammes, je l'ai ressentie, moi aussi. Et j'ai déjà dû entrer dans des immeubles en feu, également. Par ailleurs, ma stérilité a constitué un avantage considérable, car elle m'a évité d'être cantonnée au rôle de femelle reproductrice lors de mes incarnations féminines, sort qui a été celui de la plupart des femmes ayant vécu entre l'Âge de pierre et l'apparition des suffragettes. » Je désigne la table. « Prête ?

– Allons-y. Ed disait toujours que j'aimais bien me mêler des affaires des autres. De la part d'un journaliste, je trouve ça gonflé. » Elle sort une pièce de son porte-monnaie. « Pile ou face ?

– Face. »

Elle la lance. « Pile. Avant, j'aurais deviné. » Holly se met en position, et casse le paquet. La bille de choc effleure ce dernier, ricoche sur la bande opposée, et revient se placer sur la partie supérieure de la table.

« Je suppose que ce n'est pas ce qu'on appelle la chance du débutant.

– Brendan, Jacko et moi jouions le dimanche au Captain Marlow, quand le pub était fermé. Devinez qui gagnait, d'habitude. »

Je tente de reproduire son coup, mais ne réussis qu'à moitié. « N'oubliez pas qu'il y jouait depuis 1750. Et puis, il y avait joué plus récemment. Xi Lo et moi nous sommes livrés à une pratique quotidienne sur cette table même, pendant la quasi-totalité de l'année 1969.

– Non, vraiment ? Sur cette table-ci ?

– Elle a été retapissée deux fois depuis, mais oui, je vous le confirme. »

Le pouce de Holly parcourt la bande. « À quoi ressemblait Xi Lo ?

– Il était assez petit et avait tout juste la cinquantaine en 1969, barbu. Il se trouve qu'il était juif. Il a fondé le département d'anthropologie comparée à l'université de New York. Nous avons des photos de lui dans nos archives, si vous voulez. »

Elle hésite. « Une autre fois, quand il n'y aura pas une mission suicide au programme. Xi Lo était aussi de sexe masculin à cette époque ?

– Oui. Souvent, les Résidents sont plus à l'aise sous l'un des deux sexes. Esther préfère être femme. Nous autres Rapatriés changeons de genre à chaque réincarnation, que cela nous plaise ou non.

– Ça ne vous bousille pas la cervelle ?

– C'est quelque peu étrange pendant nos premières existences, et puis on s'habitue. »

Holly fait ricocher la blanche sur les bandes latérale puis opposée, ce qui l'amène dans le paquet de boules cassé. « Vous dites tout ça comme… comme si c'était normal.

– Tout ce que nous tenons pour acquis nous paraît normal. En 1024, aux yeux de vos ancêtres, votre vie en 2024 semblerait impossible, déconcertante, merveilleuse.

– Oui, oui, mais bon… ce n'est pas tout à fait pareil. Que ce soit moi ou mes ancêtres, quand on meurt, on meurt. Mais vous, Marinus… comment ça fait ?

– L'atemporalité ? » Je me passe un peu de bleu sur la partie charnue à la base du pouce et de l'index. « Jeunes, nous sommes déjà vieux. Nous sommes souvent en partance ou abandonnés par les autres. Nous nous méfions de ce qui nous retient. Jusqu'en 1823, année au cours de laquelle Xi Lo et Holokai sont venus à ma rencontre, j'éprouvais un indescriptible sentiment de solitude que je devais malgré tout assumer. Encore à ce jour, ce que je nomme "l'*ennui** de l'éternité" est parfois usant. Cependant, exercer le rôle de médecin ou d'Horloger donne un sens à ma méta-existence. »

Holly refait son turban vert mousse, découvrant un bout de cuir chevelu recouvert de petits cheveux courts et duveteux. C'est la première fois qu'elle effectue ce geste devant moi, et cela me touche. « Une dernière question : pourquoi est-ce que les Atemporels existent ? Ou plutôt, est-ce que les Rapatriés et les Résidents sont juste le résultat de l'évolution, un peu comme les grands singes et les baleines, ou bien est-ce que vous avez été… "créés" ? Est-ce que c'est dû à un événement survenu dans votre première existence ?

– Xi Lo lui-même n'a de réponse à cette interrogation-là. Ni même Esther. » Je réussis à mettre la bille numéro 5 orange dans la poche inférieure gauche. « À moi les pleines et à vous les rayées. »

À dix heures cinquante, Holly empoche la noire, me battant avec seulement une boule d'avance. « Je vous accorderai votre revanche plus tard », dit-elle. Nous remontons l'escalier et gagnons la galerie, où les autres sont rassemblés. Ôshima baisse les volets. Holly va dans la cuisine se servir un verre d'eau. *L'eau du robinet seulement*, l'interpellé-je en subdiscours. *Ne touchez pas aux bouteilles d'eau minérale. Elles ont peut-être été trafiquées.* Elle revient une minute plus tard, enfilant un petit sac à dos, comme si nous allions faire une balade dans les bois. Je n'ai pas le courage de lui demander ce qu'elle emporte – une thermos de thé, un gilet, une barre énergétique ? Ce n'est pas ce genre d'expédition qui nous attend. Nous regardons les tableaux. Qu'avons-nous d'autre à nous dire ? Nous avons discuté *ad nauseam* des points stratégiques dans la bibliothèque d'Unalaq, il ne serait pas judicieux de partager nos craintes à ce stade, et personne n'a envie de combler ces derniers instants avec de menus propos. Le Bronzino et son *Allégorie du triomphe de Vénus* m'appelle. Xi Lo m'avait confié qu'il regrettait de ne pas l'avoir échangé avec la copie qui est à Londres, mais quand il songeait à tous les actes de suasion, à toutes les magouilles et à tous les subterfuges auxquels il faudrait recourir pour réparer ce tort, la force lui manquait. Cinquante ans plus tard, c'est moi qui ai ce regret-ci. À nous, Atemporels, les lendemains nous paraissent intarissables. Mais, de lendemains, je suis désormais à court.

« Le Sas, dit Unalaq, je le sens qui s'ouvre. »

Nous sommes six à chercher son contour…

« Là, annonce Arkady, près du Georgia O'Keeffe. »

Une fente noire verticale se dessine devant les aplats horizontaux jaunes et roses de l'aube du Nouveau-Mexique. Une main apparaît, la fente s'élargit et, de l'embrasure, jaillit Elijah D'Arnoq. Doucement, Holly étrangle un juron et demande : « D'où est-ce qu'il est sorti ?! » Ce à quoi Arkady répond : « De là où nous allons. »

Elijah D'Arnoq est mal rasé et décoiffé. Bien entendu, les tourments subis par le traître à sa cause doivent être visibles. « Vous êtes à l'heure.

– Les Horlogers n'ont aucune excuse quand ils sont en retard », lui répond Arkady.

D'Arnoq remarque la présence de Holly. « Madame Sykes. Content de vous savoir saine et sauve. Mais Constantin n'en a pas fini avec vous. »

Il est encore trop tôt pour que Holly adresse la parole à ce type surgi de nulle part.

« Mme Sykes se joindra à notre équipe de démolition, expliqué-je à D'Arnoq. Unalaq canalisera son voltage psychosotérique lors de la phase de couverture. »

Elijah D'Arnoq est perplexe ; je me demande si nous ne sommes pas en train de compromettre notre Seconde Opération. « Je ne peux pas garantir sa sécurité.

– Vous nous aviez dit que vous aviez tout passé en revue, objecte Arkady.

– Quand on est en guerre, il n'y a pas de garantie qui tienne. Je ne vous apprends rien.

– Et M. Dastaani ici présent » – je désigne Sadaqat – « sera également des nôtres. Je suppose que vous connaissez déjà notre gardien du 119A ?

– Tout le monde fait de l'espionnage, avoue D'Arnoq. Quel est le rôle de M. Dastaani ? »

C'est Ôshima qui lui répond : « Il posera ses fesses à mi-chemin sur le Chemin-de-dalles et déclenchera un psychoenfer de force dix si jamais quelqu'un s'aventurait sur nos traces. Temporel ou Atemporel, toute personne présente dans le passage serait réduite en cendres. »

D'Arnoq fronce les sourcils. « Un "psychoenfer" ? C'est une invocation du Courant Profond ?

– Non, confie Ôshima. C'est juste le terme que j'ai inventé pour désigner ce qui se produirait si une bombe de N9D – le fameux nano-explosif conçu par les Israéliens – comme celle présente dans le sac à dos de M. Dastaani détonait sur le Chemin-de-dalles.

– Nous nous assurons ainsi qu'on ne pourra nous attaquer à revers, expliqué-je, quand nous serons occupés à démolir la Chapelle.

– Sage précaution, commente Elijah D'Arnoq, qui semble impressionné. Mais je prie le Ciel pour que vous n'ayez pas à vous en servir.

– Alors, comment on se sent ? » C'est Ôshima qui interroge D'Arnoq. « Une défection, ce n'est pas rien. »

Ce Carnivore de cent trente-deux ans fixe Ôshima d'un air méfiant. « Pendant des dizaines d'années, j'ai été l'agent d'un mal qui frappe sans discernement, monsieur Ôshima. Mais, aujourd'hui, je contribue à y mettre un terme.

– Mais sans votre Vin noir, lui rappelle Ôshima, vous vieillirez, vous vous décatirez et mourrez dans une maison de retraite.

– Non, pas si Pfenninger ou Constantin nous empêchent de démolir la Chapelle du Vêpre. Bien. Si cela ne vous dérange pas, on peut s'y mettre ? »

Les uns après les autres, nous passons par le sombre Sas et arrivons sur une dalle rocheuse et circulaire mesurant une dizaine de pas de diamètre. Blanc comme du papier, le Cierge du Cadran, avec sa flamme immobile, est aussi grand qu'un enfant. J'avais oublié la claustrophobie mêlée d'agoraphobie, l'odeur d'espace confiné, et l'air raréfié. La lumière et les couleurs résiduelles qui filtrent par le Sas maintenu ouvert tel un rideau par D'Arnoq afin de laisser entrer Holly, puis Sadaqat et son sac à dos bourré d'explosif. Autant le visage de celui-ci est le reflet même d'une sidération teintée de nervosité, autant celui d'Ôshima – dernier à pénétrer dans les lieux – est celui d'une nonchalance boudeuse. « Ce n'est pas la Chapelle, si ? murmure Holly. Et pourquoi est-ce que ma voix est si basse ?

– Nous sommes sur le Cadran du Chemin-de-dalles, réponds-je. C'est la première des nombreuses marches menant à la Chapelle. Le pourtour du Cadran absorbe la lumière et le son. Élevez un peu la voix pour compenser le phénomène.

– Il n'y a pas de couleurs, observe Holly. C'est moi ?

– Ce Cierge est monochrome, réponds-je. Il brûle depuis huit siècles. » Derrière moi, Elijah D'Arnoq est en train de sceller le Sas. Juste avant que notre porte de sortie disparaisse, j'entrevois la Vénus peinte par le Bronzino, qui, d'une main légère, tient sa pomme d'or. On n'a jamais vu de forteresse plus sûre. Seuls Esther ou un disciple de la Voie de l'Ombre seront à même de desceller le Sas et de nous ramener chez nous. Le souvenir douloureux de ma dernière visite incorporelle sur le Cadran se ravive : mon âme et celle d'Esther qui s'effilochaient, Joseph Rhîmes qui nous poursuivait et nous rattrapait. Esther, discrètement nichée dans la tête d'Ôshima, pense sans doute à la même chose.

« Il y a des lettres gravées dans la roche, relève Holly.

– Il s'agit de l'alphabet cathare, précisé-je. Personne ne sait plus le lire, de nos jours, pas même les hérésiologues. Il est hérité de la langue d'oc.

– Pfenninger m'a dit, intervient D'Arnoq, que ces lettres sont une prière adressée à Dieu, dans laquelle Son aide est sollicitée pour reconstruire l'échelle de Jacob. C'est ce que le Cathare Aveugle croyait bâtir, visiblement. Ne touchez pas la paroi. Je ne sais pas de quoi elle est faite, mais elle et la matière atomique » – il sort une pièce de monnaie de sa poche – « ne font pas bon ménage. » Il la lance par-delà le Cadran ; celle-ci disparaît dans un bref scintillement phosphorescent. « Gardez-vous de tomber du Chemin-de-dalles.

– Où se trouve-t-il, d'ailleurs ? l'interroge Ôshima.

– Il est dissimulé derrière un voile. » D'Arnoq ferme les yeux et ouvre son troisième œil. « Et il est mouvant, ce qui le protège des intrus. Un instant. » Lentement, il avance par petits pas jusqu'au bord du Cadran, puis, avec le *staccato* typique de la Voie de l'Ombre, trace des symboles de la main et, marmonnant, invoque une Exposition. En prenant soin de rester dos au Cierge, il effectue des pas de côté sur tout le tour. « Ça y est. » Près du rebord du Cadran et environ trente centimètres au-dessus de celui-ci, une dalle de pierre apparaît, aussi longue et large qu'une table. Un peu plus haut, une deuxième dalle se dessine, puis une troisième, et une quatrième, lesquelles s'élèvent toujours plus haut dans la noirceur.

« Marinus, me souffle Holly à l'oreille, c'est une technologie, ou c'est… »

Je devine le mot qui manque. « Si vous aviez soigné la tuberculose d'Henri VII à l'aide d'éthambutol, ou bien donné à Isaac Newton accès pendant une heure au télescope Hubble, ou encore montré une imprimante 3D grand public aux clients réguliers du Captain Marlow dans les années 1980, on vous aurait jeté le mot "magie" au visage. Certaines formes de magie ne sont que des choses normales auxquelles vous n'êtes pas encore habituée.

– Si madame le professeur de sémantique n'y voit pas d'inconvénient, intervient Ôshima, pourrait-elle terminer son séminaire plus tard ? »

Elijah D'Arnoq monte en premier, je lui emboîte le pas, suivie de Holly, Arkady, Unalaq, Sadaqat – dont le sac contient dix kilos de N9D – et Ôshima, qui protège nos arrières et ferme la marche. Du haut de la cinquième ou sixième dalle, je regarde derrière moi, au-dessus des têtes de mes camarades, mais le Cadran n'est déjà plus visible. Même les irrégularités du Chemin-de-dalles sont irrégulières. Tantôt les marches tournent et s'élèvent, minces et escarpées, comme un escalier en colimaçon, tantôt les dalles de pierre sont longues et forment une route en pente douce. Et parfois, nous devons sauter de l'une à l'autre, comme pour traverser une rivière. Mieux vaut alors ne pas s'imaginer glisser. Je suis vite en sueur. La visibilité est médiocre ; on se croirait en train de gravir un sentier de montagne la nuit, dans un brouillard grumeleux. Les dalles brillent d'une faible lueur similaire à celle du Cierge du Cadran, mais seulement à notre approche, ce qui nous donne l'illusion que le Chemin se forme à mesure que nous avançons. Les ténèbres alentour sont oppressantes et me paraissent invoquer des voix de mes existences passées. J'entends mon père biologique qui explique dans un bas latin vernaculaire comment on donne un loir à manger à une crécerelle. Puis voici Sholeetsa, un herboriste de la tribu des Duwamish qui me réprimande parce que j'ai trop laissé bouillir une racine. Puis le jacassement de corvidé d'Arie Grote, un manutentionnaire de Dejima. Voilà bien longtemps que le compost de leurs corps a disparu, que leur âme est allée rejoindre la Dernière Mer. Nous autres Horlogers nous sommes mis d'accord pour ne pas nous parler en subdiscours, de peur qu'on ne nous écoute, mais je me demande si les autres entendent également des voix en provenance de leurs vies antérieures. Je ne pose pas la question à voix haute, de peur que cela ne les déconcentre et les fasse trébucher. Chuter du Chemin-de-dalles, c'est plonger dans le néant.

Nous arrivons à la seule dalle triangulaire de toute notre ascension. Elle est concave en son centre et suffisamment grande pour nous accueillir tous les six. « Bienvenue sur l'Entresol », dit D'Arnoq – ce qui me rappelle qu'à l'époque de la Première Opération, Immaculée Constantin avait donné à ce triangle de pierre le même nom devant Jacko. « Je crois que c'est un mirador tout désigné pour vous, Sadaqat, déclare Ôshima. Il n'y a pas meilleur point de vue pour surveiller le bas. Couchez-vous sur ce creux, là, au milieu, et si des visiteurs arrivent, vous les verrez avant qu'eux ne vous voient. » Sadaqat acquiesce de la tête, puis se tourne vers moi ; j'opine du chef à mon tour. « Très bien, monsieur Ôshima. » Diligent, Sadaqat s'assied et sort de son sac à dos un iCube lourdement modifié ainsi qu'un fin cylindre métallique. Il place la machine sur l'angle de la dalle orienté vers l'aval.

« C'est là votre bombe incendiaire ? demande D'Arnoq avec la curiosité du professionnel.

– C'est un générateur de voile de Courant Profond. » Sadaqat bascule le clapet, activant l'écran aérien de l'ordinateur cubique et parcourt le menu options. « Et un détecteur d'âmes. Un son se déclenche » – on entend une oie cacarder à l'envi – « dès qu'une âme non répertoriée – la vôtre, par exemple, monsieur D'Arnoq – est repérée… » Les doigts de Sadaqat glissent latéralement ; l'écran aérien scintille, le temps que la signature du cerveau d'Elijah D'Arnoq soit enregistrée. « Voilà, il saura désormais bien faire la distinction entre les ennemis et les alliés.

– Une sage précaution et un ingénieux gadget, commente D'Arnoq.

– Le générateur empêche qu'un psychosotéricien, par le biais d'une suasion, me fasse désactiver le N9D. » Sadaqat dévisse le haut du cylindre de métal. « Et en cas de tentative, le détecteur m'avertit : il devient alors temps de faire exploser la bombe incendiaire, laquelle, bien entendu, se trouve ici. » Un trépied jaillit de la partie basse du cylindre ; Sadaqat le met debout. « Dix kilos de N9D ont été compressés dans ce tube : cela suffirait à transformer le Chemin-de-dalles en une fournaise où la température atteindrait les cinq cents degrés Celsius. Il suffit que l'oie cacarde » – Sadaqat regarde D'Arnoq – « et c'est le psychoenfer assuré.

– Restez vigilant, lui recommande Ôshima. Notre sort dépend de vous.

– J'ai prêté serment, monsieur Ôshima. Je sais quel est mon rôle.

– Vous tenez là un fidèle lieutenant, me dit D'Arnoq. Un lieutenant prêt à l'ultime sacrifice.

– Je mesure la chance que nous avons, assuré-je à Sadaqat.

– Allons, ne vous laissez pas abattre, docteur ! » Sadaqat se lève et nous serre la main à tous. « Nous nous reverrons très vite mes amis. J'en suis sûr ; c'est dans le Script. » Quand vient mon tour, il se frappe la poitrine. « Celui de mon cœur ! »

Nous poursuivons notre ascension, dalle après dalle, mais il n'est pas aisé de savoir de combien de mètres nous nous sommes élevés ou le temps qui s'est écoulé depuis que nous avons quitté l'Entresol où Sadaqat monte la garde. Nous avons laissé nos téléphones et montres au 119A. Ici, le temps existe, mais il est difficilement mesurable, même dans l'esprit d'un Horloger. Ma résolution de compter les marches a été mise à mal par les voix des disparus de jadis. Je me contente donc de suivre le dos d'Elijah D'Arnoq en tentant autant que possible de rester concentrée, jusqu'à ce que, enfin, nous arrivions sur une deuxième plate-forme de pierre circulaire presque identique au Cadran du début. « Celle-ci, nous l'avons baptisée le Sommet, nous précise D'Arnoq, visiblement nerveux. Nous y sommes.

– Ce ne serait pas par ici qu'on est entrés ? demande Holly. La bougie, le cercle, le disque de pierre, les lettres gravées…

– Les inscriptions sont différentes, dis-je. N'est-ce pas, monsieur D'Arnoq ?

– Je ne me suis jamais penché dessus, admet le renégat. Pfenninger est féru de philologie, comme l'était Joseph Rhîmes, mais aux yeux de la plupart d'entre nous, la Chapelle est juste… une machine douée de conscience avec laquelle nous devons composer.

– “Ce n'est pas ma faute, je ne suis qu'un pion, moi” », se moque Arkady.

D'Arnoq a l'air au bout du rouleau. « Ouais. Peut-être bien. C'est sans doute ce qu'on se raconte. » Il fait comme s'il avait une poussière dans l'œil. « Bon, je vais desceller l'Arche d'Ombre – l'entrée de la Chapelle –, mais d'abord, je vous préviens : le Cathare Aveugle devrait normalement être en stase dans son icône, au nord de la Chapelle. Vous ressentirez sa présence. Mais, à l'inverse, lui ne devrait pas percevoir la nôtre.

– "Ne devrait pas" ? Comment ça, "ne devrait pas" ? le questionne Ôshima.

– Un déicide n'est jamais sans risque, ou ça n'en serait pas un, se renfrogne D'Arnoq. Si vous avez peur, Ôshima, repartez auprès de Sadaqat en bas. Mais vous pouvez réduire les risques en respectant ces trois règles : ne regardez pas le visage de l'icône du Cathare Aveugle ; ne faites pas de bruit ni de mouvement brusque ; n'ayez pas non plus recours à votre psychosotérique de Courant Profond, et ne vous parlez pas en subdiscours. Je peux effectuer des invocations de la Voie de l'Ombre sans créer d'agitation dans la Chapelle, mais le Cathare détectera toute action psychosotérique du camp adverse. Votre 119A est truffé d'alarmes, de boucliers et de voiles de protection. Eh bien, il en est de même dans notre sanctuaire, et si le Cathare Aveugle détecte la présence d'Horlogers en son sein avant que les murs ne commencent à s'effondrer, alors la journée se terminera mal pour nous tous. C'est compris ?

– Entendu, répond Arkady. Pas de problème si Dracula se réveille mais qu'il a déjà un épieu planté dans le cœur. »

D'Arnoq l'entend à peine : il est en train d'effectuer une Exposition. Une ouverture en forme de trèfle de taille humaine se met à miroiter sur le bord du Sommet. C'est l'Arche d'Ombre. La Chapelle apparaît au travers ; en mon for intérieur j'ai un mouvement de recul, alors que je suis Elijah D'Arnoq, qui avance. « Allons-y », dit quelqu'un.

La Chapelle du Vêpre du Cathare Aveugle est le corps d'un être vivant. C'est ce qu'on ressent immédiatement. Si l'Arche d'Ombre est au sud, la nef nord-sud de la Chapelle mesure environ soixante pas, l'axe est-ouest en fait trente, et l'édifice est plus haut que long. Chaque surface plane est orientée vers l'icône du Cathare Aveugle, qui est accrochée dans l'étroit recoin situé au « nord » : il faut lutter pour ne pas la regarder. Les murs, le sol et la pyramide du plafond sont tous taillés dans la même roche d'un gris silex laiteux. Pour tout mobilier, la Chapelle dispose d'une longue table de chêne flanquée de deux bancs et orientée sur l'axe nord-sud, ainsi que d'un grand tableau sur chaque mur. Immaculée Constantin avait présenté ces peintures gnostiques à Jacko la dernière fois : *Les Pommes bleues de l'Éden à midi au huitième jour de la Création*, *Asmodée le démon trompé par Salomon pour qui il bâtit le Temple du roi*, *La Véritable Vierge donnant le sein à deux Enfants Jésus*, et enfin un *Saint Thomas* qui se tient dans une pièce en forme de losange identique à la Chapelle du Vêpre. Sous le point le plus élevé du plafond flotte un serpent de pierre aux couleurs chatoyantes qui, entortillé, est en train de se mordre la queue. La maçonnerie de la Chapelle est d'une impeccable exécution : tout semble d'un seul tenant, comme si elle avait été taillée de l'intérieur d'une montagne ou s'était formée par cristallisation. L'air n'est ni frais, ni rance, ni chaud, ni froid, quoiqu'il ait la saveur piquante des mauvais souvenirs. Holokai a expiré en ces lieux, et bien que nous ayons suggéré le contraire à Holly, rien ne me prouve que Xi Lo ne soit pas mort, lui non plus.

« Donnez-moi une minute, murmure D'Arnoq. Je dois révoquer mon Immunité pour pouvoir combiner mon psychovoltage au vôtre. » Il ferme les yeux. Je m'avance jusqu'à l'angle obtus du coin ouest, où une fenêtre donne à voir un ou une centaine de kilomètres de Dunes qui s'élèvent jusqu'à la Grande Crête et à la Lumière du Jour. Holly me suit. « Vous voyez là-haut ? lui montré-je. C'est de là que nous venons.

– Alors toutes ces petites lueurs qui traversent le sable, chuchote Holly, ce sont des âmes ?

– Oui. Il y en a des milliers et des milliers. En permanence. »

Nous allons jusqu'à la fenêtre est, où une étendue de Dunes de longueur indéterminable s'enfonce dans les ténèbres d'un crépuscule menant à la Dernière Mer. « Et voilà où elles vont. » Nous regardons ces petits points lumineux pénétrer dans l'horizon sans étoiles et s'éteindre, chacun à son tour.

Holly me demande : « Cette Dernière Mer, c'est une vraie mer ?

– J'en doute. C'est juste le nom qu'on lui donne.

– Elles deviennent quoi, les âmes qui finissent là-bas ?

– Vous le saurez un jour, Holly. Et moi aussi, peut-être. » *Aujourd'hui ?*

Nous retournons au centre de la Chapelle ; D'Arnoq est toujours plongé en lui-même. Ôshima désigne le plafond, traçant une ligne imaginaire qui va jusqu'au coin nord, où l'icône semble nous observer. Je ferme les paupières, ouvre mon troisième œil et cherche à déceler la fissure dont parlait Esther…

Au bout d'un moment, je finis par la repérer. Elle part du sommet et serpente jusqu'aux ombres du coin nord.

Elle est là, c'est indéniable, mais c'est une bien mince fissure sur laquelle nous nous apprêtons à miser les méta-existences de cinq Atemporels ainsi que la vie d'une Temporelle.

« C'est moi ? » m'interroge Holly. Je referme mon chakra et ouvre les yeux. « Ou c'est comme si ce tableau… vous aspirait ?

– Non, ce n'est pas vous », répond Elijah D'Arnoq, de retour. Nous nous tournons vers l'icône. L'ermite porte une bure blanche dont la capuche recouvre ses épaules, révélant une tête et un visage sans yeux. « Mais ne le fixez pas du regard », nous rappelle D'Arnoq. Sur le Chemin-de-dalles, les sons étaient étouffés et il fallait élever la voix, mais ici, dans la Chapelle, les chuchotements, les bruits de pas et même les bruissements de nos vêtements sont amplifiés, comme si des micros dissimulés partout les captaient. « Arrêtez de le regarder, madame Sykes ! Il a beau être en train de rêver, il n'en a pas moins le sommeil léger. »

Holly s'efforce de détourner le regard. « Ce sont ses orbites vides, là. Elles vous aspirent les yeux.

– C'est l'antre d'un esprit perverti, juge Arkady.

– Qu'est-ce qu'on attend pour le détruire, alors ? interroge D'Arnoq. J'ai procédé à l'Anesthésie. Faisons comme il était prévu : Marinus et Unalaq pétrifieront l'icône afin de veiller à ce que le Cathare Aveugle ne se réveille pas pendant qu'Arkady, Ôshima et moi brûlons l'icône en déversant jusqu'à notre dernier psychovolt. »

Nous nous rapprochons du coin nord, où le personnage dépourvu d'yeux brille d'une pâleur pareille au ventre d'un requin. « Et donc, pour démolir ce lieu, me questionne Holly, il vous suffit de vandaliser cette peinture ?

– Oui, mais seulement maintenant, à ce moment précis du cycle, répond D'Arnoq à ma place, car l'âme du Cathare Aveugle se trouve dans l'icône. À d'autres moments, il demeure dans la structure de la Chapelle : si cela avait été le cas, il aurait deviné nos intentions et nous aurait fait fondre comme des figurines de plastique sous la flamme d'un chalumeau. Marinus, allez-y. »

Si Elijah D'Arnoq est en train de nous trahir, alors son numéro sera resté convaincant jusqu'au dernier moment. « À toi la gauche, dis-je à Unalaq, et à moi la droite. » Nous nous postons devant le Cathare Aveugle et fermons les yeux. Nos mains effectuent simultanément les mêmes mouvements. À Saint-Pétersbourg, Xi Lo a appris la pétrification à Klara Marinus Koskov, puis, plus tard, quand j'ai été l'indienne Choudary, j'ai enseigné cette technique à Unalaq. Afin de consolider et d'amplifier le processus, nos lèvres se mettent à psalmodier en silence et de mémoire, un peu comme les yeux d'un pianiste parcourent une partition complexe et néanmoins familière. Je sens la conscience du Cathare Aveugle affleurer à la surface de l'icône, tel un essaim. Nous la repoussons. Et y parvenons. En partie. Du moins, je le crois. « Vite, dis-je à Elijah D'Arnoq. C'est davantage une anesthésie locale qu'un coma profond. »

Unalaq et moi nous écartons. D'Arnoq se tient devant son ancien – ou actuel ? – maître, et écarte les mains, paumes tournées vers le ciel. À sa gauche et sa droite, Arkady et Ôshima posent les chakras de leurs mains contre ceux d'Elijah D'Arnoq. « N'allez pas vous imaginer que ce sera une partie de plaisir », murmure Ôshima.

Pâle et moite, D'Arnoq ferme les paupières, ouvre son troisième œil, puis concentre le rayon couleur braise de la Voie de l'Ombre sur la gorge du Saint des Saints.

Le Cathare Aveugle ne rêve plus. Il se sait attaqué. Comme un géant sous l'influence d'une drogue, comme ma maison de Kleinburg quand elle subit les bourrasques de l'Arctique, la Chapelle lutte et se débat. Je titube, je crois que je cligne des yeux, et la bouche du Cathare Aveugle se tord, comme agressée. Son chakra s'ouvre, une tache noire apparaît sur son front et s'étend comme de l'encre. S'il s'ouvre en entier, nous aurons vraiment du souci à nous faire. C'est comme si un tremblement de terre était prisonnier des murs de la Chapelle ; Elijah D'Arnoq pousse un cri suraigu, inhumain. Il canalise trop de psychovolts, cela va le tuer. Sa défection était sûrement bien réelle, il va mourir. Je cligne des yeux encore une fois, je crois, et l'icône prend feu, fume, et le moine qui y figure rugit de douleur, brûlé vif par des flammes bidimensionnelles ; son troisième œil vacille, il apparaît, disparaît, apparaît, disparaît, apparaît, et…

Disparu. Silence. L'icône du Cathare Aveugle n'est plus qu'un carré carbonisé ; Elijah D'Arnoq hoquette, plié en deux. « On a réussi, souffle-t-il entre deux spasmes, on a réussi, nom de Dieu. »

Sans mot dire, nous autres Horlogers nous consultons…

… et Unalaq confirme ce que nous croyons. « Il est toujours présent. »

Ses mots sont notre condamnation à mort. Le Cathare Aveugle a simplement quitté son icône et s'est réfugié dans le sol, les murs et le plafond. Cette mascarade dont nous avons fait les frais était destinée à laisser aux Anachorètes le temps de gravir le Chemin-de-dalles. Leur arrivée est imminente. La défection de D'Arnoq était bel et bien un piège, et notre Seconde Opération est désormais devenue une mission suicide. Je transmettrais volontiers mes excuses en subdiscours à Inez et Aoife si c'était possible, mais leur monde est hors de portée. « Holly, vous voulez bien vous mettre derrière nous, s'il vous plaît ?

– Ça a marché ? Est-ce que… Est-ce que Jacko va… apparaître ? »

J'aimerais bien la hiataliser tout de suite pour éviter qu'elle ne meure en me détestant. Le Script nous a fait défaut. Au cimetière de Blithewood, j'aurais dû tourner les talons, rappeler Wendy Hanger, lui expliquer qu'il s'agissait d'une erreur et repartir à la gare de Poughkeepsie. « Je ne sais pas, dis-je à Holly, la mère, la sœur, la fille, la veuve, l'écrivain, l'amie. Mais restez derrière nous. »

Message d'Esther, rapporte Ôshima en subdiscours. *Elle vient d'entamer son Geste Ultime. Il lui faudra jusqu'à un quart d'heure.*

« Il fallait bien qu'on tente le coup, déclare Unalaq. Il y avait un espoir. »

Elijah D'Arnoq continue à faire semblant : « Mais qu'est-ce que vous dites ? » Il va jusqu'à sourire. « On a gagné ! Le Cathare Aveugle est mort. Sans lui, il n'y aura plus rien pour maintenir la structure de la Chapelle et, dans six heures, il n'y aura plus que Vêpre et Dunes, ici. »

Je regarde celui que, dans les romans d'espionnage, on aurait autrefois désigné comme « agent double ». Je n'ai même pas besoin de le sonder pour m'en assurer. Elijah D'Arnoq ne ment pas aussi habilement qu'il le croit. Pendant la première phase de la supercherie – chez moi, dans la banlieue de Toronto –, il a été transformé en authentique pénitent, mais, à un moment donné, au cours de ces derniers jours, Pfenninger ou Constantin l'ont rendu à la Voie de l'Ombre.

« Est-ce que je peux, Marinus ? me demande Ôshima. S'il te plaît.

– Comme si obtenir mon aval t'importait. Mais enfin, oui, vas-y. Et fort. »

Ôshima feint d'éternuer et, dans une gestuelle psychosotéricienne, envoie sans prévenir D'Arnoq valdinguer sur la table et au-delà, même : celui-ci glisse jusqu'à l'Arche d'Ombre.

Xi Lo avait fait subir la même chose à Constantin, fais-je discrètement remarquer à Ôshima, *bien qu'elle n'ait pas dépassé la moitié de la table.*

« Il faut dire que ce D'Arnoq est un poids plume, tempère Ôshima. Et puis, une longue table bien lisse, une personne horripilante : le coup était téléphoné. Qui résisterait à son appel ?

– Bon… il n'est pas des nôtres alors, si je comprends bien, constate Holly.

– Toi, là, crie depuis l'autre côté de la Chapelle Elijah D'Arnoq qui se relève en désignant Ôshima. Tu vas brûler et griller dans les flammes ! » Neuf hommes et une femme surgissent du vide autour de lui.

« Enfin nos invités sont là ! » Baptiste Pfenninger applaudit et sourit. Le Premier Anachorète est grand, parfaitement à l'aise dans son corps bien proportionné et bien habillé. Sa barbe savamment taillée est teintée d'argent. « Comme ces vieilles pierres aiment les invités, et il y en a tant ! » J'avais oublié sa voix grave de comédien. « D'ordinaire, nous n'en avons qu'un seul par trimestre : c'est dire si cette journée est exceptionnelle. C'est la deuxième fois que l'occasion se présente. » Tous les hommes portent des smokings de coupes et de styles variés. Pfenninger a une allure édouardienne. « Marinus, Marinus, soyez la bienvenue. La seule invitée à visiter de nouveau la Chapelle du Vêpre, quoique, la dernière fois, votre corps fût resté sur Terre. Ôshima, vous me semblez bien vieilli, décati et las : une résurrection ne vous ferait pas de mal. Cela ne se produira pas. D'ailleurs, merci d'avoir éliminé Brzycki : il commençait à montrer des signes de végétarisme. Qui d'autre avons-nous là ? “Unalaq”. Est-ce que je le prononce bien ? Quelle que soit la façon dont on le dit, on croirait qu'il s'agit d'une marque de colle à prise rapide. Arkady. Arkady, vous avez grandi depuis notre dernière rencontre, quand je vous avais scié les pieds. Vous vous souvenez des rats ? Ah, on faisait encore de vrais dictateurs dans la Lisbonne de Salazar. Il vous avait fallu soixante-dix heures pour mourir. Je verrai si je peux battre mon record avec Inez, hmm ? » Pfenninger clappe de la langue. « Dommage que L'Ohkna et Roho ne puissent être présents, cependant M. D'Arnoq » – le Premier Anachorète se tourne vers son agent double – « a néanmoins su attraper les plus gros poissons. Brave garçon. Mais que vois-je ? En dernier lieu, à sa juste place, Holly Sykes, écrivain mystique désormais éleveuse de poules pondeuses en Irlande. Nous ne nous sommes jamais rencontrés. Je suis Baptiste Pfenninger, interlocuteur privilégié de cette miraculeuse » – il désigne les murs et la voûte – « machine, et… oh, les titres, les titres : on les traîne derrière soi comme les chaînes de Marley. Je parle de Jacob, le fantôme de Dickens, et non pas de Bob. Il en est, parmi nous, deux qui sont encore plus ravis que moi de vous voir ici, Holly… »

Vêtue d'une robe en velours noir et d'une rivière de diamants superflue, Immaculée Constantin s'avance. « Comme ma singulière demoiselle a grandi… la voici toute ménopausée, cancéreuse, et qui plus est, acoquinée avec la canaille. Eh bien. Ai-je le physique de ma voix ? »

Interdite, Holly fixe des yeux ce souvenir d'enfance sans visage.

Bien qu'hypocrite tout du long, le sourire de Constantin s'efface. « Jacko savait tenir une conversation, lui. Mais enfin, ce n'était déjà plus Jacko, à cette époque, n'est-ce pas ? Dis-moi, Holly, tu as vraiment cru Marinus quand elle a prétendu que la mort de ton frère était naturelle alors que comme par hasard Xi Lo se trouvait dans les parages, hmmm ? »

Plusieurs secondes s'écoulent. La voix de Holly est sèche. « Qu'est-ce que vous dites ?

– Mon Dieu. » Les vestiges du sourire de Constantin se changent en une moue de pitié. « Tu les as crus ? Oublie ce que je viens de te raconter, je te prie. La rumeur est la radio du Diable, et je ne voudrais pas en diffuser les programmes, mais enfin… essaie de réfléchir un peu avant de mourir. Et sache que je m'occuperai d'Aoife. Je ne voudrais pas que tu lui manques, tu comprends. Mais tiens, si je voyais les choses en grand et que, dans la famille Sykes, je demande Sharon et Brendan ? Je compléterais mon tableau de chasse, pour ainsi dire. »

Esther a eu trois minutes. Le dénouement de l'intrigue Sadaqat devrait en prendre cinq, si Pfenninger est d'humeur bavarde. J'estime nos chances de l'emporter, une fois que le psychoduel commencera. Les trois dernières recrues des Anachorètes ne devraient pas nous poser trop de problèmes, mais la Chapelle est dépourvue de projectiles utilisables par psychokinésie, et il n'en reste pas moins que nous nous battrons à quatre contre onze. Esther aura besoin de sept minutes supplémentaires. Réussirons-nous à les retenir tout ce temps ?

« Vous regretterez d'avoir menacé ma famille, promet Holly. Je le jure. Je le jure devant Dieu.

– Oh, mais tu le jures ? Et devant Dieu, rien de moins ? » Immaculée Constantin a l'air soucieuse. « Mais Dieu est mort. Et si nous posions la question aux gens-de-la-radio ? Ils nous le diront, eux. » Elle tend une oreille ornée de diamants. « Non, Holly. Tu as été mal informée. Je ne regretterai rien. Mais toi, en revanche, tu t'en voudras d'avoir abandonné ton amie secrète Mlle Constantin quand, à l'âge de sept ans, tu étais encore mignonne et douée de clairvoyance. Songes-y. Un seul Sykes serait mort au lieu de cinq plus un Brubeck. Je t'assure, les regrets te brûleront la gorge ! À ce propos, M. Anyder, cette frêle veuve était-elle du genre sonore au lit, quand elle était plus souple et qu'elle sécrétait encore des phéromones ? »

Hugo Lamb s'avance. Fossette au menton, regard méprisant, il est tel qu'en sa vingt-cinquième année. « Elle était du type muette. Bonjour, Holly. Drôle, n'est-ce pas, la tournure que prennent certaines choses. »

Holly recule. Être prévenue qu'on va rencontrer un fantôme et le voir en réalité, ce n'est pas tout à fait pareil. « Qu'est-ce qu'on t'a fait ? »

Parmi les Anachorètes, certains rient. Le regard d'Hugo Lamb revient sur son ancienne amante. « "On" » – ses yeux se promènent dans la Chapelle – « m'a soigné. On m'a soigné d'un terrible agent pathogène nommé mortalité. Il est très répandu. Les jeunes y résistent pendant un moment, mais, au bout d'un certain temps, même les patients les plus robustes finissent à l'état d'embryons desséchés, tels les Struldbrugs de Gulliver... des horloges d'os rabougries et flasques aux veines saillantes dont le cadran trahit le peu de temps qui leur reste.

– "Trahit", dites-vous ? » Pfenninger se lève. « Une transition toute trouvée, Marinus. Savez-vous que nous disposons d'un indicateur de premier choix dans votre garde rapprochée ? »

Je résiste à la tentation de lui répondre : « Cela fait un an que nous sommes au courant, oui. »

Mais Pfenninger poursuit : « Il ne s'agit pas de M. D'Arnoq. Lui ne vous a dupé qu'une semaine. Je parle de quelqu'un qui, depuis un an, fait de vous une parfaite idiote. »

Je redoutais ce moment. « Arrêtez, Pfenninger.

– Eh oui, cela fait mal, mais *veritas vos liberabit*... et puis, rappelez-vous, votre seul moyen de glaner quelques minutes de répit reste de me distraire. »

Je pense à Esther qui, sous forme incorporelle, amorce un véritable psychoenfer depuis l'intérieur du crâne d'Ôshima. Chaque seconde compte. « Épatez-moi, j'ai hâte d'être consternée. »

Pfenninger claque des doigts, le bras tendu vers l'Arche d'Ombre, et surgit alors Sadaqat. Son comportement n'est plus celui d'un humble gardien, mais d'un chef de peloton d'exécution. « Re-bonjour, chers amis. Voilà le choix auquel j'étais confronté : d'un côté, encore vingt années à entretenir une maison, faire la lessive, arracher les mauvaises herbes, vieillir, puis les cathéters et les problèmes de prostate ; ou bien la vie éternelle, une formation gratuite à la Voie de l'Ombre et la pleine propriété du 119A. Hmm. Attendez que je réfléchisse. Il me faut une vingtaine de secondes, au moins. Eh bien, voilà, la Voie du majordome n'était sans doute pas pour moi. »

Holly est choquée. « Ils vous faisaient confiance ! C'étaient vos amis !

– Si vous connaissiez l'Horlogerie depuis un peu plus de cinq jours, madame Sykes » – Sadaqat s'avance jusqu'à atteindre le bout de table le plus proche de lui et s'appuie dessus comme si elle lui appartenait –, « vous vous seriez peut-être réveillée un matin en vous rendant au fait que l'Horlogerie est un club réservé à des immortels qui veillent à ce que d'autres n'accèdent pas au privilège dont ils jouissent. Ce sont des aristocrates. C'est exactement comme un pays blanc – excusez-moi d'évoquer la question de la couleur de peau, mais l'analogie est imparable –, un riche bastion d'impérialistes blancs qui tirent profit d'autrui mais n'hésitent pas à torpiller les bateaux de réfugiés en provenance du pays des masses grouillantes et moricaudes. J'ai choisi de survivre, voilà tout. N'importe quel autre être vivant en aurait fait autant.

– Bravo pour ce nouveau poste, Sadaqat. » Arkady joue la sincérité à la perfection. « "Cueilleur d'âmes". Fantastique que ça arrive à un type aussi gentil que vous. »

Sadaqat ricane : « Vous n'imaginez quand même pas que votre servile petit majordome pakistanais soit capable de détecter la subtile et arkadienne ironie de vos propos ? »

Ôshima prend la relève : « Et pour quel surnom branchouille vous allez opter, Sadaqat ? Commandant Intégrité ? M. Mouchard ? Judas McJanus ?

– En tout état de cause, ça ne sera pas M. Ne-vous-inquiétez-pas-pour-Sadaqat-il-est-bien-content-d'avoir-l'honneur-de-se-faire-exploser-dans-les-escaliers-pour-sauver-ces-culs-bénits-d'Atemporels.

– Sadaqat a joué son rôle, dis-je à Pfenninger. Laissez-le partir. »

Ce dernier époussette son nœud papillon. « Ne prétendez pas connaître mes intentions, Marinus. Vous n'auriez pas sciemment réchauffé un serpent dans votre sein.

– Comme vous voudrez : je n'en savais rien. Il a suivi vos ordres. Il nous a espionnés. Et jeté ses dix kilos de Patafix. Laissez-le repartir. »

Sadaqat enrage comme je ne l'avais plus vu faire depuis la fois où je l'avais soigné à l'hôpital Dawkins dans le comté du Berkshire, en Angleterre. « Ce n'était pas de la Patafix ! C'était du N9D ! Un explosif surpuissant que vous m'avez vous-même quasiment collé sur le corps !

– D'un point de vue technique, Marinus, Sadaqat n'a pas tout à fait tort, intervient Arkady. La Patafix est jaune, et la gomme adhésive qu'on a utilisée était *blanche*... »

Sadaqat se perche sur le banc. « Menteur ! Vous m'avez entraîné dans votre Guerre, j'étais votre bombe humaine !

– À trois reprises, j'ai tenté de vous dissuader de participer à la Seconde Opération, Sadaqat, lui rappelé-je.

– Eh bien, il fallait procéder à une suasion, dans ce cas, si mon sort vous préoccupait tellement. Et M. Pfenninger ne me laissera jamais "repartir", comme vous dites. Je suis le Douzième Anachorète.

– Excusez-moi de remettre la question de la couleur de peau sur le tapis, le nargue Arkady, mais passez les Anachorètes en revue, du Premier au Onzième. Il n'y a pas, sur le plan ethnique, un point commun qui vous frappe ? »

Sadaqat n'éprouve aucun doute. « J'ai été recruté afin de... de... de rétablir un certain équilibre chez les Anachorètes. »

Le rire réprimé d'Arkady se transforme en toux. « Désolé, un peu de salive m'est passée dans les poumons. Mais alors, expliquez-moi pourquoi l'équipe des *All Whites* vous a choisi, vous en particulier.

– Parce que mon psychovoltage est démesuré, voilà pourquoi !

– Mais quel nigaud, bâille Ôshima. J'ai avalé des plâtrées de beignets à la vapeur qui avaient plus de potentiel psychosotérique que vous.

– Pardonnez-moi, Marinus, mais je suis curieuse, m'interpelle Immaculée Constantin. Votre petit schizophrène de compagnie vient de vous vendre : rien ne vous poussera jamais à mépriser quelqu'un ?

– Pour ce qui est de susciter mon plus profond mépris, les homicides et animacides fonctionnent très bien. Mais c'est vous que j'estime responsable, vous qui avez su transformer la peur de mourir de Sadaqat en traîtrise. Pardon, Sadaqat. Ainsi va notre Guerre. Il fallait que je les laisse croire que vous étiez leur atout.

Merci pour le jardin, en tout cas. Ce qui arrive aujourd'hui ne changera pas cela.

– Mais je suis le Douzième Anachorète ! Répétez-leur, mademoiselle Constantin, répétez-leur ce que vous m'avez dit à propos de mon potentiel en tant qu'adepte de la Voie de l'Ombre.

– Potentiellement, Sadaqat, vos jérémiades ont le pouvoir d'inciter les gens au suicide. » Quand la voix de Constantin se fait maternelle, c'est que le temps est compté. « Mais non, en matière de psychosotérique, vous tirez des balles à blanc. Et, pire, vous êtes un traître. Un traître aussi dépourvu de talent que de chakras, et un *moricaud*, qui plus est. »

Sadaqat tourne la tête vers les grands Anachorètes blancs, désabusé. C'est à peine si je supporte de voir le changement d'expression sur son visage, mais je le lui dois bien. Et puis, de bonne grâce, il nous tourne le dos et, le pied tremblant, s'avance de quelques pas vers l'Arche d'Ombre. Deux Anachorètes en retrait lui barrent la route. Sadaqat tente alors de fuir vers la sortie, mais Pfenninger, par psychokinésie, l'attrape comme avec un lasso et le ramène à lui par à-coups violents, puis le soulève à six mètres au-dessus du sol. Je ne peux pas intervenir. L'issue de la Seconde Opération tient à chaque psychovolt que nous aurons su préserver avant le début du duel. Constantin symbolise de ses mains un geste violent : la tête de Sadaqat tourne à trois cent soixante degrés. « Là, ronronne Constantin. Vous voyez, nous ne sommes pas si sadiques. Vite fait, bien fait. Les poulets souffrent plus lorsqu'on leur tord le cou, n'est-ce pas, Holly ? »

Le corps brisé de Sadaqat retombe au sol ; par psychokinésie, un Anachorète de rang moindre le balance par la fenêtre côté est, comme un sac d'ordures ménagères. Au moins, l'âme de Sadaqat trouvera le chemin de la Dernière Mer, contrairement aux autres « invités » dont l'âme a été distillée.

Ils sont sur le point de lancer leur attaque, m'avertit Ôshima en subdiscours.

Comme dans la peau du chef d'orchestre levant sa baguette

devant l'Orchestre-du-boucan-de-tous-les-diables, je donne le signal : « Maintenant ! »

Unalaq ouvre un bouclier qui s'étire entre les deux murs et nous isole dans le coin nord de la Chapelle. Même à trente pas, le choc puissant repousse d'environ un mètre Pfenninger, Constantin, Hugo Lamb et D'Arnoq. Prenant sa source dans les paumes levées d'Unalaq, le bouclier scintille telle une lentille bleutée de Courant Profond. Avec condescendance, Pfenninger et Constantin regardent par les côtés de notre bouclier. Pourquoi ? Elijah D'Arnoq met ses mains en porte-voix et crie vers nous. Ses mots prennent plusieurs secondes à franchir le bouclier d'Unalaq, et s'ils arrivent par fragments, ils demeurent néanmoins intelligibles : « Derrière vous ! »

Je tourne donc la tête. L'horreur me saisit : l'icône carbonisée du Cathare Aveugle se régénère d'elle-même. La peau du moine apparaît et son auréole se met à briller. Pire, la tache noire de son troisième œil revient. Quand celui-ci sera entièrement ouvert, le Cathare Aveugle distillera nos âmes les unes après les autres.

Pfenninger nous nargue : « Voyez un peu avec qui vous vous êtes enfermés !

– Lui, j'en fais mon affaire, lance Ôshima. Marinus, Arkady, consolidez le bouclier. Au revoir, Esther. » Esther s'exfiltre de la tête d'Ôshima et transverse sur le côté, son âme palpitant de l'invocation du Geste Ultime. Puis le guerrier grisonnant se retourne et agrippe les bords de l'icône, le crâne à trente centimètres de celui du Cathare Aveugle. Il ferme les yeux et déverse directement dans la pupille noire au centre du front du moine tous les psychovolts de Courant Profond contenus dans son chakra qui rayonne. Il est impossible qu'Ôshima l'emporte sur l'incorporelle source de la Voie de l'Ombre ; cependant, il est susceptible de nous faire gagner une précieuse minute supplémentaire.

Mais Pfenninger, apercevant l'âme clandestinement embarquée, aboie un ordre. Les Anachorètes avancent vers notre bouclier, répartis en deux rangs de cinq, de chaque côté de la table, traçant des symboles de leurs doigts furieux. La voix de Constantin arrive jusqu'à moi. « Détruisez ce bouclier et tuez d'abord le clandestin. » Arkady, Unalaq, Holly et moi sommes projetés en arrière par une vague de feux-de-braises, de lasers-coups-de-fouet et de balles supersoniques. À chaque impact, je sens résonner en moi les cris du système nerveux d'Unalaq. Arkady et moi répliquons : nos projectiles de Courant Profond jaillissent des chakras de nos mains et traversent le bouclier d'Unalaq. Ceux qui atteindront leurs cibles pétrifieront, assommeront les Anachorètes ou leur expurgeront la mémoire, les rendant inaptes au combat. Mais nous grillerons dans les bombes incendiaires de la Voie de l'Ombre. Les Anachorètes ont des lance-flammes ; nous ne disposons pour notre part que de seringues tranquillisantes et d'un bouclier anti-émeute qui, par ailleurs, commence à se fendiller. À travers les flambées d'intensité variable, je réussis à voir qu'Arkady et moi, par chance, avons atteint quelques cibles : Cammerer, le Huitième Anachorète, s'effondre, et Osterby, le Sixième, pétrifié, perd l'équilibre et bascule comme une carcasse de porc. Mais Du Nord ouvre un bouclier de protection afin de prémunir la Voie de l'Ombre contre de nouvelles pertes.

Toujours est-il que nous sommes à trois contre neuf, enfermés avec un démon qu'Ôshima ne pourra certainement plus retenir très longtemps. Holly s'agenouille près du mur. Je n'ai pas le temps de deviner ses pensées. Unalaq frémit : le bouclier rouge de l'ennemi percute le sien avec la force d'un train de marchandises et les bruits stridents d'une meuleuse d'angle. À l'endroit où ils se touchent, le bleu du Courant Profond vire au violet du lépreux ; violemment poussée en arrière, Unalaq recule d'un pas, puis d'un deuxième, puis d'un autre, et encore d'un autre, réduisant notre territoire triangulaire à quelques mètres carrés. Je n'ai pas le temps de vérifier si Holly s'est décalée afin de rester derrière le bouclier : deux Anachorètes lèvent les mains et, à travers le raffut des psychoballes, j'entends le cri lancé par Constantin : « Écrasez-moi ces fourmis ! »

Arkady déverse à présent tout son psychovoltage dans le bouclier d'Unalaq, ce qui le renforce temporairement, mais la cascade de feu des Anachorètes redouble, triple et quadruple d'intensité. De ce psychoduel se dégage l'aveuglante luminosité du magnésium en combustion, c'est donc à travers mon troisième œil que je vois la grande table s'élever à trois mètres de hauteur, rester sur place tel un rapace, puis piquer droit vers Arkady et Unalaq. Par réflexe, d'un signe de la main, j'effectue le contre le plus rapide de ma vie, et la table, qui s'immobilise à quelques centimètres du visage crispé d'Arkady, est à cheval entre les deux camps séparés par les boucliers entremêlés. Ce n'est alors pas une partie de tir à la corde qui s'engage, mais l'inverse : afin de renverser notre bouclier, Pfenninger tente de matraquer Unalaq ou Arkady, tandis que je m'efforce de l'en empêcher. Nous nous disputons le contrôle de ce meuble pendant un long moment d'incertitude, mais d'autres Anachorètes viennent en renfort, et, soudain, me voilà vaincue : la table s'écrase contre le crâne du Dr Iris Marinus-Fenby. Par chance, le meuble s'échoue de notre côté, si bien que les Anachorètes ne peuvent plus l'utiliser comme projectile, mais mon crâne étant à moitié fendu, je m'exfiltre de mon corps avant que mon cerveau ne s'éteigne. Cause du décès : table volante. C'est une première, et une dernière, d'ailleurs, si je meurs dans le Vêpre.

À travers une ombre de plus en plus rouge, je distingue Pfenninger, Constantin et d'autres silhouettes qui, à quelques pas à peine, concentrent leurs tirs sur Unalaq, jusqu'à ce qu'une perforation déchire notre bouclier en deux. Baptiste Pfenninger sourit avec une fierté paternelle et oriente la paume de sa main vers Unalaq ; une fine pointe de lumière vive trace une ligne dans l'air entre la main du Premier Anachorète et le cœur d'Unalaq. Ce qui se révèle être une balle dum-dum psychosotérique renverse à moitié le corps de ma consœur, ou plutôt ce qui était le corps de ma défunte consœur, jusqu'à ce que celui-ci éclate dans un amas filandreux d'os et de viscères. Pfenninger et Constantin sont ravis. Arkady s'évertue à réparer notre bouclier, dont le bleu est bien clair, tandis qu'Ôshima reste prisonnier du duel qu'il est en train de perdre contre l'icône lumineuse du Cathare Aveugle.

Voyant mon cadavre étendu près du mur, les Anachorètes pensent alors qu'il ne reste plus de psychosotériciens pour les attaquer ; aussi, leur bouclier rouge s'éteint. Cette erreur va leur coûter cher. Incorporelle, j'utilise quelques psychovolts et lance des psychobolas en direction de nos assaillants. Celles-ci frappent Imhoff et Westhuizen, respectivement Cinquième et Septième Anachorète, qui tombent au sol. Trois contre sept. Je m'infiltre dans Arkady afin de l'aider à consolider le bouclier, dont le bleu devient plus intense, et à repousser les Anachorètes restants. Mais Arkady lance un regard furtif à Ôshima, et c'est ainsi que je constate que ce dernier a perdu son combat. Son corps disparaît sous nos yeux. *Rejoins Holly*, m'ordonne Arkady en subdiscours. J'obéis sans même penser à lui dire au revoir, un oubli que je regrette déjà au moment où je transverse jusqu'à Holly, m'infiltre en elle et effectue une suasion intégrale sur son esprit, et… et que faire, maintenant ?

Submergés de rage par la perte d'Imhoff et Westhuizen, les sept Anachorètes restants bombardent Arkady de tous les psychovolts qui leur restent : le bouclier bleu s'éteint. Arkady est épuisé. Il se relève et adresse un doigt d'honneur à Baptiste Pfenninger. Le Cathare Aveugle désintègre Arkady d'un vif et bref psychocarreau qui lui arrive dans le dos. La bataille est terminée. Ils tueront Holly, à moins qu'ils ne tentent de distiller son âme. Je ne peux ni voir ni communiquer avec Esther, mais, d'ici quelques secondes, le Cathare Aveugle la localisera et la pulvérisera. L'Horlogerie aura alors perdu sa Guerre séculaire contre les Anachorètes, qui ne…

La lumière inonde la Chapelle, traversant les mains qui cachent des yeux, les paupières qui recouvrent ces mêmes yeux, leur cornée et humeur vitreuse, les corps, les âmes… Ce blanc est si intense qu'il en est noir. Esther a réussi. Esther a gagné. Je guette le craquement d'os qui résonnera dans la Chapelle quand elle se fendra par le milieu. Je guette les cris des Anachorètes quand la machine qui leur procure leur immortalité se désintégrera tout autour d'eux.

Les secondes se dévident… Elles sont nombreuses.

La noirceur blanche redevient du blanc.

Le blanc s'écaille et reprend sa teinte gris silex laiteuse.

La vision est de nouveau possible. J'ouvre les paupières de Holly et depuis l'endroit où son corps est étendu, lève les yeux sur le plafond de la Chapelle. Il ne s'est pas effondré.

Je pense alors : *Le Geste Ultime d'Esther manquait de puissance.*

Je pense encore : *Le Cathare Aveugle avait anticipé le coup.*

Peu importe la raison de l'échec d'Esther. La Seconde Opération était notre dernière chance. De l'Horlogerie, il ne reste plus que L'Ohkna, un hacker, et Roho, un garde du corps. L'Horlogerie a perdu et les Anachorètes ont gagné.

Le corps de Holly éprouve le besoin de grogner et de vomir, mais je le maintiens dans un état d'immobilité, comme s'il était mort, le temps de… quoi ? Je n'ai plus assez de psychovolts pour concocter le moindre projectile. Tenter de sauver mon âme ? Je ne vais tout de même pas m'exfiltrer de Holly, me voiler puis rester à proximité pendant qu'ils tuent Holly ou distillent son âme, et attendre que le Cathare Aveugle découvre qu'un petit lapin effrayé se cache dans un recoin. Je suis presque jalouse d'Esther. Au moins, elle est morte en croyant avoir offert à l'Horlogerie sa victoire suprême.

Les Anachorètes qui ont survécu font le point. Pfenninger se tient toujours au centre de la nef du losange. Constantin, D'Arnoq, Hugo Lamb, Rivas-Godoy, Du Nord, et O'Dowd sont encore là. Un ou deux de ceux tombés au combat se réveilleront peut-être d'ici un moment, ou ne se relèveront jamais. Les Anachorètes vont certes accuser le coup, mais ils ont vraisemblablement une liste de Carnivores potentiels, et, d'ici une ou deux décennies, leur entreprise d'enlèvement tournera à plein régime. La Chapelle du Vêpre n'a pas subi la moindre égratignure. Mis à part la table et les bancs renversés, l'icône abîmée et mal accrochée, il ne reste aucun signe de la furieuse bataille que nous nous sommes livrée il y a une minute à peine. Ne sachant que faire, je me contente de rester dans le crâne de Holly, paralysée par l'indécision.

Elijah D'Arnoq pose la question : « Qu'est-ce que c'était que cette lumière ?

– Un Geste Ultime, comprend Pfenninger. D'une grande puissance. Reste une question : qui l'a invoqué ?

– Esther Little, répond Constantin. Dans sa forme incorporelle. Le Contrescript n'a jamais confirmé qu'elle était morte, rappelez-vous. J'ai senti sa présence. Elle s'est attaquée à la ligne de doute de la Chapelle, assurément dans l'espoir de pourfendre la voûte afin que celle-ci s'effondre. Qui d'autre qu'elle aurait pu concevoir pareil plan d'attaque ? Heureusement pour nous, son dernier coup d'éclat n'était pas aussi détonant qu'elle l'espérait.

– Cela veut dire que nous avons gagné la Guerre ? » demande Rivas-Godoy.

Pfenninger regarde Constantin. « Oui, déclarent-ils à l'unisson.

– Certes, tempère Pfenninger, il nous reste quelques opérations de nettoyage à mener et quelques plaies à panser, mais l'Horlogerie est anéantie. Mon seul regret ? Que Marinus n'ait pas vécu assez longtemps pour mesurer l'ampleur de son échec. Le Cathare Aveugle a dû l'achever entre le moment où il est venu à bout d'Ôshima et celui où il a tué Arkady.

– Jetons Sykes par la fenêtre, comme Sadaqat », propose Constantin, s'approchant de nous. Elle se tourne vers D'Arnoq. « Pourquoi Marinus a-t-elle tenu à la faire venir ? Je ne comp… Oh, mais attendez une minute. » Elle me scrute d'un œil pas tout à fait humain. « Monsieur Pfenninger. J'ai l'impression que nous allons avoir droit à un digestif. » Prudente, elle approche de quelques pas. Et sourit. « Eh bien, eh bien. Holly Sykes fait la morte. Comment… »

BOUUUUUUUUUUUUUUUMMM… Un rugissement percussif remplit la Chapelle. Constantin tombe, ainsi que les autres. Dans le corps de Holly, je lève les yeux vers la fissure, et ma terreur se change en espoir puis en furieuse joie quand jaillit un hurlement où se mêlent les bruits d'un arbre qui se déracine, de déchirements, et de la coque métallique d'un navire raclée contre un récif : l'infime fissure devient une ligne noire qui zigzague de la partie nord du plafond jusqu'au dos de l'icône. Lentement, l'ignoble son se tait, mais c'est là un sinistre présage : ce n'est pas fini... De l'endroit où Holly et moi sommes accroupies, je vois se balancer, puis se décrocher le serpent dont la silhouette fait penser à une auréole. La sculpture gnostique se fracasse comme mille assiettes ; les éclats fusent et s'éparpillent sur le sol, telles dix mille petites bêtes qui fuient. Un morceau aussi gros qu'une balle de cricket manque de peu le crâne de Holly. J'entends Baptiste Pfenninger, en histrion, déclamer : « Merde ! Vous avez vu ça, mademoiselle Constantin ? » Songeant alors à vérifier le psychovoltage de Holly, je découvre qu'elle en possède davantage que je ne l'imaginais.

« C'est bien le cadet de nos soucis, lui rétorque sèchement Constantin. Vous n'avez pas vu la fissure ? » En silence, j'invoque un Voile et disparais derrière. Si un psychosotéricien me regarde directement, il verra une silhouette terne, mais c'est mieux que rien, et puis ce n'est pas moi, mais la structure de la Chapelle qui inquiète les sept Anachorètes. Et ils ont raison. Alors que je longe le mur en direction de la fenêtre ouest, on entend le craquement de la roche qui subit de fortes contraintes.

Elijah D'Arnoq est le premier à le remarquer : « Holly Sykes !

– Où est-elle ? demande O'Dowd, le Onzième Anachorète.

– Cette chienne héberge un Horloger, fulmine Du Nord. Elle est derrière un Voile !

– Bloquez l'Arche d'Ombre ! ordonne Constantin à Rivas-Godoy.

– C'est Marinus ! Ne la laissez pas s'échapper ! Je vais effectuer une Exposition, et nous... »

Un ogre grogne au-dessus de nos têtes ; des pierres pleuvent de la fissure qui est maintenant une entaille de forme irrégulière. Je comprends alors. Le Geste Ultime d'Esther a bel et bien fait son œuvre, et, pendant un temps, le Cathare Aveugle a réussi à maintenir la Chapelle en l'état. Mais, à présent, même son ancestrale puissance lui fait défaut.

« Pfenninger, ATTENTION ! » crie Constantin.

Mais le Premier Anachorète, dont l'instinct de survie a sans doute été émoussé par deux siècles de Vin noir, de pleine santé et de richesse, suit le regard de Constantin avant et non pas après avoir plongé pour se mettre à l'abri. Une plaque de la voûte grosse comme un monospace est la dernière chose que Baptiste Pfenninger voit avant que celle-ci ne l'écrase tel un marteau-pilon s'abattant sur un œuf. D'autres morceaux de maçonnerie éclatent au sol. J'abandonne le Voile et me protège à l'aide d'une bulle de Courant Profond. Du Nord, un capitaine français qui suit la Voie de l'Ombre depuis les années 1830 met trop de temps à éviter une volée d'éclats qui, certes, ne le tuent pas, mais son épouse actuelle ne le reconnaîtrait pas. Trois ou quatre silhouettes protégées par une bulle courent vers l'Arche d'Ombre, mais le plafond de la Chapelle est une calotte glaciaire qui enfante des icebergs : la portion sud de la voûte s'effondre et bloque la sortie. Ainsi notre tombeau se referme-t-il.

Entre les trous de la voûte détruite, les circonvolutions d'un tentacule de Vêpre granuleux et fumant s'infiltrent, tâtent l'intérieur de la Chapelle et s'y dévident. Il bourdonne, mais pas tout à fait comme une abeille ; marmonne, mais pas tout à fait comme une foule ; susurre, mais pas tout à fait comme le sable. Une vrille de cette matière se déploie derrière Elijah D'Arnoq qui recule afin d'éviter un morceau de roche. Sans que la bulle de l'Anachorète ne la gêne le moins du monde, la vrille vient caresser le cou d'Elijah D'Arnoq, et le voilà changé en un nuage de Vêpre qui, l'espace d'un instant, garde forme humaine.

« Marinus, c'est vous qui êtes là ? » me demande Holly.

Désolée, j'ai effectué une suasion sur vous sans votre autorisation.

« On les a battus, c'est ça ? Aoife sera en sécurité, alors. »

Toutes les familles du monde n'ont désormais plus à craindre les Anachorètes.

Nous regardons les décombres et cadavres qui jonchent la Chapelle. Seules trois des silhouettes protégées d'une bulle rouge sont toujours visibles. Je reconnais Constantin, Rivas-Godoy et Hugo Lamb. Dans son coin, l'icône du Cathare Aveugle flétrit et s'écaille, comme éclaboussée d'acide. La noirceur grandit un peu plus à chaque seconde. Les bras de Vêpre remplissent au moins un quart de la Chapelle, à présent.

« Ce Vêpre, là, dit Holly, ça n'a pas l'air de faire très mal. »

Désolée de vous avoir embarquée là-dedans.

« Ça ne fait rien. Ce n'était pas votre faute. C'était la Guerre. »

Il ne nous reste plus que quelques minutes à vivre.

Un bruit assourdissant en provenance du coin nord se change en tintement de cloche dissonant. À l'endroit où l'icône était accrochée, une ellipse qui émet une pâle lueur de lune s'est ouverte. « Ce son, s'étonne Holly, on aurait dit la cloche d'annonce de fermeture du Captain Marlow. Qu'est-ce que c'est, Marinus ? »

À quelques pas de moi, une langue de Vêpre lèche le corps sous psychosédatif d'Imhoff, qui n'existe soudain plus.

Je n'en ai aucune idée, admets-je. *Un espoir ?*

C'est certainement ce qu'en ont déduit les trois Anachorètes qui ont survécu et foncent jusqu'au coin nord. Dans le corps de Holly, je les suis ou tente de les suivre, mais un long panache de Vêpre pénètre par la fenêtre côté est, qui ne dispose plus de bouclier. Je dérape dans la flaque de ce qui était Baptiste Pfenninger, puis saute dans une poche d'air claire qui remonte la nef, avant qu'une colonne de l'essaim gris me contraigne à rejoindre le mur ouest. Plus de la moitié de la Chapelle est maintenant remplie de Vêpre, et si seulement trente pas nous séparent de l'ellipse, il nous faut cependant traverser un champ de mines en suspension. Je trébuche sur mon ancien corps, qui n'est pas dans une position très digne, mais, en tout état de cause, le Dr Fenby cessera d'exister dans quelques secondes. C'est un miracle, mais la chance ne nous abandonne pas, et nous arrivons devant l'ellipse. Constantin et ses deux acolytes ne sont pas en vue. Serait-ce un toboggan pour sortir en urgence ? Il ne donne en tout cas pas l'impression d'avoir été conçu par le Cathare Aveugle. L'ovale brille davantage à mesure que la Chapelle s'assombrit. Il s'agit d'une membrane sur laquelle des nuages défilent en accéléré. Je regarde une dernière fois la Chapelle, à présent entièrement remplie de Vêpre. La partie est de la voûte s'effondre. « Qu'est-ce qu'on a à perdre ? » demande Holly.

Je fais prendre à mon hôte une inspiration profonde et j'entre…

… pour ressortir dans un couloir, à peine plus large et plus haut qu'une personne, éclairé seulement par la lueur mourante de la Chapelle et celle de la membrane que nous venons de franchir saines et sauves. Les beuglements de l'édifice en désintégration nous parviennent toujours, mais on croirait que celui-ci se trouve à un kilomètre et non à quelques mètres. Le conduit descend sur une dizaine de pas avant de se terminer devant un mur par une intersection en T. Il fait plus chaud. Je touche la paroi. Elle a la température de la peau, la couleur rougeâtre de Mars et la texture de l'adobe. Si le son, la lumière et la chair peuvent traverser la membrane, alors je crains que le Vêpre ne nous rejoigne bientôt. Une bulle de protection ne serait pas superflue, surtout avec trois Anachorètes devant nous, mais le psychovoltage de Holly est bas et le mien, quasiment nul : je me contente donc d'avancer dans le conduit. À l'intersection, les virages gauche et droite s'enfoncent tous deux dans le noir. *On se croirait dans une nécropole*, confié-je à Holly, *mais pourtant…*

« Le Cathare Aveugle ne s'embête pas à garder les dépouilles, pas vrai ? »

Effectivement. À l'instar du cadavre de Sadaqat, ceux dont ils ont soutiré l'âme sont éjectés.

Je regarde le couloir derrière nous. L'ellipse disparaît à mesure que la Chapelle meurt. J'interroge Holly : *À votre avis ? À gauche ou à droite ?*

« Marinus, je crois avoir aperçu des lettres sur le mur, à hauteur de taille. »

Je baisse les yeux et découvre une inscription qui ressemble à la signature d'un carrier.

JS

« JS ? lit Holly. Jacko ? Marinus, c'est comme ça qu'il signait ses… » Le bruit d'une cloche qui tinterait sous l'eau interrompt Holly, et nous devinons avec le changement d'atmosphère que le Vêpre nous poursuit. « À gauche, Marinus, m'ordonne-t-elle, à gauche. »

Pas le temps de lui demander pourquoi elle est si sûre d'elle. J'obéis et me dépêche de nous faire avancer dans cet étroit conduit incurvé et noir comme de l'encre où il ne vaut mieux pas être claustrophobe. Le cœur âgé de cinquante-six ans de Holly bat fort ; de plus, je pense avoir foulé la cheville de mon hôte quand nous avons foncé comme des fous à travers la Chapelle. Elle a dix ans de plus qu'Iris, il faut que je m'en souvienne. « Laissez mes doigts au contact de la paroi », lâche-t-elle dans à peine plus qu'un chuchotement.

Si vous voulez prendre le volant, je vous le laisse.

« Oui, allez-y. » Elle retrouve son équilibre en s'appuyant au mur, le temps que son système vestibulaire se rétablisse. « Bon Dieu, c'était bizarre. »

Je pourrais allumer une lampe par psychosotérique, mais nous risquerions de nous attirer de la compagnie.

« Si je vois juste, je n'aurai pas besoin de lumière. Si je me trompe, une lumière ne nous servira à rien. On va vite savoir. Pour vous aussi, ce couloir continue à décrire une courbe ? »

Oui, il est incurvé, c'est certain. Nous avons progressé d'une centaine de pas jusqu'à présent.

Holly s'arrête. Nous entendons son souffle saccadé, son cœur qui bat et le murmure du Vêpre. Elle regarde derrière nous : un reflet monochrome bourgeonne dans les ténèbres. Holly lève la main ; nous en voyons le contour noir et même l'infime éclat de sa bague. *Le Vêpre a une phosphorescence propre. Elle avance au pas et envahit le conduit derrière nous. Ne vous arrêtez pas.*

« Méphistophélique », commente Holly. Elle repart, et, bien que je sois tentée de sonder son présent afin de savoir à quoi elle pense, je décide simplement de m'en remettre à elle. Cinquante pas de plus et Holly s'arrête, essoufflée. Sa peur est maintenant doublée d'espoir. « Est-ce que c'est mon imagination, Marinus ? Qu'est-ce que mes doigts touchent ? »

Je vérifie, puis vérifie une deuxième fois. *Rien.*

Elle pivote vers la droite, et avance les mains, paumes tournées vers le vide. Elle en touche le rebord : nous tâtonnons ce qui se révèle être une étroite entrée pratiquée dans le mur. « Il me faudrait un peu de lumière maintenant, pas plus qu'une flamme d'allumette. »

Je m'exfiltre à moitié de son troisième œil et produis une faible lueur. Mon hôte en a trop vu aujourd'hui pour qu'une lumière lui jaillissant du milieu du front la déconcerte. Devant nous, il y a un bref tunnel qui s'enfonce sur cinq enjambées et se termine de nouveau par une intersection en T. À notre gauche, le couloir par lequel nous sommes arrivées disparaît en tournant. À notre droite, le Vêpre n'est plus très loin. « On y est, on est dedans, chuchote Holly. Éteignez la lampe, s'il vous plaît. Je préfère me fier à ma mémoire qu'à mes yeux. »

Si vous arrivez à marcher et à parler en même temps, je serais très, très curieuse de savoir ce que vous avez à dire. Holly avance dans le tunnel perpendiculaire jusqu'à ce que ses paumes touchent la paroi d'une nouvelle bifurcation. Holly tourne à droite. « La dernière fois que j'ai vu Jacko » – elle parle tout bas –, « je faisais mon sac alors que je m'apprêtais à quitter la maison. Xi Lo vous l'a déjà raconté ? »

Peut-être… Je ne sais pas. C'était il y a si longtemps.

Nous parcourons une dizaine de pas dans le noir, lorsque la main gauche de Holly tombe sur du vide. C'est un autre couloir perpendiculaire. Elle y pénètre, avance de cinq pas et débouche sur une nouvelle bifurcation : elle prend à gauche. On dirait bien qu'il s'agit d'une succession de cercles concentriques. « Bref, alors que je préparais mes affaires, Jacko est arrivé avec un… un… un… labyrinthe. Il en dessinait de très grands et compliqués pour s'amuser. Il devrait y avoir un autre passage bientôt... » Après avoir progressé de dix pas dans le couloir sombre et incurvé, Holly détecte un trou sur la droite et le franchit. De peur de la déconcentrer, je ne lui parle pas du labyrinthe conçu jadis par Xi Lo pour le roi Guillaume d'Orange. Au bout du passage, encore une bifurcation. Holly tourne à droite. « Le labyrinthe que Jacko m'a donné ce jour-là était beaucoup plus simple. Un simple méli-mélo de neuf cercles reliés entre eux par quelques traits. Il m'a fait jurer de l'apprendre par cœur. De le connaître si bien que, si jamais j'en avais besoin un jour, je pourrais retrouver mon chemin dans le noir sans me tromper une seule fois... »

Et aujourd'hui, nous sommes à l'intérieur, terminé-je à sa place.

« À l'intérieur, oui. J'imagine que ça n'a pas beaucoup d'importance, mais comment c'est possible ? »

Par transsubstantiation. L'âme du Cathare Aveugle est devenue la Chapelle du Vêpre. Je pense que l'âme de Xi Lo s'est mêlée à la structure de la Chapelle pendant notre Première Opération. Une fois à l'intérieur, Xi Lo est devenu ce labyrinthe. Comme une tumeur bénigne, si vous voulez.

Holly accélère le pas. « Mais pourquoi aurait-il fait ça ? »

Pour qu'il existe un chemin permettant de retourner dans le monde après la Seconde Opération, mais un chemin que vous seule seriez en mesure de retrouver. N'importe qui d'autre... Holly et moi pensons aux trois Anachorètes arrivés ici avant nous, pris au piège dans un cul-de-sac, faisant face à un mur de Vêpre qui se referme sur eux.

« Jacko sait que nous sommes là, vous croyez ? »

La transsubstantiation est un acte mystérieux et puissant. J'ignore comment on l'invoque et n'en connais pas les modalités. Xi Lo ne m'avait même jamais dit qu'il en étudiait les arcanes. Mais le Cathare Aveugle savait que nous étions dans la Chapelle, donc il n'est pas farfelu de croire que oui, Xi Lo – Jacko – sait que vous êtes ici.

Holly découvre un passage dans la paroi à sa droite et s'y glisse.

Si le labyrinthe est rond, commenté-je, *nous nous éloignons de son centre.*

« Il faut ressortir puis re-rentrer. La prochaine intersection devrait normalement être un carrefour. Je peux avoir un peu de lumière, s'il vous plaît ? » Je m'exfiltre et diffuse une lueur pendant quelques instants. Un carrefour. Holly va à gauche. Je retourne en elle et m'éteins.

Vous avez donc tenu votre promesse d'apprendre le parcours par cœur.

« Oui. C'étaient les derniers mots que m'avait adressés Jacko. Après, je suis partie en trombe chez mon copain, et je n'ai plus jamais revu mon petit frère. Ruth, ma belle-sœur, faisait des bijoux et, à partir du dessin de Jacko, elle a fait une sorte de pendentif en argent. Quand j'ai quitté la maison, je l'ai emporté avec moi. Je crois bien que, chaque semaine de ma vie, je l'ai étudié. Ça va être à gauche. »

Nous prenons à gauche, mais la douleur explose dans notre crâne. Holly tourne sur elle-même, tombe et roule à terre. Une nouvelle salve nous irradie les chevilles et les genoux, et nos rétines brûlées sont éblouies par des pétales de couleurs éphémères. À travers les yeux de mon hôte qui redresse la tête, j'aperçois Constantin qui se tient devant nous et dont le troisième œil brille, rose-rouge. « Montre-moi où se trouve la sortie, dit la Deuxième Anachorète d'une voix maternelle, ou je te transforme en torche humaine pour que tu éclaires mon chemin. » Les chakras de ses paumes sont rouges, eux aussi, prêts à mettre sa menace à exécution à l'aide d'éclairs psychosotériques. Holly tremble et marmonne : « Pitié non, pitié non, pitié non. » J'ignore ce que Constantin a entendu, ce qu'elle sait, et ce qui lui reste de psychovolts après la bataille – sans doute assez pour nous tuer toutes les deux plusieurs fois. Je décide de l'éloigner de Holly en l'attirant vers le Vêpre : ainsi, Holly aura peut-être une chance de s'en sortir.

Je m'exfiltre en émettant une lueur.

D'une voix de feu et de glace, Constantin me somme de répondre : « Qui va là ? »

Marinus, annoncé-je en subdiscours.

« Marinus. Évidemment. Le temps presse : passez devant. »

Si vous nous tuez toutes les deux, vous mourrez avec nous.

« Eh bien, je mourrai heureuse de savoir qui j'ai tué dans mes derniers instants. »

Alors que je cherche une réponse tactique, le troisième œil de Constantin s'éteint. Sa tête retombe en arrière, et l'Anachorète s'écroule. « JE T'AVAIS PRÉVENUE ! » Holly hurle à s'en arracher la gorge, folle de rage, et frappe une deuxième fois le crâne de notre agresseuse à l'aide d'une matraque. « ON NE MENACE PAS MA FAMILLE ! » Puis une troisième fois. J'augmente l'intensité de la lumière que je produis et vois Holly, haletante, penchée sur le corps avachi d'Immaculée Constantin. La tête de la Deuxième Anachorète n'est plus qu'un écheveau de cheveux blond platine, de sang et de diamants. Je m'infiltre à l'intérieur de Holly, y trouvant une supernova de fureur qui se change en de nombreuses autres émotions. Quelques secondes plus tard, en trois puissantes giclées, l'estomac de Holly se vide.

Tout va bien, Holly, la rassuré-je. *Je suis là, tout va bien.*

Holly vomit une quatrième fois.

Je synthétise une goutte de psychosédatif dans sa glande pituitaire. *Là, je pense que c'est terminé, maintenant.*

« J'ai tué quelqu'un. » Holly tremble. « J'ai tué. C'est comme si… C'est… C'est comme si ce n'était pas moi. Mais je sais que si. »

J'ajoute un peu de dopamine. *Elle est peut-être vivante… d'une certaine manière. Vous voulez que je vérifie ?*

« Non. Non. Je préfère ne pas savoir. »

Comme vous voudrez. Mais je peux savoir quelle est l'arme du crime ?

Holly lâche l'objet en question. « Un rouleau à pâtisserie. »

Où est-ce que vous avez trouvé un tel objet ?

« Je l'ai piqué dans votre cuisine, au 119A. Je l'ai mis dans mon sac. »

Holly se lève. Je lui injecte du psychosédatif dans les chevilles et les genoux. *Pourquoi ?*

« Vous étiez tous là à parler de guerre, et je n'avais même pas un couteau suisse sur moi. Alors voilà, je sais bien, une femme hystérique, un rouleau à pâtisserie, c'est le bon gros cliché. Crispin aurait levé les yeux au ciel et dit “Oh, par pitié”. Mais il fallait que… que j'emporte quelque chose. Je déteste la vue du sang, alors je n'ai pas touché aux couteaux dans le tiroir, et puis voilà… Oh, merde, Marinus, qu'est-ce que j'ai fait ? »

Vous avez tué une Atemporelle carnivore âgée de deux cent cinquante ans à l'aide d'un ustensile de cuisine à cinquante dollars après avoir joué avec brio les pleurnichardes apeurées.

« Ça, pleurnicher, c'était facile. »

Le Vêpre arrive, Holly. Par où allons-nous ?

Elle se ressaisit. « Un peu de lumière, s'il vous plaît. » Je m'exfiltre à moitié d'elle et diffuse de la lumière sur l'étroit carrefour où celle qui nous avait tendu un piège est morte ou agonisante. « Par où est-ce qu'on allait ? »

Quand nous sommes tombées, nous avons tourné sur nous-mêmes, j'en suis certaine. Et Constantin a circulé autour de nous avant de nous menacer. J'émets davantage de lumière, ce qui ne fait qu'améliorer la vision que nous avons de notre assaillante morte et de la flaque de vomi. *Je ne peux pas dire.*

Holly éprouve une panique grandissante. Je psychocalme son émotion.

Puis nous entendons le bourdonnement du Vêpre qui approche. *Voulez-vous que je prenne les rênes ?*

« Oui, lâche-t-elle d'une voix rauque. S'il vous plaît. »

J'examine les quatre couloirs. Ils sont identiques.

Non : il en est un moins sombre. *Holly, il n'y a bien qu'un seul chemin pour sortir de ce labyrinthe, n'est-ce pas ?*

« Oui. »

Je m'engouffre dans le couloir qui mène à la lumière, tourne à droite, mais dix pas plus loin, le Vêpre est là, emplissant le tunnel comme une eau constellée qui bougerait au ralenti. On entend des voix dans le hululement étouffé qui en émane. *Ça ne fait pas mal*, disent-elles, *ça ne fait pas mal…*

« Qu'est-ce qu'on fait ? » retentit la voix de Holly.

Je me retourne. *C'est par ici que nous sommes arrivées. Le Vêpre est à nos trousses. Nous étions au carrefour, ici.* J'enjambe le corps de Constantin. *Remémorez-vous le labyrinthe de Jacko. Le pendentif.*

« Ça y est, je le vois. Allez tout droit. » J'obéis. « À gauche. Il va y avoir un passage à droite, mais ne le prenez pas, c'est un cul-de-sac. Continuez à aller tout droit. Puis la prochaine à droite. » Je m'y engage en pensant au Vêpre qui se déverse sur le corps de Constantin. « À gauche. Faites quelques pas… encore un peu, on est tout près du centre, mais il faut qu'on ressorte dans un cercle pour éviter un cul-de-sac. C'est là, à gauche. Avancez, passez l'arche… Tournez à droite, maintenant. » J'effectue quelques pas, tout en continuant d'entendre le clapotis du Vêpre qui se rapproche à cause des couloirs perpendiculaires et des culs-de-sac qui, de plus en plus courts, absorbent moins sa masse et son énergie. « Ne vous occupez pas du trou à gauche… Là, tournez à droite. Avancez jusqu'au carrefour. Dépêchez-vous ! À droite, puis à gauche, et on devrait… » Le passage voûté devant nous est noir. Non pas comme une ombre, mais comme du noir à l'état brut. Noir comme la Dernière Mer ; une noirceur qui absorbe la lumière émanant du chakra de la paume de Holly et qui ne renvoie rien du tout. Je m'engouffre dans…

… une salle surmontée d'une coupole qui comporte les mêmes murs de cette teinte rouge inerte et martienne que le labyrinthe, mais animée par les ombres fugaces de nombreux oiseaux. La pièce est illuminée d'une lueur de fin de journée diffusée par une pomme d'or. « Oh… » Malgré tout ce à quoi nous avons assisté aujourd'hui, Holly est sans voix. « Regardez un peu ça, Marinus. » Le fruit flotte au milieu de la pièce, à hauteur d'yeux, sans être accroché à quoi que ce soit. « C'est vivant ? » me demande Holly.

Je crois bien qu'il s'agit d'une âme, spéculé-je.

Des pommes d'or, j'en ai entendu parler dans les poèmes et les contes tout au long de ma méta-existence. Des pommes d'or, j'en ai vu dans des tableaux, et je ne parle pas seulement de celle que tient Vénus dans l'authentique Bronzino que Xi Lo connaissait si bien, quoique cette pomme-là conforte mes soupçons vis-à-vis de cette pomme-ci. Au onzième siècle, j'ai même tenu une pomme d'or kazakhe ornée d'une feuille de jade de Perse incrustée d'émeraudes et de gouttes de rosée en perles provenant de l'île Maurice, l'œuvre d'un artisan de la cour de Soliman VI. Mais entre ces autres pommes et celle-ci, la différence est aussi grande que lire un poème d'amour et être amoureux.

Les yeux de Holly s'emplissent de larmes. « Marinus…

– C'est notre billet retour, Holly, touchez-la.

– La toucher ? Mais non, je ne peux pas, elle est si… »

Xi Lo l'a créée pour vous, pour cet instant.

Elle s'en rapproche. Nous entendons le bruit de l'air dans des plumes.

« Touchez-la, Holly. Je vous en prie. Le Vêpre arrive. »

Holly tend sa main usée et ridée.

Alors que je m'exfiltre de mon hôte, j'entends le roucoulement d'une colombe.

Holly a disparu.

Les ombres d'oiseaux se sont envolées avec la pomme, et la salle de la coupole a désormais des allures de mausolée décrépit. C'est maintenant que je meurs. Pour de bon. Mais je meurs en sachant que Holly Sykes est en sécurité, que la dette de l'Horlogerie envers elle est soldée. C'est une bonne façon de partir. Aoife a toujours sa mère. Je génère une faible lumière et en subdiscours, demande à Hugo Lamb : *Pourquoi mourir seul ?*

Abandonnant son Voile, il surgit de nulle part. « En effet, pourquoi ? » Il touche sa joue salement entaillée. « Merde, de quoi j'ai l'air, maintenant ? Ces fichus smokings. Mon tailleur, un vrai génie, un Bangladais qui a pignon sur Savile Row, n'en fait malheureusement que vingt par an. Pourquoi est-ce que Xi Lo n'a laissé qu'un seul billet retour ? »

Je transverse jusqu'à l'endroit où se trouvait la pomme d'or. Disparue, jusqu'à la dernière particule subatomique. *La source de cette transsubstantiation se tarit. Le Cathare Aveugle était approvisionné en chair fraîche, rappelez-vous. Xi Lo maintenait le décor en l'état en puisant dans les réserves de son hôte. Pourquoi ne l'avez-vous pas pris pour vous, ce billet retour ?*

Il élude la question. « Vous avez une cigarette sur vous, Marinus ? »

Je suis incorporelle. Je n'ai même pas de corps sur moi.

Un filet de Vêpre jaillit des ténèbres de l'entrée et s'écoule comme du sable.

Vous avez repéré des victimes, leur avez menti, les avez conditionnées, assassinées…

« C'étaient des meurtres cliniques. Elles sont mortes heureuses. Enfin, à peu près. »

… En devenant Marcus Anyder, vous avez même tué celui que vous étiez.

« Vous tenez vraiment à passer les derniers moments de votre existence à m'interroger ? Qu'est-ce que vous voulez ? Un spectaculaire *mea culpa* ?

Je serais juste curieuse de comprendre pourquoi un prédateur – j'enfonce des portes ouvertes – *qui n'a pensé qu'à sa petite personne depuis tant d'années et qui, la semaine dernière encore, se vantait d'avoir tué Oscar Gomez, aurait subitement…*

« Quoi, vous n'allez pas me dire que vous êtes toujours fâchée ? »

… aurait subitement la noblesse de sacrifier sa vie en suspens artificiel afin qu'une vulgaire « horloge d'os » survive. Je suis tout ouïe. Je vous promets que je n'en parlerai à personne.

Le murmure du Vêpre grandit. Je chasse les voix.

Hugo Lamb époussette ses manches. « Vous avez sondé Holly, j'imagine. »

Intégralement. Il le fallait bien, si je voulais retrouver Esther Little.

« Vous nous avez vus à La Fontaine-Sainte-Agnès ? Holly et moi, je veux dire. »

J'hésite trop longtemps.

« Vous vous êtes bien rincé l'œil, à ce que je vois. Eh bien, voilà. Vous avez votre réponse. »

Toujours plus abondant, le Vêpre se déverse en nous promettant que ça ne fait pas mal, ça ne fait pas mal, ça ne fait pas mal. Un tiers de la salle en est rempli, à présent. « Vous l'avez vue tomber sur Constantin ? Le sang irlandais, le nerf des habitants de Gravesend. Le poids des origines, vous me direz. »

Vous étiez là et avez assisté à ça *?*

« Oh, je n'ai jamais été du genre à intervenir quand il y a du grabuge, moi. »

Constantin vous a enrôlé. C'était la Deuxième Anachorète.

« J'ai toujours eu un problème avec ceux qui incarnent l'autorité. Rivas-Godoy a tourné à droite sitôt entré dans le labyrinthe, et, dès le départ, c'en était fait de lui ; mais j'ai suivi Constantin. C'est vrai, c'est elle qui m'a enrôlé, sauf qu'avec elle, c'est : “Les femmes et les enfants d'abord”, alors j'ai invoqué un Voile et me suis caché, me suis perdu, ai entendu Holly, vous ai suivies… et nous voici tous les deux. Compagnons d'infortune. Qui l'eût cru ? » Nous regardons le Vêpre sablonneux s'amonceler dans la salle de la coupole. La pensée que quelque chose m'échappe vient me taquiner. Hugo Lamb tousse. « Est-ce qu'elle m'aimait, elle aussi, Marinus ? Non pas après qu'elle a appris ma… liaison avec une secte occulte qui a marqué sa famille au fer rouge et tenté de perpétrer un animacide sur son petit frère. Mais ce soir-là, je veux dire. En Suisse. Quand nous étions jeunes. Authentiquement jeunes. Quand Holly et moi nous sommes retrouvés ensevelis sous la neige ? »

Les deux tiers du sol sont recouverts. Lamb, dans sa forme corporelle, n'a plus que soixante secondes avant que le Vêpre ne le touche. J'aurai la possibilité de rester en suspens dans les airs un peu plus longtemps, jusqu'à ce que la coupole soit remplie jusqu'à son sommet, si je le souhaite.

Et soudain, ça y est, je comprends ce qui m'a échappé. Hugo Lamb ne l'a pas vu non plus. Ni même Constantin. Trop occupés à esquiver les éboulis et le Vêpre, nous avons tous oublié qu'il y avait une autre sortie. Si j'avais un corps, j'en rirais. Cela marchera-t-il ? Si le Vêpre a gagné le Chemin-de-dalles et désintégré le passage, non… Mais il y a une bonne distance à couvrir.

En subdiscours, je demande à Lamb : *Combien de psychovolts vous reste-t-il ?*

« Pas beaucoup. Pourquoi ? Pour un dernier duel ? »

Si je m'infiltre en vous, à nous deux, nous en aurons peut-être assez.

Il est déconcerté. « Mais pour quoi faire ? »

Pour invoquer le Sas.

SHEEP'S HEAD

2043

26 OCTOBRE

Au pied de l'escalier, j'entends cette pensée, *Il est en route*, et des frissons me remontent sur tout le bras. Qui donc ? Devant moi, Zimbra se retourne pour voir ce qui me retient. Je passe en revue les sons de la nuit. Le poêle, qui craque en refroidissant. Les vagues, qui donnent des coups d'épaule dans les rochers en bas du jardin. Le craquement des os de cette vieille maison. Et celui des os de Holly Sykes aussi. Je me penche par-dessus la rampe, histoire de jeter un œil, par la fenêtre de la cuisine, au bungalow de Mo, en haut de la pente. La lumière de sa chambre est allumée. Tout va bien, chez elle. Pas de bruits de pas sur les graviers du sentier. Zimbra ne détecte pas de visiteur. Les poules sont calmes, ce qui, à cette heure, est très bien. Rafiq et Lorelei, qui jouent à faire des ombres chinoises, gloussent dans la chambre de Lorelei : « Mais Lol, ça ne ressemble même pas à un kangourou ! – Et qu'est-ce que t'en sais, d'abord ? – Et toi, qu'est-ce que t'en sais d'abord ? » Il n'y a pas très longtemps, je pensais que je n'entendrais plus jamais mes deux petits orphelins rire comme ça.

Jusqu'ici, tout est normal. Plus de pensées qui s'expriment à voix haute. Il y a toujours quelqu'un en route, quelque part. Mais non : là, c'était « *Il est en route* » ; j'en suis sûre. Enfin, sûre comme on peut l'être quand on est dans ma situation. Le problème, c'est que lorsqu'on a déjà entendu des voix dans sa tête, on ne sait plus trop si les pensées qui nous traversent l'esprit sont juste des pensées qui nous viennent comme ça, ou si c'est autre chose. Et puis, il faut voir la date : demain, ça fera cinq ans que la macrotempête de 2038, tel un petit garçon en pleine crise de nerfs fracassant ses modèles réduits d'avions en plastique du genre de ceux que Brendan accrochait au fond de sa chambre, a brisé le Boeing 797 d'Aoife et Örvar qui volait à vingt mille pieds d'altitude avec les deux cents autres avions de ligne flottant au-dessus du Pacifique.

« Ce n'est rien, va », murmuré-je à Zimbra, en continuant à gravir ce même escalier dont je grimpais et dévalais les marches quatre à quatre. « Allez, dis-je au chien, bouge tes fesses. » Je caresse la touffe de poils entre son oreille dressée et l'autre, qui pendouille. Zimbra lève la tête, comme si, grâce à ses grands yeux noirs, il pouvait lire dans mes pensées. « Tu me dirais, toi, s'il y avait matière à s'inquiéter, hein ? »

S'il y avait matière à s'inquiéter, abstraction faite de la peur que ce poids ressenti dans mon côté droit soit mon cancer qui remet le couvert ; abstraction faite de ce que deviendront Lorelei et Rafiq quand je mourrai ; de la déclaration de Taoiseach au sujet de Hinkley Point et du gouvernement britannique, qui soutient qu'une fusion complète du réacteur de Hinkley E ne se produira pas ; de Brendan, qui ne vit qu'à quelques kilomètres de la nouvelle zone d'exclusion ; des *boat people* qui débarquent du côté de Wexford et du fait que j'ignore comment ces milliers d'hommes, de femmes et d'enfants affamés et déracinés survivront à cet hiver, des rumeurs qui disent que la grippe du rat a gagné Belfast ; de notre réserve d'insuline qui s'amenuise ; de la cheville de Mo ; de…

C'est le temps des soucis, Holly Sykes.

« J'étais sûr que ça allait arriver ! » s'exclame Rafiq, assis au pied du lit de Lorelei, genoux ramenés sous le menton, engoncé dans le vieux manteau rouge d'Aoife qui lui sert désormais de robe de chambre. « Quand Marcus s'est aperçu que la broche de sa cape avait disparu, c'était un indice super-évident. Il faut être zinzin pour faucher l'aigle d'or d'une tribu comme les Gens-peinturés et croire qu'on va s'en tirer comme ça. Pour eux, c'est comme si Marcus et Esca avaient volé Dieu. C'est *obligé*, ils vont les pourchasser. » Et puis, comme il sait que j'adore *L'Aigle de la neuvième légion*, il tente sa chance : « Holly, est-ce que tu peux juste nous lire un petit bout du prochain chapitre ?

– Il est bientôt dix heures, dit Lorelei, et il y a école demain. » Si je fermais les yeux, je croirais presque que c'est Aoife à quinze ans.

« D'accord. Mais est-ce que la tablette est rechargée ?

– Oui, sauf qu'il n'y a toujours pas de barres, ni d'Internet.

– C'est vrai ou pas » – Rafiq ne semble pas vouloir décoller du pied du lit de Lorelei –, « qu'à mon âge, tu pouvais avoir autant d'électricité que tu voulais, tout le temps ?

– Je me trompe ou tu essaies de repousser l'heure du coucher, jeune homme ? »

Il sourit en coin. « Ça devait être magnos, d'avoir toute cette électricité.

– Ça devait être… ma-quoi ?

– *Magnos*. Tout le monde dit ça. Super, vachement bien, terrible. Bien, quoi.

– Oh. Oui, avec le recul, c'était magnos, comme tu dis, mais, à l'époque, tout le monde croyait que ça allait de soi. » Je me souviens du plaisir qu'éprouvait Ed quand il revenait dans notre petite maison de Stoke Newington et retrouvait un accès illimité à l'électricité, alors qu'à Bagdad, lui et ses collègues devaient recharger leurs ordinateurs portables et téléphones satellites sur des batteries de voiture qu'un type leur apportait et qui serait bienvenu à Sheep's Head aujourd'hui, quoique son camion de livraison ait besoin de diesel, et du diesel, il n'y en a plus ; c'est d'ailleurs la raison pour laquelle on aurait besoin de ses services.

« Et les avions, il y en avait tout le temps dans le ciel, hein, soupire Rafiq, et pas juste pour les gens des pays pétroliers ou de la Stabilité, pas vrai ?

– Oui, oui, mais bon… » Je rame pour changer de sujet. J'imagine que ce soir, je ne suis pas la seule à avoir des idées noires au sujet des avions.

« Holly, tu peux me dire où tu as déjà voyagé ? » Rafiq ne se lasse jamais de me poser la question, et ce n'est pourtant pas faute d'y répondre.

« Partout, intervient Lorelei, qui fait montre de courage et d'abnégation. La Colombie, l'Australie, la Chine, l'Islande, dans l'ancienne ville de New York. Hein, Grand-mère ?

– Oui, oui, c'est vrai. » Je me demande à quoi ressemble la vie, à Carthagène, à Perth et à Shanghai, aujourd'hui. Il y a dix ans, j'aurais pu me promener virtuellement dans les rues, mais la Toile est en lambeaux, et quand on capte le réseau, on surfe avec la même lenteur qu'à l'époque où le haut débit n'existait pas. Ma tablette commence à être vieille, elle aussi, et il ne m'en reste qu'une de rechange. Si la concession de Ringaskiddy en reçoit d'autres, elles ne dépasseront pas Cork. Je me souviens des images des inondations de Freemantle pendant le déluge de 2033. Ou était-ce en 2037 ? Mais est-ce que je ne suis pas en train de confondre avec les images de la mer qui s'engouffre dans le métro new-yorkais, où cinq mille personnes se sont noyées ? Ou alors, c'était à Athènes ? Ou Bombay ? Des torrents d'images de catastrophes se succédaient, dans les années trente, et ce n'était pas facile de savoir quelle zone littorale avait été dévastée pendant la semaine, ou quelle grande ville avait été décimée par le virus Ebola ou la grippe du cricétome. Les journaux télévisés n'étaient plus qu'un interminable film catastrophe dépourvu d'intrigue que je ne supportais plus de regarder. Mais depuis la Première Chute du Réseau, des journaux, il n'y en a plus, et je me demande si ce n'est pas pire.

Le vent fait trembler la vitre. « Allez, on éteint. Il faut économiser l'ampoule. » Là encore, il ne m'en reste que six, et, depuis la vague de cambriolages aux alentours de la route de Durrus, elles sont cachées sous le plancher de ma chambre avec ma dernière tablette. J'embrasse les cheveux raides de Rafiq, qui traîne des pieds jusqu'à sa chambrette, et lui dis : « Fais de beaux rêves, mon chéri. » Ce n'est pas qu'une façon de lui souhaiter bonne nuit : Rafiq ne fait plus de cauchemars qu'une fois toutes les dix nuits, mais quand c'est le cas, il pourrait réveiller un mort.

Rafiq bâille. « Toi aussi, Holly. »

Lorelei se blottit sous ses couvertures et sa peau de mouton, tandis que je referme la porte. « Bonnet d'nuit, Grand-mère, à demain. »

C'est Papa qui me disait ça ; je le disais à Aoife, qui l'a transmis à Lorelei, et maintenant, c'est Lorelei qui me souhaite bonne nuit ainsi.

On continue à vivre tant qu'autour de soi, on a des gens pour nous donner une raison de vivre.

Il fait nuit noire, mais maintenant que je suis septuagénaire, quelques heures de sommeil me suffisent – c'est bien une des seules compensations offertes par la vieillesse. J'ajoute une bûche dans le poêle, augmente la flamme de la lampe, et sors mon kit de couture afin de rapiécer un vieux jean de Lol dont Rafiq pourra hériter ; et après, j'aurai quelques chaussettes à repriser. J'aimerais ne plus avoir envie d'une bonne douche bien chaude avant d'aller au lit. Parfois, Mo et moi nous faisons du mal en nous remémorant le Body Shop et ses fragrances : musc et thé vert, bergamote, muguet ; mangue, noix du brésil, banane ; noix de coco, huile de jojoba, cannelle… Rafiq et Lorelei ne connaîtront jamais ces parfums. Pour eux, le savon n'est qu'un bloc inodore qui provient du Pale, la zone industrielle de Dublin. Jusqu'à l'année dernière, on pouvait encore acheter du savon chinois au marché du vendredi, mais la main qui approvisionnait clandestinement toutes les places jusqu'à Kilcrannog a été coupée.

Quand je suis sûre que les enfants sont endormis, j'allume la radio. J'ai toujours peur qu'on n'entende que le silence, mais ça va : les trois stations émettent. La RTÉ se contente de relayer les messages de la Stabilité et de diffuser, chaque heure, les nouvelles officiellement approuvées, et dans l'intervalle, des programmes pragmatiques où l'on apprend à cultiver des légumes, à réparer des objets et plus généralement, à se débrouiller dans ce pays de plus en plus rapiécé. Ce soir c'est une rediffusion, on nous apprend à poser une attelle sur un bras cassé ; je zappe et cherche à écouter un peu de musique sur JKFM, la dernière station privée d'Irlande. On ne sait jamais sur quoi on va tomber, mais ce qui est certain, c'est que les morceaux remontent au minimum à cinq ans. Je reconnais le refrain d'« Exocets for Breakfast », de Damon MacNish and the Sinking Ship, qui me renvoie à une soirée en Colombie – ou à Mexico City ? – où j'ai rencontré le chanteur. Crispin y était, lui aussi, si je ne me trompe pas. Je connais aussi la chanson suivante : « Memories Can't Wait » des Talking Heads, mais elle me rappelle trop Vinny Costello, alors je tente ma chance sur la troisième station, Pearl Island Radio. Celle-ci émet depuis la Concession chinoise de Ringaskiddy, en banlieue de Cork. La plupart des programmes sont en mandarin, mais, de temps en temps, ils diffusent des nouvelles internationales en anglais et si le Net est en carafe, c'est le seul moyen d'obtenir des infos qui n'ont pas été filtrées par la Stabilité. Bien sûr, ces infos sont prochinoises – « De la propagande à l'état brut », aurait dit Ed – alors ce sera motus et bouche cousue au sujet de Hinkley E, qui a été construite et gérée par un consortium franco-chinois jusqu'à l'accident d'il y a cinq ans, après lequel les opérateurs étrangers ont levé le camp et laissé les Britanniques se débrouiller seuls avec un réacteur en fusion à contenir. Pas de bulletin en anglais, ce soir, mais le débit des présentateurs chinois me calme et me renvoie inévitablement à Jacko, puis à cette succession de jours et de nuits passés avec les Horlogers à New York, puis en dehors de New York, il y a presque vingt ans…

La Chapelle, la bataille, le labyrinthe : oui, je pense que c'est réellement arrivé, même si je sais que si je racontais ce que j'ai vu, j'aurais l'air de celle qui cherche à ce qu'on s'intéresse à elle, d'une folle ou d'une camée. Si je me souvenais uniquement des parties les plus délirantes, si je m'étais réveillée dans ma chambre à l'Empire

Hotel, j'aurais peut-être mis ça sur le compte d'une hallucination, d'une intoxication alimentaire, ou d'un « épisode » de perte de mémoire et de faux souvenirs. Il y a trop d'autres détails qui restent inexplicables. Du genre : après avoir touché la pomme d'or, dans la salle de la coupole aux ombres d'oiseaux, j'ai eu un vertige et j'ai disparu, et je ne me suis pas réveillée dans ma chambre d'hôtel mais dans la galerie du 119A, le majeur posé sur la pomme d'or du Bronzino, et dehors, une colombe roucoulait sur le rebord de la fenêtre ; tous les Horlogers avaient disparu. Le rouleau à pâtisserie en marbre n'était plus dans le tiroir de la cuisine. J'avais mal aux genoux, que je m'étais écorchés quand Constantin m'était tombée dessus. Je n'ai jamais compris pourquoi Marinus n'était pas repartie avec moi dans ma tête. Peut-être que la pomme d'or, ça ne marchait que pour un seul passager. Enfin, quand la nuit est tombée et qu'aucun allié Atemporel n'a pointé le bout de son nez, j'ai pris un taxi en face de Central Park et suis retournée à ma chambre d'hôtel, où j'ai découvert que tout ce que je leur devais pour le week-end avait été couvert avec une carte de crédit qui n'était pas la mienne. Si, à la réception d'un hôtel new-yorkais, on vous annonce que votre chambre a été réglée, c'est sûr, vous ne rêvez pas.

Alors oui, c'est vraiment arrivé, mais la vie normale a suivi son cours à la vitesse du temps, et le lendemain se fiche bien de vos aventures paranormales de la veille. Aux yeux du chauffeur de taxi, je n'étais qu'une cliente de plus à conduire à l'aéroport de LaGuardia, qui oublierait ses lunettes sur la banquette arrière si lui n'y prenait pas garde. Aux yeux du steward d'Aer Lingus, je n'étais rien de plus qu'une dame d'un certain âge qui voyageait en classe économique et dont les écouteurs ne fonctionnaient pas. Et aux yeux de mes poules, je n'étais qu'un bipède géant qui leur jetait du maïs et leur volait leurs œufs. Pendant ce « week-end perdu » à Manhattan, j'ai sans doute été témoin d'une facette de l'existence que seules quelques centaines de personnes dans l'histoire de l'humanité ont eu l'occasion d'entrevoir : et alors ? Je n'avais personne à qui en parler. Même Aoife ou Sharon auraient fait: « Oui, je crois que tu y crois, mais je pense que tu as besoin de l'aide d'un professionnel… »

Il n'y a pas eu de suite. Marinus, si elle est ressortie de la salle de la coupole, ne s'est jamais plus montrée depuis, et ce n'est pas aujourd'hui que cela va arriver. Je suis allée me promener virtuellement devant le 119A, et j'ai bien retrouvé cette grande maison de ville en grès brun et ses fenêtres de toutes les formes, et c'est donc qu'il y a encore quelqu'un pour l'entretenir – le marché immobilier de New York n'a pas changé, même si l'Amérique est en pleine désintégration –, mais je n'y suis jamais retournée, et n'ai pas non plus essayé de savoir qui vit là-bas aujourd'hui. Une fois, j'ai appelé la librairie Three Lives, mais quand un libraire a décroché, je me suis dégonflée et j'ai raccroché sans demander si Inez vivait encore dans l'appartement du dessus. Le dernier livre envoyé par Sharon avant que les courriers en provenance d'Australie n'arrivent plus parlait des douze astronautes des différentes missions Apollo qui avaient marché sur la Lune: d'une certaine façon, moi qui avais pénétré dans le Vêpre, j'avais un peu vécu la même chose. Et maintenant que j'étais retournée sur Terre, j'avais le choix entre glisser petit à petit dans la folie en essayant de ré-accéder à cet autre monde, à la psychosotérique, au 119A et à l'Horlogerie, ou bien laisser tomber en me disant: « Ça s'est bel et bien passé, mais c'est terminé », et me contenter de l'ordinaire et de ma famille. Au début, je n'étais pas sûre de pouvoir… je ne sais pas, moi, par exemple: rédiger le compte rendu de la réunion de l'association des Villes propres de Kilcrannog tout en sachant que, pendant qu'on était tous assis là à discuter des subventions à obtenir pour la construction de la nouvelle ère de jeux, des âmes traversaient une étendue de Vêpre et atterrissaient dans une sorte de vide appelé la Dernière Mer. Mais bon, j'y suis arrivée. Quelques semaines avant mon seizième anniversaire, j'avais rencontré une femme qui avait deux fois mon âge dans un centre IVG à côté du stade de Wembley. Elle était chic et pleine d'aplomb. Moi, j'étais dans tous mes états : j'avais peur et je pleurais. En allumant une autre cigarette sur la braise de son mégot, elle m'avait dit : « Ma puce, tu n'imagines pas tout ce que tu seras capable de supporter, dans la vie. »

L'expérience lui a donné raison.

… Zimbra aboie jusque dans mon rêve. Je me réveille dans mon fauteuil près du poêle ; Zimbra continue à aboyer, depuis la véranda de l'entrée, sur le côté de la maison. Je me lève, encore dans les vapes, laisse tomber la chaussette à moitié ravaudée et vais dans l'entrée : « Zimbra ! » Mais il ne m'entend pas : ce n'est même plus Zimbra mais un canidé primitif qui flaire un ennemi de toujours. Est-ce qu'il y a quelqu'un dehors ? Ce que j'aurais aimé que le vieux projecteur à détection de mouvement fonctionne encore. Les aboiements de Zimbra cessent pendant une seconde, ce qui est assez pour que j'entende les poules terrorisées. Oh non, pas un renard. J'attrape la lampe torche, entrouvre un rien la porte, mais le chien se faufile à l'extérieur et fourre la truffe dans ce qui doit être le trou creusé par le renard sous le grillage enterré. La terre vole jusqu'à moi et les poules courent comme des folles le long du grillage de leur enclos. J'éclaire l'intérieur du trou : pas de trace du renard, mais Zimbra est bien dedans, ça oui. Une poule morte ; une deuxième ; une troisième ; une autre qui bat faiblement de l'aile. Là, deux disques qui brillent sur une tête cotonneuse et rousse au sommet du poulailler. Zimbra – quinze kilos de berger allemand, de labrador noir, et de je ne sais quoi d'autre encore – se faufile dans l'enclos et se jette sur le poulailler, lequel se renverse, tandis que les poules tournent dans le périmètre délimité par le grillage en caquetant et en battant des ailes. Vif comme l'éclair, le renard bondit vers le trou et y fourre la tête sans laisser le temps à Zimbra de lui planter ses crocs dans le cou. Le renard me regarde pendant une demi-seconde avant d'être violemment tiré vers l'arrière, secoué, jeté et assailli. Puis sa gorge lui est arrachée, et tout est terminé. Les poules continuent à paniquer, jusqu'à ce que l'une d'elles remarque que le combat est fini ; elles se taisent toutes. Zimbra se dresse au-dessus de sa proie, la gueule rouge sang. Doucement, il revient à lui, et moi aussi. La porte d'entrée de la véranda s'ouvre ; Rafiq se tient devant moi, dans sa robe de chambre. « Qu'est-ce qui s'est passé, Holly ? J'ai entendu Zim aboyer comme un maboul.

– Un renard est entré dans le poulailler, mon chéri.

– Oh merde, non !

– Comment tu parles, dis ?

– Pardon. Mais combien il en a eu ?

– Juste deux ou trois. Zim l'a tué.

– Je peux voir ?

– Non. C'est un renard mort.

– Est-ce qu'on peut manger les poules mortes, au moins ?

– C'est trop dangereux. Surtout maintenant que la rage est de retour. »

Les yeux de Rafiq s'écarquillent encore davantage. « Mais ça va ? Tu n'as pas été mordue ou… »

Quel amour. « Allez, mon petit monsieur, retourne au lit. Je n'ai rien, ça va. »

Genre, ça va… Rafiq a grimpé l'escalier en traînant des pieds, et Zimbra est enfermé dans la véranda. Quatre poules sont mortes, pas trois : ce n'est pas une petite perte, et les œufs sont à la fois ma principale monnaie d'échange sur le marché du vendredi, et la principale source de protéines dont Lorelei et Rafiq disposent. Zimbra a l'air d'aller bien ; j'espère en tout cas qu'on n'aura pas besoin de soins. Déjà qu'il n'y a plus de médicaments pour les gens, alors pour les chiens… Je coupe la solaire, déterre une bouteille d'alcool de patate de Declan O'Daly et me verse ce que Papa aurait appelé une bonne lampée. Je laisse l'alcool euthanasier ma nervosité et contemple le dos de mes vieilles, très vieilles mains. Des tendons saillants et des veines serpentines emballés sous vide. Ma main gauche tremble un peu ces derniers temps. Pas de beaucoup. Mo l'a remarqué, mais elle fait celle qui n'a rien vu. Quand on a l'âge de Lol et Rafiq, tous les vieux tremblent, ce n'est pas ça qui va les alarmer. Je remonte la couverture sur moi, telle la grand-mère du Petit Chaperon rouge, avec qui je compatis : trop de loups et pas assez de bûcherons dans ce bas monde. Il fait frisquet, dehors. Demain, j'irai demander à Martin – le maire – si on a une chance d'avoir du charbon cet hiver, même si je sais qu'il me répondra : « Quand on en verra la couleur, je te répondrai oui, Holly. » Dans le genre antidépresseur, il y a mieux que le fatalisme, mais le Dr Kumar n'a rien de plus costaud à proposer. Par la fenêtre latérale, je vois le jardin sur lequel la quasi-pleine lune au-dessus de la péninsule Mizen saupoudre de la craie. Je ferais bien de récolter les oignons et semer du chou kale.

Sur la vitre, je vois le reflet d'une vieille femme assise dans le fauteuil de sa grand-tante ; je lui dis : « Va donc te coucher. » Je me relève comme je peux, feignant d'ignorer l'élancement dans ma hanche, bien que je marque une petite pause au niveau de l'autel en bois flotté posé sur la coiffeuse. Je l'ai fabriqué il y a cinq ans, pendant les semaines embrumées de douleur qui ont suivi la macrotempête, et c'est Lorelei qui l'a ornée de coquillages. La photo d'Aoife et Örvar est à l'intérieur, mais, ce soir, je me contente d'en caresser le bord supérieur en essayant de me souvenir de la texture des cheveux d'Aoife.

« Bonnet d'nuit, ma puce. Dors bien. »

27 OCTOBRE

Levée avant l'aube pour plumer nos quatre poules mortes. Il m'en reste douze. Quand j'ai emménagé à Doonen Cottage – c'était il y a un quart de siècle – j'étais totalement incapable d'en déplumer ne serait-ce qu'une seule. Aujourd'hui, je les assomme, leur coupe la tête et les vide aussi facilement que Maman préparait son ragoût de bœuf à la Guinness. Par nécessité, j'ai même appris à dépecer et étriper un lapin sans vomir. Après avoir rempli un ancien sac d'engrais de plumes, je dépose les cadavres de poules dans la brouette et descends jusqu'au bout du jardin en faisant un crochet par le poulailler, où j'ajoute la carcasse du renard sur mon corbillard à une roue. Un mâle, à ce que je vois. D'après Declan, il ne faut pas toucher à la queue des renards. C'est une arme bactériologique truffée de maladies. Et la bête a sans doute des puces : on a déjà eu assez de fil à retordre comme ça avec les puces, les poux et les tiques. Tant qu'on ne regarde pas sa gorge ouverte, on croirait que le renard fait la sieste. Un de ses crocs part un peu en avant, il est planté dans sa babine inférieure. Ed avait une dent qui faisait la même chose. Je me demande si le renard a une renarde et des petits. Je me demande si ces renardeaux comprendront que leur père ne rentrera jamais, si ça leur arrachera le cœur, ou s'ils reprendront leurs maraudes sans jamais y repenser. Si c'est le cas, je les envie.

La mer est agitée, ce matin. Je crois apercevoir deux dauphins à quelques centaines de mètres de la côte, mais quand je regarde de nouveau, ils ont disparu, alors je ne suis plus trop sûre. On a toujours un vent d'ouest, et pas l'inverse. C'est horrible, mais si Hinkley se met à cracher des substances radioactives, notre vie dépendra de la direction du vent.

Je déverse le contenu macabre de ma brouette au bout de la jetée de pierre. Je ne donne jamais de nom à mes poules : c'est plus difficile de tordre le cou d'une bête qu'on a baptisée. Les voilà maintenant qui partent à la dérive avec leur assassin dans la baie.

Je voudrais bien détester ce renard, mais je n'y arrive pas.

Il essayait de survivre, c'est tout.

De retour à la maison, je trouve Lorelei dans la cuisine, en train d'étaler un peu de beurre sur les petits pains de la veille qui constitueront leur déjeuner, à Rafiq et à elle. « Bonjour, Grand-mère.

– Bonjour. Il y a aussi des algues séchées. Et du navet en saumure.

– Merci. Raf m'a raconté, pour le renard. Tu aurais dû me réveiller.

– Ce n'était pas la peine, ma chérie. Tu n'aurais pas pu ramener les poules à la vie, et puis Zim s'est chargé du renard. » Je me demande si elle sait quel jour on est. « Il reste quelques bouts de tôle ondulée de l'ancien abri : j'essaierai d'en enfoncer dans le sol tout autour du poulailler.

– Bonne idée. Le prochain renard à tenter sa chance deviendra chèvre.

– Tu es bien la petite-fille de ton grand-père Ed, toi. »

Elle aime quand je lui dis ce genre de chose. « Je crois que c'est » – elle s'efforce de prendre un ton léger – « l'anniversaire de Maman et Papa, aujourd'hui. On est le 27 octobre.

– C'est vrai, ma chérie. Tu veux allumer l'encens ?

– Oui, s'il te plaît. » Lorelei va vers le petit autel et en ouvre le devant. La photo d'Aoife, Örvar et d'elle-même à dix ans devant une excavation à L'Anse aux Meadows. Elle a été prise au printemps 2038, l'année de leur mort, mais déjà, les verts et jaunes commencent à se délaver, et les rouges et bleus à baver. Je serais prête à débourser une fortune pour en réimprimer une, mais on n'a ni l'électricité, ni la cartouche d'encre nécessaire à l'impression, ni l'original requis pour un nouveau tirage. La génération d'incapables à laquelle j'appartiens a remisé tous ses souvenirs sur la Toile, et le crash de 2039 a été une sorte d'AVC collectif.

« Grand-mère ? » Elle me regarde comme si mon cerveau était parti se balader.

« Désolée, ma chérie, j'étais en train de… » Parfois, ce sont juste des absences.

« Où est la boîte en métal où sont rangés les bâtons d'encens ?

– Oh. Je l'ai mise ailleurs. En lieu sûr. Euh… » Est-ce que ça ne m'arriverait pas plus souvent, ces derniers temps ? « Oui, la boîte. Au-dessus du poêle. »

Lorelei allume un bâtonnet d'encens neuf dans le poêle, puis souffle la minuscule flamme. Elle traverse la cuisine et pose l'encens sur le reposoir du petit autel. Sur sa corniche, il y a une pièce de l'époque romaine qu'Aoife avait donnée à Lorelei, ainsi qu'une montre à remontoir héritée par Örvar de son grand-père. Nous regardons la fumée de bois de santal se dévider de la pointe qui rougeoie. L'odeur de bois de santal : encore un parfum du monde d'avant. La première année, j'avais préparé une prière et un poème, mais je m'étais mise à pleurer sans réussir à me contrôler, et j'avais terrifié Lorelei. Depuis, on s'est tacitement entendues pour simplement rester debout un moment en silence, seules avec nos souvenirs, mais ensemble. Je me souviens de leur avoir dit au revoir de la main à l'aéroport de Cork il y a cinq ans, la dernière année où les gens pouvaient encore acheter du diesel, conduire des voitures, prendre l'avion, même si le prix des vols avait grimpé en flèche, et d'ailleurs Aoife et Örvar n'auraient jamais pu se payer le voyage si le gouvernement australien n'avait pas pris en charge son billet à lui. Aoife en profitait pour aller rendre visite à sa tante Sharon et son oncle Peter, qui s'étaient installés là-bas à la fin des années vingt ; j'espère qu'ils sont encore en vie et que tout va bien à Byron Bay, mais, depuis un an et demi, aucune information n'a été envoyée vers l'Australie, et les rares et précieuses nouvelles qui nous parvenaient n'arrivent plus. Comme c'était facile d'envoyer instantanément des messages à n'importe qui, n'importe où sur Terre. Lorelei me tient la main. Elle serait partie avec ses parents, si elle n'avait pas eu la varicelle, mais Aoife et Örvar l'ont amenée ici en voiture depuis Dublin, où ils vivaient tous les trois cette année-là. Quinze jours chez grand-mère Holly, c'était son lot de consolation.

Cinq ans plus tard, je prends une grande inspiration saccadée pour m'empêcher de pleurer. Et ce n'est pas uniquement parce que je ne pourrai jamais plus tenir Aoife dans mes bras. C'est à cause de tout : des régions entières qu'on a empoisonnées, des calottes glaciaires qu'on a laissées fondre, du Gulf Stream dont on a dévié le cours, des fleuves asséchés, des zones côtières inondées, des lacs asphyxiés par nos saletés, des mers qu'on a tuées, des espèces qu'on a fait disparaître, des pollinisateurs exterminés, du pétrole gaspillé, des médicaments devenus inefficaces, des menteurs qui nous caressaient dans le sens du poil et qu'on a élus. Et tout ça pour ne pas avoir à modifier notre confortable mode de vie. Les gens parlent de l'époque des Ténèbres comme nos ancêtres parlaient de la peste noire, comme si c'était Dieu qui l'avait voulue. Mais c'est nous qui les avons invoquées, ces Ténèbres, à chaque baril de pétrole brûlé sur notre chemin. Les gens de ma génération sont des clients attablés à un restaurant nommé *Toutes les ressources de la Terre* et qui se sont gavés au-delà de ce qui est imaginable, alors qu'ils savaient très bien, même dans leur déni, qu'ils se carapateraient au moment de payer et que ce serait à leurs petits-enfants de se débrouiller avec cette addition qu'ils ne pourraient jamais régler.

« Je suis tellement désolée, Lol. » Je soupire, en cherchant une boîte de mouchoirs avant de me rappeler que, dans notre monde, les mouchoirs n'existent plus.

« Ce n'est pas grave, Grand-mère. C'est bien de penser à Maman et Papa. »

À l'étage, Rafiq fait de petits bonds sur le palier – il enfile sans doute une chaussette – tout en chantant dans un mélange de mandarin et d'anglais. Pour les enfants du Périmètre, les groupes chinois sont aussi cools que l'étaient pour moi les groupes américains de new wave.

« D'une certaine manière, on a plus de chance, dit Lorelei d'une voix douce. Maman et Papa n'ont pas… Enfin, tu sais, ç'a été fini très vite, et puis ils étaient ensemble et, au moins, on sait ce qui s'est passé. Mais pour Raf… »

Je regarde Aoife et Örvar. « Ils seraient si fiers de toi, Lol. »

Puis Rafiq apparaît en haut des marches. « Il reste du miel pour le porridge, Lol ? Au fait, bonjour, Holly. »

Les cartables sont préparés, les déjeuners rangés, les cheveux de Lorelei nattés, la pompe à insuline de Rafiq vérifiée, et sa cravate bleue – le dernier vestige d'un uniforme raisonnablement exigible par l'école de Kilcrannog – nouée et renouée, nous partons sur la piste. Devant nous, s'élève le mont Caher, dont j'ai vu la face sud en toutes saisons, par tous les temps et toutes les humeurs possibles presque chaque jour de ces vingt-cinq dernières années.

L'ombre des nuages glisse sur ses versants en altitude où des pans de bruyère, de rochers et d'ajoncs se succèdent. Sur la partie basse, s'étalent deux hectares de pins de Monterey. Je pousse le grand landau – déjà une antiquité quand, pendant nos vacances d'été à la fin des années 1970, Sharon et moi jouions avec.

Mo, qui est levée, s'active. Quand nous arrivons devant son portail, elle est en train d'étendre son linge sur le fil, habillée d'un *geansaí* de pêcheur tellement distendu qu'on la croirait en robe. « Bonjour, les voisins. Déjà vendredi. Les semaines filent. » L'ex-physicienne aux cheveux blancs attrape sa canne, traverse sa pelouse vaguement tondue en claudiquant et me tend sa boîte de rationnement vide afin que je l'emporte en ville. « Merci d'avance », me dit-elle, ce à quoi je réponds : « Pas de souci », avant de la déposer avec celles de Lorelei, de Rafiq et la mienne dans le landau.

« Je peux t'aider à étendre le linge, Mo, propose Lorelei.

– Oh, pour ça, je peux me débrouiller, Lol, mais crapahuter jusqu'à la ville » – c'est notre façon de désigner le village de Kilcrannog –, « impossible pour moi. S'il n'y avait pas ta grand-mère pour remplir ma boîte de rationnement, je ne sais pas ce qui se passerait. » Mo fait tournoyer sa canne comme un Chaplin triste. « Enfin, si. Je mourrais de faim à petit feu.

– N'importe quoi, lui réponds-je. Les O'Daly s'occuperaient de toi.

– Un renard a tué quatre de nos poules, hier soir, annonce Rafiq.

– Comme c'est regrettable. » Mo me lance un regard furtif, je hausse les épaules. Zimbra flaire une piste qui le mène jusqu'à Mo, et remue la queue.

« On a de la chance que Zimmy l'ait eu avant qu'il les ait toutes zigouillées, estime Rafiq.

– Eh bien. » Mo gratte Zimbra derrière l'oreille, et trouve le point magique qui rend notre chien tout mou. « Il s'en est passé, des choses.

– Tu as eu du réseau, hier soir ? » lui demandé-je, ce qui équivaut à : *Tu as des nouvelles à propos du réacteur de Hinkley Point ?*

« Oui, pendant cinq minutes, j'ai eu accès aux canaux officiels. Toujours les mêmes déclarations. » Nous ne poussons pas plus loin la discussion : il y a les enfants. « Mais passe donc me voir tout à l'heure.

– Je me demandais si tu pouvais nous garder Zimbra, Mo, des fois qu'après avoir tué ce renard, il nous rejouerait *L'Appel de la forêt*.

– Bien entendu. Et Lorelei, tu pourras confirmer à M. Murnane que je serai au village lundi prochain pour assurer le cours de sciences naturelles ? Cahill O'Sullivan ira en ville avec son cheval et sa calèche, ce jour-là, et il a proposé de m'y emmener. On me portera comme la reine de Saba. Allez-y, je ne veux pas vous mettre en retard. Viens, Zimbra, on va essayer de retrouver le répugnant tibia de mouton que tu as enterré l'autre fois… »

C'est le point de bascule de l'automne. Ce qui était mûr et roussi devient froid et pourri, et les premiers frimas ne tarderont plus. Au début des années 2030, les saisons se sont détraquées : il gelait en été et il y avait des épisodes de canicule en hiver. Mais, depuis cinq ans, nous avons eu de longs étés secs et de longs hivers pleins de bourrasques, le tout entrecoupé de brefs printemps et automnes. À l'extérieur du Périmètre, les tracteurs sont en voie d'extinction, et les récoltes sont dérisoires ; sur RTÉ avant-hier soir, il y avait un reportage sur les fermes du comté de Meath qui en reviennent aux charrues à chevaux. Rafiq, qui trottine en tête de cortège, ramasse les quelques dernières mûres qui restent, et j'incite Lorelei à faire de même. La fréquence et la quantité de vitamines distribuées dans les boîtes de rationnement sont en baisse. Au moins, les ronces poussent toujours aussi dru, mais si on ne les coupe pas, la piste qui nous mène à la route principale ressemblera bientôt aux buissons épineux qui entourent le château de la Belle au bois dormant. Il faut que j'en touche un mot à Declan ou à Cahill. Les flaques sont de plus en plus larges et profondes, et les zones où l'on s'embourbe, de plus en plus marécageuses ; par moments, Lorelei doit m'aider à pousser le landau. Dommage que je n'aie pas fait remblayer la piste quand l'argent servait encore à quelque chose. Et dommage que je ne me sois pas constitué de plus grandes réserves non plus, mais quand on s'est douté que les pénuries passagères allaient devenir permanentes, il était déjà trop tard.

Nous arrivons devant la source qui alimente les réservoirs d'eau de ma maisonnette et du bungalow de Mo. Elle glougloute gentiment, maintenant qu'il a plu, mais, l'été dernier, elle est restée à sec pendant toute une semaine. Jamais je ne passe devant sans penser à ma grand-tante Eilísh qui, quand j'étais petite, me racontait l'histoire de Lulu-la-poilue, fée contrariée qui habitait là. Elle était si velue que les autres fées se moquaient d'elle, ce qui l'avait rendue grincheuse, à tel point qu'elle exauçait le contraire des vœux que les gens faisaient : il fallait donc ruser en lui demandant ce qu'on ne voulait pas. Si vous disiez : « Un skate-board, ça ne m'intéresse surtout pas », vous en obteniez un, par exemple. La stratégie fonctionna quelque temps, jusqu'à ce que la fée saisisse le stratagème des gens : alors tantôt, elle leur accordait ce qu'ils demandaient, tantôt l'inverse. « La morale de cette histoire, ma fille, me disait ma grand-tante Eilísh, restée de l'autre côté des six décennies qui nous séparent, c'est que si tu veux quelque chose, il vaut mieux l'obtenir à la régulière : en te servant de ta tête et de tes jambes. Laisse donc les fées où elles sont. »

Mais aujourd'hui, je ne sais pas pourquoi, peut-être que c'est à cause du renard, ou de Hinkley, mais je décide de tenter ma chance. *Ô Lulu-la-poilue, fée contrariée, s'il te plaît, fais en sorte que mes petits survivent.* « S'il te plaît. »

Lorelei tourne la tête : « Ça va, Grand-mère ? »

La piste de Dooneen rejoint la route principale : nous prenons à droite et dépassons bientôt la bifurcation qui mène à la ferme de Knockroe. Nous croisons son propriétaire, Declan O'Daly, qui tracte un tombereau de foin. Declan, le mari de Branna, a la cinquantaine, est père de deux grands garçons et d'une fille qui est dans la même classe que Lorelei, possède deux douzaines de jersiaises et à peu près deux cents moutons qui paissent sur la partie plus rocailleuse et plus verte de la péninsule. Il a le front d'un Romain, une barbe frisée et un visage marqué par les années, qui lui donnent des airs de Zeus un peu défraîchi ; il nous a tirés du pétrin plus d'une fois, Mo et nous, et je suis bien contente qu'il soit là. « Je vous serrerais bien tous dans mes bras, nous aborde-t-il, traversant la cour en direction de la route, vêtu d'une salopette toute sale, mais une de mes vaches vient de me pousser dans un énorme tas de bouse. Quoi, qu'est-ce que ça a de drôle » – il fait semblant de fulminer – « môssieur Rafiq Bayati ? Je jure devant Dieu que tu me serviras de chiffon… »

Secoué par un ricanement muet, Rafiq vient se cacher derrière moi, tandis que Declan approche d'un pas lourd, tel Frankenstein – les taches de fumier en plus.

« Lol, dit Declan, Izzy s'excuse, mais elle est allée au village tôt ce matin aider sa tante à terminer de préparer les caisses de légumes avant l'arrivée du convoi. Tu viendras dormir chez nous, si j'ai bien compris ?

– Oui, si c'est toujours d'accord, répond ma petite-fille.

– Bah, ce n'est pas comme si j'accueillais tout un régiment.

– C'est quand même une bouche de plus à nourrir, et c'est gentil à toi, interviens-je.

– Les invités qui nous aident à traire seront toujours les bienv… » Declan s'interrompt et lève le nez vers le ciel.

« C'est quoi, ce truc ?! » Rafiq plisse les yeux, la tête tournée vers le mont Killeen.

Je ne le vois pas tout de suite, mais j'entends un bourdonnement métallique ; Declan commente : « Non, mais regardez-moi ça… »

Lorelei s'interroge, sans y croire : « Un avion ? »

Là, je le vois. Comme un long planeur à réacteurs. D'abord, j'ai l'impression qu'il est grand et qu'il se trouve loin, puis je m'aperçois qu'il est petit et assez proche. Il longe les crêtes de Seefin et Peakeen en se dirigeant vers l'Atlantique.

« Un drone. » La voix de Declan est tendue.

« Magnos ! s'exclame Rafiq, fasciné. Un vrai VASP.

– Hé, j'ai soixante-quinze ans, lui rappelé-je en faisant la grincheuse.

– Un véhicule aérien sans pilote, répond le garçon. Comme un gros avion téléguidé équipé de caméras. Parfois, ils ont des missiles, mais celui-là est trop riquiqui. La Stabilité en a quelques-uns.

– Qu'est-ce qu'il fabrique ici ? demandé-je.

– Si je ne m'abuse, il nous espionne, dit Declan.

– Qui s'embêterait à nous espionner ? » s'interroge Lorelei.

Soucieux, Declan répond : « Ça, on se le demande bien. »

« "Je suis l'enfant de la terre et de l'eau" », récite Lorelei, pendant que nous passons devant l'ancien poste de transformation rouillé. « "Et le nourrisson du ciel. / Je franchis les mailles des océans et rivages / Je me transforme, mais ne meurs point." »

Je me demande pourquoi M. Murnane a choisi « Le nuage ». Lorelei et Rafiq ne sont pas les seuls dans leur cas : nombreux sont les enfants de Kilcrannog à avoir perdu un parent à l'aube des Ténèbres. « Oh, je n'arrive pas à croire que j'ai encore oublié ce passage, Grand-mère.

– "Car après la pluie"…

– Ah oui, ça y est, ça y est : "Car après la pluie, quand, sans la moindre tache / Le pavillon des cieux est à nu, / Et que les vents et les rayons du soleil,"… euh… "de leurs éclats convexes / forment le dôme bleu de l'air"… »

Sans m'en rendre compte, j'ai tourné la tête vers le ciel. Je suis encore capable d'imaginer un minuscule avion qui étincelle sur fond d'azur. Non pas un jouet surdimensionné comme ce drone, bien qu'il soit remarquable, mais un avion de ligne dont le sillage de fumée blanche, d'abord net, s'effiloche comme du coton. Quand est-ce que j'en ai vu un pour la dernière fois ? Il y a deux ans, je dirais. Je me souviens de Rafiq, qui est entré en courant, l'air affolé ; j'ai cru qu'il se passait quelque chose de grave, mais il m'a traînée dehors en montrant le ciel : « Regarde, là ! Là ! »

Devant nous, un rat traverse la route à toute vitesse, s'arrête au milieu, et nous regarde.

« C'est quoi, "convexe" ? demande Rafiq, qui ramasse une pierre.

– Ça veut dire "bombé", lui explique Lorelei. "Concave", c'est creux, comme une caverne.

– Declan a un ventre convexe, alors ?

– Pas aussi convexe qu'avant ; mais laisse-donc Lol retourner au poème de M. Shelley.

– "Monsieur" Shelley ? Rafiq est sceptique. C'est un nom de fille, ça.

– C'est son nom de famille, dit Lorelei. Percy Bysshe Shelley.

– Percy ? Bysshe ? Ils le détestaient, ses parents, ou quoi ? Il n'a pas dû rigoler, lui, à l'école. » Il jette la pierre vers le rat. Raté de peu : le rongeur retourne dans la haie. Avant, j'aurais demandé à Rafiq de ne pas viser les êtres vivants, mais avec l'alerte à la grippe du rat, les règles ont changé. « Continue, Lol, l'encouragé-je. Ton poème.

– Je crois que j'ai la fin : "Je ris en silence de mon propre cénotaphe. / Et jaillissant des cavernes de la pluie, tel un enfant quittant la matrice, tel un fantôme d'outre-tombe, / Je me lève, et une fois de plus, le démolis."

– Bravo. Ton père avait une très bonne mémoire, lui aussi. »

Rafiq cueille une fleur de fuchsia et boit les gouttelettes de nectar qu'elle contient. Parfois, je me dis que je ne devrais pas parler d'Örvar devant Rafiq, car je n'ai pas connu son père à lui. Mais bon, ça n'a pas l'air de le contrarier : « La matrice, c'est là où se trouve le bébé quand il est dans le ventre de la mère, hein, Holly ?

– C'est ça.

– Et c'est quoi, un céno-truc ?

– Un cénotaphe. Un monument dédié à quelqu'un qui est mort, pendant la guerre, en général.

– Je ne comprenais pas le poème, moi non plus, avant que Mo m'explique, intervient Lorelei. Il parle de naissance et de résurrection, mais aussi du cycle de l'eau. Quand il pleut, le nuage se vide : c'est comme s'il mourait. Et après, les vents et les rayons du soleil forment un dôme de ciel bleu, et c'est ça, le cénotaphe du nuage, pas vrai ? Et ensuite, la pluie qui était l'ancien nuage va dans la mer, où elle s'évapore et redevient un nuage qui se moque du ciel bleu – sa propre tombe – puisqu'il est ressuscité. Alors il "démolit" sa pierre tombale en montant dans le ciel. Tu comprends ? »

Un buisson d'ajoncs parfume l'air d'une note vanillée et scintille de chants d'oiseaux.

« Je suis bien content qu'on fasse "Puff le dragon magique", nous », dit Rafiq.

Devant le portail de l'école, Rafiq me lance : « À tout à l'heure ! » avant de filer vers un groupe de garçons qui jouent à être des drones. Je m'apprête à lui crier : « Et attention à ta pompe à insuline ! », mais il sait que nous n'en avons plus qu'une en réserve : pas la peine de le mettre mal à l'aise devant ses camarades.

Lorelei me dit : « Bon, à tout à l'heure, Grand-mère, et fais bien attention à toi au marché », comme si c'était elle l'adulte et moi la petite chose fragile ; puis elle va rejoindre un attroupement de camarades mi-filles, mi-femmes.

Tom Murnane, le directeur adjoint, m'aperçoit et avance à grands pas dans ma direction. « Ah, Holly, je voulais vous voir. Vous tenez toujours à ce que Lorelei et Rafiq soient dispensés d'éducation religieuse ? Le père Brady, notre nouveau prêtre, commence ses cours d'étude de la Bible ce matin à l'église.

– Pas pour mes deux petits, Tom, si ça ne vous dérange pas.

– Très bien. Ils sont huit ou neuf dans le même cas. Ils feront un projet sur le thème du système solaire, à la place.

– Rassurez-moi, la Terre tournera bien autour du Soleil ? »

Tom voit où je veux en venir avec ma petite blague. « Sans commentaire. Comment va Mo, aujourd'hui ?

– Mieux, merci. D'ailleurs, heureusement que vous m'en avez parlé, j'ai la tête… » Je m'empêche de répéter que j'ai la tête comme une passoire : ce n'est plus drôle, maintenant. « Cahill O'Sullivan passera la prendre en calèche lundi prochain. Elle pourra assurer le cours de sciences naturelles, si ça vous va toujours.

– Si elle est d'accord, c'est très bien, mais dites-lui de ne pas se mettre la rate au court-bouillon, s'il lui faut plus de repos pour sa cheville. » La cloche de l'école retentit. « Je dois filer. » Il a disparu.

Je me retourne et tombe sur Martin Walsh, le maire de Kilcrannog, qui fait au revoir de la main à sa fille, Roisín. Martin est un type costaud au teint rose et aux cheveux courts et blancs : c'est le père Noël reconverti en videur de boîte de nuit. Il était toujours rasé de près mais, depuis dix-huit mois, les rasoirs jetables ont disparu des boîtes de rationnement, et désormais, la plupart des hommes de la péninsule arborent des barbes de toutes sortes. « Holly, comment ça va, ce matin ?

– Pas trop mal, Martin, mais à cause de Hinkley Point, je me fais du mouron.

– Arrh, ne m'en parle pas. Tu as eu des nouvelles de ton frère, cette semaine ?

– J'essaie d'amorcer un appel, mais soit j'ai un message qui me dit que je n'ai pas de réseau, soit la communication se dégrade au bout de quelques secondes. Et donc, non, je n'ai pas reparlé à Brendan depuis une semaine, quand le niveau d'alerte est monté à orange rouge. Il vit dans une enclave protégée par des grilles en banlieue de Bristol, mais il n'est pas très loin de la dernière zone d'exclusion en date ; et puis, une compagnie de sécurité privée, ça ne le protège pas de la radioactivité. Enfin » – j'ai recours au mantra de notre époque –, « qu'est-ce qu'on y peut. » Presque tous ceux que je connais ont un proche en danger, ou pour le moins injoignable ; ce n'est désormais plus très bien vu de se tracasser à voix haute. « Roisín pète la forme, on dirait. Ce n'était pas les oreillons, alors ?

– Non, non, juste ses ganglions qui étaient très gonflés, Dieu merci. Le Dr Kumar lui a même obtenu des médicaments. Comment va la cheville de notre cyberneurologue ?

– Ça s'améliore. Elle étendait son linge, tout à l'heure.

– Super. Tu lui diras que j'ai pris de ses nouvelles.

– Compte sur moi. Au fait, Martin, je voulais te demander…

– Oui, dis-moi. » Martin se rapproche et me tient le coude comme si c'était lui qui était un peu dur de la feuille, et comme le font les élus locaux avec les vieilles mémés la semaine précédant un scrutin dans une commune comptant à peine trois cents électeurs. « Tu sais si la Stabilité distribuera du charbon avant le début de l'hiver ? »

Ça, j'aimerais bien le savoir, signifie la moue qu'il tire. « Si on en voit, la réponse sera oui. C'est toujours le même problème, quand nos seigneurs et maîtres de Dublin regardent le Périmètre, ils se disent : "Ils ont beau jeu à vivre sur notre dos, ceux-là. » Ils se lavent les mains de ce qui peut bien nous arriver. Mon cousin de Ringaskiddy m'a raconté qu'un cargo a accosté la semaine dernière avec une pleine cargaison de charbon en provenance de Pologne, mais de là à savoir quand il y aura assez de carburant pour assurer les livraisons…

– Et de ces saloperies de voleurs, entre Ringaskiddy et Sheep's Head, y en a, intervient Fern O'Brien qui sort de nulle part. Et le charbon s'évapore des camions à une de ces allures… Moi, je préfère faire une croix dessus.

– On a évoqué ce point au dernier conseil municipal, réagit Martin. On est quelques-uns à préparer une petite expédition à Caher Saddle pour aller tailler dans la tourbière. Ozzy, le gars de la forge, a bricolé une espèce de presse pour qu'on fabrique des bûches de tourbe grosses comme ça. » Les mains de Martin s'écartent de trente centimètres. « C'est sûr, ce n'est pas du charbon, mais c'est mieux que rien, et puis, si on ne laisse pas le Bois-aux-deux-hectares tranquille, il faudra rebaptiser la parcelle le Ratiboisé. Quand les bûches auront séché, je demanderai à Fíonn de vous en déposer un petit tas à toi et Mo, la prochaine fois qu'il livrera du diesel à la ferme de Knockroe – peu importe pour qui vous voterez. La froidure se fiche pas mal de la politique, et il faut bien veiller sur son prochain.

– Je voterai pour le maire sortant, le rassuré-je.

– Merci, Holly. Chaque bulletin comptera.

– Il n'y a pas d'adversaire sérieux, si ? »

Fern O'Brien désigne le panneau d'information de l'église dans mon dos. Je m'en approche pour mieux lire la nouvelle grande affiche faite à la main :

LA SENTENCE DE DIEU EST TOMBÉE :
CE SONT LES TÉNÈBRES.
LES FIDELS DE DIEU DISENT : « ÇA SUFFIT ! »
VOTEZ POUR LE PARTI DU SEIGNEUR
VOTEZ MURIEL BOYCE

« Muriel Boyce ? À la mairie ? Mais Muriel Boyce, elle est, non…

– Il ne faut pas la sous-estimer, intervient Aileen Jones, l'ancienne réalisatrice de documentaires reconvertie en pêcheuse de homards. Et elle est cul et chemise avec le prêtre de notre paroisse, même si ces deux-là ne sont pas capables d'écrire correctement "fidèles". Intégrisme religieux et fautes d'orthographe vont souvent de pair. Ce n'est pas la première fois que je le remarque.

– Si je me souviens bien, le père McGahern ne parlait jamais de politique à l'église ? dis-je.

– Non, jamais, me confirme Martin. Mais le père Brady n'est pas du même tonneau. Dimanche prochain, je parie que quand j'irai m'asseoir sur les bancs de notre église, notre nouveau curé nous annoncera que Dieu ne veillera sur nos familles que si on vote pour le Parti du Seigneur.

– Les gens ne sont pas bêtes, objecté-je. Ils n'avaleront pas ce genre de salade. »

Martin me lorgne d'une drôle de façon, comme si j'étais un peu à côté de la plaque. Ce regard, on me le sert souvent, ces derniers temps. « Les gens attendent qu'on leur lance une bouée et qu'on fasse des miracles. Le Parti du Seigneur, c'est la promesse des deux. Moi, tout ce que j'ai à offrir, ce sont des bûches de tourbe.

– Mais les miracles, ça n'existe pas, tandis que tes bûches à toi sont bien réelles. Ne lâche pas le morceau. Tu as la réputation de prendre les bonnes décisions. Les gens écouteront la voix de la raison.

– La raison ? me reprend Aileen Jones avec un sinistre entrain. Comme le disait Greg, un vieil ami médecin : "Si on pouvait ramener les croyants à la raison, ils ne croiraient plus." Sans vouloir te vexer, Martin.

– Tu sais, Aileen, avec ce qui arrive, je n'en suis plus là », répond notre maire.

Le haut de la ruelle de l'église débouche sur la place de Kilcrannog. Devant nous, se trouve le bar de Fitzgerald, un bâtiment biscornu et bas aussi ancien que le village. Il a été progressivement agrandi au fil des siècles et repeint en blanc, mais la dernière couche n'est pas récente. Des corbeaux se posent sur les tuiles faîtières et les rives du toit, comme s'ils préparaient un mauvais coup. À notre droite, se trouve le dépôt de carburant. Quand j'ai emménagé ici, c'était une station Maxol ; les Toyota, les Kia, les Volkswagen venaient y faire le plein, comme si demain n'existait pas. Aujourd'hui, elle sert juste au camion-citerne de la coopérative qui assure l'approvisionnement des fermes en diesel. Sur la gauche, il y a l'entrepôt de la coopérative, où, un peu plus tard, l'équipe municipale distribuera les boîtes de rationnement ; sur le côté sud de la place, il y a la grande halle. Elle sert aussi de place de marché les jours de Convoi. On entre, et Martin me tient la porte pour que je puisse passer avec mon landau. La halle est bruyante, mais pas un rire ne résonne, aujourd'hui – l'ombre de Hinkley Point plane au-dessus de nous. Martin me salue et va faire campagne ; Aileen cherche Ozzy car elle veut lui parler de pièces métalliques nécessaires à son bateau ; quant à moi, je navigue entre les tréteaux. Je passe en revue les étals de pommes, poires et légumes cabossés que Pearl Corp ne prendra pas, du bacon maison, du miel, des œufs, de la marijuana, du fromage, de la bière et du *poitín* artisanaux, des bouteilles en plastique et des boîtes, des tricots, des vieux vêtements, des livres en lambeaux, et un millier de choses qu'on avait l'habitude de donner aux œuvres de charité ou de jeter à la décharge. Il y a vingt-cinq ans, quand je me suis installée sur la péninsule de Sheep's Head, les marchés de West Cork étaient des endroits où les femmes du coin vendaient des gâteaux et de la confiture "pour le *craic*" – pour s'amuser –, où les hippies essayaient de refourguer des sculptures de l'Homme vert aux touristes hollandais, et où les gens de la classe moyenne achetaient du pesto bio, des dattes medjoul et de la mozzarella di bufala. Mais aujourd'hui, le marché ressemble aux supermarchés d'antan : on y achète tout, sauf les produits de première nécessité présents dans les boîtes de rationnement. Avec nos landaus modifiés, nos poussettes et nos vieux caddies, on croirait voir une version affamée, mal rasée et tout juste propre de la foule des Lidl ou Tesco d'il y a cinq ou six ans à peine. On troque, achète ou vend en usant d'un savant mélange de ruse, de yuans et de dollars de Sheep's Head – des disques métalliques numérotés et gravés par les maires de Durrus, d'Ahakista et de Kilcrannog. Je transforme quarante-huit œufs en shampooing chinois bon marché qui fera aussi office de lessive ; plusieurs sacs de sel d'algues et ballotins de chou kale, en pelotes de laine brute de Killarney qui me permettront de terminer une couverture ; des pots de confiture de groseilles – le contenant vaut plus que le contenu – en crayons à papier et en bloc de feuilles A4 avec lesquelles je pourrai confectionner plusieurs cahiers de brouillon – ceux des enfants ont été si souvent gommés que les pages sont presque translucides ; et puis, avec regret, j'échange ma dernière paire de bottes en caoutchouc soigneusement conservées depuis quinze ans contre une bâche de plastique transparent qui me servira à nous fabriquer des cirés à tous les trois et à réparer la serre après les bourrasques de cet hiver. Les bâches en plastique sont difficiles à dégoter, et la moue que tire Kip Sheehy était prévisible, mais les bottes imperméables sont encore plus rares : il me suffit de lâcher : « Une autre fois, peut-être », et de m'éloigner pour qu'il rajoute vingt mètres de corde en acrylique et un lot de brosses à dents. Les dents de Rafiq me causent du souci. Il y a très peu de sucre dans notre régime alimentaire – et pas que dans le nôtre, d'ailleurs –, mais, à West Cork, il n'y a plus de dentistes.

Je bavarde avec Niamh Murnane, la femme de Tom Murnane, qui est assise à une table où sont posés des sacs de chanvre contenant de l'avoine et des raisins secs. La Stabilité n'a plus un yuan pour payer les enseignants, qui sont rétribués en denrées alimentaires qu'ils peuvent troquer. J'espérais trouver des serviettes hygiéniques pour Lorelei, puisque la Stabilité ne les fait plus figurer sur sa liste de produits de première nécessité ; mais on m'a dit qu'il n'y en avait pas dans le dernier cargo de la Compagnie. Branna O'Daly se sert de morceaux de vieux draps, mais il faudra ensuite les laver, parce que, même ça, on n'en trouve pas facilement. Si seulement j'avais eu la présence d'esprit de mettre de côté un stock de tampons, quelques années plus tôt. Enfin. On aurait tort de se plaindre, quand on pense aux trois millions et quelques de gens qui cherchent à survivre à l'extérieur du Périmètre.

Dans l'annexe, Sinéad, qui travaille au bar de Fitzgerald, sert des boissons chaudes et des soupes préparées sur le fourneau qui permet de chauffer la grande halle en hiver. Me voyant me traîner avec mon landau, Pat Joe, le mécanicien de la coopérative, tend son énorme main couverte de cambouis et tire une chaise pour moi. Je n'y tiens plus, il faut que je m'asseye. Le trajet entre Dooneen et le marché devient un peu plus long chaque vendredi, je le jurerais, et la douleur que j'ai dans le flanc se fait plus acide. J'aurais dû en toucher deux mots au Dr Kumar, mais, d'un autre côté, qu'est-ce qu'elle aura à me proposer si c'est mon cancer qui refait des siennes ? Il n'y a ni scanners ni traitements disponibles. Molly Coogan – qui concevait des sites Internet mais qui, aujourd'hui, fait pousser des pommes sous tunnel, plus loin, au pied de la colline d'Ardahill – ainsi que Seamus, son mari, sont aussi à cette table. En qualité d'Anglaise, on me demande si j'ai des infos à propos de Hinkley Point, mais ma réponse est décevante.

Personne d'autre n'a réussi à accrocher une communication au-delà de l'Irlande depuis deux ou trois jours. Pat Joe, qui a malgré tout pu discuter avec son cousin d'East Cork hier soir, tient salon pendant quelques minutes. Apparemment, deux cents Exilants venus du Portugal ont débarqué sur la plage dans cinq ou six navires, et se sont installés dans les ruines d'une propriété construite dans les années dites du Tigre celtique. « Ils ne manquent pas de culot, juge Pat Joe en se réchauffant les mains avec son bol de soupe. On croirait qu'ils sont chez eux. Alors le maire d'Ardmore, il est parti avec une… une délégation, là, ils sont allés dans les ruines – mon cousin en était – pour leur dire désolé, tout ça, mais ils pourraient pas rester là cet hiver, déjà qu'y a pas assez de nourriture dans la coopérative ni de bois pour les gens du village, alors deux cents bouches de plus à nourrir… Et alors là, un grand type sort, prend un flingue, tranquillou, et tire sur le chapeau de Kenny, comme dans un western !

– Mais quelle honte ! Quelle honte ! » Betty Power est la matriarche qui en fait toujours des tonnes et qui tient le fumoir de Kilcrannog. « Et qu'est-ce que le maire a fait ?

– Il a envoyé quelqu'un à la caserne de la Stabilité de Dungarvan pour demander de l'aide, mais ils se sont contentés de lui répondre que les réservoirs des jeeps étaient à sec.

– Quoi, la Stabilité n'a plus de diesel pour ses propres jeeps ? » s'inquiète Molly Coogan.

Pat Joe pince les lèvres et secoue la tête. « Plus la moindre goutte. Au maire, ils lui ont dit de "calmer le jeu" comme il pouvait. Comment vous voulez qu'il se débrouille ? Son agrafeuse pneumatique, ça doit être l'arme la plus dangereuse qui lui reste.

– Moi, dit Molly Coogan, j'ai cru comprendre que le *Sun Yat-sen* » – une des frégates géantes chinoises qui accompagnent les cargos en provenance de Chine sur la route boréale – « est entré dans le port de Cork la semaine dernière avec ses cinq cents marins-soldats sur le pont. Une façon de montrer ses griffes.

– Je pense que tu oublies un zéro, Moll, intervient Fern O'Brien, tourné vers nous depuis la table voisine. Il se trouve que, ce jour-là, le jules de ma petite Jude était de corvée de dock à Ringaskiddy : il m'a juré qu'ils étaient au moins cinq mille à faire le salut au drapeau chinois. »

J'imagine Ed, mon compagnon, mort depuis longtemps, rouler désespérément des yeux en réaction à ces nouvelles douteuses ; mais ce n'est pas fini : on parle maintenant d'une belle-sœur du cousin de Pat Joe, qui vit dans le comté d'Offaly, et qui connaîtrait un « type dans le secret », un employé des labos de recherche de la Stabilité dans la zone industrielle de Dublin qui pense que les Suédois ont mis au point un génome de blé inoxydable et autofertile. « Je vous répète juste ce que j'ai entendu, c'est tout, continue Pat Joe, mais la Stabilité envisagerait d'en planter partout en Irlande au printemps prochain. Quand les gens auront assez à becqueter, on n'entendra plus parler de Corneilles ni d'émeutes.

– Du pain blanc, soupire Sinéad Fitzgerald, vous imaginez un peu ?

– Je ne voudrais pas te casser ton joli rêve, Pat Joe, raille Seamus Coogan, mais ce ne serait pas le même "type dans le secret" qui prétendait que les Allemands avaient trouvé un remède à la grippe du cricétome, ou que les États d'Amérique étaient de nouveau unis, et que leur président allait envoyer des avions au-dessus de tous les pays de l'OTAN pour larguer des cargaisons de couvertures, de médicaments et de beurre de cacahuète ? À moins que ce soit cet ami d'ami qui avait rencontré un Exilant près de Youghal qui avait juré sur la vie de sa mère avoir déniché une technotopie dans les Bermudes, en Islande ou dans les Açores, où on avait encore accès à l'électricité vingt-quatre heures sur vingt-quatre, à l'eau chaude, et où on mangeait des ananas et de la mousse au chocolat noir ? »

Je repense à ce que disait Martin sur les gens qui cherchent une bouée à laquelle se raccrocher.

« Je répète juste ce que j'ai entendu, répond Pat Joe, méprisant.

– Quoi que l'avenir nous réserve, déclare Betty Power, notre sort est entre les mains du Seigneur.

– Ça, c'est bien le point de vue de Muriel Boyce, commente Seamus Coogan.

– Martin fait ce qu'il peut, dit Betty Power, cinglante, mais seule l'Église est de taille à lutter contre le Mal qui s'abat sur le monde, c'est évident.

– Pourquoi est-ce qu'un Dieu d'amour ne nous aiderait que si nous votons pour lui ? demande Molly.

– Ça, il faut le lui demander, rétorque Betty Power en clignant des yeux. C'est le b.a.-ba de la prière.

– Ce que dit Molly, intervient Pat Joe, c'est : "Pourquoi est-ce qu'Il ne répond pas directement à nos prières ? Pourquoi Il aurait besoin qu'on vote pour lui ?"

– Pour que l'Église retrouve sa juste place, répond Betty Power. Et les commandes de notre pays. »

Les esprits s'échauffent, mais j'ai l'impression d'entendre des enfants qui se disputent à propos du père Noël. J'ai vu ce qui se produit après la mort, j'ai vu le Vêpre et les Dunes, et c'était aussi réel que la tasse de thé ébréchée que je tiens. Peut-être qu'au-delà de la Dernière Mer, toutes ces âmes que j'ai vues s'acheminaient vers une vie après la mort, mais, si c'est le cas, ce n'est pas celle que décrivent les prêtres ou les imams. Il n'y a pas d'autre Dieu que celui que nous inventons, pourrais-je affirmer devant les membres de ma paroisse : l'humanité est livrée à elle-même, depuis toujours…

… mais ma vérité ne semble pas plus folle que leur foi, ni plus saine, d'ailleurs ; et puis, qui a le droit de tuer le père Noël ? Surtout quand ce dernier promet aux Coogan qu'ils retrouveront leur fils ; Pat Joe, son frère ; moi, Aoife, Jacko, Maman et Papa. Un père Noël capable d'inverser le cours des Ténèbres, et de nous ramener le chauffage centralisé, les achats par Internet, Ryanair et le chocolat. Cette douleur qui nous brûle, c'est le désir ardent de revoir ceux que nous aimions, notre monde disparu. Elle hurle pour qu'on la fasse taire. Si, au moins, ce désir ne nous rendait pas aussi faibles et vulnérables devant tous les père Brady de ce monde.

« Elle est enceinte ? » Betty Power met la main devant sa bouche ouverte. « Pas possible ! » Retour aux ragots de Sheep's Head. J'ai envie de demander qui est enceinte, mais ils s'imagineraient que je suis sourdingue ou que je commence à être gâteuse.

« C'est bien le problème. » Sinéad Fitzgerald se penche au-dessus de la table. « Ils sont trois à être partis avec la jeune demoiselle Hegarty après la fête des moissons, et ils étaient tous défoncés » – elle fait mine de fumer un joint –, « alors tant qu'il n'y aura personne pour dire du bébé : "C'est tout le portrait de son père", Damien Hegarty ne saura pas vers qui pointer sa carabine. Une sale affaire, tout ça. »

Les Hegarty élèvent des chèvres sur la péninsule, entre Ahakista et Durrus. « Quelle honte, juge Betty Power. Et dire que Niamh Hegarty vient tout juste d'avoir seize ans, si je ne me trompe pas. Voilà ce qui arrive quand il n'y a pas de mère pour dicter les règles. Les jeunes se croient tout permis. C'est bien pour cela que le père Bra…

– Écoutez », coupe Pat Joe, l'index levé, l'oreille tendue…

… les tasses restent en l'air à mi-parcours, on s'interrompt au beau milieu d'une phrase, on calme les bébés ; à l'unisson, près de deux cents habitants du comté de Cork se taisent. Puis un soupir de soulagement collectif jaillit. C'est le Convoi : deux jeeps blindées postées devant et derrière le camion-citerne de diesel suivi du semi-remorque qui transporte les boîtes de rationnement. Dans le Périmètre, nous avons encore des tracteurs et des moissonneuses-batteuses, et les véhicules de la Stabilité circulent toujours sur la vieille nationale 71 jusqu'à Bantry pour assurer l'approvisionnement des casernes et des entrepôts, mais les seuls à passer régulièrement à Kilcrannog sont ces quatre engins rutilants et à la pointe du progrès qui ronronnent dans la ruelle de l'église. Ce son-là renvoie ceux dont l'âge dépasse celui de Rafiq à un monde qu'ils ont connu. D'ailleurs, à l'époque, on parlait du « bruit » de la circulation, pas d'un son ; mais les choses ont changé. Si on ferme les yeux pendant l'arrivée du convoi, on pourrait se croire en 2030, à l'époque où chacun avait sa propre voiture, où Cork n'était qu'à une heure et demie de route, où mon corps ne me faisait pas souffrir en permanence, et où le changement climatique n'était qu'un problème pour ceux qui habitaient dans les zones inondables. Mais ces jours-ci, je ne ferme plus les yeux, parce que j'ai trop mal quand je les rouvre. J'emporte mon landau. Non pas que je m'imagine que les autres villageois dépouilleraient une vieille dame qui a deux enfants à sa charge, mais mieux vaut ne pas tenter les gens quand ils sont affamés.

La jeep en tête de convoi se gare devant l'entrepôt de diesel. Quatre jeunes recrues irlandaises de la Stabilité sautent du véhicule ; ils savourent l'impact de leurs uniforme, pistolet et démarche assurée sur les ploucs alentour, et ce n'est pas un hasard si les femmes célibataires de Kilcrannog enfilent leurs plus beaux vêtements et utilisent le peu de maquillage qui leur reste les jours de Convoi. Corinna Kennedy, de la ferme Rossmore, a épousé un type des Convois ; aujourd'hui, elle vit dans la caserne de Bandon, où elle profite de cinq heures d'électricité quotidiennes. Le chef de cette garde irlandaise déverse un flot de mandarin et d'anglais dans son transbande et donne sa position actuelle au convoi principal. « Leurs casques valent plus que ma maison, me dit Pat Joe, pour la enième fois. Mais bon, il faudrait avoir le carnet d'adresses pour les échanger contre de vrais yuans. »

Trois soldats chinois sautent de la jeep en queue de cortège ; ils portent l'uniforme de la POC, la Pearl Occident Company. Ils sont plus grands que leurs homologues irlandais, ont des dents en meilleur état et leurs armes « claquent » plus, comme aurait dit Aoife quand elle était ado. Avec les recrues irlandaises, on peut discuter un peu, mais les soldats chinois ont pour ordre de ne pas fraterniser avec les locaux. Bantry se trouve à l'extrême ouest, plus sauvage, des Terres Concédées, où la tension est forte : le diesel qu'ils nous apportent est plus précieux que l'or. S'apercevant que Kevin Murray et sa pipe allumée sont trop près du camion-citerne, un des Irlandais aboie : « Monsieur, éteignez ça tout de suite ! » Honteux, Kevin se carapate dans la grande halle. Les militaires du Convoi n'ont jamais recours à la moindre menace. Le convoi, c'est le cordon ombilical qui nous relie à l'entrepôt de Ringaskiddy et à tous les produits qu'il contient et qui ne sont plus fabriqués en Irlande, ni en Europe, d'ailleurs.

Toutes les deux semaines, Noel Moriarty, responsable du diesel, et Seamus Li, l'acheteur, sont embauchés pour le Convoi. Noel Moriarty, pâle trentenaire dégarni au regard et à l'esprit vifs, serre la main de Martin pendant que le chauffeur visse l'embout du tuyau sur le réservoir. Martin demande à Noel s'il a des infos sur ce qui se passe à Hinkley Point. Il lui répond que son supérieur à la POC lui a confié que les Chinois surveillaient le site à l'aide de leurs satellites de basse altitude, mais que la centrale semblait à l'abandon. La nouvelle circule dans tout l'attroupement en moins d'une minute, mais, comme d'habitude, il est difficile de tirer des conclusions fiables de ces quelques faits. Noel Moriarty et Martin signent chacun le formulaire que l'autre lui présente sur une écritoire à pince, puis le responsable tourne la vanne rouge, et le diesel commence à se déverser dans le réservoir de la coopérative. Nous essayons de renifler les effluves de carburant : notre cœur se serre de nouveau alors que la nostalgie de l'ère du pétrole nous gagne.

Entre-temps, le camion qui transporte les boîtes de rationnement est entré en marche arrière dans l'entrepôt de la coopérative, bâtiment situé de l'autre côté de la place et à l'intérieur duquel Seamus Li bavarde avec Olive O'Dwyer, le maire adjoint de Kilcrannog. Les marchandises chargées dans le camion sont pour la plupart des produits agricoles : de la chambre de congélation sortent des carcasses de bœuf, du porc, de la dinde, du lapin, du mouton et de l'agneau ; et de la chambre froide, des caisses de feuilles de tabac séchées, de poireaux, de chou kale, d'oignons, de pommes de terre, de potirons et des derniers fruits de la saison. La plupart des fruits et légumes nourriront les représentants officiels de la POC qui vivent avec leurs familles dans la Concession de Ringaskiddy, ou bien les équipages de la flotte atlantique de la Marine populaire de libération. La viande qui, pour l'instant, provient de bêtes qui n'ont pas été clonées ni contaminées par le césium sera envoyée à Pékin, à Chongqing et à Shanghai, et vendue à des prix faramineux. Le lait est déshydraté à Ringaskiddy ; c'est un produit d'export majeur.

En échange, les coopératives de Sheep's Head, c'est-à-dire celles de Durrus, d'Ahakista et de Kilcrannog, reçoivent du diesel, des engrais, des insecticides, des pièces de rechange, des ampoules, des outils, du matériel et des commandes spécifiques – des médicaments vitaux comme l'insuline de Rafiq, par exemple – sur lesquelles on s'accorde tous les mois en conseil municipal. La POC s'est aussi engagée auprès de la Stabilité de Cork à nous faire parvenir toutes les semaines des articles de base pour les inclure dans nos boîtes de rationnement hebdomadaires, bien que leur qualité se dégrade depuis plusieurs mois. Mais ce que la POC nous fournit de plus important, c'est la sécurité. La POC protège les Terres Concédées en rétribuant la milice de la Stabilité qui, en retour, surveille les quatre-vingt-dix kilomètres du Périmètre, ce qui explique que les quinze kilomètres de la bande côtière qui court entre Cork et Bantry n'aient pas connu le véritable chaos qui gangrène la majeure partie de l'Europe dont ce siècle des Ténèbres coupe les réseaux électriques et creuse le visage de la société civile. Les hommes du bar de Fitzgerald grommellent que les Chinois ne sont pas là par philanthropie, et que la POC tire sans doute un joli profit de cette opération, mais même le dernier des poivrots s'imagine bien à quoi ressemblerait la vie à Sheep's Head sans la POC, le Périmètre et le Convoi.

D'une certaine manière, c'est notre Grande Muraille de Chine.

Mon landau et moi sommes devant la grille de l'école à trois heures pile. Je me souviens des écoles maternelles et primaires du nord de Londres et de Rye devant lesquelles j'ai attendu Aoife. La plupart des conversations tournent autour des boîtes de rationnement à moitié vides ; sans tenir compte de l'âge des uns et des autres, la coopérative a systématiquement mis un sachet de quatre cents grammes d'avoine encore dans sa paille et son enveloppe, deux cents grammes de riz complet, deux cents grammes de lentilles, cinquante de sucre et cinquante de sel, un paquet de dix sachets de thé de la marque Dragon, une moitié de savon de la zone démilitarisée, un pot de détergent coréen périmé depuis deux ans, une petite bouteille d'iode sur l'étiquette de laquelle tout est écrit en cyrillique, et, chose déconcertante, une gomme Hello Kitty parfum cola. Ce qu'on n'utilise pas sert habituellement de monnaie d'échange les vendredis suivants au marché, mais le rationnement du jour est le pire qu'on ait reçu depuis la mise en place de ce système il y a six ans, suite à la mauvaise récolte de 2039. « Je sais, c'est une honte, dit Martin à un groupe de mécontents, mais je suis votre maire, pas un magicien. Je me suis tué à envoyer des messages à la Stabilité de Cork, mais qu'est-ce que vous voulez : ils ne me répondent pas. La Stabilité, ce n'est pas la démocratie : ils se soucient d'abord de leurs miches et ne rendent des comptes qu'à Dublin. »

D'une certaine façon, Martin est sauvé par le gong : la cloche retentit et les enfants sortent au pas de charge ; mes deux petits et moi prenons la route principale et quittons Kilcrannog. Lorelei et Rafiq reniflent chacun à leur tour la gomme au parfum de Coca-Cola. L'odeur réveille de très anciens souvenirs chez Lorelei, mais Rafiq, qui est trop jeune pour avoir goûté au soda, n'arrête pas de me demander : « Mais c'est quoi, le cola ? C'est un fruit ? Une plante ? C'est quoi ? »

La dernière maison du village se trouve être celle de Muriel Boyce ; elle se dresse, isolée, dans le prolongement d'une succession de maisons collées les unes aux autres. Elle est grande et carrée, chaque fenêtre a des voilages et la véranda a été transformée en serre, comme la plupart des vérandas du coin. Les trois habitations situées juste avant celle de Muriel Boyce sont occupées par trois de ses quatre gros costauds de fils et leurs femmes, lesquelles ne donnent naissance qu'à des garçons, visiblement, et, du coup, les gens ont spontanément rebaptisé la suite de maisons « le rang des Boyce[1] ». Je me souviens quand Ed me racontait que, dans les zones tribales d'Afghanistan, avoir des fils était synonyme de pouvoir ; le siècle des Ténèbres nous pousse dans cette même direction. Des croix sont peintes sur les fenêtres et les portes du rang des Boyce. Muriel Boyce a toujours été très pieuse : elle organisait des voyages à Lourdes, avant. Mais depuis que « le Seigneur a rappelé son mari » il y a deux ans – une appendicite –, sa ferveur est devenue féroce ; et Muriel Boyce a laissé pousser sa haie, ce qui ne l'empêche pas d'épier les autres. À peine a-t-on dépassé sa maison que je l'entends m'appeler. Nous nous retournons, et elle apparaît devant le portail du jardin. Elle est habillée comme une nonne, et Dónal, son imposant fils de vingt ans, se tient près d'elle. Il porte un short découpé dans un ancien pantalon et une veste sans manches. « Il fait enfin beau, cet après-midi, n'est-ce pas, Holly ? Comme tu pousses, Lorelei, tu ne serais pas en train de devenir une jolie jeune fille, dis voir ? Coucou, Rafiq, dans quelle classe de notre école es-tu, maintenant ?

– En CM1, dit-il, prudent. Bonjour.

– Bonsoir, Lolly », dit Dónal Boyce, à qui Lorelei répond par un hochement de tête avant de détourner le regard.

Muriel Boyce reprend : « J'ai entendu que tu avais eu des problèmes avec les renards, c'est vrai ?

– Tu es bien renseignée.

– Ce n'est vraiment pas de chance, ce qui t'arrive. » Elle clappe doucement de la langue. « Et combien de volailles tu as perdues ?

– Quatre.

– Quatre ? » Elle secoue la tête. « De bonnes pondeuses dans le tas ?

– Une ou deux. » Je hausse les épaules, car j'ai envie de repartir. « Ce ne sont que des œufs.

– C'est ton chien qui a eu le renard, c'est ça ?

1. En anglais, on entend également : « Le rang des garçons ».

– Oui. » Espérant qu'elle me demandera de voter pour elle, et que je puisse lui donner une réponse vague pour continuer mon chemin, je tente un : « Je vois que tu es candidate à la mairie.

– Eh bien, je ne voulais pas, mais le Seigneur a insisté, alors j'obéis. Les gens sont libres de voter comme bon leur semble, bien entendu. Contrairement aux autres, tu ne me verras pas faire l'article à mes amis et mes voisins. »

Pas la peine, le père Brady s'en charge à ta place, pensé-je, pendant que Muriel chasse une mouche.

« Non, non, c'est au sujet des petits » – elle sourit en regardant Lorelei et Rafiq – « que je voulais te parler, Holly. »

Les enfants ne comprennent pas. « Je n'ai rien fait, proteste Rafiq.

– Personne ne t'accuse de quoi que ce soit » – Muriel Boyce se tourne vers moi –, « mais est-ce que c'est vrai que tu refuses que le père Brady leur parle de la Bonne Nouvelle du Seigneur ?

– Tu parles du cours d'éducation religieuse ?

– Du catéchisme du père Brady, oui.

– Nous avons refusé. Pour des raisons personnelles. »

Muriel Boyce plonge son regard dans la baie Dunmanus au loin. « Toute la paroisse a trouvé admirable la façon dont tu t'es pour ainsi dire retroussé les manches quand le Seigneur t'a confié ces deux petits, et à ce moment de ta vie. Deux petits, dont un n'est même pas de ton sang ! Personne ne pourrait t'en vouloir.

– Qu'est-ce que le sang a à voir dans cette histoire ? » Ça y est, je suis énervée. « Je n'ai pas donné à Rafiq un foyer parce que la paroisse m'admire, ou parce que "le Seigneur" l'a voulu. C'était la chose à faire, c'est tout. »

Muriel Boyce a un sourire peiné aux lèvres. « Et c'est bien pour cela que la paroisse est d'autant plus consternée de voir que tu t'es aujourd'hui mis en tête de négliger leurs besoins spirituels. Si tu savais comme le Seigneur est déçu. Ton propre ange gardien pleure en ce moment même, il est juste à côté de toi. En cette période désenchantée, les jeunes ont plus que jamais besoin du pouvoir de la prière. C'est comme si tu les privais de nourriture. »

Lorelei et Rafiq regardent autour d'eux, et bien entendu, ne voient rien.

« Oh, je vois vos anges gardiens, mes enfants. » Muriel Boyce lance un regard médusé au-dessus de nos têtes, exactement comme s'y prendrait une prophétesse. « Le tien est une sorte de grande sœur, Lorelei, mais elle a de longs cheveux d'or ; et celui de Rafiq est un homme, un basané, c'est vrai, mais comme un des Rois mages, après tout. Ils sont tous les trois tristes, très tristes. L'ange de ta grand-mère pleure tellement qu'elle en a les yeux rougis, oh, oui ! Ça me fend le cœur. Elle t'implore de…

– Ça suffit, Muriel, au nom du Ciel !

– Eh bien oui, figure-toi, c'est bien au nom du Ciel et de Notre Seigneur Jésus-Christ que je…

– Non non non non non. D'une, la paroisse, ce n'est pas toi. De deux, je trouve que, bizarrement, ces anges que tu prétends voir abondent toujours dans ton sens. De trois, les parents de Lorelei n'allaient pas à l'église, et la mère de Rafiq était de confession musulmane, alors en tant que tutrice de ces enfants, je tiens à respecter la volonté de leurs parents. Le sujet est clos. Bonne journée à toi, Muriel. »

Agrippés sur le dessus du portail du jardin, les doigts de Muriel Boyce me font penser à des serres. « Les gens étaient nombreux à se dire "athées" quand Satan les subjuguait à grand renfort d'argent, d'avortement, de science et de chaînes câblées, mais ils sont bien penauds maintenant qu'ils savent où cela les a menés. » D'une main, elle tend son crucifix vers moi comme si, impressionnée par cet objet, j'allais me soumettre. « Mais le Seigneur pardonne aux pécheurs qui demandent le pardon. Le père Brady veut discuter avec toi. Chez toi. Et au cas où tu ne l'aurais pas remarqué, ce sont des églises, et pas des mosquées, qu'on a dans ce pays, Dieu merci. »

Je surprends Dónal à reluquer Lorelei sans vergogne.

Je pousse le landau vers la route et dis aux enfants. « On y va.

– On verra bien si tu changes ton fusil d'épaule quand le Parti du Seigneur contrôlera la coopérative et décidera de ce qui atterrira dans ta boîte de rationnement », crie Muriel dans mon dos.

Sous le choc, je me retourne. « C'est une menace ?

– C'est une réalité, Holly Sykes. Et, tiens, en voici une autre : la nourriture que vous mangez est irlandaise. Chrétienne. Si ça ne vous convient pas, j'ai entendu dire qu'il y avait plein de maisons qui se libéraient du côté de Hinkley, en Angleterre. »

J'entends qu'on coupe du bois. « Sheep's Head, c'est chez moi.

– Il y en aura plein qui ne le verront pas de cet œil-là, quand il faudra encore plus se serrer la ceinture. Tâche de t'en souvenir. »

En m'éloignant, j'éprouve une faiblesse et une raideur dans les jambes, comme si je marchais sur des échasses.

Derrière nous, Dónal Boyce lance : « Je te vois plus tard, Lolly ? »

Cette boule de muscles et d'excitation sexuelle, il faudra s'en méfier. Nous quittons le village en passant devant le panneau SLÁN ABHAILE et une antique limitation de vitesse à quatre-vingts kilomètres-heure. « Je n'ai pas aimé la façon dont Dónal Boyce me regardait, Grand-mère, déclare Lorelei.

– Moi non plus, dit Rafiq. Dónal Boyce, c'est un connard. »

J'ouvre la bouche pour lui demander de surveiller son langage, mais me ravise.

Quarante minutes plus tard, nous arrivons à la maison, au bout de la piste bosselée de Dooneen. Ce nom signifie « petite forteresse », et c'est bien l'impression que me donne notre maisonnette, alors que je range la nourriture, mes trouvailles du marché et nos boîtes de rationnement. Pendant que les enfants se changent, j'essaie d'utiliser ma tablette pour voir si j'arrive à contacter Brendan, ou alors quelqu'un de la famille à Cork, plus proche géographiquement, mais sans succès : tout ce que j'obtiens, c'est un SERVEUR NON DÉTECTÉ, suivi d'un SI DES PROBLÈMES PERSISTENT, CONTACTEZ VOTRE REVENDEUR. Merci du conseil. Je vais voir les poules et ressors du poulailler avec trois œufs. Une fois que Rafiq et Lorelei sont prêts, nous traversons le taillis qui sépare notre jardin de celui de

Mo et allons jusqu'à la porte de derrière. Elle est ouverte, et Zimbra entre tranquillement dans la cuisine en remuant la queue. Quand c'était un chiot, il courait dans tous les sens, mais aujourd'hui il est plus tranquille. La boîte de rationnement de Mo et les œufs vont dans son placard. Je veille à bien le refermer pour ne pas que les souris n'entrent pas. Mo est dans son solarium en train de jouer au Scrabble contre elle-même. « Alors, mes petits savants ? Comment c'était, l'école et le marché ?

– Pas mal, répond Rafiq, mais tu sais ce qu'on a vu, ce matin ? Un drone !

– Oui, je l'ai aperçu. Il faut croire que la Stabilité a du carburant à gaspiller. Bizarre. »

Lorelei examine le plateau de Scrabble. « Qui est-ce qui gagne, Mo ?

– Je suis en train de me battre à plate couture : trois cent quatre-vingt-quatre contre cent dix-neuf. Tu as des devoirs ?

– Des équations du second degré, dit Lorelei. Youpi.

– Allez, allez, tu es maintenant capable de les résoudre les yeux fermés.

– Moi, j'ai de la géographie, annonce Rafiq. Dis, Mo, tu as déjà vu un éléphant en vrai ?

– Oui. Dans les zoos, et dans une réserve naturelle en Afrique du Sud. »

Rafiq est impressionné. « C'est vrai qu'ils étaient aussi grands que des maisons ? C'est ce que M. Murnane a dit.

– Aussi gros que de petites maisonnettes, oui, peut-être. Les éléphants d'Afrique étaient plus grands que ceux d'Asie. Des bêtes magnifiques.

– Alors pourquoi est-ce que les gens les ont laissés disparaître ?

– Tout le monde a un peu quelque chose à se reprocher, mais les derniers troupeaux ont été massacrés pour que des gens en Chine puissent montrer comme ils étaient riches en s'échangeant des babioles en ivoire. »

Mo n'est pas du genre à prendre des pincettes. Je scrute le

visage de Rafiq, qui accuse le coup et bouderait presque. « J'aurais bien aimé naître il y a soixante ans, déclare-t-il. Les éléphants, les tigres, les gorilles, les ours polaires… Les animaux les plus chouettes ont disparu. Nous, ce qui nous reste, ce sont les rats, les corbeaux et les perce-oreilles.

– Et le meilleur des chiens », dis-je en caressant la tête de Zimbra.

Nous nous taisons soudain, sans raison apparente. Le mari de Mo, John, mort depuis quinze ans, nous sourit du haut du cadre placé au-dessus de la cheminée. C'est un magnifique portrait qui a été peint à l'huile un jour d'été dans le jardin de leur ancienne maison de Cape Clear. John Cullin était aveugle et sa vie n'a pas toujours été facile, mais il a vécu à une époque civilisée dans un lieu civilisé où les gens mangeaient à leur faim. John écrivait de la belle poésie. Des admirateurs lui envoyaient des lettres des États-Unis.

Contrairement à ce qu'on croyait, ce monde-là était bâti sur du sable.

J'ai peur. Une grosse tempête suffira à tout emporter.

Plus tard, Lorelei part vers la ferme Knockroe pour sa soirée pyjama. Mo descend jusque chez moi pour le dîner : Rafiq et les deux vieilles dames que nous sommes mangent des fèves et des pommes de terre frites sautées au beurre. À l'âge du petit garçon, Aoife aurait dédaigné un mets aussi rustique, mais, avant d'atteindre l'Irlande, Rafiq a connu la faim, la vraie, celle qui vous ronge l'estomac, alors il termine toujours son assiette. Au dessert, nous avons les mûres que nous avons cueillies en rentrant, et un peu de compote de rhubarbe. Sans notre adolescente, le dîner est plus calme ; cela me replonge à l'époque où Aoife a quitté la maison pour aller à la fac. Une fois la vaisselle lavée, nous jouons tous au crib en écoutant une émission de la RTÉ où l'on nous apprend à creuser un puits. Puis Rafiq raccompagne Mo avant que la nuit tombe pendant que je vide le seau des latrines dans la mer en contrebas et vérifie la direction du vent : il souffle toujours à l'est. Je fais rentrer les poules dans leur poulailler et pousse le verrou de la porte, en regrettant de ne pas avoir fait la même chose la veille. Rafiq revient, bâille, se fait une grande toilette dans un seau d'eau froide, se brosse les dents et monte se coucher. Un vieil exemplaire du *New Yorker* de décembre 2031 entre les mains, je savoure un article d'Ersilia Holt et m'émerveille devant les publicités et la richesse qui existait encore récemment.

À vingt-trois heures quinze, j'allume ma tablette afin de tenter de joindre Brendan, mais quand l'appareil me demande mon mot de passe, j'ai un trou de mémoire. Mon mot de passe. Nom de Dieu. Je ne le change jamais. C'était un truc en rapport avec les chiens… Il y a des années, quand j'oubliais quelque chose, ça me faisait rire, mais, à mon âge, c'est un couperet qui tombe au ralenti. Quand on ne peut plus se fier à son propre esprit, on est comme sans domicile fixe dans sa tête. Je me lève et m'apprête à chercher le petit carnet où je note des choses, mais Zimbra est couché sur mon pied, et ça y est, je me souviens : NEWKY, le nom de notre chien quand j'étais petite. Je saisis le mot de passe et essaie de contacter Brendan, après cinq jours d'espoirs déçus, je m'attends à recevoir un énième message d'erreur, mais, du premier coup, j'obtiens une image en haute résolution de mon frère qui fronce les sourcils sur sa tablette, à quatre cents kilomètres, dans son bureau, chez lui à Exmoor. Quelque chose cloche. Ses cheveux blancs sont ébouriffés, et avec son air hagard et ses traits bouffis, il fait peine à voir, et encore plus à entendre : « Holly ? Je te vois ! Tu me vois, toi ?

– Et je t'entends très bien, Brendan. Qu'est-ce qui s'est passé ?

– Oh, à part… » – il tend le bras pour atteindre un verre ; je reste là à l'attendre en regardant une photo posée sur son étagère, celle de Brendan Sykes, vingt ans de moins et qui serre la main du roi Charles le jour de l'inauguration du quartier résidentiel sécurisé de Tintagel – « … à part que l'ouest de l'Angleterre ressemble de plus en plus à l'Apocalypse, et qu'un réacteur nucléaire au bout de la rue est sur le point d'exploser ? Les Corneilles. On a eu droit à une visite il y a deux nuits. »

J'ai envie de vomir. « Au village ou chez toi ?

– Au village, mais ça s'est plutôt mal passé. Il y a quatre nuits, nos gardiens ont décampé avec la moitié de la nourriture qu'on avait en réserve et le générateur, par-dessus le marché. » Je me rends compte que Brendan est éméché. « On est une majorité à être restés – où veux-tu qu'on aille ? On se relaie pour la surveillance.

– Tu pourrais venir chez nous.

– Si, à Swansea, les types en maraude sur les autoroutes ne me font pas la misère. Si les passeurs ne m'égorgent pas quand je serai à un kilomètre des côtes galloises. Si, à Ringaskiddy, les services de l'immigration acceptent le bakchich. »

Je sais alors, si je ne le savais pas déjà avant, que je ne reverrai plus jamais Brendan en chair et en os. « Et Oisín Corcoran, il ne peut pas t'aider ?

– Chez eux, ils sont trop occupés à tenter de survivre pour aider un Exilant octogénaire anglais. Non, on arrive à un âge où… la route, les voyages, ce n'est plus pour nous. Place aux autres. » Il boit son whisky. « Oui, je te parlais des Corneilles. Vers une heure du matin cette nuit, les alarmes se sont toutes déclenchées ; je me suis habillé, j'ai pris mon calibre trente-huit et suis allé à la réserve, où une dizaine de ces salauds, équipés de pistolets, de couteaux et de masques, chargeaient une camionnette. Jem Linklater s'est avancé et a lancé à celui qui dirigeait l'opération : "C'est notre nourriture que tu voles, mon petit gars, et on est en droit de la protéger." Le type a braqué sa solaire sur le visage de Jem et lui a répondu : "Elle est à nous, maintenant, Papi, alors recule : je ne te le répéterai pas." Mais Jem n'a pas reculé, alors le type… » – Brendan ferme les yeux – « le type lui a fait sauter la cervelle. »

Ma main se pose sur ma bouche. « Bon Dieu. Tu as vu tout ça ?

– J'étais trois mètres derrière. Cet assassin a rajouté : "Il y en a d'autres qui veulent jouer les héros ?" Puis un coup est parti, et le type est tombé à terre, et après, ç'a été le chaos ; les Corneilles se sont rendu compte que, contrairement à ce qu'ils imaginaient, on n'était pas des vieux cons séniles. Quelqu'un a tiré sur les phares de la camionnette. Il faisait trop sombre pour qu'on sache qui était qui, on n'y voyait rien et puis… » – la poitrine de Brendan se soulève – « je suis rentré dans le tunnel de tomates, où une des Corneilles est arrivée et m'a roué de coups de poing en brandissant une machette, et alors j'ai cru que… Et puis mon calibre trente-huit s'est retrouvé dans ma main, le cran de sûreté était levé, il y a eu une détonation et quelque chose s'est renversé sur moi… Je ne sais pas trop comment, mais son masque avait glissé et alors, j'ai vu… j'ai vu que c'était un gamin, il était plus jeune que Lorelei. Sa machette, c'était un déplantoir. Et moi… » – Brendan maîtrise sa voix – « je l'ai tué, Hol. Touché en plein cœur. »

Mon frère tremble, il a le visage luisant de sueur. Un souvenir me revient soudain : celui d'une femme étendue à terre au croisement d'un impossible labyrinthe, le crâne défoncé, et d'un rouleau à pâtisserie en marbre qui s'échappe de mes mains. Je réussis à dire : « Étant donné les circonstances…

– Je sais. C'était moi ou lui, et ce réflexe m'est venu. Je lui ai creusé une tombe, c'était le minimum. Ça fait beaucoup de terre à déplacer, à mon âge. On en a eu quatre, et eux, six. Sans compter le fils de Harry McKay, qui a un poumon perforé ; il est dans un sale état. Il y a un dispensaire à Exmouth, mais là-bas, le niveau des soins, c'est le Moyen Âge à tous points de vue.

– Bren, si tu ne peux pas venir, peut-être que je peux essayer de…

– Non ! » C'est la première fois que Brendan semble avoir peur. « Pense à Lol, pense à Rafiq. Je t'en supplie, reste où tu es. Se déplacer en ce moment, c'est trop dangereux, à moins que tu aies sous la main dix hommes prêts à tuer ; et puis la péninsule de Sheep's Head, c'est sans doute l'endroit le plus sûr qui existe en Europe occidentale. Quand la Pearl Occident Company a obtenu son accord d'exploitation sur la côte du comté de Cork, je me suis dit : *Quelle humiliation pour les Paddies*, mais, finalement, l'ordre règne encore chez vous. Enfin, à peu près. Au moins, quand… »

Le visage de Brendan se fige au beau milieu d'une syllabe, comme si le vent avait tourné au moment où il faisait une grimace.

« Brendan ? Tu m'entends ? » Rien. Je grogne de frustration ; Zimbra lève la tête, inquiet. J'essaie plusieurs solutions : relancer la communication, réinitialiser ma tablette, patienter. Je ne lui ai même pas demandé s'il avait eu des nouvelles de Sharon en Australie, mais voilà : il n'y a plus de réseau et quelque chose me dit qu'il n'y en aura plus jamais.

À l'étage, dans ma chambre, je n'arrive pas à dormir. Des ombres éclosent dans les coins de la pièce et se balancent doucement dans les parties plus sombres de l'obscurité. Le vent s'est levé, le toit craque, la mer tonne. Même si je ne m'en souviens pas mot pour mot, les propos de Brendan tournent en boucle, comme en lecture aléatoire : je trouve des choses à lui répondre, des choses qui l'auraient apaisé, mais, comme d'habitude, c'est trop tard. Il avait l'air tellement vidé et si fragile, mon grand frère, lui, l'ancien promoteur multimillionnaire. J'envie tous les fous de Dieu de la planète. La prière est peut-être un placebo qu'on prend quand le désarroi nous ronge comme une maladie, mais un placebo, parfois, ça soulage. Au bout de mon jardin, le son des vagues meurt puis renaît, pour les siècles des siècles, amen. À l'autre bout du couloir, Rafiq parle en arabe dans son sommeil, d'une voix sonore et apeurée. Je me lève, vais dans sa chambre et lui demande : « Ça va, Raf ? » mais comme il continue à dormir et à marmonner, je regagne la chaleur de mon lit. Mon ventre émet un couinement sourd. Il y a longtemps, « mon corps » était l'équivalent de « moi », mais, aujourd'hui, « moi » fait référence à mon esprit, et mon corps n'est plus qu'un assortiment de maladies et de douleurs. Ma molaire me fait mal, l'élancement intermittent dans mon côté droit ne passe pas, j'ai des rhumatismes dans les articulations des doigts et aux genoux, et si mon corps était une voiture, je l'aurais revendu depuis des années. Mais cette petite famille tardive qui m'est tombée dessus – Lorelei, Rafiq, Zimbra, Mo et moi – tiendra le coup tant que ma carcasse résistera. Les O'Daly feront de leur mieux pour s'occuper des enfants, je sais, mais le monde ne va pas en s'arrangeant, ça non. J'ai vu l'avenir, et l'avenir a faim.

Mes doigts trouvent le labyrinthe d'argent de Jacko, dont le lacet est noué à la colonne du lit ; je le presse sur mon front. Le motif que forment ses murs, couloirs et intersections me rafraîchit un rien la tête. « Je ne pense pas que vous ayez survécu, murmuré-je aux vrais anges, aux Horlogers peut-être encore présents, et je ne pense pas que vous m'entendiez. Mais faites que je me trompe. Accordez-moi un dernier "abracadabra". Deux pommes d'or, si possible. Emmenez les enfants loin d'ici, dans un endroit sûr, si ça existe. Je vous en supplie. »

28 OCTOBRE

Mon vieux rideau filtre la lumière du matin, mais ce rose orangé-là est une couleur froide. Le vent et les vagues semblent s'affairer, ils ont perdu leur caractère implacable de la veille. J'entends Zimbra gravir les marches : le voilà, il passe le museau dans la chambre, entre, et remue la queue pour me dire bonjour. Comment fait-il pour toujours savoir quand je suis réveillée ? J'ai la sensation d'avoir oublié quelque chose, quelque chose de très déplaisant. Qu'est-ce que c'était ? Brendan. Je me demande comment il va, ce matin. J'espère qu'on s'occupe de lui. Il y a cinq ans à peine, j'aurais pu réserver un billet d'avion, conduire jusqu'à l'aéroport, m'envoler pour Bristol et, dans l'heure, je serais arrivée au quartier résidentiel sécurisé de Tintagel. Aujourd'hui, c'est comme si je voulais aller sur la Lune…

Enfin, qu'est-ce qu'on y peut. J'ai du pain sur la planche. Précautionneuse, je sors de mon lit comme une vieille dame, j'écarte les rideaux et ouvre la fenêtre. La mer est encore un peu agitée dans la baie de Dunmanus, mais j'aperçois un voilier – peut-être Aileen Jones qui inspecte le contenu de ses casiers à homards. Au fond du jardin, le panicaut et le myrte sont balayés par le vent :

ils sont rabattus en arrière vers la maisonnette, puis se redressent, puis repartent en arrière. Cela signifie quelque chose. Une chose qui m'échappe, même si c'est là, gros comme le nez au milieu de la figure.

C'est un vent d'est, qui vient d'Angleterre. De Hinkley Point.

Radio POC ne diffuse aucun programme, ce matin ; il y a juste un message qui tourne en boucle pour expliquer qu'une opération de maintenance est en cours. Je bascule sur JKFM et laisse jouer le Modern Jazz Quartet pendant que je me découpe des quartiers de pomme en guise de petit-déjeuner et réchauffe deux petites galettes de pommes de terre pour Rafiq. Rapidement, il sent l'odeur d'ail et dévale les escaliers dans son semblant de robe de chambre, puis me raconte que des garçons un peu plus grands du village veulent construire une tyrolienne dans le Bois-aux-deux-hectares. Le petit-déjeuner terminé, je vais nourrir les poules, j'arrose les potirons dans le tunnel, prépare des croquettes au chien pour plusieurs jours en mélangeant avoine, glume et gras de mouton, puis aiguise les ciseaux à cheveux pendant que Rafiq nettoie le baquet d'eau potable et le re-remplit en emportant le grand tuyau jusqu'à la source, avant de descendre jusqu'à la jetée muni de sa canne à pêche. Zimbra l'accompagne. Un peu plus tard, il rentre avec un lieu jaune et un maquereau. Rafiq me dit qu'il lui reste de vagues souvenirs de parties de pêche au soleil et dans l'eau bleue avant son arrivée en Irlande ; Declan O'Daly estime qu'il a ça dans le sang. Tant mieux pour Rafiq et Lorelei, eux qui ne mangent de viande qu'une fois par mois, tout au plus. Je ferai cuire le poisson ce soir, que je servirai avec du rutabaga en purée. Je plonge de la menthe dans une théière et commence à couper les cheveux de Rafiq. J'aurais dû le faire depuis un moment déjà, d'autant plus que ce sera bientôt la saison des poux, à l'école. « J'ai réussi à voir Aileen Jones avec mon télescope, tout à l'heure, me raconte-t-il. Elle était sur le *Lookfar*, elle regardait ses casiers.

– C'est super, réponds-je, mais j'espère que tu as fait attention…

– … de ne pas le braquer sur le soleil, reprend-il. Bien sûr que non, Holly. Je ne suis pas complètement débile, tu sais.

– Personne ne dit que tu l'es, loin de là, dis-je avec douceur. Mais du jour où on devient parent, c'est comme si… un détecteur d'accidents se mettait en marche pour toujours. Tu verras, un jour, si tu deviens papa.

– Buuueeeuuuarrrk ! » Voilà ce que cette perspective lui inspire.

« Ne bouge pas. C'est Lol qui devrait te couper les cheveux. Elle est plus douée que moi.

– Ah non ! Elle me ferait la coupe des garçons de Five-Star Chongqing.

– Des garçons de quoi ?

– Five-Star Chongqing. Un groupe chinois. Toutes les filles les adorent. »

Et rêvent d'une vie d'abondance à Shanghai, je n'en doute pas. On dit qu'il y a seulement deux femmes pour trois hommes en Chine, à cause de leur politique de « fœticide sélectif », et quand les Terres Concédées venaient de voir le jour et que des cars circulaient encore, des membres de la famille qui habitent Cork m'ont raconté que des filles de la région étaient sélectionnées pour « épouser la Chine » et embarquaient sur des navires en partance vers le pays de l'estomac plein et de l'électricité permanente afin d'y « vivre heureuses jusqu'à la fin de leurs jours ». Je pense que j'avais déjà assez de bouteille pour mettre en doute l'authenticité des témoignages de ces agences de recrutement. Je repasse de JKFM à RTÉ, au cas où ils parleraient de Hinkley Point, dont il n'a pas été question au journal de huit heures. Zimbra rapplique, pose le museau sur les genoux de Rafiq, et lève les yeux vers le garçon. Rafiq lui frotte le crâne. Le présentateur de la RTÉ énumère les naissances : les gens envoient à l'émission le nom de leur bébé, le poids de naissance, le nom des parents, leur paroisse et leur comté. J'aime bien entendre tout ça. Dieu sait que la vie de ces enfants ne sera pas facile, surtout pour la majorité qui n'est pas née dans la zone industrielle du Pale, ni dans le Périmètre, mais chaque prénom est comme une petite lumière brandie dans les Ténèbres.

Je redonne un coup de ciseaux derrière l'oreille droite de Rafiq, histoire que ce soit symétrique.

J'ai un peu trop coupé, alors je repasse derrière l'oreille gauche.

« J'aimerais que les choses ne changent plus », déclare Rafiq, contre toute attente.

Je suis contente qu'il soit satisfait, mais triste, aussi, qu'un enfant si jeune sache déjà que rien ne dure. « Le changement, c'est comme qui dirait inscrit dans le disque dur du monde. »

Le petit garçon me demande : « C'est quoi, un disque dur ?

– Oh, c'est une façon de parler d'avant. Ce que je veux dire, c'est… que ce qui est réel change. Si la vie ne changeait pas, ce ne serait pas la vie, ce serait une photo. » Je lui coupe les cheveux sur le bas de la nuque. « Remarque que même les photos changent. Elles jaunissent. »

Nous ne disons rien pendant un moment. Par inadvertance, je le pique entre les deux tendons de la nuque. « Ouille », lâche-t-il. Je m'excuse, et, avec l'accent irlandais, il répond : « Pas grave. » Crunchie, un matou à moitié sauvage à qui j'ai donné le nom d'une barre chocolatée d'il y a longtemps, se pavane sur le rebord de la fenêtre. Zimbra l'a vu, mais a la flemme d'en faire tout un plat. « Holly, tu crois que l'université de Cork aura rouvert quand j'aurai dix-huit ans ? »

Je l'aime trop pour briser ses rêves. « Peut-être, oui. Pourquoi ?

– Parce que, quand je serai grand, je voudrais être ingénieur.

– C'est très bien. Notre civilisation en a grand besoin.

– M. Murnane dit qu'on doit apprendre à tout réparer, à tout construire, à tout déplacer comme dans les pays qui ont du pétrole, mais sans pétrole. »

Si on avait commencé il y a quarante ans. « Il a raison. » Je ramène une chaise devant Rafiq. « Baisse la tête. Je te fais la mèche de devant. »

Je soulève la frange à l'aide d'un peigne et coupe ce qui en dépasse de plus d'un centimètre. Je m'améliore. Puis je vois le regard étrange et intense sur son visage : je m'interromps. Je baisse la radio jusqu'à ce qu'elle ne laisse plus échapper qu'un murmure. « Qu'est-ce qu'il y a, Raf chéri ? »

Il donne l'impression de tendre l'oreille pour capter un bruit distant. Puis il tourne les yeux vers la fenêtre. Crunchie a disparu. « Je me rappelle quelqu'un qui me coupait les cheveux. Une femme. Je n'arrive pas à voir son visage, mais elle parlait en arabe. »

Je redresse le dos et baisse les ciseaux. « Une de tes sœurs, tu crois ? Quelqu'un a bien dû te couper les cheveux, avant tes cinq ans.

– J'avais les cheveux courts quand je suis arrivé ?

– Je ne sais plus s'ils étaient longs ou pas. Tu as failli mourir de faim, puis de noyade, et puis ensuite, d'hypothermie. Alors tes cheveux, je ne m'en souviens plus. Mais cette femme, Raf, est-ce que tu arrives à voir son visage ? »

Il grimace. « On dirait que quand je ne la regarde pas, je la vois, mais si je la regarde, son visage s'efface. Quand je rêve, des fois, je la vois, mais quand je me réveille, les visages re-disparaissent et il ne reste plus que leur nom. Il y en avait une, c'était Assia. C'était peut-être ma tante… ou alors une sœur. C'est peut-être elle que je vois tenir les ciseaux. Hamza et Ismaïl, c'étaient mes frères, dans le bateau. » J'ai déjà entendu son histoire plusieurs fois, mais je n'interromps jamais Rafiq quand il est d'humeur à passer en revue les bribes de souvenirs de sa vie d'avant l'Irlande. « Hamza était drôle, mais pas Ismaïl. Il y avait tellement d'hommes sur le bateau… On était les uns sur les autres, on ne pouvait pas bouger. Il n'y avait pas de femmes, et qu'un seul autre garçon, mais c'était un Berbère et je ne comprenais pas bien quand il parlait arabe. La plupart des passagers avaient le mal de mer, mais moi, ça allait. Quand on avait besoin d'aller aux toilettes, on se mettait sur le bord. Ismaïl disait qu'on allait en Norvège. Je lui ai demandé : "C'est quoi la Norvège ?" et il a répondu que c'était un endroit où on serait en sécurité, où on pourrait gagner de l'argent, où le virus Ebola n'existait pas, et où personne ne vous tirait dessus…

Ça avait l'air chouette, contrairement aux journées et aux nuits sur le bateau. » Le froncement de son visage s'accentue. « Et puis on a vu les lumières sur l'eau, au loin dans la grande baie. Il faisait nuit, et il y a eu une grosse bagarre. Hamza disait au capitaine en arabe : "Ce n'est pas la Norvège, c'est impossible", et le capitaine répondait : "Pourquoi est-ce que je mentirais ?" Mais Hamza avait une espèce de boussole dans la main : "Regarde, on n'est pas assez au nord", alors le capitaine l'a prise et il l'a jetée dans l'eau. Hamza a crié aux autres : "Il nous ment pour économiser son carburant ! Les lumières là-bas, ce n'est pas la Norvège, c'est ailleurs !" Et puis tout le monde s'est mis à crier, et des coups de feu sont partis, et… » Le regard et la voix de Rafiq sont vides. « En général, c'est là que je suis, dans mes cauchemars. On est tous les uns sur les autres, on ne peut pas bouger… »

Je me souviens de la façon dont les Horlogers pouvaient « expurger » une mémoire de ses mauvais souvenirs, et j'aurais aimé pouvoir accorder à Rafiq la même faveur. Ou peut-être que non. Je ne sais pas.

« … et en général, il se passe la même chose. Hamza jette une bouée dans l'eau et il dit : "On nagera ensemble." Il me jette à l'eau, mais il ne me suit pas. Et c'est tout ce qui me reste. » Rafiq s'essuie les yeux du revers de la main. « J'ai oublié tout le reste. Ma propre famille. Leurs visages. »

« Owain et Yvette Richie de Lifford, dans le comté de Donegal, au nord du pays, annonce le type de la radio, vous font part de la naissance de leur fille Keziah. Seulement un kilo et demi, mais un kilo et demi de perfection… Bienvenue à bord, Keziah. »

« Tu n'avais que cinq ou six ans, Raf. Quand tu t'es échoué sur les rochers juste en bas, tu étais en état de choc, en hypothermie, tu venais d'assister de près à une tuerie, tu dérivais depuis Dieu sait combien de temps dans l'océan Atlantique glacial, et tu étais seul. Tu n'es pas quelqu'un qui a oublié, tu es quelqu'un qui a survécu. Moi, je trouve ça miraculeux que tu aies encore quelques souvenirs. »

Rafiq ramasse une mèche de cheveux coupés tombée sur sa cuisse et l'égrène entre le pouce et l'index en boudant. Je me remémore cette nuit de printemps. Le temps était calme et il faisait plutôt bon, pour un mois d'avril, et c'est sûrement pour ça que Rafiq est encore en vie aujourd'hui. Aoife et Örvar étaient morts l'automne précédent ; Lorelei faisait peine à voir. Moi aussi, d'ailleurs, mais je faisais bonne figure : il fallait penser à Lorelei. J'étais dans mon fauteuil en train de discuter avec mon amie Gwyn sur ma tablette quand ce visage qui avait le regard d'un fantôme noyé est apparu devant la porte. Zimbra n'était pas encore là, alors il n'y avait pas eu de chien pour chasser Rafiq. Quand je me suis remise de mes émotions, j'ai ouvert la porte et l'ai fait entrer. Là, il a vomi un litre d'eau de mer. Il était trempé, il tremblait et ne comprenait pas l'anglais ou n'en donnait pas l'impression. On avait encore un peu de fioul pour les chaudières, à l'époque, mais je savais que, en cas d'hypothermie, il fallait éviter les bains chauds qui risquaient de provoquer une arythmie voire un arrêt cardiaque. Alors je lui ai retiré ses vêtements et l'ai installé près du feu, emmitouflé dans des couvertures. Il tremblait toujours, ce qui, là encore, était bon signe.

Lorelei, qui s'était réveillée, préparait une tasse de gingembre chaud à ce garçon venu de la mer. J'ai contacté le Dr Kumar, mais comme une épidémie de grippe du rat la retenait à Bantry où elle apportait son aide, nous nous sommes débrouillés seuls pendant encore deux jours. Notre jeune invité avait de la fièvre, était dénutri et faisait d'horribles rêves, mais, en une semaine, avec l'aide de Mo et de Branna O'Daly, nous l'avons petit à petit ramené à un état de santé relativement meilleur. À ce stade-là, nous avions compris qu'il s'appelait Rafiq ; mais d'où est-ce qu'il venait ? Les cartes ne nous servaient à rien, alors Mo a cherché sur Internet toutes les façons de dire « bonjour » dans toutes les langues qu'un Exilant au teint mat serait susceptible de parler : c'est l'arabe marocain qui l'a fait réagir. Avec le soutien de Mo, Lorelei a commencé à apprendre cette langue en se servant de tutoriels sur Internet et, sortant enfin du deuil depuis la mort de ses parents, elle a été le premier professeur d'anglais de Rafiq. Quand, un mois plus tard, un représentant de la Stabilité au visage de marbre est arrivé accompagné de Martin, notre maire, afin de voir l'individu illégalement entré dans le pays, Rafiq était alors capable de construire quelques phrases rudimentaires.

« La loi dit qu'il doit être expulsé », a annoncé le représentant de la Stabilité.

Écœurée, je lui ai demandé où ils comptaient l'expulser et par quels moyens.

« Ce n'est pas votre problème, madame Sykes », a répété le représentant de la Stabilité.

J'ai alors demandé si Rafiq serait conduit à l'extérieur du Périmètre et abandonné comme un chien dont on ne veut plus, parce que c'était l'impression que j'avais.

« Ce n'est pas votre problème, madame Sykes », a déclaré le représentant de la Stabilité.

J'ai demandé par quel moyen légal Rafiq serait autorisé à rester à Sheep's Head.

« Il faudrait qu'un citoyen irlandais l'adopte de façon formelle », a déclaré le représentant de la Stabilité.

Heureusement que, plus jeune, j'avais acquis la citoyenneté irlandaise. Je m'entends annoncer solennellement vouloir adopter Rafiq.

« C'est un rationnement de plus pour votre village, a déclaré le représentant de la Stabilité. Il vous faut l'accord du maire de la localité. »

Martin a deviné mes pensées et dit : « Elle l'a.

– Mais il vous faut aussi l'autorisation d'un représentant de la Stabilité de niveau cinq ou supérieur. Comme moi, par exemple. » Bouche fermée, il s'est passé la langue entre les dents du haut et la lèvre. Nous regardions tous Rafiq qui, d'une certaine façon, sentait bien que son avenir – sa vie – était en jeu. Au représentant de la Stabilité, je n'ai pas su dire autre chose que : « S'il vous plaît. »

Il a ouvert un dossier qu'il avait dans sa veste depuis le début et déclaré : « Moi aussi, j'ai des enfants. »

« Et la dernière naissance n'est vraiment pas la moindre, marmonne la radio, du moins pas pour Jer et Maggs Tubridy qui habitent à Ballintober, dans le Roscommon, et viennent d'avoir un petit garçon, Hector Ryan : trois kilos quatre-vingt-onze grammes à la pesée ! Beau travail, Maggs, et félicitations à vous trois. » Rafiq me lance un regard qui est une façon de me demander pardon d'avoir été d'humeur un peu noire ; des yeux, je rassure mon petit-fils d'adoption : il n'a rien à se faire pardonner. Puis je me ré-attaque à la masse folle et tourbillonnante de cheveux qu'il a sur le dessus du crâne. Le peu d'indices que nous avons nous incite à croire que ses parents sont morts, et, s'ils ne le sont pas, je ne vois pas comment ils pourraient découvrir un jour le destin de leur fils : le Maroc et Internet sur le continent africain ont quasiment cessé d'exister à peu près quand Rafiq est arrivé à Dooneen. Mais maintenant qu'il est là, Rafiq fait partie de la famille. Tant que je serai en vie, je ferai de mon mieux pour m'occuper de lui.

Le jingle du journal de la RTÉ retentit : je monte un peu le volume.

« Bonjour, ici Ruth O'Mally pour le journal de dix heures de la RTÉ du samedi 28 octobre 2043. » Le brouhaha familier du jingle du bulletin d'information baisse de volume. *« Lors d'une conférence de presse qui s'est tenue à Leinster House ce matin, le chef du gouvernement de la Stabilité Éamon Kingston a confirmé que la Pearl Occident Company avait unilatéralement rompu l'accord sur les Terres Concédées de 2028, lequel permettait au consortium chinois de commercer avec la ville de Cork et la Zone des entreprises de West Cork, plus connues sous le nom de Terres Concédées. »*

Les ciseaux me sont tombés des mains, mais je reste plantée là à regarder la radio.

« À Cork, un porte-parole de la Stabilité confirme que le contrôle de la concession de Ringaskiddy a été rendu aux autorités irlandaises à quatre heures du matin, heure de départ d'un cargo de la POC, sous l'escorte d'une frégate de la Marine populaire de libération. Le chef du gouvernement a déclaré devant les journalistes que le retrait de la

POC était resté secret de manière à garantir une passation de pouvoir sereine, puis a annoncé que la question de la rentabilité était entrée en jeu dans la décision de la POC. M. Éamon Kingston a précisé que le retrait de la POC n'était en aucun cas lié à la situation sécuritaire, qui demeure stable dans les trente-quatre comtés. La décision des Chinois n'est pas non plus liée aux émanations radioactives de la centrale de Hinkley Point, dans le nord du Devon. »

D'autres nouvelles tombent, mais je n'écoute plus.

Dans leur enclos, les poules gloussent et caquettent.

« Holly ? » Rafiq a peur. « Ça veut dire quoi, “unilatéralement rompu” ? »

Les conséquences jaillissent de partout, mais une en particulier me tombe dessus : *Rafiq, son insuline.*

« P'pa dit que tout ira bien, nous explique Izzy O'Daly, et que la Stabilité fera en sorte que le Périmètre reste tel quel. » Izzy et Lorelei sont revenues en courant à travers champs depuis la ferme Knockroe, et nous ont trouvés Rafiq, Zimbra et moi, dans la cuisine proprette de Mo. Cette dernière a entendu le même bulletin d'information que nous, et nous avons dit à Rafiq que ça ne changerait pas grand-chose, que les produits importés de Chine seraient un peu plus durs à trouver, c'est tout. Les boîtes de rationnement continueraient à être distribuées par la Stabilité toutes les semaines et l'on nous fournirait les médicaments spécifiques. Rafiq est rassuré, ou, en tout cas, il fait semblant de l'être. Declan O'Daly a fait preuve du même optimisme devant Izzy et Lorelei. Izzy poursuit : « P'pa dit que le Périmètre, avant dix heures ce matin, c'était une clôture de barbelés de cinq mètres de haut et que c'est toujours le cas, et puis qu'il n'y a pas de raison que les soldats de la Stabilité abandonnent leurs postes.

– Ton père a bien raison », dis-je à Izzy.

Elle acquiesce. « P'pa et Max sont allés en ville pour voir comment allait ma tante.

– Declan est vraiment un chic type, lâche Mo. Les enfants, si vous allez faire un tour dans le jardin avec Zimbra, je vous ferai des crêpes. Je dois avoir un fond de cacao en poudre quelque part. Allez, allez, vous nous laissez un peu de place, à Holly et moi ? »

Une fois les enfants dehors, Mo, d'un air lugubre et inquiet, essaie de contacter ses amis de Bantry, à l'extrême ouest du Périmètre, où est installée une garnison. D'habitude, on n'a aucun mal à établir la communication avec Bantry, mais, aujourd'hui, il n'y a même pas de message d'erreur. « J'ai un mauvais pressentiment. » Mo fixe du regard le vide de l'écran. « C'est comme si on avait pu conserver l'accès au Net jusqu'à présent parce que nos communications transitaient par le serveur de Ringaskiddy, mais maintenant que les Chinois sont partis… c'est terminé. »

J'ai l'impression que quelqu'un vient de mourir. « Quoi, on n'aura plus de Net ? Plus jamais ?

– Peut-être que je me trompe », tempère Mo. Mais son visage, lui me répond : *Non, plus jamais.*

Pendant la majeure partie de ma vie, les distances raccourcissaient et la technologie avançait. C'était dans l'ordre des choses. Nous ne sommes pas nombreux à nous être fait la remarque : « l'ordre des choses » est une invention humaine, et un monde où les distances se creusent et la technologie recule, plus qu'une simple possibilité – c'était ce qui nous attendait. Dehors, les enfants jouent avec un frisbee plus vieux qu'eux : si l'on regarde bien, on s'aperçoit qu'il porte encore la trace du logo des jeux Olympiques de Londres de 2012. Aoife l'avait acheté avec son argent de poche. C'était à la plage de Broadstairs, un jour où il faisait chaud. Izzy montre à Rafiq comment s'y prendre pour le lancer, en s'avançant d'un pas et en le lâchant dans un geste fluide. Je me demande si les enfants ne font pas tous bonne figure après l'annonce de la fin des Terres Concédées alors qu'ils ont en réalité aussi peur que nous devant l'ombre qui se profile : les gangs, les milices, les pirates des terres, les Corneilles et tous les énergumènes qui pénétreront petit à petit dans le Périmètre. Zimbra rapporte le frisbee à Rafiq, qui s'améliore : le vent soulève le disque en plastique, et Lorelei, qui saute haut pour le rattraper, dévoile son joli ventre. « Les médicaments des malades chroniques, c'est un souci, c'est vrai, dis-je tout haut, mais pense un peu à la vie qui attendra les femmes, si on continue dans cette direction. Imagine que les types comme Dónal Boyce seront ce que les filles de la classe de Lol pourront espérer de mieux ? Je sais bien que les hommes ne changeront pas, mais au moins, de notre temps, les femmes se sont constitué un arsenal juridique : c'est seulement grâce à ça que, les lois se succédant, les mentalités ont fini par évoluer, et que la société est devenue un peu plus civilisée. Aujourd'hui, j'ai peur que le siècle des Ténèbres ne balaie tout sur son passage. J'ai peur que Lol ne devienne l'esclave d'un crétin et reste coincée dans une version gaélique, froide, décharnée, blafarde et sans foi ni loi de l'Arabie Saoudite. »

Lorelei lance le frisbee, mais, dévié par le vent d'est, il termine sa course dans la haie de camélias de Mo.

« C'est l'heure des crêpes, dit Mo. Je dose la farine, tu t'occupes de casser quelques œufs. Six, ça devrait suffire pour nous cinq, non ? »

« C'était quoi, ce bruit ? » demande Izzy O'Daly, une demi-heure plus tard. La table de la cuisine n'est plus que le champ de bataille du déjeuner, un vrai désastre. Mo a effectivement sorti un petit pot de cacao en poudre de derrière les fagots. Ça fait sans doute un an qu'on ne trouve plus de tablettes de chocolat cireux en provenance de Russie dans nos boîtes de rationnement. Ni Mo ni moi n'avons mangé de crêpes, mais voir les enfants avaler leur déjeuner cacaoté avait quelque chose de plus délicieux. « Là, vous entendez ? demande Izzy. L'espèce de claquement. Vous l'avez entendu ? » Elle semble inquiète.

« C'est l'estomac de Rafiq, à tous les coups, raille Lorelei.

– C'est ça, je n'en ai eu qu'une de plus que toi, je te signale, conteste Rafiq. Et d'abord, je…

– Oui, oui, tu es en pleine croissance, on sait, le coupe sa sœur. Tu vas te transformer en crêpe géante.

– Là, intervient Izzy qui, d'un geste, nous intime de nous taire. Vous entendez ? »

Nous tendons l'oreille. En qualité de vieille dame, je déclare : « Je n'ai rien… »

Zimbra bondit sur ses pattes et file vers la porte en couinant. Rafiq lui ordonne : « Chut, Zimbra ! »

Le chien se tait et… ça y est : les horribles piqûres d'une série de détonations. Je regarde Mo, qui me le confirme d'un hochement de tête : « Des coups de feu. »

Nous sortons tous sur la pelouse criblée de trous et de pissenlits. Le vent persiste à souffler de l'est et à nous battre les oreilles, mais voilà qu'éclate une autre salve de tirs à l'arme automatique assez distincte et proche. Son écho nous revient quelques secondes plus tard de Mizen Head, de l'autre côté de la crique.

« Ça ne venait pas de Kilcrannog ? » demande Lorelei.

Izzy a des trémolos dans la voix : « Papa est parti au village.

– Pas possible que le Périmètre ait déjà été forcé, laissé-je échapper, regrettant immédiatement mes paroles, car j'ai le sentiment qu'en prononçant ces mots, j'ai contribué à ce qu'ils deviennent réalité. Zimbra grogne rageusement en direction de la ville.

– Je ferais bien de retourner à la ferme », estime Izzy.

Mo et moi nous regardons. « Tu sais, Izzy, tant qu'on ne sait pas à quoi on a affaire, tes parents préféreraient peut-être que tu restes cachée. »

Et puis, du côté le plus proche de la ville, nous entendons des jeeps qui roulent sur la route principale. Elles sont plus de deux, étant donné le raffut.

« Ça doit être les soldats de la Stabilité, se rassure Rafiq. C'est les seuls à avoir du diesel. Pas vrai ?

– En tant que mère, dis-je à Izzy, je pense vraiment que tu devrais…

– Je… Je resterai bien cachée et je ferai attention, promis. » Izzy avale sa salive ; et puis elle disparaît, s'éclipsant par un trou dans la grande haie de fuchsias.

À peine ai-je le temps de me débarrasser de la désagréable

impression que je ne reverrai plus jamais Izzy O'Daly que le son des jeeps, jusqu'alors vif et furieux, se change en rugissement sourd de bêtes sur leurs gardes.

« Je crois qu'une des jeeps remonte la piste de chez nous », estime Lorelei.

Je me demande vaguement si cette journée venteuse d'automne sera ma dernière. Mais pas celle des enfants. Pas celle des enfants. La même pensée a traversé l'esprit de Mo : « Lorelei, Rafiq, écoutez-moi. Juste au cas où ce serait des miliciens et pas les soldats de la Stabilité, il faudrait que vous emmeniez Zimbra en lieu sûr. »

Rafiq, qui a encore de la poudre de cacao au coin de la bouche, a l'air désemparé. « Mais Zim et moi, on est vos gardes du corps ! »

J'entrevois la logique de Mo : « Si ce sont des miliciens, ils tireront sur Zimbra avant même de nous parler. Ces types-là sont comme ça. »

Lorelei a peur – et, quelque part, heureusement. « Mais comment vous ferez, toutes les deux ?

– Mo et moi, on leur parlera. On est vieilles, mais vaillantes. Allez, soyez gentils… » – on entend vrombir le moteur d'une jeep, à bas régime, si proche que j'en ai la nausée – « partez tous les deux. C'est ce que vous diraient vos parents : allez ! »

Rafiq a toujours les yeux écarquillés, mais il opine du chef. On entend la griffure des ronces sur les carrosseries et le craquement des branchages. Lorelei a l'impression de nous laisser tomber en partant, mais je la regarde et articule silencieusement : *Je t'en prie*. Elle me répond d'un signe de tête. « Allez, Raf, Grand-mère compte sur nous. On peut le cacher dans la petite bergerie qu'il y a au-dessus de White Strand. Viens, Zim. Zimbra. Allez ! »

Notre chien intelligent et effrayé me regarde, intrigué.

« Va-t'en ! le chassé-je. Veille sur Lol et Raf ! Vas-y ! »

Réticent, Zimbra se laisse emmener par Rafiq et Lorelei ; tous trois quittent le jardin et franchissent le muret situé derrière le tunnel. Dix secondes plus tard, une jeep de la Stabilité qui se frayait un chemin sur la piste envahie par les broussailles remonte l'allée de Mo en projetant des cailloux. Un second véhicule apparaît quelques instants plus tard. Le mot STABILITÉ a été peint au pochoir sur les côtés de la carrosserie. Les forces garantes de la loi et de l'ordre. Mais s'il s'agit bien de la Stabilité, alors pourquoi j'ai le sentiment d'être un oiseau blessé face à un chat ?

Quatre jeunes hommes sortent de chaque véhicule. Même moi, je vois qu'ils ne font pas partie de la Stabilité : leurs uniformes sont bricolés, et ils sont tous équipés d'une arme différente – pistolet, mitraillette, arbalète, grenades ou couteau. Et puis, ils avancent comme des cambrioleurs, et non pas des soldats formés à leur métier. Mo et moi nous tenons debout, côte à côte, mais ils passent devant nous comme si nous étions invisibles. Il y en a un, peut-être le chef, qui reste en retrait et observe le bungalow pendant que les autres s'en approchent, l'arme au poing, prêts à tirer. Il est décharné, tatoué, vraisemblablement trentenaire, porte un béret vert de militaire et un gilet pare-balles similaire à celui que portait Ed en Irak, et autour de son cou est accroché le sigle ailé d'une Rolls-Royce. « Il y a quelqu'un d'autre dedans, la vieille ? »

Mo lui demande : « On peut savoir ce qui se passe, jeune homme ?

– Tu veux savoir ? Eh bien, s'il y a quelqu'un qui se cache à l'intérieur, il va ressortir les pieds devant. Là, ça te va ?

– Il n'y a personne, lui réponds-je. Baissez vos armes, vous allez blesser quelqu'un, nom de Dieu. »

Il me dévisage. « La vieille dit que c'est bon, lance-t-il aux autres. Si elle ment, descendez celui qui se trouvera dedans. Si le sang coule, ce sera sa faute. »

Cinq miliciens pénètrent dans le bungalow pendant que deux autres en font le tour. Lorelei, Rafiq et Zimbra ont sûrement fini de traverser le champ voisin. Grâce à la haie d'aubépine, ils sont invisibles. Le chef des miliciens recule de plusieurs pas et examine le toit de Mo. Il monte sur le mur de la courette pour mieux voir.

« Vous voulez bien nous dire ce que vous cherchez, à la fin ? » demande Mo.

À l'intérieur du bungalow, une porte claque. En contrebas, dans leur poulailler, mes survivantes caquettent. Au loin, dans le champ des O'Daly, une vache mugit. Au bout de Sheep's Head, sur la route, d'autres jeeps rugissent. Un milicien émerge de l'abri de jardin de Mo : « J'ai trouvé une échelle là-dedans, Hood. Je l'apporte ?

– Vas-y, répond le probable meneur de la troupe. Ça nous épargnera d'avoir à sortir la nôtre. »

Les cinq hommes ressortent du bungalow. « R.A.S., à l'intérieur, Hood, déclare un géant barbu. Il y a des couvertures et des vivres, mais la réserve du village est mieux fournie. »

Je tourne la tête vers Mo : est-ce qu'ils ont tué des gens à Kilcrannog ? Les miliciens tuent. C'est à cela qu'on les reconnaît.

« Alors on prend juste les panneaux, dans ce cas, dit Hood, qui ajoute en nous regardant : C'est votre jour de chance, les vieilles. Wyatt, Moog : à vous l'honneur. »

Les panneaux ? Deux de ces types, dont l'un a été salement amoché par la grippe du rat, placent l'échelle contre la gouttière du bungalow. Ils grimpent, et nous comprenons alors ce qu'ils veulent. « Non, s'exclame Mo, vous ne pouvez pas m'enlever mes panneaux solaires !

– Oh, tu n'imagines pas comme c'est simple, la vieille, lui répond le géant barbu en maintenant l'échelle. Une pince-monseigneur, puis on descend le matos, et le tour est joué. On l'a déjà fait des centaines de fois.

– J'ai besoin de mes panneaux pour la lumière, proteste-t-elle, et aussi pour ma tablette !

– Dans sept jours, lui prédit Hood, tu seras bien contente qu'il fasse noir. Contre les Corneilles, ce sera ta seule protection. C'est un service qu'on te rend. Et ta tablette, tu n'en as plus besoin. Terminé, le Net, dans les Terres Concédées. C'est fini, le bon vieux temps, la vieille. L'hiver arrive.

– Vous qui vous appelez Hood[1], vous usurpez votre nom. Vous traiteriez vos grands-parents de la sorte ?

1. Le nom de Robin des Bois.

– La règle numéro un, c'est la survie, lui répond-il, tout en surveillant ses hommes sur le toit. Mes grands-parents, ils sont morts, comme mes parents. Mais bon, ils ont vécu une meilleure vie que la mienne, hein. Pareil pour vous deux. L'électricité à foison, les voitures, tout le confort matériel, vous y avez eu droit. Mais voilà, vous avez vécu trop longtemps. Il faut régler la note, maintenant. Et c'est aujourd'hui que ça tombe. » Sur le toit, un boulon du premier panneau est coupé. « Dites-vous qu'on est les huissiers.

– Mais ce n'est pas nous, à proprement parler, qui avons saccagé le monde, se défend Mo. C'est le système. On n'a pas pu le changer.

– Eh bien, ce n'est pas nous, à proprement parler, qui prenons tes panneaux, raille Hood. C'est le système. On ne peut pas le changer. »

Trois champs plus loin, j'entends le chien des O'Daly. J'espère qu'Izzy va bien, et que ces types armés ne s'en prennent pas aux jeunes filles. « Qu'est-ce que vous allez faire des panneaux ? demandé-je.

– Le maire de Kenmare, explique Hood tandis que deux de ses hommes chargent le premier des deux panneaux de Mo sur la jeep. Il est en train de se faire construire une jolie petite forteresse. Une muraille. Un petit Périmètre à lui, avec caméras de surveillance, éclairage… Il échange nourriture et diesel contre des panneaux solaires. » Un boulon qui retient le deuxième panneau solaire de Mo est coupé. « Ces deux-là, plus ceux de la baraque en bas » – de la tête, il désigne ma maisonnette –, « ils sont pour lui. »

Mo est plus vive que moi : « Ma voisine n'a pas de panneaux solaires.

– J'en connais une qui raconte des craques, chantonne le géant barbu. Notre copain drone ne se trompe jamais.

– Le drone d'hier, il était à vous ? demandé-je, comme si ça allait nous aider.

– La Stabilité se charge de repérer le butin, explique le géant, et nous, on n'a plus qu'à aller le cueillir. Oh, fais pas l'étonnée, la vieille. De nos jours, la Stabilité ne vaut pas mieux que n'importe quelle autre milice. Surtout maintenant que les Chinetoques ont fichu le camp. »

J'imagine ma mère rétorquer : « On dit "Chinois", pas "Chinetoques". »

Mo insiste : « Qu'est-ce qui vous donne le droit de vous accaparer nos biens ?

– Les flingues, répond Hood. C'est aussi simple que ça.

– Votre projet, c'est de réinstaurer la loi de la jungle, si j'ai bien compris ?

– Non, c'est vous qui l'avez réinstaurée, chaque fois que vous faisiez le plein. »

Mo frappe le sol de sa canne. « Voleur, brute, assassin ! »

Il réfléchit à ce qu'elle vient de dire en caressant l'anneau accroché à son sourcil. « Un assassin ? Si c'est manger ou être mangé, d'accord, je veux bien. Une brute ? On ne peut pas toujours être au top, la vieille. Un voleur ? Tu sais, je fais aussi dans le commerce. Regarde, tu me donnes tes panneaux, et en échange, je t'apporte de bonnes nouvelles. » Il plonge la main dans sa poche et en sort deux petits tubes blancs. Je suis si soulagée que ce ne soit pas un pistolet que j'avance ma main quand il nous tend ces objets. J'examine les tubes de comprimés, les têtes de mort dessinées dessus, les inscriptions en russe. Hood se fait moins ironique. « C'est une porte de sortie. Si les Corneilles débarquent ou si une épidémie de grippe du rat ou d'autre chose éclate et qu'il n'y a pas de docteur. Un antiémétique à effet immédiat combiné à une dose de pentobarbital qui vous garantira une fin digne en trente minutes. Ces pilules, on les appelle les myrtilles. Avec ça, vous partirez gentiment. Et les enfants ne peuvent pas ouvrir le tube.

– Le mien ira directement dans la fosse septique, dit Mo.

– Alors, rends-le-moi, fait Hood. Plein d'autres en auront besoin. » Le deuxième panneau solaire de Mo est décroché de la toiture et passe sous notre nez avant d'être chargé sur la jeep. Je glisse les deux tubes dans ma poche. Hood le remarque et me décoche un regard complice que je feins d'ignorer. « Il y a quelqu'un dans la baraque en bas » – de la tête, il désigne ma maisonnette –, « que j'avertisse mes gars ? »

Rétrospectivement très jalouse, je me souviens de Marinus, qui pouvait effectuer des « suasions » sur les gens et les plier à sa volonté. Moi, je n'ai que mes mots. « Monsieur Hood. Mon petit-fils est diabétique. Il contrôle sa maladie grâce à une pompe à insuline qui nécessite d'être rechargée tous les deux ou trois jours. Si vous prenez les panneaux solaires, vous le tuerez. Je vous en supplie. »

En haut de la colline, les moutons bêlent, indifférents à la grandeur et au déclin des empires. « C'est pas de veine pour lui, la vieille. Mais ton petit-fils est né sous l'Âge de la guigne. Celui qui l'a tué, c'est le cador de Shanghai qui s'est rendu compte que les Terres Concédées de West Cork, ça ne paie plus. Même si on te laissait tes panneaux, dans sept jours, les Corneilles repartiraient avec. »

La civilisation, c'est comme l'économie ou la fée Clochette : si les gens cessent d'y croire, elle meurt. Mo demande : « Et ça va, vous dormez bien ?

– La règle numéro un, c'est la survie, répète Hood.

– Ce n'est pas une réponse, ça, ricane ma voisine. C'est une myrtille que votre conscience – ou ce qu'il en reste – s'est forcée d'avaler. »

Hood fait mine de ne pas entendre Mo et, avec une délicatesse insoupçonnée, prend ma main dans la sienne et y dépose un troisième tube. L'espoir fuit mon corps par la plante des pieds. « Il n'y a personne en bas. Ne faites pas de mal à mes poules. Pitié.

– On ne touchera pas à une seule de leurs plumes, promis, la vieille. »

Le géant barbu est en train d'emporter l'échelle sur le chemin qui mène à ma maisonnette de Dooneen, mais une explosion perfore le silence tendu de cet après-midi. Tout le monde s'accroupit, les nerfs en pelote – même Mo et moi.

Ça viendrait de Kilcrannog ? Il y a un écho, puis l'écho d'un écho.

Quelqu'un lance : « C'était quoi, ce bordel ? »

Le gamin au visage ravagé par la grippe du rat tend le doigt: « Là bas… »

S'élevant au-dessus du massif de fuchsias, un énorme génie de fumée noir pétrole aux éclats orangés s'envole dans le ciel avant d'être poussé par le vent au-dessus du mont Caher. Une voix rauque lance: « Putain, la réserve de carburant! »

Hood tape sur son casque et abaisse le micro devant sa bouche. « Vaisseau amiral, ici Rolls-Royce, on est à Dooneen, à un kilomètre et demi à l'ouest de Kilcrannog. C'était quoi, cette grosse explosion? À toi. »

D'ignobles détonations d'armes à feu nous parviennent des champs de culture.

« Vaisseau amiral, ici Rolls-Royce. Vous avez besoin de renforts? À toi. »

Dans le casque de Hood résonne la bouillie d'une réponse hystérique, suivie de parasites affolés, puis plus rien.

« Vaisseau amiral? Ici Rolls-Royce. Réponds, s'il te plaît. À toi. »

Hood attend, les yeux rivés sur la fumée qui continue de dériver dans le ciel depuis la ville. « Audi? Ici Rolls-Royce. Est-ce que tu es en contact avec Vaisseau amiral? Et qu'est-ce qui se passe, en ville? À toi. » Il attend. Comme nous autres, qui le regardons. Silence, encore. « Les gars, soit les paysans se sont rebellés, soit d'autres gens se sont déjà invités dans le Périmètre. Dans un cas comme dans l'autre, on va avoir besoin de nous en ville. On se replie! »

Les huit miliciens retournent dans les jeeps sans nous regarder, Mo et moi. Les véhicules repartent en marche arrière sur la petite allée de Mo, et remontent la piste à toute allure, direction la route principale.

Du côté de Kilcrannog, les coups de feu s'intensifient.

Je me rends compte qu'on pourra encore recharger la pompe à insuline de Rafiq.

Pour l'instant, en tout cas: Hood a dit que les Corneilles arrivaient.

« Ils n'ont même pas remis l'échelle à sa place », marmonne Mo.

D'abord, je vais récupérer les enfants qui sont à White Strand. Les vagues de la baie Dunmanus n'ont pas l'air bien sûres de savoir où aller quand le vent souffle de l'est. Zimbra sort à toute vitesse de la petite bergerie au toit en tôle ondulée, suivi de Lorelei, nerveuse mais soulagée, et Rafiq. Je leur raconte l'épisode des miliciens et des panneaux solaires, puis nous retournons à Dooneen. Le code morse des coups de feu continue de ponctuer l'après-midi, et, lorsque nous nous retournons, nous repérons un drone en train de tournoyer au-dessus du village. Après une salve de tirs nourris, l'engin est abattu – les yeux perçants de Rafiq en sont témoins. Une jeep rugit sur la route en hauteur. Nous tombons sur une vesse-de-loup géante au bord du pré, et bien que la nourriture soit en cet instant le dernier de mes soucis, nous la ramassons ; Lorelei la porte sous le bras jusqu'à la maison, comme un ballon de foot. Sautées au beurre, les tranches de champignon blanc constitueront l'essentiel d'un dîner pour nous quatre – qui sait quand aura lieu le prochain arrivage de boîtes de rationnement, si tant est qu'il y en ait un autre. Avec ce que j'ai dans le cellier et ce qui pousse sous le tunnel, il doit y avoir de quoi tenir cinq semaines, si on se débrouille bien. Et si une bande de types armés ne vient pas nous détrousser d'ici là.

De retour à la maisonnette, je retrouve Mo, en train de nourrir les poules. Elle a essayé de contacter des amis au village, à Ahakista, Durrus et Bantry, mais l'accès au Net est tombé pour de bon. *Idem* pour les stations FM, y compris la RTÉ. « C'est silence radio sur toute la bande. »

Et maintenant, que faire ? Je n'en ai aucune idée. Nous barricader ? Envoyer les enfants dans un endroit plus isolé, comme le phare ? Se rendre à la ferme Knockroe, chez les O'Daly, histoire de voir ce qui est arrivé à Izzy et les siens ? Nous n'avons pas d'armes, mais, vu le nombre de coups tirés cet après-midi, je dirais que, avec un pistolet, on a plus de chances de mourir que de rester en vie. Ce que je sais, c'est que je suis plus tranquille si Lorelei et Rafiq sont à mes côtés, à moins qu'une jeep arrive en fonçant sur la piste de Dooneen. Mais de toute façon, s'il s'avère qu'on est en train d'absorber de grosses doses de radioactivité, à quoi bon spéculer. Mieux vaut gérer ces apocalypses comme elles viennent.

Ce dont on manque le plus, c'est d'informations. Alors, oui, les tirs ont cessé au village, mais tant qu'on ne sait pas ce qui se trame, on ferait mieux de ne pas aller y fourrer notre nez. Les O'Daly en savent certainement plus, si Declan a réussi à rentrer sain et sauf. Après un après-midi de violence pareil, la ferme nous semble bien loin, mais Lorelei et moi nous mettons en marche malgré tout. Je demande à Rafiq de rester à la maison avec Zimbra et de veiller sur Mo, mais l'avertis que, quoi qu'il arrive, il devra avant tout chercher à survivre. C'est ce que sa famille au Maroc souhaiterait et c'est pour cela qu'ils avaient essayé de l'envoyer en Norvège. Ce n'était sans doute pas la meilleure chose à lui raconter, mais s'il existe un livre intitulé *Tout ce qu'il faudra faire et dire lorsque notre civilisation disparaîtra*, je ne l'ai pas lu.

Nous allons à la ferme Knockroe en suivant le rivage et en franchissant les rochers où je ramasse du goémon blanc et du varech, puis en traversant les pâturages en plaine des O'Daly. Leur petit troupeau de jersiaises s'approche de nous : elles veulent qu'on les traie, ce qui n'est pas bon signe. Il règne également un silence lugubre dans la cour de la ferme, et Lorelei remarque que les panneaux solaires de l'ancienne étable ont disparu. Izzy nous avait appris plus tôt que Declan et son fils aîné Max étaient allés au village ce matin, mais Tom ou Izzy ou Branna, leur mère, devraient être dans les parages. Et nulle trace non plus de leur chien de berger, Schull, ni de Phil-l'Anglais, le berger. La porte de la cuisine bat dans le vent ; je me rends compte que la main de Lorelei est dans la mienne. L'entrée a été forcée. Nous passons devant le tas de fumier et traversons la cour. D'une voix chevrotante, je lance en direction de la cuisine : « Ohé ? Il y a quelqu'un ? »

Pas de réponse. Le vent pousse une boîte de conserve.

Le carillon à vent de Branna carillonne derrière la fenêtre entrouverte.

Lorelei crie aussi fort que son audace l'y autorise : « IZZY ! C'EST NOUS ! »

J'ai peur de pénétrer davantage dans la maison.

Les assiettes du petit-déjeuner sont encore dans l'évier.

« Grand-mère ? » Lorelei est aussi effrayée que moi. « Est-ce que tu penses que...

– Je ne sais pas, ma puce, réponds-je. Attends dehors, je vais...

– Lol ? Lol ! » Ce sont Izzy, puis Branna et Tom qui traversent la cour derrière nous. Tom et Izzy ne sont pas blessés mais ont l'air secoués ; en revanche, Branna, cinquantenaire pragmatique aux cheveux noirs, a du sang plein sa combinaison. Je hurle presque : « Branna ! Tu es blessée ? » Elle est aussi intriguée que je suis horrifiée ; puis elle comprend : « Oh, Marie, mère de Dieu, non, non, je ne suis pas blessée, c'est une de nos vaches qui met bas. Le taureau des Connelly est rentré dans l'enclos au printemps dernier ; le travail a commencé, tout à l'heure. Tu parles si c'était le bon moment. La pauvre, elle ne pouvait pas savoir que le Périmètre a sauté et que des gangs de hors-la-loi arpentent la campagne flingue à la main pour dépouiller les gens de leurs panneaux solaires. Et un vêlage par le siège, par-dessus le marché. Enfin, le veau, c'est une velle : une laitière de plus.

– Ils vous ont pris vos panneaux, Branna, dit Lorelei.

– Je sais, ma poulette. Je n'ai rien pu faire pour les en empêcher. Ils ne seraient pas allés vous rendre une petite visite de courtoisie, à vous autres ?

– Si, ils ont pris ceux de Mo, réponds-je, mais quand ils ont entendu l'explosion, ils ont décampé sans avoir le temps d'embarquer les miens.

– Pareil chez nous, ils sont partis au même moment. »

Je demande à Branna : « Et Declan et Max ? » Mais elle hausse les épaules et secoue la tête.

« Ils ne sont pas revenus du village, intervient Tom, avant d'ajouter d'un air dépité : Maman ne veut pas que j'aille à leur recherche.

– Deux garçons O'Daly sur trois en zone de combat, c'est déjà assez. » Branna se ronge les sangs. « P'pa t'a demandé de veiller sur la maison.

– Tu m'as forcé à me cacher dans la putain de grange avec Izzy ! C'est ça, protéger la maison ?

– Pardon, je t'ai forcé à te cacher dans quoi ? » le reprend Branna, glaciale.

Tom se renfrogne, tout aussi glacial : « Dans la grange avec Izzy. Mais pourquoi…

– Entre huit malfrats équipés des dernières armes automatiques chinoises, dit Izzy, et un ado armé d'un fusil qui a plus de trente ans, sur qui tu miserais, Tom ? Bref : j'ai l'impression que j'entends un vélo. Ça ne serait pas eux ?

– Quoi ? » lâche Tom. Aussitôt, Schull se met à aboyer devant le portail de la ferme en remuant la queue, et, au détour du virage, surgit Max, le frère de Tom, sur un VTT.

Il s'arrête en dérapage contrôlé à quelques mètres de nous. Il a une vilaine entaille sur la pommette, et des yeux fous. Il s'est passé quelque chose de terrible.

« Max ! » Branna est effarée. « Où est P'pa ? Qu'est-ce qui s'est passé ?

– Papa… Papa… » – sa voix vacille – « est vivant. Vous allez tous bien, vous ?

– Dieu merci, oui… Mais ton œil, mon fils !

– Ça va, M'man, c'est juste un éclat de pierre de… Le dépôt de carburant a explosé, si vous aviez vu ça, bordel, c'était… »

La mère de Max écrase dans ses bras son fils, qui ne peut pas continuer. « C'est fini de jurer dans cette maison, oui ? le réprimande Branna par-dessus son épaule. Votre père et moi, on ne vous a pas élevés comme des malpropres, bordel ! Bon, raconte ce qui s'est passé. »

Pendant que, dans la cuisine des O'Daly, je nettoie l'entaille de sa pommette, Max, afin de se remettre de ses émotions, boit un verre de l'eau-de-vie trouble concoctée par son père, puis enchaîne avec une tasse d'infusion de menthe pour chasser le drôle de goût de cet alcool. Il a du mal à se lancer ; puis il commence, et alors c'est à peine s'il s'interrompt de temps en temps pour reprendre son souffle. « P'pa et moi, on venait d'arriver chez tante Suke, quand Sam, l'aîné de Mary de Búrka, crie dehors qu'il y a une réunion de crise au village, à la grande halle. Il était midi, je crois. Il y avait quasiment tout le monde. Martin s'est levé et a dit qu'il avait rassemblé tout le monde à cause de la fin du Périmètre, tout ça. Il a dit qu'on allait créer un bataillon, le régiment dissident de Sheep's Head – il faudrait se servir des fusils qu'on trouverait chez nous – et qu'on établirait des points de contrôle sur la route de Durrus et de Raferigeen, comme ça, quand les Corneilles arriveraient dans le Périmètre, on ne serait pas là à les attendre comme des couillons, à se demander à quelle sauce on serait mangés. Pour la plupart, les gars ont trouvé que c'était plutôt une bonne idée. Puis le père Brady a pris la parole pour dire que le Périmètre tombait par la volonté de Dieu, parce qu'on ne s'en était pas remis à Lui mais à de fausses idoles, à une barrière de barbelés et aux Chinois, et qu'il fallait donc avant toute chose désigner un nouveau maire qui aurait le soutien de Dieu. Pat Joe et plusieurs autres étaient là : "'tain, c'est pas le moment de faire votre campagne électorale !" Alors Muriel Boyce s'est mise à hurler qu'ils brûleraient, brûleraient, brûleraient, et que ceux qui pensaient qu'une bande de paysans avec des vieux fusils rouillés empêcherait l'Apocalypse d'arriver n'étaient que des crétins qui mourraient bientôt. Puis Mary de Búrka… *nnnhgggputtttmm…* » Max grimace lorsque j'extrais un petit éclat de pierre de son entaille à l'aide d'une pince à épiler.

« Désolée, m'excusé-je. C'était le dernier.

– Merci, Holly. Mary de Búrka lui répondait qu'en suivant le précepte "Aide-toi, et le Ciel t'aidera", on ne risquait rien, et puis on a entendu des bruits de moteurs, de plein de moteurs, qui se rapprochaient de nous. Comme le convoi du vendredi, mais en bien plus fort. La halle s'est vidée, et, sur la place, vingt jeeps de la Stabilité sont arrivées, plus un camion-citerne. Ils étaient quatre, cinq, voire six à sortir de chaque véhicule. Et costauds, M'man ! Des gros costauds qui avaient de sales têtes. Des gars de la Stabilité et des milices qui ne venaient pas du Périmètre, ça c'est sûr. On était à peu près à égalité en nombre, mais on n'aurait pas fait le poids. Ils étaient armés jusqu'aux dents et prêts à tuer. Il y a ce grand con qui est monté sur le toit d'une jeep et qui a parlé dans un mégaphone. Il s'appelait le général Drogheda, et il a dit que, dans les anciennes Terres Concédées de West Cork, la loi martiale s'appliquerait puisque les frontières du Périmètre étaient tombées. À la demande de la Stabilité de Cork, il venait réquisitionner les panneaux solaires de Sheep's Head dont le gouvernement avait besoin, et aussi que le diesel livré la veille. Là, on a tous échangé des regards, genre : *C'est ça, dans tes rêves*, mais ensuite, quand ce Drogheda nous a avertis que toute forme d'opposition serait considérée comme une trahison, et que selon l'article machin de la réforme de la Stabilité de l'an bidule, tout acte de trahison était puni d'une balle en pleine tête. Martin Walsh s'est avancé jusqu'à la jeep, il s'est présenté comme maire de Kilcrannog, et a demandé à voir de plus près les ordres du QG de Cork. Le mec a sorti son flingue et tiré entre les deux pieds de Martin qui a fait un bond de deux mètres en reculant. Drogheda, si c'est bien son nom, a fait : "Là, c'est assez près, monsieur le maire ?" Puis il a dit que s'il y en avait un qui essayait de jouer les héros, ils videraient la réserve de nourriture, et que, lorsque l'hiver viendrait, on n'aurait plus que des pierres à manger.

– Ce n'était pas la Stabilité, estime Branna. Ils ne se comporteraient jamais de la sorte, pas vrai ? »

Max boit de l'eau-de-vie, grimace, et frissonne. « Personne n'est plus sûr de rien, maintenant. Après le petit discours de Drogheda, une dizaine de jeeps a quitté le village et repris la route principale en direction de Dooneen, une dizaine d'autres est partie vers l'extérieur de la ville pour commencer le boulot, et les autres sont restées sur place. Les types ont descendu des échelles de l'arrière des voitures et une partie de chaque équipe a grimpé sur les toits équipés de panneaux. Il y en avait toujours deux postés en bas à tripoter leurs armes, histoire de dissuader ceux qui seraient tentés d'ouvrir leur bouche. Pendant ce temps, le camion-citerne vidait la réserve de carburant. Tout le monde marmonnait, on était furieux : ces voleurs nous prenaient notre diesel, merde, quoi ! Mais si on avait tenté quoi que ce soit, ils nous auraient tous dézingués et se seraient de toute façon carapatés avec les panneaux. Ça, on l'avait bien compris, mais qu'est-ce que tu voulais qu'on fasse, bordel. Petit à petit, le camion-citerne s'est rempli, les toits ont été plumés et les jeeps sont revenues se garer sur la place, en attendant le retour de l'équipe partie à la ferme Knockroe, j'imagine. Et puis… c'est là que c'est arrivé. Je n'ai pas vu comment ça a commencé, mais j'étais avec P'pa et Sean O'Dwyer quand j'ai entendu un de ces boucans. Ça venait de la jeep du général Drogheda… »

Avec parcimonie, j'étale une pommade antiseptique sur l'entaille de Max, qui se crispe.

« Drogheda gueulait sur un milicien, un type qui avait le logo Audi autour du cou et à qui il disait que c'était lui, le chef des opérations, et que si ça ne lui plaisait pas, ben qu'il aille… Bref, un truc au sujet de sa mère… Peu importe. Le vent était retombé, les cris résonnaient sur toute la place, et c'est là que j'ai vu un autre milicien aussi mal fagoté que l'autre s'approcher, et puis, oh… » Max fronce les sourcils, déglutit, tente de ravaler ses larmes, n'y parvient pas, et sa voix déraille. « Il lui a fait sauter la cervelle. À bout portant. À cet endroit de la tête, putain.

– Bon Dieu, non, chuchote Izzy.

– Oh, mon pauvre petit, dit Branna. Tu as vu tout ça ? »

Max enfouit son visage dans ses mains et, pendant plusieurs secondes, tente de se calmer en prenant de grandes inspirations. « Oh, c'était juste le hors-d'œuvre, M'man. Les types de la Stabilité et ceux des milices se sont jetés les uns sur les autres comme des chiens, mais des chiens avec des flingues. C'est comme s'il se mettait à grêler, sauf que c'étaient des balles qui tombaient, pas des grêlons. » Il s'en veut de pleurer comme une Madeleine. « Comme dans les films de guerre d'avant, avec des cascadeurs qui tombent des toits, des gars qui rampent sur la route… » Max détourne le regard et ferme les yeux pour ne plus voir ces images, mais il n'y arrive pas. « Nous les gars du village, on a déguerpi comme on a pu, mais… M'man… Seamus Coogan. Il s'est mangé une balle. »

Je ne peux m'empêcher d'intervenir. « Seamus Coogan est blessé ? »

Max se met à trembler ; il secoue la tête.

Les yeux écarquillés, Tom demande : « Seamus Coogan est mort ? »

Max se contente d'opiner. Izzy, Branna, Lorelei, Tom et moi nous regardons et sentons souffler sur nous le vent froid d'un avenir proche. Encore hier, je parlais à Seamus Coogan. Max termine son verre d'eau-de-vie et continue son récit, comme s'il allait devenir fou s'il ne nous racontait pas ce qu'il avait vu – il a sans doute raison. « Je… J'ai essayé de… mais… ça s'est passé en une seconde. » Max ferme les yeux, secoue la tête, et sa main s'agite comme s'il essuyait l'air. « P'pa m'a tiré vers lui, en criant qu'on ne pouvait rien pour lui. On a filé en passant derrière la maison des Fitzgerald, et on s'est cachés dans leur garage. C'était moins une. Le camion-citerne sur la place a été touché, et… mais vous avez entendu, j'imagine.

– On a dû l'entendre jusqu'à Tipperary, dit Branna.

– On a attendu, poursuit Max. Je ne sais pas combien de temps. Il y a eu des coups de feu, on a vu un type se faire descendre dans l'allée du garage des Fitzgerald… Il s'est passé… quoi, une heure ? Je ne sais pas. Impossible, et pourtant les jeeps sont reparties par la route des montagnes, en direction de la tombe de Finn MacCool, et… Et puis tout est redevenu calme. Les oiseaux chantaient, quoi. On est tous ressortis de nos planques… complètement sonnés, genre : *Est-ce que ça s'est vraiment passé ? Ici ? À Kilcrannog ?* » Les yeux de Max s'embuent de nouveau. « Oui. Les cadavres et les blessés étaient là pour nous le prouver. Bernie Aitken a essayé de défendre ses panneaux avec son fusil, mais il s'est fait tirer dessus. Il n'est pas beau à voir. Je pense qu'il va mourir, M'man. La place du village, c'est… c'est un… c'est… N'y allez pas, prévient-il

Tom, Izzy et Lorelei. N'y allez pas. Enfin, pas tant qu'elle n'a pas été nettoyée puis lavée par la pluie. Je… J'aurais voulu ne pas voir ça, bordel. Il va falloir creuser vingt, trente tombes, quoi. Et il y a plusieurs miliciens qui sont blessés, et qui ne peuvent plus marcher. Certains gars disent qu'on devrait se contenter de les jeter à la mer, qu'eux ne s'en priveraient pas, si c'était l'inverse » – sur le visage de Max, la stupeur laisse place à la colère pendant quelques instants –, « mais le Dr Kumar s'occupe d'eux comme elle peut. Il y a des chances qu'ils meurent, de toute façon. Il y a un cratère à la place du dépôt de carburant, et toutes les vitres autour ont été soufflées. La façade de la maison de Josey Malone a été arrachée. Ah oui, et si vous voyiez l'état du pub… »

Pessimiste, je m'inquiète du sort de Brendan : ces batailles rangées où l'on se dispute le peu de réserves qui restent éclatent probablement partout en Europe ; seuls les uniformes et le décor doivent changer. Je me demande si Hood et le géant barbu sont morts, en déroute, en train d'agoniser dans la clinique du Dr Kumar… ou en train d'avaler une « myrtille ».

D'une voix douce, Branna demande à Max : « Et P'pa, il est où ?

– Il aide Mary de Búrka à diriger les opérations de nettoyage. Martin Walsh et deux autres gars sont partis à vélo jusqu'à Ahakista, pour l'histoire des barrages routiers. C'est devenu primordial. On va peut-être recréer un petit Périmètre à nous ; il irait de Durrus à Coomkeen à travers la campagne, puis suivrait la route de Boolteenagh, côté Bantry. Bien sûr, le temps qu'on creuse des tranchées et qu'on dresse une clôture, le Périmètre, ce sera juste quelques gars avec une arme sous une tente, mais on a récupéré plusieurs mitrailleuses orphelines, et puis il y a le cousin de Martin qui est en poste à la caserne de Derrycahoon. Qui y était, en tout cas. Ceux qui travaillaient pour la Stabilité vont devoir chercher un endroit sûr où vivre avec leurs familles. Enfin voilà : il faut que j'y retourne, j'embarque quelques pelles.

– Ah non, Max, s'oppose Branna. Tu es en état de choc, allonge-toi. Demain, il y aura encore bien assez à faire.

– M'man, si on ne dresse pas un semblant de barrage routier maintenant, il risque de ne pas y avoir de demain. On a du pain sur la planche.

– Dans ce cas, je viens avec toi, annonce Tom.

– Non, font en chœur Branna et Max.

– Oh que si. J'ai seize ans. Maman, tu pourras t'occuper de la traite ? »

Branna se frotte le visage. Les règles ont changé.

Lorelei aide à traire les vaches pendant que je nourris les poules de la ferme Knockroe. Puis nous rentrons par le rivage en remplissant un sac d'oreilles de cochon. Les puces de mer ricochent sur mes tibias nus, et les huîtriers louvoient entre les cailloux et le varech vésiculeux, cherchant des vers de vase du bout du bec. Un héron cendré pêche, posé sur un rocher à six mètres du bord de l'eau, et le soleil émerge. Le vent tourne au sud et brosse sans ménagement les nuages hirsutes, pareils à de la laine prise dans les barbelés. Nous tombons sur une grosse branche de bois flotté blanchie, qui permettra d'alimenter le poêle pendant deux jours, cet hiver. En contrebas de la maisonnette, Rafiq est là, en train de pêcher depuis la jetée ; c'est sa façon à lui de se calmer les nerfs. Nous lui donnons une version abrégée et expurgée du récit de Max O'Daly – tôt ou tard, il finira par apprendre tout ce qui s'est passé – pendant qu'il nous aide à rapporter le gros morceau de bois en haut. Mo somnole dans l'ancien fauteuil d'Eilísh, avec Zimbra couché sur ses pieds et une biographie de Wittgenstein sur les genoux. Maintenant que son bungalow n'a plus du tout d'électricité, peut-être qu'elle acceptera d'emménager dans la dépendance. Je l'avais fait construire quand j'avais appris qu'Aoife était enceinte, de sorte qu'elle, Örvar et le bébé puissent avoir un peu d'intimité quand ils viendraient me voir, mais, avec le temps, c'est devenu un débarras.

À notre arrivée, Zimbra se lève, Mo ouvre les yeux et Lorelei nous prépare du thé vert cueilli dans le tunnel de notre voisine. Je lui annonce la mort de Seamus Coogan, puis le reste de ce que

Max a rapporté à propos du massacre. Mo écoute sans m'interrompre une seule fois. Puis elle soupire et se frotte les yeux. « Martin Walsh a raison, hélas. Si, dans dix ans, on tient à conserver une qualité de vie supérieure à celle du Moyen Âge, il faut qu'on se comporte comme des soldats. Ces barbares ne s'entretueront pas une deuxième fois. »

D'après ma pendule, il est cinq heures. Rafiq se lève. « J'aimerais bien attraper deux autres poissons avant qu'il fasse nuit. Est-ce que Mo reste manger avec nous ?

– J'espère bien. Avec la razzia qu'on a faite chez elle, ce midi… »

Mo pense à son poêle qui n'est pas allumé et aux ampoules désormais inutiles de son bungalow. « Ce serait un honneur. Merci. À vous trois. »

Une fois que Rafiq est parti, j'annonce à Mo : « Demain, j'irai en ville.

– Je ne suis pas sûre que ce soit bien raisonnable, répond-elle.

– Il faut que j'aille voir le Dr Kumar pour l'insuline. »

Mo sirote son thé. « Combien t'en reste-t-il ?

– On peut tenir six semaines. » Lorelei ne parle pas fort. « Il nous reste une pompe de rechange et trois sachets de cathéters.

– Et de quelle quantité dispose le Dr Kumar ? m'interroge Mo.

– C'est ce que je cherche à savoir. » Je gratte un bouton de moustique que j'ai sur la main. « Le convoi d'hier n'en a pas apporté et après ce qui s'est passé aujourd'hui… Je ne pense pas qu'on en reverra. On dispose d'eau, et, niveau nourriture et sécurité, si on réussit tous à donner vie à une utopie socialiste, peut-être qu'on s'en sortira, mais sans un équipement de laboratoire, impossible de synthétiser de l'insuline. »

Mo me demande : « Est-ce que Rafiq a déjà évoqué le sujet ?

– Non, mais c'est un garçon intelligent. Il sait tout ça. »

La fenêtre latérale projette sur le mur un rectangle de lumière de fin de journée. Des ombres d'oiseaux y fusent de part en part.

Certaines sont nettes, d'autres floues.

Je les ai déjà vues, dans une autre époque et un autre lieu.

« Grand-mère ? » Lorelei attend une réponse de ma part.

« Désolée, ma puce. J'étais en train de… Tu disais ? »

Toujours pas de radio. Mo demande à Lorelei si elle est d'humeur à jouer un morceau de violon après une journée comme celle-ci. Ma petite-fille choisit « She Moved Through The Fair ». Je lave les oreilles de cochon pendant que Mo vide les poissons. On fera sauter la vesse-de-loup dans du beurre au dernier moment. Si j'étais plus jeune, je serais allée en ville donner un coup de main à ceux qui se cognent le sale boulot, mais, à mon âge, je ne leur serais pas d'une grande aide si je devais creuser des tombes pour des cercueils de fortune. Le père Brady ne va pas chômer. Je suis sûre qu'il va raconter que Kilcrannog ne doit son salut qu'à une intervention divine. Lorelei joue magnifiquement bien le refrain spectral. Elle a hérité de l'oreille de son père et de son violon, et si elle avait été de ma génération ou de celle d'Aoife, elle aurait pu songer à mener une carrière de musicienne, mais je redoute que le siècle des Ténèbres ne sonne le glas de la musique et de toute autre activité sans lien direct avec la survie.

Rafiq pousse violemment la porte et nous fait tous sursauter : quelque chose ne va pas. « Dieu du ciel, Rafiq, dit Mo, qu'est-ce qui se passe ? »

Il est à bout de souffle. Je pense tout de suite à son diabète, mais il tend le doigt en direction de la baie. « Là-bas ! »

Lorelei s'interrompt. « Du calme, Raf, respire. Qu'est-ce qu'il y a ?

– Un navire, s'étrangle Rafiq, un bateau, des hommes, et ils ont des armes, et puis ils approchaient et ils me parlaient dans un gros cornet, là. Mais je n'ai pas su quoi leur dire, moi. À cause de… À cause de ce qui s'est passé aujourd'hui. »

Mo, Lorelei et moi nous regardons, perdues.

« On ne comprend vraiment pas ce que tu racontes, lui dis-je. Un navire ?

– Ça, là ! » Il désigne la mer. Je ne vois rien, mais Lorelei se rapproche de lui, regarde au loin et s'exclame : « La vache ! » Constatant son étonnement, je me dépêche de la rejoindre, suivie de Mo qui traîne la patte. Au début, je ne vois que les teintes bleu-gris de la baie, puis j'aperçois des points de lumière jaune, à trois cents mètres de la côte, peut-être. « Un patrouilleur, estime Mo, à côté de moi. Quelqu'un voit un drapeau ?

– Non, répond Rafiq. Mais ils ont mis à l'eau un bateau plus petit super-rapide et qui fonçait tout droit vers la jetée. Il y avait des hommes dedans. Quand le bateau était près de la côte, un des hommes a parlé dans un cornet qui lui faisait une grosse voix, comme ça. » Rafiq mime un porte-voix.

« Il s'exprimait en anglais ? » lui demande Mo. Mais Lorelei l'interroge en même temps : « Qu'est-ce qu'il disait ?

– Ouais, répond Rafiq. Il a demandé : "Est-ce que Holly Sykes habite ici ?" »

Mo et Lorelei me regardent ; je regarde Rafiq. « Tu en es sûr ? »

Rafiq opine du chef. « J'ai cru que j'avais mal entendu, mais il a répété sa question. Moi, je suis resté bloqué, et, après » – il se tourne vers Lorelei –, « il a demandé si tu vivais ici. Il connaissait ton nom et ton prénom. Lorelei Örvarsdottir. »

Lorelei s'agrippe le haut du corps, puis me regarde.

Mo lui demande : « Tu as vu si c'étaient des étrangers ?

– Je ne sais pas, ils avaient des lunettes de combat. Mais le type n'avait pas un accent très irlandais. »

Le patrouilleur reste planté là. Il est imposant et possède une tour, des globes et deux gros canons identiques à chaque extrémité du navire. Je ne saurais pas dire à quand remonte la dernière fois que j'ai vu une coque en acier traverser cette baie. « Il est peut-être britannique ? » suggère Mo.

Je ne sais pas. « J'ai entendu dire que les six derniers navires de la Marine royale rouillaient à l'embouchure du Medway, où ils attendaient un ravitaillement en carburant qui n'a jamais eu lieu. Et puis, de toute façon, sur les navires britanniques, il devrait y avoir le pavillon du Royaume-Uni, non ?

– Du carburant, les Chinois ou les Russes en ont, commente Lorelei.

– Mais pourquoi les Chinois et les Russes voudraient nous voir, nous ?

– Est-ce que ça pourrait être d'autres pillards qui s'intéresseraient à nos panneaux solaires ? se demande Lorelei.

– Regarde la taille du bateau, lui répond Mo. Il doit peser, quoi ? Trois mille, quatre milles tonnes ? Imagine tout le carburant que ça consomme pour venir jusqu'ici. Ils ne sont pas là pour faucher quelques panneaux solaires de deuxième main.

– Vous arrivez à voir la chaloupe ? demandé-je aux enfants. Le bateau à moteur ? »

Après quelques instants, Lorelei répond : « Non, aucune trace.

– Il est peut-être derrière la jetée. » Rafiq se crispe. C'est à ce moment-là que Zimbra se glisse entre ma cheville et le montant de la porte, puis grogne en direction de la masse dense qui se trouve derrière le massif d'aubépine à proximité du portail. Le vent balaie les herbes hautes, les mouettes poussent des cris et les ombres sont longues et effilées.

Ils sont là. Je le sais. « Raf, Lol, murmuré-je. Au grenier. »

Ils commencent à protester, mais je les coupe tout net : « S'il vous plaît.

– Ne vous inquiétez pas », lance un soldat devant le portail. Nous sursautons tous les quatre. Avec son armure, son camouflage, son casque anatomique et son ocuvisière, on a du mal à voir son visage et à deviner son âge, et il ressemble à un insecte. Mon rythme cardiaque s'emballe. « Nous sommes plus pacifiques que vos visiteurs de tout à l'heure. »

Mo est la première à retrouver ses esprits. « Qui êtes-vous ?

– Commandant Aronsson du corps de la Marine islandaise ; ce vaisseau là-bas est le *Sjálfstæði.* » Il y a dans la voix de l'officier une précision militaire, et quand il tourne la tête sur sa gauche, sa visière pare-balles réfléchit le soleil, bas dans le ciel. « Voici le lieutenant Eriksdottir. » Il désigne une silhouette plus fine, celle d'une femme qui nous observe elle aussi à travers son ocuvisière. Elle hoche la tête en guise de bonjour. « Et enfin, il y a avec nous "M." Harry Veracruz, un conseiller du président qui participe à notre mission. »

Un troisième homme surgit : il porte un pull en laine torsadé et un blouson imperméable ouvert, comme les ornithologues d'avant le siècle des Ténèbres. Il est tout jeune, vingt ans à peine, et possède des lèvres d'Africain, des yeux d'Eurasien ou presque, une peau quasi blanche et des cheveux aussi noirs et lisses que ceux des Amérindiens dans les vieux films. « Bonjour, me salue-t-il d'une douce voix qui pourrait venir de n'importe lequel des cinq continents. Mais peut-être avons-nous déjà franchi la frontière du bonsoir ? »

Je suis troublée. « Euh… je… je ne sais pas. C'est, euh…

– Je suis le Pr Mo Muntervary, anciennement rattachée au MIT, annonce très distinctement ma voisine. Que pouvons-nous faire pour vous, commandant Aronsson ? »

Le commandant relève son ocuvisière : il a la mâchoire carrée typique des Nordiques. Il a la trentaine et, devant se contenter de la lumière directe, il plisse les yeux. Zimbra lance plusieurs aboiements rauques. « D'abord, je vous demanderai de calmer votre chien. Je ne voudrais pas qu'il s'abîme les dents sur nos armures de protection.

– Zimbra. Zimbra, rentre tout de suite ! » Comme un ado qui boude, le chien m'obéit, mais, une fois dedans, il guette entre mes tibias la scène qui se joue.

Le lieutenant Eriksdottir remonte son ocuvisière, elle aussi. Elle a entre vingt et trente ans, et beaucoup de taches de rousseur ; son accent scandinave est plus prononcé, et ses *s* sont plus appuyés. « Vous êtes Holly Sykes, je crois ? »

J'aimerais bien savoir ce qu'ils veulent avant de le leur confirmer, mais M. Harry Veracruz intervient, un drôle de sourire aux lèvres : « C'est bien elle.

– Alors vous êtes la tutrice légale de Lorelei Örvarsdottir, une citoyenne islandaise, poursuit le lieutenant.

– C'est moi, se présente Lorelei. Mon père était originaire d'Akureyri.

– Akureyri est également ma ville natale, confie le commandant Aronsson. C'est une petite ville, je connais donc la famille d'Örvar Benediktsson. Et votre père était d'ailleurs » – il se tourne vers Mo – « un scientifique célèbre dans son domaine. »

Je suis sur la défensive. « Qu'est-ce que vous voulez à Lorelei ?

– Notre président, rapporte le commandant, nous a ordonné de retrouver Mlle Örvarsdottir et de lui proposer un rapatriement. Nous voici donc. »

Une chauve-souris cabriole entre les bandes sombres et claires du jardin.

La première chose qui me traverse l'esprit, c'est : *Dieu merci, elle est sauvée.*

La deuxième : *Je ne peux pas perdre ma petite-fille.*

La troisième : *Dieu merci, elle est sauvée.*

Les poules picorent, gloussent et scrutent de leurs yeux ronds des recoins du poulailler, tandis que le jardin fragile et boueux remue sous le vent du soir. « C'est magnos ! dit Rafiq. Tu as vu, Lol ? Ce bateau géant est venu jusqu'ici d'Islande juste pour toi !

– Et ma famille ? entends-je Lorelei demander.

– L'autorisation d'émigrer ne vaut que pour Mlle Örvarsdottir. » C'est à moi qu'Aronsson s'adresse. « Ce n'est pas négociable. Les quotas sont stricts.

– Vous voudriez que j'abandonne ma famille ? dit Lorelei.

– C'est difficile, lui répond le lieutenant Eriksdottir, mais penses-y, Lorelei. Les Terres Concédées étaient sûres, mais maintenant, c'est terminé ; ça, tu l'as appris aujourd'hui. Il y a un réacteur nucléaire cassé et pas assez loin, si le vent souffle dans la direction mauvaise. L'Islande est sûre. C'est pourquoi les quotas d'immigration sont très stricts. Nous avons l'électricité par la géothermie et la famille de ton oncle Halgrid s'occupera de toi. »

Je me souviens du frère aîné d'Örvar, que j'avais vu un été, quand j'étais allée à Reykjavik. « Halgrid est toujours vivant ?

– Bien sûr. Notre isolement nous protège des » – le commandant Aronsson cherche le mot – « fléaux du siècle des Ténèbres.

– J'imagine que de nombreux ressortissants islandais disséminés dans le monde aimeraient qu'un *deus ex machina* traverse les mers et accoste en bas du jardin. Pourquoi Lorelei ? Et pourquoi une arrivée aussi providentielle ?

– Il y a dix jours, nous avons appris que la Pearl Occident Company envisageait son retrait d'Irlande, explique le commandant. C'est alors qu'un des conseillers du président » – Aronsson regarde Harry Veracruz de travers, d'un œil presque mauvais – « a convaincu ce dernier que le rapatriement de votre petite-fille était capital pour notre pays. »

Nous nous tournons alors vers Harry Veracruz, qui disposerait donc de plus d'influence qu'il n'y paraît. Accoudé à la barrière comme un voisin qui s'arrêterait pour tailler une bavette, il tire une moue qui signifie : *Que voulez-vous…* De sa voix juvénile, il me dit : « D'habitude, j'essaie de préparer le terrain, Holly, mais cette fois-ci, je n'en ai pas eu la possibilité. Bref, c'est moi, Marinus. »

C'est comme si je flottais, portée par les vagues ; je m'agrippe à ce que j'ai sous la main : en l'occurrence, le montant de la porte et le coude de Lorelei. J'entends un bruit, comme les pages d'un livre très épais qu'on tournerait, mais c'est juste le vent dans les massifs. Le docteur de Gravesend, la psychiatre de Manhattan, la voix dans ma tête à l'intérieur de ce labyrinthe impossible et pourtant réel ; et maintenant, ce jeune homme qui me regarde, à dix pas devant moi.

Attends. Comment savoir si c'est bien Marinus ? D'accord, cet Harry Veracruz a l'air d'un type honnête… comme tous les bons menteurs. Mais j'entends sa voix résonner dans ma tête : *Le labyrinthe de Jacko, la salle de la coupole, les ombres d'oiseaux, la pomme d'or.* Il me regarde droit dans les yeux d'un air complice. Je pivote la tête vers les autres. Ils n'ont rien entendu. *C'est moi, Holly. C'est bien moi. Désolé de vous infliger ce choc supplémentaire. Je sais que la journée a été terrible, chez vous.*

« Grand-mère ? » Lorelei s'affole. « Tu veux t'asseoir ? »

Perchée sur le manche de la bêche plantée dans le champ de chou kale, une grive draine chante.

Je m'efforce de secouer la tête. « Non, je… » Puis, d'une voix rauque, je lui demande : « Où étiez-vous, enfin ? Je vous croyais morte. »

Marinus s'adresse à moi en « subdiscours » – je me souviens du terme. *C'est une longue histoire. La pomme d'or était une nacelle de sauvetage pour une seule âme, donc il a fallu que je trouve un itinéraire alternatif et un autre hôte. Un chemin bien tortueux. Huit années se sont écoulées ici-bas avant que je connaisse une résurrection dans le corps d'un enfant de huit ans pensionnaire d'un orphelinat de Cuba, et ce, pile au moment de la mise en quarantaine de 2031. J'ai dû attendre 2035 avant de pouvoir quitter l'île : celui que j'étais alors avait douze ans. Quand je suis arrivé à Manhattan, la ville était à moitié retournée à l'état sauvage, le 119A était à l'abandon, et il m'a fallu trois ans de plus avant d'être en mesure de reprendre contact avec les rescapés de l'Horlogerie. Puis il y a eu la Chute du Net : il est alors devenu presque impossible de retrouver votre piste.*

« Et la guerre ? demandé-je. Vous l'av… On l'a gagnée ? »

Le sourire du jeune homme est ambivalent. *Oui. Pour ainsi dire. Les Anachorètes n'existent plus. Hugo Lamb m'a d'ailleurs aidé à échapper au Vêpre, mais ce qui lui est arrivé ensuite, je l'ignore. Les jours où il extirpait les âmes sont révolus, et son corps doit être celui d'un homme d'un certain âge, s'il a survécu.*

« Holly ? » À voir son visage, Mo doit se demander si je ne suis pas en train de perdre la boule. « De quelle guerre est-ce que tu parles ?

– C'est un vieil ami, réponds-je. Je l'ai connu du temps… du temps où j'écrivais. »

Bizarrement, ça ne la rassure pas : au contraire, même.

« Holly voulait dire le fils d'une vieille amie, bien entendu, intervient Marinus. Ma mère était psychiatre ; elle travaillait avec Holly, à l'époque. »

Le commandant Aronsson reçoit un message qui tombe à point nommé : il se détourne et parle dans son micro-casque en islandais.

Il regarde sa montre, termine sa communication, puis pivote vers nous : « Le capitaine du *Sjálfstæði* veut repartir dans quarante-cinq minutes. C'est bien peu de temps et c'est une décision importante, Lorelei, mais nous ne souhaitons pas attirer l'attention. Je vous en prie, discutez-en entre vous. Nous allons veiller » – il adresse un regard au lieutenant Eriksdottir – « à ce que vous ne soyez pas dérangés. »

Des campagnols, des poules, des hirondelles, un chien. Un jardin regorge d'yeux.

« Entrez donc », dis-je à Harry Marinus Veracruz.

Il ouvre le portail, qui grince. Il traverse la cour. Comment salue-t-on un Atemporel ressuscité qu'on n'a pas vu depuis vingt ans ? On le serre dans ses bras ? On l'embrasse sur les joues ? Harry Veracruz sourit, et, dans ce corps, Marinus, en subdiscours, me dit : *Je sais, c'est étrange. Bienvenue dans mon univers. Heureux de vous y revoir, d'ailleurs, même si cette visite sera brève.* Je m'écarte afin de le laisser entrer dans la maisonnette ; c'est là que quelque chose me revient à l'esprit : « Commandant Aronsson ? J'ai une question à vous poser.

– Allez-y.

– De l'insuline, vous en avez encore en Islande ? »

Il fronce les sourcils, mais Marinus, de dos, lance : « C'est le même mot en islandais, commandant. *Insúlín*. Ce que l'on prend quand on a du diabète.

– Ah. » L'officier acquiesce. « Oui, nous en synthétisons dans une nouvelle usine située près de la base aérienne de Keflavík. Deux à trois mille de nos concitoyens en ont besoin, parmi lesquels notre ministre de la Défense. Pourquoi cette question ? Votre petite-fille a du diabète ?

– Non, réponds-je. J'étais curieuse, c'est tout. »

Dans la cuisine, j'allume la lampe solaire. La lumière vacille comme la flamme d'une bougie. Le repas est presque prêt, mais plus personne n'a faim. « Grand-mère, me dit Lorelei, je ne peux pas aller en Islande. »

Je vais devoir me battre comme jamais pour lui vendre l'idée.

« Il faut que t'y ailles, Lol ! intervient Rafiq, ce cher petit. La vie sera belle, là-bas. Hein, monsieur Vera… Verac… »

Marinus inspecte les livres sur l'étagère. « Je demande à ceux pour qui j'ai du respect de bien vouloir m'appeler "Marinus", Rafiq, et, oui, ta sœur sera bien mieux nourrie, éduquée et protégée qu'à Sheep's Head. Il me semble que les événements de la journée l'ont prouvé.

– Tu vois, Lol, lui explique Rafiq à ma place, ce bateau, c'est ton canot de sauvetage.

– Oui, mais c'est un aller simple, pas vrai ? » demande Lorelei à Marinus.

Le jeune homme fronce les sourcils. « Les canots de sauvetage ne font jamais d'allers-retours.

– Dans ce cas, pas question que je prenne le large et que je vous laisse tous derrière moi. » Lorelei me rappelle tellement Aoife quand elle me tenait tête ; cela réveille ma vieille douleur. « Si tu étais à ma place, Rafiq, tu ne partirais pas. »

Rafiq prend une grande inspiration. « Si, toi, tu étais à ma place, tu serais diabétique dans un pays où il n'y a plus d'insuline. Réfléchis. »

Lorelei détourne le regard, triste, et reste muette.

« J'ai une question, dit Mo qui s'appuie sur une chaise de la cuisine et accroche sa canne au dossier. Trois questions, plutôt. Holly connaissait votre mère, monsieur Marinus, soit. Mais pourquoi s'en remettrait-elle à vous pour savoir ce qui est bon pour Lorelei ? »

Marinus, les mains dans les poches, se balance sur ses hanches à la manière d'un homme dont les articulations ont encore toute leur souplesse. « Professeur, je ne peux pas vous prouver que je suis bien cette personne honorable et digne de confiance que je prétends être, pas en quarante-cinq minutes. Force m'est de vous conseiller de vous tourner vers Holly Sykes.

– C'est une très longue histoire, expliqué-je à Mo. Mais Marinus ou, plutôt, sa mère – enfin, c'est compliqué – m'a sauvé la vie.

– Il y a un Marinus dans *Les Gens-de-la-radio*, remarque Mo en lectrice attentive qui a de la mémoire. Ce personnage joue un rôle important. Le médecin de Gravesend. » Mo se tourne vers moi. « C'est un parent ?

– Oui », rechigné-je à admettre, moi qui n'ai pas envie de commencer à causer atemporalité maintenant.

« Ce médecin était mon grand-père, ment à moitié Marinus, du côté chinois de ma famille. Mais Holly a rendu un grand service à ma mère Iris et à ses amis dans les années 2020. Et si cela peut répondre à une question que vous ne m'avez pas encore posée, professeur, j'ai une dette d'honneur envers Holly Sykes, et offrir à sa petite-fille la possibilité de vivre comme avant le siècle des Ténèbres est pour moi une façon de la solder. »

Mo acquiesce de la tête, reconnaissant qu'il a visé juste. « Vous êtes bien au courant de ce qui se passe à Sheep's Head, dites-moi. Vous avez une explication ?

– Nous avons piraté les satellites d'espionnage. »

Mo opine froidement, ce qui n'empêche pas la scientifique de creuser : « Lesquels ?

– La matrice de satellites chinois est la meilleure, et ceux des Russes fonctionnent bien si le ciel est dégagé, mais nous récupérons les images du dernier EyeSat américain en état de marche. Le Pentagone n'en assure plus la sécurité. »

Rafiq n'en croit pas ses oreilles. « Vous arrivez à voir ce qui se passe à Sheep's Head depuis l'espace ? C'est comme si… vous étiez Dieu. C'est de la magie.

– Ce n'est ni l'un, ni l'autre. » Marinus sourit au garçon. « Il s'agit de technologie. J'ai vu le renard s'en prendre à vos poules, l'autre soir, et je t'ai vu aussi » – il caresse les oreilles de Zimbra –, « petit assassin. » Il tourne la tête vers moi. « Il y a plusieurs mois, L'Ohkna, notre expert en technologie informatique, a capté dans cette zone les signaux d'une tablette en corrélation avec des enregistrements de votre voix, Holly, et, bien entendu, je me souvenais que vous vous étiez installée ici pour votre retraite, néanmoins des crises successives survenues à Terre-Neuve avaient toute notre attention. Mais, par la suite, quand la situation du réacteur nucléaire de Hinkley Point est devenue critique et que nous avons appris le retrait imminent de la POC, j'ai accéléré les choses, et nous voici ce soir. » Le violon de Lorelei attire le regard de Marinus. « Qui est le musicien, parmi vous ?

– J'en joue un peu, répond Lorelei. Il appartenait à Papa. »

Marinus le prend et l'examine, tel un luthier, métier qu'il a exercé, si je ne m'abuse. « Jolies courbes. »

Je l'interroge : « Que faites-vous en Islande, Marinus ? » Comme mes pieds me font mal, je rejoins Mo à table.

« Nous avons monté un groupe de réflexion. L'Ohkna, en toute modestie, l'a baptisé la “Prescience”, avant mon arrivée. Roho, qui avait veillé sur Aoife pendant votre séjour de plusieurs semaines à Manhattan il y a vingt ans, en fait partie, ainsi qu'une poignée d'autres personnes. Sur le plan politique, nous effectuons plus d'ingérence que… qu'à l'époque de ma mère. Le président apprécie beaucoup nos conseils, même si, de temps en temps, les militaires s'en offusquent. » Marinus pince successivement les cordes du violon de Lorelei afin d'en vérifier le timbre. « Plus que trente minutes pour décider de l'avenir de Lorelei, Holly.

– C'est tout décidé, déclare ma petite-fille. Je ne peux pas quitter Grand-mère et Raf. Ni Mo.

– C'est tout à ton honneur, Lorelei. Puis-je l'essayer un peu ? »

Prise de court, Lorelei lui dit : « Oui, oui. »

Marinus saisit l'archet, place le violon sous son cou et joue quelques rapides mesures de « Don't Cry For Me Argentina ». « Il a un timbre bien chaleureux. Le *mi* est un peu… bas, non ? Holly, une possibilité vous vient à l'esprit, je crois. »

J'avais oublié que Marinus sait ce qu'on pense, ou à moitié, en tout cas. « Si Lorelei partait avec vous – c'est une hypothèse, Lol – est-ce qu'elle serait plus en sécurité ?

– Indubitablement.

– Le navire qui est dans la baie est donc bel et bien un canot de sauvetage qui la ramènera dans le monde civilisé ?

– D'un point de vue métaphorique, oui.

– Et le commandant Aronsson affirme qu'il n'y a qu'une place pour Lorelei ?

– En théorie, c'est juste.

– Cette place, vous pourriez la dédoubler ? Si vous vous servez de… vous savez bien… » De la main, je fais mine de lancer un sortilège.

Marinus me donne l'impression d'avoir affaire à un avocat constatant que son interrogatoire produit les résultats escomptés. « Eh bien, il me faudra avoir recours à une puissante suasion sur le commandant et le lieutenant qui attendent dehors, puis, quand la chaloupe approchera du *Sjálfstæði*, il faudra que je transverse jusqu'au capitaine et son second afin de réitérer la suasion, de façon à m'assurer que le jeune Rafiq ne sera pas immédiatement ramené sur la terre ferme. Et pendant notre traversée vers le nord, il me faudra recommencer, encore et encore, jusqu'à ce que nous ayons franchi le point de non-retour, après quoi tous les protagonistes se demanderont ce qui a bien pu leur passer par la tête. Je ne vous mentirai pas : ce sera une gageure. Seul un adepte chevronné du Courant Profond est susceptible de réussir ce tour de force… »

J'éprouve un léger agacement, de la gratitude et de l'espoir. « Vous pourriez le faire, alors ? »

Marinus repose le violon. « Oui, mais seulement pour Lorelei et Rafiq. La plupart des membres de l'équipage du *Sjálfstæði* ont eux-mêmes des enfants : inconsciemment, ils auront de l'empathie et la suasion sera plus facile à opérer sur eux. Peut-être que Xi Lo ou Esther Little auraient été en mesure de vous faire monter à bord, mais je connais mes limites, Holly. Si je prenais ce risque, je ferais tout capoter. Je suis désolé.

– Ça n'a pas d'importance. À Reykjavik, Lol et Rafiq pourront rester ensemble ?

– Nous trouverons une solution. » Les jeunes yeux de Marinus sont grands, gris, et aussi sincères que ceux d'Iris Fenby. « Ils seront chez moi. Nos locaux sont dans l'ancien consulat de France. Il y a beaucoup d'espace. » Puis, s'adressant à Lorelei et Rafiq : « N'ayez pas peur, je suis un tuteur plus expérimenté que je n'en donne l'air. »

L'heure tourne. Nous n'avons plus que vingt-cinq minutes.

« Je ne comprends pas bien, Holly, me dit Raf.

– Attends, mon poussin. Lol, si tu pars, Raf pourra te suivre au pays de l'insuline. Si tu restes, tôt ou tard, on se retrouvera dans une situation de détresse, et… il n'aura aucun traitement. S'il te plaît. Vas-y. »

En haut, une porte claque. La lumière du couchant est couleur mandarine. Lorelei est au bord des larmes et si elle commence à pleurer, je n'arriverai pas à me contenir. « Mais qui va s'occuper de toi ?

– Oh, mais je m'occuperai d'elle, moi ! bougonne Mo pour éviter que Lorelei ne s'effondre.

– Et il y a les O'Daly, poursuis-je, et puis les Walsh, et les fortifications de la toute nouvelle république de Sheep's Head. On m'élira ministre des Algues et j'aurai un garde du corps attitré. » Il m'est insupportable de regarder Lorelei, alors je me tourne vers les morts qui, depuis les photos jaunissantes des cadres en plastique, en bois et en nacre posés sur le manteau de cheminée, nous sourient, eux qui vivaient dans un monde plus sûr. Je me lève et serre la tête des enfants contre mes vieux flancs douloureux, puis j'embrasse le sommet de leur crâne. Lol, j'ai promis à tes parents que je m'occuperai de toi ; et je t'ai fait la même promesse, Raf. Si vous embarquez sur ce bateau, cette promesse, je l'aurai tenue. Rien ne me rassurerait plus » – j'avale ma salive – « et rien ne me rendrait plus heureuse que de savoir que vous êtes tous les deux loin de tout… tout… » – d'un revers de la main, je désigne la ville – « enfin, de ce qui est arrivé aujourd'hui. De ce qui arrivera. Je vous en prie. Mes deux amours. Faites-moi ce cadeau. Si vous… » Non, *Si vous m'aimez*, ce serait du chantage affectif. « Parce que vous m'aimez, vous devez » – j'ai la gorge si serrée que le mot n'arrive pas à sortir – « partir. »

Nos dernières minutes passées ensemble ont été précipitées et restent floues. Lorelei et Rafiq se sont dépêchés d'aller à l'étage prendre des affaires pour les deux jours de voyage. Marinus a expliqué que, une fois à Reykjavik, ils iraient acheter des vêtements chauds, comme s'il n'y avait rien de plus naturel que de faire les boutiques. Les magasins, j'en rêve encore : Harrods à Londres, Brown Thomas à Cork, et même le grand supermarché de Clonakilty. Pendant que les enfants étaient encore en haut, Marinus s'est assis dans le fauteuil d'Eilísh et a fermé les yeux : le corps et le visage d'Harry Veracruz se sont figés et vidés, le temps que l'âme de mon ami psychosotéricien s'exfiltre et aille induire un souvenir factice, puissant et pressant dans l'esprit des deux officiers à l'extérieur. Mo l'a observé, fascinée, et a marmonné que j'aurais de longues explications à lui donner plus tard. Au bout de quelques instants, l'âme de Marinus est de retour dans le crâne d'Harry Veracruz ; puis les deux officiers sont entrés, annonçant que le capitaine venait de les informer que le président étendait son offre d'asile à Rafiq Bayati, frère adoptif de Lorelei Örvarsdottir. Les deux semblaient un rien hébétés, un peu comme des gens soûls qui s'efforcent d'avoir l'air sobre. Harry Veracruz a remercié le commandant Aronsson et confirmé que les deux jeunes gens acceptaient l'offre du président – et aurait-il l'amabilité de lui apporter la malle acheminée en chaloupe et déposée sur la jetée ? Les officiers sont repartis, ce sur quoi, Mo a déclaré que Marinus semblait avoir enfreint trois lois de la physique, et qu'elle était sûre que, en creusant, elle en trouverait d'autres encore.

Peu après, deux marins ont débarqué avec une malle en fibre de carbone. Marinus l'a ouverte dans ma cuisine et en a extrait dix boîtes hermétiques contenant chacune quatre-vingts tubes sous vide de poudre. « Des rations de combat concentrées, a-t-il expliqué. Chaque tube contient mille cinq cents kilocalories, ainsi que des nutriments et des vitamines. Mélangez la poudre à de l'eau, et vous obtiendrez une super-bouillie. Hélas, à la réserve, il n'y avait que l'arôme pizza hawaïenne de disponible, mais si vous arrivez à faire abstraction du goût, vous avez là trois ans de nourriture pour deux. Mais il y a mieux… » Il a sorti un paquet contenant quatre tablettes numériques dans leur étui et m'en a tendu une, en me précisant qu'elles étaient toutes connectées les unes aux autres, de sorte que nous n'aurions pas besoin d'accéder au Net pour établir une communication. « Une pour vous, une pour moi, une pour Lorelei et une pour Rafiq. Ce n'est pas la même chose que les avoir à vos côtés dans la cuisine, certes, mais, au moins, ils ne disparaîtront pas de votre vie une fois que nous aurons quitté la péninsule. Ils fonctionnent à la bioélectricité, il suffit pour cela de les tenir dans vos mains ; vos panneaux solaires ne seront pas nécessaires. »

Rafiq a glissé la tête entre les rambardes : « 'scusez-moi, monsieur Marinus. Vous avez des brosses à dents en Islande ?

– À foison. Et des dentistes, aussi. Mais appelle-moi juste Marinus.

– Super. D'accord. Holly, c'est quoi un dentiste, déjà ? »

Les choses reprennent de leur netteté. Nous sommes sur la jetée, et le crépuscule tombe sur la baie de Dunmanus, ainsi que sur Lorelei, Rafiq, Marinus, six Islandais, Zimbra et moi ; voilà, nous y sommes. Nous avons dû laisser Mo au portail de la maison : le sentier est trop rocailleux pour sa cheville. La voir s'efforcer de faire bonne figure pendant que les enfants sanglotaient m'a donné un avant-goût de ce qui m'attend dans quelques instants. « Couvrez-vous bien, leur a dit Mo. Et faites coucou à Dooneen quand le navire quittera la baie. Je vous ferai signe, moi aussi. »

Le patrouilleur est à moitié caché par la masse sombre de Mizen Head. Seuls quelques points lumineux indiquent sa position. N'importe quel autre soir, des esquifs et des barques seraient allés jeter un œil au géant d'acier qui s'est invité, mais aujourd'hui, avec les heurts survenus à Kilcrannog, les gens sont trop occupés et traumatisés, si bien que rien ne vient déranger le navire islandais.

La malle de Marinus est réacheminée sur la chaloupe amarrée à la jetée en béton. Elle contient désormais les vêtements des enfants, ainsi que *L'Aigle de la neuvième légion*, l'autel de Lorelei, son violon, et la boîte dans laquelle Rafiq range ses bouchons et hameçons – Marinus lui a garanti qu'en matière de pêche au saumon, il n'y a pas mieux que l'Islande. Que ce soit par hasard ou à dessein, la clé de la maisonnette est toujours autour du cou de Rafiq : cette clé, c'est la sienne. Je l'ai vu ramasser deux petits cailloux blancs sur le bout de plage situé à côté de la jetée et les glisser dans la poche déformée de son manteau. Puis nous nous serrons tous les trois dans les bras, et si je devais choisir un moment de ma vie dans lequel rester éternellement figée, comme Esther Little l'avait été pendant des dizaines d'années, eh bien ce serait celui-ci, sans hésiter. Aoife est là, elle aussi, dans Lorelei, et Ed aussi, et Zimbra qui, avec sa truffe toute froide, pousse des jappements d'excitation. Il sent qu'il se trame quelque chose. « Merci pour tout, Grand-mère, dit Lorelei.

– Ouais, dit Rafiq. Merci.

– C'était un honneur pour moi », leur réponds-je.

Et puis notre pelote se défait. « Prenez soin d'eux », dis-je à Marinus.

C'était la raison de ma venue, me répond-il en subdiscours, avant de déclarer tout haut : « Bien entendu.

– Tu diras au revoir de ma part à Izzy et aux O'Daly, et puis… à tout le monde ? me demande Lorelei, les yeux baignés de larmes – et ce n'est pas à cause du froid.

– Et de ma part à moi aussi, intervient Rafiq. Et dis à M. Murnane que je m'excuse de ne pas avoir fait les fractions qu'on avait en devoir.

– Vous leur direz tout ça vous-mêmes, avec la tablette », dit Marinus.

Je n'arrive pas à articuler un « Au revoir », car c'est trop douloureux, trop définitif. Mais je ne peux pas non plus dire « À bientôt », parce que, quand les reverrai-je en chair et en os, ces deux personnes qui me sont si chères ? Plus jamais : voilà, la réponse. Alors je fais de mon mieux pour sourire comme si mon cœur n'était pas en train de se tordre comme un vieux torchon, et regarde Lorelei et Rafiq monter à bord de la chaloupe, aidés par le lieutenant Eriksdottir, suivis du jeune et très vieux Marinus. « Nous vous contacterons une fois bien arrivés à Reykjavik, me lance-t-il depuis le bateau. Après-demain, normalement. » Je lui réponds : « Entendu, très bien. » Ma voix est fluette, effilochée, comme une corde de violon qu'on a trop tendue. Depuis le pont, Lorelei et Rafiq me regardent sans savoir quoi dire. En subdiscours, Marinus me souhaite : *Bonne chance, Holly Sykes*, et j'ai l'impression que, quelque part, il sait que mon cancer refait des siennes, et que, au cas où, j'ai des myrtilles dans des tubes que les enfants ne peuvent pas ouvir. Alors je me contente de saluer Harry Marinus Veracruz de la tête, car je ne me fie plus à ma voix. Un grand militaire retire l'amarre du bateau, le moteur hors-bord est démarré. Le bruit fait sursauter Lorelei qui se raidit, alerte ; apeurée, même. Comme moi, d'ailleurs. C'est le point de non-retour. La chaloupe s'écarte de la jetée en effectuant un virage serré. Les cheveux de Lorelei cinglent son visage. Est-ce qu'elle a pensé à prendre son bonnet de laine ? C'est trop tard. Vers Mizen Head, au-dessus du mont Knocknamadree flottent deux lunes floues et entrelacées. Je m'essuie les yeux sur la manche en polaire élimée, et les deux planètes prisonnières de la Terre ne font plus qu'une. Un disque d'or blanc terni par des éraflures. Je frissonne. Il va faire froid, cette nuit. La chaloupe a atteint sa vitesse de croisière et file sur une mer sombre et agitée, et Rafiq et Lorelei font signe de la main, alors je les imite, jusqu'à ce que je ne puisse plus voir leurs silhouettes dans l'obscurité bleue et bruyante, et, par-delà la jetée, le sillage blanc tracé par le moteur s'élargit… mais ça ne dure pas. Les vagues qui arrivent effacent toutes traces du bateau qui disparaît, et c'est comme si elles m'effaçaient, moi aussi, comme si je devenais une femme invisible. Pour qu'un voyage commence, il faut qu'un autre se termine. Enfin, c'est ce que je me dis.

REMERCIEMENTS

Merci à Michel van der Aa, Lisa Babalis, Tom Barbash, Nikki Barrow, Avideh Bashirrad, Manuel Berri, Dominika Bojanowska, John Boyne, Adam Brophy, Ken Buhler, Amber Burlinson, Evan Camfield, Gina Centrello, Rajiv Chandrasekaran (*Green Zone)*, Noah Chasin, Kate Childs, Rachel Clements, Patrick Cockburn (*The Occupation : War and Resistance in Iraq*), Toby Cox, Louise Dennys, Walter Donohue, Margaret Drabble, Susan Fletcher, Dominique Fortier, Kirsten Foster, Daniel Galera, Tally Garner, Claire Gatzen, Sam Greenwood, Dominic Gribben, Sophie Harris, Aleksandar Hemon, Kazuo Ishiguro, Susan Kamil, Trish Kerr de la librairie Kerr à Clonakilty, Jessica Killingley, Martin Kingston (fondateur de Kilcrannog), Katie Kitamura (pardon d'avoir réveillé Ryu), Hari Kunzru, Seth Marko, Nick Marston, Sally Marvin, Meriç Mekik le chasseur de trésors, Mme MacIntosh, Katie McGowan, Caitlin McKenna, Jan Montefiore, Ray Murnane, Neal Murren, Lawrence Norfolk et sa famille, Alasdair Oliver, Hazel Orme, David Peace, Thomas E. Ricks (*Fiasco*), Wendell Steavenson (*The Weight of a Mustard Seed*), Juan Gabriel Vásquez, Lana Wachowski, Bing West (*No True Glory*), Camilla Young. Toutes mes excuses à ceux que j'aurais oubliés : ce n'est pas par ingratitude, mais juste la mémoire qui me fait défaut.

Merci à Kathleen Holland Designs pour le labyrinthe de Jacko.

Des remerciements particuliers à David Ebershoff, Jonny Geller, Doug Stewart et Carole Welch.

Enfin, merci à ma famille.

Réalisation : PAO Éditions du Seuil
Achevé d'imprimer par Normandie Roto Impression s.a.s. à Lonrai
Dépôt légal : avril 2017. N° 0829
N° d'imprimeur : 1700415
Imprimé en France